Altersliebe in der deutschen Gegenwartsliteratur

ÄSTHETISCHE SIGNATUREN
AUTOREN UND WERKE IM HISTORISCHEN KONTEXT

Herausgegeben von Miriam Seidler

Band 5

Meike Dackweiler

Altersliebe in der deutschen Gegenwartsliteratur

Konzeptionen von erotisch konnotierter Liebe im jungen Alter (2005–2010)

PETER LANG

Bibliografische Information der Deutschen Nationalbibliothek
Die Deutsche Nationalbibliothek verzeichnet diese Publikation
in der Deutschen Nationalbibliografie; detaillierte bibliografische Daten
sind im Internet über http://dnb.d-nb.de abrufbar.

Zugl.: Düsseldorf, Univ., Diss., 2017

Die vorliegende Arbeit wurde von der Philosophischen Fakultät der
Heinrich-Heine-Universität Düsseldorf (D61) unter dem Titel
„Altersliebe. Konzeptionen von erotisch konnotierter Liebe im jungen Alter in der
deutschen Gegenwartsliteratur (2005–2010)" als Dissertation angenommen.

Diese Dissertation entstand im Rahmen des Graduiertenkollegs „Alter(n) als
kulturelle Konzeption und Praxis" der Heinrich-Heine-Universität Düsseldorf.

Das Promotionsvorhaben wurde großzügig mit einem Stipendium der Gesellschaft
der Freunde und Förderer der Heinrich-Heine-Universität Düsseldorf gefördert.

D 61
ISSN 1864 -256X
ISBN 978-3-631-78083-1 (Print)
E-ISBN 978-3-631-78095-4 (E-PDF)
E-ISBN 978-3-631-78096-1 (EPUB)
E-ISBN 978-3-631-78097-8 (MOBI)
DOI 10.3726/b15244

Peter Lang – Berlin · Bern · Bruxelles ·
New York · Oxford · Warszawa · Wien

Diese Publikation wurde begutachtet.

www.peterlang.com

Für meine Eltern, Beate Jansen-Dackweiler und Bernd Dackweiler.

Danksagung

Mein Dank gilt allen, die mich auf vielfältige Weise unterstützt und zur Entstehung dieser Arbeit beigetragen haben: Ich danke den Mitgliedern des Graduiertenkollegs „Alter(n) als kulturelle Konzeption und Praxis“ sowie der Gesellschaft von Freunden und Förderern der Heinrich-Heine-Universität Düsseldorf e. V., die meine Promotion mit einem Stipendium großzügig gefördert hat. Zu Dank bin ich meinen Professoren verpflichtet: Der Erstgutachterin, Univ.-Prof. Dr. Henriette Herwig, danke ich für den Freiraum, den sie mir gelassen hat, die kritische Lektüre und die wertvollen Anregungen. Auch Univ.-Prof. Dr. i. R. Hans-Georg Pott danke ich für sein kreatives Zweitgutachten aus dem Ruhestand heraus. Bei Gudrun Raether-Klünker und Regine Schmidt bedanke ich mich für das sorgfältige Lektorat. Ein besonderer Dank gilt Dr. Miriam Seidler, die mir bei der Konzeption, Erarbeitung und Fertigstellung dieser Arbeit stets klug und konstruktiv mit Rat und Tat zur Seite stand.

Inhalt

Teil I: Theoretische Überlegungen

Teil II: Konzeptionen von Altersliebe in der deutschen Gegenwartsliteratur

Teil I: Theoretische Überlegungen

1 Einleitung

Die Sehnsucht nach einem langen, erfüllten Leben an der Seite eines geliebten Menschen ist eine Konstante in der Literaturgeschichte.[1] Dass die Vorstellung vom Lebensglück heute entscheidend vom Bestehen einer romantisch gefärbten Paarliebe beeinflusst wird,[2] ist allerdings eine jüngere Entwicklung, die eng mit der Genese des Romans verflochten ist. Der Roman wiederum verdankt seinen „ungeheure[n] Kulturerfolg"[3] nicht zuletzt den Liebesgeschichten, durch die er ein bürgerliches Lesepublikum im Sturm erobern konnte.[4] So verbreitet das Ideal lebenslanger Paarliebe in der westlichen Welt ist, so selten sind die Handlungsträger einer Liebesgeschichte alt. Abgesehen von dem mythischen Paar Philemon und Baucis findet man in der Literaturgeschichte kaum Erzählungen einer positiv konnotierten Paarliebe zwischen alten Figuren. Erotisch konnotierte Liebe im höheren Alter wird üblicherweise durch die Figurenmodelle der oder des ›verliebten Alten‹ verkörpert. Die Charakterisierung[5] dieser Figur changiert dabei zwischen Spott und Tragik[6] und verweist auf eine Verletzung gesellschaftlich anerkannter Normen.

Der Soziologe Rüdiger Lautmann erklärt diesen kulturellen Widerspruch zwischen der Sehnsucht nach lebenslanger Paarliebe einerseits und der Tabuisierung von Erotik im Alter andererseits damit, dass der Darstellung sexuell aktiver Alter

1 Vgl. Catherine Belsey: *Desire. Love Stories in Western Culture*. Oxford 1994, S. 5.

2 Vgl. Patrick Colm Hogan: *The Mind and Its Stories: Narrative Universals and Human Emotion*. Cambridge 2003, S. 94–97.

3 Hartmann Tyrell: Romantische Liebe: Überlegungen zu ihrer „quantitativen Bestimmtheit". In: *Theorie als Passion. Niklas Luhmann zum 60. Geburtstag*. Hrsg. von Dirk Baecker u. a. Frankfurt a. M. 1987, S. 570–599, hier S. 590. Schon Anfang des 5. Jahrhunderts beschreibt Macrobius' Kurzdefinition die antiken Romane als „Berichte von erfundenen Schicksalen Liebender" („argumenta fictis amatorum cassibus referta").

4 Vgl. Karin Tebben: *Von der Unsterblichkeit des Eros und den Wirklichkeiten der Liebe. Geschlechterbeziehungen, Realismus, Erzählkunst*. Heidelberg 2011, S. 14; Niels Werber: *Liebe als Roman. Zur Koevolution intimer und literarischer Kommunikation*. München 2003, S. 450.

5 Vgl. Fotis Jannidis: *Figur und Person. Beitrag zu einer historischen Narratologie*. Berlin, New York 2004, S. 252.

6 Vgl. Mike Featherstone, Mike Hepworth: Images of Ageing. In: *Encyclopedia of Gerontology*. Bd. 1. Hrsg. von James E. Birren. 2. Aufl. Amsterdam u. a. 2007 (1996), S. 735–742, hier S. 739.

traditionell stets „etwas Unmögliches, ja Peinliches“ anhafte.[7] Diesen Schluss hat Simone de Beauvoir in ihrer Studie *La Vieillesse* bereits 1970 gezogen:

> Wenn die Alten die gleichen Wünsche, die gleichen Gefühle, die gleichen Rechtsforderungen wie in der Jugend bekunden, schockieren sie; bei ihnen wirken Liebe, Eifersucht widerwärtig oder lächerlich, Sexualität abstoßend, Gewalttätigkeit lachhaft. Sie müssen ein Beispiel für alle Tugenden geben. Vor allem fordert man von ihnen heitere Gelassenheit; man behauptet einfach, sie besäßen sie, was einem erlaubt, gleichgültig über ihr Unglück hinwegzusehen. Weichen sie von dem erhabenen Bild ab, das man ihnen aufnötigt, nämlich dem des Weisen mit einem Heiligenschein weißer Haare, reich an Erfahrung und verehrungswürdig, hoch über dem menschlichen Alltag stehend – so fallen sie tief darunter: diesem Bild steht das des alten Narren gegenüber, der dummes Zeug faselt und den die Kinder verspotten. […] Man kann ihnen also ohne Skrupel jenes Minimum verweigern, das man für ein menschenwürdiges Dasein als unerläßlich erachtet.[8]

Spiegelt sich dieses äußerst pessimistische Bild der gesellschaftlichen Perspektive auf die erotisch konnotierte Liebe im Alter bis heute in der Literatur wider?[9] Dafür plädiert jedenfalls Christian Metz in seiner 2012 erschienenen *Narratologie der Liebe*:

> Dass die Liebenden zumal in der kanonisierten Literatur meist einem sehr engen Rahmen stereotypisierter Vorstellungen (jung, schön und heterosexuell) und bestimmten sozialen Rollenmustern – wie dem männlichen Verführer, der *femme fatale* oder der *perfekten Mutter* – folgen, ist nicht zuletzt durch die *gender studies* breit diskutiert worden. Offensichtlich rekurriert [sic.] der Großteil von Liebesromanen seit Jahrhunderten sein Liebespersonal aus einem schmalen Angebot von Typenvorlagen. So kann man vorab schon festhalten, dass die Liebesromane allein durch ihre typisierte Personalwahl Träger von konservativen Liebescodes und kulturellen Liebeskonstruktionen sind, welche sie durch den Prozess performativer Wiederholung unablässig reaffirmieren.[10]

Zumindest zwei der drei von Metz genannten Figurenmodelle haben zum Ende des 20. Jahrhunderts deutliche Veränderungen erfahren: Mehr als 40 Jahre nach

---

7 Rüdiger Lautmann: *Soziologie der Sexualität. Erotischer Körper, intimes Handeln und Sexualkultur*. Weinheim, München 2002, S. 96.

8 Simone de Beauvoir: *Das Alter [La Viellesse]. Essay*. Übers. von Anjuta Aigner-Düngerwald, Ruth Henry. Reinbek b. H. 1972 [1970], S. 7.

9 Obwohl in der Liebesforschung der Begriff ›romantische Liebe‹ auch in Bezug auf die Gegenwart gebraucht wird, unterscheide ich als Literaturwissenschaftlerin zwischen der romantischen Liebe, wie sie um 1800 in Verbindung mit der literarischen Epoche entsteht, und der darauf basierenden erotisch konnotierten Liebe in der Gegenwartsliteratur.

10 Christian Metz: *Die Narratologie der Liebe: Achim von Arnims ›Gräfin Dolores‹*. Berlin, Boston 2012, S. 59f.

der zweiten Frauenbewegung und der sogenannten sexuellen Revolution der 1968er-Bewegung hat sich das generelle Verbot vor- und außerehelicher Sexualität überholt. Das klassische Motiv vom männlichen Verführer und der weiblichen Verführten entbehrt im westlichen Kulturkreis zunehmend seiner Grundlage. Auch das Modell der perfekten Mutter hat die feministische Literaturwissenschaft analysiert und hinterfragt. Es stellt sich also die Frage, inwieweit der sehr enge Rahmen „stereotypisierter Vorstellungen (jung, schön und heterosexuell)"[11] in der jüngeren Gegenwartsliteratur[12] aufgebrochen worden ist und wird. Hat – und, wenn ja, inwiefern – die Polarisierung von Altersliebe in fiktionaler Literatur noch Bestand? Die generellen Liberalisierungstendenzen haben nichteheliche Lebensgemeinschaften, serielle Monogamie,[13] Ehescheidungen, Singlehaushalte[14] und Alleinerziehende im 21. Jahrhundert[15] gesellschaftsfähig gemacht. Ist da nicht anzunehmen, dass auch das Ideal der lebenslangen Paarliebe am Beginn des neuen Millenniums nicht zuletzt seinen Ausdruck im fortgeschrittenen Alter der ProtagonistInnen von Liebesromanen findet?

In der Gegenwartsliteratur[16] scheint zumindest das sogenannte ›junge Alter‹ als Figurenmerkmal eine Resignifikation[17] zu erfahren. Am Beginn des neuen Millenniums wurde eine ganze Reihe von Romanen mit – mehr oder weniger

---

11 Ebd., S. 59.

12 Gegenwartsliteratur meint in dieser Arbeit literarische Veröffentlichungen ab 1989. Vgl. Michael Opitz, Carola Opitz: Tendenzen in der deutschsprachigen Gegenwartsliteratur seit 1989. In: *Deutsche Literaturgeschichte. Von den Anfängen bis zur Gegenwart*. 6., verb. u. erw. Aufl. Stuttgart, Weimar 2001, S. 660–702.

13 Vgl. Sven Lewandowski: *Sexualität in den Zeiten funktionaler Differenzierung. Eine systemtheoretische Analyse*. Bielefeld 2004, S. 87–89.

14 Vgl. Britta Claus: *Kein Leben zu zweit: Darstellungen des weiblichen Singledaseins in deutschsprachigen Romanen der Jahrtausendwende (1996–2006)*. Würzburg 2012, S. 42f.

15 Vgl. Waltraud Wende: Ehe. In: *Geschlechterforschung. Ansätze – Personen – Grundbegriffe*. Hrsg. von Renate Kroll. Stuttgart, Weimar 2002, S. 79.

16 Gegenwartsliteratur meint in dieser Arbeit literarische Veröffentlichungen ab 1989. Vgl. Michael Opitz, Carola Opitz: Tendenzen in der deutschsprachigen Gegenwartsliteratur seit 1989. In: *Deutsche Literaturgeschichte. Von den Anfängen bis zur Gegenwart*. 6., verb. u. erw. Aufl. Stuttgart, Weimar 2001, S. 660–702.

17 Vgl. Miriam Haller: Die ›Neuen Alten‹? Performative Resignifikation der Alterstopik im zeitgenössischen Reifungsroman. In: *Alterstopoi. Das Wissen von den Lebensaltern in Literatur, Kunst und Theologie*. Hrsg. von Dorothee Elm u. a. Berlin u. a. 2009, S. 229–247, hier S. 233.

erfolgreich – aber immer erotisch liebenden ProtagonistInnen jenseits der 65 publiziert.[18] Miriam Seidler konstatiert in ihrer Arbeit zu den Figurenmodellen des Alters, dass „Alter und Liebe" heute „in vielen Prosatexten [...] durchaus keine Widersprüche"[19] mehr sind. Der traditionelle Fokus auf ein ›enterotisiertes Alter‹ werde in der Gegenwart sogar in sein Gegenteil verkehrt: Die massive Bedeutungssteigerung der Sexualität stellt seit der Jahrtausendwende auch zunehmend ein Problem alter Figuren dar.[20] In der deutschsprachigen Gegenwartsliteratur zeichnet sich deutlich die Tendenz ab, die erotisch konnotierte Liebe im Alter als erzählauslösendes und textbestimmendes Motiv zu verwenden.

Vor diesem Hintergrund erweist sich eine Untersuchung der narrativen Gestaltung erotisch konnotierter Liebe im Alter in der jüngeren Gegenwartsliteratur (2005–2010) als lohnend, weil Alter und Liebe kulturell höchst relevante Größen darstellen, die traditionell mit dem nahenden Ende beziehungsweise dem Anfang (neuen) Lebens assoziiert werden. Als Figureneigenschaft kann sich das Alter einer Figur auf das Erzählen auswirken: Die Erzählinstanz verfügt über einen deutlich größeren Raum zu erzählender Zeit als beispielsweise im Singleroman der Jahrtausendwende, dessen Protagonistinnen üblicherweise zwischen 20 und 40 Jahren alt sind. Entsprechend anders kann die Kategorie der Liebe bewertet werden: Während die Partnersuche der jungen Singles im Liebesroman vom Ideal einer einzig wahren Liebe getragen ist, verleiht die Todesnähe alter Figuren ihren Liebesbeziehungen die Romantik der voraussichtlich letzten Liebe. Das Motiv der Altersliebe scheint in der Gegenwartsliteratur mit einer Aktualisierung der zeitgenössischen Liebeskonzeption verbunden zu sein: Die ›Neuen Alten‹ lieben vor dem Hintergrund der Erfahrungen aus vorigen Liebesbeziehungen vermeintlich weiser, doch sie müssen sich häufig gegen das Tabu der sexuellen Aktivität im Alter behaupten. Damit eröffnet das Figurenmodell der bzw. des verliebten Alten „ein breites Spektrum an Darstellungsmöglichkeiten, deren Erforschung durchaus lohnend ist".[21] Das Ziel meiner Dissertation besteht daher darin, einen Beitrag zur Entwicklung der Literaturwissenschaftlichen Gerontologie im deutschsprachigen Raum nach dem Vorbild der amerikanischen *literary gerontology* zu leisten.

---

18 Vgl. Miriam Seidler: *Figurenmodelle des Alters in der deutschsprachigen Gegenwartsliteratur*. Tübingen 2010, S. 436.

19 Ebd.

20 Vgl. ebd.

21 Ebd., S. 436.

1.1 Aufbau der Arbeit

Mit der vorliegenden Dissertation greife ich Miriam Seidlers Anregung auf. Anders als in Seidlers Arbeit stehen dabei nicht die Ausgestaltung der einzelnen Figuren und die von ihnen verkörperten Vorstellungen von der Lebensphase ›Alter‹ im Fokus, sondern die Konzeptionen von erotisch konnotierter Liebe im Alter in der jüngeren Gegenwartsliteratur (2005–2010). Ich untersuche das Thema Altersliebe aus rezeptionsästhetischer Perspektive mit einer Kombination thematologischer und narratologischer Analysen. Aus den Vorüberlegungen zum Nexus von Alter, Liebe, Sexualität und Literatur(wissenschaft) ergibt sich für die vorliegende Arbeit eine Unterteilung in fünf Untersuchungsschritte: Anhand soziologischer und literaturtheoretischer Überlegungen zur Darstellung des Alter(n)s in fiktionaler Literatur und soziologischer Realität wird zu Beginn der theoretische Hintergrund der vorliegenden Arbeit umrissen. Daran schließt sich die Erarbeitung einer Gebrauchsdefinition des Begriffs ›erotisch konnotierte Liebe‹ auf der Basis der literaturhistorischen Entwicklung von der romantischen Liebe zur erotisch konnotierten Altersliebe der Gegenwartsliteratur an. Mittels rezeptionsästhetischer, narratologischer und thematologischer Überlegungen zur Darstellung von Altersliebeskonzeptionen in literarischen Texten wird das methodische Instrumentarium für die Textanalyse entwickelt. Im Zentrum der Untersuchung steht die Analyse von Romanen aus den Jahren 2005–2010, in denen Liebesbegehren und -beziehungen alter ProtagonistInnen in unterschiedlichen Kontexten dargestellt werden. Die Kriterien der Textauswahl werden im Kapitel 1.2 ausgeführt. Eine Zusammenfassung der Ergebnisse gibt einen Überblick über die herausgearbeiteten Konzeptionen erotisch konnotierter Altersliebe in der jüngeren Gegenwartsliteratur (2005–2010).

1.2 Kriterien der Textauswahl

Der Themenkomplex erotisch konnotierter Liebe im Alter in der Gegenwartsliteratur ließe sich auch in Lyrik, Drama oder in Formen der Kurzprosa untersuchen.[22] Es ist aber der Roman, der aufgrund seines Umfangs ausgefeilte Charakterstudien und ein breiteres Spektrum von Liebes- und Alterskonzeptionen erwarten lässt. Niels Werber hat das Verhältnis von (erotisch konnotierter) Liebe und Roman auf die Formel der ›Koevolution‹ gebracht: „Liebe und Roman koevoluieren. Intime

22 Rudolf Freiburg: »Old age isn't a battle, old age is a massacre«. Altern als Trauma bei Philip Roth. In: *Alter(n) in Literatur und Kultur der Gegenwart*. Hrsg. von dems., Dirk Kretzschmar. Würzburg 2012, S. 185–218, hier S. 194.

und literarische Kommunikation bieten sich gegenseitig Strukturen an, die sie zur eigenen Gestaltung ihrer internen Prozesse verwenden können".[23] Nach 1990 ist die Zahl von Romanen, die den Nexus erotisch konnotierter Liebe im Alter nicht nur als bloßes Kuriosum oder Senilitätserscheinung behandeln, deutlich gewachsen. So konnte das Textkorpus der vorliegenden Arbeit aus einer deutlich größeren Menge an Prosatexten ausgewählt werden als ursprünglich erwartet. Die sechs ausgewählten Romane stellen nicht nur eine Vielfalt heterogener Diskurse[24] zum Thema Altersliebe vor, sondern auch verschiedene Genres der Gattung Roman – wie z. B. den klassischen Briefroman (Barbara Bronnen: *Am Ende ein Anfang* (2006)), den Altersroman (Helen Meier: *Schlafwandel* (2006)) und den sogenannten Alltagsroman (Wilhelm Genazino: *Die Liebesblödigkeit* (2005)).[25]

Eine Grundbedingung für die Aufnahme in das Textkorpus besteht darin, dass die erotisch konnotierte Liebe im Alter im jeweiligen Roman zu den Kernthemen zählt und zentral für das Handlungsgeschehen ist. Der Roman *Und dann diese Stille* von Harriet Köhler wurde beispielsweise nicht aufgenommen, weil der Themenkomplex Liebe im Alter darin nur *en passant* durch Nebenfiguren und innerhalb der Nebenhandlung gestreift wird. Ein weiteres Kriterium ist, dass mindestens eine der beiden liebenden Figuren die Eigenschaft ›alt‹ aufweisen muss. Höheres Lebensalter wird dabei nicht in erster Linie chronologisch bestimmt: Zum einen, weil sich z. B. in Evelyn Grills Roman *Vanitas oder Hofstätters Begierden* (2005) und in Gabriele Weingartners *Tanzstraße* (2010) keine genauen Angaben zum chronologischen Alter der ProtagonistInnen finden lassen. Zum anderen, weil die bloße Jahreszahl nur eine unter vielen möglichen Figureninformationen ist, die ›fortgeschrittenes Alter‹ zu einem relevanten Merkmal machen. Ausschlaggebend sind vielmehr die Selbst- und Fremdcharakterisierungen der jeweiligen Figuren. Das bedeutet, dass beispielsweise auch der erst 52-jährige Protagonist in

23 Werber, Liebe als Roman, S. 8.

24 Mit dem polyvalenten Begriff ›Diskurs‹ beziehe ich mich auf den von Michel Foucault geprägten Diskursbegriff. Demnach sind Diskurse nicht mehr nur eine „Gesamtheit von Zeichen", sondern zugleich auch „Praktiken […], die systematisch die Gegenstände bilden, von denen sie sprechen. Zwar bestehen diese Diskurse aus Zeichen; aber sie benutzen diese Zeichen für mehr als nur zur Bezeichnung der Sachen. Dieses *mehr* macht sie irreduzibel auf das Sprechen und die Sprache. Dieses *mehr* muß man ans Licht bringen und beschreiben". Michel Foucault: *Archäologie des Wissens*. Frankfurt a.M. 1981, S. 74.

25 Vgl. Alexandra Pontzen: Banalität und Empfindsamkeit. Wilhelm Genazinos Poetik alltäglicher Gefühle. In: *Alltag als Genre*. Hrsg. von Heinz-Peter Preusser, Anthonya Visser. Heidelberg 2009, S. 231–244, hier S. 231f.

Wilhelm Genazinos Roman *Die Liebesblödigkeit* als ›alt‹ gelten kann. Mein Forschungsinteresse richtet sich deshalb auf die Frage, wie fiktive Liebeskonzeptionen im Alter jenseits von Demenz- und Rentenproblematik entworfen werden. Aus Gründen der Vergleichbarkeit konzentriere ich mich auf solche Texte, welche die Perspektive derjenigen Figuren privilegieren, die man im weitesten Sinne als sogenannte ›junge Alte‹[26] bezeichnen kann. Sie sind geistig und/oder körperlich relativ fit, wodurch sie sich von den pflegebedürftigen Hochaltrigen unterscheiden.

Um der Problematik stereotyper ProtagonistInnen im Liebesroman durch die Diversität der Figurendarstellung zu begegnen, wurde gezielt nach solchen Liebesgeschichten gesucht, die dieses Muster aufbrechen. Individualisierte Figuren wie die ältere Frau mit jüngerem/r PartnerIn sowie die narrative Darstellung nicht-heterosexuellen Begehrens versprechen eine ›queere‹ Perspektive auf das sonst übliche Figurenensemble weißer, männlicher, heterosexueller Mittelschichtsangehöriger. Der Gegenwartsbezug wird nicht nur durch das Publikationsdatum gewährleistet, sondern auch durch das Setting des Handlungsgeschehens. Alle ausgewählten Liebesgeschichten sind um die Jahrtausendwende innerhalb der westlichen Welt verortet. Fantastische, historische oder futuristische Erzählungen wurden ausgeschlossen.

---

26 Vgl. Stefanie Graefe, Silke van Dyk, Stefan Lessenich: Altsein ist später. Alter(n)snormen und Selbstkonzepte in der zweiten Lebenshälfte. In: *Unfallchirurg* 8 (2012), S. 694–699, hier S. 695.

2 Theoretischer Hintergrund

2.1 Forschungsüberblick

Um 2003 urteilt Niels Werber, dass eine Literaturwissenschaft der Liebe, und damit die Analyse von Liebe als literarischem Phänomen, bislang nicht existiere.[27] Die Schwierigkeit und die Notwendigkeit meiner Arbeit ergeben sich aus einem Forschungsdesiderat der literaturwissenschaftlichen Liebesforschung, das Faulstich und Glasenapp vor über einem Jahrzehnt folgendermaßen beschrieben haben:

> Die literaturwissenschaftliche Fragestellung zielt analytisch oder interpretatorisch fast ausnahmslos auf das jeweils zur Diskussion stehende Werk bzw. sie fokussiert einen bestimmten Autor oder eine wie auch immer näher spezifizierte Werk- oder Themen/ Motivgruppe. Dies wiederum hat zur Folge, dass Variationen von ›Liebe‹ als solche nicht bzw. kaum in den Blick geraten. Zudem liegt eine übergreifende Gesamtsicht von Liebeskonzepten und ihrem Wandel z. B. in der deutschen Literatur, in der Popularkultur oder themenspezifisch quer zu allen Medien nicht vor.[28]

Dieses Desiderat besteht bis heute. Ähnlich verhält es sich mit dem ›Alter(n)‹ als Forschungsgegenstand der Literatur- und Kulturwissenschaften im deutschsprachigen Raum: Seine Erforschung ist hinter dem wachsenden gesellschaftlichen Interesse daran zurückgeblieben.[29] Insbesondere zum Thema literarische Altersbilder existieren zwar bereits einige literaturwissenschaftliche Arbeiten, aber sie werden von den Vertreter/inne/n der klassischen gerontologischen Disziplinen kaum wahrgenommen. Sie verstehen sich auch selbst (noch) nicht als eigene Fachrichtung, wie sie in den USA als *literary gerontology* im Rahmen der *humanistic gerontology* inzwischen etabliert ist. Dazu ist die literatur- und kulturwissenschaftliche Forschung im deutschsprachigen Raum noch zu wenig vernetzt und institutionalisiert.[30] Bei einer derart pessimistischen Einschätzung der Ausgangslage gilt es herauszufinden, inwieweit der Nexus von Liebe, Alter und

27 Werber, Liebe als Roman, S. 18f.

28 Werner Faulstich, Jörn Glasenapp: Einleitung. Zur Begrifflichkeit, Problemlage und zum Stand der Forschung. In: *Liebe als Kulturmedium*. Hrsg. von dens. München 2002, S. 7–22, hier S. 11.

29 Vgl. Seidler, Figurenmodelle des Alters, S. 445f.

30 Vgl. Miriam Haller: Altern erzählen. ›Rite de passage‹ als narratives Muster im zeitgenössischen Roman. In: *Soziokulturelle Konstruktionen des Alters. Transdisziplinäre Perspektiven*. Hrsg. von Dieter Ferring et al. Würzburg 2008, S. 95–118, hier S. 96.

erotischem Begehren von der deutsch- und englischsprachigen Forschung bislang erfasst wurde.

Zu Beginn der 1970er-Jahre veröffentlichte der britische Literaturkritiker und Schriftsteller John Atkins eine mehrbändige Studie zum Thema Sex und Erotik in fiktionaler Literatur. Das Thema Alter behandelt er bezeichnenderweise im Kapitel zur Impotenz. Zwar geht Atkins – für den Entstehungszeitraum der Studie ungewöhnlich – auch auf weibliche Sexualität im Alter ein, Erotik betrachtet er aber weitestgehend entkoppelt vom Thema Liebe.[31] Dagegen untersucht Leslie A. Fiedler[32] ambivalent-ironisch, aus der Perspektive des Betroffenen die mythologischen Ursprünge und vielfachen Aktualisierungen des Motivs des *dirty old man* von der Antike bis zum Beginn des 20. Jahrhunderts.

Die Arbeiten von Meyer, Cherolis, Banita und Mehigan legen ihren Fokus auf den Themenkomplex Liebe und Alter(n) bei einzelnen Autoren: Uwe Meyer kommt in Bezug auf Alan Islers Romane zu dem Schluss, dass Liebe und Sexualität zwar vorwiegend aus dem Blickwinkel der Älteren, aber immer als menschliche Grundkonstanten erzählt werden.[33] Auch die Arbeiten von Cherolis, Banita und Mehigan analysieren aktuelle Gegenwartsliteratur mit einem Fokus auf heterosexuelle männliche Protagonisten in den Werken jeweils eines Autors: Philip Roth[34] und J. M. Coetzee[35]. Etwas weiter holt Werner Jung in seinem Aufsatz über reale und fiktionale Alterserotik bei Henry Miller, Betty Friedan und Dieter Wellershof aus.[36]

---

31 Vgl. John Atkins: 11. Impotence. In: Ders.: *Sex in Literature*. Bd. 2: *The Classical Experience of the Sexual Impulse*. London 1973, S. 280–305.

32 Vgl. Leslie A. Fiedler: Eros and Thanatos, or, the Mythic Aetiology of the Dirty Old Man. In: *Salmagundi: A Quarterly of the Humanities and Social Sciences* (1977) 3, S. 3–19; Ders.: More Images of Eros and Old Age: The Damnation of Faust and the Fountain of Youth. In: *Memory and Desire: Aging-Literature-Psychoanalysis*. Hrsg. von Kathleen Woodward, Murray M. Schwarz. Bloomington 1986, S. 37–50.

33 Vgl. Uwe Meyer: »My libido [...] has always been quite normal«: Love and Sexuality among the Elderly in the Works of Alan Isler. In: *Old Age and Ageing in British and American Culture and Literature*. Hrsg. von Christa Jahnson. München 2004, S. 197–211, hier S. 210f.

34 Vgl. Georgiana Banita: Philip Roth's Fictions of Intimacy and the Aging of America. In: *Narratives of Life – Mediating Age*. Hrsg. von Roberta Maierhofer, Heike Hartung. Berlin 2009, S. 91–122; Elaine B. Safer: *Mocking the Age. The Later Novels of Philip Roth*. New York 2006, S. 133f.

35 Vgl. Timothy J. Mehigan: *Slow Man* (2005). In: *A Companion to the Works of J.M. Coetzee*. Hrsg. von dems. Rochester u. a. 2011, S. 192–207.

36 Vgl. Werner Jung: »No drugs, no rock'n'roll but ...« Erotik und Sexualität in literarischen Altersdarstellungen. In: *Eros und Literatur. Liebe in den Texten von der Antike bis*

Ein breiteres Spektrum aktueller amerikanischer Gegenwartsliteratur behandelt die Amerikanistin Roberta Maierhofer. Zugunsten einer detaillierten Analyse der sexuellen Identität alternder Frauenfiguren berührt Maierhofer das Thema erotische Liebe im Alter dabei aber nur am Rande.[37] Auch die feministischen Literatur- und Kulturwissenschaftlerinnen Margaret Morganroth Gullette, Sally Chivers,[38] Barbara Frey Waxman[39] und Linda A. Westervelt[40] streifen den Themenkomplex Altersliebe im Zuge ihrer Genrestudien zum Alter(n). Im Rahmen ihrer kulturkritischen Essays geht Morganroth Gullette zwar ausführlicher auf das Thema Sexualität im Lebenszyklus ein, zieht dabei aber eher filmische Narrative heran.[41] Eine knappe Analyse mit feministischem Schwerpunkt zur Altersliebe in ausgewählten Romanen von Doris Lessing und Bobbie Ann Mason hat Jeannette King vorgelegt:[42] Zwar wird die Frau nach der Menopause von dem Druck befreit, sexuell attraktiv auf Männer wirken zu müssen. Andererseits verlieren selbst reiche und mächtige ältere Frauen mit ihrer Jugend auch die sexuelle Anziehungskraft, da die Verknüpfung von Status mit sexuellem Begehren ein Privileg ihres männlichen Pendants zu sein scheint. Eine erotisch konnotierte Liebesbeziehung ist unter diesen Umständen nur schwer realisierbar.[43]

Geht es um kulturwissenschaftliche Altersforschung in Deutschland, fällt häufig der Name Gerd Göckenjan. In seiner viel zitierten diskursanalytischen Arbeit zum Alter spielt jedoch erotisch konnotierte Altersliebe keine Rolle.[44] Im Fokus seiner

zum Cyberspace. Festschrift für Gert Sautermeister. Hrsg. von Christiane Solte-Gresser, Wolfgang Emmerich, Hans Wolf Jäger. Bremen 2005, S. 261–272.

37 Vgl. Roberta Maierhofer: Selbst-Bewusst-Werden: Körper und Sexualität. In: Dies.: *Salty Old Women. Eine anokritische Untersuchung zu Frauen, Altern und Identität in der amerikanischen Literatur*. Essen 2003, S. 249–286.

38 Vgl. Sally Chivers: *From Old Woman to Older Women: Contemporary Culture and Women's Narratives*. Chicago 2003, S. 12–14, 48.

39 Vgl. Barbara Frey Waxman: *From the Hearth to the Open Road: A Feminist Study of Aging in Contemporary Literature*. Westport, CT 1990, S. 69, 155, 169 und häufiger.

40 Vgl. Linda A. Westervelt: *Beyond Innocence or the Altersroman in Modern Fiction*. Columbia 1997, S. 69, 131–138, 165.

41 Vgl. Margaret Morganroth Gullette: *Aged by Culture*. London 2004, S. 26, 151, 185; Margaret Morganroth: *Agewise: Fighting the New Ageism in America*. Chicago, London 2011, S. 133–144.

42 Vgl. Jeannette King: *Discourses of Ageing in Fiction and Feminism: The Invisible Woman*. New York 2013, S. 146–171.

43 Vgl. King, Discourses of Ageing, S. 146f.

44 Vgl. Gerd Göckenjan: *Das Alter würdigen. Altersbilder und Bedeutungswandel des Alters*. Frankfurt a. M. 2000.

Untersuchung steht die Etablierung von gesellschaftlichen Altersrollen wie die Rolle der Großmutter oder der weisen Alten in fiktionalen Texten und in der Zeitschriftenliteratur. Die Literaturwissenschaftlerin Miriam Haller streift in ihren Arbeiten zur Alterstopik immer wieder den Themenkomplex Erotik und Sexualität im Alter, eine tiefer gehende Beschäftigung mit der Materie existiert bislang jedoch nicht.[45]

In den motivgeschichtlichen Überblicksdarstellungen von Elisabeth Frenzel,[46] sowie Horst S. und Ingrid G. Daemmrich[47] wird der Themenkomplex Liebe im Alter vorrangig im Hinblick auf die altersdifferente Liebe unter den Ausführungen zum Motiv des verliebten alten Mannes dargestellt. Dieses Situationsmotiv untersucht Hans-Georg Pott in seiner Monografie über den *Eigensinn des Alters* in einem Kapitel über die Problematik altersdifferenter Liebe in Gerhart Hauptmanns Drama *Vor Sonnenuntergang* (1932). Die späte und tragisch endende Leidenschaft des 70-jährigen Geheimrats Clausen für die junge Inken setzt er in Beziehung zu Brechts *Unwürdiger Greisin*:[48] Beide Figuren verweigern sich der von den eigenen Kindern aus materiellem Interesse geforderten Enthaltsamkeit. Allerdings geht es dabei nicht um erotischen Genuss. Auch Hannelore Schlaffer zeichnet in ihrem Essay *Das Alter. Ein Traum von Jugend* die Rollenbilder zum Alter in „eine[r] Entwicklungslinie vom antiken Alterslob über die moderne Altersklage und die zeitgenössische Leugnung des Alters".[49] Unter dem Namen ›alter Mann

45 Vgl. Miriam Haller: ‚Ageing trouble'. Literatische Stereotype des Alter(n)s und Strategien ihrer performativen Neueinschreibung. In: *Altern ist anders*. Hrsg. vom InitiavForum Generati-onenvertrag. Münster 2004, S. 170–188, hier S. 179; Dies.: Unwürdige Greisinnen. ‚Ageing trouble' im literarischen Text. In: *Alter und Geschlecht. Repräsentationen, Geschichten und Theorien des Alter(n)s*. Hrsg. von Heike Hartung. Bielefeld 2005, S. 45–63, hier S. 52–56; Haller, Altern erzählen, S. 105–107, 109; Dies., Die ‚Neuen Alten', S. 235–240.

46 Vgl. Elisabeth Frenzel: Alte, Der verliebte. In: Dies.: *Motive der Weltliteratur. Ein Lexikon dichtungsgeschichtlicher Längsschnitte*. 6., überarb. u. erg. Aufl. Stuttgart 2008, S. 1–11. Soweit nicht anders angegeben, werden die einzelnen Motivüberblicke im Folgenden nach dieser Ausgabe zitiert. So wertvoll die neueren stoff- und motivgeschichtlichen Nachschlagewerke von Frenzel sind, so kritisch sind ihre Person und ihre rund 40-jährige Karriere zu sehen. Ausführlich dazu: Florian Radvan: „… Mit der Verjudung des deutschen Theaters ist es nicht so schlimm!" Ein kritischer Rückblick auf die Karriere der Literaturwissenschaftlerin Elisabeth Frenzel. In: *German Life and Letters* 54 (2001) 1, S. 25–44.

47 Vgl. Horst S. Daemmrich, Ingrid G. Daemmrich: Altern. In: Dies.: *Themen und Motive in der Literatur. Ein Handbuch*. 2., überarb. u. erw. Aufl. Tübingen, Basel 1995, S. 30–34, hier S. 31. Sofern nicht anders angegeben, werden die einzelnen Motivüberblicke im Folgenden nach dieser Ausgabe zitiert.

48 Vgl. Hans-Georg Pott: *Eigensinn des Alters: literarische Erkundungen*. München u. a. 2008, S. 153–160.

49 Haller, Ageing trouble, S. 183–186.

und Mädchen‹ skizziert sie die Geschichte dieses Motivs von Geoffrey Chaucer bis zu Philip Roth.[50] Die erotisch konnotierte Liebe der alten Frau wird in diesen Arbeiten allerdings kaum oder gar nicht angesprochen.[51]

Dieser Forschungslücke zur verliebten Alten begegnen die Forscherinnen Henriette Herwig und Miriam Seidler. Seidler hat u. a. in ihrer Dissertation die Figurenmodelle der/des verliebten Alten in zwei Romanen von Martin Walser analysiert.[52] Herwigs Beiträge zum Thema Altersrepräsentationen in der Literatur decken die gesamte Spanne typologischer, literarhistorischer, kulturgeschichtlicher, intertextueller und kulturpolitischer Bezüge ab: Gleichermaßen Beitrag zur feministischen Literaturwissenschaft und zur Liebesforschung ist Herwigs Untersuchung von Christa Wolfs Erzählung *Leibhaftig*.[53] Im selben Band analysiert sie die Verbindung von Liebes- und Altersdiskurs in den Pflegeheimromanen *Haus der Schildkröten* und *Haller und Helen* mit einem Fokus auf die Generationenbeziehung in der deutschen Gegenwartsliteratur.[54] Alters- und Liebesforschung, Gegenwartsliteratur und Goethezeit verbindet Herwig in ihrem Aufsatz zu Martin Walsers Goethe-Roman *Ein liebender Mann*. Aufbauend auf den historischen und literaturgeschichtlichen Hintergründen der Leidenschaft des 74-jährigen Goethe für die erst 19-jährige Ulrike von Levetzow diskutiert sie die Aktualisierung des Motivs des verliebten Alten und Walsers bevorzugtes Sujet, die altersdifferente Liebesleidenschaft.[55] Im Kontext ihrer umfassenden *Wilhelm-Meister*-Analyse hat sie dieses Thema in der Novelle *Der Mann von funfzig Jahren* in ihrer Habilitationsschrift ausführlich aufgearbeitet.[56] Weitere Aufsätze analysieren die

---

50 Vgl. Hannelore Schlaffer: *Das Alter. Ein Traum von Jugend*. Frankfurt a. M. 2003, S. 73–94.

51 Vgl. ebd., S. 105.

52 Vgl. Seidler, Figurenmodelle des Alters, S. 151–162.

53 Vgl. Henriette Herwig: Liebe, Krankheit und Tod in Christa Wolfs später Erzählung *Leibhaftig*. In: *Merkwürdige Alte. Zu einer literarischen und bildlichen Kultur des Alter(n)s*. Hrsg. von ders. Bielefeld 2014, S. 325–344.

54 Vgl. Henriette Herwig: Alte und junge Paare im Pflegeheimroman der Gegenwart: Annette Pehnts *Haus der Schildkröten* und Jürg Schubigers *Haller und Helen*. In: *Merkwürdige Alte. Zu einer literarischen und bildlichen Kultur des Alter(n)s*. Hrsg. von ders. Bielefeld 2014, S. 229–250.

55 Henriette Herwig: »Es gibt das Paradies: Zwei für einander. Es gibt die Hölle: Einer fehlt.« Martin Walsers *Ein liebender Mann*. In: *Wörter für die Katz? Martin Walser im Kontext der Literatur nach 1945*. Hrsg. von Miriam Seidler. Frankfurt a. M. 2012, S. 139–155.

56 Vgl. Henriette Herwig: *Der Mann von funfzig Jahren*: »Doppelte Ungleichheit des Alters« und Rivalität zwischen Vater und Sohn. In: Dies.: ›*Wilhelm Meisters Wander-*

spannungsgeladenen Beziehungen zwischen Eros und Thanatos, Männlichkeit und Weiblichkeit, Pathografie und Liebesgeschichte sowie Alter und Jugend in Thomas Manns späten Novellen *Die Betrogene* und *Der Tod in Venedig*.[57] Mit einem Schwerpunkt auf dem ›weiblichen Altern‹ in ausgewählten Werken Theodor Fontanes untersucht Herwig die Figurenmodelle der alten Detektivin, der kleinbürgerlichen Witwe, die sich angesichts des drohenden sozialen Abstiegs ängstigt, und schließlich den alten Junker von Stechlin.[58]

Dieser kurze Überblick über bisherige Forschungsarbeiten zum Themenkomplex Altersliebe in der Gegenwartsliteratur legt nahe, dass sich seit Faulstichs und Glasenapps düsterer Einschätzung der Forschungslage zur Liebe um das Jahr 2002 einiges geändert hat.[59] Das gilt auch für die deutschsprachige, literaturwissenschaftliche Altersforschung. Auf der Grundlage zahlreicher, oft sehr guter Vorarbeiten erscheint eine Untersuchung der Liebeskonzeptionen des Alters in der deutschsprachigen Gegenwartsliteratur nicht nur gut möglich, sondern auch lohnend. Dazu bedarf es vorab einer Definition von Liebe als literaturwissenschaftlichem Forschungsgegenstand sowie einer spezifisch literaturwissenschaftlichen Methodik zu seiner Untersuchung.

2.2 Zwischen Realität und Fiktion – Gesellschaftliche und literarische Alterskonzeptionen in der Gegenwart

Bei der Bestimmung der für diese Arbeit grundlegenden Begriffe ›Alter(n)‹ und ›Liebe‹ mache ich Modelle der Soziologie (junges und hohes Alter)[60] und Psychologie (sozialkonstruktivistisches Liebesmodell von Sternberg und Beall)[61] für eine

---

jahre‹: Geschlechterdifferenz, sozialer Wandel, historische Anthropologie. 2., durchges. Aufl. Tübingen 2002, S. 197–221.

57 Vgl. Henriette Herwig: Altersliebe, Krankheit und Tod in Thomas Manns Novellen *Die Betrogene* und *Der Tod in Venedig*. In: *Jahrbuch der Heinrich-Heine-Universität Düsseldorf 2008/2009*. Hrsg. von Michael Piper. Düsseldorf 2009, S. 345–359; Dies.: »Ende und Anfang – man könnte sie verwechseln«. Thomas Manns letzte Novelle *Die Betrogene* im Vergleich zu *Der Tod in Venedig*. In: *Alterskonzepte in Literatur, bildender Kunst, Film und Medizin*. Hrsg. von ders. Freiburg i.Br. 2009, S. 169–194.

58 Vgl. Henriette Herwig: Alter(n) und Geschlecht in ausgewählter Prosa Theodor Fontanes. In: *Zum Sterben schön: Alter, Totentanz und Sterbekunst von 1500 bis heute*. [Ausstellungskatalog]. Hrsg. von Andrea von Hülsen-Esch. Köln 2006, S. 52–64.

59 Faulstich, Glasenapp, Einleitung, S. 11.

60 Vgl. Barbara Pichler: Aktuelle Altersbilder: ›junge Alte‹ und ›alte Alte‹. In: *Handbuch soziale Arbeit und Alter*. Hrsg. von Kirsten Aner/ Ute Karl. Wiesbaden 2010, S. 415–425.

61 Vgl. Anne Beall, Robert J. Sternberg: The Social Construction of Love. In: *Journal of Social and Personal Relationships* 9 (1995), S. 417–438.

literaturwissenschaftliche Untersuchung fruchtbar. Dieses Vorgehen provoziert die Frage, inwieweit es zulässig ist, Modelle, welche die außerliterarische soziale oder psychologische Realität einer bestimmten Gesellschaft in einem bestimmten Zeitraum abbilden sollen, auf erzählte Welten und die psychologische Gestaltung von Figuren als fiktiven Entitäten zu übertragen. Um diese Frage beantworten zu können, sind Gebrauchsdefinitionen der Begriffe ›Fiktion‹ und ›Realität‹ erforderlich.

Mit Aleida Assmann betrachte ich „Fiktion als Modell der Realität [.], als einen konstruktiven Verstehensentwurf". Ihr zufolge konstituiert die Fiktion „ein Realitätsmodell, das als spekulatives Instrument der Erfahrung und Erprobung der Wirklichkeit dient".[62] Dieses Modell dient einerseits der konstruktiven Gestaltung und Etablierung, andererseits der kritischen Infragestellung und Modifizierung von Realität. Zwar modelliert Fiktion die Welt und macht sie im Modell durchschaubar, das Grundproblem der Mimesis, d. h., die Frage nach dem Wirkungsverhältnis von Kunst und Leben, bleibt laut Assmann jedoch bestehen. Sie negiert die Existenz einer vom Beobachter unabhängig existierenden Realität nicht, sondern sieht diese durch zwei Ebenen modelliert: das primäre Modell, also die verbale Realität, und das sekundäre Modell, die Fiktion.

Das **primäre Realitätsmodell,** die verbale Realität, zeichnet sich durch zwei Attribute aus: a) Kollektivität: Die verbale Realität ist Gemeinbesitz einer Kulturgemeinschaft in einer bestimmten geschichtlichen Epoche. b) Implizitheit: Dieser Gemeinbesitz ist internalisiert und damit unbewusst. Das **sekundäre Modell**, die Fiktion, hingegen ist individuell, von einem bewussten und persönlichen Geist geschaffen, und explizit. D. h., in der Fiktion wird das unbewusste Weltbild in einem Meta-Diskurs verarbeitet: „Durch den explikativen Charakter kann das sekundäre Modell (die Fiktion) auf das primäre (die verbale Realität) einwirken: sei es bestätigend oder verfremdend, reflexiv oder verändernd".[63] Schon bei Aristoteles hat die Dichtung, respektive die Tragödie, bekanntlich eine hohe sozialpsychologische Relevanz: Sie soll bei den Zuschauern ›Jammern und Schaudern‹ hervorrufen, um dadurch die Katharsis einzuleiten.[64] Doch auch das primäre Modell kann das sekundäre beeinflussen.[65]

62 Aleida Assmann: *Die Legitimität der Fiktion: ein Beitrag zur Geschichte der literarischen Kommunikation*. München 1980, S. 13f.

63 Ebd., S. 16.

64 Vgl. Aristoteles: *Poetik*. Griechisch/Deutsch. Übers. u. hrsg. von Manfred Fuhrmann. Stuttgart 2005, S. 39ff., 99.

65 Vgl. Assmann, Die Legitimität der Fiktion, S. 16.

ZuschauerInnen und LeserInnen müssen in der Lage sein, zwischen dem primären und sekundären Realitätsmodell zu unterscheiden. Sie benötigen ein gewisses Weltwissen, um die Differenz zwischen den beiden Modellen erkennen zu können. LeserInnen müssen erschließen können, ob sie gerade einen fiktiven oder einen faktualen Text vor sich haben. Dass diese Aufgabe nicht ohne Weiteres zu bewältigen ist, wird durch eine Vielzahl von Texten deutlich, die mit der Grenze zwischen Faktizität und Fiktion spielen. Dazu zählt Goethes *Dichtung und Wahrheit*, welche den Grenzgang bereits im Titel trägt. Hier wird die Aufmerksamkeit der LeserInnen z. B. durch mögliche Verstöße gegen Normen und/oder gegen soziologische Grundbedingungen der Realität gelenkt. Geht man mit Aristoteles davon aus, dass der literarische Text das Geschehen in der realen Welt imitiert (*mimesis*), so muss es für das sekundäre Modell Marker geben, die einen Text als fiktiv kennzeichnen.[66] Denn das Fiktive muss als solches erkannt werden, andernfalls handelt es sich um eine bloße Täuschung.[67]

Nach Iser verfügt die Literatur über ein Signalrepertoire, um anzuzeigen, dass ein Text als fiktional und nicht als Schilderung wirklicher Begebenheiten zu verstehen sei:

> Dabei sind die verschiedenen Fiktionssignale in der Regel so gehalten, daß durch sie nicht ein Gegensatz zur Wirklichkeit gemeint ist, sondern eher etwas, das sich in seiner Andersheit von dem her fassen läßt, was die herrschenden Gewohnheiten der Lebenswelt charakterisiert.[68]

Einen Katalog der Fiktionssignale zu erstellen, ist laut Iser nicht möglich, da diese erst „durch bestimmte, historisch variierende Konventionen, die Autor und Publikum teilen und die in den entsprechenden Signalen aufgerufen werden“,[69] entstehen und daher hochgradig individuell sind. Das Fiktive bezieht seine Dynamik aus dem Akt seines In-Gebrauch-Setzens. Fiktion ist für Iser nicht das bloße Gegenteil von Realität, sondern sie erfolgt „um des Gebrauches willen, der von ihr zu machen ist, und dieser bestimmt ihre Funktion“.[70] Als ›fiktional‹ im Unterschied zu ›fiktiv‹ wird etwas bezeichnet, bei dem der Bezug zu einem

---

66 Vgl. Wolfgang Iser: Akte des Fingierens. Oder: Was ist das Fiktive im fiktionalen Text? In: *Funktionen des Fiktiven (Poetik und Hermeneutik X)*. Hrsg. von Dieter Henrich und Wolfgang Iser. München 1983, S. 121–153.

67 Vgl. Dieter Henrich, Wolfgang Iser: Entfaltung der Problemlage. In: *Funktionen des Fiktiven (Poetik und Hermeneutik X)*. Hrsg. von dens. München 1983, S. 9–15, hier S. 10.

68 Iser, Akte des Fingierens, S. 135.

69 Ebd.

70 Henrich, Iser, Entfaltung der Problemlage, S. 9.

als ›real‹ Aufgefassten aufgehoben wird. D. h., „daß Fiktionen, sofern sie etwas ermöglichen, einen performativen Charakter haben".[71] Damit bewegt man sich in der fiktionalen Welt eines Romans. Nach Johannes Anderegg ist Fiktionalität häufig spielerisch:

> Das Spezifische jener Texte, die als fiktionale gekennzeichnet werden sollen, liegt vielmehr darin, daß bei ihrer Wahrnehmung die Frage nach der Authentizität, nach Wahrheit oder Überprüfbarkeit hinfällig wird. Nicht die Unmöglichkeit zu referenzialisieren, sondern der Wegfall des Bedürfnisses, eine Referenzialisierung vorzunehmen, kennzeichnet die fiktionale Kommunikation [...].[72]

Was bedeutet das für die Interpretation literarischer Texte? Nach Kimminich ist jede Form der Interpretation

> ein dynamischer und konstruktiver Prozeß, an dem der Interpret einen ‚inventiven Anteil' [.] nimmt. [...] Die sogenannte ‚reale' Welt, auf die sich wissenschaftliches wie dichterisches Bedeuten beziehen, bleibt als nicht sprachlich gedachte, absolute Bezugskategorie sowohl der Wahrnehmung als auch der Erkenntnis verschlossen.[73]

Literatur stellt demnach einen Vorrat an verschiedenartigen Modellen von Realität dar, sie ist das „Zwischenlager geistiger Modelle der Realitätsbewältigung und Wirklichkeitsauffassung [.], die dem Individuum zur Verfügung stehen".[74] Einerseits enthält die Literatur literarische und wissenschaftliche „Weltinterpretationsmodelle", andererseits ihre „jeweiligen subjekt- oder gruppenspezifische Umdeutungen, die durch Semiose zu neuen Interpretationskonstrukten verarbeitet wurden".[75] Mit Schmitz-Emans geht Kimminich davon aus,[76] dass sowohl Literatur(wissenschaft) als auch die empirischen (Natur-)Wissenschaften einen „Verbund mentaler Repräsentationen bereit[stellen], der stets zu neuen Konstruktionen anregen kann".[77]

---

71 Wolfgang Iser: *Das Fiktive und das Imaginäre. Perspektive literarischer Anthropologie.* Frankfurt a. M. 1993, S. 260, vgl. auch S. 249.

72 Johannes Anderegg: Zum Problem der Alltagsfiktion. In: *Funktionen des Fiktiven (Poetik und Hermeneutik X).* Hrsg. von Dieter Henrich und Wolfgang Iser München 1983, S. 377–386, hier S. 379.

73 Eva Kimminich: Literatur, Wirklichkeit und Wissenschaft. Prolegomena eines neuen Literaturbewußtseins. In: *Erfundene Wirklichkeiten. Literarische und wissenschaftliche Weltentwürfe – zwei Wege, ein Ziel?* Hrsg. von ders. Berlin 1998, S. 1–20, hier S. 5.

74 Ebd., S. 8.

75 Ebd.

76 Vgl. Monika Schmitz-Emans: *Spiegelt sich Literatur in der Wirklichkeit? Überlegungen und Thesen zu einer Poetik der Vorahnung.* Göttingen 1994, S. 82f.

77 Kimminich, Literatur, Wirklichkeit und Wissenschaft, S. 8.

Anders ausgedrückt eröffnet fiktionale Literatur einen Möglichkeitsraum: gesellschaftliche Entwicklungen können mithilfe des ›doppelten Blicks der Literatur‹ differenziert nachvollzogen werden.[78] Indem Literatur von außen zu beobachtende Kommunikation mit der Innenperspektive der beteiligten Figuren verbindet, gibt sie einen „Einblick in die synchron laufende Beteiligung des Bewusstseins der Protagonisten an dieser intimen Kommunikation".[79] Hierin sehen Herwig und Seidler das Alleinstellungsmerkmal der Literatur und den Grund dafür, dass SoziologInnen gern auf literarische Modelle zurückgreifen, um gesellschaftliche Prozesse nachzuvollziehen.[80] Mit Lenz geben sie zu bedenken, dass der literarische Diskurs sich zwar auf die Herausbildung von Normen (für Liebesbeziehungen) auswirkt, er selbst darf jedoch nicht als normativ angesehen werden.[81]

Literarische wie psychologische und sozialwissenschaftliche Texte können demnach als mentale Repräsentationen aufgefasst werden. Während die sozio- und psychologischen Modelle auf der Ebene des primären Realitätsmodells, der verbalen Realität, zu verorten sind, sind die literarischen Konzeptionen von Alter und Liebe auf der sekundären Ebene anzusiedeln. Beide Modelle lassen sich – unter Berücksichtigung der Tatsache, dass sie nicht deckungsgleich sind – für die Analyse und Interpretation des jeweils anderen fruchtbar machen. Möglicherweise können gerade durch die Widersprüche zwischen beiden Modellen neue Motivkonstellationen, Alterskonzeptionen und Figurenmodelle zum Themenkomplex Altersliebe entwickelt werden. In Bezug auf die vorliegende Arbeit lässt sich damit feststellen, dass nicht nur soziokulturelle Vorstellungen vom Alter(n) die Figurengestaltung in fiktionalen Texten beeinflussen, auch literarische Figurenmodelle können die Wahrnehmung des Alter(n)s in der außerliterarischen Realität verändern. Beide transportieren Vorstellungen und Fantasien, welche sich auf die Selbst- und Fremdwahrnehmung der Liebe im Alter(n) auswirken.[82] Dieses Wechselverhältnis bezeichnet Albrecht Koschorke in seiner Allgemeinen Erzähltheorie als „performative Rückkopplung".[83] Einerseits kann sich „frei Erfundenes" in „Gestalt von Narrativen [...] im kollektiven Bewusstsein sedimentieren und zu

---

78 Vgl. Henriette Herwig, Miriam Seidler: Von der romantischen Liebe zur virtuell gestützten Liebespragmatik? In: *Nach der Utopie der Liebe? Beziehungsmodelle nach der romantischen Liebe*. Hrsg. von dens. Würzburg 2014, S. 7–42, hier S. 14.

79 Werber, Liebe als Roman, S. 16.

80 Vgl. Herwig, Seidler, Von der romantischen Liebe, S. 14.

81 Vgl. ebd.

82 Vgl. Seidler, Figurenmodelle der Alters, S. 63.

83 Albrecht Koschorke: *Wahrheit und Erfindung. Grundzüge einer Allgemeinen Erzähltheorie.* 3. Aufl. Frankfurt a. M. 2013, S. 22.

einer harten sozialen Tatsache werden",[84] andererseits wirkt die gesellschaftliche Reflexion auf das Erzählen ein und verändert es: „In diesem Auf und Ab erzählerischer Konstruktionen entsteht die Welt sozialer Tatsachen immer neu und bleibt andererseits für die jeweiligen Bewohner immer gleich selbstverständlich, auch wenn ihre Elemente im Lauf der Zeit ausgetauscht werden".[85]

2.2.1 Soziologische Perspektiven auf das Alter(n) in Deutschland

Das vorliegende Kapitel gibt einen kurzen Überblick über zeitgenössische Alter(n)skonzepte aus soziologischer Perspektive, literarische Altersmodelle und ihr Wechselspiel. Es dient als Grundlage der nachfolgenden Textanalysen. Diese basieren auf der Annahme, dass soziokulturelle und fiktionale Narrative die Entwicklung neuer Figuren(modelle) und Liebeskonzeptionen maßgeblich beeinflussen.

Einen „zunehmend dichteren Diskurs" über das Thema Alter(n) gibt es in Deutschland „seit den 1920er Jahren",[86] schreibt Gerd Göckenjan. Die aktuellen demografischen Prognosen des Statistischen Bundesamtes und deren gesellschaftliche Bedeutung haben längst Einzug in den soziokulturellen Diskurs gehalten. Die Prognose einer „sozialpolitische[n] ‚Alterslast'"[87] erzeugt ein anhaltend starkes Medienecho. Im medialen Diskurs wird sie nicht nur verstärkt, sondern zu Schreckensszenarien von gesellschaftlicher „‚Überalterung', ‚Pflegelawine[n]' und ‚Generationenkrieg'"[88] ausgebaut. In diesem Kontext wird das Alter rein negativ besetzt und als individuelle Bedrohung mit gesamtgesellschaftlichen Auswirkungen imaginiert.[89]

Das Image der Großeltern zählt dagegen nach wie vor zu den positiv besetzten Altersrollen der Gegenwart:

> A good example is that of the grandfather and grandmother whose popular image is that of gentle, socially disengaged, and desexualized men and women with white hair and

84 Ebd., S. 24.

85 Ebd., S. 25.

86 Göckenjan, Das Alter würdigen, S. 12.

87 Martin Kohli: Der Alters-Survey als Instrument. In: *Die zweite Lebenshälfte. Gesellschaftliche Lage und Partizipation im Spiegel des Alters-Survey*. Hrsg. von Martin Kohli. Opladen 2000, S. 10–32, hier S. 11; Pat Thane: Das 20. Jahrhundert. Grenzen und Perspektiven. In: *Das Alter. Eine Kulturgeschichte*. Übers. von Dirk Oetzmann u. Horst M. Langer. Hrsg. von ders. Darmstadt 2005, S. 263–300, S. 264.

88 Pichler, Aktuelle Altersbilder, S. 415.

89 Vgl. ebd.

> ready smiles, who dote continuously upon their grandchildren – figures, moreover who are often white and middle class.[90]

Doch in einer hochmobilen Gesellschaft mit Trend zur Kleinfamilie bzw. Singlehaushalten ist eine „familiale Altersidylle“[91], wie sie die traditionelle Großelternrolle am erwerbsarbeitsfreien Lebensabend[92] darstellt, kaum noch realisierbar.[93] Den daraus resultierenden Schreckgespenstern der Alterseinsamkeit und Depression zum Trotz hat die empirische Sozialforschung bereits Anfang der 1990er-Jahre den Trend zur neuen Altersperformanz einer angepassten Generation hedonistischer, konsumfreudiger und aktiver alter Menschen ausgemacht.[94] Die sogenannten ›Neuen Alten‹ sind weder vereinsamt und pflegebedürftig, noch agieren sie als aufopferungsvolle Großeltern im engen Kreis ihrer Angehörigen. Sie gestalten ihren Lebensabend selbstbestimmt und unabhängig – auch in der Partnerwahl. Die werbewirksamen Bilder gesunder, attraktiver und aktiver Senioren, die ihren Lebensabend in vollen Zügen genießen können, konkurrieren in den Medien mit der Dystopie einer siechenden Greisenrepublik.[95] Die wachsende Zielgruppe der ›Best Ager‹, ›Silver Ager‹ oder ›Woopies‹ zeichnet sich durch ihre hohe Kaufkraft und Freizeit aus.[96]

Nach Pichler basiert diese starke Polarisierung des Altersdiskurses auf den binären Kategorien ›jung‹ und ›alt‹. Die werbewirksamen Alterskonzepte „korrespondieren mit einer jugendlichen Vorstellung vom Alter“.[97] Dagegen scheinen die dystopischen Alterskonzepte die soziale Wirklichkeit des hohen Alters zu zeigen. Gemäß der Theorie vom Alter als einer Differenzkategorie unterscheidet Pichler zwischen den „jungen Alten“ und den „alten Alten“.[98] Dieser Unterteilung des Alters als letzter Lebensphase folgt auch der *Deutsche Alterssurvey* (DEAS), der

90 Vgl. Featherstone, Hepworth, Images of Ageing, S. 737.

91 Göckenjan, Das Alter würdigen, S. 172ff.

92 Zum Mythos der Großfamilienidylle früherer Jahrhunderte s. Horst W. Opaschowski, Ulrich Reinhardt: *Altersträume. Illusion und Wirklichkeit.* Darmstadt 2007, S. 39.

93 Vgl. Opaschowski, Reinhardt, Altersträume, S. 54; sowie Göckenjan, Das Alter würdigen, S. 388f.

94 Horst Becker: *Die Älteren. Zur Lebenssituation der 55- bis 70-Jährigen.* Bonn 1991, S. 86.

95 Rudolf Freiburg, Dirk Kretzschmar: Einleitung: Grau-Werte. In: *Alter(n) in Literatur und Kultur der Gegenwart.* Hrsg. von dens. Würzburg 2012, S. 1–30, hier, S. 1.

96 Vgl. Susanne Femers: *Die ergrauende Werbung. Altersbilder und werbesprachliche Inszenierungen von Alter und Altern.* Wiesbaden 2007, S. 22, 14f.

97 Pichler, Aktuelle Altersbilder, S. 415.

98 Ebd.

die Situation von Menschen in der zweiten Lebenshälfte untersucht. Als Beginn der zweiten Lebenshälfte betrachten die Sozialwissenschaftler das 40. Lebensjahr eines Menschen. Im Hinblick auf das Alter unterscheidet der *Alterssurvey* drei Altersgruppen: Die 40- bis 54-Jährigen, die 55- bis 69-Jährigen und die 70- bis 85-Jährigen: „Sie bilden die verschiedenen Lebensphasen des späten Erwerbsalters, des Ruhestandsübergangsalters und des Ruhestands ab, der oft auch als ›drittes Lebensalter‹ bezeichnet wird".[99] Das Modell eines jungen und gesunden dritten Lebensalters gegenüber einem „durch Krankheit, Abhängigkeit und Pflegebedürftigkeit geprägten"[100] vierten Lebensalter hat sich in der Soziologie heute weitgehend durchgesetzt. Nach Silke van Dyk ist es das sogenannte ›junge Alter‹, „das derzeit eine umfassende gesellschaftliche Neubestimmung erfährt, während die vierte Lebensphase der Hochaltrigkeit nach wie vor mit den klassischen Altersattributen und einem passiven Versorgungsstatus identifiziert wird".[101] Da an jede Altersphase typische Vorstellungen von Handlungsmustern und Rollenerwartungen geknüpft sind, stellt sich die Frage, wann ein Mensch aufgrund seines kalendarischen Alters in welche Altersgruppe eingeordnet werden kann. Das soziale Alter[102] ist nicht nur ein relevanter Faktor im sozialen Leben,[103] sondern auch ein wichtiges Figurenmerkmal in literarischen Texten.

2.2.2 Geisteswissenschaftliche Perspektiven auf das Alter(n)

Als Forschungsgegenstand wurde das Alter(n) in den Geisteswissenschaften im Zuge des *cultural turn* in den 1980er-Jahren ›entdeckt‹.[104] Die Altersforschung der deutschsprachigen Literaturwissenschaft hat in den letzten Jahren besonders

99 Andreas Motel-Klingebiel, Susanne Wurm, Clemens Tesch-Römer: Die zweite Lebenshälfte – Befunde des Deutschen Alterssurveys und ihre Bedeutung für Politik und Gesellschaft. In: *Altern im Wandel. Befunde des Deutschen Alterssurveys (DEAS).* Hrsg. von dens. Stuttgart 2010, S. 284–302, hier S. 284.

100 Vgl. Graefe, van Dyk, Lessenich, Altsein ist später, S. 695.

101 Vgl. ebd. Die Autoren beziehen sich auf Chriss Gilleard und Paul Higgs: *Cultures of Ageing, Self, Citizen, and the Body.* Harlow 2000.

102 Vgl. Pohlmann, Das Alter im Spiegel, S. 22ff.

103 Vgl. Martin Kohli: Die Institutionalisierung des Lebenslaufs. Historische Befunde und theoretische Argumente. In: *Kölner Zeitschrift für Soziologie und Sozialpsychologie* 37 (1985) 1, S. 1–29, hier S. 1.

104 Vgl. Seidler, Figurenmodelle des Alters, S. 10; Ursula Klingenböck: »[F]riedlich und heiter ist dann das Alter [?]« (Hölderlin, *Abendphantasie*). Literarische Konstruktionen des Alter(n)s. In: *Alter(n) hat Zukunft. Alterskonzepte.* Hrsg. von ders., Meta Niederkorn-Bruck, Martin Scheutz. Innsbruck 2009, S. 141–183, hier S. 141–143.

innerhalb der Narratologie und auf dem Gebiet der Topik große Fortschritte gemacht. Als mentales Modell einer Entität in einer fiktionalen Welt sind einer Figur[105] soziokulturelle Vorstellungen von Alter und Liebe eingeschrieben: „Alter(n) hat stets mit den kulturellen Wertzuschreibungen [zu tun], die den Rang und die Beurteilung des Alters zu verschiedenen Zeiten in verschiedenen Kulturen festlegen".[106] Den ebenso populären wie polyvalenten Begriff des ›Altersbildes‹[107] gebrauche ich in dieser Arbeit nicht, sondern orientiere mich an der Terminologie von Miriam Seidler. Sie differenziert zwischen Alterstopoi, Altersrepräsentation, Alterskonzepten und Figurenmodellen des Alters.

Der Begriff **Alterstopik** bezieht sich auf „ein Zeichenrepertoire, das sich zur Beschreibung alter Figuren herausgebildet hat".[108] Üblicherweise wird die Topik des Alters in vier Kategorien unterteilt: das Alterslob, die Altersklage, den Altersspott und den Alterstrost.[109] Ebenso wie Seidler geht Haller davon aus, dass in der Gegenwartsliteratur eine fundamentale „Neueinschreibung der traditionellen Alterstopoi",[110] eine Resignifikation, vonstattengehe. Die sozialwissenschaftliche Kategorie der sogenannten ›Neuen Alten‹ bzw. ›jungen Alten‹, die Mobilität, sexuelle Aktivität, Hedonismus sowie körperliche und kognitive Fitness in sich vereinen, betrachtet sie als eine „neue Facette"[111] des alten Topos ›Alterslob‹.

Bei der **Altersrepräsentation** handelt es sich um die „einzelne alte Figur und ihre spezifische ästhetische Gestaltung".[112] Das **Alterskonzept** ist die „Vorstellung

105 Jannidis, Figur und Person, S. 252.

106 Helmut Bachmaier: Späte Jahre. Das Alter in der Literatur. In: *Entwürfe. Zeitschrift für Literatur* (2008), S. 63–72, hier S. 63.

107 Vgl. Dorothee Elm u. a.: Einleitung. In: *Alterstopoi: das Wissen von den Lebensaltern in Literatur, Kunst und Theologie*. Hrsg. von dens. Berlin 2009, S. 1–18, hier S. 2.

108 Seidler, Figurenmodelle des Alters, S. 19.

109 Ausführlich dazu: Sigrid Schmid-Bortenschlager: Varianten und Variationen des Topos ‚Alter Mann – Junge Frau'. In: *Schwierige Verhältnisse. Liebe und Sexualität in der Frauenliteratur um 1900*. Hrsg. von Theresia, Klugsberger, Christa Gürtler, Sigrid Schmid-Bortenschlager. Stuttgart 1992, S. 5–18; Christian Gnilka: Altersklage und Jenseitssehnsucht. In: *Jahrbuch für Antike und Christentum* 14 (1971), S. 5–23; Uwe Opolka: Gesichter des Alters. Ein historischer Text- und Bilderbogen. In: *Einführungsbrief Funkkolleg Altern*. Tübingen 1996, S. 60–102; Göckenjan, Das Alter würdigen, S. 32f.; Haller: Ageing trouble, S. 170–188, Herwig, Alter und Geschlecht, S. 52; Seidler, Figurenmodelle, S. 18f., 69, 77f.

110 Vgl. Haller, Die Neuen Alten, S. 229, 233.

111 Vgl. ebd., S. 236.

112 Seidler, Figurenmodelle des Alters, S. 19.

von der Lebensphase Alter",[113] die in einem Figurenmodell – wie z. B. den aktualisierten Varianten des Lustgreises – präsentiert wird. Sie umfasst „einen Merkmalssatz, der die Einstellungen einer Figur oder eines Textes zur Lebensphase Alter konstituiert und damit ihre Sicht auf das eigene Altern und ihr Selbstverständnis als alterndes Wesen prägt".[114]

Als **Figurenmodelle des Alters** bezeichnet Seidler „durch gleiche und ähnliche Merkmalskomplexe charakterisierte Figuren", die sich auf „wiederkehrende Muster zur Darstellung alter Figuren"[115] beziehen. Im Kontext erotisch konnotierter Liebe sind die Figurenmodelle der/des verliebte/n Alten, des Lustgreises und der ›Neuen alten Frau‹ von besonderer Bedeutung.[116] Daraus ergibt sich die Fragestellung: Gibt es in der deutschsprachigen Literatur nach der Jahrtausendwende neue Figurenmodelle im Hinblick auf das Thema Altersliebe oder ist zumindest bei den bestehenden eine signifikante Veränderung zu beobachten?

2.3 Konzeptionen romantischer und erotisch konnotierter Liebe in Literatur und Gesellschaft

Um sich dem Themenkomplex ›Altersliebe‹ im Gegenwartsroman methodisch nähern zu können, ist zunächst die Erarbeitung einer Gebrauchsdefinition des zentralen Begriffs, also ›Liebe‹, notwendig. Die fiktionalen Liebesbeziehungen, die in dieser Arbeit analysiert werden, zeichnen sich durch die Betonung ihrer erotischen Komponente aus. Diese spielt bei anderen Formen der Liebe – wie z. B. Familien-, Freundes-, Gottes- oder Tierliebe – allenfalls eine untergeordnete Rolle.[117] Das Kompositum ›Altersliebe‹[118] bezieht sich im Kontext der vorliegenden Arbeit also nicht auf die Liebe zwischen Enkeln und Großeltern, sondern auf eine Form von Liebe, die im Folgenden als ›erotisch konnotierte Liebe‹ bezeichnet

113 Ebd.

114 Ebd., S. 60.

115 Ebd., S. 19.

116 Vgl. Marlene Kuch: Die Zukunft gehört den Rebellinnen. Die neuen alten Frauen bei Noëlle Châtelet, Claude Pujade-Renaud und Teresa Pàmies. In: *Alter und Geschlecht: Repräsentationen, Geschichten und Theorien des Alter(n)s*. Hrsg. von Heike Hartung, Bielefeld 2005, S. 211–236; Miriam Seidler: »Jungsein im Älterwerden«. Die ‚Neue alte Frau' in Kathrin Schmidts Roman *Die Gunnar-Lennefsen-Expedition*. In: *Altern ist anders: Gelebte Träume – Facetten einer neuen Alter(n)skultur*. Hamburg 2007, S. 235–256.

117 Vgl. Raja Halwani: *Philosophy of Love, Sex and Marriage. An Introduction*. New York 2010, S. 9.

118 Dieses Kunstwort benutzt u. a. Herwig, Alter(n) und Geschlecht, S. 52.

wird. Eine ›Altersliebe‹ liegt dann in einem Prosatext vor, wenn mindestens eine durch Selbst- oder Fremdcharakterisierung als alt dargestellte Figur (Altersrepräsentation) zugleich als Liebende/r präsentiert wird.

Wie aber kann man Liebe als literarisches Phänomen untersuchen? Wo in einem fiktionalen Erzähltext von Liebe die Rede ist, muss sie konzeptualisiert werden, um kommuniziert werden zu können. Nach Eva Illouz entstehen Konzeptionen von Liebe immer im Spannungsfeld von Realität und Fiktion.[119] Die „kulturell verfügbaren Bilder"[120] der Liebe wiederholen sich und sind laut Illouz medial omnipräsent: Von der Werbeanzeige zu Kinofilmen über das Internet bis zur Oper, in sogenannten Frauenzeitschriften, der Popmusik und in der Hochliteratur –

> Liebesgeschichten und -bilder stellen die Liebe als ein Gefühl dar, das dem Glück und damit dem wünschenswertesten Zustand überhaupt dienlich ist; die Liebe wird mit Jugend und Schönheit assoziiert, den am meisten bewunderten sozialen Eigenschaften unserer Kultur; sie gilt als Kern der normativ am stärksten gebotenen Institution (der Ehe); und in säkularen Kulturen macht die Liebe Sinn und Ziel der Existenz aus.[121]

Der Erfolg der Kommunikation einer spezifischen Liebeskonzeption in einem Roman entscheidet sich in der LeserInnenrezeption.[122] Damit der Erfolg der Text-LeserInnen-Kommunikation in Bezug auf Altersliebe gewährleistet ist, muss der Leser über ein Weltwissen verfügen, das nicht nur die räumliche und historische Verortung des Handlungsgeschehens berücksichtigt, sondern aus diesen Faktoren die soziale bzw. sexualmoralische Ordnung der erzählten Welt herleiten kann.[123] Wie ist das gemeint? Auf eine/n LeserIn in der Mitte des 18. Jahrhunderts wirkte es beispielsweise noch „geradezu lächerlich", „[d]aß ein Ehemann seine eigene

---

119 Eva Illouz: *Warum Liebe weh tut. Eine soziologische Erklärung*. Berlin 2011, S. 379.

120 Ebd.

121 Ebd., S. 380.

122 Vgl. Wolf Schmid: *Elemente der Narratologie*. Berlin 2005, S. 66.

123 Zur erzählten Welt s. Wolf, Elemente der Narratologie, S. 45: „Die erzählte Welt ist jene Welt, die vom Erzähler entworfen wird. Die vom Autor *dargestellte* Welt erschöpft sich freilich nicht in der erzählten Welt. In sie gehen auch der Erzähler, sein Adressat und das Erzählen selbst ein. Der Erzähler, der von ihm vorausgesetzte Hörer oder Leser und der Erzählakt sind im fiktionalen Werk dargestellte und folglich fiktive Einheiten. Somit wird im Erzählwerk nicht einfach erzählt, sondern ein Erzählakt dargestellt. Die Erzählkunst ist strukturell durch die Doppelung der Kommunikationssysteme charakterisiert: Die Erzählkommunikation, in der die erzählte Welt entworfen wird, ist Teil der fiktiven dargestellten Welt, die das Objekt der realen Autorkommunikation ist".

Frau lieben sollte".[124] Bei heutigen LeserInnen würde die Lächerlichkeit der Liebe zur eigenen Ehefrau zu Irritationen führen, sofern sie nicht über tiefer gehende kulturhistorische Kenntnisse verfügen, weil die Konzeption erotisch konnotierter Liebe sich in diesem Punkt in ihr Gegenteil verkehrt hat.

Im Rahmen dieser Arbeit unterscheide ich zwischen Konzeptionen von erotisch konnotierter Liebe und den dadurch motivierten Liebesbeziehungen. In Anlehnung an Faulstich und Glasenapp[125] lässt sich eine **Liebesbeziehung** im Prosatext als ein Phänomen bestimmen, das eine durch erotische konnotierte Liebe motivierte Figurenkonstellation bezeichnet. Zu einer Figurenkonstellation gehören laut Eder, Jannidis und Schneider Aspekte wie soziale Beziehungen im Sinne von Konflikten und Bindungen, (moralische) Werte und Normen, diegetische und ästhetische Ähnlichkeiten sowie Unterschiede; die durch Parallel- und Kontrastfiguren dargestellt werden. Ferner nennen sie Relevanzhierarchien, verkörpert durch Haupt- und Nebenfiguren, sowie deren dramaturgische und thematische Funktion.[126] Im Textkorpus dieser Arbeit kommen Liebesbeziehungen vor allem in Form von Ehen, eheähnlichen Beziehungen oder Affären vor. Als **Konzeption einer Liebesbeziehung** bezeichne ich die textimmanenten Vorstellungen davon, welche Ausdrucksformen Liebe annehmen kann und/oder sollte. Dazu zählen sowohl die Wünsche und Sehnsüchte, welche die Figuren selbst direkt und/oder indirekt äußern, als auch die Konzeptionen, welche die jeweilige Erzählinstanz narrativ erzeugt.

Den Terminus ›Liebeskonzeption‹ gebrauche ich als Oberbegriff für verschiedene und zum Teil divergierende Vorstellungen von Liebe innerhalb der jüngsten Gegenwartsliteratur. Man hat es dabei nicht „mit einer verbindlichen, unter eine Leitformel zu bringenden Liebesvorstellung zu tun, sondern mit einer Vielzahl divergierender, bruchstückhafter Semantiken und Konzepte".[127]

Heutige Liebeskonzeptionen werden in der Liebesforschung auf der Basis ihrer Vorläuferin, der romantischen Liebe, entwickelt. Nach Günter Burkart hat die romantische Liebe zwei Seiten, die durch Strömungen aus verschiedenen literarischen Epochen geprägt sind. Auf der einen Seite sieht er die Konzeptionen der

---

124 Helmut Kuhn: *Liebe. Geschichte eines Begriffs*. München 1975, S. 171.

125 Faulstich, Glasenapp, Einleitung, S. 8.

126 Vgl. Jens Eder, Fotis Jannidis, Ralf Schneider: Characters in Fictional Worlds: An Introduction. In: *Characters in Fictional Worlds: Understanding Imaginary Beings in Literature, Film and Other Media*. Hrsg. von dens. Berlin u. a. 2010, S. 3–64, hier S. 27.

127 Vgl. Inwon Park: *Paradoxie des Begehrens: Liebesdiskurse in deutschsprachigen und koreanischen Prosatexten*. Köln u. a. 2010, S. 1.

platonischen Liebe[128], der christlichen Mystik und des *amour courtois* der Hohen Minnekanzone „als Vorläufer der romantischen Liebe im Sinne von idealistischer, ›reiner‹ Liebe (Seele, Geist, Gott, Universum)“. Die andere Seite bilden „ars erotica, Renaissance-Hedonismus und Galanterie [...] (Sinne, Sexualität, Körper)“.[129] Die romantische Liebe sei daraus synthetisiert und überwinde die Grenzen ihrer Vorläufer, indem sie diese Elemente in einem einzigen Konzept vereinige. Um den Gegenstand der vorliegenden Arbeit definieren zu können, ist daher ein kurzer Exkurs zur romantischen Liebe notwendig.

2.3.1 Romantische Liebe in der Literatur

Spätestens mit Beginn des 18. Jahrhunderts ist die Literatur das Medium, welches erotisch konnotierte Liebesbeziehungen „revolutioniert und prägt“.[130] In der Epoche der Empfindsamkeit (1740–1790) wurde das Emotionale kultiviert: Die *Leiden des jungen Werthers* (1774) greifen mit der *Amour fou* ein traditionsreiches und radikales Liebesmodell auf. Zum Ende des Jahrhunderts gewinnt die romantische Liebeskonzeption zunehmend an Bedeutung.[131] Es ist diese historische Liebeskonzeption der Literatur der deutschen Romantik, auf die ich mich im Folgenden mit dem Begriff der **romantischen Liebe** beziehe.

Die 1799 erschienene *Lucinde*[132] von Friedrich Schlegel bringt diese neue Liebeskonzeption programmatisch pointiert zur Geltung.[133] Das Romanfragment

128 Platonische Liebe meint hier nicht das, was landläufig darunter verstanden wird, nämlich affektive Zuneigung ohne Sexualität, sondern die homoerotische Liebeskonzeption, die in den Dialogen des Sokrates zum Ausdruck kommt. Vgl. Gyburg Radke: Sokrates' große Liebe. Der philosophische Eros in den Dialogen Platons. In: *LiLi. Zeitschrift für Literaturwissenschaft und Linguistik* (2004) H. 135, S. 9–40, hier S. 10.

129 Burkart, Auf dem Weg, S. 24.

130 Herwig, Seidler, Von der romantischen Liebe, S. 11.

131 Vgl. ebd.

132 Karl Wilhelm Friedrich von Schlegel: *Lucinde* (1799). In: *Dichtungen*. Abt. I, Bd. 5 der Kritischen Friedrich-Schlegel-Ausgabe. Kritische Neuausgabe. Hrsg. von Hans Eichner. München, Paderborn, Wien 1962, S. 1–83. Im Folgenden zitiert mit der Sigle L.

133 Vgl. Eichner, Einleitung, S. XXIXff.; Paul Kluckhohn: *Die Auffassung der Liebe in der Literatur des 18. Jahrhunderts und in der deutschen Romantik*. 3. Aufl. Tübingen 1966, S. 607; Karl Lenz: Romantische Liebe – Ende eines Beziehungsideals? In: *Liebe am Ende des 20. Jahrhunderts. Studien zur Soziologie intimer Beziehungen*. Hrsg. von Kornelia Hahn, Günter Burkart. Opladen 1998, S. 65–85, hier S. 66f.; Luhmann, Liebe als Passion, 1982, S. 51, 54f., Luserke-Jaqui, Kleine Literaturgeschichte, S. 111; Tyrell, Romantische Liebe, S. 588; Werber, Liebe als Roman, S. 30.

hat entscheidend zur „Ausdifferenzierung der Liebe“[134] beigetragen.[135] Nach Eichner[136], Kluckhohn[137], Lenz[138], Luhmann[139], Luserke-Jaqui[140], Tyrell[141] und Werber[142] zeichnet sich die Liebeskonzeption der deutschen Romantik durch die Vereinigung von erotischem Begehren und affektiver Sympathie auf ein und dasselbe Liebesobjekt aus.[143] Eichner sieht die Liebeskonzeption der *Lucinde* als romantischen Gegenentwurf zum Paradigma der keuschen und sublimen ›Seelenliebe‹ gegenüber der sexuell konnotierten und wenig geachteten ›Sinnenliebe‹, das die Literatur des 18. Jahrhunderts dominiert.[144] Als Vorläufer des romantischen Liebesmodells betrachtet Elke Reinhardt-Becker den Seelenfreundschaftskult in der Empfindsamkeit und die sich daraus entwickelnde Freundschaftsehe als spezifische Orte der Ich-Konstituierung des Individuums.[145]

---

134 Tebben, Von der Unsterblichkeit des Eros (Anm. 82), S. 26.

135 Vgl. auch May, Love, S. 168, Werber, Liebe als Roman, S. 450f.

136 Vgl. Eichner, Einleitung, S. XXIXff.

137 Vgl. Kluckhohn, Die Auffassung der Liebe, S. 607.

138 Vgl. Lenz, Romantische Liebe, S. 66f.

139 Vgl. Luhmann, Liebe als Passion, 1982, S. 51, 54f.

140 Vgl. Luserke-Jaqui, Kleine Literaturgeschichte, S. 111.

141 Vgl. Tyrell, Romantische Liebe, S. 588.

142 Vgl. Werber, Liebe als Roman, S. 30.

143 In Goethes *Römischen Elegien* wird die Einheit von Liebe und Sexualität durch ein lyrisches Ich in der dritten Elegie antikisierend ins alte Griechenland verlegt und dient der moralästhetischen Rechtfertigung dieses in der Moderne ›verloren‹ gegangenen Liebeskonzeptes: „Zur Begründung seiner neuen, angeblich von den Alten vorgelebten Liebeskonzeption führt das Ich eine Kette mythologischer Vergleiche an, die von Aphrodites Liebe zu Anchises bis zum Gründungsmythos der Stadt Rom reicht, zur Zeugung von Romulus und Remus durch Mars und Rhea Sylvia“. Henriette Herwig: AMOR vs. FAMA. Goethes *Römische Elegien.* In: *Von der Liebe und anderen schrecklichen Dingen. Festschrift für Hans-Georg Pott.* Hrsg. von Yvonne-Patricia Alefeld. Bielefeld 2007, S. 145–162, S. 151. Vgl. auch Reiner Wild: »Ich ließ mich Fremder verführen«: Goethes *Römische Elegien* und *Venezianische Epigramme.* In: *Sexualität im Gedicht.* Hrsg. von Theo Stemmler, Stefan Horlacher. Tübingen 2000, S. 195–210, hier S. 200f.

144 Vgl. Eichner, Einleitung, S. XXIIIff.; Werner Faulstich: Die Entstehung von ‚Liebe‘ als Kulturmedium im 18. Jahrhundert. In: *Liebe als Kulturmedium.* Hrsg. von Werner Faulstich, Jörn Glasenapp. München 2002, S. 23–56, hier S. 28f. sowie Reinhardt-Becker, Seelenbund oder Partnerschaft, S. 49f., Peter von Matt: *Liebesverrat. Die Treulosen in der Literatur.* München 1991, S. 67f.

145 Vgl. Dieter Borchmeyer: Schwankung des Herzens und Liebe in Triangel. Goethe und die Erotik der Empfindsamkeit. In: *Codierungen von Liebe in der Kunstperiode.* Hrsg. von Walter Hinderer. Würzburg 1997, S. 63–84, hier S. 77f.,

Die romantische Liebe, in der die Gatten einander nicht nur seelisch, sondern auch sinnlich lieben, stellt eine Innovation dieser Beziehungsmodelle dar und dient fortan als Orientierungspunkt des liebenden Subjekts:[146] Für Schlegels Protagonisten Julius verkörpert die Geliebte Lucinde in Personalunion „zugleich die zärtlichste Geliebte und die beste Gesellschaft [.] und auch eine vollkommene Freundin" (L 11). Wenn Julius „geistige Wollust" und „seelische Sinnlichkeit" (L 7) beim Koitus mit Lucinde empfindet, dann werden die zeitgenössischen Oxymora nicht nur aufgelöst, sondern auch in die Synthese von Sinnen- und Seelenliebe überführt, die das romantische Liebeskonzept charakterisiert.[147] Die Erfahrung vorehelicher Sexualität ist kein Privileg des Mannes, auch Lucinde verfügt darüber (vgl. L 53).

Ebenso wie die romantische Liebe den Dualismus von erotischem Begehren und affektiver Sympathie überwindet, sollen Julius und Lucinde die Dichotomie stereotyper Geschlechtscharaktere unterlaufen, um „auf die Vollendung des Männlichen und Weiblichen zur vollen ganzen Menschheit" (L 13) hinzuwirken.[148] Mit dem Anspruch auf die Wechselseitigkeit der Liebe verändert sich in der *Lucinde* auch die Rolle der Frau innerhalb der Liebesbeziehung. Diese ist nun nicht mehr *nolens volens* den ihr entgegengebrachten Liebesbezeigungen als stummes Idol ausgeliefert, sondern „als autonomes Gefühlssubjekt" dem Mann gleichgestellt.[149]

Ein weiteres Merkmal der Liebeskonzeption der *Lucinde* ist die Vorherbestimmung der Liebenden füreinander (vgl. L 7).[150] Daraus ergeben sich nicht nur die Einzigartigkeit der Liebesbeziehung,[151] sondern auch die absolute Wertschätzung der Individualität der beiden Liebenden und ihre unverbrüchliche Treue zueinander. Julius grenzt die romantische Definition (sexueller) Treue im Gespräch mit Lucinde deutlich von der bürgerlichen Auffassung ab (vgl. L 33). Das Merkmal

---

146 Vgl. Elke Reinhardt-Becker: *Seelenbund oder Partnerschaft? Liebessemantiken in der Literatur der Romantik und der Neuen Sachlichkeit*. Frankfurt a. M. 2005, S. 16.

147 Vgl. Eichner, Einleitung, S. XXX, F. 36.

148 Für eine ausführliche Analyse der Geschlechterrollen in der *Lucinde* s.: Julia Bobsin: *Von der ›Werther‹-Krise zur ›Lucinde‹-Liebe. Studien zur Liebessemantik in der deutschen Erzählliteratur 1770–1800*. Tübingen 1994, S. 168–170.

149 Vgl. Lenz, Romantische Liebe, S. 69. Von Gleichstellung im rechtlichen oder sozialen Sinne kann in der *Lucinde* jedoch nicht die Rede sein. Vgl. Barbara Becker-Cantarino: »Die wärmste Liebe zu unsrer litterarischen Ehe«: Friedrich Schlegels Lucinde und Dorothea Veits Florentin. In: *Bi-Textualität. Inszenierungen des Paares*. Hrsg von Annegret Heitmann u. a. Berlin 2001, S. 131–142, S. 134f.

150 Vgl. Eichner, Einleitung, S. XXXII.

151 Vgl. Werber, Liebe als Roman, S. 470.

Treue bezieht sich nicht nur auf Monogamie im Sinne einer lebenslangen Gemeinschaft zwischen zwei Individuen, die sexuellen Verkehr mit Dritten und romantische Affekte zu ihnen ausschließt.[152] In der *Lucinde* geht die Liebe über den Tod hinaus (vgl. L 71, 11), denn „der zum religiösen Erlebnis gewordenen Liebe ist der Tod keine Schranke mehr".[153]

Die *Lucinde* ist nach Schmiedt „das herausragende literarische Zeugnis [einer] neuen Tendenz":[154] die leidenschaftliche Liebesehe. Julius' und Lucindes ›wilde Ehe‹ nimmt keine „[k]leinkarierte[n] Rücksichten"[155] auf wirtschaftliche und soziale Belange. Sie bricht auch mit den Ritualen und Formalien der institutionalisierten kirchlichen und bürgerlichen Heirat. Als Ehe gilt Julius nur diejenige Verbindung, die bruchlos und vollumfänglich geistige, seelische und erotische Aktivitäten miteinander verbindet.[156]

Die irdische und metaphysische Krönung der romantischen Ehe ist das gemeinsame Kind, welches die Liebenden „als ein hochzeitliches Band [...] ganz und unauflöslich" (L 61) miteinander verbindet. Die Bedeutung des Kindes erhebt die romantische Liebesehe damit nicht nur über die bürgerliche Ehe als Wirtschafts- und Fortpflanzungsgemeinschaft, das Kind ist zugleich auch der Garant für die Fortdauer der romantischen Liebe (vgl. L 82).[157] Die romantische Liebe wird von Julius als Ersatzreligion mit der Liebesbeziehung als höchster Instanz anstelle des christlichen Gottes gefeiert (vgl. L 23).[158] Dieses „Himmelreich" der romantischen Liebe hat nach Tyrell „Höchstrelevanz" im Leben eines Individuums und „beerbt" darin „die Erlösungsreligionen"[159] um ihren Status als Substitut aller unerfüllten, menschlichen Sehnsüchte. Die romantische Liebe bindet damit „in einem hohen Maße die Glückserwartungen der Individuen und erhebt die Liebe zu der wichtigsten Angelegenheit im Leben".[160]

---

152 Vgl. Eichner, Einleitung, S. XXXf.; Lenz, Romantische Liebe, S. 68.

153 Vgl. Kluckhohn, Von der Auffassung, S. 390.

154 Helmut Schmiedt: Die beschwerliche Gemeinschaft. Ehe, Liebe und Ehebruch in deutscher Erzählprosa. In: *Die beschwerliche Ehe. Eine Lebensform in Literatur und Film*. Hrsg. von Arnulf Krause, Regina Claussen. Bonn 1996, S. 107–121, hier, S. 112.

155 Vgl. Herrad Schenk: *Freie Liebe – wilde Ehe. Über die allmähliche Auflösung der Ehe durch die Liebe*. München 1987, S. 126.

156 Vgl. ebd., S. 126f.

157 Vgl. Kluckhohn, Von der Auffassung, S. 376f.

158 Vgl. Hans Eichner: Einleitung. In: *Kritische Friedrich-Schlegel-Ausgabe* 5., 1. Abteilung: Dichtungen. München, Paderborn, Wien 1962 [1799], S. V–XVI, hier S. XXXV; May, Love, S. 166ff.

159 Tyrell, Romantische Liebe, S. 571f.

160 Vgl. Lenz, Romantische Liebe, S. 68.

Trotz der Schilderung der zahlreichen Liebschaften Julius' in den *Lehrjahren der Männlichkeit* ist die *Lucinde* also nicht nur eine ›Philosophie der Liebe‹, sondern die ›Philosophie der großen Liebe‹.[161] Was Julius' und Lucindes Vorgängerinnen verbindet, ist zwar auch eine Art von Liebe, aber eben nicht die säkularisierte *unio mystica*, die er mit Lucinde erlebt.[162] Schlegels Liebesphilosophie ist zum einen teleologisch organisiert: Die Liebschaften der *Lehrjahre* dienen Julius zur Entwicklung seiner Liebesfähigkeit für die vorherbestimmte, große Liebe zu Lucinde. Zum anderen ist Schlegels Liebesbegriff hierarchisch, denn die Beziehung zu Lucinde übertrifft nicht nur alle vorhergehenden, das Ideal des romantischen Liebestodes[163] schließt nachfolgende Beziehungen kategorisch aus.

2.3.2 Erotisch konnotierte Liebe

Trotz stetiger Transformation haben sich Merkmale der romantischen Liebe in trivialisierter Form in der erotisch konnotierten Liebe der Gegenwart erhalten.[164] Als **erotisch konnotierte Liebe** bezeichne ich die Liebeskonzeption, deren Merkmale sich vorwiegend im Gegenwartsroman finden lassen. Dazu zählen die „gegenseitige Erwiderung der Liebe, die Einheit von Sexualität und affektiver Zuneigung, sowie die Betonung der Individualität".[165] Die Verschränkung zweier wesentlicher Charakteristika der modernetypischen Liebesauffassung sieht Hartmann Tyrell in der „Koinzidenz von Selektion und Höchstrelevanz".[166] Die Form der monogamen Dyade ist immer noch paradigmatisch.[167] Im Gegensatz zur romantischen

161 Vgl. Mathias Luserke-Jaqui: „Lust und Liebe". Ein romantisches Modell. In: Ders.: *Kleine Literaturgeschichte der großen Liebe.* Darmstadt 2011, S. 111–132, hier S. 111, 121.

162 Vgl. Becker-Cantarino, Die wärmste Liebe, S. 134.

163 Vgl. May, Love, S. 174.

164 Vgl. Burkart, Auf dem Weg, S. 24; Simon May: *Love. A History*. New Haven, London 2012, S. xii; Faulstich, Liebe als Kulturmedium, S. 31: „Romantische Liebe (erstens) darf keinesfalls verwechselt werden mit Romantik in der Paarliebe. Letztere gab und gibt es seit den Anfängen der Menschheits- und Kulturgeschichte, und Romantik wird Bindungen aller Art wohl auch in Zukunft begleiten. Das Konzept der Romantischen [sic.] Liebe dagegen ist ein Konzept speziell des 18. Jahrhunderts; es ist historisch entstanden und wird, ohne dass Liebe als Paarbeziehung negativ tangiert werden wird, irgendwann einmal wieder verschwunden sein". Vgl. auch May, Love, S. xii.

165 Doris Guth, Heide Hammer: Love me or leave me. Eine Einleitung. In: *Love me or leave me. Liebeskonzepte in der Populärkultur*. Hrsg. von dens. Opladen 2009, S. 7–14, hier S. 8.

166 Tyrell, Romantische Liebe, S. 571.

167 Vgl. Neuhaus, Sexualität im Diskurs, S. 52.

Liebeskonzeption gilt die Treue in der Gegenwart aber nicht über den Tod hinaus, sondern nur bis zum Ende einer Liebesbeziehung:[168] „Für die Liebe [...] ‚stirbt' man nicht mehr", konstatiert Lenz.[169]

Eine „Liebe zu dritt" oder andere, parallele Liebesbeziehungen zu mehreren Personen sind als ›alternative Lebensformen‹ Ende der 1960er- bis Anfang der 1970er-Jahre zeitweise in den medialen Fokus gerückt worden.[170] Sie konnten sich bislang jedoch nicht gesellschaftlich als gleichwertige Liebeskonzeptionen etablieren.[171] Heterosexuelle Liebesbeziehungen werden trotz der kontinuierlich wachsenden Scheidungsraten,[172] dem massiven Anstieg des Zusammenlebens unverheirateter Paare[173] und serieller Monogamie von der Institution Ehe beeinflusst.[174] Das gilt insbesondere dann, wenn Paare Kinder bekommen.[175] Dennoch ist das Beziehungsmodell der Gegenwart zunehmend seltener durch lebenslange Monogamie gekennzeichnet. Häufiger ist die Praxis des „Beziehungspluralismus" in Form von „Lebensabschnittspartnerschaften",[176] die sich mit Singlephasen abwechseln. Die sogenannte „serielle[.] Monogamie"[177] basiert nach Lewandowski

---

168 Vgl. Gunter Schmidt: *Das neue Der Die Das. Über die Modernisierung des Sexuellen.* 2., korr. Aufl. Gießen 2005 (2004), S. 31.

169 Vgl. Lenz, Romantische Liebe, S. 77.

170 Tyrell, Romantische Liebe, S. 583.

171 Vgl. Jin Haritaworn, Chin-ju Lin, Christian Klesse: Poly/logue: A Critical Introduction to Polyamory. In: *Sexualities. Special Issue on Polyarmory* 9 (2006) 5, S. 515–526, hier S. 518; May, Love, S. xii. Zum Stichwort: „Bigamie-Verbot" vgl. Tyrell, Ehe und Familie, S. 147.

172 Vgl. Rüdiger Peuckert: *Familien im sozialen Wandel.* 7., vollst. überarb. Aufl. Wiesbaden 2008, S. 167ff.

173 Vgl. Schenk, Wilde Ehe, S. 127.

174 Vgl. Gunter Schmidt: Beziehungsbiografien im Wandel. Von der sexuellen zur familiären Revolution. In: *Geschlecht zwischen Zwang und Spiel.* Hrsg. von Hertha Richter-Appelt, Andreas Hill. Gießen 2004, S. 275–294, hier S. 286; Jeffrey Weeks, Brian Heaphy, Catherine Donovan: *Same Sex Intimacies. Families of Choice and Other Life Experiences.* London 2001, S. 187f.

175 Vgl. Jeffrey Weeks: *Invented Moralities. Sexual Values in the Age of Uncertainty.* 3. Aufl. Cambridge 2007 (1995), S. 35f.

176 Fabian Baar: „Liebe ist nur ein Wort": Vier Blickwinkel auf die geschlechtliche Paarbeziehung. In: *Beziehungskulturen.* Hrsg. von Werner Faulstich. München, 2007, S. 11–27, hier S. 19. Vgl. auch Schmidt, Das neue Der Die Das, S. 28f.; Ann Swidler: *Love and Adulthood in American Culture.* Cambridge, Mass 1980, S. 143.

177 Vgl. B. A. Mitchell: Marriage and Divorce. In: *Encyclopedia of Gerontology: Age, Aging and the Aged.* Bd. 2. [L – Z, Index]. Hrsg. von James Birren. 2. Aufl. Amsterdam u. a. 2007, S. 124–130, hier, S. 125.

auf dem normativen Monosexualismus, worunter das Begehren von nur einem von zwei möglichen Geschlechtern verstanden wird.[178]

Während die Synthese von Liebe und Sexualität in der romantischen Liebe zugleich die erotische Qualität der Beziehung garantierte, stehen die „Kultivierung sexueller Geschicklichkeit“ sowie die „Fähigkeit, Befriedigung sowohl selbst zu schenken als auch selbst zu erfahren“,[179] im Zentrum der partnerschaftlichen Liebesbeziehung. Die partnerschaftliche Liebe wird allerdings nicht als Garant sexueller Erfüllung verstanden, sondern steht im Zeichen der wechselseitigen Bereitschaft zur Investition in und Arbeit an der gemeinsamen Sexualität.

Laut Giddens ist der „ganze Komplex der romantischen Liebe eindeutig primär auf heterosexuelle Partnerschaften gerichtet“.[180] Dagegen wird argumentiert, dass die Antwort darauf, inwiefern das romantische Liebeskonzept als heteronormativ zu verstehen ist, nicht eindeutig sein kann.[181] Denn die strenge Kategorisierung von Individuen über ihr Begehren als hetero- oder homosexuell, die z. B. im Konzept des ›Coming Out‹ ihren Ausdruck finden, ist historisch jüngeren Datums.[182] Die Beziehungskonzeptionen der Gegen-

---

178 Vgl. Lewandowski, Sexualität in den Zeiten, S. 87, Anne-Janine Müller: *Pornographie im Diskurs der Wissenschaft. Zwischen „sprechendem Sex“ und Medienvermittlung.* Berlin 2010, S. 164; Ulrich Gooß: Bisexualität: Jenseits der Monosexualitäten – oder dazwischen? In: *Geschlecht zwischen Zwang und Spiel.* Hrsg. von Hertha Richter-Appelt, Andreas Hill. Gießen 2004, S. 131–142, hier S. 140, Peter N. Stearnes: Jealousy in Western History: From Past toward Present. In: *Handbook of Jealousy: Theory, Research, and Multidisciplinary Approaches.* Hrsg. von Sybil L. Hart, Maria Legerstee. Chichester 2010, S. 7–26, hier S. 21.

179 Giddens, Wandel der Intimität, S. 74. Giddens Konzept der der ›reinen Beziehung‹ ist in der Soziologie zwar intensiv rezipiert worden, seinem Optimismus begegnen die meisten Rezipienten jedoch äußerst kritisch. Als Beispiele dafür seien hier genannt: Lynn Jamieson: Intimität im Wandel? Eine kritische Betrachtung der „reinen Beziehung“. In: *Frauen und Männer. Zur Geschlechtstypik persönlicher Beziehungen.* Hrsg. von Karl Lenz. Weinheim 2003, S. 279–297, sowie Weeks, Heaphy, Donovan, Same Sex Intimacies, S. 24.

180 Giddens, Wandel der Intimität, S. 74f.

181 Vgl. Sina Bardill Arn: *Welche Rolle spielt die Liebe? Individuelle Liebesvorstellungen und Wandel der Geschlechterverhältnisse.* Glarus, Chur 2011, S. 41.

182 Vgl. Franz X. Eder: Von „Sodomiten“ und „Konträrsexualen“. Die Konstruktion des „homosexuellen“ Subjekts im deutschsprachigen Wissenschaftsdiskurs des 18. und 19. Jahrhunderts. In: *Que(e)rdenken: Weibliche/männliche Homosexualität und Wissenschaft.* Hrsg. von Barbara Hey, Rolland Pallier, Roswitha Roth. Innsbruck, Wien 1997, S. 15–39, hier S. 18; Schmidt, Das neue Der Die Das, S. 120ff.;

wart und ihrer Literatur thematisieren ausdrücklich homo- und heterosexuelles Begehren.[183] Im Zuge der Emanzipationsbewegung von Bisexuellen, Lesben, Schwulen und Transsexuellen ab den 1970er-Jahren haben sich nicht nur entsprechende Genres des Romans entwickelt,[184] nicht-heterosexuelles Begehren und entsprechende Beziehungsformen haben auch Eingang in die Hochliteratur der Gegenwart gefunden.[185] Die Entwicklung der Geschlechterrollen zeichnet sich zu Beginn des 21. Jahrhunderts durch eine wachsende Diversifizierung aus, obgleich von einer vollständigen Gleichberechtigung der Geschlechter weiterhin keine Rede sein kann.[186]

Unabhängigkeit gilt auch für die Beziehung zu den eigenen Kindern: Alte(rnde) Eltern distanzieren sich zunehmend von den (möglichen) Vorurteilen ihrer Kinder gegenüber Liebe und Sexualität im Alter.[187] Von besonderem Interesse für das Thema Altersliebe sind die Entkoppelung von Liebe und Elternschaft in der Gegenwart und der Bedeutungsverlust des gemeinsamen Kindes als Krönung der romantischen Liebesbeziehung.[188] Eine Liebesbeziehung im fortgeschrittenen Alter ist also vollwertig, da die Fortpflanzungsfähigkeit als impliziter Bestandteil

---

Volkmar Sigusch: *Karl Heinrich Ulrichs. Der erste Schwule der Weltgeschichte.* Berlin 2000.

183 Vgl. Giddens, Wandel der Intimität, S. 75.

184 "Gay, Lesbian, Bisexual and Transgendered (GLBT) Romances are love stories in which the romantic interest centers on gay, lesbian, or bisexual couples. Except for this one basic difference, these novels are much like other romances (i. e. their plots revolve around the love relationship of the two main characters, they allow the reader to become emotionally involved in the courtship process, and they come in a variety of types, e. g., Gothic, Romantic Suspense, Historical, Contemporary, Paranormal, Young Adults)." Kristian Ramsdell: Gay, Lesbian, Bisexual and Transgendered Romance. (The GLBT Romance). In: *Romance Fiction: A Guide to the Genre.* 2. Aufl. Santa Barbara 2012, S. 367–389, hier S. 367.

185 Zu den Romanen des Korpus, das dieser Arbeit zugrunde liegt, die schwules, lesbisches und/oder bisexuelles Begehren – zumindest am Rande – thematisieren, zählen *Vanitas, Am Ende ein Anfang* und *Schlafwandel.*

186 Thomas Gesterkamp: Vielfalt der Geschlechterrollen. In: *APuZ. Aus Politik und Zeitgeschichte* 41 (2009), S. 7–12.

187 Vgl. Seidler, Figurenmodelle des Alters, S. 95ff. Hier untersucht Miriam Seidler am Beispiel der Brecht'schen Novelle *Die unwürdige Greisin,* wie sich eine lebenslustige alte Frau gegen die Vereinnahmungs- und Disziplinierungsversuche ihrer Kinder verwahrt.

188 Vgl. Hartmann Tyrell: Ehe und Familie – Institutionalisierung und Deinstitutionalisierung. In: *Die „postmoderne" Familie.* Hrsg. von Kurt Lüscher, Franz Schultheis, Michael Wehrspaun. Konstanz 1988, S. 145–156, hier S. 155.

der romantischen Liebe für die erotisch konnotierte Liebe der Gegenwart zwar eine hinreichende, aber keine notwendige Bedingung darstellt.[189]

2.3.3 Altersliebe und Ekel

Die romantischen Liebeskonzeptionen in Goethes *Werther* oder Schlegels *Lucinde* werden typischerweise über liebende Figuren vermittelt, die als junge Erwachsene oder Jugendliche charakterisiert sind. Eine romantische Altersliebe scheint damit ausgeschlossen: Wer bereits einmal romantisch geliebt hat, kann sich im Alter nicht noch einmal verlieben, selbst wenn der/die Geliebte verstorben sein sollte, da die romantische Liebe über den Tod hinausgeht. Die Aussichten auf eine romantische Liebe im Alter für Partnerlose sind kaum besser: Die erfolglose Suche nach dem/der Seelenverwandten führt über die Jahre langsam in die Verzweiflung. Für die ältere Frau jenseits der Menopause ist die Erfüllung der romantischen Liebe in Form eines gemeinsamen Kindes als Symbol der Liebe nicht mehr möglich. Das Modell der romantischen Liebe ist somit an der Jungendlichkeit der Liebenden ausgerichtet und lässt sich nur schwer auf alte Figuren übertragen.

Das wohl bekannteste alte Liebespaar der Literaturgeschichte findet sich weit vor der Romantik in Ovids achtem Buch der *Metamorphosen* in dem Mythos von Philemon und Baucis.[190] Dieses Paar besteht gemeinsam und unwissentlich eine göttliche Tugendprobe bezüglich seiner Gastfreundschaft. Die dafür von den Göttern ausgelobte Belohnung eines freien Wunsches stellt Philemon und Baucis als idealtypisches Liebespaar heraus: Beide wünschen sich, gleichzeitig zu sterben, um niemals vom anderen getrennt leben zu müssen. Die Götter gewähren nicht nur diesen Wunsch, sondern verwandeln sie im Augenblick ihres Todes auch in zwei Bäume, die ineinander verschlungen weiterwachsen.

Abgesehen von Philemon und Baucis ist es jedoch schwierig, in der Literaturgeschichte Beispiele einer positiv dargestellten erotisch konnotierten Liebe im Alter zu finden. Nach Lautmann sind die Figurenmodelle der bzw. des verliebten Alten und die möglichen Konstellationen „[i]m gesellschaftlichen Wertehorizont

---

189 Vgl. hierzu Gabriel García Márquez: *Die Liebe in den Zeiten der Cholera*. Roman. Köln 1987. Dieser sehr publikumswirksame Roman thematisiert die über lange Jahre verhinderte große Liebe der beiden Protagonisten, die erst im hohen Alter als Liebespaar miteinander leben können.

190 Publius Ovidius Naso: Philemon und Baucis. In: Ders.: *Metamorphosen. Das Buch der Mythen und Verwandlungen*. Hrsg. von Gerhard Fink. Düsseldorf, Zürich 2001, S. 242–247.

[…] nicht vorgesehen",[191] da mit Nichterfüllung der romantischen Liebe das Versagen des Individuums vorprogrammiert ist. Christian Metz hat in seiner 2012 publizierten *Narratologie der Liebe* in Bezug auf den literarischen Kanon darauf hingewiesen, „dass bestimmte Figuren – wie beispielweise die unverheiratete ältere Frau – im Liebesroman nicht vorkommen".[192] Es gibt kaum nennenswerte Beispiele einer positiv bewerteten Liebe alter Figuren in der Weltliteratur:[193]

> In Western literature love and sex among the old have not been given much attention. When they have, stereotypes are the norm, such as the depiction of the aged as a unified block of bitter people begrudging the young, the pleasures of youth, the Philemon and Baucis-like couple, completely devoted to each other and devoid of any sexuality, or the luckless *senex amans*, a stock character from ancient comedy.[194]

Daher fehlt es an positiv konnotierten Beispielen erotischer Liebe alter(nder) Figuren. Wo alte Figuren in fiktionaler Höhenkammliteratur erotisch konnotiert sind, werden sie überwiegend problematisiert und/oder mit negativen Stereotypen assoziiert. Eine frühe Problematisierung altersungleicher Liebespaare findet sich bereits in einer Fabel des Aesop aus dem 6. Jahrhundert v. Chr. In den *Apokryphen* des *Alten Testaments* existiert eine Vorform des Motivs des verliebten Alten in der *Geschichte von Susanna und Daniel* (Dan 13).[195] Auch die europäische Literatur durchzieht das Motiv seit ihren Anfängen: Vom sogenannten *Sumerlaten*-Lied Walthers von der Vogelweide aus dem frühen 13. Jahrhundert, welches das Schwankmotiv der verliebten Alten auf die eigentlich alterslose, idealisierte Minnedame projiziert,[196] über E. T. A. Hoffmanns Erzählungen *Die Brautwahl*[197] (1819) und *Datura fastuosa*[198] (1821) oder Goethes Novelle *Der Mann von funfzig Jahren*[199] (1821) bis hin zu Martin Walsers Fiktionalisierung der einseitigen

---

191 Lautmann, Soziologie der Sexualität, S. 96.

192 Metz, Narratologie der Liebe, S. 59.

193 Vgl. Seidler, Figurenmodelle des Alters, 437 sowie Metz, Narratologie der Liebe, S. 59.

194 Vgl. Meyer, My libido, S. 210.

195 Vgl. Frenzel, Alte, Der verliebte, S. 2.

196 Vgl. Ricarda Bauschke: *Die ‚Reinmar-Lieder' Walthers von der Vogelweide. Literarische Kommunikation als Form der Selbstinszenierung.* Heidelberg 1999, S. 205.

197 E. T. A. Hoffmann: Die Brautwahl. In: Ders.: *Poetische Werke in sechs Bänden*. Bd. 4. Berlin 1963, S. 28–115, hier S. 59–61, 90.

198 Vgl. E. T. A. Hoffmann: Datura fastuosa. In: Ders.: *Poetische Werke in sechs Bänden*. Bd. 6. Berlin 1963, S. 551–615, hier S. 558.

199 Vgl. Johann Wolfgang Goethe: Der Mann von funfzig Jahren. In: Ders.: *Wilhelm Meisters Lehrjahre*. Zweites Buch, 3. Kapitel In: Hamburger Ausgabe in 14 Bänden. Bd. 8. Hrsg. von Erich Trunz. 11. Aufl. München 1982, S. 167–224.

Liebe des alten Goethe zu der 17-jährigen Ulrike von Levetzow in *Ein liebender Mann*[200] (2008).

Warum aber haftet dem Bild „der sexuell aktive[n] Alten etwas Unmögliches, ja Peinliches an?“[201] Aus welchen Quellen speist sich diese langlebige literarische Tradition einer negativen Konnotation von Liebe und Sexualität im Alter? Murray S. Davis glaubt, dass in einer Gesellschaft, die Jugend zur Bedingung für körperliche Attraktivität gemacht hat, durch das Altern eine unausweichliche Transformation des erotischen Körpers in den unerotischen Körper stattfände:

> Aging switches off the physical features that generate erotic reality one by one, though it may increase the power of personality and social generators almost enough compensate for their loss. If personality and social characteristics may age like wine, bodies must always age like milk.[202]

Die sichtbaren Zeichen des Alterungsprozesses werden häufig nicht nur als ›nicht stimulierende‹, sondern sogar als ›anti-erregende Effekte‹ des Körpers wahrgenommen.[203] Falten, graues, spärliches Haar und fehlende Zähne sind demnach in der Lage, die durch andere Faktoren wie Intelligenz, Charme oder Humor gegebene erotische Ausstrahlung einer Person zu nivellieren.[204] Zu den Ursachen der Tabuisierung und Ironisierung von Liebe und Sexualität alter(nder) Menschen zählt also ein Jugendlichkeit und Reproduktionsfähigkeit idealisierendes Körperbild.[205] Die Abwehr jeglicher Alterssexualität und die daraus folgende Entsexualisierung des Alters sieht Lautmann in dem Vorurteil begründet, „jemand könne und solle sich nicht zu anderen sexuell hingezogen fühlen, wenn er nicht selbst auch für sie sexuell attraktiv ist“.[206] Mit Schnell lässt sich dieser Effekt kulturhistorisch von der Antike über das Mittelalter bis ins 20. Jahrhundert hinein nachweisen: Der alte Mensch wird in der weltlichen Kunst überproportional häufig nicht nur als „Exemplum für die Vergänglichkeit

200 Vgl. Martin Walser: *Ein liebender Mann*. Roman. Reinbek b. H. 2008.

201 Lautmann, Soziologie der Sexualität, S. 96.

202 Murray S. Davis: *Smut. Erotic Reality/ Obscene Ideology*. Chicago 1983, S. 38.

203 Ebd., S. 36.

204 Laut Davis haben auch altersunabhängige Abweichungen von etablierten Attraktivitätsstandards wie starkes Über-/Untergewicht, bestimmte Hautfarben und -texturen, Behinderungen, etc. diesen Effekt. Vgl. Davis, Smut, S. 37.

205 Vgl. Seidler, Figurenmodelle des Alters, S. 330; Kirsten von Sydow: *Lebenslust. Weibliche Sexualität von der frühen Kindheit bis ins hohe Alter*. Bern u. a. 1993, S. 54ff.

206 Lautmann, Soziologie der Sexualität, S. 100.

des Irdischen", sondern zugleich als „ein Paradigma des Häßlich-Ekelhaften"[207] dargestellt:

> Falten, Runzeln, Warzen, »allzugrosse Weichkeit« [sic.], sichtbare oder zu große Körperöffnungen, austretende Körperflüssigkeiten (Nasenschleim, Eiter, Blut) und Alter werden als »ekelhaft« auf den ästhetischen Kriminalindex gesetzt. Die positiven Regeln des ‚ästhetischen' Körpers – die schlank-elastische Kontur ohne Fettansätze, tadellose jugendliche Festigkeit und ununterbrochene, falten- und öffnungslose Linienführung der Haut, Entfernung der Körperbehaarung, Zupfen der Augenbrauen zu einem feinen Strich, flacher Bauch, eher »sparsamer Po« usw. – sind ebenso viele Ekelvermeidungsregeln.[208]

Die Abwehr und die Fluchtbewegungen vor dem als ekelhaft empfundenen Körper eines alten Menschen werden durch seine Sexualisierung verschärft.[209]

Menninghaus ergänzt seinen Kriterienkatalog des Ekelhaften im Nachsatz um den Faktor biologisches Geschlecht und belegt dessen Bedeutsamkeit für den Ekeldiskurs mit einer auf Kant zurückgehenden Anekdote. Darin kann ein Mann den „Preis der Häßlichkeit" erst gewinnen, als „er die Geschlechtszeichen wechselt und »wie eine Hexe« aussieht. [...] Um legitim zu sein, bedarf das Prädikat »häßlich« stets und immer eines quasi transzendentalen Bezugs auf das ekelhafte »alte Weib«".[210] Das Figurenmodell der *vetula* stellt die Verkörperung „bejahrte[r] Weiblichkeit als ekelhaftes Maximalübel"[211] dar:

> Die alte Frau wird zur Chiffre für Ekel und Grauen, insofern sie typische Alterszeichen, und mehr noch Armutszeichen, körperlicher Veränderungen aufweist. Denn als Erkennungszeichen für Bosheit werden immer die gebückte Haltung, der riesige, zahnlose Mund, die geröteten Augen, der schiefe und wackelnde Kopf, die dürre, zur Kralle verzogene Hand genannt. Dabei mag die alte Frau noch mehr an den vergangenen, angenehmen Körperformen gemessen werden als der alte Mann mit solchen Verfallserscheinungen. Der alten Frau aber wird beigelegt, sie wolle sich für ihr Schicksal an den jungen rächen, und vor allem, sie verfüge auch über die Mittel zur Rache.[212]

Die Einschätzung der Attraktivität eines alte(rnde)n Individuums ist also nicht nur von der Dichotomie ›Jung/Alt‹ geprägt, sondern innerhalb der Kategorie ›Alt‹

---

207 Rüdiger Schnell: Ekel und Emotionsforschung. Mediävistische Überlegungen zur Aisthetik des Hässlichen. In: *Deutsche Vierteljahresschrift für Literaturwissenschaft und Geistesgeschichte* 79 (2005) H. 3, S. 359–432, S. 383.

208 Winfried Menninghaus: *Ekel: Theorie und Geschichte einer starken Empfindung.* Frankfurt a. M. 1999, S. 16.

209 Vgl. Schnell, Ekel und Emotionsforschung, S. 383; Menninghaus, Ekel, S. 173, 143.

210 Menninghaus, Ekel, S. 134.

211 Ebd., S. 135.

212 Vgl. Göckenjan, Das Alter, S. 196.

noch einmal von der Hierarchie der Geschlechter bestimmt.[213] Die klassizistische Ästhetik kennt auch „die Möglichkeit eines ‚schönen hohen Alters beyderley Geschlechts'. Diese ist aber nicht nur an die Bedingung hygienische[r] und alltagspraktische[r] ‚Reinlichkeit'" geknüpft, sondern auch an „die Reinigung des Körpers von allen direkt sexuellen Funktionen".[214]

Bis in die Gegenwart hinein hat sich der Zusammenhang zwischen Geschlecht, Sexualität und Alter(sekel), wenn auch in abgeschwächter Form, erhalten. Besonders breitenwirksam setzt sich Susan Sontag in ihrem Essay *The Double Standard of Ageing* mit dem Problem der Attraktivität im männlichen und weiblichen Alternsprozess auseinander: „A man can remain eligible well into old age. Women, even good-looking women, become ineligible at a much younger age".[215] Auch am Beginn des 21. Jahrhunderts wird der alternde weibliche Körper aufgrund von Sexismus und Altersdiskriminierung (engl. *ageism*) noch stark marginalisiert.[216]

Vor diesem soziokulturellen Hintergrund stellt sich die Frage, ob und inwieweit in der Gegenwartsliteratur solche negativ konnotierten alters- und geschlechtsbezogenen Klischees revidiert werden können. Ulrike Vedder und Stefan Willer sind in Bezug auf das Alter(n) im Allgemeinen der Ansicht, dass Literatur „mit ihren Wirklichkeits- und Möglichkeitsszenarien die konfligierenden Konzepte von Alter auf besonders vielfältige Weise nutzt und literarische Texte als eine „komplexe Umschlagstelle zwischen Körper und Einbildungskraft"[217] zu verstehen sind. Fiktionale Literatur bettet gerontologisches Wissen dabei nicht bloß in Erzähl- und/oder Dramenhandlungen ein, sondern erzeugt *„ageing trouble"*[218] oder wird zur *„Gerontopoetik"*[219]:

213 Vgl. Ronald Henss: Zusammenhänge zwischen Geschlecht, Alter und physischer Attraktivität. Der Niveauaspekt. In: ders.: *„Spieglein, Spieglein an der Wand…" Geschlecht, Alter und physische Attraktivität*. Weinheim 1992, S. 288–295, hier S. 289, 291.

214 Menninghaus, Ekel, S. 148f.

215 Susan Sontag: The Double Standard of Aging (1972). In: *Readings in Adult Psychology*. Hrsg. von Lawrence R. Allmann, Dennis T. Jaffe. New York 1977, S. 285–294, hier S. 288.

216 Vgl. Gertrud M. Backes: Von der (Un-)Freiheit körperlichen Alter(n)s in der modernen Gesellschaft und der Notwendigkeit einer kritisch-gerontologischen Perspektive auf den Körper. In: *Zeitschrift für Gerontologie und Geriatrie* 41 (2008) 3, S. 188–194, hier S. 190, 192f.; Kolland: Sexualität und Lebenszufriedenheit, S. 37, 49.

217 Alexis Eideneier: *Die Aufhebung des Körpers im Werk. Das Thema Alter(n) bei Arno Schmidt*. Bielefeld 2010, S. 16.

218 Vgl. Haller, Ageing trouble, S. 170–188.

219 Vgl. Jörg Thomas Richter: Gerontopoetik: Vermerke zu Lebenslauf und Kohärenz am Beispiel von Paul Hardings „Tinkers" (2009). In: *Geschlecht – Generation – Alter(n)*.

> Literarische Altersrepräsentationen besitzen ein performatives Potenzial, das die ausschließliche Zuschreibung von Altersstereotypen, die gegebene Abfolge von Lebensstufen und auch die Linearität von Lebensläufen produktiv zu verunsichern und in Bewegung zu bringen vermag. Insbesondere für die Gegenwartsliteratur wird das Alter zu einem zugleich ästhetischen und epistemischen Schauplatz, auf dem unterschiedliche Darstellungsweisen und Wissensdiskurse zusammengeführt werden können […][220]

Der amerikanische Literaturwissenschaftler Leslie Fiedler schrieb im Jahr 1986, dass die westliche Gesellschaft am Ende des 20. Jahrhunderts alten Menschen eine Doppelbotschaft sende: Einerseits würde schickliche Zurückhaltung und andererseits eine nie erschlaffende sexuelle Performanz verlangt.[221] Im Anschluss an Jung vertrete ich die These, dass die Tabuisierung der erotisch konnotierten Liebe alter(nder) Figuren in der Literatur des 21. Jahrhunderts langsam überwunden wird.[222] Was die Lebenswirklichkeit betrifft, hat Lautmann bereits 2002 prognostiziert: „Wenn die Generation, die Ende der 1960er Jahre ‚jung' gewesen ist, in die höhere Lebensphase einrückt, wird das Stereotyp vom asexuellen Greis endgültig zerfallen. Daran gerüttelt wurde bereits genug".[223] Werner Jung meint sogar, dass im Jahr 2005 „an die Stelle der weisen Greise […] die greisen Lüstlinge beiderlei Geschlechts getreten" seien. Die traditionelle Topik des Altersspotts werde durch Narrative über die Sexualität von „Greisinnen und Greise[n]" verdrängt, die sich „offensiv [.] um die Neukartierung des Feldes ‚Alter-Sexualität-Liebe'" bemühten.[224]

Ich gehe davon aus, dass sich innerhalb meines Textkorpus drei Schemata in Bezug auf die Konzeption erotisch konnotierter Liebe und entsprechender Paarbeziehungen im Alter nachweisen lassen: Das erste Schema umfasst Liebeskonzeptionen, in denen ein starkes Gefälle zwischen Selbst- und Partnerliebe herrscht. Dazu zählt zum einen die Liebe in altersungleichen Paarbeziehungen, die sich zu einer *Amour fou* entwickelt, und den Eintritt in das dritte Lebensalter markiert. Hierzu untersuche ich Martin Walsers Roman *Angstblüte* (2006) und Helen Meiers Erzählung *Schlafwandel* (2006).

Das zweite Schema stellt eine Form von übersteigerter Ich-Bezogenheit der ProtagonistInnen dar, die das Ideal der partnerschaftlichen Liebesbeziehung in-

---

Geistes- und sozialwissenschaftliche Perspektiven. Hrsg. von Hella Ehlers, Marieke Bohne. Berlin 2011, S. 81–102.

220 Ulrike Vedder, Stefan Willer: Alter und Literatur. Einleitung. In: *Zeitschrift für Germanistik* 22 (2012) 2, S. 255–258, hier S. 256.

221 Vgl. Fiedler, More Images of Eros and Old Age, S. 38.

222 Vgl. Jung, No drugs, S. 265f.

223 Lautmann, Soziologie der Sexualität, S. 101.

224 Jung, No drugs, S. 265.

frage stellt. In den im Jahr 2005 erschienen Romanen *Die Liebesblödigkeit* und *Vanitas oder Hofstätters Begierden* von Wilhelm Genazino und Evelyn Grill wird diese Liebeskonzeption dargestellt. Das erste und zweite Schema fungieren im Kontext dieser Arbeit als „negative[.] Dispositiv[e]“[225] einer erotisch konnotierten Liebesbeziehung im Alter, welche die Grundlage für die Analyse des dritten Schemas bilden. Dabei handelt es sich um potenziell gelingende Liebesbeziehungen im Alter in den Briefromanen *Am Ende ein Anfang* (2006) von Barbara Bronnen und *Tanzstraße* (2010) von Gabriele Weingartner.

---

225 Oliver Jahraus: *Amour fou: die Erzählung der Amour fou in Literatur, Oper, Film. Zum Verhältnis von Liebe, Diskurs und Gesellschaft im Zeichen ihrer sexuellen Infragestellung*. Tübingen u. a. 2004, S. 21.

3 Methodische Überlegungen

Während Matthias Luserke-Jacqui in seiner *Kleinen Literaturgeschichte der großen Liebe* die Unmöglichkeit einer literaturwissenschaftlichen Definition von Liebe im Allgemeinen behauptet,[226] erfreut sich Niklas Luhmanns systemtheoretischer Ansatz innerhalb der Literaturwissenschaft großer Beliebtheit. Niklas Luhmann hat seine Theorie zur Liebe mithilfe bekannter Romane des 18. und 19. Jahrhunderts erstellt und illustriert. Er geht davon aus, dass

> literarische, idealisierende, mythisierende Darstellungen der Liebe ihre Themen und Leitgedanken nicht zufällig wählen, sondern daß sie damit auf ihre jeweilige Gesellschaft und auf deren Veränderungstrends reagieren; daß sie auch, wenn in deskriptiver Form gehalten, nicht unbedingt die Realsachverhalte des Liebens wiedergeben, wohl aber angehbare Probleme lösen, nämlich funktionale Notwendigkeiten des Gesellschaftssystems in eine tradierbare Form bringen. Die jeweilige Semantik der Liebe kann uns daher einen Zugang eröffnen zum Verständnis des Verhältnisses von Kommunikationsmedium und Gesellschaftsstruktur.[227]

Der Soziologe definiert Liebe nicht als ein „Gefühl", sondern als

> einen Kommunikationscode, nach dessen Regeln man Gefühle ausdrücken, bilden, simulieren, anderen unterstellen, leugnen und sich mit all dem auf die Konsequenzen einstellen kann, die es hat, wenn entsprechende Kommunikation realisiert wird.[228]

Neuere literaturwissenschaftliche Arbeiten wie die von Stefan Neuhaus,[229] Niels Werber[230] und Christian Metz[231] haben Luhmanns systemtheoretischen Ansatz für die Liebesforschung übernommen. Während Metz die reaffirmative Wirkung betont, gehen Karin Tebben, Marianne Wünsch und Niklas Luhmann

---

226 Matias Luserke-Jaqui: *Kleine Literaturgeschichte der großen Liebe*. Darmstadt 2011.

227 Luhmann, Liebe als Passion, S. 24.

228 Vgl. Niklas Luhmann: *Liebe als Passion. Zur Codierung von Intimität*. Frankfurt a. M. 1994 [1982], S. 23. S. hierzu auch Tyrell, Romantische Liebe, hier S. 578; Werber, Liebe als Roman, S. 19, 42; Bernd Witte: Casanovas Tochter, Werthers Mutter: Über die Liebe und Literatur im achtzehnten Jahrhundert. In: *Eros – Liebe – Leidenschaft*. Hrsg. von H. Kaspar Spinner, Frank-Rutger Hausmann. Bonn 1988, S. 93–113, hier S. 93.

229 Stefan Neuhaus (Hrsg.): *Figurationen der Liebe in Geschichte und Gegenwart, Kultur und Gesellschaft*. Würzburg 2012.

230 Vgl. Werber, Liebe als Roman, S. 33.

231 Vgl. Metz, Narratologie der Liebe, S. 20.

vom Neuerungspotenzial literarischer Liebeskonzeptionen aus. Karin Tebben schreibt dem literarischen Eros bzw. der erotischen Liebe eine Spiegelfunktion für die medizinischen, psychologischen, soziologischen, philosophischen und theologischen „Diskurse eines kulturellen Zeitabschnitts in sozialer Praxis" zu.[232] Sie beruft sich dabei auf Wünsch, die Schriftstellern gar die Fähigkeit attestiert, „bestimmte kulturelle Strukturen früher sichtbar [zu machen] als in theoretischen Diskursen".[233] Im Anschluss an Luhmann sieht Werber die Funktion der Literatur darin, dass sie die Kommunikationssysteme der Gesellschaft beobachtet und das, was sie sieht, als Medium für ihre Formgebung nutzt. Von der Umwelt dieser Systeme aus selektiert sie die Informationen, aus denen sie ihre Werke erstellt. Zugleich wird die Literatur selbst von den Systemen in ihrer Umwelt beobachtet und kann so Einfluss auf sie nehmen.[234] Werber argumentiert damit, dass „eine Literaturwissenschaft der Liebe" bislang nicht existieren würde, weshalb „an einer soziologischen Analyse der Liebesromantik im Roman kein Weg"[235] vorbeiführe. Christian Metz' umfangreiche Aufarbeitung strukturalistischer Liebestheorien von Barthes über Lacan bis Kristeva enthält keine konkretisierende Definition von Liebe als Phänomen im literarischen Text.[236]

In der vorliegenden Arbeit möchte ich einen anderen Weg gehen als die systemtheoretische Liebesforschung. Mein Ansatz fokussiert auf das Zusammenspiel von Motiven, Figurenmodellen und Perspektiven in Erzähltexten. Er operiert am Schnittpunkt verschiedener literaturwissenschaftlicher Forschungsrichtungen. Dazu gehören sowohl die Narratologie als auch die in der Tradition der Rezeptionsästhetik stehende Frage nach der mentalen Verarbeitung narrativer Texte, in die Ansätze der kognitiven Literaturwissenschaft, aber auch der psychologischen und soziologischen Liebesforschung einfließen.[237]

232 Tebben, Von der Unsterblichkeit, S. 11f.

233 Marianne Wünsch: Konzeptionen der ›Person‹ und ihrer ›Psyche‹ in der Literatur der ›Goethezeit‹ bis zum ›Frühen Realismus‹. In: *Realismus. (1850–1890). Zugänge zu einer literarischen Epoche*. Hrsg. von Marianne Wünsch, Jan-Oliver Decker. Kiel 2007, S. 121–151, hier S. 121.

234 Vgl. Werber, Liebe als Roman, S. 148.

235 Vgl. ebd., S. 19.

236 Vgl. Metz, Narratologie der Liebe, S. 20f.

237 Vgl. Marcus Hartner: *Perspektivische Interaktion im Roman: Kognition, Rezeption, Interpretation*. Berlin, Boston 2012, S. 57.

3.1 Rezeptionsästhetische Überlegungen zur Altersliebe in fiktionaler Literatur

Die Einführung neuer Liebeskonzeptionen erfordert von den LeserInnen eine Überprüfung ihrer Erwartungen, da der jeweils aktuelle Erwartungshorizont durch Normbrüche unterlaufen wird. Nach Hans Robert Jauß ist dies ein Merkmal der Qualität bzw. des Kunstcharakters eines literarischen Werks. Der Normbruch wird durch die „Distanz zwischen Erwartungshorizont und Werk" erzeugt:

> Die Art und Weise, in der ein literarisches Werk im historischen Augenblick seines Erscheinens die Erwartungen seines ersten Publikums einlöst, übertrifft, enttäuscht oder widerlegt, gibt offensichtlich ein Kriterium für die Bestimmung seines ästhetischen Wertes her. Die Distanz zwischen Erwartungshorizont und Werk, zwischen dem schon Vertrauten der bisherigen ästhetischen Erfahrung und dem mit der Aufnahme des neuen Werkes geforderten ‚Horizontwandel', bestimmt rezeptionsästhetisch den Kunstcharakter eines literarischen Werks: in dem Maße wie sich diese Distanz verringert, dem rezipierenden Bewußtsein keine Umwendung auf den Horizont noch unbekannter Erfahrung abverlangt wird, nähert sich das Werk dem Bereich der ‚kulinarischen' oder Unterhaltungskunst.[238]

Aus der rezeptionsästhetischen Forschungsperspektive ergeben sich eine Reihe von Fragen, die für die Analyse der Altersliebe in Erzähltexten fruchtbar gemacht werden können: Wo generieren LeserInnen bei der Lektüre eines Textes Bedeutung bzw. wo entstehen Interpretationsspielräume? Wo werden bestimmte Wissensbestände aufgerufen? Wie werden sie von den AutorInnen im Schreibprozess infrage gestellt? Wie wird vor allem die Störung der LeserInnenerwartung in den Texten eingesetzt, um gesellschaftliche Normen und Modelle zu unterlaufen? Gibt es bestimmte Leerstellen,[239] die mit den Konzeptionen von Alter und Liebe verbunden sind?

---

238 Hans Robert Jauß: Literaturgeschichte als Provokation der Literaturwissenschaft. In: *Texte zur Literaturtheorie der Gegenwart*. Hrsg. von Dorothee Kimminich, Rolf Günther Renner, Bernd Stiegler. Durchges. u. aktual. Ausg. Stuttgart 2003, S. 41–55, hier S. 48f.

239 Die Leerstelle als Grundbegriff der Rezeptionsästhetik wurde vom Anglisten Wolfgang Iser in die Literaturtheorie eingeführt. Iser knüpfte damit an das Konzept der Unbestimmtheitsstellen von Roman Ingarden an. „Immer dort, wo Textsegmente unvermittelt aneinanderstoßen, sitzen Leerstellen, die die erwartbare Geordnetheit des Textes unterbrechen". An diesen Stellen ist der Leser gefordert, denn er muss die Textsegmente in Beziehung zueinander setzen. Wolfgang Iser: *Der Akt des Lesens. Theorie ästhetischer Wirkung*. 4. Aufl. München 1994, S. 302.

Für eine Literaturanalyse mit rezeptionsästhetischem Ansatz ist das systemtheoretische Modell der Liebe als Kommunikationscode zu simpel, da die LeserInnen nur die Antwort auf die Frage finden müssen, ob es sich um eine ›wahre‹ oder um eine fingierte Liebe handelt. Diese Frage kann in der Gegenwartsliteratur häufig jedoch nicht mehr ohne Weiteres beantwortet werden.[240] Mit der Unterscheidung von *histoire* und *discours* wird deutlich,[241] dass die Liebe innerhalb der erzählten Welt nicht als ein generalisiertes Kommunikationsmedium, sondern als emotionales Erlebnis dargestellt wird. Die Stärke erzählender Hochliteratur besteht darin, zwischen Innen- und Außenperspektive zu vermitteln. Das Code-Konzept der Systemtheorie wird dieser Komplexität nicht gerecht. Auch die Literarizität als genuines Merkmal hochliterarischer Erzähltexte lässt sich mit dem systemtheoretischen Code-Konzept kaum erfassen.

3.2 Narratologische Überlegungen zur Altersliebe in fiktionaler Literatur

Wenn ›Liebe‹ nicht als Code begriffen wird, wie lässt sie sich dann operationalisieren? Modelle zur Begriffsbestimmung des schwer fassbaren Phänomens der Liebe zu Forschungszwecken gibt es nicht nur in der Soziologie,[242] sondern auch innerhalb der psychologischen Liebesforschung. Ein auf konstruktivistischen und kulturwissenschaftlichen Überlegungen basierendes Modell stammt von den Psychologen Beall und Sternberg. Sie beziehen in ihre Überlegungen ein, dass Liebe und damit assoziierte Beziehungsarten zwar in der Literatur aller Epochen und Sprachen existieren,[243] doch was darunter im Einzelnen verstanden wird, ist nicht nur zeit-, sondern auch ortsabhängig.[244] Von einer kognitionswissenschaftlichen Position aus fassen sie **Liebe** weder als ein konkretes Gefühl noch als Code, sondern als ein **multidimensionales Konstrukt**, das Verhalten, Gefühle und Gedanken sowie die Aktionen und Relationen zwischen den Liebenden um-

---

240 Ob die Liebeskonzeptionen der Protagonisten in *Die Liebesblödigkeit*, *Angstblüte* und *Vanitas* als ›wahre Liebe‹ gelten können, lässt sich nicht endgültig entscheiden.

241 Vgl. Gérard Genette: *Die Erzählung*. 3., überarb. u. korr. Aufl. München 2010, S. 12.

242 Vgl. Octavio Paz: *Die doppelte Flamme. Liebe und Erotik*. Frankfurt a. M. 1997 [1993], S. 139; Tebben, Von der Unsterblichkeit, S. 31.

243 Vgl. Beall, Sternberg, The Social Construction of Love, S. 11; Pia Reinacher: *Liebe, Lüge, Libertinage. Eine Expedition zu den Leidenschaften in der zeitgenössischen Literatur*. Berlin 2008, S. 10.

244 Vgl. Beall, Sternberg, Social Construction of Love, S. 428f. S. auch Faulstich, Liebe als Kulturmedium, S. 24; May, Love, S. 11.

fasst.[245] Beall und Sternberg unterscheiden dabei vier Aspekte, die sie aus den impliziten Konzeptionen von Personen sowie aus einer Übersicht historischer und aktueller Liebestheorien herleiten: a) der/die Geliebte; b) die Gefühle – und c) die Gedanken, von denen man annimmt, dass sie mit Liebe einhergehen; sowie d) die Aktionen und Relationen zwischen Liebender/m und dem/der Geliebten.[246] Im Zentrum des Modells von Beall und Sternberg steht bzw. stehen also die Person(en) des oder der Liebenden.

Wendet man dieses Modell auf das Phänomen ›Liebe‹ in erzählten Welten an, richtet sich der Fokus der Untersuchung der Liebeshandlung im Prosatext auf die liebende(n) Figur(en).[247] Da **Figuren** im Kontext einer **Handlung** und aus der **Fokalisierung** einer Erzählinstanz dargestellt werden, stelle ich diese drei Aspekte der Narration von Altersliebe in der Gegenwartsliteratur ins Zentrum meiner Untersuchung. Der spezifisch literarische Aspekt der Darstellung von Altersliebe im Prosatext kann unter anderem über die Analyse der Figur(enperspektiven) zugänglich gemacht werden. Mittels einer Untersuchung der Figurenrede, Gedankenströme oder Erzählerkommentare kann beispielsweise die Funktion von Ironiesignalen, Komik, Satire, Hyperbolik oder Pathos etc. erschlossen werden, die in rein narratologischen Ansätzen häufig eine untergeordnete Rolle spielen.

3.2.1 Die Figur

Während die Motivgeschichte eine lange Tradition hat, wurde die Figur als Gegenstand der literaturwissenschaftlichen Forschung erst in den letzten Jahrzehnten populär. Jannidis führt das lange Desinteresse an der Figur u. a. auf die Überlegungen in Aristoteles' *Poetik* zurück, in welchen der Handlung der Vorrang vor der Figur eingeräumt wird. Letztere sei letztlich nur Trägerin der Handlung (bzw. in Form des homodiegetischen Erzählers bzw. der Erzählerin) als ÜbermittlerIn der Handlung von Bedeutung. Die Identifikation der LeserInnen mit einer oder mehreren Figuren trägt zur Fortsetzung der Lektüre jedoch mindestens ebenso sehr bei wie der Spannungsbogen der Handlung. Dies hat aus rezeptionsästhetischer Sicht zur theoretischen Auseinandersetzung mit der literarischen Figur geführt.[248] Die vorliegende Untersuchung liebender, alter Figuren folgt einem narratologischen Ansatz, der um Überlegungen aus

245 Beall, Sternberg, Social Construction of Love, S. 426.

246 Ebd., S. 424.

247 Vgl. Hogan, Characters and Their Plots, S. 138.

248 Vgl. Jannidis, Figur und Person, S. 5f., vgl. auch Seidler, Figurenmodelle des Alters, S. 21.

aktuellen kognitiven und rezeptionsästhetischen Konzepten erweitert wird, da diese einen besseren Zugriff auf die Darstellung von Altersliebe in narrativen Texten ermöglichen.

Im Zentrum dieser Arbeit steht die liebende und als alt charakterisierte Figur. Analysiert werden die Selbst- und Fremdcharakterisierung dieser Figuren, also die narrative Darstellung ihrer Gefühle und Gedanken. Hinzu kommen die Analyse der Figurenkonstellationen, also der Beziehungen der liebenden Figur(en) zu anderen, sowie ihre Funktion als Handlungsträgerin der Liebesgeschichte. Der ontologische Status der Figur und die darauf basierende Herangehensweise an die Analyse ist eine der großen, kontroversen Debatten innerhalb der Narratologie.[249] Während strukturalistische Positionen die Figur als Summe textueller Zeichen oder Strukturen in fiktionalen Texten verstehen, argumentiert die kognitive Narratologie damit, dass die Zuschreibung menschlicher Eigenschaften und Motivationen nicht naiv ist, da LeserInnen Figuren als menschenähnlich wahrnehmen.[250] Mieke Bal kommentiert: „It [the character] has no real psyche, personality, ideology, or competence to act, but it does possess characteristics which make psychological and ideological description possible."[251]

Jannidis definiert Figuren als mentale Modelle von Entitäten in fiktionalen Welten, die „von einem Modell-Leser[252] inkrementell aufgrund der Vergabe von Figureninformationen und Charakterisierung im Laufe seiner Lektüre gebildet" werden.[253] Figuren können demnach in Analogie zu Personen betrachtet werden.

---

249 Vgl. Eder, Jannidis, Schneider, Characters in Fictional Worlds, S. 8f.

250 Vgl. Uri Margolin: The What, the When, and the How of Being a Character in Literary Narratives. In: *Style* 24/3 (1990), S. 453–468, hier S. 463.

251 Mieke Bal: *Narratology: Introduction to the Theory of Narrative*. Toronto 1985, S. 80.

252 Mit dem Begriff des Modell-Lesers beschreibt Jannidis ein „[t]extbasiertes, anthropomorphes Konstrukt, das gekennzeichnet ist durch die Kenntnis aller einschlägigen Codes und auch über alle notwendigen Kompetenzen verfügt, um die vom Text erforderten Operationen erfolgreich durchzuführen. Der Modell-Leser hat außerdem ein Gedächtnis, um das textspezifische Wissen aufbauen zu können, sowie die Fähigkeit, Inferenzen zu bilden". Fotis Jannidis: *Figur und Person. Beitrag zu einer historischen Narratologie*. Berlin, New York 2004, S. 254. Das Konzept des Modell-Lesers führt Schmid unter dem Begriff des idealen Rezipienten oder abstrakten Lesers weiter. Diese Lesermodelle unterscheidet er von den konkreten, außerliterarischen LeserInnen eines Textes. Vgl. Wolf Schmid: *Elemente der Narratologie*. Berlin, New York 2005, S. 65–72, hier S. 68f.

253 Jannidis, Figur und Person, S. 252.

Innerhalb dieses Rahmens ist es legitim, sich auf soziologische und psychologische Theorien bei der Figurenanalyse zu beziehen:[254]

> one can assume that readers ascribe human attributes, including sex and gender, to the 'paper beings' they construct in the reading process on the basis of textual information (bottom-up process) and their own literary and real-world frames (top-down process) as long as the textual information does not make it virtually impossible to regard characters as entities resembling human beings.[255]

Bei der Figurenanalyse sind die Aspekte biologisches und soziales Geschlecht, chronologisches Alter, Ethnie, soziale Klasse und Bildungsschicht, beruflicher Status und Vorlieben als stabile Figureninformationen[256] von besonderem Interesse.[257] In diesem Zusammenhang untersuche ich insbesondere die Tradition oder Resignifikation figuraler Repräsentationen von Alter und Geschlecht in der Gegenwartsliteratur. Die hochgradig individualisierten Figuren zeichnen sich überwiegend durch eine ausdifferenzierte und detailliert dargestellte Gefühlswelt aus. Die

> Informationen über das körperliche Aussehen der Figuren, Beschreibungen ihrer Wohnverhältnisse und Bekleidung, Angaben über ihre Lebensgewohnheiten und Schauplätze, Angaben über Zeit und Raum, lebensechte Wiedergabe von Sprache und Sprechgewohnheiten, kurz: die das Wirklichkeitsgebot bedienenden, detaillierten Schilderungen, Indices bzw. realistischen Effekte,[258]

sind teilweise so detailliert, dass der Leser sogar den Prozess des Einschlafens einer Figur nachvollziehen kann.[259] Diese individualisierten Figuren werden in Beziehung zu Figurenmodellen wie der/dem verliebten bzw. entsagenden Alten oder Philemon und Baucis gesetzt.

---

254 Marion Gymnich: The Gender(ing) of Fictional Characters. In: *Characters in Fictional Worlds: Understanding Imaginary Beings in Literature, Film, and Other Media*. Hrsg. von Jens Eder, Fotis Jannidis, Ralf Schneider. Berlin, New York 2010, S. 506–524, hier S. 509f.

255 Gymnich, The Gendering of Fictional Characters, S. 511. Ausführlicher zur Kategorisierung von Figuren über bottom-up- bzw. top-down-Prozesse vgl. Ralf Schneider: Toward a Cognitive Theory of Literary Character: The Dynamics of Mental-Model Construction. In: *Style* 35/4 (2001), S. 607–640.

256 Zum Thema stabile Figureninformation s. Jannidis, Figur und Person, S. 253.

257 Vgl. Metz, Narratologie der Liebe, S. 58.

258 Vgl. Tebben, Von der Unsterblichkeit des Eros, S. 16.

259 Vgl. Jürg Schubiger: *Haller und Helen*. Roman. 2. Aufl. Innsbruck 2003 [2002], S. 11.

Im Unterschied zu Figuren, die durch ihre Motivierung[260] und ihre Handlungen das Erzählgeschehen vorantreiben, handelt es sich beim **Figurenmodell** um „typisierte Konfigurationen von Figureninformationen mit der Struktur des Basistypus".[261] Figurenmodelle des Alters sind nach Seidler „rekurrente Darstellungen, in denen sich überindividuelle Vorstellungen von Figuren finden".[262] Hierzu zählen traditionelle Modelle wie die unwürdige Greisin,[263] der Lustgreis,[264] die/der verliebte Alte,[265] die *vetula*, die Großeltern, weise, geizige, böse und kindische Alte,[266] das König Lear-Modell,[267] die alte Detektivin[268] u. v. m. In der Gegenwartsliteratur dominieren dagegen Figurenmodelle wie die emanzipierte Alte oder die ›Neue alte Frau‹, der gut situierte Rentner, der alte (Literatur-)Wissenschaftler, die realistischen, einsamen, traditionellen, oder emotional verkümmerten Alten, die alten Eltern, die nationalsozialistischen Großeltern sowie die kranken bzw. pflegebedürftigen Alten.[269]

Dabei spielt die **Figurenkonstellation**, als soziales, psychologisches und mentales Beziehungsgeflecht, in dem die Figuren zueinander stehen, eine wichtige Rolle: Welche „Konstellationen liebender Figuren, respektive welche Helfer oder Gegner",[270] ruft ein Text auf? In welcher Beziehung stehen die Liebenden zueinander und zu ihrem sozialen Umfeld? Laut Hogan lässt sich bei den Figurenkonstellationen – insbesondere in ›romantischen‹ Plots – eine innere und eine äußere Gruppe nachweisen.[271] Der äußeren Gruppe gehören üblicherweise Figuren an,

---

260 Im Unterschied zum Motiv handelt es sich bei der Motivierung um eine „Sinnstruktur, mit der ein Element eines Textes mit anderen Elementen in einen sinnhaften Zusammenhang gebracht wird". (Jannidis, Figur und Person, S. 254.) Jannidis unterscheidet dabei die kausale, finale, kompositorische und die leserorientierte Motivierung voneinander. Die kompositorische Motivierung gliedert er wiederum in ästhetische, thematische und auf den Realitätseffekt bezogene Motivierung. Vgl. ebd., S. 221–229.

261 Ebd., S. 235.

262 Seidler, Figurenmodelle des Alters, S. 44.

263 Vgl. ebd., S. 48f.

264 Vgl. ebd., S. 72.

265 Vgl. ebd., S. 73.

266 Vgl. ebd., S. 73–76.

267 Vgl. Ruth Klüger: *»Ein alter Mann ist stets ein König Lear«. Alte Menschen in der Dichtung.* Mit einem Vorwort von Hubert Christian Ehalt. Wien 2004, S. 30.

268 Vgl. Herwig, Alter und Geschlecht, S. 53–55.

269 Vgl. Seidler, Figurenmodelle des Alters, S. 433f.

270 Metz, Narratologie der Liebe, S. 58.

271 Vgl. Patrick Colm Hogan: Characters and Their Plots. In: *Characters in Fictional Worlds: Understanding Imaginary Beings in Literature, Film, and Other Media.* Hrsg. von Jens Eder, Fotis Jannidis, Ralf Schneider. Berlin, New York 2010, S. 134–156, hier S. 144.

die eine sozial normierende Funktion erfüllen, indem sie soziale Kategorien und die mit ihnen assoziierten Normen repräsentieren. Die innere Gruppe ist den Liebenden vorbehalten. Bei ihnen handelt es sich in der Regel um individualisierte Figuren, die sich durch spezifische Vorlieben und Beziehungen auszeichnen und häufig sozialen Normen zuwiderhandeln.[272] Vorstellbar sind aber auch stark individualisierte Antagonisten, die dennoch normativ agieren, und eher typenhafte Liebende.[273] Die Kontrast- und Korrespondenzrelationen zwischen den alten liebenden Protagonisten und den Nebenfiguren dienen nicht nur der Charakterisierung dieser Figuren, sondern auch der Darstellung der Liebesbeziehung. Die Eltern einer jüngeren Figur könnten beispielsweise die Liebesbeziehung zu einer deutlich älteren Figur verurteilen, während die Kinder den amourösen Aktivitäten ihrer alten Eltern wohlwollend und fördernd gegenüberstehen.

3.2.2 Fokalisierung und Figurenperspektive

Laut Metz kann man die Liebeskonzeption, die dem Geschehen auf der Ebene der Handlung (*histoire*) zugrunde liegt, nur dann herausarbeiten, wenn man die Liebesgeschichte in Beziehung zur Ebene der Darstellung (*discours*) betrachtet. So lässt sich vermeiden, dass das Phänomen der literarischen Liebe auf die im Roman thematisierte Liebesbeziehung reduziert und von der Art und Weise seiner Darstellung getrennt wird:

> Die erzählte Liebesgeschichte [...] wird [.] erst auf der Grundlage des Erzähldiskurses generiert, entsteht erst beim Lesen (der Signifikantenfolge) und ist damit eine Konstruktion aus dem Erzähldiskurs, die auf einer Interpretation beruht. Daher kann man über die Liebe, die auf der Ebene der *histoire* thematisiert wird, nur etwas aussagen, wenn man sie in ihrer Abhängigkeit vom *discours* betrachtet.[274]

Aus der Unterscheidung der Erzählebenen ergibt sich der zweite Untersuchungsgegenstand: Die Perspektive der Erzählinstanz (**Fokalisierung**), also die Frage, wer spricht und wer sieht.[275] Die Fokalisierung unterscheidet sich von der **Figurenperspektive** insofern, als Nünning in Erweiterung und Präzisierung von Pfisters dramentheoretischem Drei-Faktoren-Modell[276] damit auf die „Gesamtheit aller

---

272 Vgl. ebd, S. 145, sowie Patrick Colm Hogan: *The Mind and Its Stories: Narrative Universals and Human Emotion*. Cambridge 2003, S. 205ff.

273 Vgl. Hogan, The Mind and Its Stories, S. 207.

274 Metz, Narratologie der Liebe, S. 58.

275 Vgl. Genette, Die Erzählung, S. 132–151.

276 Vgl. Carola Suhrkamp: *Die Perspektivenstruktur narrativer Texte: Zu ihrer Theorie und Geschichte im englischen Roman zwischen Viktorianismus und Moderne*. Trier

Voraussetzungen, die potentiell in den individuellen Weltenentwurf dieser Figur einfließen",[277] Bezug nimmt. Dieses „Voraussetzungssystem" berücksichtigt den jeweiligen Informationsstand, die Werte und Normen einer Figur, ihre Bedürfnisse und wird „durch die ökonomischen, sozialen, politischen und kulturellen Bedingungen ergänzt, die Aktanten von außen her Beschränkungen auferlegen".[278] Mit Nünnings Fokus auf dem Zusammenspiel einzelner Perspektiven im Roman wird der Terminus ›Figurenperspektive‹ zu einem Sammelbegriff, der alles umfasst, was im fiktiven Kopf einer Figur geschieht:[279] „Die Perspektivenstruktur ist somit als strukturelle und relationale Beschreibungskategorie zu verstehen, die dazu dient, die Beziehungen zwischen den Figurenperspektiven eines Textes in ihrer Gesamtheit zu erfassen".[280] Nünning hat auf dieser Grundlage den Begriff der Perspektive vom Fokus auf dem *Wie* der erzählerischen Vermittlung zugunsten des *Was* der im Text dargestellten Inhalte entkoppelt.[281] Der Terminus Perspektive bezieht sich damit

> nicht mehr auf die Instanzen narrativer Informationsvermittlung, sondern auf das subjektive Wirklichkeitsmodell fiktionaler Figuren und betont damit die analytische Unterscheidung zwischen dem Modus der Darstellung und den dargestellten fiktionalen Inhalten.[282]

Das spielt eine wichtige Rolle für den Liebesdiskurs, zu dessen wichtigsten Elementen die Fragen nach der Authentizität und Intensität der Empfindung von Liebe zählen. Während die Gefühlslage von Personen sich schwer in Worte fassen lässt und ihre Gefühlswelt für andere unzugänglich ist, sind sie bei Romanfiguren festgeschrieben und in unterschiedlichem Maße für die LeserInnen zugänglich: Der „Roman überläßt nicht nur die intime Kommunikation der Beobachtung des Lesers, sondern gestattet zugleich einen Einblick in die synchron laufende Beteiligung des Bewußtseins der Protagonisten an dieser intimen Kommunikation".[283]

2003, S. 38; Manfred Pfister: *Studien zum Wandel der Perspektivenstruktur in elisabethanischen und jakobäischen Komödien*. München 1974, S. 18–27.

277 Marcus Hartner: *Perspektivische Interaktion im Roman: Kognition, Rezeption, Interpretation*. Berlin, Boston 2012, S. 159.

278 Ansgar Nünning: *Grundzüge eines kommunikationstheoretischen Modells der erzählerischen Vermittlung: Die Funktion der Erzählinstanz in den Romanen George Elliots*. Trier 1989, S. 72.

279 Vgl. Ansgar Nünning: On the Perspective Structure of Narrative Texts: Steps toward a Constructivist Narratology. In: *New Perspectives on Narrative Perspective*. Hrsg. von Willie van Peer, Seymour Chatman. Albany 2001, S. 207–224, hier S. 211.

280 Hartner, Perspektivische Interaktion, S. 160.

281 Vgl. Nünning, Grundzüge eines kommunikationstheoretischen Modells, S. 72.

282 Hartner, Perspektivische Interaktion, S. 60f.

283 Werber, Liebe als Roman, S. 16.

Die Kommunikation von Empfindungen ist ein Aspekt der **Handlung** literarischer Texte. Figur und Handlung hängen nach Hogan auf der Ebene des Genres zusammen:[284] Über das Erzählgeschehen können die einzelnen Prosatexte bestimmten Genres, wie z. B. dem Brief-, dem Altersroman oder *Amour fou*-Narration, zugeordnet werden. Hogan unterscheidet dabei drei prominente Erzählmuster, die über kulturelle und historische Grenzen nachgewiesen werden können:

> These are romantic, heroic, and sacrificial tragi-comedy. Very briefly, the romantic plot involves two people who fall in love, but whose union is blocked by some representative of social order, typically a parent. In the full version, the lovers are separated, sometimes with suggestions of death, but are ultimately joined. The heroic plot has two components. The first includes the usurpation of legitimate social leadership (often by a relative of the rightful leader), the exile of the rightful leader, and the ultimate restoration of that leader. The second treats a threat against the home society by some alien force. Commonly, the displaced leader is restored in the course of defending the home society against the alien threat. Finally, the sacrificial plot comprises a communal violation of some norm (e.g., a divine precept), social devastation (often famine or epidemic) resulting from that violation, a sacrifice (often an innocent person's death), and the resulting restoration of normalcy.[285]

Die narrative Darstellung einer Liebesgeschichte bewegt sich damit in einem Spannungsfeld von genretypischen Plotelementen und individuellen Charakteristika. Um individuelle und gattungsspezifische Aspekte der Erzählung von Altersliebe in der Gegenwartsliteratur herausarbeiten zu können, ergänze ich den kognitiv-narratologischen Ansatz um eine thematologische Analyse der Motivgestaltung des Themas Altersliebe. Ich strebe eine vergleichende Untersuchung des Themas Altersliebe und seiner Motivik in der narrativen Gestaltung von Liebeskonzeptionen in deutschsprachigen Gegenwartsromanen an.

3.3 Thematologische Überlegungen zur Altersliebe in fiktionaler Literatur

Mit Albrecht Koschorke verstehe ich das Erzählen als eine Kulturleistung, die alle Ebenen und Schichten einer Gesellschaft betrifft: „Wo immer sozial Bedeutsames verhandelt wird, ist das Erzählen im Spiel. Es stellt keinen Funktionscode unter

284 Patrick Colm Hogan: Characters and Their Plots. In: *Characters in Fictional Worlds: Understanding Imaginary Beings in Literature, Film and Other Media*. Hrsg. von dens. Berlin u. a. 2010, S. 134–154, hier S. 134. Ausführlicher hierzu: Patrick Colm Hogan: *Affective Narratology: The Emotional Structure of Stories*. 2011, S. 7f., 125–184.

285 Hogan, Characters and their Plots, S. 135.

anderen dar, sondern eine Weise der Repräsentation und Mitteilung über alle Kulturen hinweg".[286] Was der Mensch auch tut, immer tut er es erzählend: Alltagsgeschichten, wissenschaftliche Theorien, konventionelle Floskeln als Miniaturnarrative und hochkomplexe Sprachlabyrinthe, die ein/e EhebrecherIn ebenso gut beherrschen muss wie ein/e KrimiautorIn.[287] Dieses Postulat der Allgemeinen Erzähltheorie ist anschlussfähig an den Grundgedanken der Thematologie bzw. an die Stoff- und Motivgeschichte.

Ich verwende den aus der französischen Komparatistik stammenden Begriff der **Thematologie** statt der älteren Bezeichnung Stoff- und Motivgeschichte, weil diese Arbeit die Beziehungen zwischen literarischen Motiven und außerliterarischen, soziokulturellen Narrativen herausarbeiten soll. Inwiefern unterscheiden sich Thematologie, Stoffgeschichte, Stoff- und Motivforschung und Mythosforschung voneinander? Die Problematik der Benennung des Fachs steht in engem Zusammenhang mit der Problematik der Definition und Methodologisierung ihrer Gegenstände.[288] Unter Thematologie verstehe ich mit Dyserinck die Untersuchung von Themen, Stoffen, Motiven und Mythen unter besonderer Berücksichtigung der

> Erfassung von Unterschieden zwischen Werken oder Strömungen diverser nationalliterarischer Provenienz an Hand von Stoffen, deren Kernelemente sowohl im Bereich der Synchronie als auch der Diachronie – und über die nationalliterarischen Grenzen hinweg – konstant sind.[289]

Der Grundgedanke der Thematologie besteht darin, dass alle Künste bestimmte inhaltliche Muster – Themen, Stoffe und Motive – tradieren, „die als gemeinsame Bestandteile und Anordnungen vieler ähnlicher Ereigniszusammenhänge mental gespeichert bleiben".[290] Diese Muster unterliegen dem historischen und kulturspezifischen Wandel. Die Thematologie dient also dazu, die Zusammenhänge von Einzelliteraturen anhand konkret greifbarer Stoffe nachvollziehen zu können. Sie ermöglicht darüber hinaus einen Einblick „in geistige Strukturen und Prozesse allgemeinmenschlicher Art, die zu den ältesten Elementen der menschlichen

---

286 Vgl. Albrecht Koschorke: *Wahrheit und Erfindung. Grundzüge einer Allgemeinen Erzähltheorie*. 3. Aufl. Frankfurt a. M. 2013, S. 19.

287 Vgl. ebd., S. 18.

288 Vgl. Hugo Dyserinck: *Komparatistik. Eine Einführung*. 3. durchges. u. erw. Aufl. Bonn 1991, S. 102–109.

289 Ebd., S. 103.

290 Thomas Anz: Kap. 4.5: Ereignis, Handlung, Stoff, Motiv. In: Ders.: *Handbuch Literaturwissenschaft*. Bd. 1. Stuttgart 2007, S. 127–130, hier S. 130.

Psyche gehören und von den einfachsten Archetypen bis zu den kompliziertesten Mythen reichen".[291]

Da prinzipiell jede kulturelle Äußerung ein Thema – also eine Idee oder einen Gehalt – hat, wäre das Forschungsgebiet der Thematologie unüberschaubar groß, wenn sie sich nicht nicht auf solche Themen der Literatur konzentrieren würde, die in einem (konventionalisierten) Überlieferungszusammenhang stehen, sich durch verdichtete Intertextualität auszeichnen oder ein anthropologisches Grundmuster aufweisen. Es sind also themenbezogene Textreihen, welche in thematologischen Arbeiten vergleichend analysiert werden.[292]

Laut Christine Lubkoll zeichnen sich literarische Stoffe, Motive und Themen durch die Konstanz ihrer „Thematik bei gleichzeitiger historisch und kulturspezifisch sich ausprägender Dynamik"[293] aus. Sie definiert das **Motiv** im weiteren Sinne als „kleinste strukturbildende und bedeutungsvolle Einheit innerhalb eines Textganzen".[294] Das Motiv im engeren Sinne stellt „eine durch die kulturelle Tradition ausgeprägte und fest umrissene thematische Konstellation" dar.[295] Die Aufgabe des Motivs in einem literarischen Text besteht demnach darin, dem Thema die in der Kunst nötige, besondere Gestalt zu geben, sodass der abstrakte Charakter des Themas auf die speziellen Konstellationen des Werkes hin konkretisiert wird.[296] Basierend auf der Grundlage von Wolpers Definition bringt Zima das Motiv auf die prägnante Formel der *„Konkretisation eines Themas oder mehrerer sich überschneidender Themen"*.[297]

---

291 Dyserinck, Komparatistik, S. 103.

292 Vgl. Lubkoll, Thematologie, S. 747f.

293 Vgl. ebd.

294 Lubkoll, Motiv, S. 184, Vgl. hierzu auch Alexander Nebrig: Intergenerische Relationen. In: *Komparatistik*. Hrsg. von Evi Zemanek, Alexander Nebrig. Berlin 2012, S. 83–98, hier S. 94.

295 Lubkoll, Motiv, S. 184. Vgl. hierzu auch Frenzel, Motive der Weltliteratur, S. 391–410.

296 Vgl. Angelika Corbineau-Hoffmann: *Einführung in die Komparatistik*. 2., überarb. u. erw. Aufl. Berlin 2004, S. 139.

297 Peter V. Zima: *Vergleichende Literaturwissenschaft. Eine Einführung in die Geschichte, die Methoden und Probleme der Komparatistik*. (*La littérature comparée*). 2., überarb. u. erg. Aufl. Tübingen 2011, S. 354. Damit widerspricht Zima Müller-Kampel, die Motiven im Vergleich zu Stoffen und Themen einen höheren Abstraktionsgrad zuschreibt. Der Stoff formuliere, was das Motiv nur strukturiere. „Das Motiv des sozialen Aufstiegs der Frau durch Heirat konkretisiert sich im Aschenputtel-Märchen, das in weiterer Folge eine reiche Stofftradition entfaltet hat". Beatrix Müller-Kampel: Thema, Stoff, Motiv. Eine Propädeutik zur Begrifflichkeit komparatistischer und

Das **Thema** ist zu verstehen

> als abstrakt formulierte, jedoch auf den Sujetzusammenhang bezogene Kennzeichnung einer allgemeinen Bedeutung einzelner Teile oder des Ganzen eventuell der Sinnmitte oder Idee eines Werkes, wobei je nach Textbeschaffenheit auf verschiedene Bedeutungsebenen und Gültigkeitsgrade abgehoben werden kann.[298]

Der Wirkungskreis der Themen- und Motivrelationen strukturiert nicht nur die Handlung, sondern beeinflusst den Aktionsradius der Figuren eines Textes, da Letztere nicht ohne die Gefahr des Stilbruchs diesem Nexus zuwiderhandeln können. Innerhalb solcher Werke, „die durch die Gestaltung einer psychologischen Wahrscheinlichkeit des Handelns den Schein der Wirklichkeit hervorrufen wollen",[299] ist demnach das Verhältnis zwischen Figur, Thema und Motiv herauszuarbeiten.

Im Kontext der vorliegenden Arbeit ist dies insofern relevant, als z. B. der/die verliebte Alte[300] oder die *femme fatale*[301] nicht nur Figurenmodelle darstellen. Sie werden unter dem gleichen Namen auch in den Stoff- und Motivlexika von Frenzel sowie Daemmrich und Daemmrich geführt. Anders als Seidler und Jannidis, die Figurenmodelle und figurale Motive als analog betrachten,[302] unterscheide ich diese beiden Aspekte: Unter dem Begriff ›Figurenmodell‹ verstehe ich einen Merkmalssatz, der im Verlauf der Erzählung so konkretisiert wird, dass die Parallelen zwischen der dargestellten Figur und dem Modell offen zutagetreten. Ein (Figuren)motiv hingegen lenkt die Rezeption der Erzählung in eine bestimmte Richtung. Es zeigt, wie sich eine Handlung entwickeln könnte, sofern das Motiv kein blindes Motiv ist.[303]

---

germanistischer Thematologie. In: *Mainzer Hefte: Kompass für Allgemeine und Vergleichende Literaturwissenschaft* 4 (2001), S. 1–20, hier S. 14f.

298 Vgl. ebd., S. 99, 102.

299 Horst S. Daemmrich, Ingrid Daemmrich: Figurenkonzeption. In: *Themen und Motive der Weltliteratur*, S. 156–162, hier S. 156f.

300 Frenzel, Verliebte Alte, Der, S. 1.

301 Vgl. Frenzel, Themen und Motive, S. 760–774.

302 Vgl. Vgl. Seidler, Figurenmodelle des Alters, S. 19, 46, 73. Laut Jannidis soll als „‚Figurenmodell' […] bezeichnet werden, was früher stark wertend ‚Typus' genannt wurde, d. h. gestaltförmige Konfigurationen von Figureninformationen, z. B. der Melancholiker oder die Extrovertierte". (Jannidis, Figur und Person, S. 214.) Weiter heißt es, dass die „historische Forschung zu den verschiedenen Typen, die sich in der europäischen Literatur finden lassen, [.] ausgesprochen umfangreich [ist], vgl. etwa die entsprechenden Einträge bei Frenzel (1992) mit weiterführender Literatur, z. B. ‚Der verliebte Alte', ‚Der überlegene Bediente', ‚Der Menschenfeind' usw" (ebd., S. 215).

303 Vgl. Gero von Wilpert: Motiv. In: *Sachwörterbuch der Literatur*. 8., verb. u. erw. Aufl. Stuttgart 2001, S. 533–534, hier S. 534; Horst S. Daemmrich, Ingrid Daemm-

Das Figurenmodell des verliebten Alten – hohes Lebensalter, Maskulinität, altersdifferentes; erotisch konnotiertes Liebesbegehren –, ergibt sich beispielsweise aus dem gleichnamigen Situationsmotiv,[304] das die spezifische Dreieckskonstellation der Figurenmodelle verliebter Alter, junge Frau und Nebenbuhler bezeichnet und typischerweise einen komischen, tragischen oder tragikomischen Ausgang nimmt.[305] Traditionell steht das Problem der erotischen Selbstvergessenheit des alten Mannes dabei im Mittelpunkt: Dieser ›Verhaltensfehler‹ kann der Jugend nachgesehen werden, der Vorstellung des würdevollen Greises läuft er jedoch zuwider und gibt ihn der Lächerlichkeit preis.[306] Realhistorisch waren Paarkonstellationen mit großem Altersunterschied allerdings ganz und gar keine Seltenheit:

> Demographische Forschungen haben längst erwiesen, daß asymmetrische Ehen im 18. Jahrhundert schon wegen der hohen Sterblichkeitsrate der Frauen, die oft im Kindbettfieber oder an dessen Folgen starben, nicht die Ausnahme, sondern die Regel waren und keinesfalls als ‚naturwidrig' galten.[307]

In der Literatur hingegen erscheint der alte(rnde) Freier einer deutlich jüngeren Frau als eine Figur, die für Altersspott und/oder -klage wesentlich exponierter ist. Aber auch hier gilt: Keine Regel ohne Ausnahme. So kann beispielsweise Goethes Novelle über den *Mann von funfzig Jahren* „als Verteidigung der vitalen Möglichkeiten *jedes* Lebensalters und *jeder* unnarzißtischen Paarkonstellation"[308] gelesen werden. Auch die späten Romane von Charles Dickens oder Shakespeares *Measure for Measure* präsentieren Ehen zwischen Alt und Jung mit einem tragfähigen, glücklichen Ende.[309] Fiedler gibt dabei Folgendes zu bedenken: "But such wishful projections have never assumed the status or ubiquity of true myths, i. e., widely shared communal dreams."[310] Um 1900 hat das Motiv dann im Wesentlichen zwei Funktionen: Zum einen wird darüber die Konfrontation von Tradition und Moderne dargestellt. Zum anderen illustriert es die konkurrierenden Ehe-

---

rich: Blind Motif. In: Dies.: *Themes & Motifs in Western Literature: A Handbook.* Tübingen 1987, S. 49.

304 Vgl. Frenzel, Alte, Der verliebte, S. 1.

305 Vgl. Daemmrich, Daemmrich, Themen und Motive, S. 31.

306 Vgl. Müller-Kampel, Thema, Stoff, Motiv, S. 14.

307 Herwig, *Der Mann von funfzig Jahren*, S. 198. Herwig bezieht sich auf Gesa Dane: *Die heilsame Toilette. Kosmetik und Bildung in Goethes ‚Der Mann von funfzig Jahren'.* Göttingen 1994, S. 37.

308 Herwig, Der Mann von funfzig Jahren, S. 221.

309 Vgl. Fiedler, Eros and Thanatos, S. 4.

310 Ebd.

konzepte der neuen romantisch inspirierten Liebesheirat gegenüber der institutionalisierten Versorgungsehe.[311]

Die Figur als Handlungsträger und das Motiv als kleinstes Element des Handlungsrahmens zeichnen sich durch ihren hohen Wiedererkennungswert aus: „Leser erinnern sich noch nach Jahren, wenn sie Details der Handlung schon lange vergessen haben, sehr gut an manche Figuren, die sie beeindruckt haben".[312] Der hohe Wiedererkennungswert bestimmter Motive basiert darauf, dass ihre Botschaft von Lesergeneration zu Lesergeneration überliefert wird. Dabei ruft jede Motivrezeption die tradierte Information hervor und verlangt nach einer Aktualisierung durch den einzelnen Leser.[313] Nach Wolpers begünstigt der „eigene Gehaltswert" des Motivs „seine Wiederkehr und oft die Formung in e. bestimmten Gattung".[314] Die narrative Realisation von Figuren, Konstellationen, Ereignissen oder Handlungsmustern verweist auf kulturgeschichtliche Rahmenbedingungen, soziale Kontexte oder auf die ästhetische Richtung, die einen literarischen Text innerhalb seines Bezugsrahmens markiert und wirken lässt. Stellt man darüber hinaus diachrone und interkulturelle Vergleiche an, lassen sich Erkenntnisse über Wissens- und Kulturtransfers im Rahmen kultur- und diskursgeschichtlicher Entwicklungen erzielen.[315] Die vorliegende Untersuchung geht davon aus, dass die traditionelle Motivik der Altersliebe in der Gegenwartsliteratur durch neue narratologische Darstellungsmittel und Erzählverfahren erweitert wird.

Ein Thema wie ›erotisch konnotierte Liebe im Alter in der Gegenwartsliteratur‹ lässt sich nicht abschließend bearbeiten. Im Sinne von Octavio Paz ist es daher „sinnvoller, den Komplex von Elementen oder Eigentümlichkeiten dieser Affektion, die wir Liebe nennen, zu isolieren und zu determinieren".[316] Die folgenden Überlegungen sind deshalb weder als eine Definition noch als ein vollständiger Katalog von Merkmalen zu verstehen, sondern als „ein Erkennen: eine sorgfältige Untersuchung […] eines Gegenstandes, um seine Natur oder Identität kennenzulernen".[317] Denn von

311 Vgl. Schmid-Bortenschlager, Varianten und Variationen, S. 5–18. Schmid-Bortenschlager untersucht den verliebten Alten allerdings weder als Motiv noch als Figurenmodell, sondern als Topos.

312 Jannidis, Figur und Person, S. 1.

313 Vgl. Daemmrich, Daemmrich, Einführung, S. XVI.

314 von Wilpert, Sachwörterbuch der Literatur, S. 533f.

315 Lubkoll, Thematologie, S. 749.

316 Octavio Paz. *Die doppelte Flamme. Liebe und Erotik*. Frankfurt a. M. 1997 [1993], S. 139.

317 Ebd.

> Platon über das Hohelied bis Erich Fromm hat auf die Frage, was Liebe sei, niemand eine erschöpfende Antwort gefunden. Die Liebe ist seit jeher Gegenstand unterschiedlicher Diskurse, die sie in ihrem Wesen greifbar machen und zur Eindeutigkeit überreden wollen.[318]

Was ich im Rahmen des literaturwissenschaftlichen Diskurses ›greifbar‹ machen bzw. analysieren möchte, ist daher nicht das Phänomen der Liebe *per se*, sondern die Liebes*konzeption* ausgewählter Romane der Gegenwartsliteratur, in deren Zentrum die erotisch konnotierte Liebe ihrer alternden ProtagonistInnen steht. Um der Kritik an der Detailverliebtheit und den Generalisierungstendenzen der älteren Stoff- und Motivgeschichte zu begegnen, entwickle ich einen Mittelweg, der sich für die Motiv- und Erzähltextanalyse im Rahmen der Liebesthematik dieser Arbeit eignet. Dabei ist Wolpers Mahnung zu beachten, dass es immer Unklarheiten bei der Kategorisierung einzelner Motive geben wird. Nicht die Unfehlbarkeit der Zuordnungen ist entscheidend, sondern vielmehr die Transparenz und konsequente Beibehaltung derselben innerhalb eines Forschungsbeitrags.[319]

---

318 Tebben, *Von der Unsterblichkeit*, S. 31.

319 Vgl. Wolpers, Wege der Göttinger Motiv- und Themenforschung, S. 41–112; Ders., Recognizing and Classifying Literary Motifs, S. 33–70. S. auch Werlen, Stoff- und Motivgeschichte, S. 672.

Teil II: Konzeptionen von Altersliebe in der deutschen Gegenwartsliteratur

1 *Amour fou*. Die ›wahnsinnige Liebe‹ zu einer/m Jüngeren

> Wann immer die Liebe Konfliktstoff bietet, so ist es das sinnliche Begehren, dem ‚dämonische Kräfte' zugesprochen werden. Zu Berühmtheit gelangen die bekanntesten Liebespaare der Literatur wegen ihres finalen Aufbegehrens: Romeo und Julia und Tristan und Isolde entfalten Liebesleidenschaft in äußerster Konsequenz, weil die Leidenschaft die gesellschaftlichen Normen im verklärenden Liebestod außer Kraft setzt. Gerade dieses subversive Potential der Liebe, das wiederum ohne den vorangegangenen Konflikt mit der sozialen Ordnung nicht denkbar ist, birgt Faszination […][320]

Das Liebeskonzept, das Tebben als „Liebesleidenschaft in äußerster Konsequenz" bezeichnet, nennen Jahraus und Bornemann *Amour fou.*[321] Der Begriff der *amour fou*[322] bedeutet übersetzt so viel wie ›verrückte – ‹ oder ›wahnsinnige Liebe‹.[323] Er geht zurück auf den gleichnamigen Essay des Surrealisten André Breton aus dem Jahr 1937.[324] Im Rahmen meiner Arbeit ist dieses Liebeskonzept von besonderem

---

320 Tebben, Von der Unsterblichkeit des Eros, S. 37f.

321 Vgl. Jahraus, Amour fou, S. 8, 12, 30.

322 Künftig als eingedeutschter Begriff von mir großgeschrieben.

323 Ich verwende den Begriff ›Wahnsinn‹ hier im nicht-medizinischen Sinne. *Amour fou* meint eine soziale Kategorie, mit der ein Liebeskonzept bezeichnet wird, dessen Auslebung innerhalb westlicher Gesellschaften mit Normverstößen einhergeht. Nach Jahraus ist die Geschichte der *Amour fou* eine Liebesgeschichte, „die dort beginnt, wo sexuelles Begehren und emotionale Affinität so ins Unermessliche gesteigert werden, dass sie unterscheidbar werden. Dann nämlich fällt jede wechselseitige Funktionalisierung weg, die Effekte der Sozialisation und Domestikation werden obsolet, und es kommt eine Drift zum Tragen, die von der Gesellschaft nicht mehr aufgefangen werden kann. Unermesslich heißt aber, dass zunächst einmal ein Maßstab vorgegeben sein muss, an dem gemessen wird. Der Maßstab ist die Sozialisation, ist also die Gesellschaft selbst. An diesem Maßstab wird so ersichtlich, welches Gefährdungspotential eine solche Liebe besitzt – sowohl für die Gesellschaft als auch für die Liebenden selbst. Um dieses Potential zu markieren, wird der Begriff des Wahnsinns verwendet und definiert, indem man ihn von der Vernunft absetzt". Jahraus, Amour fou, S. 10 sowie Michel Foucault: *Wahnsinn und Gesellschaft. Eine Geschichte des Wahns im Zeitalter der Vernunft.* Frankfurt a. M. 1969, S. 11f.

324 Vgl. André Breton: *L'Amour fou.* Übers. von Friedhelm Kemp. München 1970 (EA 1937).

Interesse, weil die *Amour fou* ein dezidiert medienvermitteltes Gefühlserlebnis darstellt. Mit dem Begriff

> Amour fou bezeichnet man in erster Linie vertextete und medialisierte, also mithin erzählte Liebeserfahrungen und damit ihre je eigene Repräsentation. Amour fou ist also in erster Linie ein Zeichenreservoir und ein narratives Muster, medial fundiert und medial konkretisiert, das es genauer zu untersuchen gilt. Die Amour fou ist so selbst Zeichen, Text, Medium und insbesondere Diskurs. [...] Und in ihrer Vernetzung kann die Amour fou [.] einen Diskurs über die Liebe und die Liebeserfahrung, aber auch über den Körper und die Sexualität, und nicht zuletzt über Wahnsinn und Gesellschaft nicht nur aufnehmen, sondern sie kann selbst dazu beitragen [...][325]

Als Beispiel für die enge Verbindung von Lektüre- und Liebeserlebnis nennt Jahraus das Gespräch zwischen dem Geist der verdammten Francesca[326] und dem Dichter in der *Göttlichen Komödie.* Darin erklärt Francesca, dass die gemeinschaftliche Lektüre der leidenschaftlichen Liebschaften von Lancelot und Gallehault als Kuppler der ehebrecherischen Liebesbeziehung mit Paolo, dem Bruder ihres Gatten, fungiert habe.[327]

Die Altersungleichheit der beteiligten PartnerInnen zeichnet viele *Amour fou*-Beziehungen aus. Als Beispiele nennen Jahraus und Bornemann unter anderen Vladimir Nabokovs *Lolita*, Thomas Manns *Tod in Venedig*, Marguerite Duras' *Der Liebhaber* oder Elfriede Jelineks *Klavierspielerin.* An diesen Beziehungskonstellationen fällt auf, dass es immer der/die ältere PartnerIn ist, der/die vergeblich und meist auch in moralisch verwerflicher Weise eine/n minderjährige/n eine/n PartnerIn begehrt. Ein positiver Ausgang der Liebesgeschichte in Form einer erfüllten Liebesbeziehung wird nicht zuletzt durch den großen Altersunterschied der ProtagonistInnen als unwahrscheinlich markiert.

Zu den Romanen meines Textkorpus, deren Liebeskonzeptionen ich mit einer Wortschöpfung von Katrin Bornemann als ›amourfouristisch‹ bezeich-

---

325 Jahraus, Amour fou, S. 14f.

326 Gemeint ist Francesca da Rimini (Ende des 13. Jahrhunderts). Ihre Liebesbeziehung mit Paolo Malatesta, dem Bruder ihres (zukünftigen) Mannes, gilt als Vorbild für Shakespeares bekanntestes Drama *Romeo and Juliet.* Vgl. Jahraus, Amour fou, S. 7. Die Überlieferungen des Stoffes unterscheiden sich zum Teil sehr stark. Vgl. Elisabeth Frenzel: Francesca da Rimini. In: *Stoffe der Weltliteratur*, S. 271–274.

327 Vgl. Dante Alighieri: 5. Gesang, Die Hölle. In: Ders.: *Die göttliche Komödie.* In Prosa übersetzt von Walter Naumann. Darmstadt 2004, S. 30–34, hier S. 34. Ausführlicher dazu: Christine O'Connell Baur: *Dante's Hermeneutics of Salvation: Passages to Freedom in the Divine Comedy.* Toronto, Buffalo, London 2007, S. 87–90.

ne, zählen Martin Walsers *Angstblüte*[328] und Helen Meiers *Schlafwandel*[329]. In diesen Texten ist der Altersunterschied zwischen den Liebenden ein zentrales Element der *histoire*, das den Handlungsverlauf der Liebesgeschichte maßgeblich beeinflusst. Allerdings sind die jüngeren Partnerinnen zwar Jahrzehnte jünger als ihre alten LiebhaberInnen, aber sie sind längst erwachsen. Anders als in *Tristan und Isolde* oder in *Romeo und Julia* wird die Erfüllung der Liebe nicht mehr durch unauflösbare soziale Verbindungen unmöglich gemacht. Diese Aspekte nehmen der intergenerationalen Beziehung im Gegenwartsroman nicht nur die moralische Verwerflichkeit, sondern sie lassen auch die Fragen danach zu, warum und woran diese Beziehungen dennoch scheitern (müssen).

Die *Amour fou* ist ein Sonderfall der Liebe, bei dem Wahnsinn, Eros und Thanatos in einer Weise zusammenspielen, die eine langfristige Liebesbeziehung ausschließt. Jahraus vergleicht das Verhältnis von erotisch konnotierter Liebe und *Amour fou* mit einem Negationssatz, der immer „den positiven Sachverhalt mit bezeichnen muss, den er verneint".[330] Analog sei die Erzählung einer wahnsinnigen Liebe als diejenige zu betrachten,

> die erst den Raum der Perspektive aufspannt, für den dann wiederum der Mensch einerseits und die Gesellschaft andererseits als konstitutive Horizonte dienen. In der amour fou werden die Bedingungskategorien sowohl des Menschen als auch der Gesellschaft aufgehoben; und dadurch wird in der Folge das auch durch den Menschen und durch die Gesellschaft Konstruierte, Geordnete, Platzierte freigesetzt. Sie ist ein negatives Dispositiv.[331]

Ex negativo ließe sich daraus ableiten, wie gelingende erotisch konnotierte Liebesbeziehungen konzeptioniert sein sollten.

1.1 Die Konzeption der ›Amour fou‹

Der Komparatist Oliver Jahraus beschreibt die *Amour fou* als eine Liebe, der im Normalfall zwei PartnerInnen verfallen. Das Konzept fasst jedoch auch solche Konstellationen, in denen die Liebe nicht von beiden gleich intensiv erfahren

328 Martin Walser: *Angstblüte*. Roman. Reinbek b. H. 2006. Im Folgenden zitiert mit der Sigle A im Fließtext.

329 Helen Meier: *Schlafwandel. Eine Erzählung*. Zürich 2006. Im Folgenden zitiert mit der Sigle S im Fließtext.

330 Jahraus, Amour fou, S. 21.

331 Ebd.

oder gar nicht erwidert wird.[332] Gelegentlich bleibt der *Status quo* der Gegenliebe auch offen.[333] Im Gegenwartsroman variieren diese Konstellationen während des Handlungsverlaufs.[334] Auf der Ebene des *discours* spielt die Erzählperspektive der Liebesepisoden eine entscheidende Rolle für die narrative Gestaltung der *Amour fou*: Das sehnsüchtige Liebesbegehren wird nahezu ausschließlich aus der Perspektive der wahnsinnig Liebenden erzählt.[335]

Meiner Analyse der Altersliebe als *Amour fou* in den einzelnen Romanen geht ein Überblick über die wichtigsten Merkmale dieser Liebeskonzeption voraus. Ein detaillierter Kriterienkatalog existiert bereits in Katrin Bornemanns Arbeit zur *Amour fou* im Genrefilm. Das Erzählschema der *Amour fou* setzt sich seit ihren Anfängen in den mythischen Stoffen der Antike aus kategorisierenden Merkmalen zusammen, wenngleich der Phänotyp einem kultur-, zeit- und ortsbedingten Wandel unterliegt. Wie Jahraus definiert die Medienwissenschaftlerin Katrin Bornemann die *Amour fou*-Geschichte als Erzählung ›musterhafter Ausnahmeschicksale‹ einer Liebe zwischen zwei Figuren, die nach einer symbiotischen Einheit beider Partner strebt. Das zweite konsistente Kriterium der *Amour fou* ist – wie der Name schon sagt – der Wahnsinn, dessen Ursache und Darstellung kulturell variiert. Während in der Antike damit „rasende sexuelle Gelüste"[336] verbunden werden, die das Paar göttliche Gesetze übertreten lässt, ist es in der Gegenwarts-

332 So wird z. B. die ›Liebe‹, die Humbert Humbert, für Lolita empfindet, von ihr nur zu Beginn der Beziehung und nur sehr bedingt erwidert, bis sie in offene Ablehnung umschlägt. Vgl. Nabokov, Lolita, S. 73, 208, 318.

333 Das geschieht z. B. in der Novelle *Die Betrogene*, worin die Protagonistin eine intergenerationale und nonkonforme Leidenschaft für den Nachhilfelehrer ihres Sohnes hegt. Vgl. Henriette Herwig: »Ende und Anfang – man könnte sie verwechseln«. In: *Alterskonzepte in Literatur, bildender Kunst, Film und Medizin*. Hrsg. von ders. Freiburg i. Br. 2009, S. 169–194; Henriette Herwig: Altersliebe, Krankheit und Tod in Thomas Manns Novellen *Die Betrogene* und *Der Tod in Venedig*. In: *Jahrbuch der Heinrich-Heine-Universität Düsseldorf* 2008/2009. Hrsg. von Michael Piper. Düsseldorf 2009, S. 345–359, hier S. 349.

334 In Max Frischs autobiografisch inspirierter Erzählung *Montauk* beschreibt der Ich-Erzähler seine Beziehung zu Ingeborg Bachmann als eine *Amour fou*, in deren Verlauf zuerst er selbst sowohl fremd- als auch eigengefährdend liebt. Als sein Interesse an Bachmann erlischt, werden die Rollen vertauscht und nun wird er von Bachmanns entgrenztem Liebesbegehren verfolgt. Vgl. Max Frisch: *Montauk. Eine Erzählung*. 28. Aufl. Frankfurt a. M. 1975, S. 145ff., 152.

335 Vgl. Katrin Bornemann: *Carneval der Affekte. Eine Genretheorie des ›amour fou‹-Films*. Marburg 2009, S. 66.

336 Ebd., S. 54.

literatur die zwanghafte Verfolgung und Bedrohung des oder der Geliebten durch den oder die LiebhaberIn.

Nach Kamper und Wulf hat zwar „[j]ede Liebesleidenschaft [.] eine sich der Formung durch die Gesellschaft widersetzende asoziale Seite",[337] doch diese ist je nach Konzeption der Liebe unterschiedlich stark ausgeprägt. Wenn die vernünftige Liebe, wie sie Gellert im *Leben der schwedischen Gräfin von G**** (1746) entworfen hat,[338] das eine Ende der Skala bildet, so steht die *Amour fou* am anderen Ende. Die Liebe der ›Amourfouristen‹ zeichnet sich durch ihre ›**A-sozialität**‹[339] im Sinne einer von sozialen Normen abweichenden Konstitution aus. Wenn sich die Liebe, wie Jahraus meint, in einer permanenten „Zwitterstellung […] zwischen Intimität und Gesellschaft"[340] befindet, so tendiert die Liebeskonzeption der *Amour fou* zur sozialen Abschottung. Ausgeschlossen werden soll die Konfrontation zwischen den wahnsinnig Liebenden und Gesellschaftsvertretern, welche die Einhaltung ihrer Normen und Konventionen einfordern.

Ab der Moderne findet die *Amour fou* ihren Ausdruck in einer devianten Sexualität, die häufig durch Formen der Paraphilie dargestellt wird. Die Funktion dieses Zuges besteht darin, „gegen Konventionen und Geschmack zu verstoßen",[341] um die grenzüberschreitenden und damit potenziell a-sozialen Tendenzen der *Amour fou* narrativ zu gestalten. Die *Amour fou* ist a-sozial, weil sie eine Liebe der extremen, polaren Zustände ist. Auf der einen Seite stehen (erotische) Ekstase und rauschhafte Verzückung, auf der anderen Seite „Hörigkeit, Unterwerfung, Selbstauslöschung, Gewalt, Autoaggressivität und Todessehnsucht".[342] In diesen Aspekten der Gewalt äußert sich der Wahnsinn der Liebe:

---

337 Kamper, Wulf, Einleitung, S. 10.

338 Ausführlicher zur vernünftigen Liebe: Schmiedt, Die beschwerliche Gemeinschaft, S. 109f.

339 Die ungewöhnliche Schreibweise verwendet auch Jahraus, der sie folgendermaßen begründet: „Der Bindestrich soll den Begriff von seiner pejorativen Konnotation befreien. Und damit soll gerade die Aufmerksamkeit dafür geweckt werden, dass die Gesellschaft, die sich im Sozialen totalitär geben kann, doch nicht alles ist. Es gibt dann eben doch eine soziale Umwelt der Gesellschaft, die aber a-sozial ist. Amour fou ist eine dieser a-sozialen Umwelten der Gesellschaft". Jahraus, Amour fou, S. 14. Bornemann will den Begriff nicht als „negativ konnotiert" verstanden wissen, „sondern [er] soll das außergesellschaftliche Element der amour fou verdeutlichen". Bornemann, Carneval der Affekte, S. 55.

340 Vgl. Jahraus, Amour fou, S. 28.

341 Bornemann, Carneval der Affekte, S. 55.

342 Ebd.

> Die Gewalt ist der ständige Begleiter der *amour fou*. [...] Die Gewalt ist facettenreich und kann sowohl physischer als auch psychischer Natur sein. Sie tritt meistens dann auf, wenn die Beziehung durch die Konfrontation mit der Außenwelt zu zerbrechen droht. Auch kommt es zu Gewalt, wenn sich das Machtgefüge innerhalb der amour fou verändert, oder aber sie dient dem paraphilen sexuellen Lustgewinn der Akteure. Die Gewalt [...] ist ein Mittel der kompletten Negation der zärtlich-romantischen Geste. [...] Die Gewalt zeigt sich häufig im Gewand der Autoaggression. [...] Der verzweifelte Amourfourist versucht sich selbst zu schädigen oder zu vernichten. Die pathologische Gewalt, die den Körpern angetan wird, [...] steht jedoch auch als Metapher für die Gewalt, die der Psyche widerfährt [...][343]

Gewalttätigkeit innerhalb der Liebesbeziehung wird in der Regel durch die soziale und emotionale Situationsdarstellung der beteiligten Figuren motiviert. Es zählt zu den wichtigsten Kriterien der *Amour fou*, dass sie eine „exklusive, a-soziale Erscheinung" ist, „die nicht öffentlich gemacht werden darf".[344] Wenn die Liebenden dennoch versuchen, ihre Liebe zu sozialisieren, ist „dies stets an das Gebot der Mäßigung gebunden", was dem ekstatischen Kern der *Amour fou* zuwiderläuft und sie scheitern lässt.[345] Das Scheitern der Sozialisation dieser Liebe ist entweder extern, z. B. durch gesellschaftliche Repression, oder beziehungsintern durch die psychische Disposition eines der beiden Partner motiviert. Der zweite Fall, der die Individualität der Protagonisten voraussetzt, ist typisch für Erzählungen der postmodernen Gegenwart. In beiden Fällen wird der Wahnsinn beider oder eines Liebenden in dem Moment offenbar, in dem „erkannt wird, dass die Liebe nicht gelebt werden kann".[346]

Kennzeichnend für die *Amour fou* ist es weiterhin, dass im Hinblick auf die Kategorien „Geschlecht, Alter, soziale und ökonomische Stellung, psychische und physische Grundverfassung"[347] sämtliche denkbaren Variationen möglich sind, da die *Amour fou* im Gegensatz zur ›vernünftigen Liebe‹ voraussetzungsfrei ist. Ein Grundprinzip der *Amour fou*-Geschichte sieht Jahraus lediglich darin, dass die Partner entweder

> nicht gleichrangig in der Kategorie [sind], die dabei jeweils herausgehoben wird, oder aber sie sind gleichranging und von daher ideale Partner, aber dennoch ohne die Möglichkeit, dieses Ideal auch zu verwirklichen und zu leben. Den Liebenden ist es in der Amour fou nicht vergönnt, zu einem liebenden Paar zu werden. Es gibt im Vorfeld Hin-

343 Ebd., S. 78f.

344 Bornemann, Carneval der Affekte, S. 55.

345 Ebd., S. 54f.

346 Ebd., S. 67.

347 Jahraus, Amour fou, S. 38.

dernisse, die sich als Treibsatz entpuppen, der die Liebe zur Amour fou radikalisiert. [...] den Liebenden [ist] das unproblematische Liebesglück versagt [...][348]

1.2 Sexualität und Erotik im Alter – (K)ein Tabu (mehr)?

Die Kategorie Alter ist für den Forschungsgegenstand der vorliegenden Arbeit von besonderem Interesse. Das Konzept der *Amour fou* wird in den beiden oben genannten Romanen ausschließlich im Hinblick auf Protagonisten erzählt, die in ihrem chronologischen Alter stark von dem ihrer Partner abweichen. Die intergenerationale Liebesbeziehung ist nach Bornemann ein wiederkehrendes Merkmal der *Amour fou*-Erzählung:

> Altersunterschiede sind für die Liebenden nebensächlich. Die Konvention des in etwa gleichaltrigen Pärchens wird in der *amour fou* ohne zu zögern gebrochen. [...] Dass die Transgression eines ›akzeptablen Altersunterschiedes‹ signifikant ist, beweist ihre häufige Thematisierung.[349]

Obwohl – auch innerhalb des Textkorpus dieser Arbeit – der ältere Partner in der Regel heterosexuell und männlich ist, findet die Narration der *Amour fou* dennoch „Wege, gegen heteronormative Geschlechterrollen und sexuelle Verhaltenskodizes aufzubegehren".[350] Damit wird die „Ordnungs- und Orientierungsfunktion von gesellschaftlichen Rollen und Handlungsangeboten und -verboten, die das Individuum in dem sozialen Raum der Gesellschaft positioniert", in der *Amour fou*-Narration „also aufgehoben".[351]

Texte, in denen alte Figuren eine neue Liebesbeziehung mit einem viel jüngeren Partner eingehen, stellen Figurenmodelle des asexuellen Alters (Lustgreis, weise Alte, Großmutter) infrage, indem die Alten – im Idealfall – nicht nur Begehrende, sondern auch erotisch Begehrte sind. Während Roth, Walser und Meier das sexuelle Begehren und Handeln ihrer alten LiebhaberInnen detailliert ausgestalten, sieht Emmerich ein „*Schwinden des Begehrens*, ein[.] Erkalten des Eros"[352] innerhalb der Gegenwartsliteratur. Am Beispiel der Generation der um 1970 geborenen Pop-Literaten konstatiert Emmerich im Anschluss an Safranski, Luhmann sowie Beck und Beck-Gernsheim:

348 Ebd., S. 38.

349 Bornemann, Carneval der Affekte, S. 74f.

350 Ebd., S. 77.

351 Ebd., S. 78.

352 Wolfgang Emmerich: Liebe als Passion? Nein, danke! Vom Schwinden des Begehrens im Spiegel der Popliteratur. In: *Alltag als Genre*. Hrsg. von Heinz-Peter Preusser, Anthonya Visser. Heidelberg 2009, S. 133–148, hier S. 134.

> Die Einschränkung durch Tabus im sexuellen Bereich tendiert gegen Null (und damit auch die Erfahrung von Tabubruch und Grenzüberschreitung). [...] Wo keine Tabus, keine Grenzen und strengen Normen, wo keine festgefügte symbolische Ordnung, mit der oder gegen die man sich identifiziert, dort auch kein Verlangen nach Tabubruch, nach Grenzüberschreitung – kein, oder zumindest ein geschrumpftes Begehren.[353]

Ähnlich wie Ann Swidler die Radikalität der Liebe infrage stellt, so hat für Emmerich der Eros mit der Tabuisierung auch sein Spannungspotenzial abgestreift. Wenn kein Tabu mehr gebrochen werden kann, fehlt das revolutionäre Potenzial der Sexualität und es schwindet das Interesse an literarischen Darstellungen des nunmehr enttabuisierten Sex in der hohen Literatur. Doch Emmerichs Behauptung einer ›Tendenz gegen Null‹ im Bereich sexueller Tabus ist fraglich. Während viele Sexpraktiken – wie z. B. Oralverkehr[354] – in der westlichen Welt zunehmend enttabuisiert und sozial akzeptiert werden, ist die Wahlfreiheit in Bezug auf potenzielle LiebhaberInnen weiterhin durch gesellschaftliche Konventionen und ethische Standards eingeschränkt.[355]

Während Neuhaus glaubt, dass „Sex im Alter [.] kein Tabuthema mehr" sei, da jeder Beispiele aus dem Familien- und Bekanntenkreis von älteren Menschen kenne, die „jüngere heiraten",[356] ist Morganroth Gullette überzeugt, dass das Stereotyp des asexuellen Alters nur langsam aufweicht:[357]

> Older people are told to be ashamed of their bodies; younger people are told sexuality dies sometime after youth; some scholars point out that our culture considers 'elderly sex' shameful and unwatchable. Meanwhile, in private (it appears) something else is going on.[358]

---

353 Ebd., S. 147.

354 Zum Beispiel begann die soziale Akzeptanz der ursprünglich tabuisierten Praktiken Fellatio bzw. Cunnilingus als Sexakte, die dem Lustgewinn und nicht der Zeugung dienen, in der westlichen Welt Ende des 20. Jahrhunderts und hält bis heute an. Vgl. John H. Gagnon, Robert T. Michael, Stuart Michaels: *The Social Organization of Sexuality: Sexual Practices in the United States.* 2. Aufl. Chicago, London 2000 (1994), S. 102f.

355 Während heterosexuelle Paare seltenener mit den Hürden sozialer Sexualnormen konfrontiert werden, werden homosexuelle Paare auch in der zweiten Dekade des 21. Jahrhunderts in vielen westlichen Demokratien – darunter Deutschland, Australien und die USA – aufgrund ihres Liebesbegehrens diskriminiert.

356 Neuhaus, Die Jungen Alten und die Alten Jungen, S. 38.

357 Vgl. Margareth Morganroth Gullette: Passion is contagious. In: *Silver Century Foundation. Shaping The Aging Globe.* am 9.10.2013. ‹http://www.silvercentury.org/polBlogs.cfm?doctype_code=Blog&doc_id=828&Keyword_Desc=›. [Zugriff: 30.12.13].

358 Morganroth Gullette, Passion is contagious.

Ob im Film oder in der Literatur: Die explizite Darstellung des Geschlechtsverkehrs von Figuren, die dem herrschenden Attraktivitätsideal aufgrund von Alter, Behinderung oder körperlichen Eigenarten nicht oder nur näherungsweise entsprechen, kann weiterhin als Tabubruch gelten.[359] Im Bereich der humanmedizinischen Gerontologie halten Anne Klug u. a. das Thema Sexualität im Alter sogar für ebenso tabuisiert wie das Thema Suizid.[360]

Dass die Kombination von Altersdifferenz und zwar legalen, aber tabuisierten Sexpraktiken auch in der vermeintlich libertären westlichen Welt des 21. Jahrhunderts noch zu schockieren vermag, zeigen einige der Rezensionen zu den Romanen von Roth und Walser. Die Literaturkritikerin Elke Heidenreich echauffierte sich beispielsweise darüber, dass der deutsche Autor Martin Walser seit Langem nur noch „ganz ekelhafte Altmännerliteratur“[361] schreibe. Im *Observer* kommentiert William Skidelsky, dass *The Humbling* gemessen an Philip Roths Œuvre nicht nur erschütternd schwach geschrieben sei: “… it can hardly be called a novel at all; it is more of an old man’s sexual fantasy dressed up in the garb of literature.”[362]

In beiden Kritiken werden die jeweils deutlich über 70-jährigen Autoren mit den ähnlich alten Protagonisten ihrer Erzählungen gleichgesetzt. Damit wird nicht nur das abweichende sexuelle Begehren der Figuren als sensationsheischende, abstoßende Eigenschaft gewertet:[363] Die Autoren werden aufgrund ihres Alters und

---

359 Vgl. Jung, No Drugs, S. 265f.; Karl Lenz, Heide Funk: Entgrenzung und soziale Problemfelder. Eine Einführung. In: *Sexualitäten: Diskurse und Handlungsmuster im Wandel.* Hrsg. von dens. Weinheim u. a. 2005, S. 7–54; Doris Bach: Die Tabuisierung von Intimität und Sexualität im Alter. In: *Intimität, Sexualität, Tabuisierung im Alter.* Hrsg. von ders., Franz Böhmer. Wien u. a. 2011, S. 159–172.

360 Anne Klug u. a.: Sexualität suizidaler Älterer. In: *Zeitschrift für Gerontologische Geriatrie* 41 (2008), S. 22–28, hier S. 22.

361 Vgl. Christine Eichel: »Nie wieder ekelhafte Altmännerliteratur!« Interview mit Elke Heidenreich. In: *Cicero.* ‹http://www.cicero.de/97.php?ress_id=7&item=1807›. [Zugriff: 25.08.2010]. Vgl. auch Torsten Gellner: Landschaftlich schön gelegene Brüste. Entscheidungsschwach und eitel. Martin Walsers neuer Roman *Angstblüte.* In: *Die Berliner Literaturkritik* am 29.08.06. ‹http://www.berlinerliteraturkritik.de/index.p‹hp?id=26&tx_ttnews[tt_news]=12689&cHash=033dadc23f›. [Zugriff: 20.7.2012].

362 William Skidelsky: *The Humbling* by Philip Roth. Philip Roth’s Latest Flight of Sexual Fantasy is an Embarrassing Failure. In: *The Observer* am 25.10.2009. ‹http://www.theguardian.com/books/2009/oct/25/the-humbling-philip-roth-skidelsky›. [Zugriff: 27.12.2013].

363 Vgl. Philip Hensher: *The Humbling*, By Philip Roth. In: *The Independent* am 15 November 2009. ‹http://www.independent.co.uk/arts-entertainment/books/reviews/the-humbling-by-philip-roth-1818807.html›. [Zugriff: 27.12.2013].

Geschlechts in einer Weise angegriffen, die zeigt, wie gering die Wahrnehmung von Altersdiskriminierung (*ageism*)[364] auch unter Intellektuellen ausgeprägt zu sein scheint. Die Frage, welche Funktion die sogenannte „*Altherrenerotik*"[365] – über den zur Steigerung der Verkaufszahlen kalkulierten Skandal hinaus – in den Erzählungen von Roth und Walser haben könnte, bleibt dabei außen vor. Im Anschluss an die Arbeiten von Cherolis[366] und Taberner wird in den folgenden Kapiteln der Nexus ›Alterserotik‹ im Kontext des Motivs der/des verliebten Alten in *Amour fou*-Geschichten untersucht.

1.3 Martin Walser: ›Angstblüte‹ (2006) – Altersliebe als Problem für Anleger

Wie sein Vorgänger thematisiert der 2006 erschienene Roman *Angstblüte* von Martin Walser eine altersungleiche Liebesbeziehung. Der Protagonist Karl von Kahn, ein Anlageberater, ist mit der schönen, erfolgreichen und fast 20 Jahre jüngeren Helen verheiratet. Aus Langeweile riskiert er gleichzeitig eine Affäre mit der noch schöneren und fast 40 Jahre jüngeren Schauspielerin Joni Jetter. Er verfällt ihr zunehmend. Die illegitime Beziehung zu Joni möchte er zumindest zeitweise mit Helens Einverständnis in eine legitime Parallelbeziehung überführen und seine monogame Ehe damit öffnen (vgl. A 267f., 469). Ähnlich wie in dem fünf Jahre zuvor erschienenen Roman *Der Lebenslauf der Liebe* sind in *Angstblüte* Alters- und Liebeskonzeptionen eng miteinander verwoben.[367]

Unter einem bestimmten Aspekt lässt sich *Angstblüte* in das Genre der Verfallsgeschichte des späten mittleren Lebensalters einordnen: Ein 70-jähriger Mann, dessen Lebensstil dem eines 50-Jährigen entspricht, begehrt leidenschaftlich eine Mittdreißigerin und verliert darüber seine Ehefrau und zumindest teilweise auch seine geistige Gesundheit. Ende der 1980er-Jahre beschreibt die amerikanische Literaturwissenschaftlerin Margaret Morganroth Gullette die zwei Varianten

364 Vgl. Sam Snape: Ageism in Popular Culture. In: *Old Age and Ageing in British and American Culture and Literature*. Hrsg. von Christa Jahnson. München 2004, S. 228: "This, form, exemplifies the difference between ageism and an acceptance of old age. There is a world of differences between an old person and a person who happens to be old. The key for us all is to accept the person first before attaching a label to them."

365 Stuart Taberner: *Aging and Old-Age Style in Gunter Grass, Ruth Kluger, Christa Wolf, and Martin Walser: The Mannerism of a Late Period.* Rochester, New York 2013, S. 150.

366 Vgl. Stephanie Cherolis: Philip Roth's Pornographic Elegy: *The Dying Animal* as a Contemporary Mediation on Loss. In: *Philip Roth Studies* 2.1 (2006), S. 13–24.

367 Vgl. Seidler, Figurenmodelle des Alters, S. 164.

des Genres: Die Verfalls- und die Fortschrittssnarrative (›*decline – and progress narratives*‹). Gullettes Kategorisierung basiert auf der Idee, dass die narrative Darstellung des mittleren Lebensalters aufgrund soziokultureller Entwicklungen traditionell überwiegend Verfallsgeschichten hervorbringt.[368] Die Protagonisten dieser Erzählungen zeichnen sich vor allem durch ihre Opferrolle aus:

> [M]idlife decline narratives, whatever else they do, put their surrogate adult in a victim's position – always too childlike-helpless against the dragons of the world, whether outer or inner: sometimes too vulnerable to live, sometimes unable to enjoy living, often brought to desire to end life, and, in every case, too helpless to be able to make the life in her or his charge a progress over obstacles.[369]

Während diese stark verkürzte Genredarstellung mit der Erzählung des Schicksals von Erewein, Karls Bruder und Kontrastfigur, weitgehend übereinstimmt, lässt sich der beruflich überaus erfolgreiche Karl nicht ohne weiteres als ›Opfer einer feindlichen Welt‹ interpretieren. Mit Karls scheinbar unzerstörbarem Berufserfolg einher geht aber eine Verfallsgeschichte zwischenmenschlicher Beziehungen. Denn so untrüglich Karls Instinkt innerhalb der abstrakten Welt der Börsenspekulationen und Geschäftspartner ist, so hilflos und täuschungsanfällig ist Karl gegenüber seinen Freunden und Geliebten (vgl. A 119, 435 und häufiger). Das Schicksal der Diskrepanz zwischen privater Einsamkeit und beruflichem Erfolg zeigt die Gespaltenheit dieser Figur schon auf den ersten Seiten des Romans:

---

368 Dieser Perspektive widerspricht Richter: „So ist zwar in der Tat gerade der demografische Altersdiskurs, ausgehend von den USA, geprägt von altersapokalyptischen Perspektiven auf die Bevölkerungsentwicklung, indem vordergründig auf Belastungen von Sozial- und Krankenkassen durch die Verschiebung der Abhängigkeitsratio, auf Brüche in der intergenerationellen Gerechtigkeit und auf Verlagerung politischer Entscheidungsmacht zugunsten einer älteren Wählerschicht abgestellt wird. Aber dem allgegenwärtigen Alterspessimismus stehen mittlerweile durchaus fröhlichere Visionen des Alters entgegen, etwa die des einstmaligen Theoretikers der 1968er Gegenkultur, Theodore Roszak, der in der heute dämmernden Kultur der Altersweisheit hofft, dass die jetzt grau und weise gewordene 68er Generation [sic.] eine weitere, ‚stille' Revolution einzuleiten vermag in der Hinwendung zu Ökologie, Solidarität, Geschlechteremanzipation und der Abwendung von einer Kultur der ‚Alpha-Männchen'. Alter wird zwar, so hat es den Anschein, entweder als Verfalls- oder Fortschrittsgeschichte erzählt, aber wie Roszak andeutet, es hat auch Konsequenzen für Geschlechterkonstellationen, indem maskuline Dominanzpositionen moderiert werden". Richter, Gerontopoetik, S. 82f.

369 Margaret Morganroth Gullette: *Safe at Last in the Middle Years. The Invention of the Midlife Progress Novel: Saul Bellow, Margaret Drabble, Anne Tyler and John Updike.* Berkeley, Los Angeles 1988, S. xx.

„Unterzugehen kann er sich nicht leisten. Er ist zum Nichtuntergehen verurteilt“. (A 20)

Angstblüte ist in drei chronologisch aufeinanderfolgende Abschnitte unterteilt, die das Leben des Anlageberaters erzählen. Teil eins (vgl. A 7–188) beginnt damit, dass Karl durch das medien- und kulturschaffende Ehepaar Gundula, genannt Gundi, und Lambert Trautmann (vgl. A 62), genannt Diego, betrogen wird. Die beiden begnadeten Selbstdarsteller nötigen Karl durch die Inszenierung einer gefährlichen Krankheit eine Unterschrift zum Verkauf einer Firma ab und retten sich damit vor dem finanziellen Ruin. Karls emotionale Bewältigung dieses Vertrauensbruchs motiviert die Reminiszenz seiner ambivalenten Geschäftsfreundschaft mit dem mächtigen Wirtschaftsjournalisten Amadeus Stengl (vgl. A 75ff.). Der dritte Handlungsstrang sind die Lebens- und Todesumstände seines älteren Bruders Erewein, eines finanziell erfolglosen Künstlers (vgl. A 68f., 102, 160ff.). Eingeflochten in diese Erzählstränge sind mehrere Analepsen, welche die Vorgeschichte von Karls Hochzeit mit seiner zweiten Frau Helen erzählen.

Im zweiten Teil (vgl. A 189–392) investiert Karl von Kahn spontan zwei Millionen Euro in das wenig seriöse Kunstfilmprojekt des Regisseurs Theodor Strabanzer,[370] weil er von der erotischen Aufmachung Joni Jetters, der Hauptdarstellerin und mutmaßlichen Geliebten des Regisseurs, völlig gebannt ist. Seine Beziehung zu Helen wird zunehmend von Lügen, Ausreden und Karls Rückzug aus seiner Rolle als bewundernder Ehemann bestimmt.

Am Anfang des dritten Teils wird Karl von Joni für einen jüngeren Schauspielkollegen verlassen. Helen verlässt Karl wegen seiner Affäre mit Joni. Nachdem es zu dieser Katastrophe gekommen ist, versucht Karl von Kahn sich im dritten Teil immer wieder an brieflichen Erklärungen gegenüber Helen, die zunehmend surrealistische Züge tragen. Die Investition in das Othello-Filmprojekt (vgl. A 452) erweist sich dagegen als finanzieller Erfolg: „Bei allen privaten Krisen bleibt die Welt der Geschäfte des Karl von Kahn seltsam unberührt“.[371] Denn auch im tiefsten persönlichen Unglück sieht sich Karl selbst in erster Linie als „Funktionär des Geldes“ (A 406). Die einzige positive Entwicklung in seinem Privatleben besteht darin, dass seine väterliche Beziehung zu seiner einzigen Tochter Fanny, die ihn um Geld bittet, wieder auflebt (vgl. A 443f.). Der dritte Teil endet als Eulogie auf Karl von Kahns Liebesbeziehungen.

Laut Barner zeichnet sich die Poetologie von Walsers Spätwerk dadurch aus, dass „alles, was wahrgenommen wird, nur aus der Perspektive des ›Helden‹ er-

370 Vgl. Kuschel, Assmann, Martin Walser, S. 263.
371 Ebd., S. 262.

zählt wird".[372] Auch der Roman *Angstblüte* ist – mit Ausnahme weniger Passagen – aus der Perspektive des Protagonisten Karl von Kahn erzählt. Als Mittel der Figurengestaltung hält Walser das Selbstgespräch für das zentrale und unmittelbarste Moment der Figurencharakterisierung.[373] Wie bereits in früheren Erzählungen und Romanen verwendet er auch in *Angstblüte* das Erzählprinzip des ›einsamen Selbstgesprächs‹[374] in der Er-Form.[375] Das Selbstgespräch zeichnet sich laut Seidler durch „Spielfreiheit, Selbstkorrektur und die Nachzeichnung unsicherer Deutungsversuche des eigenen Lebens" aus.[376]

Als unmittelbarstes Moment der Selbstdarstellung sieht Walser neben dem Selbstgespräch die Träume, weil das authentische Selbst des Träumenden darin „am meisten enthalten"[377] sei. Anders als die narrative Darstellung des Selbstgesprächs lehnt Walser die Traumdeutung oder -betrachtung jedoch ab, weil dabei die Unmittelbarkeit des Selbstausdrucks zerstört werde. Während er die Sprecher im Dialog der unwillkürlichen Rechthaberei und Meinungsmache verdächtigt, ist das Selbstgespräch für ihn „die freiere Rede als die adressierte".[378] Es erlaube die größtmögliche Authentizität:

> Je deutlicher mir ist, dass das, was in mir abläuft, kein Mensch von mir erfahren wird, desto mehr ist das, was da abläuft, ein Selbstgespräch. Auch dann, wenn sich diese Innensprache an den und jenen oder gegen den und jenen wendet. Im reinen Selbstgespräch muss ich nicht Recht haben, muss ich nichts beweisen, muss ich mich nicht um Unmissverständlichkeit bemühen. Ideal wäre: vor anderen zu sprechen wie mit sich selbst. Das wird nie der Fall sein. Träumen könnte man davon: vor anderen zu sprechen, aber nicht zu ihnen. Den Adressierton vermeiden.[379]

Den Perspektivenwechsel zu einer heterodiegetischen Erzählinstanz gibt es in *Angstblüte* nur in wenigen Passagen. Der Wechsel dient nicht als Korrektiv, sondern lediglich als Ergänzung zu Karls Perspektive. Das hohe Maß an Empathie

---

372 Wilfried Barner: Selbstgespräche? Über frühe Erzählprosa Martin Walsers. In: *Text und Kritik. Zeitschrift für Literatur* VII (2000) 41/42: Martin Walser. 3. Aufl. Neufassung, S. 79–90, hier S. 84, S. 83.

373 Vgl. Martin Walser: Über das Selbstgespräch. Ein flagranter Versuch. In: *Die Zeit* vom 13.1.2000.

374 Vgl. Barner, Selbstgespräche, S. 84. Vgl. auch: Seidler, Figurenmodelle, S. 167.

375 Vgl. Seidler, Figurenmodelle des Alters, S. 167.

376 Ebd.

377 Walser, Über das Selbstgespräch.

378 Ebd.

379 Ebd.

und Leseridentifikation, das eine solche Erzählstrategie nahelegt, wird durch die distanzierende Er-Form unterlaufen.

Der alterslose Anlageberater

Von den anderen Protagonisten innerhalb des Textkorpus hebt sich die Figur des Karl von Kahn deutlich ab: Zwar ist Karl ebenfalls weiß und männlich, gehört aber aufgrund seines finanziellen Vermögens als Aufsteiger zur sozialen Oberschicht. Als Inhaber einer millionenschweren Münchner Anlageberaterfirma unterscheidet er sich deutlich von den Künstlern, Angestellten und mittelständischen Selbstständigen, die das Textkorpus dieser Arbeit dominieren. Karls chronologisches Alter lässt sich erst auf Seite 129 des Romans errechnen. Demnach ist Karl in der Erzählgegenwart 71 Jahre alt. Bis zu diesem Punkt lassen die Figureneigenschaften und Informationen über seinen Lebensstil einen chronologisch wesentlich jüngeren Mann erwarten.

Karl hat sich in jüngeren Jahren selbstständig gemacht und steht an der Spitze seiner Münchner Beraterfirma. Die engmaschige Betreung seiner exklusiven Kunden, die ihn seinerzeit so erfolgreich gemacht hat, verlangt ihm immer noch einen 14-stündigen Arbeitstag plus Nacht- und Wochenendarbeit ab.[380] Auch sein Hobby, das Bergwandern (vgl. A 71) und sein daraus abgeleitetes Lebensmotto „Bergauf beschleunigen!" (A 76) suggerieren dem Leser eine Energie und eine Lebenseinstellung, die man typischerweise bei einem 30- bis 40-Jährigen erwarten würde, der noch nicht auf dem Zenit seiner beruflichen und sozialen Karriere angekommen ist.

Die traditionellen Alterstereotypen wie Alterswürde, -weisheit, Entsagung oder Verzicht erscheinen Karl von Kahn lediglich als ein gesellschaftliches Korsett, das er durch seine Performanz als ›Anti-Rentner‹ unterläuft. Karl sieht sich nicht zu einem wie auch immer gearteten Umgang mit den Prozessen des Alterns über ihr Verschweigen und Vertuschen hinaus in der Lage. Diese Verweigerung einer Haltung zu seinem kalendarischen Alter wird aus der Fokalisierung Karls durch die Kontrastierung mit jüngeren Figuren mehrfach dargestellt:[381]

> Es ist inzwischen deutlich, dass jeder Jüngere ihn für sehr alt hält. Er spürt direkt, wie der Jüngere in jedem Satz an eine Abgeklärtheit appelliert, die er nicht hat. Er ist alt, das

380 Karl steht jeden Tag um sechs Uhr auf (vgl. A 141), sitzt ab 7 Uhr vor seinem Computer (vgl. A 10) und ruft ab 9 Uhr seine Klienten an (vgl. A 21).

381 Vgl. Martin Hellström: Der alte Liebhaber und die Kunst. Zu Martin Walsers *Angstblüte* und *Ein liebender Mann*. In: *Alter und Altern. Zur Darstellung von Zeitgeschichte in deutschsprachiger Gegenwartsliteratur*. Hrsg. von dems., Edgar Platen. München 2010, S. 53–69, hier S. 59.

> stimmt. Aber er hat keine anderen Wünsche und Absichten als jemand, der zwanzig Jahre jünger ist. Der einzige Unterschied: Er muß so tun, als habe er diese Wünsche und Absichten nicht. Als sei er darüber hinaus. Deshalb ist Altern eine Heuchelei vor Jüngeren. (A 457f.)

Aus Karls Perspektive besteht ein bloß nomineller Unterschied in den chronologischen Lebensjahren zwischen ihm und der als Binärkategorie gedachten Gruppe der ›Jüngeren‹. Da Karls „Wünsche und Absichten" sich nicht von denen der Jüngeren unterscheiden, sieht er sich als Opfer einer subtilen Form von Altersdiskriminierung. Sie besteht darin, chronologisch ältere Menschen als abgeklärte ›Andere‹ zu konstruieren, damit die Jungen sich jung fühlen können. Laut Hellström erweist sich „die Zuschreibung von altersspezifischen Denk- und Verhaltensmustern [...] hier als eine Konstruktion, die von Jungen und Jüngeren vorgenommen wird".[382] Nach Freiburg ist die kategoriale Binarität von Alter und Jugend eine gefährliche Selbsttäuschung der Jüngeren:

> Das Alter wird in gewohnter Neigung zur angenehmen Selbsttäuschung vor allem von jüngeren Menschen als das ganz ‚Andere' imaginiert, mit dem das eigene Leben nichts zu tun habe. Diese kategoriale Geschiedenheit des Alters vom eigenen Sein, die mit jedem Tag, der vergeht, in tragischer Weise Lügen gestraft wird, lizensiert auch die Anwendung inferiorisierender Stereotypen auf den alten Menschen [...] Doch diese Alterität ist illusionär, wie das weitere Leben mit brachialer Gewalt lehrt. Das vermeintlich ganz ‚Andere' wird immer mehr zum Eigenen, auch wenn man dies nicht zu glauben wagt. Die zunehmende Vertrautheit mit dem vermeintlich Fremden bedingt umgekehrt die zunehmende Verfremdung des vermeintlich Vertrauten, ein bestürzend symmetrischer Prozess negativen Erkennens setzt ein.[383]

Walsers Protagonist prangert Anfang 2006 eben jene soziale Stereotypisierung des Alters an, die Beauvoir bereits 1970 in dem einleitend zitierten Passus aus *La Vieillesse* kritisiert.[384] Franziska Schößlers Kommentar, dass Karl von Kahn den Leser „durch seinen offenen Umgang mit dem (männlichen) Altern in seinen Bann"[385] ziehen würde, ist folglich eine deutliche Fehleinschätzung. Karl ist peinlich darum bemüht, die körperlichen Zeichen seines chronologischen Alters – ohne kosmetische Hilfsmittel – soweit als möglich zu verschleiern, um seiner 40 Jahre jüngeren Geliebten zu gefallen.

---

382 Hellström, Der alte Liebhaber, S. 60.

383 Vgl. Freiburg, Altern als Trauma, S. 189.

384 de Beauvoir, Das Alter, S. 7.

385 Vgl. Franziska Schößler: Martin Walser: *Angstblüte*. In: *Kindlers Literaturlexikon Online*. [Zugriff: 25.1.2012].

Der Finanzmarkt als Jungbrunnen – Ökonomisierte Alterserotik

Allen privaten Krisen zum Trotz bleibt Karls beruflicher Erfolg ungebrochen. Motiviert wird der berufliche Dauererfolg mit einer Aktualisierung des traditionellen Jungbrunnen-Motivs. Die ergebnisoffenen Prozesse der Finanzwirtschaft und aufregenden Spekulationsgeschäfte wirken auf Karl und seine Kunden wie ein Lebenselixier (vgl. A 23f.). Das Motiv des Jungbrunnens zählt zu den ältesten Motiven, die den menschlichen Alternsprozess thematisieren. Nach Rapp lässt sich die Ausgestaltung des Jungbrunnens als Liebesmotiv und Minneallegorie bis ins 13. Jahrhundert zurückverfolgen.[386] In der Ursprungsversion des Motivs kann der Jungbrunnen alten und gebrechlichen Menschen, die in direkten Kontakt mit seinem Wasser kommen, ihre Jugend wiedergeben. Vom Lebensbrunnen unterscheidet sich das Motiv dadurch, dass der Jungbrunnen kein ewiges Leben schenken oder Tote wiederbeleben kann, sondern nur den menschlichen Alternsprozess umkehrt.[387] In *Angstblüte* lässt sich die narrative Darstellung des Anlagemarktes als aktualisierte Version des Jungbrunnen-Motivs lesen:

> Seine Kunden starben nicht mehr einfach so weg wie in den ersten drei Jahren. Sobald die achtzig waren, ging es aufwärts. Dafür sorgte er. Durch immer neue, immer spannende, oft dramatische Um- und Umschichtungen der Anlagen. Karl hatte inzwischen eine Kunst daraus gemacht, Kunden, die siebzig plus, achtzig plus und neunzig plus waren, für langfristige Anlagen zu begeistern. (A 23f.)

Schlaffer skizziert in ihrem Essay die Entwicklung der engen Beziehung von Alter und Geld. Vom Figurenmodell des geizigen Alten bis zum „Sieg des Kaufmannsgeistes über das gesamte Leben und vor allem über das hohe Alter“[388] – die Themen Alter und Geldwirtschaft sind eng miteinander verbunden. Die Darstellung des Lebenslaufs in Form der Lebenstreppe hat sich nach Schlaffer von dem pyramidalen Aufbau weg zur immer steiler ansteigenden Erfolgsleiter hin entwickelt. Das Sparen galt lange als Tugend, die ein glückliches Alter garantiert, weil Geld eben nicht altert oder an den Kräften zehrt wie körperliche Arbeit. Im späten 20. Jahrhundert werden die sparsamen Alten dann abgelöst durch den „Senior und die Seniorin auf dem Weg an die Aktienbörse“. Mit diesen neuen Figuren des Alters ist „das Spiel mit dem quicklebendigen Geld [.] zum Hobby der Pensionäre geworden“.[389]

386 Vgl. Anna Rapp Buri: *Der Jungbrunnen in Literatur und bildender Kunst des Mittelalters*. Zürich 1976, S. 120.

387 Vgl. ebd., S. 9.

388 Schlaffer, Das Alter, S. 11.

389 Ebd., S. 12.

Das abstrakte Geschäft mit Geldanlagen wird in Walsers Roman zur Metapher der Undurchschaubarkeit menschlicher Beziehungen. So steht Karl seinen Kunden nicht nur menschlich näher als seinen kulturell interessierten Freunden und Geliebten, im Gegensatz zu Letzeren sind ihm seine KundInnen auch treu (vgl. A 152). Als freies Motiv strukturiert die Finanzwirtschaft die Darstellung der Altersthematik. Während der Ausgang des menschlichen Alterungsprozesses vorhersehbar, aber in einem bestimmten Maß und bis zu einem gewissen Grad manipulierbar ist, lässt sich der Finanzmarkt aus Karls Perspektive zu nichts zwingen (vgl. A 127). So hat eine von Karls elitären Kundinnen kurz nach ihrem 60. Geburtstag in Edelholzaktien investiert, „die zehn Jahre lang nichts bringen". Karl kommentiert diese Investition begeistert: „Das ist der reine Trotz. Er liebte diesen Trotz". (A 119) Sein Lob verbindet er denn auch gleich mit einem Kompliment für die Anlegerin, das indirekt auch ihm selbst gilt: „Diese Aktien ordern, sagte er, heiße jung sein, also habe die gnädige Frau bestens entschieden". (A 118) Das Spekulieren der alten Anleger, im Englischen auch „Wetten" (A 241) genannt, auf das große Geld ist zugleich eine Wette auf die eigene (Er)Lebenszeit des Gewinns.

> Der Roman Walsers erzählt also von Geld, genauer: von Zins und Zinseszins und vom Altern, sodass entgegengesetzte Zeiterfahrungen enggeführt werden – die Vergangenheit und die Zukunft. Denn die Spekulation rechnet mit zukünftigen Gewinnen, mit ausgedehnten Zeiträumen, die den alternden Investoren meist nicht mehr zur Verfügung stehen.[390]

Was Karl von Kahn gemeinsam mit seinen Kunden spielt, ist ein Spiel mit der Hoffnung auf eine gewinnbringende Zukunft und der Glaube an die verjüngende Kraft dieses Spiels.[391] Karls Verhältnis zum Alter und zum Tod ist ambivalent: Im ersten Teil des Romans denkt er darüber nach, dass er sich nach einer Grabstelle umsehen müsste (vgl. A 102). Dieses *Memento mori* gerät in *Angstblüte* allerdings zum blinden Motiv, denn das nahende Lebensende weist Karl im Kontext seiner *Amour fou* mit Joni soweit als möglich von sich. Andererseits hofft Karl auf einen plötzlichen, schmerzlosen und schnellen Tod: „Sein Dr. Bartenschlager

390 Franziska Schößler: Versteckspiele: jüdische Ökonomie und Kultur in Martin Walsers Roman *Angstblüte*. In: *Text + Kritik. Zeitschrift für Literatur* 180 (2008): Juden – Bilder, S. 47–60, hier S. 47.

391 Entgegen Schlaffers Darstellung ist das Konzept des ›antizyklischen Investierens‹ nicht nur eine literarische Metapher, sondern hat durchaus seine reale Entsprechung in Anlageempfehlungen für Rentner. Vgl. Christian Kirchner: Aktienquote im Alter: Je oller, je doller. In: *Spiegel Online* am 13.10.2013. ‹http://www.spiegel.de/wirtschaft/unternehmen/aktien-antizyklische-vorgehensweise-zahlt-sich-langfristig-aus-a-926094.html›. [Zugriff: 13.10.2013].

hat gesagt, Karl von Kahn werde sicher die begehrteste aller Todesarten erfahren: den Wachtmeistertod. Man steht, denkt an nichts, fällt um, ist tot. Bei ihm heißt das gesund sterben". (A 311). Der sogenannte ›Wachtmeistertod‹ ist die Idealvorstellung eines ansatzlosen Schlusspunktes hinter einem bis zum Ende von jugendlicher Gesundheit geprägten Leben. Den körperlichen Abbauprozessen, die typisch für die Phase der Hochaltrigkeit sind,[392] hofft er durch einen idealen Tod[393] entgehen zu können.

Die Aktualisierung des Motivs Geldgier

Das Thema Geld ist in der Literatur laut Frenzel mit dem Motiv der Gold- oder Geldgier verknüpft:

> In keiner anderen Form enthüllt sich die menschliche Habsucht so sehr als geist- und seelenlos wie in der Gier nach Gold und Geld. Während der Wunsch nach Besitz von Häusern und Äckern, Herden, Gerät und Kunstschätzen eher verständlich und verzeihlich erscheint, dekuvriert die Hortung des Tauschmittels Geld, mit dem all diese Güter erworben werden könnten, aber von den Geldbesessenen meist nicht erworben werden, diesen als einen in seiner Humanitas reduzierten Typ des Menschen. [...] Je abstrakter, je mehr auf Übereinkunft beruhend der Wertcharakter des Geldes wird, um so pervertierter erscheint die Geldgier. Sie ist durch zwei Verhaltensweisen gekennzeichnet: einmal das unersättliche, durch keinerlei soziale Rücksicht regulierte Gewinnstreben, zum anderen durch die unter Hintansetzung sogar des eigenen Wohls erkaufte Bewahrung des Gewonnenen. Spekulationsgeist und Geiz können in einer Person vereint sein, das eine tritt jedenfalls meist nicht ohne Beimischung des anderen auf, aber aus der Prävalenz einer der beiden Eigenschaften ergeben sich die zwei Haupttypen des Geldgierigen. Es bedurfte nicht erst des Wirtschaftsdenkens eines kapitalistischen Zeitalters, um in der Geldgier einen Fluch zu entdecken, sondern diese Erkenntnis tauchte bereits in den Anfängen der Geldwirtschaft auf; sehr alte Gestaltungen dieses Motivs stecken bereits dessen Grundzüge ab.[394]

Das Motiv der Geldgier wird in *Angstblüte* durch die Erzählperspektive stark variiert und aktualisiert. Durch die interne Fokalisierung präsentiert die Erzählinstanz die Wertungen des Anlageberaters privilegiert. Karl hat zwar eine Leidenschaft für das Geldvermehren, nicht aber für den Besitz an sich. Er ist nicht geizig,

392 Vgl. Heidemarie Bennent-Vahle: Philosophie des Alters. In: *Alter in Gesellschaft. Ageing – Diversity – Inclusion.* Hrsg. von Ursula Pasareo, Gertrud M. Backes, Klaus R. Schroeter. Wiesbaden 2007, S. 11–14, hier S. 12.

393 Vgl. Schlaffer, Das Alter, S. 22–25.

394 Elisabeth Frenzel: Goldgier, Geldgier. In: Motive der Weltliteratur, S. 261–277, hier S. 261.

sondern genießt die Freiheiten, die ihm sein Reichtum ermöglicht, und das zu tun empfiehlt er auch seinen Kunden (vgl. A 152). Sein religiös überhöhtes Verhältnis zum Geld wird nicht verwerflicher erzählt als die Gier nach akademischer Aufmerksamkeit (Helen), Kunstgegenständen (Diego und Gundi) oder Applaus (Theodor Strabanzer, Joni Jetter).

In der erzählten Welt von *Angstblüte* werden die Gepflogenheiten in der Welt der Kunst und des Geldes nur scheinbar kontrastiert: Für die Kunsthändler und -sammler, Diego und Gundi, die auf den „Geldmenschen" (A 109) Karl herabsehen, sind Kunstgegenstände nicht als Wert an sich interessant, sondern lediglich als Statussymbole und Requisiten in ihren endlosen Selbstinszenierungen (vgl. A 139f.). Mit seiner Unterschrift unter Firmenverträge, die er nicht gelesen hat, demonstriert Karl, dass er die vermeintliche Freundschaft über das Geschäftliche stellt, und wird dabei betrogen.

Ebenso wie das Geld sich im Prinzip Zinseszins aus sich selbst heraus fortzeugt, schafft auch die Welt der Filmkunst keinerlei originäre Werte mehr. So wie das Geld in der Geldwirtschaft reproduziert sich das Filmgeschäft im Film in endloser Selbstreferentialität und unter Berücksichtigung des äußerst konservativen Publikumsgeschmacks (Heimatkrimi, Sex und Mord) (vgl. A 351–353, 386–349). Davon wiederum profitiert Karl von Kahn zwar als Investor, nicht aber als Liebender, dessen Liebeskummer im Film publikumswirksam inszeniert wird. Pointiert ausgedrückt wird das im Gespräch mit einem potenziellen Neukunden: „Stellen wir an den Markt Ihre Lieblingsfrage, die nach der Gerechtigkeit. Der Markt ist nicht ungerechter als alles andere, was Menschen veranstalten". (A 407) Die Gleichsetzung dieser Lebensbereiche erscheint vor dem Hintergrund der internationalen Börsenkrise im Jahr 2008 allerdings äußerst fragwürdig.[395] Die aufregenden Spekulationsgeschäfte Karls und seiner wohlhabenden Klientel bedeuten für die weniger vermögenden Gesellschaftsschichten nicht bloß einen Verlust ihrer ›Spieleinsätze‹, sondern entziehen ihnen mit den ratenfinanzierten Häusern und Jobs die Lebensgrundlage. Im Text selbst wird die Einstellung des Protagonisten nicht kritisch hinterfragt.

Die Lyrik, die das Starlet Joni Jetter für ihre eigentliche Bestimmung hält, (vgl. A 338) wird in der szenischen Erzählweise dem Geldanlegen gleichgesetzt. Auf Karls Frage, warum Gedichte „das Schönste" (A 339) für sie seien, antwortet Joni:

> Sie sind die Sprache selbst. In jedem. Jeder hat sie. Nicht jeder bringt sie heraus. Sie wachsen in einem, ohne daß man das merkt. Dann plötzlich kommen sie heraus. Von

395 Vgl. Taberner, Aging and Old-Age Style, S. 208: "In *Angstblüte*, Karl is engaged in the financial trickery that, in real life, contributed to the financial crisis of 2008."

> da an paßt man auf. Es wird eine Arbeit. Die schönste Arbeit überhaupt. Töne fangen, ohne sie zu verletzen.
> Er sagte, ob sie's glaube oder nicht, ganz anders sei es mit dem Zinseszins auch nicht. Er sei das Geld des Geldes, also die Sprache der Sprache, also ist der Zinseszins ein Gedicht. (A 339)

Die Gedichte, die Joni vor Karl rezitiert, sind keine Liebesgedichte. Jonis Flexibilität in der Benutzung der Sprachregister (vulgäre Jugendsprache, Volksdichtung und abstrakte Lyrik) und ihre Lust am Fabulieren faszinieren Karl ebenso wie ihre Marilyn-Monroe-Erotik. Während er das Verhalten der Frau seines Freundes Diego während des Krankenhausaufenthaltes nachträglich als bühnenreife Inszenierung erkennt, blendet er die offene Frage der Filmfinanzierung als Motiv für Jonis erotisches Entgegenkommen so lange als möglich aus. Nachdem Karl ihr gesagt hat, dass er „seine Beteiligung am *Othello*-Filmprojekt" (A 340) überwiesen habe, endet die Beziehung sehr bald: Das dramatische *tête-à-tête* mit Gewitter, Herzinfarkt und Leidenschaftsrhetorik ist das letzte Treffen zwischen Joni und Karl. Die Verbindung von Alter, Liebe und Geld im Motiv der Geldgier löst laut Frenzel meist einen Konflikt aus: Typischerweise opfert der verliebte und geldgierige Alte die Möglichkeit einer Liebesbeziehung zu einer jüngeren Frau, um seinen materiellen Schatz wiederzuerlangen oder nicht zu gefährden. Das ist in *Angstblüte* nicht der Fall: Die Tragödie für den leidenschaftlichen Spekulanten Karl besteht darin, dass alles Geld der Welt ihm nicht die Liebe der jungen Frau verschaffen kann, für die er bereit ist, sein Geschäft zu vernachlässigen.

Der Zug des Anlagemarktes wirkt als ein Abbild von Karls Lebensphilosophie: Die virtuelle Wertewelt des Geldhandels hält Karl für ebenso wenig greifbar wie das Altern selbst.[396] In seiner Kundenzeitschrift für seine etwa gleichaltrige Kundschaft legt er seine Relativitätstheorie des Alters dar:

> In Wirklichkeit gibt es unser Alter nicht. Es ist eine Mache [sic.] der Alarmisten. Von meinem und deinem Alter wissen sie nichts. Für die Alarmisten sind wir Statistikfutter. Sie reden über uns, wie die Farbenblinden von der Farbe reden. Über mein Alter und dein Alter gibt es keine Auskunft. (A 25)

Der Anlagemarkt und mit ihm das Geld rekurrieren nicht nur auf die Allegorie des sexuell konnotierten Jungbrunnens.[397] Sie verweisen noch direkter auf den Phallus als männlich konnotiertem Symbol sexueller Potenz: „Seit die ersten Geldmünzen um 650 v. Chr. in Lydien geprägt wurden, wird das Geld mit dem

---

396 Vgl. Schößler, Martin Walser: *Angstblüte*.
397 Vgl. Rapp, Der Jungbrunnen, S. 16.

männlichen Geschlechtsorgan in Verbindung gebracht".[398] Besonders in der Darstellungstradition des Mythos um Danae, die Tochter des Königs Akrisios von Argos, wird laut Mathes das Motiv des phallischen Finanzwesens verewigt. In Form eines Goldregens, der in Danaes Schoß fällt, wird der spätere Vatermörder Perseus durch den Göttervater Zeus gezeugt. Der Zeugungsmoment ist ein sehr beliebtes Motiv in der bildenden Kunst und erfährt im 15. Jahrhundert mit der Ausweitung der Geldwirtschaft durch die Verbreitung von Wechsel- und Bankgeld eine Aktualisierung: In Danaes Schoß ergießt sich fortan kein Goldregen mehr, sondern ein Münzregen.[399]

Zu Beginn des 20. Jahrhunderts attestiert Georg Simmel in seiner *Philosophie des Geldes*[400] Letzterem eine „besamende Kraft" und „Lebensmacht", die sich als „warme[r] Strom des Lebens, [...] in die Dingbegriffe" ergieße und „sie gleichsam aufblühen und ihr Wesen entfalten" ließe: „Das ist die Bedeutung des Geldes für den Stil des Lebens, daß es gerade vermöge Jenseits aller Einseitigkeit einer jeden solchen wie ein Glied ihrer zuwachsen kann".[401] Nach Mathes lassen sich „diese monetären Befruchtungsphantasien als Versuch interpretieren, sowohl die abstrakte Fruchtbarkeit des Mediums Geld vorstellbar zu machen als auch seine Wirklichkeit zu begreifen, indem man sie in physiologische Vorgänge übersetzt".[402] Dass sich diese archaisch anmutende Beziehung zwischen der unsichtbaren Macht des Geldes und der im Phallus dargestellten Potenz bis in die Gegenwart erhalten hat, zeigt laut Mathes und Boesenberg der Ehrentitel, der besonders erfolgreichen AktienhändlerInnen in der Brokerszene zuteil wird: ›Big Swinging Dick‹ bzw. ›Big Swinging Dickette‹.[403]

Die Verbindung vom Geldhandel mit der Sexualität durchzieht in *Angstblüte* die gesamte *histoire*. So wird die Motivierung der Figur Karl zu seinem anstren-

---

398 Bettina Mathes: Kapitel V. Contra Naturam: Die Fruchtbarkeit des Geldes. In: Dies.: *Under Cover: Das Geschlecht in den Medien*. Bielefeld 2006, S. 85–116, hier S. 85f.

399 Vgl. Mathes, Contra Naturam, S. 85f.

400 Eine ausführliche Untersuchung zur Philosophie des Geldes in *Angstblüte* haben Assmann und Kuschel geleistet: Heinz-Dieter Assmann, Karl-Josef Kuschel: Martin Walser: *Angstblüte* (2006). In: *Börsen, Banken, Spekulanten: Spiegelungen in der Literatur – Konsequenzen für Ethos, Wirtschaft und Recht*. Hrsg. von dens., Gütersloh 2011, S. 248–274.

401 Georg Simmel: *Philosophie des Geldes*. Hrsg. von David P. Frisby, Klaus Christian Köhnke. Frankfurt a. M. 1989, S. 697, 695, 695.

402 Vgl. Mathes, Contra Naturam, S. 86f.

403 Vgl. Eva Boesenberg: Männlichkeit als Kapital: Geld und Geschlecht in der US-amerikanischen Kultur. In: *Geld und Geschlecht. Tabus, Paradoxien, Ideologien*. Hrsg. von Birgitta Wrede. Opladen 2003, S. 32–45, hier S. 34.

genden Berufsalltag in einer Selbstdarstellung gegenüber Helen als Sexualisierung geschäftlicher Verabredungen dargestellt. Karl schreibt in diesem Brief über sich selbst in der dritten Person:

> Nehmen wir seinen beruflichen Alltag: Wenn er eine geschäftliche Verabredung mit einer Frau hatte, hielt er es jedesmal für mehr als eine geschäftliche Verabredung. Er fuhr überallhin mit abenteuerlichen Geschlechtsphantasien. Er hätte sonst nicht so oft und so weit fahren können. (A 457)

So dauerhaft erfolgreich und potent Karl von Kahn beruflich mit seiner Anlageberaterfirma ist, so wenig dauerhaft ist der Erfolg seiner privaten Beziehungen. Dass etwa sein kulturschaffender (Geschäfts-)Freund Diego und dessen Frau ihn für einen Aktienverkauf um eine Unterschrift betrogen haben (vgl. A 142f.), kann er seiner Ehefrau Helen aus Angst vor dem Stigma der Erfolglosigkeit (vgl. A 106, 132) nicht erzählen. Seine Krisen finden ausschließlich im Privaten statt und sie beeinträchtigen erstaunlicherweise niemals seine scheinbar unermüdliche Arbeitsfähigkeit.

Helen, née Wieland, ist Karls zweite Ehefrau und nicht nur fast 20 Jahre jünger als er, sondern auch schön und beruflich als Paartherapeutin sehr erfolgreich. Sie stammt aus gutem Hause und ist eher reich als wohlhabend. Mit seiner zweiten Hochzeit ist der neureiche und briefadelige Karl in den oberen Kreisen der Münchner Schickeria angekommen. Der Wermutstropfen in dieser Beziehung besteht in Helens vollkommenem Desinteresse an Karls Berufsleben im Besonderen und dem Geldwesen im Allgemeinen, das Karl selbst in religiöse Dimensionen erhebt (vgl. A 407, 409). Ironischerweise kann und will die ›Ehetherapeutin‹ keinerlei Anteil am Lebensinhalt ihres Ehemannes nehmen (vgl. A 108): Während sie sämtliche Arbeitsinhalte allabendlich vor Karl ausbreitet, übt er sich in Schweigen und bewunderndem Zuhören. Das aus dieser Paardynamik resultierende Bedürfnis nach Aufmerksamkeit, das auch die Geliebte Daniela nicht befriedigen kann, wird in Karls innerem Monolog als privates Dilemma entworfen:

> Es ist nicht so schlimm, wenn man niemanden hat, mit dem man sprechen kann. Wieviel Verweidenswertes [sic.] wird da vermieden. Wenn man mit einem Menschen zusammenlebt, mit dem man eigentlich sprechen können sollte, zum Beispiel weil man mit ihm verheiratet ist, dann wird das Nichtsprechenkönnen sogar etwas Feines. Eine Art Auszeichnung. Und wenn du mit dem mit dir Verheirateten nicht sprechen kannst, kannst du mit niemandem sprechen. Und das will schon etwas heißen. (A 110)

Auf der Ebene der *histoire* wird damit die Begründung für das erzählerische Prinzip des ›einsamen Selbstgesprächs‹ gegeben: Als äußerlich erfolgreiche, innerlich aber zutiefst einsame Figur hat Karl zeitlebens keinen anderen Ansprechpartner als sich selbst gefunden. Im Verhältnis zu anderen Figuren wird Karl stets ausschließlich als „Zuhörer“, „Bewunderer“ und „Verehrungsbegabung“ (A 108, 316, 115) charakterisiert. Sein Eheleben ist nach zwölf Jahren in äußerlich liebevollen, aber für Karl reizlos gewordenen Ritualen erstarrt. Das verschwiegene Unglück dieser Ehe und Karls „Stigma der Erfolglosigkeit“ (A 123) bestehen darin, dass es ihm nicht möglich war, das Kind zu zeugen, welches Helen sich von Beginn der Beziehung an gewünscht hat:

> … sie wollte ein Kind. Diesen Wunsch schob sie auf. […] Als sie mit Karl von Kahn im Hotel am Schloßgarten in Stuttgart im Zimmer 712 die Türe verschlossen hatte, drehte sie sich um und sagte: Ich will ein Kind von dir. Und er sagte: Ich fühle mich geehrt. Wann immer Helen diesen Satz sagte, er führte ins Bett. Entweder gleich oder sobald es eben ging. Aber – und das war das Stigma der Erfolglosigkeit – Helen wurde nicht schwanger. (A 132f.)

In der Gegenwart des Romans markiert Helens chronologisches Alter das Ausschlusskriterium für die Erfüllbarkeit ihres Kinderwunsches. Das Thema Reproduktion ist im erotischen Gespräch mit seinen Partnerinnen – wenn auch in ritualisierter Form – dennoch immer präsent. Durch Helens Kinderlosigkeit signalisiert ihm ihr ritualisierter Satz ständig die Infragestellung seiner Potenz. Das Motiv der Finanzwirtschaft und die phallische Bedeutung des Geldes werden mit der Einführung der Figur Joni Jetter besonders eng verknüpft. So praktiziert Karl schon den ersten Geschlechtsverkehr mit Joni ungeschützt und reagiert geschmeichelt auf ihre Anmerkung, sie könne dabei schwanger geworden sein:

> In seiner Branche heiße das, was am Ende herauskomme, die Ausschüttung, sagte er.
> Daß sie vielleicht schwanger werde, sagte sie, interessiere ihn nicht.
> Er habe ihr, sagte er, gestern vorsorglich mitgeteilt, daß er dafür sei, die Ausschüttung drin zu lassen, damit sie sich verzinse. (A 253)

Mathes hat an der Etymologie des Begriffs Geld gezeigt wie „das immer abstrakter werdende Geld mit sexuellen Metaphern aufgeladen [wurde], die männliche Fruchtbarkeit besagen“.[404] In diesem Dialog zwischen Karl und Joni kehrt sich diese Beziehung um, indem das Vokabular des Finanzwesens metaphorisch für den Zeugungsvorgang gebraucht wird. Dem korrespondiert, dass Karls positive Reaktion auf Jonis Einwand weniger auf die Realität einer Familiengründung mit der ihm relativ unbekannten Schauspielerin bezogen ist als auf die Demonstration seiner Zeugungsfähigkeit und damit seiner Virilität, die er in der Ehe mit Helen nicht unter Beweis stellen konnte.

Karls erotische und geschäftliche Selbstinszenierungen, seine instinktgesteuerten Spekulationsgeschäfte und das wiederkehrende Moment der narrativen

---

404 Mathes, Contra Naturam, S. 93.

Selbstvergewisserung über die Historie der eigenen geschäftlichen Erfolge (vgl. A 88, 93, 117, 240f. und häufiger) zeigen eine ähnliche Problematik wie die der Figur Susi Gern in *Der Lebenslauf der Liebe*:[405] Karl von Kahn verfügt nicht über eine stabile Identität. Nicht nur sein Selbstwertgefühl, sondern seine gesamte Existenz kann Karl nur auf der Grundlage seines sozialen und wirtschaftlichen Erfolges wahrnehmen:

> Angstblüte heißt's bei den Bäumen. Du kannst dem Erfolg nicht gestatten, daß er sich von dir verabschiedet. Du kannst nämlich nicht leben ohne den Erfolg. Das sich einzugestehen heißt, den Erfolg zu zwingen, bei dir zu bleiben. Würde der Erfolg sich von dir trennen, er käme nie mehr zurück. Er fände dich nicht mehr, weil es dich nicht mehr gäbe. Ohne dich wäre dein Erfolg verwaist. (A 134)

Anders als im Vorgängerroman *Der Lebenslauf der Liebe* wird die Figurenpsychologie des Protagonisten in *Angstblüte* nicht durch die Erzählung von Kindheits- und Jugenderlebnissen ausgestaltet. Denn darüber erfährt der Leser nur sehr wenige, eher allgemeine Details als Fremdcharakterisierungen. Diese stammen aus den Briefen von Karls Bruder Erewein, „der für die Familiengeschichte zuständig" ist (A 111, vgl. A 432). Auch die politische Situation, in der Karls Geburt zu verorten ist, wird nicht ausreichend eng mit seinem Erfolgszwang in der Erzählgegenwart des Romans geführt. Karl von Kahn wird zwar als Angehöriger der Kriegserlebnisgeneration charakterisiert, anders als sein 79-jähriger, schwer traumatisierter Bruder Erewein (vgl. A 71f.) scheint der 71-jährige Karl jedoch nicht als Soldat am Kriegsgeschehen beteiligt gewesen zu sein.

Liebe, Eifersucht und die Wunde des Alter(n)s

Martin Walser „hat sich in seinem Spätwerk intensiv mit Fragen des Alterns beschäftigt, insbesondere im Zusammenhang mit Liebe und Sexualität".[406] Assmann und Kuschel betrachten den Roman *Angstblüte* als Variation des Grundthemas in Walser Spätwerk. Dabei handelt es sich um „[d]ie Krise älter gewordener Männer in ihrer Beziehung zu jüngeren Frauen".[407] Ebenso wie seine beiden Vorgängerromane *Der Augenblick der Liebe* und *Ein liebender Mann* basiert *Angstblüte* auf einem Grundmuster, in dem „[e]in älter gewordener Mann [.] erotisch-sexuell

---

405 Vgl. Seidler, Figurenmodelle des Alterns, S. 170.

406 Stefan Neuhaus: Die jungen Alten und die alten Jungen: Von der Relativität des Alter(n)s in der deutschen Gegenwartsliteratur. In: *Alter und Altern. Zur Darstellung von Zeitgeschichte in deutschsprachiger Gegenwartsliteratur*. Hrsg. von Martin Hellström, Edgar Platen. München 2010, S. 38–52, hier S. 47.

407 Kuschel, Assmann, Martin Walser, S. 251.

der »Attraktivität« einer jüngeren Frau derart [verfällt], dass sein bisheriges Leben aus der Bahn geworfen wird".[408] Taberner bezeichnet diese drei Texte als Walsers ›Alterstrilogie‹. Sie zeichne sich aus durch die skandalöse Selbststilisierung der alten Protagonisten als ›Opfer‹ und den Bruch mit der üblichen Auseinandersetzung mit der eigenen Verantwortung im Zuge der Lebensrückschau.[409] Das gilt sowohl im Hinblick auf ihre Lebensgeschichte als auch auf historische Ereignisse wie den zweiten Weltkrieg.[410] Skandalträchtig sei auch die Darstellung von Sexualität im Alter:

> Zürn, Karl, and Goethe alienate if not repel the reader with their stubborn, often deplorable refusal to behave as they should – the novels provoked reactions ranging from bafflement to outrage on account of their often graphic depictions of their protagonists' unseemly *Altherrenerotik* (old man's lust). Rather, we are asked to simply accept the three old men for who they really are.[411]

In enger Verbindung mit dem Motiv des verliebten Alten steht in *Angstblüte* das Motiv des Mannes zwischen zwei Frauen: Karl von Kahn schwankt auf dem Höhepunkt des Romans zwischen seiner Leidenschaft für die junge, derb-erotische, aber wenig eigenständige Joni und seiner in die Jahre gekommenen Liebe zu der älteren, elfenhaften und karriereorientierten Helen. Auf die Beziehungen des Protagonisten zu diesen beiden Frauenfiguren gehe ich im Folgenden näher ein.

Im Verhältnis zu seinem chronologischen Alter werden Karls Partnerinnen immer jünger bzw. ihr Altersunterschied zu ihm wird immer größer. Hannelore

---

408 Ebd.

409 Vgl. Taberner, Aging and Old-Age Style, S. 143, 154f.

410 Aufgrund des chronologischen Alters ist anzunehmen, dass die Figur Karl als Heranwachsender den zweiten Weltkrieg erlebt hat. Die Kriegsteilnahme als Soldat und deren Reminiszenz wird durch die Figur von Karls Bruder Erewein und Karls Kunden Professor Schertenleib kontrastiv dargestellt. Erewein erschießt sich 79-jährig im Mai 2003 mit eben der Pistole, mit der er im Mai 1945 drei 19-jährige russische Soldaten getötet hat (vgl. A 71f.). Dagegen empfindet der körperlich kriegsversehrte Professor auch Jahrzehnte nach Kriegsende dieses Datum als „Niederlage" (A 146), will das „Heldengedenken" (ebd.) seines gefallenen Bruders ehren und empört sich darüber, erst nachträglich erkannt zu haben, für welches „Drecksregime" (A 148) er gekämpft hat. Beide Figuren fühlen sich sowohl von den Nazis als auch von der bundesrepublikanischen Gesellschaft ausgegrenzt und benutzt (A 148f., 151ff.). Seine schuldhafte Verstrickung in das Kriegsgeschehen erkennt nur Erewein mit dem leitmotivischen Satz „Meine Leute haben mich wegziehen müssen" (A 72, 162 und häufiger) an. Der Professor besteht auf „der ihm vorgeworfenen Unbelehrbarkeit" (A 149) und wird von Karl darin bestärkt (A 151f.).

411 Taberner, Aging and Old-Age Style, S. 150.

Schlaffer findet für die Psychologie hinter dieser Form serieller Monogamie in einem anderen Kontext treffende Worte: „Die junge Frau [.] dient ihm [dem alten Mann] zur Projektion seines Wunschbilds von ewiger Jugend: mit ihr an der Seite fühlt er sich selbst jung und schön".[412] Karls Ehe mit Helen ist eine Beziehung, die in liebevollen, einstmals emotionale Authentizität signalisierenden Ritualen erstarrt ist. Die Beziehungskommunikation simuliert lediglich emotionalen Austausch und Verständigung und wird aus der Fokalisierung Karls als eingespielte Selbstdarstellung mit klarer Rollenverteilung geschildert:

> Er mußte ihr immer demonstrieren, wie sehr er sich für alles interessiere, was sie tue und denke und schreibe. Was er dachte und tat, ließ sie gelten, mit Nachsicht. Sie warf es ihm gewiß nicht vor, daß er ein Geldmensch war, aber mehr als freundliches Geltenlassen durfte er nicht erwarten. Während sie doch die Eheheilerin selbst war. […] Sie kämpft ja um jede mürbgewordene, brüchige oder schon kaputte Ehe, als hinge immer das Schicksal der Menschheit ab von diesem einzigen Fall. Und er vermehrt Geld. Das ist kulturell abgemacht: Für Wirtschaftliches muß man sich nicht interessieren. Das gehört zu keinem Kanon. (A 109)

Anders als in seiner ersten Ehe mit der anthroposophischen Krankengymnastin und Flötistin Henriette (vgl. A 129) hat Karl von Kahn die Beziehung zu der ebenfalls verheirateten Helen nicht nur aufgrund ihres starken erotischen Reizes, sondern in der vorschnellen Annahme einer Art Wesensverwandtschaft lanciert (vgl. A 127). Eine Altersdifferenz von fast 20 Jahren spielt in dieser Beziehung eine wichtige Rolle: Helen lernt den damals 58-jährigen Karl von Kahn im Alter von 39 Jahren kennen (vgl. A 129). In der Gegenwart des Romans ist sie folglich 52 Jahre alt und er 71. Zwar ist Helen, im Unterschied zu Henriette, ebenso ehrgeizig, erfolgsorientiert und aus gutem Hause wie Karl. Doch Helen sieht Karl keinesfalls als ebenbürtigen Wesensverwandten, sondern drängt ihn in die Rolle des ewig staunenden Bewunderers ihrer akademischen Erfolge und ihrer Verdienste um die Menschheit in Sachen Eheberatung.

Wie wird die emotionale Grundlage für das Bestehen der zwölf Jahre währenden Ehe mit Helen (vgl. A 129) dargestellt? In der Fokalisierung Karls wird erzählt, wie die Gatten ihre Ehe in betonter Abgeklärtheit als „Neue Wohngemeinschaft" (A 154) und „die beste aller denkbaren Zweckgemeinschaften" (vgl. A 107, 313) bezeichnen. Während die Anfänge der Beziehung als quasi schicksalhaftes Zusammentreffen zweier Wesensverwandter auf dem Tennisplatz dargestellt wird (vgl. A 126ff.), zeigt sich bei näherer Betrachtung, dass die beiden in erster Linie

412 Vgl. Schlaffer, Das Alter, S. 16.

unzufrieden mit ihren ersten Ehepartnern waren und einen passenderen Ersatz gesucht haben.

Die emotionale Grundlage ihrer zweiten Ehe lässt sich mit Lee als pragmatischer Liebesstil (›Pragma‹) bezeichnen. Bei diesem Liebesstil kommt es beiden Partnern auf einen passenden Gefährten an, der ihre primären Bedürfnisse erfüllt.[413] Zwar suggeriert die Liebesrhetorik dieser Partner eine ›romantisch‹ geprägte Liebe, in ihrem Kern ist sie jedoch pragmatisch. Der Grund für die Diskrepanz zwischen der Figurenrede und dem Handlungsgeschehen lässt sich in der Dominanz ›romantischer Ideale‹ im zeitgenössischen Liebesdiskurs verorten:

> A pragmatic choice in lovestyles might seem rather calculating, and most of us are likely to make our approach a little less obvious by avoiding *written* lists. We keep our lists in our heads because popular literature and social values about love often persuade us that we should be romantic rather than levelheaded about love.[414]

Die Ehe, die Karl und Helen nur 18 Monate nach ihrem Kennenlernen eingehen (vgl. A 129), ist der Ausweg aus ihren ersten Ehen, in denen ihre emotionalen Bedürfnisse durch den jeweiligen Gatten nicht ausreichend befriedigt worden sind. Karl fühlte sich offenbar von Henriettes verklärter Märchenwelt abgestoßen und ausgeschlossen (vgl. A 128f.). Helen hat in Karl einen Vaterersatz gefunden, bei dem sie ihren Narzissmus ungezügelt ausleben kann. Ihr leiblicher Vater „muß ein unersättlicher Helen-Zuhörer gewesen sein. Ihren Vater zu übertreffen, das sollte, wer sie wollte, wenigstens versuchen". (A 108) Anders als Karl, der das Zuhören als seinen Beruf betrachtet, war Helens erster Ehemann nicht dazu bereit, ausschließlich die Rolle des Applaudierenden in Helens Selbstinszenierungen zu spielen. Er wollte „seinerseits loswerden, was ihm in der Schlösserverwaltung untergekommen war. Das hat nach zwölfjährigem Toleranzverschleiß zu dem natürlichsten Ehe-Ende geführt, das man sich vorstellen kann". (A 108)

Dass Karl seine Rolle als Claqueur in Helens ehelichen Selbstinszenierungen nicht genügt, wird an dem Umstand deutlich, dass er offenbar seit Jahren eine Affäre mit einer anderen Frau unterhält (vgl. A 74). Anders als im Ehebruchsroman des 19. Jahrhunderts werden Nebenbeziehungen und/oder Affären im Gegenwartsroman nicht notwendigerweise entdeckt. Doch selbst wenn das geschieht, führt die Entdeckung nicht unbedingt zum Ende der Ehe. Was Helen Karl an Affektion schuldig bleibt, scheint ihm seine unglückliche Geliebte Daniela zu ersetzen. Sie begehrt Karl leidenschaftlich (vgl. A 271, 276, 391) und bezeichnet

---

413 Vgl. John Alan Lee: *The Colors of Love: An Exploration of the Ways of Loving*. Don Mills, Ontario 1976, S. 134f.

414 Ebd., S. 135.

sich selbst als von ihm abhängig (vgl. A 391). Karl hingegen dient seine Beziehung zu ihr wohl anfänglich dazu, Abwechslung in den Alltag mit seiner fordernden Beraterfirma und seine ›wohltemperierte‹ zweite Ehe zu bringen.

Die Beziehung zu Daniela ist für Karl weitgehend plan- und kontrollierbar. Er ist dabei emotional nicht engagiert und scheint nicht zu fürchten, dass seiner Ehe eine von Daniela ausgehende Gefahr drohen könnte. Der Reiz dieser illegitimen Beziehung hat sich allerdings in der Ritualisierung ihrer Rendezvous und der großen Anhänglichkeit Danielas verloren. Auf der Ebene des *discours* macht sich das insofern bemerkbar, als Daniela im gesamten Roman nicht einmal als handelnde Figur dargestellt wird. Sie ist allein durch Telefongespräche, in Karls Gedanken oder durch Nachrichten, die sie auf der Mailbox seines Mobiltelefons hinterlässt, präsent. Daniela ist in *Angstblüte* in erster Linie als eine Art Komplementärfigur zu Karl angelegt, die ebenso an ihrer Liebe zu Karl leidet wie er an seiner Liebe zu Joni.

In Kombination mit der Selbstcharakterisierung eines Menschen, der „nicht leben [kann] ohne den Erfolg" (vgl. A 134), motivieren die Enttäuschungen in seinen zwischenmenschlichen Beziehungen die Anfälligkeit der Figur Karl für Situationen, die ihm „die Illusion von zielgerichteter Bewegung, von unverbrauchter Potenz und vitaler Jugendlichkeit verschaffen" können. Dies sei „die Illusion eines 70-Jährigen, der die Signale von Alter und Endlichkeit nicht wahrhaben will und Beziehungen zu Menschen mit Spielpotenzialen verwechselt",[415] konstatieren Assmann und Kuschel. Laut Schößler ist die Figur des Karl von Kahn dem Typus des äußerlich erfolgreichen, innerlich aber ›leeren‹ Kapitalisten wie Sherman McCoy,[416] Gordon Gecko[417] oder Doug Fanning[418] nachempfunden:[419]

> In den Kundengesprächen gab er sich erfahrungsreich, hell und zukunftsfroh. Das war er auch zumindest, wenn er nicht allein war. Seine Kunden belebten ihn. […] Sobald er allein war, wußte er sich oft nicht mehr zu helfen. Mutlosigkeit breitete sich aus in ihm. Die Welt war anders. […] Wenn die Kunden ihn so erlebten, so mutlos, sie müßten ihn für einen Betrüger halten. Jeder Mensch muß jedem anderen gegenüber die Welt preisen. Sonst hört sich alles auf. Verzweifeln darf jeder für sich allein.
> Kein Mensch darf merken, wie mutlos du bist. Nicht einmal du selbst. Und Helen schon gar nicht. (A 28)

---

415 Kuschel, Assmann, Martin Walser, S. 260.

416 Vgl. Tom Wolfe: *The Bonfire of the Vanities*. 11. Aufl. New York 1988 [1987].

417 Vgl. Oliver Stone: *Wall Street*. Twentieth Century Fox Film Corporation 1987.

418 Vgl. Adam Haslett: *Union Atlantic*. New York 2009.

419 Vgl. Schößler, Versteckspiele, S. 47; Kuschel, Assmann, Martin Walser, S. 249f.

Karls Mühsal, die optimistische Fassade trotz aller Rückschläge innerhalb seiner zwischenmenschlichen Beziehungen aufrechtzuerhalten, wird mit der Einführung einer Figur, die einen neuen Handlungsstrang eröffnet, unterbrochen: In einem Spiel mit der Eitelkeit verführt der exzentrische Regisseur Theodor Strabanzer den alternden Karl mithilfe der 33-jährigen Schauspielerin Joni Jetter (vgl. A 224) zur riskanten Investition von zwei Millionen Euro in sein wenig seriöses Filmprojekt.

Der Titel des Projektes ist ein intertextueller Verweis auf die Motivierung der kommenden Ereignisse: Theodor Strabanzer stellt sich selbst als einen Regisseur vor, der „[i]mmer am Leben entlang" filmt (A 207). Das sogenannte „*Othello-Projekt*" (A 209) ist nicht mehr als die Skizze eines Filmplots, an deren Ausarbeitung sich Karl „aufgefordert" fühlen soll „mitzuwirken" (A 213). Der fertige Film ist schließlich eine Mischung aus Krimi und Melodram, die gemäß Strabanzers Regiekonzept Karls unglückliche Liebe zu Joni persifliert. Darin wird eine junge Schauspielerin aus Eifersucht ermordet. Der vom Tod seiner Geliebten völlig vernichtete Hauptverdächtige ist ihr greiser Geliebter, der sich durch Drohungen gegen ehemalige Liebhaber verdächtig gemacht hatte. (vgl. A 450ff.)

Der kulturell wenig versierte Protagonist ist jedoch nicht am Drehbuch interessiert, sondern völlig auf die potenzielle Hauptdarstellerin fixiert. Aus seiner Perspektive erscheint sie als Inkarnation heteronormativer Sexualklischees[420] schlechthin, ohne, dass er selbst sich dieser Klischeehaftigkeit bewußt wäre:

> Aber dieser am Körper haftende Fetzen war nicht die Hauptsache. Die Hauptsache wurde offen, halboffen ausgestellt. Die Brüste. Halb standen sie dem Kleid zur Verfügung, halb der Öffentlichkeit. Nichts konnte diesen ansehnlichen Brüsten fremder sein als ein Büstenhalter. Halb zwischen, halb unter diesen einander so gut wie nicht und doch fast berührenden Brüsten fand das Kleid zusammen, tat, als sei dazu eine dünne Schleife nötig [...]
> Joni sagte: Was mir um den Hals hängt, dürfen Sie nicht auslassen. Heißt Mondstein. Ein Halbedelstein. Schauen Sie. Und drehte den Stein zwischen den halbausgestellten Brüsten. Der Stein wurde zum Champagnertropfen. (A 202f.)

Die Figur Joni inszeniert ihren Körper auf eine Weise, die sie in der Wahrnehmung Karls vollständig auf ihre sekundären Geschlechtsmerkmale reduziert. Ihre Funktion wird im Rahmen einer Binnengeschichte in Form eines Filmskripts thematisiert. Joni hat die darin angelegte Rolle einer jungen Frau namens Irina gespielt, die sich nacheinander auf Beziehungen mit drei Künstlern im Alter von 70, 60 und 50 Jahren einlässt. In dem paraphrasierten Filmskript, das in *Angst-*

420 Vgl. Venla Oikkonen: 4) The Narrative Attraction of Adulterous Desire. In: Dies.: *Gender, Sexuality and Reproduction in Evolutionary Narratives*. London, New York 2013, S. 96–126, hier S. 97.

blüte als Binnengeschichte erzählt wird, praktizieren die Künstler nicht nach dem Prinzip des *l'art pour l'art.* Sie wollen lediglich ihren Lebensunterhalt mit ihrem Schaffen bestreiten und fürchten sich davor, entlarvt zu werden. Irina dient allen dreien nicht als Muse, da sie keine Inspiration für originäre Kunst benötigen, sondern lediglich als ausgelagertes Selbstbewusstsein: „Bei Irina ist jeder der drei der große Macher. Dafür hat sie zu sorgen. Sie muß die großreden. Ihnen ein Selbstbewußtsein einflößen, das sie selber nicht hat". (A 211) Anders als in dem Drehbuch liegt Karls Achillesferse weder in seinem unbestrittenen beruflichen Erfolg noch in seinem finanziellen Kapital, sondern in einer anthropologischen Grundkonstante: dem Unglück über seine vergangene Jugend.

Joni/Irina fungiert trotz ihrer chronologischen 30 Jahre als das ›Mädchen‹ innerhalb der von Hannelore Schlaffer beschriebenen Figurenkonstellation ›alter Mann und Mädchen‹. Nach Schlaffer werden die beruflichen und gesellschaftlichen Erfolge der Figur des alten Mannes, in der Regel eine Künstlerpersönlichkeit, durch eine junge, weibliche Muse honoriert und aufgewertet.[421] Schlaffer führt das auf den Zusammenhang zwischen dem kulturellen Einfluss des westlichen Kapitalismus seit den 1970er-Jahren und intergenerationalen Intimbeziehungen zurück:

> Die junge Frau neben dem gereiften Mann tritt als Allegorie eines neuen zeitgemäßen Leistungsmodells auf. [...] Heute nimmt man die Eroberung einer neuen Partnerin als Facelifting, wie es auch jedem Unternehmen gut anstehen würde. Es bestätigt sich in diesem Akt die Aufgeschlossenheit des ältlichen Bräutigams für die Jugend, sein Verständnis für eine nachwachsende Käuferschicht, seine Aufmerksamkeit auf den fortschrittlichen Geist der Zeit – kurz die ewige Jugend eines Glücksritters.[422]

Wenn ein Mann noch im hohen Alter eine junge Frau als Partnerin für sich gewinnen kann, gilt das am Ende des 20. Jahrhunderts nicht mehr als belächelnswerte „Protzerei". Es ist vielmehr der Ausweis des „Verjüngungskünstlers [.], der sich frisch gestählt zu neuen Akquisitionen ermuntert fühlt, seien diese nun Firmen oder Frauen".[423]

In *Angstblüte* wird die Funktion des Aufwertens explizit mit der Einführung der Figur Joni im Kontrast zu der altersdiskriminierenden Haltung ihres Gönners Strabanzer ausgestaltet. Der Regisseur verkörpert eine abwertende Haltung gegenüber älteren Menschen, die in einer „unausgesprochene[n], aber in jedem Wort, in jeder Geste spürbare[n] Überheblichkeit gegenüber dem Älteren" ausge-

421 Vgl. Schlaffer, Das Alter, S. 76f.
422 Ebd., S. 77.
423 Ebd.

drückt wird. Diese Haltung steht dem Verfallsmodell des Alters nahe und drückt „in jeder“ Nuance aus, dass von älteren Menschen – respektive Karl – „nicht wirklich etwas erwartet werden kann“. (A 218) Diese subtil altersdiskriminierende Haltung erscheint in der Erzählung als Mentalität, aufgrund deren eine jüngere Majorität einen Älteren unbewusst immer so behandelt, „als müßten sie dem etwas nachsehen“. Dass der Regisseur Strabanzer Karls ›wunden Punkt‹ gezielt für seine Filmfinanzierung zu nutzen versteht, zeigt sich, als er Karl als ‚alten Mann‘ bezeichnet (vgl. A 257): „Klar, Sie wollen nicht für einen alten Mann gehalten werden, schon gar nicht, wenn unsere Ruhrgebieterin dabei ist“. (Vgl. A 218f.)

Karl reagiert auf diese Verletzung, indem er sich der Illusion hingibt, für die junge Schauspielerin nicht nur in finanzieller, sondern auch in sexueller Hinsicht attraktiv zu sein:

> Wenn Joni Jetter nicht dagewesen wäre, wenn sie nicht durch Blicke, Gesten und noch mal Blicke, überhaupt durch demonstrative Anwesenheit ihm deutlich gemacht hätte, daß (220) sie ihn bemerkt habe, dann hätte er wohl nicht so lange dort ausgehalten. Aber weil sie da war und so da war, war jede Sekunde hell, voll, wenn nicht gar toll. (A 219f.)

Karl glaubt an die Authentizität von Jonis erotischer Inszenierung und er sieht in ihr nicht zuletzt eine Art ›Potenzverstärker‹ und schmückenden Trumpf. Diesen wünscht er insbesondere gegenüber seinem falschen Freund Diego/Lambert, der mit der attraktiven Moderatorin Gundi/Gundula liiert ist, auszuspielen:

> Während Diego ihn, als wolle er behilflich sein, hinausschob, dachte Karl, daß er sich mit Joni vor Diegos Schaufenster in der Brienner Straße hätte postieren sollen, so lange bis Diego Joni und ihn gesehen hätte, bis er hätte zugeben müssen, daß Gundi verglichen mit Joni, eine pudrige Mumie ist. (A 438)

Der gezielte Tausch körperlichen Kapitals gegen das finanzielle Kapital älterer Männer (vgl. A 203), der für die Lebensgeschichte der Figur Joni charakteristisch ist, rückt sie in die Nähe des Modells ›Trophäenfrau‹ (*trophy wife*)[424]. Der Begriff bezeichnet umgangssprachlich ein soziales Modell, dessen drei wichtigste Merkmale Jugend, Schönheit und eine unbedeutende bis fragwürdige berufliche Karriere sind. Die Funktion der Trophäenfrau besteht darin, den Mann an ihrer Seite durch die Zurschaustellung ihrer körperlichen Vorzüge zu adeln. Die Begriffsbildung wird der Journalistin Julie Conelly zugeschrieben: “Powerful men are beginning to demand trophy wives. […] The more money men make, the argument goes, the more self-assured they become, and the easier it is for them to

424 Vgl. William Safire: On Language; Trophy Wife. In: *The New York Tines* vom 1. Mai 1994. ‹http://www.nytimes.com/1994/05/01/magazine/on-language-trophy-wife.html›. [Zugriff: 27.12.2013].

think: I deserve a queen."[425] Während Conelly der Trophäenfrau nicht nur überdurchschnittliche Attraktivität, sondern auch beruflichen und vor allem sozialen Erfolg zuschreibt, wurde der Begriff in der Folgezeit zunehmend für ein Rollenverhalten mit Tendenz zur Prostitution gebraucht.[426] Zur Schauspielerei ist Joni beispielsweise nur gekommen, weil einer ihrer Liebhaber diese als „angewandte Sexualität" (A 233) bezeichnet hat. Ihre erotische Aufmachung und ihre Jugend sind Jonis einziges Kapital, das sie zum Bestreiten ihres Lebensunterhaltes und in ihrer Suche nach Anerkennung einsetzen kann. Vom *sugar girl* unterscheidet sich die Trophäenfrau dadurch, dass sie ihre Liaison mit einem meist körperlich weit weniger attraktiven Mann deutlich subtiler reguliert.[427]

Erotische Inszenierungen – Sexualität und Körper

Die offensiven sexuellen Avancen, die Joni Karl nach dem gemeinsamen Abendessen macht (vgl. A 221), sind offenbar motiviert durch die noch offene Frage nach Karls Beteiligung an der Finanzierung des Filmprojektes. Nur einen Tag nach dem gemeinsamen Abendessen mit Strabanzer trifft Karl sich erneut, aber diesmal allein mit Joni Jetter. Das Treffen findet in einem exklusiven Hotel statt, dessen Luxussuite ihm als „Theater" (A 228) mit dem Bett als Bühne erscheint. Karl zieht dort vor Jonis Ankunft einen edlen Anzug an und schlüpft damit gleichsam in die Rolle des alten Galans. Die erotische Inszenierung beginnt mit Jonis Ankunft. Sie zieht sich vor seinen Augen um und der Erzähler konstatiert: „Daß er ihr beim Umkleiden zuschaute, schien sie zu genießen. Er betonte sein Zuschauen. Sie sollte bemerken, wie gern er ihr zuschaute". (A 229) Ob und inwiefern Karl dabei tatsächlich Lust empfindet, bleibt offen. Auffällig ist, dass authentische sexuelle Erregung im Handlungsverlauf explizit nur im Zusammenhang mit Karls nächtlichen „Traumfrauen" (A 223) erzählt wird. Sein sexuelles Begehren für die Frauenfiguren in der erzählten Realität des Romans bleibt stets eine Leerstelle (vgl. A 225). Nach Jahraus kann „selbst erfolgreiche Sexualität sehr onanistisch sein"[428] und darin unterscheidet sich der bloße (literarische) Sexakt vom erotischen Liebesspiel.

---

425 Vgl. Julie Conelly: The CEO's Second Wife. In: *Fortune Magazine* am 28. August 1989. ‹http://money.cnn.com/magazines/fortune/fortune_archive/1989/08/28/72407/›. [Zugriff: 27.12.2013].

426 Vgl. Safire, On Language; Trophy Wife.

427 Vgl. ebd.

428 Oliver Jahraus: Liebe als Medienrealität. In: *Figurationen der Liebe in Geschichte und Gegenwart, Kultur und Gesellschaft*. Hrsg. von Stefan Neuhaus, Elisabeth Beck-Gernsheim. Würzburg 2012, S. 21–33, hier S. 31.

Zwar behauptet Karl, beim Geschlechtsverkehr mit Joni zu erfahren, warum er ›da sei‹ (vgl. A 269), diese ontologische Dimension des gemeinsamen Geschlechtsverkehrs weist Joni aber weit von sich (vgl. A 269). Die Behauptung steht auch im Widerspruch zu Karls Handeln und seinen Selbstcharakterisierungen. Denn es sind gerade der Körper und dessen hyperbolisch dargestellt Defizite, die Karl in seinen Intimbeziehungen verbergen möchte. Während er sein Hörproblem vor seiner Ehefrau Helen seit vielen Jahren geheimhalten kann (vgl. A 204), darf ihn die junge Joni selbst beim Geschlechtsverkehr keinesfalls nackt sehen. Dieses Kunststück bewältigt er, indem er sich niemals in ihrer Gegenwart entkleidet.[429] Außerdem wählt er nur Positionen, in denen er sich neben oder besser noch hinter ihr befindet, damit sie ihn nicht ansehen kann. Das ›Erkennen‹ des Geschlechtspartners wird damit im biblischen und alltäglichen Sinne verhindert. Nur mithilfe dieses nervenaufreibenden Versteckspiels glaubt Karl, die Illusion einer leidenschaftlichen Liebesbeziehung, die er mit Joni verwirklichen will, aufrechterhalten zu können. Um eine Imitation von Jonis Jugendlichkeit bemüht er sich im sprachlichen Ausdruck (vgl. A 223, 250, 275 und häufiger) und in seinem Habitus, was seiner Selbstwahrnehmung als ›Nicht-Alter‹ entspricht.

Auch Philip Roths männliche Protagonisten reflektieren während des Geschlechtsverkehrs mit ihren jüngeren Partnerinnen ausgiebig über die Altersdifferenz und deren körperliche Folgen. Die Gedankenwiedergabe wird aber an dem Punkt unterbrochen, wenn die Lust der Figur ihren Höhepunkt erreicht.[430] Zwar wird in *Angstblüte* der scheinbar synchrone Orgasmus des altersdifferenten Paares detailliert auserzählt, aber nicht als Moment erotischer Erfüllung. Denn aus der Perspektive beider Partner ist das Liebesspiel in erster Linie eine theatralische Selbstinszenierung: Die Erzählinstanz fokussiert in den Sexszenen auf die ostentativen Bemühungen des Protagonisten um eine Inszenierung männlich-dominanter Leidenschaft. Dadurch wirken die Sexszenen nicht erotisch, sondern als Dramatisierung von Geschlechtsverkehr. Joni beteiligt sich an dieser Inszenierung, indem sie Karl erzählt, den ersten Orgasmus ihres Lebens mit ihm erlebt zu haben (vgl. A 251, 389), nachdem sie am Abend vorher noch während des Vorspiels eingeschlafen ist (vgl. A 247f.). Offensichtlich wird die Zugehörigkeit der Orgasmus-Behauptung zu Jonis erotischer Inszenierung in einem Brief ihres späteren und deutlich jüngeren Liebhabers Arthur Dreist an Karl:

---

429 Vgl. Taberner, Aging and Old-Age Style, S. 151.

430 Damit unterscheiden sich die Sexpassagen in Walsers Roman deutlich von konventioneller Pornografie. Vgl. Müller, Pornographie, S. 74.

> Joni hat, bevor sie mir gestattete, sie zu lieben, noch nie einen Orgasmus erlebt. Er war immer alles Schauspielerei gewesen. Und sie ist durch und durch eine vorzügliche Schauspielerin. Zu erleben, wie sie ist, wenn sie nicht mehr spielt, war etwas jenseits des Mitteilbaren. Und als Naturereignis unanzweifelbar. (A 389)

Doch auch die Sexszene zwischen Karl und Joni ist aus Karls Perspektive mit der Semantik eines Naturereignisses verbunden:

> Ihr Mund hatte die ganze Entwicklung erlebt, als finde alles nur seinetwegen statt. Die Lippen waren immer voller geworden. Der Mund bebte und schwankte wie ein Schiff bei immer höherem Wellengang und zerriß, verlor alle Form, war nur noch eine Verzerrung.
> Sie lagen stumm. (A 250)

Der weibliche Orgasmus ist in *Angstblüte* dem erotisch konnotierten Liebeskonzept eingeschrieben. Er fungiert als Beweismittel authentischer Lust, die proportional zum Grad der Affektion der jeweiligen Figur ist. Die Bedeutungverschiebung des Orgasmus vom Gipfel sexueller Lust hin zum Ausweis der Authentizität in Zeiten medialer Sexualisierung hat Tilman Walter als „‚Normalerwartung' gelungener Sexualität"[431] bezeichnet. Dieses historisch relativ neue Phänomen ist insofern problematisch, als es zum Maßstab einer normierten Sexualität erhoben wird.[432] Ebenso leicht wie Joni Karl den sexuellen Höhepunkt vortäuscht, um einen Sexakt in quasi-pornografischer Perfektion zu inszenieren, werden auch freundschaftliche und romantische Affektion von den Figuren untereinander inszeniert.

Körper im Spiegel – Alterskonzepte

Das Spiegelmotiv ist typisch für literarische Bearbeitungen des Themas Alter im Allgemeinen und der Altersliebe im Besonderen. Karl von Kahn befürchtet, dass sein größter Fehler während seiner Affäre mit der um Jahrzehnte jüngeren Schauspielerin Joni Jetter die Tatsache gewesen sei, dass er nach der gemeinsamen Liebesnacht zusammen mit ihr vor den Badezimmerspiegel getreten ist. Er glaubt, dass der Kontrast ihrer faltenfreien Schönheit mit seinem alterszerfurchten Gesicht, so gravierend ist, dass er endgültig jede Selbsttäuschung ihrerseits über sein chronologisches Alter unmöglich gemacht habe:

> Er hätte, als sie ins Bad gegangen war, nicht im Bad auftauchen dürfen. Das war sein schlimmster Fehler überhaupt. Das Blue-Cheese-Bein hatte er weggeschummelt, den

431 Lewandowski, Über Persistenz, S. 201.
432 Vgl. ebd.

> Körper im Morgenmantel geborgen, aber sein Gesicht neben ihrem Gesicht im Spiegel. Zerrissen, verformt, vergnomt, das war kein Gesicht mehr, das war eine Verschwörung. Dann sofort sein Versuch, aus der Visage ein Gesicht zu machen. Schicksalsblick, Trauerschmacht, Schmerztrotz, Heroenrotz. Und das neben ihrem erfahrungsfreien Gesicht, das am Morgen, ungeschminkt, so schön ist wie die Welt eine Sekunde vor ihrer Erschaffung. (A 308)

Das Motiv des zweifachen Spiegelblicks baut auf dem Kontrast zwischen Alter und Jugend, Attraktivität und körperlichem Verfall auf. Während Karl Jonis Blick als Selbstvergewisserung der eigenen Attraktivität bewertet, gerät ihm sein eigener Anblick zum „Erkenntnisschock" und

> droht den Konfrontationskurs mit dem Unvermeidlichen an, die Vision einer persönlichen Eschatologie, deren Konturen auch noch hinter etwaiger Kosmetik zu entdecken wären. [...] Die Gesichtsfalten, verbal gern zu Lebenslinien reicher Erfahrungen umgeschminkt, die gebeugte Haltung, oft als Indikator für getragene Bürden funktionalisiert, und die nachlassende Dynamis, oft als Befreiung zur Besinnung auf das Wesentliche umstilisiert, lassen jedoch die Irreversibilität der Zeit unübersehbar erkennen.[433]

Bei diesem Spiegelblick wird der Beobachter nicht nur imaginiert. Joni fungiert als Projektionsfläche für Karls Alterskonzept: Schönheit wird von ihm nicht nur mit Jugend gleichgesetzt, sondern auch mit Weiblichkeit. Karl kann in diesen Punkten nicht mit Joni konkurrieren. Er versucht deshalb durch die mimische Performanz seines Vorsprungs an Lebenserfahrung vor Joni die Attraktivität seines Aussehens zu erhöhen. Gegenüber Jonis schönem, aber „erfahrungsfreie[m] Gesicht" (A 308) versucht Karl die optischen Anzeichen seiner körperlichen Alterung, die ihm selbst hässlich bis zur Entmenschlichung („Zerrissen, verformt, vergnomt", A 308) erscheinen, auszugleichen. Diese *Coping*-Strategie misslingt jedoch:

> Jetzt, in dieser Nacht, will sich in dir die irrsinnige Hoffnung bilden, Joni habe im Spiegel nur sich selber angeschaut, also den Schrat aller Schrate, neben sich gar nicht bemerkt. So muß es doch gewesen sein, sonst wäre sie doch davon gelaufen. Nie mehr mit ihr vor einen Spiegel. (A 309)

Faltenlosigkeit und Jugend sind für Karl so sehr verbunden mit sexueller Attraktivität, dass er alle Anzeichen körperlichen Alter(n)s für ›anti-erotisch‹ hält. Die Unverbrauchtheit seiner Dynamik stellt er dann nachträglich bei dem Waldspaziergang dar, indem er getreu seinem Motto „Bergauf beschleunigen" (A 249 und häufiger) hofft, schneller und ausdauernder als Joni zu sein. Doch auch bei diesem Wettstreit versagt er. Er macht Jonis Zuneigung abhängig von seiner Selbstdar-

433 Freiburg, Altern als Trauma, S. 191.

stellung als jung und dynamisch und sieht diese ständig durch sichtbare Alternszeichen wie seine Krampfadern und Falten (vgl. A 246, 296, 308, 338) gefährdet:

> Ob sie Karls linkes Bein entdeckt hatte? Das war zehn Jahre älter als er. Die Innenseite sah aus wie eine verwaschene weißblaue Bayernflagge. Ein Gorgonzolagelände. Er hoffte, es sei ihm gelungen, dieses Adernelend vor Joni zu verbergen. Ein Blick darauf, und sie würde schrill lachend davonrennen. (A 307)

Das Verstecken seines Körpers steht im direkten Widerspruch zu Karls Behauptung, dass er sich gerade im Geschlechtsverkehr mit Joni im Einklang mit sich selbst erlebe. Denn im 21. Jahrhundert hat sich der cartesianische Dualismus überlebt[434] und die Einheit von Körper und Geist ist zur Grundlage jedes Diätratgebers erklärt worden. Karl von Kahn inszeniert sich selbst als jemanden, der an der Kluft zwischen seinem körperlichen Erscheinungsbild als einem Alten und seiner Selbstwahrnehmung, die nicht mit dem chronologischen und biologischen Alter übereinstimmt, leidet. Die Soziologen Featherstone und Hepworth beschreiben diese alltägliche Situation mit der „Mask-of-Ageing-These“[435], die Backes folgendermaßen zusammenfasst:

> Folgt man den Autoren [...], so wird das individuelle Selbst quasi zum Gefangenen des alternden Körpers, der die wahre Identität nicht länger physisch zum Ausdruck bringen kann. Die Spannung zwischen dem inneren subjektiven Erleben und dem äußeren Erscheinungsbild spiegelt sich in der Altersmaske. Diese erscheint als „pathologisch“ und „abweichend“, während das innere wesentliche Selbst als „normal“ gilt. Die sichtbare körperliche Hülle erscheint als nichts anderes als eine Maske, die das wirkliche Selbst nur verdeckt, der äußere Körper als nichts anderes als eine Überlagerung des jugendlichen, zumindest jüngeren, inneren Selbst.[436]

Karl von Kahn kann die Diskrepanz zwischen körperlichem Alter und seinem als jugendlich inszenierten Selbst nicht überwinden, aber das von ihm als Makel empfundene Alter kann er durch sein Vermögen und seine soziale Stellung ausgleichen. Das ermöglicht Karl zwar, junge Frauen wie Joni immer noch anzuziehen, aber – anders als sexuelles Entgegenkommen – lässt sich die erotisch konnotierte Liebe, die Karl sich von Joni wünscht, entsprechend ihrer Konzeption nicht kaufen. Geld wird deshalb nicht als Mittel zum Zweck, sondern als Gegenmittel entworfen: „Gegen Joni Jetter gab es nichts als Geld. Alles Geld der Welt.

434 Vgl. Backes, Von der (Un-)Freiheit, S. 191.

435 Vgl. Mike Featherstone, Mike Hepworth: The Mask of Ageing and the Postmodern Life Course. In: *The Body: Social Process and Cultural Theory*. Hrsg. von Mike Featherstone, Brian S. Turner. London 1991, S. 371–389.

436 Backers, Von der (Un-)freiheit körperlichen Alter(n)s, S. 190f.

Beziehungsweise Geld überhaupt. So radebrechte er sich zwischen den niederschauenden Astaugen vorwärts". (A 219)

Die Selbstcharakterisierung des Körpers der Figur Karl erscheint aus geschlechterwissenschaftlicher Perspektive besonders interessant. Die Reduktion auf den alternden Körper betrachten Maierhofer u. a. als spezifische Form weiblicher Altersdiskriminierung. In Walsers Roman wird aber gerade nicht der weibliche Körper im Alter[437] „zum Träger einer negativen Botschaft, die zu einer Divergenz von Innen- und Außensicht führt",[438] sondern der männliche. Die Divergenz zwischen der Selbstwahrnehmung als jung und der Fremdwahrnehmung des alten Körpers „beruht auf der Theorie der Trennung von Körper und Geist, die unsere Kultur prägt".[439]

Karl als verliebter Alter

Aus thematologischer Perspektive lässt sich der Protagonist aus *Angstblüte* mit Beginn seiner Beziehung zu Joni Jetter in das Situationsmotiv des verliebten Alten einordnen. Den gefährlich-verlockenden Glanz, den sie der Investition in Strabanzers Filmprojekt verleiht, inszeniert Karl in seinen Selbstgesprächen nicht nur als Anfang eines erotischen und finanziellen Abenteuers, sondern zunehmend als den Beginn eines neuen Lebens. Beinahe übergangslos und bis zur völligen „Hörigkeit" (A 303) verfällt Karl, der „fürs Leben gern" verführt und zwar „am liebsten" sich selbst (A 221), der hypersexualisierten Kunstfigur Joni Jetter. Sie versteht es, „durch Kleidung und Frisur ihren Körper derart zu inszenieren, dass von Kahn wie gebannt ist, zumal die erotisch-sexuelle Direktheit dieser Frau schon in ihrer Sprache den alt gewordenen Mann überrumpelt".[440]

Der verliebte Alte verstößt mit seiner leidenschaftlichen Liebe gegen den Alterserwartungscode, was ihn als törichte und lächerliche Figur erscheinen lässt. Dass sein Liebesobjekt meist eine deutlich jüngere Frau ist, ist ein Verstoß gegen das Prinzip der Altersähnlichkeit in sexuellen Beziehungen und so erhöht die

437 So wird die Ehefrau Helen in Karls Perspektive als zeitlose, an ihre charakterlichen Eigenschaften gebundene Schönheit imaginiert: „Helen würde nie alt oder unscheinbar oder häßlich aussehen. Nur die sich selbst inszenierenden, auffallen müssenden Schönen werden durch das Alter häßlich. Nicht aber die Gutaussehenden, die keinesfalls Unscheinbaren. Sie sind auf ihre persönliche Weise schön. Solchen Frauen sieht man ihre Seele an oder ihren Geist oder ihre Entschlossenheit. Das ist unzerstörbar" (A 105).

438 Vgl. Maierhofer, Salty, Old Women, S. 250.

439 Ebd., S. 251.

440 Kuschel, Assmann, Martin Walser, S. 253.

Disproportionalität der Protagonisten die komische Wirkung des Motivs.[441] Hellström resümiert:

> Die Darstellung des alten Liebhabers in der Literatur und des entsprechenden Konfliktpotentials ist an sich nicht neu, interessant macht Martin Walser sie vor allem dadurch, dass er anhand seiner Protagonisten die Mittel der Kunst bzw. Fiktion als eine Möglichkeit exponiert, um diesen Konflikt kommunizierbar und damit – wie auch dem Motiv des alten Liebhabers scheinbar per se anhaftende Lächerlichkeit – erträglich zu machen.[442]

In der tragischen Variante des Motivs ist die erotische Anziehungskraft der jungen Frau für den verliebten Alten nicht nur ehrenrührig, sondern auch gefährlich für seine geistige und physische Gesundheit oder sogar für sein Leben.[443] Diese Variante wird in *Angstblüte* verkörpert von Karls Bruder Erewein, der den Liebeskonflikt mit seiner Ehefrau und seiner auf Gegenseitigkeit beruhenden Liebe zu einer jüngeren Ärztin durch seinen Suizid auflöst.

Die narrative Darstellung von Karls verzehrendem Verlangen nach Joni entspricht der tragikomischen Variante des Motivs[444]. Laut Frenzel resultiert die Tragikomik des verliebten Alten aus der Zuschreibung bestimmter Charaktereigenschaften basierend auf dem chronologischen Alter. Während Liebe und Leidenschaft den jungen Mann nach alttestamentarischem Zeugnis dazu befähigen, sein Elternhaus zu verlassen, hat der betagte Mann diese Affekte überwunden und zeichnet sich durch Weisheit und Würde aus. Zwar möchte Karl nicht alt sein, doch an Helens Seite sieht er zumindest die abstrakte Zukunft eines gemeinsamen Alterns am Anfang und wieder am Ende des Romans (vgl. A 468). Unterbrochen wird dieses Selbstnarrativ durch die Verheißung einer scheinbaren Alternative in Gestalt der jungen Schauspielerin Joni Jetter. Sie versetzt ihm den ›erotischen Schock‹,[445] der den Handlungsstrang einleitet, welcher auf den von Fiedler beschriebenen Mythos der Verjüngung des Greises durch die Jugend seiner Geliebten rekurriert. In *Angstblüte* mäandert die Ausgestaltung der erotisch konnotierten Liebe des Protagonisten Karl von Kahn beständig zwischen den beiden Polen Lächerlichkeit und Tragik. Während seine Einsamkeit und die immer wieder aufflammende Hoffnung auf Jonis erotische Aufmerksamkeit tragisch erscheinen, wirken die Adaption ihres

441 Vgl. Frenzel, Alte, Der verliebte, S. 1.
442 Hellström, Der alte Liebhaber, S. 57.
443 Vgl. Frenzel, Alte, Der verliebte, S. 3.
444 Vgl. ebd., S. 1.
445 Vgl. Fiedler, More Images of Eros and Old Age, S. 38.

ordinär-erotischen Sprachstils gezwungen und seine Furcht vor der Enthüllung körperlicher Makel lächerlich.

Die Jugend seiner Geliebten Joni bringt ihm sein Alter deutlich zu Bewusstsein:

> Und das mußte so vor sich gehen, daß er nicht nach seinem Alter gefragt werden konnte. Sollte Joni nach seinem Alter fragen, würde er seine Routineantwort geben. Siebzig plus. Seit seinem siebzigsten Geburtstag, der noch kein Jahr her war, war er siebzig plus und würde bis zum achtzigsten siebzig plus sein, so wie er zehn Jahre lang sechzig plus gewesen war. (A 247)

So genau Karl in seiner Tätigkeit als Anlageberater und als Anleger mit Zahlen und Summen verfährt (vgl. A 287f. und häufiger), so gerne rundet er sein chronologisches Alter. Indem er sein Alter im Vagen belässt, erspart er sich die Wirklichkeit, welche die Nennung der Jahreszahl beschwören könnte. Karl von Kahns Alterserfahrung ist laut Martin Hellström mindestens ambivalent zu nennen: „Zwar bezeichnet er sich als alt, jedoch beschreibt er sich immer noch als ‚Wegbereiter der Zukunft'" und „sein Lebenshunger [ist] ungebrochen".[446] Während Karls körperlicher Alterungsprozess sichtbar fortschreite, scheine sein geistiger Reifeprozess zu stagnieren wie ›ein stehengebliebener Film‹.[447]

Altersliebe als Amour fou in ›Angstblüte‹

Karls aussichtslose Liebe zu Joni lässt sich mit Lee als eine Form von ›Mania‹ beschreiben. Dabei handelt es sich um einen Liebesstil, der sich körperlich in Form von Unruhe, Schlaflosigkeit, Fieber, Appetitverlust und Herzschmerzen äußert. Der manisch Liebende ist der Macht der Exklusivität verfallen, sodass die Geliebte tags wie nachts das Zentrum seines Lebens darstellt. Er taumelt hilflos unter dem Fluch einer quälenden, auszehrenden Liebe. Der geringste Mangel an Reaktion oder Begeisterung seiner/s Geliebten stürzt den manisch Liebenden in Angst und Verbitterung. Dagegen verschafft ihm jedes noch so geringe Zeichen von emotionaler Wärme oder Zustimmung eine kurzfristige Erleichterung. Eine länger währende Befriedigung wird durch den Gewöhnungsfaktor dieser Liebessucht unmöglich gemacht. Der Hunger des manisch Liebenden nach Aufmerksamkeit und Affektion ist deshalb unstillbar.[448]

Verbunden mit dem narrativen Muster der *Amour fou*-Erzählung – Leidenschaft auf den ersten Blick, obsessive Verfolgung des Liebesobjektes, Katastrophe – ist laut Jahraus ein Diskurs über die Liebe, ihre Erfahrung, Körper, Sexualität,

446 Hellström, Der alte Liebhaber, S. 61.

447 Vgl. ebd.

448 Vgl. Lee, Colors of Love, S. 89.

Wahnsinn und Gesellschaft.[449] In A*ngstblüte* wird dieses Panorama der *Amour fou* voll entfaltet. Schon am ersten gemeinsamen Morgen drangsaliert Karl Joni rücksichtslos mit einem Liebesbekenntnis und der Forderung nach der Preisgabe ihrer sexuellen Vergangenheit, gegen die sie sich wehrt:

> Könnte sein, ich will das nicht sagen und du willst es trotzdem wissen.
> Ja, sagte er, unbedingt. Weil ich dich ganz will. Ohne Vergangenheit bist du ein Fragment. Ich liebe dich, vergiß das nicht.
> Und sie: Ich weiß, Liebe darf alles. Themenwechsel! (A 257)

Karl ist zwar bewusst, dass Joni seine Liebe nicht erwidert. Doch dieses Wissen facht seine Leidenschaft nur zusätzlich an und verleitet ihn zu dem Gedanken, dass er Joni für sich gewinnen könne, indem er sie ›bestürme‹:

> Rücksichtslosigkeit ist die höchste Qualität in einer Beziehung. Wenn eine Beziehung trotz Rücksichtslosigkeit bei beiden besteht, ist es die ideale Beziehung. Das Gegenteil: Die von beiderseitiger Rücksichtnahme und Schonung lebende Beziehung. Wenn Joni fünfundsechzig sein wird und er einhundertzwei, dann werden sie einander näher sein als jetzt. Das einzige, was gegen Joni spricht, ist, daß sie ihn liebt. Falls sie ihn liebt. Das will er erreichen, daß sie ihn liebt. [...] Ihm schwebt ein jedes Maß hinter sich lassender Aufwand vor. Sie aus allen Gewohnheitshalterungen herausreißen. Sie darf noch nie so bestürmt worden sein. Sie muß vor Erregungsfreude zittern können. (A 276)

Die Kriegsmetaphorik und das sprachliche Moment der Gewalt, das in *Angstblüte* erst mit der Beziehung zu Joni eingeführt wird, sind klassische Züge der *Amour fou*-Narration. Die Eifersucht verleitet Karl zu ironisch gebrochenen Mordfantasien gegenüber ihren ehemaligen Liebhabern (vgl. A 274), die er für und mit Joni zur Demonstration der Ernsthaftigkeit seiner Liebe inszeniert.[450] Er will jedoch weniger die ehemaligen Sexpartner auslöschen als Jonis sexuelle Vergangenheit:

> Daß diese vier Herren belangt werden müssen, ist sicher, sagte Karl. Er könne natürlich auch Joni umbringen, dann könnten die vier ruhig weiterleben. Was er nicht ertrage, sei, daß Joni andauernd an alles denke, was sie mit denen gemacht habe, was die mit ihr gemacht haben. Andauernd nicht, sagte Joni. Erst wenn du nicht mehr daran denken kannst, ist die Peinlichkeit aus der Welt geschafft. Also, weg mit mir, sagte Joni. Ich bin froh, daß du mich nicht ernst nimmst, sagte Karl. (A 274)

Karls sexuelles Besitzdenken ist so totalitär, dass er Joni keine sexuelle Vergangenheit zugesteht, geschweige denn eine andere Zukunft als mit ihm. Die Stimulation von vorauseilender und nachträglicher Eifersucht durch Fantasien über zukünf-

449 Vgl. Jahraus, Amour four, S. 14f.
450 Kuschel, Assmann, Martin Walser, S. 255.

tige Liebhaber und Erzählungen vergangener, sexueller Erlebnisse der Begehrten ist ein Handlungsmuster, das *Angstblüte* mit Philip Roths *The Dying Animal* teilt:

> He [David Kepesh] always obsesses that she [Consuela Castillo] will go away with 'that guy emerging from the shadows'. He is convinced that his lovemaking does not compare with that of Consuela's young lovers, who would step in and seduce her as he himself would have when he was young. He keeps asking her to describe her previous lovers. When he hears of the young man who had watched her menstruate, Kepesh wishes to do so also, and he becomes so enraptured by Consuela that he falls to his knees 'to lick her clean'.[451]

Als Ursache dieser Verlustangst gibt David Kepesh explizit an, dass er sich vom Alter verwundet fühlt: „wound of age".[452] Diese Wunde beeinträchtigt nicht nur seine sexuelle Anziehungskraft auf jüngere Frauen. Sie erzeugt bei Kepesh insbesondere den Eindruck, selbst dann nicht von Consuela begehrt zu werden, wenn sie Sex mit ihm hat: „never, even insincerely, could [she] bring herself to whisper, 'I desire you, I want you so – I cannot live without your cock.'"[453]

Auch Karl von Kahn leidet unter dieser ›Wunde des Alters‹, der Angst, seine Attraktivität mit seiner Jugend eingebüßt zu haben. Ähnlich wie Kepesh ist er bemüht, mehr oder minder pornografisch inspirierte Sexakte zu inszenieren. Die Motivierung des Protagonisten besteht darin, auf diese Weise die junge Geliebte zu beeindrucken und sich über ihre ehemaligen Liebhaber zu erheben. Zu diesen Sexakten zählt auch die überfallartige Annäherung in einem kleinen Bach unter einer Brücke, die Bestandteil eines beliebten Spazierweges ist. Die Situation soll durch die Gefahr der Entdeckung zusätzlich erotisiert werden (vgl. A 269). Doch sowohl Kepesh als auch Karl werden trotz ihrer Bemühungen um sexuelle Sensationen von den jüngeren Geliebten auf genau die Art und Weise verlassen, die sie in ihren Verlustfantasien selbst ständig antizipiert haben (vgl. A 388ff.).

Der markierte, intertextuelle Verweis auf Shakespeares *Othello*, der mit der Einführung der Figur Joni Jetter zusammenfällt, wird in diesem Zusammenhang wiederaufgenommen. Da Karl als Mordmotiv angibt, dass er Jonis Erinnerungen an den Geschlechtsverkehr mit ihren ehemaligen Liebhabern nicht ertragen kann, schlägt sie ironisch vor, dass er anstelle ihrer Liebhaber sie töten solle. Karl beginnt daraufhin mit der Inszenierung eines Lustmordes:

> Dich zu töten kann ich keinem Kriminaldienstleister überlassen, das muß ich selber tun. Und riß sie an (275) sich, umklammerte ihren Hals mit beiden Händen und drückte ein bißchen zu.

---

451 Safer, Mocking the Age, S. 138f.

452 Philip Roth: *The Dying Animal*. London 2001, S. 41.

453 Ebd., S. 23.

> Jetzt, sagte Joni, mußt du sagen: Hast du zur Nacht gebetet, Desdemona. Und erklärte ihm, so habe Shakespeares Othello seine Desdemona gefragt, bevor er sie erwürgte.
> Hast du zur Nacht gebetet, Joni Jetter, sagte Karl und drückte zu.
> Erst als Joni aufschrie, ließ er los. Hatte sie nur theatralisch geschrien, oder hatte sie doch eine Minisekunde Angst gehabt? (A 275)

Was die Figur Karl von Kahn und Shakespeares ›Mohr von Venedig‹ verbindet, ist ein ihnen durch die Gesellschaftssysteme, in denen sie sich jeweils bewegen, zugeschriebener Makel, der sich nicht verbergen lässt: Othellos rasende, aber letztlich grundlose Eifersucht hängt mit der Stigmatisierung seiner Hautfarbe zusammen.[454] Karl empfindet sein chronologisches Alter als einen Makel, der allenfalls durch Geld und totale Anpassung aufgewogen werden kann. Laut Walser ist Karls bzw. „Othellos Selbstgespräch [.] das des hoffnungslos Liebenden. Was davon nach außen dringt, produziert einen Jago und die dazugehörende Intrige. Die Intrige ist Theater im simpelsten Sinn. Melodram".[455] Während Jagos Intrige darin besteht, Desdemonas vermeintliche sexuelle Untreue zu inszenieren, besteht die Intrige in *Angstblüte* darin, dass der Regisseur Strabanzer durch die Inszenierung von Jonis erotischer Verfügbarkeit Karls Leidenschaft für sie finanziell und ideell[456] ausbeutet.

Das Motiv der heimlichen Liebesbeziehung wird in *Angstblüte* angedeutet und sogleich problematisiert. Zum einen ist die Liebe Karls zu Joni einseitig. Die implizite Darstellung von Jonis finanziellem und karrieristischem Interesse an Männern steht der Definition der Liebesbeziehung als Grundlage dieser Figurenkonstellation im Wege. Wenn die Heimlichkeit der Liebesbeziehung durch den Ehebruch mindestens eines Beteiligten motiviert ist, so verbindet sich das Motiv der heimlichen Liebesbeziehung nach Frenzel mit dem der verletzten Gattenehre. Das Spannungspotenzial dieser Motivik basierte ursprünglich auf dem Status des Ehebruchs als Todsünde im Christentum. Der Reiz des Motivs liegt nicht nur in den vielfachen Möglichkeiten erotischer Darstellungen des heimlichen Paares, sondern auch in der Gefahr für die Liebenden bei ihren heimlichen Zusammenkünften.[457]

---

454 Vgl. Michael Neill: Unproper Beds: Race, Adultery, and Hideous in *Othello*. In: *Shakespeare Quarterly* 40 (1989) 4, S. 383–412, hier S. 406; Martin Orkin: *Othello* and the 'Plain Face' of Racism. In: *Shakespeare Quarterly (SQ)* 38 (1987) 2, S. 166–188, hier S. 168f.

455 Walser, Über das Selbstgespräch.

456 In den verschiedenen Versionen des Drehbuchs, die Karl am Ende des Romans rezipiert, findet sein heftiges Liebesbegehren gegenüber Joni in überzeichneter Form in der Figur Elmar ihren Ausdruck (vgl. A 349–386).

457 Vgl. Frenzel: Liebesbeziehung, die heimliche, S. 443.

Im 21. Jahrhundert hat sich das Spannungspotenzial dieses Handlungsmusters weitestgehend überlebt. Zwar kann die Gefahr der heimlichen Liebesbeziehung mit der Überwindung aller Hindernisse enden und in eine legale Verbindung münden, sie ist in der mit einem Ehebruch verknüpften Variante aber eher selten möglich.[458] Als Karl der jungen Schauspielerin Joni verfällt, will er ob der Macht seines Begehren die heimliche Beziehung gegenüber Helen offenbaren, in der Hoffnung, dass sie ihn „ohne Quatsch und Krach bei Joni" (A 268) sein lasse. Einen scheinbaren Ausweg aus der Fatalität der *Amour fou* bietet Karl das polyamore Beziehungskonzept, das bis zum Ende des Romans mehrfach implizit thematisiert wird. Das Kunstwort ›Polyamory‹ bezeichnet ein Beziehungskonzept, das legimite, (rein) sexuelle und/oder gleichberechtigte Liebesbeziehungen mit mehreren PartnerInnen parallel vorsieht.[459] Karls Wunsch nach einer polyamoren Beziehung mit Helen und Joni ist motiviert durch seine Unfähigkeit bzw. den Unwillen, sich für eine der beiden Frauen zu entscheiden. Während er Helen auf den Anrufbeantworter spricht, kommt ihm die Idee, seine illegitime Beziehung zu Joni mit Helens Einverständnis in eine legitime Parallelbeziehung zu überführen und seine monogame Ehe damit zu öffnen (vgl. A 267f.):

> Er sah, dass Jonis Mund schon ganz klein geworden war. Er mußte ihr erklären, er habe vorgehabt, von Helen zu verlangen, daß sie ihn bei Joni sein lasse. Und zwar ohne Krach und Quatsch. Weil er nämlich noch nie von etwas so eingenommen gewesen sei wie von seiner Liebe zu Joni. Da bleibe nichts anderes übrig als die volle Einverstandenheit. Er kenne Helen gut genug. Er dürfe sicher sein, daß sie die Höhe und Stärke seines Gefühls zu ermessen wisse und daß sie, was ihm jetzt vom Leben selbst empfohlen worden sei, nicht in ordinären Eheszenen banalisieren wolle. (A 268)

Karl kann Helen jedoch nicht nur telefonisch nicht mehr erreichen, sondern hat sich auch emotional so weit von ihr entfernt, dass er nicht bemerkt, wie seine Ehe an der Beziehung zu Joni zerbricht. Die Aussprache bleibt aus und so wird die Problemkonstellation des Motivs nicht durch das Konzept der offenen Ehe als Ausweg aus dem Dilemma der Monogamie aufgelöst. Das fiktionale Eheleben zwischen Karl von Kahn und Helen reflektiert damit einen Trend, den der Soziologe Rüdiger Peuckert folgendermaßen beschreibt: „Im Unterschied zum ‚Heimlichen Fremdgehen' sind ausgeprägte sexuell nichtexklusive Lebensstile

458 Vgl. ebd., S. 447.

459 Gelegentlich findet sich auch der Begriff der ›offenen Ehe‹ als Synonym für die polyamore Beziehungskonzeption. Z.B. in Stearns, Jealousy in Western History, S. 20. Ausführlicher dazu im Kapitel 2.2 zu Wilhelm Genazinos Roman *Die Liebesblödigkeit* in der vorliegenden Arbeit.

selten, und einige gesamtgesellschaftliche Entwicklungstendenzen sprechen dafür, dass sich das Fremdgehen in Zukunft weiter ausbreiten wird".[460]

Die aufgeschlossene und optimistische Haltung gegenüber seiner neuen Beziehung, die Karl von seiner Ehefrau erwartet, ist jedoch eine Illusion, die offenbar seinem Liebeswahn entspringt. Denn faktisch ringt Karl sich erst dazu durch, Helen brieflich über sein Verhältnis in Kenntnis zu setzen, als die Ehe bereits so zerrüttet ist, dass sie nicht mehr zusammenwohnen:

> Mehrere Frauen schließen einander nicht aus. Sie nehmen einander nichts weg. Jede ist ganz anders als alle anderen. Man kann nicht sagen, man könne abends keinen Apfel essen, weil man mittags Schnitzel gegessen hat. Wegen der Einzigartigkeit jedes Menschen gibt es gar keine Untreue. Vorausgesetzt, Liebe ist nicht im Spiel.
> (Setze bitte hier für *Frauen Männer* ein.) (A 469)

Darüber hinaus bringt er selbst die Großzügigkeit in Liebesdingen, die er von seinen Partnerinnen erwartet, ihnen keinesfalls entgegen. Im Gegenteil, Karls Liebe ist in Bezug auf Joni vollkommen vereinnahmend, denn er will sie „ganz" (A 257). Diese Obsession zeigt sich besonders deutlich in der narrativen Ausgestaltung von Karls stundenlangem Versuch, mit der in Berlin weilenden Joni telefonisch in Kontakt zu treten. 15 Seiten lang erzählt Walser Karls nächtliche Selbstquälerei und seine Hoffnung auf ein Zeichen seiner Geliebten,[461] die erst ihr Handy ausschaltet und ihn am nächsten Morgen als „Nervensäge" (A 308, 316) bezeichnet. Als realistischer Roman des 21. Jahrhunderts bleibt es in *Angstblüte* freilich bei den fiktionalisierten Inszenierungen der Mordfantasien Karl von Kahns. Die Affekte der Hassliebe sind in *Angstblüte* zwar nicht überwunden, sie sind im großbürgerlichen Milieu, in dem der Roman spielt, jedoch so weit kontrolliert, dass nicht einmal das Berufsleben davon beeinträchtigt wird. Das Melodram bleibt in *Angstblüte* aus und es folgt ein zweites Rendezvous mit Joni.

Noch während der Flucht vor einem heftigen Unwetter nach einem Treffen in ihrer Wohnung inklusive Beischlaf erleidet Karl einen leichten Herzinfarkt. Das Herz fungiert hier als „romantische Zentralmetapher, in der ohnehin schon lange Liebe und Tod zusammenfließen".[462] Doch Karl stirbt keinen Liebestod, sondern überlebt und die Lebensgefahr scheint ihn vorübergehend wirklich in

460 Peuckert, Familien im sozialen Wandel, S. 289.

461 Vgl. Kuschel Assmann, Martin Walser, S. 256.

462 Dronske Ulrich: Der Schneemann ist müd: Anmerkungen zu Arthur Schnitzlers *Casanovas Heimfahrt* und Ödön von Horváths *Don Juan kommt aus dem Krieg*. In: *Geboren in Fiume. Ödön von Horváth 1901–1938: Lebensbilder eines Humanisten. Ein Ödön-von-Horváth-Buch mit komplettem Werkverzeichnis im Anhang*. Hrsg. von Ute Karlavaris-Bremer. Wien 2001, S. 111–120, hier S. 115.

der Gunst der jungen Schauspielerin steigen zu lassen: Joni behauptet anschließend, ihn gegenüber dem Rettungsteam als „ihre[n] Mann“ (A 344) bezeichnet zu haben. Diese Bezeichnung ist vom Rettungsteam zu Karls tiefem Bedauern aber nicht übernommen worden. Die Tatsache, dass diese Bezeichnung durch die Ausdrücke „junge Dame“ und „Ihre Begleitung“ (A 345) ersetzt worden ist, sieht Karl als gesellschaftliche Verurteilung seines Verhältnisses zu Joni: „Keiner hatte gesagt: Ihre Frau. Das war die Erfahrung dieses Tages. Die Lehre. Das war eine Volksabstimmung. Ergebnis: Die junge Dame, Ihre Begleitung“. (A 345) Karl empfindet diese Wortwahl als absichtslose und darum besonders vernichtende Demonstration der Aussichts- und Zukunftslosigkeit einer altersdifferenten Liebesbeziehung (vgl. A 347).

Weil er seine körperliche Schwäche als peinliches Alterszeichen empfindet, entlässt er sich entgegen dem dringenden Rat seiner Ärzte selbst aus der Klinik und führt Joni zum Essen aus (vgl. A 344f.). Dass sein Verhalten lebensgefährlich für ihn ist, erkennt er erst, nachdem er sich von Joni verabschiedet hat. Er lässt sich im Taxi zurück in die Klinik bringen, um die Durchblutungsstörung behandeln zu lassen (vgl. A 346), und überlebt sein Liebesabenteuer zumindest körperlich weitgehend beschwerdefrei.

Abschiede

Karl von Kahn sieht sich selbst ab dem Beginn der Affäre mit Joni als Opfer von Altersdiskriminierung, tatsächlich wird er aber ein Opfer seines falschen Bewusstseins. Eine ältere Studie zum Zusammenhang von Attraktivität, Alter und Geschlecht hat bereits 1992 gezeigt, dass „fast alle Versuchspersonen einen negativen Zusammenhang zwischen Alter und Attraktivität“[463] wahrnehmen. Allerdings war dieser „negative Zusammenhang zwischen Alter und Attraktivität [.] bei beiden Geschlechtern gleich hoch“.[464] Der Autor der Studie widerlegt damit ein Vorurteil, das offenbar auch Karl von Kahn an die Wirklichkeit von Jonis Begehren hat glauben lassen. Die Vorstellung nämlich, „junge Frauen würden ältere Männer ganz besonders attraktiv finden“. Tatsächlich verfehlt „Jungsein weder bei Frauen noch bei Männern seine positive Wirkung auf das andere Geschlecht“[465], sofern man die Heterosexualität der Studienteilnehmer voraussetzen kann.

Der Abschied der drei ihm am nächsten stehenden Personen von Karl erfolgt jeweils brieflich. Nachdem Karl posthum Ereweins Brief erhalten hat, findet er

---

463 Henss, Spieglein, Spieglein, S. 284.
464 Ebd., S. 287.
465 Ebd., S. 295.

einen an ihn adressierten Brief von Helen, den er erst einmal nicht liest (vgl. A 387). Er liest stattdessen den Brief eines ihm bis dahin unbekannten Arthur Dreist. Dieser stellt sich als neuer Lebensgefährte von Joni Jetter vor und erklärt Karls Beziehung zu Joni mit ihrem Einverständnis für beendet. Aus dem Schlussgruß geht hervor, dass Arthurs Brief ein indirekter Abschied Jonis ist (vgl. A 389). Während der Nebenbuhler in der komödiantischen Variante des Situationsmotivs ›verliebter Alter‹ als wichtige Figur und häufig auch als Sympathieträger fungiert, taucht Arthur Dreist in *Angstblüte* nur mittelbar als Schreiber und Absender dieses Briefes auf. Die Sympathie für das ehebrecherische, junge Paar erklärt Freuzel damit, dass die „Inbesitznahme eines jungen Menschen durch einen alten als eine eigentlich unsittliche erscheint, die gleichsam aufgehoben werden dürfe". Sie sieht darin eine „Wahlverwandtschaft mit dem Motiv des Hahnreis".[466] Die Reaktion des verliebten Alten auf den Erfolg des jüngeren Liebhabers ist in *Angstblüte* typisch für das Motiv:[467] Karl tritt Arthur die umworbene Joni zwar nicht aus Einsicht an einen jüngeren Mann ab, doch er versucht weder die Verlorene wiederzugewinnen noch verfolgt er das neue Paar aus Einfersucht.

Schockiert über Arthur Dreists Brief beschließt Karl, Helens Brief zu lesen, deren „inhaltsarme Umschweifigkeit" er jetzt „ertragen" zu können glaubt (A 390). Doch Helens Brief ist keine „Nichtigkeitsentfaltung[.]" „in ermüdender Umständlichkeit" (A 388), sondern erklärt in elliptischer Kürze ihre Ehe für beendet. Helen ist offenbar sehr gut über die Beziehung zwischen Joni und Karl und sogar den Stil ihrer Intimkommunikation informiert. Sie verlässt Karl, weil er nicht mehr sie, sondern eine andere Frau liebt (vgl. A 390f.). Hier kommt das Motiv des Liebesverrats[468] in der Variante des Mannes, der seine gleichaltrige Ehefrau mit einer deutlich jüngeren Geliebten betrügt, zum Tragen. Im klassischen Ehebruchsroman gehört der Moment der Entdeckung des heimlichen Paares zur narrativen Struktur und wird entsprechend detailliert gestaltet.[469] In *Angstblüte* fehlt der spannungserzeugende Entdeckungsmoment und es bleibt offen, wie Helen Karls heimliche Liebesbeziehung bemerkt hat.

Karls emotionale Reaktion darauf wird vermittelt durch einen Kommentar der heterodiegetischen Erzählinstanz auf eine Nachricht, die seine unglückliche Geliebte ihm auf seinem Anrufbeantworter hinterlassen hat:

---

466 Vgl. Frenzel, Verliebte Alte, Der, S. 1.
467 Vgl. ebd., S. 8.
468 Vgl. von Matt, Liebesverrat, S. 19f.
469 Vgl. Daemmrich, Themen und Motive, S. 116.

> Daniela. Der übliche Text: Ich verbrenne hier wie ne Kerze. Ich kann nicht schlafen, weil du mich nicht liebst. Ich möchte dich an die Wand klatschen. Du hast keine Ahnung, was Abhängigkeit ist. Wenn du mich verläßt, bringe ich meinen mönchischen Mann um. Gute Nacht.
> Er hatte das erste Mal das Gefühl, er verstehe, was Daniela sagte. (A 391)

Das Gefühl der Abhängigkeit, die in eine Hassliebe umschlägt, bezieht sich nicht auf seine Ehefrau Helen, sondern auf seine ehemalige Geliebte Joni und Karl fragt sich: „Hatte sich in ihm, ohne daß er das wahrgenommen hatte, eine Verschmelzung vollzogen? Joni war das Leben. Auf Joni verzichten hieß, auf das Leben verzichten. War das sein Zustand?" (A 391) Die vernichtende Wirkung, die Jonis implizite Ablehnung von Karl als Liebhaber auf ihn hat, steht in engem Zusammenhang mit der subtilen Altersdiskriminierung Strabanzers. Jugend bedeutet für Karl, seine Lebenssituation immer wieder aufs Neue grundlegend verändern und neu gestalten zu können. Joni dient Karl als lebender Beweis dafür, dass dies immer noch möglich und er noch nicht alt ist. Ihr Desinteresse an ihm stigmatisiert ihn nicht nur als unattraktiven Alten, sondern bedeutet auch eine Beschneidung möglicher Zukunftsperspektiven.

Das Motiv des Mannes zwischen zwei Frauen wird in *Angstblüte* mit zwei unterschiedlichen Lösungsansätzen, die jedoch beide für die Figur des Mannes tragisch enden, erzählt. Während Karl hofft, seine beiden Beziehungen parallel führen zu können, und schließlich von beiden Frauen verlassen wird, wählt sein Bruder Erewein in einer ähnlichen Situation den Ausweg des Suizids. Damit umgeht er die Entscheidung für oder gegen eine seiner beiden Partnerinnen, von denen er sicher weiß, dass sie eine *Ménage-à-trois* nicht akzeptieren würden. Erewein hat die längste Zeit seines Lebens in einer symbiotischen Beziehung zu seiner Frau Lotte (vgl. A 111f.) gelebt. Als sie an Krebs erkrankt, lernt Erewein ihre 49-jährige Ärztin Márfa kennen und verbringt drei Nächte mit ihr. Márfa will mit ihm in den Osten gehen und dafür sorgen, dass er „einhundertneunzehn" wird (vgl. A 170). Zwar kann Erewein „nicht aufhören, von ihr zu reden", doch ist er „mit Lotte verheiratet. Jedes Wort über Márfa ist ein Stich in Lottes Herz. Márfa ist mein Leben, darum ist sie mein Tod. Ich bin dran jetzt". (A 167) Erewein erschießt sich allerdings nicht nur aufgrund seines Liebeskonfliktes. Als zweiten Grund gibt er in seinem Abschiedsbrief an Karl an, dass er seinen achtzigsten Geburstag nicht erleben möchte, da er glaubt, „die Jahre vor achtzig" seien „die schönsten" (A 166).

Anders als Erewein, der von zwei Frauen begehrt wird, und sich ihnen und seiner ungewissen Zukunft durch seinen Suizid entzieht, wählt Karl nicht den Tod. Er, der von beiden Frauen verlassen worden ist, möchte zumindest Helen wieder zurückgewinnen. Der Roman endet mit einem Brief, den Karl an Helen schreibt, um ihr erstmalig im gesamten Roman seine Sicht der Dinge darzulegen. Der Brief ist eine assoziative, skizzenartige Abfolge von Gedanken, Träumen und Aphorismen: Karl imitiert zwar den Stil, in dem Helens letzter Brief an ihn geschrieben ist. Doch er schreibt über sich selbst in der dritten Person, um größtmögliche Authentizität zu gewährleisten: „Wenn er von sich in der dritten Person schrieb, schien es leichter, genau zu sein. Helen würde das verstehen". (A 453) Nachdem Karl Joni trotz aller Selbstverleugnung verloren hat, ist er nicht länger bereit, seinen Wunsch nach Selbstdarstellung gegenüber Helen zurückzunehmen. Sein erster Brief an Helen endet mit den Worten „Wunschdenken: Das rabiate Genießen des Verblühtseins einer Frau. Die Gemeinsamkeit des Zerfalls als die endgültige Gemeinsamkeit. (A 468)"

Das Sprichwort ›Pech im Spiel, Glück in der Liebe‹ entfaltet in *Angstblüte* unter umgekehrten Vorzeichen seine literarische Wirkung: Die filmische Bearbeitung seines Liebesunglücks durch den Regisseur Strabanzer wird zum Kinokassenschlager und beschert ihm aufgrund seiner Gewinnbeteiligung finanzielles Glück im Börsenspiel. Doch der nun noch vermögendere Karl von Kahn entpuppt sich als Glücksritter von der traurigen Gestalt: Wie Gerhart Hauptmanns Geheimrat Clausen[470] endet auch Karl von Kahn im Wahn. Von allen Partnerinnen verlassen, verfällt er einem vergleichweise milden sexuellen Wahn: Er glaubt sich bei jeder noch so unpassenden Gelegenheit mit den eindeutigen, aber nur für ihn wahrnehmbaren sexuellen Angeboten pornografisierter Frauenfiguren konfrontiert. Zum Eklat kommt es nicht, weil Karl, statt darauf einzugehen, in einem langen Brief küchenpsychologisch fundierte Traumdeutungen und Selbstanalysen formuliert, um seine gescheiterte Ehe mit der Paartherapeutin Helen zu retten.

Zusammenfassung

Walsers Alterstrilogie zeichnet sich nach Taberner durch folgende Aspekte aus:

> In these late works, I argue, Walser's protagonists stage an insurrection both against the bodily decline they experience as they age and against the conventions that prescribe how they are to behave, not only as old men but also more generally as individuals seeking to assert their subjectivity.[471]

In Bezug auf *Angstblüte* erscheint mir dieses Urteil nicht zutreffend. Denn der Preis, den Karl von Kahn für seine Beziehungen zu den begehrten, jüngeren Frauen zahlt, ist seine Authentizität. Er wird weder von Helen noch von Joni um

470 Vgl. Pott, Eigensinn des Alters, S. 154, 157.

471 Taberner, Aging and Old-Age Style, S. 150.

seiner selbst willen, ja nicht einmal aufgrund seines hart erarbeiteten Reichtums, geschätzt oder begehrt, sondern weil er sie bewundert. Karls Selbstcharakterisierung erinnert an Jonis Rolle als Irina in umgekehrter Geschlechterverteilung: Es ist nicht mehr die junge Frau, die die Bedürfnisse des alten Egomanen befriedigt, sondern der alte Mann dient der Schauspielerin als Claqueur für ihre Selbstinszenierung als Dichterin. In *Angstblüte* ergibt sich aus der Interaktion der Figuren ein funktionalistisches Beziehungskonzept: Paarbeziehungen werden als Verhältnisse dargestellt, in denen Intimpartner ungehemmt um die Befriedigung ihrer narzisstischen Bedürfnisse konkurrieren.

Auffällig dabei ist, dass in *Angstblüte* die weiblichen Figuren innerhalb der Aufmerksamkeitskonkurrenz die Männer klar dominieren. Während Karl die junge Schauspielerin zur Bestätigung der Persistenz seiner ›männlichen Ausstrahlung‹ dienen soll, erlebt er sich gegenüber den Forderungen, die die Frauen zur Befriedigung ihrer narzisstischen Bedürfnisse an ihn stellen, als unterlegen. Karls Erfolge in der Finanzwirtschaft werden lediglich von seinen männlichen Kunden als solche wahrgenommnen, für seine Partnerinnen sind sie uninteressant und bedeutungslos.

Anders als in klassischen *Amour fou*-Narrationen wie *Tristan und Isolde* gibt es für die Ereignisse, die durch Karls Werben um Joni ihren Lauf nehmen, keinen äußeren Anstoß wie nationale oder hierarchische Konflikte. Die Ursachen dafür, dass Karl am Schluss beide Partnerinnen verliert, ist seine Unzufriedenheit in der Beziehung mit Helen und die Verdrängung der Art der Beziehung, die Joni zu ihm aufgebaut hat. Die *Amour fou* hat auch keine schwerwiegenden finanziellen, sozialen oder moralischen Konsequenzen irgendeiner Art. Was Karls Liebe zur ›großen Liebe‹ fehlt, ist das „subversive Potential“[472]. Karls Liebe rebelliert nicht gegen eine starre Gesellschaftsordnung, denn die Normen und Werte der westlichen Gegenwart sind flexibel genug für jede Rolle, die Joni einnehmen könnte: Der One-Night-Stand, die Affäre, die heimliche Zweitbeziehung neben der Ehe, die Scheidung von der zweiten Ehefrau und eine dritte Hochzeit mit der Jahrzehnte jüngeren Trophäenfrau – nichts davon würde heute als literarischer oder sozialer Fremdkörper erscheinen. Im Gegenteil: Am Beispiel der Liebesgeschichte des Ehepaars Gundi und Diego werden diese Modelle durchexerziert. Karls Liebe ist in einem anderen, aber nicht weniger existenziellen Sinne eine tragische: Seine Liebe rebelliert nicht gegen soziale Standards, sondern gegen das Altern und das Sterbenmüssen, und damit muss sie scheitern. Karl von Kahn ist nicht als lächerlicher Lustgreis entworfen, der erst von seinem Erektionsvermögen und

472 Tebben, Von der Unsterblichkeit des Eros, S. 38.

dann von der umworbenen jungen Frau im Stich gelassen wird.[473] Gerade weil er in der jungen Schauspielerin ein Liebes- und kein bloßes Lustobjekt sieht, das er dank seines Status kaufen könnte, wird er zum tragisch liebenden Alten, der erfahren muss, dass alles Geld der Welt ihm die Begehrte nicht verschaffen kann.

In ihrer Dissertation kommt Seidler in Bezug auf den Roman *Der Augenblick der Liebe* zu dem Ergebnis, dass die Liebe „in allen Lebensphasen zur Verjüngung" beitrage: „Sie übernimmt gewissermaßen die Funktion eines mittelalterlichen Jungbrunnens. Daher dient sie vor allem dann, wenn gesunde alte Figuren dargestellt werden, als wichtiges Handlungsmoment".[474] Der Roman *Angstblüte* stellt das Gegenprogramm zu seinen Vorgängerromanen dar: Karls Geschäftskonzept der instinktsicheren Aktienspekulation ist so lange mit seinem Liebeskonzept der Eroberung immer jüngerer, schönerer Frauen vereinbar, wie er seine Distanz gegenüber dem schönen Schein von Geld und Frau wahren kann. Als er sich von Joni berauschen und vereinnahmen lässt, vernachlässigt er nicht nur Firma und Ehefrau, sondern vor allem bedroht ihn ein plötzlich und rasant einsetzender Alterungsprozess sowohl privat als auch geschäftlich. Das geschieht, weil in *Angstblüte* nicht das Liebesabenteuer die Funktion des Jungbrunnens erfüllt, sondern die abenteuerlichen Kursschwankungen der Börse den alten Anlageberater zuverlässig aufs Neue beflügeln.

1.4 Helen Meier: ›Schlafwandel‹ (2006) – Die homoerotische Liebesbeziehung im Altersroman

Unter den Romanen, in denen eine altersdifferente Liebesbeziehung erzählt wird, sticht *Schlafwandel* durch das homoerotische Begehren der Protagonistinnen hervor. Die Erzählung der Schweizer Schriftstellerin Helen Meier aus dem Jahr 2006 thematisiert die Liebesbeziehung der etwa 60-jährigen Protagonistin Nora Korn und ihrer „viel jünger[en]" (S 151) Partnerin Celestina Claassen. Ähnlich wie bei Walsers Protagonisten erweist sich Noras Vorstellung, mit der jungen Geliebten die eigene Jugend bewahren zu können, als fataler Irrtum. Sie löst die für die *Amour fou*-Erzählung typische Spirale von Selbsttäuschung, Egozentrik, Kontrolle der jüngeren Partnerin und schließlich deren Verlust an eine/n jüngere/n NebenbuhlerIn aus. Das Resultat sind Gewalt- und Wahnvorstellungen, deren Konfliktpotenzial in *Schlafwandel* jedoch anders als in *Angstblüte* überwunden werden kann.

473 Vgl. Fiedler, More Images, S. 48f.
474 Vgl. Seidler, Figurenmodelle des Alters, S. 195.

Die Erzählstruktur von *Schlafwandel* lässt sich in das von Linda Westervelt beschriebene Genre der *age novel* oder des *altersroman*[475] einordnen. Dieses Genre umfasst Erzählungen des mittleren Lebensalters, deren ProtagonistInnen in einem siebenstufigen Prozess die Erfahrung des Alterns mithilfe einer Mentorfigur erweitern und zur Herausbildung einer neuen (Alters-)Identität nutzen.[476] Mit der Wahl eines deutschen Namens für das Genre spielt die Amerikanistin Westervelt auf den Bildungsroman an. Sie betrachtet den Bildungsroman insofern als Äquivalent des Altersromans, als Ersterer Figuren darstellt, die sich in einer Umbruchsphase ihres Lebens befinden. Westervelt richtet ihren Fokus dabei auf solche Erzählungen, welche die Vollendung des Lebenswerks oder die Lösung einer Lebenskrise durch Selbstbefragung sowie psychische und/oder physische Veränderungen darstellen. Sie interessiert sich dabei besonders für den Grad der Selbsterkenntnis, durch die der/die ProtagonistIn die ihm/ihr verbliebene Lebenszeit gestalten und das gelebte Leben als seine/ihre Biografie akzeptieren kann.[477]

Miriam Seidler kritisiert im Kontext ihrer Betrachtungen zum Genre der *midlife progress novel* den „Versuch der Übertragung des Modells des Bildungsromans“[478] auf die altersspezifischen Gattungen des Romans. Zwar sei es plausibel, den psychologischen Entwicklungsbegriff zu übernehmen. Allerdings werde dabei die in der Weimarer Klassik entstandene Gegenform der Anti-Bildungsromane, darunter Karl Philip Moritz' *Anton Reiser* (1785–1790), von Morganroth Gullette, Frey Waxmann – und eben auch von Westervelt – ausgeblendet. Darüber hinaus stellt Seidler die Vergleichbarkeit der Lebensphasen der Jugend und des späten mittleren Erwachsenenalters infrage, weil sie nur über das gemeinsame Thema ›Sehnsucht‹ hergestellt werden könne.[479] Seidler nennt verschiedene Argumente gegen eine Nivellierung der Unterschiede der beiden Lebensphasen. Sie argumentiert etwa, dass die teleologische Ausrichtung des Bildungsromans sich nicht auf alternde Protagonisten übertragen ließe: „Die Integration des Heranwachsenden als vollwertiges Mitglied in die Gesellschaft könnte im Alter lediglich mit einer Ausgliederung aus der Gesellschaft – trotz der Entwicklung? – korrespondieren. Damit wäre die Entwicklungsgeschichte sinnlos“.[480] Dieser Argumentation scheint die Vorstellung zugrunde zu liegen, dass der alternde Mensch bereits einen festgelegten Platz in der Gesellschaft habe und sein sozialer Status damit nur noch

475 Westervelt, Beyond Innocence.
476 Vgl. ebd., S. 18f., 21.
477 Vgl. ebd., S. xiif.
478 Seidler, Figurenmodelle des Alters, S. 122f.
479 Vgl. ebd.
480 Ebd., S. 122.

durch den Verlust dieser Position verändert werden könne. Zum einen erscheint diese Argumentation wenig lebensnah. Zum anderen bezieht sich Westervelts Genretheorie explizit auf solche Erzählungen, in denen die vermeintlich gesicherte Position der Protagonisten innerhalb der Gesellschaft durch das Bewusstwerden der eigenen Endlichkeit erschüttert wird.[481]

Nach Westervelt basiert die Haupthandlung des Altersromans auf einem siebenstufigen Prozess. Darin geht es zum einen um die Auseinandersetzung mit dem chronologischen Alter. Zum anderen setzt sich der/die ProtagonistIn mit seiner/ihrer künftigen Hochaltrigkeit in einer Gesellschaft auseinander, die auf den Lebensabschnitt der Erwerbstätigkeit fokussiert ist.[482] Im ersten Schritt dieses Prozesses fühlen sich die Protagonisten alt und erleben einen Schock, der narratologisch als *Memento mori*-Motiv fungiert.[483] In *Schlafwandel* setzt die Handlung nach dem überraschenden Tod von Noras langjährigem väterlichen Lebensgefährten Davide Signoretti ein (vgl. S 5, 78). Sein Tod bedeutet nicht nur den Verlust eines langjährigen Partners: Als auch noch ihre Mutter stirbt, bringt der Tod ihrer nächsten Angehörigen der alternden Nora jäh die eigene Endlichkeit zu Bewusstsein: „Davide war tot, und tot war er zwischen Sekunden und Ewigkeiten gewesen. Von einem Augenblick auf den anderen war Mutter gestorben. Altersvorsorge erschien Nora sinnlos". (S 6)

Daraufhin gibt Nora ihren Beruf als Bibliothekarin auf (vgl. S 6). Sie engagiert sich stattdessen ehrenamtlich in einer antiklerikalen Organisation, die Trauerrituale für Konfessionslose inszeniert (vgl. S 6). Indem sie Totenfeiern organisiert, Nachrufe verfasst und die dazu passende Musik auswählt (vgl. ebd.), versucht sie über den Tod ihres Partners Davide und den ihrer Mutter hinwegzukommen. Der Vergleich mit dem dreizehn Jahre älteren Davide hatte Nora bis dahin davor bewahrt, sich mit ihrem eigenen Altern befassen zu müssen (vgl. S 125). In einer beginnenden Auseinandersetzung mit ihrer Vergangenheit verfasst Nora ein Theaterstück über einen fiktiven Papstmord. Sie opponiert darin gegen die Sexualfeindlichkeit der katholischen Kirche (vgl. S 124) und ihr Herkunftsmilieu, ein „stockkatholische[s] Dorf" (S 95). Aus Trotz gegen diese Sexualmoral hat sie nie geheiratet, obwohl sie sich nach mehr Verbindlichkeit in ihrer Beziehung zu Davide gesehnt hat (vgl. S 138f.).

Als zweiter Schritt der Figurenentwicklung im Altersroman fungiert typischerweise die Auseinandersetzung mit Altern und Sterben in Gegenwart eines

---

481 Vgl. Westervelt, Beyond Innocence, S. 157f.

482 Vgl. Kohli, Die Institutionalisierung des Lebenslaufs, S. 3 sowie Göckenjan, Das Alter würdigen, S. 16.

483 Vgl. Westervelt, Beyond Innocence, S. 149.

jüngeren Erwachsenen.[484] In *Schlafwandel* beginnt diese Auseinandersetzung mit der Einführung der Figur Celestina Claassen. Sie ist die Regisseurin von Noras Theaterstück. Bei einem spontanen Besuch von Nora bei Celestina kommt es zu Intimitäten, die den Beginn dieser altersdifferenten, homoerotischen Liebesbeziehung markieren. Anfänglich fühlt sich Nora durch Celestina verjüngt. Doch der ständige Vergleich mit der jüngeren Frau erzwingt zunehmend die Einsicht, dass Noras chronologisches Alter nicht nur körperliche, sondern auch emotionale Veränderungen mit sich bringt.

Eingeflochten in die Liebesgeschichte sind vier Interviews mit Menschen im dritten und vierten Lebensalter, die Nora im Rahmen eines Projektes führt. Eine der vier Interviewten ist die exzentrische alte Schriftstellerin Ruth Kahn. Im Roman fungiert sie entsprechend Westervelts Modell als Mentorfigur für Nora, indem sie das Problempotenzial des Altersunterschiedes zwischen Celestina und Nora thematisiert und Letztere vor der völligen Hingabe an ihre Liebe warnt. Mentorfiguren weisen die Protagonisten des Altersromans häufig zudem auf neue Lebensaspekte hin oder zeigen einen Ausweg aus deren Schockzustand aufgrund der Verlusterfahrungen des Alterns, was nach Westervelt den dritten Schritt darstellt.[485] Nora ignoriert die Warnungen dieser Mentorfigur jedoch, bis sie von Celestina für eine jüngere Frau verlassen wird. Dies entspricht dem vierten Schritt der Handlungsstruktur des Altersromans: Ein weiterer Schock zerstört lange gepflegte Illusionen der/des ProtagonistIn über sich selbst, wodurch er/sie sich desillusioniert und schutzlos fühlt.[486] In *Schlafwandel* glaubt Nora wahnsinnig zu werden, nachdem sie erkannt hat, dass sie von Celestina endgültig für eine jüngere Frau verlassen worden ist. Daraufhin schwelgt die ehemalige Bibliothekarin in Briefen an einen fiktiven Adressaten ausführlich in Rache- und Gewaltfantasien.

Der fünfte Schritt besteht darin, dass Nora sich mithilfe des in Schritt drei Erlernten von diesem Schock erholen kann.[487] Die Erholungsphase findet sich auf den letzten Seiten von Meiers Erzählung. Auf ausgedehnten, einsamen Wanderungen lässt Nora in Form von imaginierten Dialogen mit der abwesenden Celestina das Ende ihrer Beziehung Revue passieren. Sie erkennt dabei, dass sie die junge Frau in den letzten Monaten der Liebesbeziehung um eine gelebte Sexualität gebracht und sie damit zum „Platonischen verurteil[t]" (S 211) hat.[488]

484 Vgl. Westervelt, Beyond Innocence, S. 149f., 156f.

485 Vgl. ebd., S. 149, 151.

486 Vgl. ebd., S. 149, 155f.

487 Vgl. ebd., S. 149, 154f.

488 Die hier gemeinte Abwesenheit von Erotik und Sexualität, die landläufig mit dem Begriff der ›platonischen Beziehung‹ assoziiert wird, entspricht laut Radke nicht

Im sechsten Schritt, der in *Schlafwandel* nur angedeutet wird, ist es den Protagonisten der Altersromane möglich, eine revidierte Version ihrer Lebensgeschichte zu akzeptieren. Sie können sich selbst und anderen vergeben, sodass sie in einem siebten Schritt positiv in die Zukunft blicken. Westervelt beschreibt das Ende der Figurenentwicklung im Altersroman folgendermaßen:

> [W]hen the protagonists face the illusion about themselves that they have cherished, their gains are significant and consoling. By revising it, they free themselves from the conviction their life has happened to them. […] they feel less like victims whose lives have been determined or under the control of others. […] The characters seem to be freer and more confident; relieved at not having to protect secrets about themselves. They are less righteous and less concerned altogether with what others think of them. These characters discard encroaching associates and harmful practices and attitudes. The versions of their lives at the end of their assessments are inclusive and coherent, and the reader of an *altersroman* is convinced that the protagonists' revisions more accurately reflect the events.[489]

Dieser letzte Schritt wird in Meiers Erzählung als Erwachen der Protagonistin aus ihrem „Liebeswahn" (S 217) dargestellt. Nora kann der jungen Geliebten den vermeintlichen Liebesverrat[490] verzeihen und deren neue Liebesbeziehung als Bekenntnis zu ihrem natürlichen „Lebensdrang" (ebd.) nachvollziehen. Der Roman endet mit einer verhalten positiven Zukunftsperspektive (vgl. S 218).

Auffällig an Meiers Erzählung ist, dass das chronologische Alter der beiden Frauenfiguren nicht genannt wird. Es kann nur bei der Protagonistin und auch nur ungefähr rechnerisch erschlossen werden: Nora gehört dem Jahrgang 1933 (vgl. S 93) an und hat ihren verstorbenen Lebensgefährten Davide im Alter von 35 Jahren getroffen (vgl. S 40). Sie geht „[s]iebenundzwanzig Jahre […] bei Davide ein und aus". (S 138) Sein Tod gehört aber zur Vorgeschichte und es ist unklar, wie weit dieses Ereignis in der erzählten Zeit von der Erzählgegenwart entfernt ist. Es lässt sich deshalb nur folgern, dass die Figur Nora älter als 62 Jahre sein muss. Demzufolge wäre die Erzählgegenwart frühestens das Jahr 1995. Zu Celestinas Alter finden sich keinerlei Angaben. Da sie ein geisteswissenschaftliches Studium abgeschlossen hat, an einer Universität doziert und Regie bei Inszenierungen aller Art führt, ist anzunehmen, dass sie mindestens Mitte 20 ist.

---

dem ursprünglichen Wesen des platonischen Liebeskonzeptes. Vgl. Radke, Sokrates' große Liebe, S. 10.

489 Westervelt, Beyond Innocence, S. 149.

490 Vgl. von Matt, Liebesverrat, S. 67ff.

Die Figurenkonzeptionen in Schlafwandel

Die Protagonistin des Romans ist die alternde Nora Korn.[491] Sie wird als eine eher bodenständige, aber kulturaffine ehemalige Bibliothekarin dargestellt. Die gebürtige Schweizerin (vgl. S 89) trauert um ihren verstorbenen Lebensgefährten Davide, einen Lateinlehrer (vgl. S 138).[492] Wie zu Lebzeiten Davides lebt Nora „einsiedlerisch" (vgl. S 125) in einem Dorf, das ihr – außer dem Bergwandern – nur wenige Unterhaltungsmöglichkeiten bietet. Ihr Haus ist einer der beiden wichtigsten Handlungsorte im Roman. Es fungiert in Abhängigkeit von der An- und Abwesenheit ihrer jungen Geliebten entweder als *locus amoenus*[493] (vgl. S 46f.) oder als sehr negativ konnotierte Einsiedelei (S 185). Nach der antiken Vier-Elemente-Lehre ist Nora das Element Erde zugeordnet, was sich an ihrer Liebe zu den Bergen, zum Wandern und Tanzen zeigt (vgl. S 35f.). Anders als bei Celestina ist diese Zuordnung aber nicht eindeutig: So gibt Celestina Nora den Spitznamen „Gufo reale" (S 84), der italienische Name für den Uhu. Der Uhu ist eine Allegorie für die Figur Nora. Er steht für Eigenschaften wie Weisheit und Lebenserfahrung. Als Vogel symbolisiert er aber auch das Element Luft.

Celestina Claassen ist als Kontrastfigur zu Nora entworfen. Sie ist eine junge Deutsche, die ihre Kindheit in einem großbürgerlichen Elternhaus in Hamburg und bei ihren Großeltern im schweizerischen Stäfa verbracht hat (vgl. S 10f.). Als Erbin des Vermögens ihrer jung verstorbenen Mutter ist Celestina finanziell abgesichert. Ihr „Anstellungsverhältnis" als Universitätsdozentin „ist locker"

---

491 Der Name Nora ist eine Kurzform von Eleonore oder dem irischen Namen Honora, was wiederum vom Lateinischen *honor* (dt.: „Ehre"), abgeleitet ist. Populär wurde der Name durch die gleichnamige Hauptfigur aus Henrik Ibsens bekanntestem Drama *Nora, oder ein Puppenheim* (1879). Vgl. Nora. In: *Duden – Lexikon der Vornamen*. 6., völlig neu bearb. Aufl. Mannheim 2013. ‹http://www.munzinger.de/search/document?index=duden-df&id=DF00000246&type=text/html&query.key=DLIpgxxS&template=/publikationen/duden/document.jsp&preview=#DF0000405906›. [Zugriff: 2.1.2014].

492 Nora war nicht mit Davide verheiratet und er hat kein Testament zu ihren Gunsten hinterlassen. Dadurch verliert Nora mit seinem Tod nicht nur ihren Partner, sondern auch das Haus, in dem sie gemeinsam gelebt haben, an Davides erbberechtigte Verwandte (vgl. S 40).

493 Der Topos *locus amoenus* bezeichnete ursprünglich einen außerhäusigen Ort, vor allem den Rosengarten, als einen Platz, an dem der leidenschaftlichen Liebe heimlich nachgegangen werden konnte. Mit der wachsenden Bedeutung der Privatsphäre und der Enttabuisierung erotisch konnotierter Liebe kann auch ein abgelegenes Privathaus wie das von Nora als Liebesort bezeichnet werden. Vgl. Kamper, Wulf, Einleitung, S. 11.

(S 9). Diese Tätigkeit erschöpft sich offenbar in der Analyse der Texte von Michel Foucault mit ihren Studierenden (vgl. S 7f.). Darüber hinaus widmet sie sich verschiedenen Kunst- und Musikprojekten, die unter anderem das Alter(n) thematisieren. Celestina lebt in Zürich, wo sie sich – im Gegensatz zu Nora – regelmäßig mit ihrem großen Freundeskreis umgibt. Ihre karg eingerichtete Studentinnenwohnung ist neben Noras Haus der zweite wichtige Handlungsort im Roman. Denn dort finden der erste Kuss und der erste sexuelle Kontakt des späteren Paares statt (vgl. S 7).

Der Name der jüngeren Frauenfigur verweist auf die Funktionen, die sie aus der Perspektive Noras innerhalb der Liebesbeziehung übernimmt: Celestina ist für Nora „ein Gottesgeschenk" (S 41). Die junge Frau erscheint Nora anfänglich wie ein *deus ex machina*, der sie nicht nur vor dem körperlichen und kognitiven Verfall, sondern auch vor der drohenden Alterseinsamkeit bewahrt.[494] Aus Noras Perspektive zeichnet sich Celestina nicht nur durch natürliche Schönheit, sondern auch durch überragende intellektuelle und sprachliche Talente (vgl. S 110) sowie kulturelle Versiertheit aus. Celestina ist das Element Wasser zugeordnet. Sie ist eine „im Zeichen des Wassers Geborene", eine „Sirene, Melusine, Nixe" (S 196), die Seen und insbesondere das Meer liebt (vgl. S 111). Das Wasserfrauenmotiv verweist auf das Motiv der dämonischen Verführerin und damit auf die potenzielle Gefahr, welche die jüngere für die ältere Frau darstellt. Denn Wassergeister fesseln nicht allein durch Zauberkräfte, sondern auch durch ihre körperliche Schönheit und ihre mitunter tödliche Erotik. Die Ambivalenz dieses Motivs kommt laut Frenzel in Goethes Fischerballade pointiert zum Ausdruck:[495] „Halb zog sie ihn, halb sank er hin".[496]

Celestina schwimmt bevorzugt in offenen Gewässern und so weit hinaus, dass Nora sich ängstigt: „Du weißt, daß ich keine gute Schwimmerin bin, ich fürchte, du schwimmst mir davon und kehrst nie mehr zurück". (S 98) In Verbindung mit der Wassermetaphorik stehen häufig die Motive des Ehebruchs bzw. des Liebesverrats: Denn auf „dem Wasser löst sich die Leidenschaft aus den Fesseln der sittlichen Begrenzung".[497] In *Schlafwandel* fungiert die Wassermetaphorik als Vorausdeutung auf die Gefährdung der Beziehung durch eine dritte Frau, die das Ende der monogamen Zweierbeziehung zwischen Nora und Celestina bedeutet.

---

494 Vgl. Samuel Moser: Schöner lieben. *Schlafwandel* – Helen Meiers Erzählung über Alter und Liebe. In: *NZZ* vom 11. April 2006.

495 Vgl. Elisabeth Frenzel: Verführerin, die dämonische. In: Dies.: Motive der Weltliteratur, S. 760–774, hier S. 764.

496 Johann Wolfgang von Goethe: Der Fischer. Ballade (1779) In: Ders.: *Goethes Gedichte in zeitlicher Folge*. Hrsg. von Heinz Nicolai. Frankfurt a. M. 1990, S. 223f.

497 Daemmrich, Daemmrich, Ehebruch, S. 118.

Dass die Liebenden die Leidenschaft der jeweils anderen für die ihren Elementen zugeordneten Hobbys nicht teilen können, ist neben ihrem Altersunterschied ein potenzielles Konfliktfeld, das Nora aber positiv umdeutet: „Hatte je Liebe nach dem Gleichartigen gesucht, war sie nicht Hunger nach Gegensätzlichem?" (S 196)

Beide Frauenfiguren verfügen aufgrund von Erbschaften über ein Maß an finanziellem Kapital, das beiden einen Lebensstil ermöglicht, wie er üblicherweise von wohlhabenden Pensionären gepflegt wird (vgl. S 9). Mit dieser Umsetzung des Themas Geld wird außerdem das Konfliktpotenzial unterschiedlicher Lebensstile nivelliert: Die altersungleichen Figuren Nora und Celestina lernen sich aufgrund der Überschneidungen ihrer Lebensstile als Hobbydramatikerin und Hobbyregisseurin kennen und lieben. Den Horror Vacui des Ruhestandes[498] bzw. des erwerbsarbeitsfreien Lebens können beide Figuren unterschiedlich gut dadurch von sich fernhalten, dass sie ihrem Leben durch verschiedene Kulturprojekte Sinn und Form geben. Der Klassenunterschied zwischen der kleinbürgerlich aufgewachsenen Nora und der großbürgerlichen Celestina zeigt sich darin, dass der Renteneintritt für Nora ebenso wie für ihren Lebensgefährten einen bedeutenden Einschnitt darstellt, der die Phase der Erwerbsarbeit beendet (vgl. S 119). Die junge Celestina hingegen scheint nie in einem regulären Beschäftigungsverhältnis gestanden zu haben, da sie von Kindheit an finanziell ausgesorgt hatte. Ihr Leben als Bohemienne ist für sie selbstverständlich. Die Orientierungsfunktion, die der Zwang zur Erwerbsarbeit bietet, fehlt ihr – im Gegensatz zu Nora – nicht.

Die ältere Liebende Nora Korn

Die Liebeshandlung setzt in *Schlafwandel* mit einem spontanen Besuch ein. Allerdings ist es die ältere Nora, welche die junge Celestina einige Wochen nach der Aufführung des Theaterstücks besucht. Die Verführung der jüngeren Frau durch die ältere erscheint weitgehend unmotiviert: Während des angeregten Gesprächs küsst Nora Celestina und streichelt ihre Brüste. Schon wenige Stunden später hält sie diesen Ausdruck ihres erotischen Begehrens aufgrund des Altersunterschiedes für moralisch verwerflich:

> Zu Hause fühlte sie Gewissensbisse. Was hatte sie getan? Eine unerfahrene junge Frau auf, nein nicht den Pfad, das Glasdach des Verderbens gelockt. Noch nie hatte sie mit einer Frau derart geküßt. Welche Macht hatte sie überwältigt? Sie entschuldigte sich am selben Abend durchs Telefon. Celestina schien es nicht zu hören, eilte darüber hinweg mit dem entzückendsten Lachen, in dem Nora hörte, daß die junge Frau kein Mädchen mehr war. (S 8)

498 Vgl. Horst W. Opaschowski, Ursula Neubauer: *Freizeit im Ruhestand. Erwartungen und Wirklichkeit von Pensionären*. Hamburg 1984, S. 41.

Das Handlungsgeschehen um diese Verführungsszene wird durch die Konkurrenz zweier Situationsmotive konturiert: Auf der einen Seite steht die verliebte Alte, auf der anderen die *femme fatale*. Noras Entschuldigung ist motiviert durch eine Sexualmoral, derzufolge sie als ältere und erfahrene Frau die jüngere und nach moraltheologischen Begriffen vermeintlich unschuldige junge Frau zu sexuellen Handlungen verführt hat. Das ältere Motiv der verführten Unschuld[499] wird in *Schlafwandel* durch das Lachen der jüngeren Frau als Anachronismus entlarvt.

Während das Motiv des *dirty old man* seit der Antike in der homoerotischen Variante durchaus üblich ist,[500] ist diese Variante des Motivs *der* verliebten Alten eher in der erotischen Literatur zu finden.[501] Hetero- und Homosexualität sieht Fiedler im Zusammenhang mit dem intergenerationalen Begehren des *dirty old man* als nahezu gleichwertig vertreten:

> [T]he archetypal image of the *Senex*, the *Geros*, pursuing an elusive and ultimately taboo beloved: the *Puer* or *Puella*, *Kouros* or *Kore*, who flees from him faster than he can run. I say 'him' and 'he' because the sex of the pursuer is in the most ancient stories mythically male. That of the pursued, however, is optional, either, or sometimes ambiguously both, since, archetypally, the impossible beloved is an ephebe on the androgynous verge of genital maturity.[502]

Angesichts der geringen Aufmerksamkeit, die dem Motiv *der* verliebten Alten innerhalb der Thematologie lange entgegengebracht worden ist,[503] verwundert es nicht, dass auch in der Untersuchung von Miriam Seidler das homosexuelle Begehren alter Frauenfiguren keine Erwähnung findet.[504] Hiltrud Gnügs komparatistische Arbeit über den erotischen Roman behandelt zwar die literarische Darstellung lesbischen Begehrens, das Thema Alter(n) aber wird nur ganz am Rande im Rahmen eines Gedichtzitates berührt. Darin wird es als Ausschlusskriterium erotisch konnotierter Liebe bewertet.[505]

---

499 Zur verführten Unschuld: Hellmuth Petriconi: *Die verführte Unschuld. Betrachtungen über ein literarisches Thema*. Hamburg 1953, S. 77. Petriconis Bezeichnung des Themas als ›verführte Unschuld‹ halten Frenzel und Beller für zu ungenau. Vgl. Beller, Stoff, Motiv, Thema, S. 32.

500 Fiedler, More Images of Eros, S. 37f.

501 Vgl. Gnüg, Der erotische Roman, S. 319.

502 Fiedler, Eros and Old Age, S. 37f.

503 Frenzels einflussreicher Überblick über die Motivgeschichte suggeriert, dass altersdifferentes, erotisches Begehren stets in ein von männlichen Figuren dominiertes Motiv eingebunden sei. Vgl. Frenzel, Alte, Der verliebte, S. 1–11.

504 Vgl. Seidler, Figurenmodelle des Alters, S. 151–162.

505 Gnüg, Der erotische Roman, S. 319.

Die ausbleibende Problematisierung der Homosexualität in der erzählten Welt von *Schlafwandel* scheint auf die Spiegelfunktion der Figur Celestina für Nora zu verweisen. Die als heterosexuell eingeführte Figur Nora imaginiert sich nach dem Tod ihres Lebensgefährten als junges Mädchen: „Und wie sie denken mußte, daß mit seinem Tod die Liebe zu Ende war, verwandelte sie sich in ein junges Mädchen" (S 124). Dieses Mädchen lässt sie in ihrem Theaterstück den Papst als Repräsentanten einer lustfeindlichen Moral erstechen. In der schönen, künstlerischen und intellektuellen Celestina findet Nora anfangs ein „geheiltes Spiegelbild" (S 142), von dem sie sich jedoch zunehmend durch ihre altersassoziierten, körperlichen Unzulänglichkeiten entfernt. Der ständige Vergleich mit der jüngeren Geliebten macht Nora ihr chronologisches Alter zunehmend bewusst (vgl. S 35).

Auch der Zug des Pekuniären im Motiv der verliebten Alten wird in *Schlafwandel* aktualisiert, und zwar in Noras Kommentar (vgl. S 166) zu ihren und Celestinas finanziellen Verhältnissen:

> »Wie steht es um deine Finanzen?«
> »Keine Sorge, ich habe geerbt.«
> »Dann sind wir beide Erben. Wir leben von Erblassern. Wobei ich Er-blasser meine.«
> Nora war erleichtert. Eine Beziehung zwischen Alt und Jung würde interessant, eine zwischen zweien mit unterschiedlichen pekuniären Möglichkeiten bald schwierig werden. (S 9)

Der Kommentar zur Ähnlichkeit der finanziellen Situation der Liebenden verweist auf eine Liebeskonzeption, die unter den ausgewählten Romanen zum Thema altersdifferente Liebesbeziehung nur in *Tanzstraße* zu finden ist. Während die – überwiegend männlichen – Protagonisten Walsers die Gunst ihrer jüngeren Geliebten maßgeblich durch den Einsatz ihres finanziellen Kapitals gewinnen, wird diese Form der Motivierung der jüngeren Frau in *Schlafwandel* von Beginn an kategorisch ausgeschlossen. Auf diese Weise wird das auf die ältere Frau gerichtete Begehren als authentisch dargestellt. Nora weist auch an späterer Stelle explizit das Klischee zurück, dass altersdifferente Verbindungen keine Liebesbeziehungen, sondern lediglich Zweckgemeinschaften seien, die auf dem Tausch von finanziellem Kapital gegen körperliches Kapital beruhen:[506] „Eine erwachsene Frau ist sie [Celestina] und pfeift auf Geschenke". (S 107)

Das Schenken von Luxusgegenständen ist aber nicht auf die altersdifferente Liebesbeziehung beschränkt, sondern nach Illouz ein Kernelement des Werbeverhaltens in den kapitalistischen Gesellschaften der westlichen Welt des 21. Jahr-

506 Vgl. Illouz, Warum Liebe weh tut, S. 146f.

hunderts.[507] In *Schlafwandel* ist das Schenken von Luxusartikeln gleichberechtigt und wechselseitig. Die traditionelle Liebessymbolik des Ringtauschs wird in Meiers Roman so dargestellt:

> Nora überkam der Drang, Ringe zu tauschen. Anfangs sträubte sich Celestina, es gelang ihr, sie zu überreden. [...] Sie wählten Edelsteine. Celestina einen roten Rubin, Nora einen zartblauen Sternsaphir. [...] Wenn Nora ihren Ring ablegte, schob Celestina den ihren in die Rundung des größeren. Er paßte genau hinein. (S 65)

Anders als in der heteronormativen Variante, bei welcher der Mann der umworbenen Frau einen Luxusgegenstand wie den Ehering als Symbol seiner Liebe schenkt, ist in *Schlafwandel* unklar, wer die Ringe finanziert. Betont werden Intimität und Zugehörigkeit, was das Ineinanderpassen der beiden Ringe symbolisiert. Im Gegensatz zum Figurenmodell des verliebten Alten in Roths und Walsers Romanen besteht die Motivierung der jüngeren Figuren in *Schlafwandel* und *Tanzstraße* nicht in luxuriösen Geschenken, sondern explizit im Reiz der Erfahrung, der älteren Frauen zugeschrieben wird.

Nora Korn entspricht also nicht der *vetula*, die typischerweise einen jungen Mann begehrt und sich seine Aufmerksamkeit durch finanzielle oder materielle Gegenleistungen sichert. Sie wird als alternde Frau charakterisiert, die sich des doppelten sozialen Normverstoßes ihres Begehrens durchaus bewusst ist. Den Klischees einer homoerotischen Beziehung zwischen Alt und Jung widersetzt sich Nora so lange wie möglich. Anders als beim Motiv des Lustgreises wird das sexuelle Interesse der jüngeren Figur an der älteren in *Schlafwandel* zum Konfliktfall. Denn es ist Nora, die sich körperlich von Celestina zurückzieht, weil sie ihr sexuelles Erleben im Vergleich mit dem der jungen Frau als ungenügend bewertet und darunter leidet. Während die Impotenz des alten Mannes häufig eine komische Funktion erfüllt,[508] wird Noras sexueller Rückzug (vgl. S 175) als dramatisches Kippmoment der spannungsgeladenen Beziehung dargestellt.

Die junge Celestina Classen

Die Gefahr, die von der Liebe zu einer viel jüngeren Frau ausgeht, wird in der *Amour fou*-Erzählung nach Bornemann durch die *femme fatale* dargestellt.[509] In *Schlafwandel* wird dieses Figurenmodell bereits in den Anfängen der Beziehung zu Nora über die Wasserfrauenmotivik angedeutet. Als Nora sich später sexuell

507 Vgl. Eva Illouz: *Der Konsum der Romantik. Liebe und die kulturellen Widersprüche des Kapitalismus*. Frankfurt a. M. 2007, S. 182.

508 Vgl. Fiedler, Eros and Old Age, S. 40.

509 Vgl. Bornemann, Carneval der Affekte, S. 66.

von Celestina distanziert, beginnt sie mit einem Musikprojekt, dessen Titel als intertextueller Verweis auf das Motiv zu lesen ist. Das sogenannte „Undine-Projekt“ (S 199) evoziert den Vorläufer der *femme fatale* und zwar das „alte magische Motiv von der dämonischen Verführerin“. Es „wurde seit Fouqués ›Undine‹ dadurch modernem Denken angepaßt, daß die Sehnsucht nach einer Seele das unbeseelte Wesen zur Ehe mit einem Menschen drängt“.[510] Es ist nicht der Hunger nach einer Seele,[511] sondern der Hunger nach der Erfahrung des Alter(n)s und die Suche nach der Liebe einer Mutter, der die junge Celestina und die alte Nora zusammenführt. Dabei bleibt die Rollenverteilung von Verführerin und Verführter stets ambivalent: Während sich Nora anfänglich für die Verführerin der jungen Celestina hält, widerlegt deren Lachen über diese Interpretation Noras die Rollenverteilung (vgl. S 8).

Das im Wasserfrauenmotiv angelegte Scheitern der Liebesbeziehung erfolgt in Celestinas und Noras Fall nicht wie in Fouqués *Undine* aufgrund der Unzulänglichkeit eines Mannes und seiner Liebe zu einer menschlichen Rivalin.[512] Die Liebe zwischen der alten Frau und der mystifizierten, jungen scheitert daran, dass die ältere Liebhaberin die sexuellen und emotionalen Bedürfnisse ihrer jungen Partnerin nicht wahrnimmt. Wo der Ritter Huldbrand in Fouqués *Undine* an der Unvereinbarkeit seiner leidenschaftlichen Liebe zu der unbeseelten Nixe mit den Normen der christlichen Ehe scheitert,[513] übersieht die alternde Nora, dass Celestina ihr nicht als Jungbrunnen dienen möchte. Die junge Frau formuliert wiederholt eigene Bedürfnisse und pocht argumentativ auf deren Anerkennung.

Diesen Forderungen kommt Nora aber nur äußerlich nach und damit kommt der Zug der nicht beachteten Warnung zum Tragen. Das zeigt sich unter anderem in Noras Umgang mit den sprachlichen Unterschieden einer Beziehung zwischen einer gebürtigen Deutschen und einer gebürtigen Schweizerin: „Ihre mühelose treffsichere Sprache war für Nora ein Genuß. So mußte es sein, das Deutsche, elegant, geschliffen, nicht holprig, rauh, stockend, wie sie es sprach, nicht aus dem Dialekt übersetzt, dabei den Gedanken nicht genau fassend“. (S 10) Diese Sprachunterschiede werden im Roman aber nicht umgesetzt. So lässt sich in *Schlafwandel* bei den Dialogen, die durch autonome direkte Figurenrede gestaltet sind,

510 Frenzel, Stoff-, Motiv- und Symbolforschung, S. 95 sowie Dies.: Verführer und Verführte. In: Motive der Weltliteratur, S. 743–760, hier S. 765. Vgl. auch Andreas Kraß: *Meerjungfrauen. Geschichten einer unmöglichen Liebe*. Frankfurt a. M. 2010, S. 292.

511 Vgl. Kraß, Meerjungfrauen, S. 301.

512 Vgl. Frenzel, Verführer und Verführte, S. 764.

513 Vgl. Kraß, Meerjungfrauen, S. 309.

häufig nur per Ausschlussverfahren herausfinden, welcher Redebeitrag welcher Figur zuzuordnen ist.

Auf der Ebene der *histoire* verweist die oberflächliche Referenz auf dialektale Unterschiede auf die dahinterliegende psychologische Figurenmotivierung: Noras Gefühle für die jüngere Frau verändern sich von der ersten, überraschenden Verliebtheit zu einer Verehrung der jüngeren Frau, die jedoch zu einer Abwertung ihrer eigenen Person führt. An der Figurenrede Celestinas wird die Abwehr der Idealisierung und der damit einhergehenden Funktionalisierung durch die ältere Frau deutlich. Einen Liebesbrief schickt Nora nicht ab, weil sie schon bei der Niederschrift die Argumente der jungen Frau gegen die nachgetragene Verehrung kennt:

> Nora lächelte, würde das alles für sich behalten. Mit: Hör auf, mich als deine Retterin zu deklarieren, war sie jüngst von Celestina angefahren worden, presse mich nicht in eine Funktion, sie schränkt meine Freiheit ein. Du wirfst zuviel [sic.] Schönes auf mich, das war gewesen als sie ein Loblied auf Celestinas vielfältige Einfühlungsgabe angestimmt hatte, ich aber möchte jemand mit Ecken und Kanten sein, mit lustvollen Fehlern, ein Mensch in seinen Widersprüchen. (S 83)

Nach der Phase der ersten Verliebtheit verlangt Celestina von Nora immer wieder, sie nicht als Idol zu funktionalisieren (vgl. S 75). Sie fordert ein zeitgemäßes Beziehungsverhalten von Nora ein, das von der Gleichwertigkeit beider Partnerinnen ausgeht. Als Geliebte möchte Celestina durch eine realistische Perspektive in ihrer Individualität gewürdigt werden, statt unter den Gemeinplätzen von Noras Glorifizierung begraben zu werden. Celestinas Ablehnung der ihr zugewiesenen Rolle wird in *Schlafwandel* durch zitierte Rede aus der Fokalisierung Noras dargestellt. Die Einwände ihrer Geliebten gegen die Glorifizierung nimmt Nora zwar zur Kenntnis, wertet sie aber als Zeichen von Hypersensibilität (vgl. S 88).

Wie in der *Amour fou*-Erzählung *Angstblüte* funktionalisieren sich Celestina und Nora wechselseitig. Auf der Ebene des *discours* wird die Funktion Celestinas als *femme fatale* im Kontext der Liebeshandlung von ihrer Charakterisierung als verletzbare junge Frau abgegrenzt. Celestina leidet in der Erzählgegenwart unter der neurotischen Beziehung zu und zwischen ihren Eltern. Der Vater ist ein Unternehmer, der erst vom biologischen Geschlecht seines Kindes enttäuscht ist und später von Celestinas Desinteresse daran, seine berufliche Laufbahn einzuschlagen (vgl. S 43). Einerseits überschüttet der Vater das Kind zwischen den langen Phasen seiner Abwesenheit mit Aufmerksamkeit und Geschenken. Andererseits verscheucht er das wartende Mädchen grob von der Türe des elterlichen Schlafzimmers (vgl. S 45). Seine Machtdemonstrationen gegenüber dem verunsicherten

Kind gehen so weit, dass er sie „kopfvoran in den Schnee“ drückt und ihr dabei droht, „wenn ich dich nicht loslasse, erstickst du“ (S 44).

Celestinas Mutter wird als *femme fragile* charakterisiert. Sie ist Musikerin und es bleibt unklar, ob sie aus finanziellen Gründen bei dem untreuen Ehemann bleibt oder die leidenschaftlichen Streit- und Versöhnungsszenen liebt (vgl. S 43). Die elfjährige Tochter fungiert in der Abwesenheit des Ehemannes als Partnerersatz. Ist er anwesend, wird Celestina weggeschickt und fühlt sich dadurch „ausgelöscht“ (S 45). Celestina findet nur einen dürftigen Ersatz für die Bindung an die Eltern in den wechselnden Dienstboten und Kindermädchen, die für die großbürgerliche Familie arbeiten (S 9, 45f.). Als die Tochter 18 Jahre alt ist, stirbt die Mutter beim Bergsteigen in den Dolomiten. Der Vater heiratet eine Amerikanerin (vgl. S 43, 46) und zieht nach Boston. Die in der Schweiz zurückgebliebene Tochter ist zwar vermögend, aber emotional einsam. Sie sucht die Nähe ihrer Großeltern und Kontakt zu einer Psychoanalytikerin (vgl. S 68f.). Vor diesem Hintergrund erscheint die ältere Nora nicht nur als Geliebte, sondern auch als Ersatz für die verstorbene Mutter. Von Nora wird Celestina sowohl für ihre Schönheit als auch für ihren Intellekt uneingeschränkt bewundert. In ihrem Haus wird Celestina jederzeit sehnsüchtig erwartet. Auch auf der psychologischen Ebene gibt es deutliche Parallelen: Wie Celestinas Mutter begeistert sich Nora fürs Bergwandern. Wie der Vater blendet Nora die von Celestina klar artikulierten Bedürfnisse aus (vgl. S 44). Stattdessen überschüttet sie die junge Frau – zum Teil gegen deren Willen – mit Geschenken und Verehrung.

Kritische Perspektiven auf die altersdifferente Beziehung

Ihre erste Unternehmung mit Celestina führt Nora in ein Franz-Strauss-Konzert nach Garmisch-Partenkirchen (vgl. S 15). Dabei entwickelt die kinderlose Nora einen Stolz auf ihre schöne junge Begleiterin, den sie durch die imaginierte Perspektive der anderen Konzertbesucher zur mütterlichen Gefühlsregung umdeutet:

> Das Foyer des Konzerthauses war gedrängt voll. Nora fühlte Stolz. Was für eine glückliche Mutter, mußten alle denken, die von einer solchen Tochter begleitet wird, und das in offensichtlich freundschaftlicher Verbundenheit. Ich bin stark, ging es durch sie, in einem gewissen Alter, ja sicher, ich habe gelebt, gut gelebt, mir ist es gelungen, die Liebe des Kindes in Respekt, ja Verehrung umzuwandeln, in verschwiegene Neigung, in zärtliche Neigung. (S 15)

Auf psychologischer Ebene wird die jüngere Geliebte einerseits als Ersatz für die Tochter instrumentalisiert, die Nora nie gehabt hat:[514] „Geht es allen Pensionierten

514 Für diesen Hinweis danke ich Miriam Seidler.

wie mir? Ich muß mir ein neues Leben aufbauen. Kinderlos bin ich, im doppelten Sinne“ (S 149). Andererseits erscheint Nora aufgrund ihrer streng katholischen Sozialisation in der Schweiz der 1940er-Jahre (vgl. S 95f.) die Liebesbeziehung zu einer jüngeren Frau als doppelter Tabubruch. Eine öffentliche Positionierung als altersdifferentes, homosexuelles Liebespaar hält Nora deshalb anfänglich für ausgeschlossen. Die Begriffe ›lesbisch‹ bzw. ›Lesbe‹ finden sich dementsprechend kein einziges Mal in der gesamten Erzählung. Als Plot eines erotischen Rollenspiels dient diese Vorstellung in *Schlafwandel* nicht, sondern es bleibt bei dieser Andeutung einer quasi-inzestuösen Liebesbeziehung.

Noras Haltung gegenüber der Liebesbeziehung ändert sich im Laufe der Erzählung. Als sie zur Feier eines ehemaligen, etwa gleichaltrigen Liebhabers namens Robert eingeladen wird, möchte sie Celestina mitnehmen, um sich in ihrem Glanz „sonnen“ (S 141) zu können. Das provoziert einen Konflikt, denn Celestina fühlt sich von diesem Ansinnen zum wiederholten Mal funktionalisiert. Nora hält diese Angst für vorgeschoben und unterstellt ihrer Geliebten Scham über den Altersunterschied als tatsächlichen Grund ihrer Vorbehalte gegen den gemeinsamen Besuch des Festes:

> »Ja, ich bin stolz. Unter Millionen von Frauen meines Alters bin ich eine der ganz wenigen, die eine junge Geliebte haben.«
> »Du mißbrauchst mich.«
> »Ist es Mißbrauch, wenn ich stolz bin auf mich und auf dich?«
> »Ich bin keine Vorführfigur.«
> »Du schämst dich mit mir.«
> »Unsinn! Wie könnte ich!«
> »Doch, du genierst dich! Die muß einen Knacks haben, daß die mit dieser Wiealtistdenndie … du denkst, daß sie es denken.«
> »Nein, das denke ich nicht.« (S 141)

Während Ängste bezüglich der Fremdwahrnehmung der homosexuellen Beziehungskonzeption im Roman gar nicht thematisiert werden, ist das gesellschaftliche Urteil über den Altersunterschied für Nora von immenser Bedeutung (vgl. S 15, 141, 151). Gemäß der Segregationstendenzen des Paares in *Amour fou*-Erzählungen wird dieses Thema vorwiegend zwischen den beiden Partnerinnen diskutiert.

Es gibt allerdings noch zwei Nebenfiguren, die den Altersunterschied kommentieren: Zum einen ist das Robert, Noras ehemaliger Liebhaber, zu dessen Fest Celestina Nora schließlich doch begleitet. Dieses Handlungselement motiviert eine erotische Dreieckskonstellation zwischen den Protagonistinnen und Robert. Im Nachgang berichtet Celestina ihrer älteren Geliebten, dass er erfolglos versucht habe, sie zu verführen (vgl. S 146f.) Nora empfindet darüber „Triumph“ (S 147) und zeigt sich begeistert über die Standfestigkeit ihrer jungen Geliebten gegenüber der erotischen Versuchung durch den alten Verführer. Das Kompliment wehrt Celestina jedoch mit den Worten ab: „Mein Stehvermögen wurde nicht geprüft“ (S 147).

Bei einem späteren, privaten Treffen zwischen Nora und Robert kommt er auf den Altersunterschied in ihrer Liebesbeziehung zu Celestina zu sprechen: „»Die ist aber viel jünger als du.« In seiner Stimme lag ein kleiner bewundernder Respekt“ (S 151). Der verhaltene Respekt und die Bewunderung, die der Erzählerkommentar Robert über Noras Fähigkeit, eine viel jüngere Frau für sich zu begeistern, zuschreibt, werden aber schon im nächsten Abschnitt konterkariert. Robert rät der in ländlicher Zurückgezogenheit lebenden Nora zu einem Umzug nach Zürich und empfiehlt ihr, sich diesbezüglich gleich in einer sogenannten „Alterssiedlung“ anzumelden: „Du brauchst nicht mit den Alten zusammenzuleben, kannst selbstständig in einer kleinen Wohnung bleiben. Aber du bist dann schon dort“ (S 151). Nora bekennt gegenüber Celestina, dass sie sich von diesem unverblümten Versuch, sie auf das sprichwörtliche ›Altenteil abzuschieben‹, gekränkt und ›alt gemacht‹ fühlt. Celestina bewertet in direkter Rede Roberts Motivation als Projektion seiner eigenen Altersängste auf Nora: „»Überkam ihn eine unbewußte Abwehrreaktion? Er schiebt dich ins Altersheim, hofft, sein Platz dort werde mit dir besetzt, er müsse ihn nicht einnehmen.«“ (S 152) Psychologisch erscheint es allerdings wahrscheinlicher, dass Roberts Sticheleien in Bezug auf Noras Alter durch seinen Neid auf ihre erotische Potenz motiviert sind. Nora ist die Eroberung der jungen Frau gelungen, die Roberts erotischen Avancen mit Desinteresse begegnet ist. Er leidet nach eigener Aussage unter diesem „*coup de foudre*“ (S 147).

Die andere Figur, die das Verhältnis zwischen den beiden Frauen kommentiert und Nora ausdrücklich vor der Beziehung warnt, ist die exzentrische alte Schriftstellerin Ruth Kahn. Sie wird von Nora gegen deren anfänglichen Widerstand im Rahmen ihres Altersprojektes interviewt (vgl. S 101–109). Kurz bevor sie Celestina kennengelernt hat, hatte Nora ihre Auseinandersetzung mit dem Themenkomplex Tod und Sterben beendet: „*Ansichten eines gewissen Alters* war der Titel von Noras neuem Projekt. »Wie leben Nichtmehrjunge? Wie empfinden sie die gespenstische Auflösung der Zeit, das immer schnellere Wegrutschen ihrer Jahre? […]«“ (S 19) Sich selbst zählt die etwa 60-jährige Nora offenbar noch nicht zu den Alten. Unter ihren Interviewpartnern sind zwei hochaltrige, verbitterte KünstlerInnen (vgl. S 48–51) und zwei lebensbejahende RuheständlerInnen (vgl. S 127f.) narrativ herausgehoben. Wie die Rezensentin Sabine Doering kritisch anmerkt, sind alle Figuren des Romans im bildungsbürgerlichen oder intellektuellen Milieu beheimatet. Finanzielle Schwierigkeiten oder die Angst vor dem Dahinsiechen im Pflegeheim sind keine Probleme für diese Alten.[515] Die Verbitterung der Künstler resultiert einzig aus ihren altersassoziierten Gebrechen und körperlichen Makeln:

> Der verbitterte, einst berühmte Maler, der von den Jungen nicht mehr gekannt wird, oder die scharfzüngige Schriftstellerin, die ihr lädiertes Gesicht hinter einer Stoffmaske versteckt und als letztes Vergnügen im Keller lustvoll altes Geschirr zerschmeißt – in ihnen zeichnet Helen Meier zynische Kontrastfiguren zu ihrer liebenden Nora, die die Verbindung mit der Jüngeren auch als Möglichkeit erlebt, ‚die Unterernährung ihres Gehirns zu beenden'.[516]

Das Gesicht der Schriftstellerin ist allerdings nicht durch Falten, sondern aufgrund einer Dysfunktion ihrer Leber infolge einer Hepatitisinfektion (vgl. S 109, 107) entstellt und „verwüstet[.]" (S 106). Sie bedeckt es mit einer weißen Maske und nur ihre Augen sind als „schwarze Löcher in einem schmierigen Gelb" (vgl. S 102) zu sehen. Die ehemals gefeierte Schriftstellerin erscheint aus Noras Perspektive als verbitterte und als krankheitsbedingt abstoßende alte Frau. Anders als beim Figurenmodell der *vetula*[517] bekundet Ruth Kahn zwar ihren Glauben an die heilende Kraft erotisch konnotierter Liebe, zugleich ist sie aber davon überzeugt, dass ihr eine solche Liebe aufgrund ihres chronologischen Alters versagt sei: „Auf Heilung durch die Liebe kann ich nicht mehr hoffen. Meine Liebe wird alt, alt!" (S 108) Ruth Kahn begegnet ihrer Krankheit, die nicht nur schmerzhaft, schlafraubend und entstellend ist (vgl. S 107), nicht mit altersweisem Stoizismus, sondern mit Zynismus und therapeutisch wirksamer Zerstörungslust (vgl. S 109).

Als Gegenbild zur Aktivität sogenannter ›junger Alter‹ und zum Stoizismus weiser Greise verweist die Figur der Ruth Kahn auf ein Konzept des Alter(n)s als Verfallsgeschichte. Das Erzählschema wird durch die Motive der lebensbedrohlichen Krankheit, des Verlustes persönlicher Beziehungen und der eigenen Arbeitsfähigkeit strukturiert. Dieses Alterskonzept wird in direkter Figurenrede explizit als übergeschichtliches Los alter Menschen beschrieben:

> »Altwerden […] gleicht oft dem Halten einer Festung, einer sinnlosen Verteidigung. Aber von was? Zu allen Zeiten hatten die Alten das Gefühl und die Trauer zu ertragen, ihre Welt sei am Untergehen. Sie bemerkten das Sterben ihrer Begriffe, die Aushöhlung ihrer Werte, Verlust von Struktur, Form und Gesetz. […] Bastelei, Freizeitbeschäftigung gilt als Kunst. Hängt eventuell mit dem Irrtum zusammen, es sei allen alles möglich. […]« (S 104)

---

515 Vgl. Sabine Doering: Liebe? Aber nur mit Zunge. Straff geht's los, dann wird's gewagt: Helen Meiers Frauenroman In: *Frankfurter Allgemeine Zeitung* vom 14.7.2006, S. 32.

516 Ebd.

517 Vgl. Menninghaus, Ekel, S. 16; Schnell, Ekel und Emotionsforschung, S. 412f.

Obwohl Ruth Kahn aufgrund ihrer Krankheit weder ihre Jugend noch ihre Gesundheit verteidigen kann, opponiert sie mit ihrer Trotzhaltung gegen ihr körperliches Schicksal und begegnet ihrem Leid mit lustvoller Destruktivität statt mit schriftstellerischer Produktivität. Sie wehrt sich gegen die mitleidige Haltung, die sie Nora unterstellt, und weist die Charakterisierung als ›arme Alte‹ weit von sich. Noras altersdifferente Liebesbeziehung bewertet Ruth Kahn als wesentlich problematischer als ihre eigene Lebenssituation:

> Arme Alte, denken Sie. Das bin ich nicht, und Sie werden noch von mir hören. Aber Sie, Sie leben gefährlich. Ein junges Mädchen mit Mutterkomplex ins Bett zu zerren ist anstrengend. Schmieren, pudern, parfümieren Sie sich. Schlucken Sie Multivitamin-Mineral-Tabletten. Und will solche Liebe nicht Geschenke, großzügige Geschenke? (S 106f.)

Aus der internalisierten altersdiskriminierenden Perspektive der Schriftstellerin Ruth Kahn ist die Motivation der jungen Geliebten einzig als Kombination aus einem psychologischen Defizit mit dem Luxusbedürfnis einer jungen Frau denkbar. So empfiehlt sie Nora, die körperlichen Alterszeichen durch Kosmetik und materielle Güter zu vertuschen. Auffällig an der Kritik der lesbischen Liebesbeziehung ist, dass sich die Kritik in den Reden der als intellektuell charakterisierten Figuren Robert und Ruth Kahn nur auf die Kategorie Alter bezieht. Welche Bedeutung hat das Thema Homosexualität in *Schlafwandel*?

Homosexualität und Altersdifferenz in Schlafwandel

Celestina Claassen wird aus der Figurenperspektive Noras das Attribut der ›weiblichen Knabenhaftigkeit‹ zugeschrieben:[518] Nora bezeichnet die junge Frau als „verschmitzes Knabenmädchen“ (S 184). Der sprechende Vorname Celestina verweist auf die Fähigkeit dieser Figur, nicht nur die Grenzen des chronologischen und biologischen Alters zu verwischen. Aus der Fokalisierung ihrer Liebhaberin verkörpert Celestina „eine kecke, übermütige, auch scheue Elfjährige“ und „zugleich […] eine seltsam sinnliche Frau […], die wußte, was es zu wissen gab“ (S 7).

Auch für die Art der Beziehung und ihre Rolle darin bedient sich Nora vornehmlich heteronormativer Beschreibungs- und Beziehungskategorien. Beim Schreiben ihres Theaterstücks, während dessen Inszenierung sie Celestina kennengelernt hat, sieht sich die etwa 60-jährige Nora nachträglich als „junges Mädchen, das dem Papst – als Repräsentanten einer Kirche, der die

518 Vgl. Maaike Meijder: Lesen als Lesbe: neue Wege für eine lesbische Literaturgeschichte. In: *Forum Homosexualität und Literatur* (1991) 13, S. 29–50, S. 37f.

Unterdrückung der Sinnlichkeit das Wichtigste war – nicht den Ring küßte" (S 124). Beim ersten Sex mit der jungen Frau fragt sich Nora, ob sie die ›Rolle des Mannes‹ übernimmt, als sie aktiv Oralverkehr praktiziert (vgl. S 17). Im Gegensatz zu den Sexszenen in Walsers Roman *Angstblüte* sind die in *Schlafwandel* dargestellten Praktiken eher konventionell und auf ein harmonisches Miteinander angelegt:

> Celestinas Schamhaare waren struppig dicht, nicht schütter wie meine, zuckte es durch Nora […] Celestinas Zunge, wunderbar beweglich, Zungenkraft, Speichelsaft, weiche Fluten netzten, schwellten Noras Lippen, die kleine harte Knospe der Lust schwoll, überschwemmte platzend ihren Beckenraum, Nora zerging in wundersam erlöster Ohnmacht ganzen [sic.] Leibes. (S 17)

Ähnlich wie in *Angstblüte* und *Der Lebenslauf der Liebe* provoziert die Nacktheit beim Geschlechtsverkehr den direkten Vergleich mit dem jungen Körper der Geliebten und lässt das reduzierte Schamhaar als altersbedingtes Defizit erscheinen.[519] Noras wiederholte Klagen über ihr Lebensalter und dessen Unverhältnismäßigkeit in Kontext der Liebesbeziehung versucht Celestina mit ihrer sozialkritischen Perspektive zu zerstreuen:

> »[…] Wir haben nun einmal nicht das gleiche Alter, da können wir nichts dafür. Bekomm eine andere Einstellung zu dieser Tatsache. Kümmere dich nicht um modischen Jugendwahn: Für immer jung. Für immer knusprig und faltenfrei. Das ist doch dümmer als dumm, sogar lebensfeindlich, kulturfeindlich. Schmälerst du damit nicht deine Möglichkeiten?« (S 42)

Die junge Celestina bestreitet glaubhaft und kategorisch, dass chronologische Altersähnlichkeit für sie eine relevante Beziehungskategorie darstellt. Anders als bei Walsers und Roths männlichen Protagonisten bemüht sich die junge Geliebte in *Schlafwandel* intensiv darum, die Vorbehalte ihrer älteren Geliebten zu zerstreuen, indem sie die Konstruiertheit und Lebensfeindlichkeit dieser Vorurteile aufzeigt und Partnerschaftlichkeit einfordert. Lynne Segal hält lesbische Liebesliteratur hinsichtlich des Umgangs mit der Norm der Altersähnlichkeit Liebender generell für deutlich progressiver als Liebesgeschichten mit heterosexuellen oder schwulen Protagonisten. Die Altersgrenzen seien weniger rigide. Auch der von Sontag proklamierte Doppelstandard, wonach Frauen wesentlich

519 Im Hinblick auf den anhaltenden Trend zur Depilation der Körperbehaarung bei Frauen, insbesondere im Intimbereich, erscheint diese Sorge zunehmend anachronistisch. Vgl. Merran Toerien, Sue Wilkinson, Precilla Y. L. Choi: Body Hair Removal: The Mundane Production of Normative Femininity. In: *Sex Roles* 52 (2005) 5/6, S. 399–406.

früher als Männer als sexuell unattraktiv angesehen werden, sei in lesbischen Beziehungen irrelevant.[520]

In *Schlafwandel* wird die intergenerationale Liebesbeziehung dennoch zunehmend problematischer für die Liebenden. Nora distanziert sich zum Beispiel so brüsk von der Trauer ihrer jungen Geliebten um einen sterbenden Freund, dass sie damit eine Krise heraufbeschwört. Ihre Abwehrhaltung führt sie auf die Altersdifferenz zurück:

> Ihr Altersunterschied, der wieder herrschende, nicht wegzuleugnende. Wie weit sie von mir entfernt ist, dachte Nora. Wie entfernt sie bleiben wird, für immer uneinholbar, für immer hinter mir. Sie begreift nicht, daß ich mit ihr zusammen keine Todesgeschichten hören will. Melancholie wird sie erst verstehen, wenn sie mein Alter erreicht hat. Nie wird sie das gleiche fühlen wie ich, nie wird sie die gleiche Gegenwart haben. Wir sprechen die gleiche Sprache, die Inhalte sind zu verschieden. (S 73)

Was Nora der Altersunterschied ist, ist Celestina Noras sexuelle Identität: Noras heterosexuelle Vergangenheit und die Ausrichtung ihres Begehrens in der Gegenwart des Romans werden von Celestina immer wieder problematisiert. Insbesondere Noras Erzählungen ihrer Träume und Erinnerungen an ihre langjährige Beziehung zu dem verstorbenen Davide motivieren Celestinas Eifersucht (vgl. S 126). Sie akzeptiert die große Bedeutung dieser Beziehung für Noras Biografie nicht:

> »Unglaublich angenehm, mit Davide verwechselt zu werden«, rief Celestina, rüttelte sie erzürnt am Arm – Nora war die Anfangssilbe seines Kosenamens herausgerutscht – »traure um ihn, bis du schwarz wirst, aber ohne mich. Warum kannst du nicht einfach in der Gegenwart leben? Und dich mit mir befassen, mit mir und sonst niemandem?« (S 124f.)

Noras Erklärung des unterbewussten Zurückgeworfenseins in ihre Vergangenheit lässt Celestina nicht gelten (vgl. S 125). Sie befürchtet aufgrund ihres biologischen Geschlechts für die ältere Nora lediglich die „zweite Wahl" einer eigentlich heterosexuell begehrenden Frau zu sein. Insbesondere Noras Schönheitshandeln vor einem Tanzabend in einem Kurhotel motiviert Celestinas Eifersucht und ihre Angst, nicht begehrt zu werden:

> »Warum hast du dich geschminkt? […] Ich bedeute für dich nur eine Notlösung. Weil du keinen Mann findest, der dir paßt, gibst du dich mit mir zufrieden. Ich bin keine zweite Wahl!« Mit leisem Zorn wiederholte sie: »Ich bin erste Wahl«, stand mit fremdem Gesicht am Fenster, »Du suchst einen Mann, ja oder nein, antworte mir!«

520 Vgl. Lynne Segal: Forever Young: Medusa's Curse and the Discourse of Ageing. In: *Women: A Cultural Review* 18 (2007), S. 41–56, hier S. 49.

»Ich weiß es nicht«, stammelte Nora verwirrt.
»Du weißt es, weiche nicht aus!« (S 37)

Celestina interpretiert das Schönheitshandeln ihrer Partnerin Nora als Bestandteil heterosexuellen Werbeverhaltens. Die Schminkende wird als Person gesehen, die sich „einschlägigen Schönheitsidealen oder annäherungsweise jenem Menu aus erotisch-facialen Signalen [.] unterwirft, welches von Männern als attraktiv bewertet wird".[521] Der Text rekurriert damit auf gängige Klischees weiblicher Selbstinszenierung. Am einen Ende der Skala stehen hyperfeminine Frauenfiguren, für deren Identität Mode, Kosmetik, Diät und Sport im Sinne von Körperformung zentral sind. Am anderen Ende stehen maskuline Frauenfiguren, die aus innerem Widerstand gegen patriarchalische Strukturen Schminken und feminine Kleidungsstile konsequent ablehnen:[522]

> Lesben [gelten] als wenig an gängigen Schönheitsidealen interessiert und orientiert: ‚Lesben erkennt man daran, dass sie Hosen, schwere Schuhe, Lederjacken, aber niemals Handtaschen tragen.' Dieses Bild stammt aus den siebziger Jahren, hat sich aber bis heute gehalten.[523]

Die Beschreibung von Celestinas körperlicher Erscheinung bewegt sich zwischen diesen beiden Polen auf der Skala weiblicher Körperpraktiken. Celestina wird aus Noras Perspektive als eine androgyne Schönheit dargestellt: Sie hat lange Beine und ihre Schlankheit ist „angeboren, hatte nichts mit Mode oder Diät zu tun" (S 14). Ihre Erscheinung verwischt die Grenzen zwischen Weiblichkeit und Männlichkeit, Kindheit und Erwachsenenalter: „Wie schön sie aussah, schmal, elegant, vornehm, androgyner Knabe, apartes eigenartiges Mädchen, Erbin eines Adels, von dem sie selbst nichts wußte. Rasch den Kopf drehend, schwangen ihre Haare, weich wie ein Wäldchen, fest wie ein Helm ihr um die Wangen". (S 15)

---

521 Christian Janecke: Einleitung. In: *Gesichter auftragen. Argumente zum Schminken.* Hrsg. von dems. Marburg 2006, S. 9–44, hier S. 29. Was das Schminken betrifft, konstatiert Janecke gerade in Bezug auf die demografische Entwicklung: „Im Zuge einer sich globalisierenden und zugleich überalternden Gesellschaft könnte es ja bald schon sein, dass wir weniger über ›aufdringlich geschminkte‹, als vielmehr wieder wie einst Voltaire über die Aufdringlichkeit *un*geschminkter Gesichter klagen werden. Möglicherweise bricht sich dann die zivilisierende Einsicht Bahn, dass es reicht, wenn wir uns – eben auch dank Schminke – selbst nur ähnlich sehen". Janecke, Gesichter auftragen, S. 35.

522 Nina Degele: *Sich schön machen. Zur Soziologie von Geschlecht und Schönheitshandeln.* Wiesbaden 2004, S. 114f.

523 Ebd., S. 115. Degele zitiert hier den Klappentext von Gertrud Lehnert: *Wir werden immer schöner. Lesbische Inszenierungen.* Berlin 2002.

Die Naturalisierung und Authentifizierung von Celestinas Äußerem lässt sich zu einem Repertoire lesbischer Identitätsmuster zählen, das sich bewusst zwischen den Polen weiblicher Selbstinszenierung bewegt:

> In Abgrenzung dazu formulieren die politisch organisierten Lesben Schönheitsideale, die mit dem Begriff ‚androgyn' einen positiven Abgrenzungshorizont gegen klischeehaft feminine, verspielte oder ‚Beute' suggerierende Aufmachung bei Frauen bildet, die nicht mit Männlichkeit zusammenfällt.[524]

Der Eindruck von Celestinas Androgynität wird allerdings zum Ende des Romans durch eine Schminkszene wieder zurückgenommen. Anlässlich eines Festes schminkt und schmückt sich Celestina vor dem Spiegel (vgl. S 171), um ihren Freundinnen zu gefallen. Die Schönheit der jungen Frauen auf Celestinas Fest fungiert als Kontrastfolie für die alternde Nora: „An der eigenartig starken Verbundenheit aus gemeinsam verbrachten Studienjahren all der Frauen in der Blüte ihrer Jugend hatte sie wie selbstverständlich Anteil". (S 171) Das Vergleichswort „wie" verweist in dieser Passage auf das Außergewöhnliche der Figurenkonstellation: Die alternde Liebhaberin bewegt sich in einem Kreis vieler junger Frauen, die als potenzielle Konkurrentinnen um die Gunst Celestinas erscheinen. Der Vergleich verweist damit auf die Brüchigkeit der Bindung von Nora und Celestina.

Noras Konzeption der homosexuellen Liebesbeziehung

Die Figur Nora steht für eine Liebeskonzeption, die auf prototypische Elemente der *Amour fou*-Narration verweist. Mit der unerwarteten, erotisch konnotierten Liebe zu Celestina begehrt Nora in Helen Meiers Roman „gegen heteronormative Geschlechterrollen und sexuelle Verhaltenskodizes auf".[525] Altersähnlichkeit, Heterosexualität, nationale Grenzen – die Liebenden Nora und Celestina setzen sich darüber hinweg. Anders als in *Angstblüte* ist die Devianz der Sexualität nicht in speziellen Praktiken, sondern lediglich durch den großen Altersunterschied und die Gleichgeschlechtlichkeit der beiden Liebenden gegeben. In *Schlafwandel* schwankt die alte Protagonistin zwischen den *Amour fou*-typischen Extremzuständen: Auf der einen Seite ist das die erotische Ekstase, andererseits leidet sie unter Anwandlungen von „Hörigkeit, Unterwerfung, Selbstauslöschung, **Gewalt,** Autoaggressivität und Todessehnsucht".[526] Die für den Liebeswahn charakteristische Gewalt wird – ähnlich wie in *Angstblüte* – allerdings nur im Reich der Fantasie von der älteren Liebenden ausgelebt. Die a-sozialen Tendenzen der

524 Degele, Sich schön machen, S. 119.

525 Ebd., S. 77.

526 Bornemann, Carneval der Affekte, S. 55.

Amour fou sind mit der jüngeren Liebenden assoziiert: Sie möchte in Gesellschaft keinesfalls von Nora (vgl. S 83f., 88) berührt werden und verweigert damit ein deutlich sichtbares öffentliches Bekenntnis zu ihrer Partnerin.

Nora bringt aus ihrer vorherigen Beziehung zu Davide das Ideal einer symbiotischen Liebe mit, die den Zweck erfüllt, Nora das „Gehaltensein in der Welt" durch den anderen zu vermitteln. In den Analepsen, die Noras Beziehung zu dem verstorbenen Davide erzählen, wird deutlich, dass sie sich als Alleinstehende unvollständig fühlt. Ihre PartnerInnen dienen ihr als ständige Projektionsflächen:

> Nora lebte, um geliebt zu werden, Celestina zu lieben, mit ihr zu reden, die Unterernährung ihres Gehirns zu beenden, mit ihr zu wandern, zu reden, zu reden [sic.], sie anzuschauen, zu lieben, zu leben, mit ihr zu essen, Karten zu spielen, Musik zu hören, zu sein, zu sein, [sic.] um über sie und ihre Wirkung auf sie nachzudenken, zu bemerken, was diese Liebe in ihrem Leben verändert hatte, verändern würde. (S 77)

Zur psychologischen Gestaltung dieser Figur gehört die relative Einsamkeit, die nicht zuletzt auf ihre Fixierung auf ihre jeweiligen Lebensgefährten zurückzuführen ist. Die Angehörigen von Noras Kernfamilie sind bereits vor Jahren verstorben. Nora hat weder Kinder noch enge Freunde, zu denen sie Kontakt hält. Deshalb braucht sie ihre Lebensgefährten als soziale Bezugspunkte und richtet ihren Alltag nach ihnen aus:

> »Celestina, es war sehr schön mit dir, aber weißt du, wie alt ich bin?«
> »Ich bin gerne mit dir zusammen.«
> Durch Nora ging ein Schub gewaltiger Freude. Jenes Gehaltensein, das ihr nach Davides Tod verlorengegangen war, jene selbstverständliche Gewißheit, daß ihr Leben sinnvoll war, spürte sie wieder. Eine junge Geliebte zu haben, welch ein Wunder! Dazu eine, die keine Banalitäten erzählte, mit der sie sich nicht langweilte, mit der sie jung bleiben, zumindest das Älterwerden verzögern konnte. (S 19)

Während Celestina erst einmal nur formuliert, dass sie das Zusammensein mit Nora genießt, funktionalisiert Nora die junge Frau sofort in mehrfacher Hinsicht: Das Hilfsverb ›haben‹ verweist darauf, dass die „junge Geliebte" nicht zuletzt als Statussymbol interpretiert werden kann. Dabei handelt es sich um die Position, die sie in der traditionellen Geschlechterrollenverteilung in der Beziehung zum alten Mann hat. Nora betrachtet Celestina auch als „Jungbrunnen" (S 42), der sie vor der Realität ihres Alterns bewahrt. Durch ihre Intellektualität soll sie Nora unterhalten, durch ihre Jugend die von Nora verlängern oder zumindest das Älterwerden verzögern.

Abgesehen vom (weiblichen) Altern problematisiert Nora auch das Singledasein im Allgemeinen. Aus der internen Fokalisierung wird erzählt, dass Nora Davide zeitlebens mit geringerer Intensität geliebt habe als er sie. Dass sie dennoch 27 Jahre lang ein Paar waren, lag daran, dass Nora es wichtiger findet,

> daß sie sich bei ihm wohl und geborgen fühlt. […] Heiraten macht ihr Angst. Sie liebt ihn nicht mit ihrer Sehnsuchtsliebe, wie sie sie nennt, einer undefinierbaren Liebe nach Unvorstellbarem, Unbegreiflichem. Sie liebt ihn mit einer Erfahrungsliebe, von der sie annimmt, daß sie das einzig Mögliche ist. Darüber spricht sie nie. (S 137f.)

Diese Liebe ist keine im umgangssprachlichen Sinne romantische Liebe, da sie nicht mit der ausreichenden Befriedigung emotionaler, körperlicher und intellektueller Bedürfnisse einhergeht. Das Gleiche gilt auch für Celestina, die ähnlich wie Davide Noras undefinierbare Sehnsucht nach romantischer Leidenschaft nicht stillen kann. Noras Lebensgefährten dienen eher als Surrogate für ihr geringes Selbstwertgefühl denn als Partner:

> Nachmittags schien die Sonne aufs Bett. Sie liebten sich. Was Davide gelang, gelingt nun dir, dachte Nora: mich mit mir selbst zu versöhnen. Einzig das Lieben und Geliebtwerden befreit mich vom Stachel des Nichtgenügens. In meiner frühen Jugend fürchtete ich, nicht genug begehrenswert zu sein. Von diesem Gefühl mich zu befreien ist nur der Liebe gelungen. Davide hat mich geheilt, und nun erlöst du mich. Wieder werde ich mich [sic.] selbst. (S 47)

Die erotisch konnotierte Paarbeziehung wird in *Schlafwandel* aus der Perspektive der Protagonistin als einzig möglicher Ausweg aus dem als krisenhaft erlebten Singledasein dargestellt. Der latente Wunsch nach einer Rückkehr zu einer alten Ordnung vermeintlich unkomplizierter Paarbeziehungen als Antidot für das geringe Selbstwertgefühl der Protagonistin verweist auf einen belletristischen Trend: Dabei handelt es sich um die Darstellung weiblicher Partnerlosigkeit als eines defizitären und im besten Fall vorübergehenden Zustands. Das publikumswirksame Genre der *chick lit* basiert auf einem Konzept persönlicher „Ganzheit", die im Sinne heterosexueller Zweisamkeit gedacht wird.[527] In ihrer Untersuchung zur Darstellung des Singledaseins in diesem Genre sieht die Anglistin Imelda Whelehan die Theorie eines feministischen „backlash[s]" in der Populärkultur der Gegenwart mehr und mehr bestätigt.[528] Ohne einen attraktiven Mann an ihrer Seite scheint die Frau noch im 21. Jahrhundert kein vollwertiges soziales Wesen zu sein.[529] Die Kategorie Alter spielt für das Figurenmodell der Singlefrau eine Rolle, denn die Ich-Erzählerinnen kreieren typischerweise das Szenario einer Bedrohung durch die „Zeitlichkeit

527 Vgl. Claus, Kein Leben zu zweit, S. 28.

528 Imelda Whelehan: *Overloaded. Popular Culture and the Future of Feminism*. London 2000, S. 21, 22.

529 Vgl. Wiltrud Oelinger-Platz: *Emanzipationsziele in Unterhaltungsliteratur? Bestsellerromane von Frauen für Frauen: Eine exemplarische Diskurs- und Schemaanalyse*. Münster 2000, S. 144.

physische[r] Attraktivität".[530] Die „stereotype Darstellung der Singlefrau" – insbesondere der tatsächlich gealterten Singlefrau – „als Mängelwesen wird bewusst aufrechterhalten".[531] Ähnlich wie die heteronormativ konstruierten ProtagonistInnen der *chick lit*-Romane gibt Nora in *Schlafwandel* ihre Hobbys und Projekte nach und nach auf (vgl. S 186): „Ihr Projekt *Ansichten eines gewissen Alters* ließ sie fallen, es interessierte sie nicht mehr. Mittelpunkt, Inhalt ihres Lebens blieb Celestina" (S 186). Im Gegensatz zum humorvoll-romantischen Ton des Singleromans problematisiert Helen Meier in *Schlafwandel* diese Haltung aber. Denn Noras Attitüde markiert den Wendepunkt, an dem das schwierige Liebesglück des ungleichen Paares endgültig scheitert. Nora favorisiert das Konzept serieller Monogamie:

> »Wahl, Wahl«, faßte Nora wieder Mut, »nie ging es bei mir um Wahl. Alle, die ich je liebte, liefen mir über den Weg, ich blieb stehen, wir sahen uns an, gingen eine kleine Wegstrecke zusammen, verloren uns aus den Augen. Alle Lieben wurden mir geschenkt. Ein Geschenk wählt man nicht. Du bist ein Geschenk, das ich überhaupt nie erwarten durfte. Ein Gottesgeschenk.« (S 40f.)

Das Beziehungskonzept in *Schlafwandel* wird durch die Figurenkommunikation, ihre Interaktionen und die Handlungsorte konkretisiert. Dazu zählen der entlegene *locus amoenus* im Kontrast mit den zur *out group* gehörenden Figuren in der Großstadt, die das Liebesglück des Paares bedrohen. Die Höhen und Tiefen eines gemeinsamen Alltags kennen Nora und Celestina nicht aus dem Zusammenleben, sondern nur vermittelt durch Telefongespräche. Die führen sie allerdings zeitweise dreimal täglich (vgl. S 201, 208). Trotz ihrer intensiven Gespräche fehlt es in dieser Liebesbeziehung an einem tieferen Verständnis für die Bedürfnisse der jeweils anderen. Während Celestina nicht bereit ist, die tiefe emotionale Bindung Noras an ihren verstorbenen Partner Davide zu akzeptieren, wertet Nora Celestinas regelmäßige Sitzungen bei einer Psychoanalytikerin als überspannten Luxus ab (vgl. S 68f., 71). Während Celestina Noras besitzergreifende Liebe zunehmend „als totale Machtausübung über einen anderen Menschen" (S 215) empfindet, sieht sich Nora in der Rolle der Unterlegenen: „Liebe war Magdschaft. Liebe war Dienst, war Unterwerfung. Manchmal war

530 Claus, Kein Leben zu zweit, S. 225.

531 Die Angst vor dem chronologischen und vor allem körperlichen Altern – als Ende der körperlichen Attraktivität und finales Ausschlusskriterium erotischen Liebesglücks – der etwa 25- bis 50-jährigen Protagonistinnen durchzieht den belletristischen Singleroman. Vgl. Claus, Kein Leben zu zweit, S. 223–227.

sie wie ein Zweikampf. Wer hatte die stärkeren Nerven, um auf den Niederfall des anderen zu warten?“ (S 74)

Erotisierte Figurenmodelle: Verliebte Alte und *femme fatale*

Nachdem das Konfliktpotenzial des Altersunterschiedes von der jungen Geliebten argumentativ gegenüber ihrer Partnerin und dem sozialen Umfeld ausgehebelt worden ist, hält es auf der körperlichen Ebene wieder Einzug in die Liebesgeschichte. Als „Noras Orgasmen [.] flacher“ (S 173) werden, zieht sie sich erst körperlich von Celestina zurück, und schließlich erklärt sie ihrer jungen Geliebten, dass sie ihre Sexualität für beendet hält (vgl. S 176). Celestina reagiert auf dieses Geständnis mit wortloser Trauer:

> Celestina drehte sich langsam, ihr Gesicht, das Gesicht eines jungen Mädchens mit frierenden Augen, das weinen möchte, es sich verbietet. Ihre Traueraugen umklammerten Noras Herz. Sie bezwang den heftigsten Wunsch, Celestina an sich zu reißen, glaub es nicht, glaub es nicht, rief es in ihr. (S 177)

Nora kann ihre sexuellen Probleme im Anschluss an ihr Bekenntnis zwar mit Celestina besprechen, sie versucht aber nicht, die von ihr als mangelhaft empfundene Libido medikamentös oder therapeutisch zu verbessern. Das Nachlassen der Libido fungiert in *Schlafwandel* als Metapher des Alterns, als Verfallsgeschichte. Ähnlich wie beim alten Mann[532] wird das Ende der sexuellen Potenz bzw. das Nachlassen der Libido auch bei der Frauenfigur Nora tabuisiert und mit Scham assoziiert. Hier wird ein Paradoxon des Diskurses um Sexualität im Alter als Tabuthema offenbar: Die unterschiedliche Libido empfindet die ältere Frau peinlicher als den Kontrast zwischen dem faltenfreien jungen Körper Celestinas und ihrer nicht näher beschriebenen körperlicher Verfassung. In Referenz auf von Sydow konstatieren Klug u. a., dass das Bild der Sexualität im Alter auch heute noch geprägt ist

> durch das Stereotyp der asexuellen Älteren, insbesondere der asexuellen Frau. Aktuelle Studien belegen jedoch Gegenteiliges. Die Sexualität verändert sich zwar, aber sexuelles

532 Vgl. Vera Bamler: Szenen Wechsel: Heterosexualität alter Frauen und Männer. In: *Sexualitäten: Diskurse und Handlungsmuster im Wandel*. Hrsg. von Karl Lenz, Heide Funk. München 2005, S. 253–274, hier S. 268; Toni Calasanti, Neal King: Firming the Floppy Penis: Age, Class, and Gender Relations in the Lives of Old Men. In: *Men and Masculinities* (2005) 8, S. 3–23; Kirsten von Sydow: *Lebenslust: weibliche Sexualität von der frühen Kindheit bis ins hohe Alter*. Bern 1993, S. 122f.; Michael Vogt: *Partnerschaft im Alter als neues Arbeitsfeld psychosozialer Beratung. Neue Aufgabenprofile der Ehe-, Familien- und Lebensberatungsstellen*. Freiburg i. Br. 2001, S. 62, 64.

> Begehren, der Trieb, bleibt bis ins hohe Alter erhalten. Es entsteht meist die so genannte „Interest-Activity-Gap", d. h. es gibt eine deutliche Differenz zwischen Interesse und tatsächlicher Aktivität.[533]

Die Kluft zwischen Wunsch und Wirklichkeit der Sexualität wird an der Figur Nora dargestellt. In *Schlafwandel* wird der Libidoverlust über die Erzählerkommentare durch ein Zusammenspiel individueller Faktoren wie „hormonelle Veränderungen, gesellschaftliche Normen, ein verändertes Körperselbstbild, eventuell körperliche Krankheiten, sich wandelnde eigene Werte und Ansprüche"[534] motiviert. Diese Veränderungen „bewirken oftmals, dass die Sexualität problembelastet ist und sich in ihr die Schwierigkeiten des Älterwerdens deutlich spiegeln".[535] Zwar möchte Nora auch weiterhin sexuell aktiv sein, sie akzeptiert aber nicht, dass ihre Sexualität sich mit dem Alter verändert hat. Deshalb ist sie nicht in der Lage, sich auf ihr verändertes sexuelles Erleben einzustellen. Diese Problematik wird in der Sexualpsychologie mit der Erziehung der vor 1970 geborenen Generationen in Zusammenhang gebracht. Die Auswirkungen der schon am Anfang des 20. Jahrhunderts beginnenden sexuellen Liberalisierung waren im Alltag kaum spürbar:

> Sie wuchsen größtenteils in einem sexualfeindlichen Milieu auf, das durch religiöse Vorschriften und einen Moralkodex gekennzeichnet war, der Verbote beinhaltete. Ihre Einstellung gegenüber Sexualität ist von Erfahrungen geprägt, die sie als Kinder und jugendliche Erwachsene gemacht haben.[536]

Insbesondere Homosexualität und eine auf Lusterleben ausgerichtete Sexualität sind starke Tabus. Die Figur Celestina ist als Angehörige einer jüngeren Generation kon-

---

533 Vgl. A. Klug u. a.: Sexualität suizidaler Älterer. In: *Zeitschrift für gerontologische Geriatrie* 41 (2008) 22–28, S. 22–28, hier S. 23. Klug u. a. beziehen sich dabei auf: Vgl. Elmar Brähler, U. Unger: Sexuelle Aktivität im höheren Lebensalter im Kontext von Geschlecht, Familienstand und Persönlichkeitsaspekten – Ergebnisse einer repräsentativen Befragung. *Zeitschrift für Gerontologie* 27 (1994), S. 110–115; Thomas Bucher: *Sexualität und Partnerschaft in der zweiten Lebenshälfte: ein kausalanalytisches Strukturgleichungsmodell zum Einfluss von Beziehungsfaktoren auf das sexuelle Interesse, die sexuelle Aktivität und Zufriedenheit bei heterosexuellen Menschen ab 45 Jahren.* Zürich 2002; Kirsten von Sydow: Weibliche Sexualität im mittleren und höheren Erwachsenenalter: Übersicht über vorliegende Forschungsarbeiten. In: *Zeitschrift für Gerontologie und Geriatrie* 25, S. 113–127. Klug u. a. zitieren: Sydow, Weibliche Sexualität, S. 114.

534 Klug u. a., Sexualität suizidaler Älterer, S. 23.

535 Ebd.

536 Bamler, Szenen Wechsel, S. 261.

zipiert, die nach den Emanzipationswellen der Frauen- und LGBT-Bewegungen geboren ist. Das „Fehlen einer allgemein akzeptierten Sprachregelung im Bereich von Sexualität“[537] verstärkt die Problematik des Generationenunterschiedes innerhalb der Liebesbeziehung zusätzlich. Celestina assoziiert das Nachlassen der Libido anscheinend nicht mit dem Altern, sondern fühlt sich von der eigentlich heterosexuellen Nora aufgrund ihres biologischen Geschlechts zurückgewiesen. Ihre Angst, von Nora sexuell nicht begehrt zu werden, hat sich – anders als erwartet – schließlich bewahrheitet und überschneidet sich mit Noras Angst vor dem Altersunterschied.

Zwar kehrt die verloren geglaubte Harmonie der symbiotischen Paarbeziehung scheinbar zurück aber „[w]ie nach geheimer Übereinkunft vermieden sie bloß ein Thema“. (S 183) Nora verfällt damit dem Sog der „wunschgelenkten Zeichendeutung“:[538] Was ihren Vorstellungen und Wünschen in Bezug auf Celestina nicht entspricht, übersieht sie oder deutet sie um. Dem Problem der unterdrückten bzw. nicht ausgelebten sexuellen Bedürfnisse ihrer jüngeren Partnerin entzieht sich Nora in den titelgebenden Zustand des Schlafwandelns:

> Ohne daß sie es bemerkte, bemerken wollte, konnte, gingen im von ihr weggerissenen Teil der Welt, auf dem Celestina lebte, langsame Änderungen vor. Nora blieb schlafwandelnd. Sie machte Reisevorschläge. Celestina sagte, »ich reise nicht mehr mit dir. Unsere Vorlieben sind zu verschieden.« Der Donnerschlag verhallte, Nora wachte nicht auf. (S 185)

Das freie Zustandsmotiv[539] des Schlafwandelns fungiert im Roman als Kernmotiv. Die Nebenmotive, verliebte Alte und *femme fatale* (Undine), erzeugen ein Spannungsfeld, das auf die Gefahr von Wahnsinn und Gewalt am Ende der Beziehung verweist. Das Schlafwandeln markiert den Übergang der symbiotischen Beziehung in eine einseitige *Amour fou* Noras. Aus Angst vor einer Auseinandersetzung mit den körperlichen Veränderungen, die das Altern mit sich bringt, fixiert sie sich vollkommen auf die Wochenenden mit Celestina. In ihrer Abwesenheit wird Noras Zustand von einer heterodiegetischen Erzählinstanz als „Einzelhaft“ dargestellt (S 185).

Die Fantasie der Symbiose wird ergänzt durch eine vollständige Hingabe der beiden Liebenden aneinander, die nach dem Ende der erotischen Beziehung zu Celestina zum Kontrollzwang mutiert:

---

537 Vogt, Partnerschaft im Alter, S. 63.

538 Henriette Herwig: „Es gibt das Paradies: Zwei für einander. Es gibt die Hölle: Einer fehlt“. Martin Walsers *Ein liebender Mann*. In: *Wörter für die Katz? Martin Walser im Kontext der Literatur nach 1945*. Hrsg. von Miriam Seidler. Frankfurt a. M. 2012, S. 139–156, hier S. 142.

539 Vgl. Corbineau-Hoffmann, Einführung in die Komparatistik, S. 143f.

> Ich rufe sie morgen an, dachte Nora, probierte es immer wieder. Wo war sie?
> »Ich muß dich einfach jeden Tag am Telefon haben«, sagt Nora, »sonst bin ich …« Sie wagte nicht zu fragen, wo warst du so lange?
> »Ich hätte dich in diesem Moment auch angerufen«, sagte Celestina, ihre Stimme in jener Stimmung, die Nora wünschen ließ, den Hörer noch stundenlang am Ohr zu haben. (S 113)

Eifersucht ist – ähnlich wie in *Angstblüte* – das große Thema dieser späten Liebesgeschichte. Allerdings sind in *Schlafwandel* beide Partnerinnen wechselseitig aufeinander eifersüchtig, während in *Angstblüte* lediglich Karl von Kahn Joni gegenüber eifersüchtig reagiert. Nora ist eifersüchtig auf Celestinas Freundinnenkreis, während Celestina sich davor fürchtet, nur als Ersatz für eine heterosexuelle Beziehung zu dienen. Diese Eifersucht geht so weit, dass Noras Beziehung zu Davide von Celestina tabuisiert wird. Letzteres geschieht offenbar, um sich nicht weiter mit der heterosexuellen Vergangenheit der älteren Freundin auseinandersetzen zu müssen. Spannung wird in der Liebesgeschichte durch die Polarisierung von vollkommen harmonischen Sexnarrationen (vgl. S 47) einerseits und vollständig disharmonischen Eifersuchtsnarrationen auf der anderen Seite erzeugt. Noras Eifersucht wird durch die Angst motiviert, vor einer attraktiveren, jüngeren Frau verdrängt zu werden. Celestina ist durch Noras fast drei Jahrzehnte währende Beziehung zu Davide und ihre uneindeutige sexuelle Orientierung verunsichert. Sie hinterfragt mehrfach die Qualität und Beständigkeit von Noras lesbischem Begehren in Bezug auf ihre Person (vgl. S 37).

Über das Thema der eifersüchtigen Liebe wird die Verbindung zwischen der anfänglich von Celestina begehrten Nora und dem Figurenmodell der verliebten Alten hergestellt. Die Schwankfigur der verliebten Alten wird als lächerlich, tragisch oder tragi-komisch dargestellt, weil sie sich über die Normen des altersgleichen Paares und des sexuell bedürfnislosen Alters hinwegsetzt. Diese Normen werden in Meiers Roman auf der Ebene des *discours* durch das freie Leitmotiv des Schlafwandelns evoziert:

> Ohne daß sie es bemerkte, bemerken wollte, konnte, gingen im von ihr weggerissenen Teil der Welt, auf dem Celestina lebte, langsame Änderungen vor. Nora blieb schlafwandelnd. […] Selbst als Celestinas Gebärden, Blicke, ihr ganzer Körper, der Tonfall ihrer Stimme, ihr Schweigen allmählich vom Ende ihrer Liebe zu reden begannen, hörte es Nora nicht, wollte es nicht hören. (S 185)

Dass Nora sich sexuell von ihrer jungen Geliebten zurückzieht, erinnert Letztere an ihre Vertreibung von der Schlafzimmertüre ihrer Eltern (vgl. S 45, 177). Als Jugendliche verspottet der Vater sie wegen ihres Aussehens (vgl. S 66f.). Die erwachsene Celestina fühlt sich von Nora nicht nur als Liebhaberin abgelehnt, sondern unterbewusst auch von der Ersatzmutter aus dem Bereich des Erotischen verdrängt.

Celestinas Musik- und Literaturprojekt „›Undine geht‹" (S 201) kann auf der Ebene des *discours* als markierte, intertextuelle Referenz auf die eponyme Erzählung Ingeborg Bachmanns[540] gewertet werden. Der Bezug fungiert als Vorausdeutung auf das Ende der Liebesbeziehung. Celestina verlässt Nora schließlich für eine Sängerin mit dem Namen Veronica Kleeblatt (vgl. S 200).[541] Sie wird als Seelenverwandte von der verliebten Celestina beschrieben, doch Nora verdrängt die Gefahr, Celestina an die andere zu verlieren: „Was hatte Frau Kleeblatt mit ihr zu tun? [...] Mochte Kleeblatt Sirene, Melusine, Nixe sein, das alles war Celestina selbst, eine im Zeichen des Wassers Geborene. Hatte je Liebe nach Gleichartigem gesucht, war sie nicht Hunger nach Gegensätzlichem?" (S 196)

Nora verschließt ihre Augen so lange wie möglich vor der Gefahr einer Dreiecksbeziehung für ihre monogame, aber zu diesem Zeitpunkt bereits asexuelle Beziehung mit Celestina. Das zeigt sich unter anderem darin, dass sie sich weigert, die Sängerin im Gespräch mit Celestina beim Vornamen zu nennen. Sie benutzt ausschließlich den Nachnamen Kleeblatt, der als Metapher für die Art der Beziehung innerhalb der Figurenkonstellation zu interpretieren ist. Teil des *Undine*-Projekts ist das Lied der Marschallin aus Hofmannsthals und Richard Strauss' Oper *Der Rosenkavalier*. Die verheiratete, etwa 30-jährige Marschallin besingt die Liebe zu ihrem jugendlichen Liebhaber Octavian (vgl. S 198f.). Eine Textpassage wird in *Schlafwandel* in einem Brief Celestinas an die Sängerin zitiert, den Celestina Nora zu lesen gibt:

›Quin, Quin,[542] heut oder morgen geht Er hin und gibt mich auf um einer andern willen, die schöner oder jünger ist als ich... Ich sag' was wahr ist, sag's zu mir so gut wie

540 Vgl. Ingeborg Bachmann: Undine geht. In: Dies.: *Das dreißigste Jahr. Erzählungen*. 24.-28. Tsd. München 1962, S. 231–244.

541 Bachmann selbst will die Erzählung jedoch nicht als autobiografische verstanden wissen. In einem Interview vom 5. November 1964 antwortet sie auf die Frage, ob die Erzählung *Undine geht* ein Selbstbekenntnis sei, folgendermaßen: „Sie ist meinetwegen ein Selbstbekenntnis. Nur glaube ich, dass es darüber schon genug Missverständnisse gibt. Denn die Leser und auch die Hörer identifizieren ja sofort – die Erzählung ist ja in der Ich-Form geschrieben – dieses Ich mit dem Autor. Das ist keineswegs so. Die Undine ist keine Frau, auch kein Lebewesen, sondern, um es mit Büchner zu sagen, ‚die Kunst, ach die Kunst'. Und der Autor, in dem Fall ich, ist auf der anderen Seite zu suchen, also unter denen, die Hans genannt werden". Zitiert nach Ingeborg Bachmann: *Wir müssen wahre Sätze finden. Gespräche und Interviews*. Hrsg. von Christine Koschel, Inge von Weidenbaum. Zürich, München 1983, S. 46.

542 Das ist der Spitzname Octavians. Vgl. Hugo von Hofmannsthal: *Der Rosenkavalier. Komödie für Musik. Nach der Orig.-Ausg*. Berlin (EA) 1911. Hrsg. von Joseph Kiermeier-Debre. München 2004, S. 13, 67. Octavian selbst ist erst 17 Jahre alt. Er

> zu dir… leicht muß man sein: mit leichtem Herzen und leichten Händen, halten und nehmen, halten und lassen… Die nicht so sind, die straft das Leben, und Gott erbarmt sich ihrer nicht.‹ (S 199)[543]

Während Nora die Botschaft dieser Zeilen als Aufforderung an die begehrte Sängerin wertet, die Briefschreiberin Celestina zu lieben (vgl. S 199), lassen sie sich auf der Ebene des *discours* als indirekte Mahnung bzw. als Verhaltensempfehlung für Nora lesen. Sie soll sich an der fatalistischen Attitüde der Marschallin orientieren und so dem Klischee der irrational verliebten Alten entkommen. Dieser Rollenzuweisung kommt Nora allerdings nicht nach und ignoriert so lange wie möglich ihr „eingeweidische[s] Vorbewußtsein" (S 202) von Celestinas neuer Liebe. Dass ihre Geliebte längst die Sängerin liebt, begreift Nora erst, als sie der von einer Liebesnacht erschöpften Celestina bei ihrem letzten Besuch in Zürich gegenübersteht:

> Der Augenblick, in dem Nora ihren Tranceblick sah – den leuchtend erschöpften Blick, der nach einer Liebesnacht aufgeht, den zufriedenen Abwesenheitsblick, den gleich einer Nesthockerin außer dem Liebesobjekt gar nichts mehr wahrnehmenden Blick, der nur noch dem Rest von Gewohnheit, sich nicht ganz von der Außenwelt zurückzuziehen, gehorchte – dieser Augenblick riß Noras Blick auf, und sie wußte es. (S 202)

Die Körpersprache der Liebe erzwingt nicht nur die späte Erkenntnis, das Wissen um Celestinas neue Liebe verändert auch Noras Körperwahrnehmung ins extrem Negative:

> Sie haßte sich, sie verachtete sich. Wie fremd sie aussah, wie häßlich. Schlagartig war sie eine Alte geworden. Nicht langsam, Jahr für Jahr, so daß sie sich hätte daran gewöhnen können, mit einem Peitschenhieb, der ihr übers Gesicht gezischt, der ihren Körper in Falten gelegt hatte. (S 217)

Die Liebe und ihr Fehlen werden in *Schlafwandel* direkt am Körper sichtbar und aus Noras Perspektive als spontane Alterung im Sinne eines plötzlichen Verfallsprozesses dargestellt. Im Kontext ihrer Analyse von Martin Walsers Roman *Ein liebender Mann* fasst Henriette Herwig die besondere Tragik der späten, unerwiderten Liebe zu einer jungen Frau treffend zusammen: „Unerwiderte Liebe

---

verliebt sich nach kurzer Zeit innerhalb der Heirats- und Verwechslungskomödie in die 15-jährige Sophie, die den wesentlich älteren, titelgebenden Rosenkavalier heiraten soll.

543 Hofmannsthal, Der Rosenkavalier, S. 54f., 144. Nur der erste Satz folgt der Erstausgabe von 1911. Alles andere ist Teil einer Fassung von Richard Strauss' Libretto *Der Rosenkavalier* von 1912. Vgl. Richard Strauss: *Der Rosenkavalier: Opernführer*. Hrsg. von Kurt Pahlen. München 1980.

ist immer schmerzlich. Im Alter kommt der Verlust der Hoffnung auf einen möglichen Neuanfang hinzu. Angesichts der Zurückweisung fallen gefühltes und kalendarisches Alter wieder zusammen".[544] Zwar verliert Nora ihre Geliebte an eine jüngere Frau, doch die Ursache dieses Zerwürfnisses ist keine von außen herangetragene Form von Altersdiskriminierung. Nora verliert Celestina, weil sie nicht gelernt hat, als unabhängiges Individuum eine gleichberechtigte Partnerschaft zu führen:

> Celestinas Antwort, daß sie endgültig davon genug habe, als diejenige dazustehen, die Nora verlassen und die zudem unfähig zur Freundschaft sei, las sie mehrere Male. Wenn Noras Brief das zeige, was sie von ihr, Celestina, wahrgenommen habe – nichts von ihrem Engagement, nichts von all ihren wahren Gefühlen –, müsse sie ernsthaft an Noras Beziehungsfähigkeit zweifeln. Ob denn Liebe die totale Machtausübung über einen anderen Menschen sei? (S 215)

Während Nora dem wenig emanzipierten Liebeskonzept einer symbiotischen Paarbeziehung anhängt, findet Celestina in der Sängerin eine unabhängige Partnerin. Nora reagiert auf das Ende der symbiotischen Beziehung zu Celestina mit „Panik" und „Todesangst" (S 202), weil die jüngere Geliebte als Lebensinhalt nicht mehr verfügbar ist:

> Nie mehr würden sie miteinander sprechen, ihre Seelen sich einschwingen in das Gemeinsame, nie mehr würde sie von ihr das bekommen, was sie nötiger hatte als Nahrung, was für sie Atmen war, Leben. Ihr verdoppeltes Sein, an was sie nicht dachte, daran dachte Celestina, was sie vernachlässigte, zog Celestina in Betracht, war sie dumm, war Celestina gescheit, war sie klug, nahm Celestina ihren Rat, vorbei, alles vorbei. (S 203)

Dementsprechend entfesselt die neue Liebesbeziehung Noras Eifersucht und motiviert ihre stetig wachsende Aggressivität gegenüber dem jungen Paar. In den Briefen an ihre ehemalige Geliebte agiert Nora eine passiv-aggressive Haltung aus, bis sich Celestina schließlich den Kontakt verbittet (vgl. S 215). Nora formuliert daraufhin ihre Rache- und Gewaltfantasien als Briefe an einen fiktiven Unbekannten und lässt ihren psychischen Verletzungen in diesen schriftlichen Wutausbrüchen freien Lauf. Nora ist zwar zu einer Reflexion ihres übersteigerten Trennungsschmerzes in der Lage, nicht aber zu einer Verhaltensänderung: „Wahnsinnig lieben oder normal lieben, das war die Frage. [...] Sie fürchtete sich vor Geisteskrankheit" (S 216). Das Scheitern der Liebesbeziehung und der maßlose Trennungsschmerz, der in den Wahnsinn mündet, gehören nach Bornemann zu den konstitutiven Merkmalen der *Amour fou*.

---

544 Herwig, Martin Walsers *Ein liebender Mann*, S. 146f.

Die jüngere Celestina charakterisiert ihre ältere Partnerin als egozentrisch und von ihrer Angst vor dem Alter völlig eingenommen (vgl. S 210). Während der Sex mit Celestina Nora ihr Altern spüren lässt, wirkt Celestinas körperliche Nähe als Verjüngungsmittel. Das erinnert an die – ursprünglich für Männer konzipierte – Therapie des sogenannten Sunamitismus. Laut Schäfer geht der Begriff auf den biblischen Mythos um König David und seine Dienerin Abisag von Sunem (auch Abishag von Shunem) zurück. Als Mittel gegen männliche Altersschwäche und nachlassende Potenz schlief ein Mann neben einem jungen, aber geschlechtsreifen Mädchen. Über die körperlichen ›Ausdünstungen‹ des Mädchens sollte deren jugendliche Vitalität auf den alternden Bettgenossen übergehen. Sexuelle Kontakte waren dabei ausdrücklich ausgeschlossen, da die Verjüngungskraft nicht jungfräulicher Bettgenossinnen durch die sexuelle Reife als geschwächt galt.[545] Die Rettung aus dem metaphorischen „Sumpf" (S 211) der Alterseinsamkeit durch die erotisch konnotierte Liebe einer jungen Frau scheitert schließlich an der Unvereinbarkeit der sexuellen Bedürfnisse der altersungleichen Liebenden. Das Ende des gemeinsamen Sexlebens bedeutet der jungen Celestina – im Gegensatz zu Nora – auch das Ende der Liebesbeziehung: „Du kannst mich nicht zum Platonischen verurteilen. Solche Absurdität kann nicht deine Absicht sein. […] Bin ich schuld, daß du alt wirst? Hör auf dich zu quälen! […] Ich war nicht die Antwort auf alle deine Fragen. Aber niemand kann das sein" (S 211).

Der verlassenen Nora gelingt am Ende des Romans eine Neuinterpretation ihrer Liebe zu Celestina. Eine vage Zukunft ohne diese Liebesbeziehung wird als lebenswert dargestellt:

> Und langsam begann es ihr zu dämmern: Celestina war es gelungen, ihrem Lebensdrang zu folgen. Gab es erotischeres als den reinen Gesang einer Sängerin, […] Schönheit jenseits von Sprache? Und allmählich begriff sie, daß Celestinas Geschichte nicht die ihre gewesen war. Jedes zwischen ihnen gesprochene Wort, jedes gemeinsame Erlebnis, Lust, Enttäuschung, Einsamkeit, Trennungsschmerz war von ihr ganz anders erlebt worden. Wiederum anders würde das Erlebte im Körpergedächtnis bleiben, ins Vergessen verschwinden. Hatte sie eine Unbekannte geliebt, von der sie nie gewußt hatte, wer sie in Wirklichkeit war? (S 217f.)

Im Gegensatz zum klassischen Handlungsverlauf der einseitigen *Amour fou*-Narration wie ihn Bornemann beschreibt, überleben alle beteiligten Figuren den Liebeswahn der Protagonistin. Während die Liebeslektüre nach Jahraus in den klassischen *Amour fou*-Erzählungen häufig den zerstörerischen Liebeswahn

545 Vgl. Daniel Schäfer: *Alter und Krankheit in der Frühen Neuzeit. Der ärztliche Blick auf die letzte Lebensphase.* Frankfurt a. M. 2004, S. 115, 158, 300.

motiviert, wird die Lektüre in *Schlafwandel* zur Therapie für die Protagonistin. Dass Nora ihren potenziell tödlichen Liebeswahn überlebt, wird innerhalb der erzählten Welt durch die heilende Wirkung des Schreibens und Lesens motiviert. Noras Briefeschreiben erscheint als eine Form von Psychohygiene. In ihrer Funktion als Speichermedium wird mit der Schrift ein externes Gedächtnis erzeugt, in dem der traumatische Verlust des Liebesobjektes gespeichert und verarbeitet werden kann.

Nora erschafft mit dem fiktiven Adressaten einen Ort außerhalb ihrer Realität, worin sie ihre Racheszenarien gefahrlos ausgestalten kann – und überlebt. Nachdem Nora sich so weit aus ihrem Wahn gelöst hat, dass sie den Verlust Celestinas anerkennt, endet Meiers Roman mit dem Satz: „›Liebe rückt das Fremde dir ins Herz.‹ Wer hatte das geschrieben? Das Suchen von Geschriebenem – würde das nochmals ihre Zukunft sein?“ (S 218) Auf die Schreibtherapie folgt damit eine Lesetherapie.[546] Dieser Umgang mit dem Schmerz über Trennung und Zurückweisung durch eine jüngere Geliebte im fortgeschrittenen Alter erinnert an die Leidenschaft des 73-jährigen Goethe für die 19-jährige Ulrike von Levetzow. Dem untröstlichen Dichter[547] wird von seinem Freund Zelter nach der Diagnose „Liebe […] im Leibe“[548] eine Bibliotherapie empfohlen, damit er sich auf das Schreiben als seine Kernkompetenz besinnt.[549] Anders als der Dichter kehrt die pensionierte Bibliothekarin und Hobbydramatikerin Nora nicht zum Schreiben, sondern zum Lesen zurück.

546 Bereits seit der Mitte des 18. Jahrhunderts wird die Bibliotherapie, also das Lesen, als Behandlungsmöglichkeit vor allem bei psychischen Erkrankungen angewandt. Es handelt sich dabei nicht um eine genau definierte Maßnahme, sondern um ein Spektrum z. T. sehr unterschiedlicher Therapieformen. Sie kann u. a. auf der Grundlage fiktionaler Texte wie Gedichte und Erzählungen oder durch didaktische Texte zu bestimmten Störungsbildern erfolgen. Bei manchen Formen wird auch die Produktion eigener Texte angeregt. Ziele dieser Therapieform sind u. a., das Verhalten von Patienten zu normalisieren, ihre Möglichkeiten zur Selbsthilfe zu stärken und sie bei der Bewältigung von Lebenskrisen zu unterstützen. Ab der Mitte des 20. Jahrhunderts wurde es vor allem im Rahmen der Verhaltenstherapie eingesetzt und fand Eingang in die Ratgeberliteratur (Selbsthilfebücher). Im Rahmen einer psychologischen Behandlung wird die Bibliotherapie heute in der Regel nur als eine Maßnahme unter anderen angewendet. Vgl. Katja Grahlmann, Michael Linden: Bibliotherapie. In: *Verhaltenstherapie. Praxis, Forschung, Perspektiven* 15 (2005), S. 88–93, hier S. 88f.

547 Vgl. Manfred Wenzel: *Goethe und die Medizin*. Frankfurt a. M., Leipzig 1992, S. 94.

548 Zitiert nach: Dagmar von Gersdorff: *Goethes späte Liebe. Die Geschichte der Ulrike von Levetzow.* Frankfurt a. M., Leipzig 2005, S. 96f.

549 Vgl. Herwig, Martin Walsers *Ein liebender Mann*, S. 144.

Das Ende des Liebeswahns in ›Schlafwandel‹

Innerhalb des von heterosexuellen Liebesgeschichten dominierten Textkorpus dieser Arbeit eröffnet Meiers Erzählung einen Diskurs über eine homosexuelle, altersdifferente Beziehung. Als Angehörige des gehobenen Bildungsbürgertums sind Nora und Celestina zu keinem Zeitpunkt homophoben Anfeindungen ausgesetzt. Das Konfliktpotenzial dieser Beziehungsgeschichte basiert auf den von der Protagonistin internalisierten gesellschaftlichen Vorurteilen gegenüber starker chronologischer Altersdifferenz. Tatsächlich steht also nicht die Homosexualität in *Schlafwandel* im Vordergrund, sondern das Thema Alter(n). Meiers Erzählung thematisiert zwar zahlreiche Figurenmodelle und Rollenbilder des Alters im Kontext erotischen Begehrens, eindeutig einordnen lässt sich die Protagonistin als individualisierte Figur aber nicht. Hinsichtlich der Liebeskonzeption der altersdifferenten Beziehung der Protagonisten weist *Schlafwandel* wesentlich größere Gemeinsamkeiten mit Gabriele Weingartners Roman *Tanzstraße* auf:[550] Zwar wird Nora Korn am Ende von ihrer jüngeren Geliebten verlassen, rückblickend zeigt sich aber, dass Celestina in dem Bekenntnis zu ihrer älteren Partnerin wesentlich weiter gegangen ist als Nora. In *Schlafwandel* ist es die jüngere Partnerin, welche die Überzeugungsarbeit leistet, dass der Altersunterschied für sie kein Hinderungsgrund für eine Liebesbeziehung ist. Das Scheitern dieser Liebesbeziehung ist nicht auf das chronologische Alter Noras zurückzuführen, sondern auf ein Defizit an partnerschaftlichem Verhalten und Empathie. Das offene Ende mit der Andeutung einer positiven Zukunftsperspektive bedeutet eine Entwicklung für das streng schematische Genre der *Amour fou*-Narration: Die alte Liebhaberin überlebt ihr Liebesunglück nicht nur, anders als in *Angstblüte* weicht der Liebeswahn auch der verhaltenen Aussicht auf eine lebenswerte Zukunft.

1.5 ›Schlafwandel‹ und ›Angstblüte‹: Konzeptionen der ›Amour fou‹ im Alter

Die *Amour fou*-Narrative des Textkorpus werden jeweils aus der Perspektive der älteren PartnerInnen erzählt, sodass die konkrete Motivation ihrer jüngeren PartnerInnen im Hinblick auf die intergenerationale Beziehung häufig eine Unbestimmtheitsstelle[551] darstellt. Die Perspektive der oder des (jüngeren) Geliebten lässt sich in Regel nur aus den Dialogen beim szenischen Erzählen erschließen.

---

550 Ausführlicher dazu in Kapitel 3.3 *›Tanzstraße‹ (2010) – Die altersungleiche Liebesbeziehung* in der vorliegenden Arbeit.

551 Vgl. Iser, Der Akt des Lesens, S. 302.

In *Schlafwandel* markiert die monoperspektivische Fokalisierung der erzählenden Instanz den Unterschied zwischen Liebesobjekt und PartnerIn: Die Konzentration des/der vermeintlich vollkommen von seiner/ihrer Partnerin in Anspruch genommenen ›AmourfouristIn‹ ist tatsächlich eine wahnhafte Wahrnehmungsreduktion auf ein imaginiertes Liebesobjekt, für das die jüngere Figur lediglich als Projektionsfläche dient. Der/die Amourfourist/in ist kein/e partnerschaftlich Liebende/r im Sinne Giddens',[552] sondern ein/e EgozentrikerIn, der/die die Bedürfnisse seines/r Geliebten in der erzählten Welt zugunsten eigener Wunschvorstellungen zunehmend ausblendet. Die Beendigung der Liebesbeziehung durch die jüngere Frau wird deshalb von den ProtagonisteInnen als unvorhergesehen und schockierend erlebt. Lee verweist auf eine Gruppe von Psychologen, denen die manische Liebe (Mania) so sehr dazu bestimmt zu sein scheint, Unglück zu produzieren, dass sie davon ausgehen, dass das wirkliche Begehren des manisch Liebenden ein masochistisches sei und er eigentlich sein Unglück bzw. den Tod suche: „The manic lover, these analysts say, is not in love with the beloved but with Death".[553]

Auffällig dabei ist, dass es immer die jüngeren Frauen sind, welche die (Liebes)beziehung beenden und damit die Katastrophe für ihre älteren PartnerInnen evozieren. Auch in diesem Kontext spielt das höhere Lebensalter ihrer PartnerInnen eine entscheidende Rolle: Die verstoßenen LiebhaberInnen entsagen nicht altersweise, sondern verfallen einem desaströsen Liebeswahn unterschiedlicher Ausprägung. Nora wird rasend eifersüchtig und Karl bildet ein isoliertes Wahnsystem aus, in dem ihm von sehr jungen, attraktiven Frauen bei jeder Gelegenheit sexuelle Angebote gemacht werden. Keiner der beiden Verlassenen will sich mit der verbleibenden Lebensspanne ohne die vermeintlich letzte Liebe bescheiden. Sie sehnen die junge Geliebte als Garantin eines glücklicheren Lebensabends mit aller Macht zurück. Doch keine/r der beiden alten Liebenden schafft es, seine/ihre Geliebte zur Rückkehr und Wiederaufnahme der Beziehung zu bewegen. Nora gelingt es jedoch, sich aus ihrer wahnhaften Fixierung auf Celestina zu lösen und eine neue explizit literarische Zukunftsperspektive in Form eines Lebensabends als Leserin zu entwerfen.

In den analysierten Romanen zeigt sich, dass sich die A-sozialität nicht nur im Verhältnis zur *outgroup*[554] äußert, sondern auch innerhalb der Liebesbeziehung. Es scheint paradox, dass mit der Hingabe der Protagonisten an ihre Liebe zu

552 Vgl. Giddens, Wandel der Intimität, S. 73.
553 Lee, Colors of Love, S. 91.
554 Vgl. Hogan, Character's and Their Plots, S. 144.

jüngeren Figuren die Bedürfnisse des jeweiligen Liebesobjektes zunehmend aus dem Blick des/der Älteren geraten. Die jüngeren Frauen zeigen kurz vor dem Ende der Liebesbeziehung deutlich, dass sie sich nicht (länger) erotisch zu ihren PartnerInnen hingezogen fühlen. Dass die jüngeren Figuren die Liebesbeziehungen kurz darauf beenden, wirkt auf ihre älteren Partner dennoch ebenso überraschend wie schockierend. Die Figurencharakterisierung und ihre Konstellation sowie die Erzählperspektive korrespondieren mit der Beziehungskonzeption: Während die konsequent personale Erzählweise „in Kombination verschiedener Figurenperspektiven“ in der Gegenwartsliteratur die Regel ist,[555] wird in der *Amour fou*-Narration die Fokalisierung des älteren Protagonisten mit der Perspektive eines heterodiegetischenr Erzählers verbunden, der die Zukunftslosigkeit der Liebesbeziehung kommentiert.

Die Konzeption erotisch konnotierter Liebe im Alter wird entscheidend durch die Motivik getragen. Das Situationsmotiv der/des verliebten Alten fungiert dabei als Kernmotiv der ausgewählten altersdifferenten *Amour fou*-Narrationen. Es ist „strahlenförmig“[556] umgeben von Füll- und Nebenmotiven wie dem Mann zwischen zwei Frauen, der *femme fatale* oder – seltener – dem *homme fatal*, der verführten Unschuld, dem Liebesverrat, etc. Laut Freiburg erweist sich diese „vampirisch anmutende Appropriation und Exploitation des weiblichen Körpers [...] als ein zum Scheitern verurteiltes Verjüngungsprogramm, das – wenn überhaupt – nur für kürzeste Zeit über die Misere des männlich-menschlichen Seins hinwegzutäuschen vermag“.[557] Die stärker sexualisierten Motive des Lustgreises und der *vetula* fungieren als Variationen, die über den Zug des ekelerregenden Greisenkörpers Selbstcharakterisierungen der Protagonisten evozieren, die zwischen ängstlicher Abgrenzung (*Schlafwandel*) und zu Selbstverachtung führender Identifikation (*Angstblüte*) schwanken.

Helen Meiers Roman *Schlafwandel* zeigt, dass dieser Umgang mit einem weiblichen Körper als Konstante des Motivs ›alter Mann und Mädchen‹ auch mit einer weiblichen Protagonistin erzählt werden kann. Daraus ergibt sich der erotisch konnotierte Motivkomplex ›Alter und junger Mensch‹. Wie schon de Beauvoir und Sontag verweisen auch Klug und andere auf die Verstärkung der Vorurteile durch den Faktor Geschlecht.[558] *Schlafwandel* lotet nicht nur die Gren-

555 Stefan Neuhaus: Paarbildungen. Figurationen der Liebe in Gegenwartsliteratur und -film. In: *Figurationen der Liebe in Geschichte und Gegenwart, Kultur und Gesellschaft*. Hrsg. von dems. Würzburg 2012, S. 273–292, hier S. 278.

556 Ebd., S. 87.

557 Freiburg, Altern als Trauma, S. 209.

558 Vgl. Klug u. a., Sexualität suizidaler Älterer, S. 23.

zen des Begehrens aus, indem der Roman die späte Liebe einer älteren bis dato heterosexuell liebenden Frau zu einer viel jüngeren Frau erzählt. Trotz der Anpassungsleistungen der älteren Protagonistin im Bereich des erotischen Begehrens scheitert die Beziehung. Obwohl ihre Liebesbeziehungen scheitern, aktualisieren die beiden Hauptfiguren in den ausgewählten Romanen das Motiv hinsichtlich seines Kernelements, des Ekels vor der Sexualität alter Menschen. Zwar bezweifelt die Protagonistin in Helen Meiers *Schlafwandel* ihre eigene Attraktivität immer wieder, doch das Leiden ihrer jungen Geliebten unter der sogenannten platonischen Beziehung stellt diese Selbstcharakterisierung infrage.

In *Schlafwandel* und *Angstblüte* wird eine Differenz zwischen Wunsch und Wirklichkeit dargestellt. Während Nora Korn sich nicht mehr in der Lage sieht, die sexuellen Bedürfnisse ihrer jungen Partnerin zu befriedigen; wird Karl von Kahn von der jungen Schauspielerin schließlich als Liebhaber abgewiesen. Die ausgewählten Romane stellen jedoch detailreich und ausführlich die sexuellen Aktivitäten ihrer Protagonisten dar, die – typisch für *Amour fou*-Narrative – auch deviante Sexpraktiken zum Inhalt haben. So wird in *Angstblüte* beispielsweise ungeschützte penil-vaginale Penetration in Kombination mit sogenanntem ›Dirty Talk‹[559] dargestellt. Das Begehren der alten Protagonisten in den ausgewählten Texten ist nicht nur legal, in *Schlafwandel* wird es sogar von der deutlich jüngeren Partnerin erwidert. Da partnerschaftliche Sexualität ein zentrales Merkmal erotisch konnotierter Liebesbeziehungen darstellt, sind insbesondere altersdifferente Beziehungen von Stigmatisierung betroffen. Während Ethnie, Geschlecht, Klassen- oder Religionszugehörigkeit als soziale Hemmnisse einer Liebesbeziehung langsam an Einfluss verlieren, erweist sich das ungeschriebene Gebot der Altersähnlichkeit der Liebenden auch für legale Beziehungen in den ausgewählten Texten als wiederkehrender Hinderungsgrund. In beiden Texten werden die Liebenden nicht zuletzt mit der Altersdifferenz von den Figuren, die zur *outgroup* gehören, unter Druck gesetzt. Die Voraussetzung für eine gelingende Liebe – nicht nur – im Alter ist demzufolge ein zumindest tolerantes soziales Umfeld, das im Roman durch die Nebenfiguren dargestellt wird.

Das Ende der *Amour fou* geht im Korpus mit Gewaltfantasien der Verlassenen gegen die ehemalige Partnerin und ihr soziales Umfeld einher, bis es schließlich in Autoaggression umschlägt. Wenn die Liebesbeziehung aufgrund des sozialen

559 *Dirty Talk* (dt.: Schmutziges Gerede) ist eine sexuelle Praktik, die auf sexuelle Stimulation zielendes Aussprechen von anstößigen, obszönen oder vulgären Wörtern vor und/oder während des Geschlechtsverkehrs zur Erhöhung der sexuellen Stimulation bezeichnet. Vgl. *Duden. Wörterbuch der deutschen Sprache.* ‹http://www.duden.de/rechtschreibung/Dirty_Talk›. [Zugriff: 30.12.2013].

Drucks und individueller Figureneigenschaften (Jonis finanzielle Interessen, Celestinas unbefriedigte Bedürfnisse) zerbricht, erzeugt das nach Bornemann typischerweise Gewalt. Die auf die Gewalt folgende gesellschaftliche Sanktionierung der Protagonisten betrachtet Bornemann als notwendiges, „rekurrentes Merkmal“[560] der *Amour fou*-Narration. Für die wahnsinnig liebenden Protagonisten meines Textkorpus lässt sich diese Diagnose allerdings nicht ohne Weiteres bestätigen. Zwar wirkt die Figureneigenschaft Eifersucht innerhalb der Situationsmotive Ehebruch, Liebesverrat, Mann zwischen zwei Frauen, *femme fatale* und verliebte/r Alte/r als handlungsauslösendes Moment, in *Schlafwandel* und *Angstblüte* wird die Gewalt als Reaktion auf Liebesverrat oder -verlust aber lediglich imaginiert: Karl von Kahn spielt die Würgeszene aus Othello mit Joni nach und will ihre Liebhaber töten. Nora möchte Celestinas neue Partnerin überfallen und sie erstechen. Allerdings setzt keine der beiden Figuren diese Fantasien auch in die Tat um.

Ähnlich verhält es sich mit Bornemanns Feststellung, dass die Liebenden im *Amour fou*-Film durch eine schicksalhafte Begegnung aneinander gefesselt würden. In den entsprechenden Texten meines Korpus handelt es sich gerade nicht um ›Leidenschaft auf den ersten Blick‹. Nora lernt Celestina als Regisseurin ihres Theaterstücks kennen, verliert sie am Ende der Theatersaison aus den Augen, besucht sie aber später unangekündigt (vgl. S 6f.). Die Begegnung erscheint beliebig (*Schlafwandel*) oder wird gezielt zur erotischen Verführung des älteren Partners herbeigeführt (*Angstblüte*). Das Liebesobjekt, also der/die jüngere PartnerIn, in der altersdifferenten *Amour fou* könnte auch eine beliebige, andere Figur sein, so lange sie nur deutlich jünger als ihr/e ältere/r LiebhaberIn ist.

Unterstreichen lässt sich diese Festellung Bornemanns: Die „Helden der *Amour fou* Erzählungen handeln wider besseres Wissen […]. Sie können nicht anders und wirken wie ›ferngesteuert‹. Schnell zeichnet sich ab, dass ihr Schicksal in einer tragischen Katastrophe enden wird“.[561] Die Vernunft wird – anders als Bornemann schreibt – in der *Amour fou*-Narration aber nicht überwunden. Die Protagonisten hören ihre Stimme sehr wohl und handeln ihr doch zuwider und zwar im Sinne ihres unerreichbaren, aber ersehnten Ziels.

Das Ende des Primats der erotisch konnotierten Liebe als Ersatzreligion assoziiert Swidler am Ende des 20. Jahrhunderts noch mit der Jugend: “The

---

560 Zwar wird Karl von Kahn (A) von seiner Ehefrau verlassen, doch seine scheinbar liebesverblendete Investition in das Filmprojekt Strabanzers zahlt sich wider Erwarten beruflich und wirtschaftlich für ihn aus.

561 Bornemann, Carneval der Affekte, S. 55.

worldly young today believe that finding someone to love is no solution to life's difficulties; you still have to decide who you are and what you want to do."[562] Während Karl von Kahn an dieser Liebeskonzeption scheitert, verweist das Ende von Meiers Roman *Schlafwandel* auf eine Figurenentwicklung der verlassenen Protagonistin, die dieser Vorstellung Rechnung trägt. Die „Liebe einer jungen Frau" – oder eines jungen Mannes – versagt als „adäquates Mittel, das Alter zu besiegen".[563] In beiden Texten ist die späte Liebe zu einem/r Jüngeren/m nicht die Lösung für die Probleme des Alterns, sondern forciert diese und mündet letztlich in Wahnsinn.

562 Swidler, Love and Adulthood, S. 134.
563 Seidler, Figurenmodelle des Alters, S. 212.

2 Sich selbst der Nächste – Egozentrik in langjährigen Paarbeziehungen

Die im vorigen Kapitel untersuchten *Amour fou*-Narrationen sind im Hinblick auf die Konzeption der dargestellten Paarbeziehungen und der ihnen zugrunde liegenden erotisch konnotierten Liebe vergleichbar. Ganz anders verhält es sich mit den Romanen, die in diesem Kapitel analysiert werden: Evelyn Grills *Vanitas oder Hofstätters Begierden* (2005) und Wilhelm Genazinos *Die Liebesblödigkeit* (2005) haben in dieser Hinsicht denkbar wenige Gemeinsamkeiten. Darüber hinaus repräsentieren beide unterschiedliche Konzeptionen von erotisch konnotierter Liebe, die weit entfernt sind von dem, was eingangs als Modell erotisch konnotierter Liebe in der Gegenwartsliteratur herausgearbeitet worden ist. Während der homosexuelle Dandy Hofstätter aus seinen ungewollten Rollen als Familienvater und Gatte in einer heterosexuellen Ehe ausbrechen möchte, propagiert der namenlose Apokalyptiker in Genazinos Roman vordergründig nicht monogame Beziehungskonzepte als Heilmittel für die Melancholie des Alltags. Beide Figuren vertreten Beziehungskonzeptionen, die stark von gängigen Vorstellungen abweichen. Was die beiden Protagonisten dieser Romane außerdem verbindet, ist ihre Attitüde, sich selbst der Nächste zu sein. Diese nonchalante Ich-Bezüglichkeit ist ein entscheidender Faktor im Erzählprogramm von Grill und Genazino. Beide Romane werden im Folgenden unter diesen Aspekten im Hinblick auf ihre narrative und motivische Gestaltung untersucht.

2.1 Evelyn Grill: ›Vanitas oder Hofstätters Begierden‹ (2005) – Der alternde Dandy

In ihrem fünften Roman *Vanitas oder Hofstätters Begierden*[564] erzählt die österreichische Autorin Evelyn Grill von der „Ehe- und Familienhölle“[565] des kunstfixierten, frühpensionierten Juristen Dr. Louis A. Hofstätter und seiner reichen, deutlich älteren Ehefrau Olga Diotima. In *Vanitas* geht es nicht zuletzt um den ständigen Machtkampf innerhalb dieser Ehe. Allerdings wechseln die Macht-

564 Vgl. Evelyn Grill: *Vanitas oder Hofstätters Begierden. Roman*. St. Pölten 2005, S. 48. Im Folgenden zitiert mit der Sigle V.

565 Doris Plöschberger: Autorin Evelyn Grill: Schöner Wohnen auf Halde. In: *Spiegel Online* am 17.5.2006. ‹http://www.spiegel.de/kultur/literatur/autorin-evelyn-grill-schoener-wohnen-auf-halde-a-416649.html› [Zugriff: 12.9.2013].

verhältnisse in Grills Roman häufiger: In der Erzählvergangenheit ist es Olga, der reichen Witwe eines ehemaligen Klienten Hofstätters, nicht nur gelungen, den homosexuellen Dandy Hofstätter zu heiraten, sie hat sich den spielsüchtigen Lebemann durch eine Entschuldung auch zum ›Leibeigenen‹ gemacht. Zum Ende des Romans wird Olga infolge eines Brandunfalls bettlägerig und pflegebedürftig. Dadurch kann Hofstätter kurzzeitig seine neue Macht über sie als ihr Krankenpfleger genießen, doch er unterliegt Olga im erotischen Wettstreit um die Gunst eines jungen Mannes.

Vanitas oder Hofstätters Begierden ist eine Adaption von Oscar Wildes bekanntestem Roman *The Picture of Dorian Gray* (1890). Ähnlich wie sich die Sünden und das Alter des amoralischen Hedonisten Dorian Gray nur in sein ursprünglich vollkommenes Jugendbildnis einschreiben, bleibt zumindest Hofstätters Figur von jedem Makel verschont. Grill erzählt eine dekadente Erfolgsgeschichte unsichtbaren Alterns: *Vanitas* ist gewissermaßen ein ›Anti-Reifungsroman‹, dessen amoralischer Protagonist sich von seinen Begierden treiben lässt und am Ende schlichtweg dadurch triumphiert, dass er seine WidersacherInnen überlebt.

In der Erzählgegenwart ist der Protagonist Dr. Louis A. Hofstätter – eigentlich Alois – 62 Jahre alt (vgl. V 48) und seit 30 Jahren unglücklich verheiratet. Trotz seiner Vorliebe für junge blonde Männer, die den Idealkörpern griechischer Knabenstatuen nahekommen, hat der „Elegant und Superästhet[.]“ (V 49) die reiche Witwe Olga Diotima geheiratet. Als Ehefrau eines adligen Exilrussen hatte sie den Künstlerinnennamen Cosima Fischer (vgl. V 18f.) abgelegt und ihrem verstorbenen Gatten zuliebe den Namen Olga Diotima[566] angenommen. Ihr Geburtsname ist eine Leerstelle im Roman. Vorwiegend aus der Fokalisierung des Protagonisten und in vielen Analepsen erzählt der erste Teil des Romans, wie es zu der dramatischen ›Missheirat‹ des freiheitsliebenden Dandys Hofstätter kommen konnte. Die Psyche der Hauptfigur ist bestimmt von seiner alptraumhaften Kindheit und Jugend: Hofstätter wird als Kleinkind dadurch traumatisiert, dass er die Leiche seiner erhängten Mutter findet und fortan vom Vater daran gehindert wird, vor dem Fenster stehend auf die Rückkehr der Verstorbenen zu warten (vgl. V 17). Auch Hofstätters erste erotische Beziehung zu seinem Mitschüler Salvator endet tragisch: Die Jugendlichen werden von einem Pater ihres katholischen Internats im selben Bett entdeckt, Hofstätter wird relegiert und der Kontakt zu seiner Jugendliebe bricht für viele Jahre ab (vgl. V 17f.).

566 Der Name kann als ironische Anspielung auf die Figur der Philosophin Diotima in Platons *Symposion* gelesen werden. Vgl. Kurt Sier: *Die Rede der Diotima: Untersuchungen zum platonischen Symposion*. Stuttgart, Leipzig 1997, S. 91f.

Als eleganter 30-jähriger Jurist, „der sich im Grunde dem *nihil admirari* des Dandys verschrieben hatte", lässt sich Hofstätter, „der sich bis dahin nicht für Frauen interessiert hatte" (V 18), von der 15 Jahre älteren Olga unter anderem wegen ihrer „Ähnlichkeit mit seiner angebeteten Tizianmadonna" (V 18) bezirzen und erliegt damit „dem folgenschwersten Irrtum seines Lebens" (V 8). Anders als Dorian Gray, dessen Erweckungserlebnis der Anblick seines eigenen Abbilds und der Sündenfall die Verführung einer jungen Schauspielerin ist, lässt sich Hofstätter von der Kunst einer Schauspielerin und ihrer Ähnlichkeit mit seinem liebsten Gemälde blenden.

Es ist aber nicht allein der Kunstfetisch, um dessentwillen Hofstätter Olga verfällt. Als ehemalige Provinzschauspielerin hat sich die Mittvierzigerin Olga auf die Kunst der Verführung spezialisiert (vgl. V 18), mit der sie auch den eigentlich homosexuellen Hofstätter *nolens volens* zur Zeugung eines gemeinsamen Kind bringen kann. Obwohl der „unfreiwillige Samenspender" Hofstätter die Kindsmutter „[s]treng juristisch gesehen [...] sogar des Samenraubs" (V 8) hätte bezichtigen können, heiratet er sie überstürzt. Bereits nach der Geburt verachtet er den gemeinsamen Sohn Mario. Seine Rolle als Familienvater hasst er sofort und bis zu ihrem grotesken Ende (vgl. V 40).

Als seine Jugendliebe Salvator nach Jahren bei der Fremdenlegion zurückkehrt, ignoriert Hofstätter seine Familie und lässt sich – ähnlich wie Dorian Gray von seinem Mentor Henry – von seinem Geliebten in den verhängnisvollen Strudel der Glücksspielsucht ziehen (vgl. V 73, 76). Die gemeinsame Leidenschaft für das Roulette treibt Salvator schließlich in einen Suizid durch Ertrinken (vgl. V 58) und Hofstätter in die totale Abhängigkeit von Olga: Nachdem Olga ihn entschuldet und „die veruntreuten Mündelgelder ersetzt hatte, bevor ein Skandal entstehen konnte, hatte sie ihm zur Bedingung gemacht, seine Kanzlei abzugeben". (V 47) Sein rücksichtsloses Lebensprogramm zur ästhetizistischen Triebbefriedigung endet für Hofstätter daher nicht wie erhofft im Rausch eines gemeinsamen Liebestodes (vgl. V 107), sondern in den nunmehr unauflöslichen Fesseln der Ehe. Unter Olgas Kuratel muss Hofstätter zumindest seine Spiel- und Kunstsammelleidenschaft finanziell zügeln. Die finanzielle Rettung durch Olga versperrt dem Dandy Hofstätter endgültig den Ausweg aus seinem ›falschen‹ großbürgerlichen Leben mit ihr und dem gemeinsamen Sohn Mario. In der Erzählgegenwart lebt Hofstätter seit 22 Jahren wie ein ›Leibeigener‹ (vgl. V 48, 77, 78) mit der mittlerweile 80-jährigen Olga Diotima zusammen:

> Sie reichte ihm einen Briefumschlag. Es war sein Bankauszug. Du hast gut gearbeitet, sagte sie. Er sah die Abzugsposten und die Summe, die er ihr noch schuldete. Er erkann-

> te, daß er sich zeitlebens nicht mehr aus ihrer Hand würde befreien können. Das war die Sicherheit, die er hatte. Er lächelte sie an. (V 17f.)

Dandy, Lustgreis, schöner Alter – Kunst und Alter in ›Vanitas‹

Das Figurenmodell des Dandys, das in der Epoche der Moderne entsteht, lebt von seiner Widersprüchlichkeit:

> Dandys tändeln nicht nur mit den Grenzen, die ihnen die gesellschaftliche Konvention diktieren will, sondern vor allem auch mit jenen, die sie mit ihrer Maxime der Originalität und Individualität selbst – in diesem Sinne auch abgrenzend – um sich herum ziehen. [...] Der Dandy wird privilegiert [...] und besitzt somit die Befähigung, sich selbst als Aristokrat des Geistes zu erschaffen. Er behauptet, qua Geburt aus ‚dem feinsten Holz geschnitzt' und zugleich selbst gemachtes ‚Superplastik'[567] zu sein, an dem nichts natürlich ist. Er zitiert kulturelle Praktiken ebenso wie Performances seiner dandyhaften Vorgänger, legitimiert seinen Überlegenheitsanspruch aber damit, ‚einzigartig', ‚originell' zu sein. Diese paradoxe Gleichzeitigkeit von (Stereo-)Typisierung und radikaler Differenzierung ist wohl die zentrale, dem Konzept des Dandyismus inhärente Aporie.[568]

Die unauflösbare Widersprüchlichkeit des Wesens ist auch eine der wichtigsten Eigenschaften des Protagonisten in Grills Roman. In Hofstätter verbinden sich die Eigenschaften von Wildes Figuren Dorian Gray und seinem Mentor Lord Henry: Lord Henry propagiert den ›Neuen Hedonismus‹ als Lebensphilosophie *par excellence*,[569] diesen kultiviert auch Grills Protagonist. Individualisiert wird das Figurenmodell des Dandys in *Vanitas* zum einen durch einen starken Minderwertigkeitskomplex bezüglich seiner kleinbürgerlichen Herkunft. So hat Hofstätter seinen eigentlichen Vornamen „Alois" in „Louis A" (V 8) geändert, weil ihn der Name Alois an „Schweine-, Kuh-, und Schafhirten, Dorfttrottel [...] oder Söhne von Volksschullehrern" (V 8) erinnert. Nur seine Frau Olga nennt ihn bei seinem eigentlichen Vornamen, um ihn damit zu demütigen und ihm ihre Verachtung zu zeigen (vgl. V 8).

Die andere Form der Individualisierung des Dandys erfolgt in *Vanitas* durch das untypisch hohe Alter der Figur Hofstätter. Die Verbindung von erotisch kon-

---

567 Sebastian Horsley: *Dandy in der Unterwelt. Eine unautorisierte AutoBiografie*. Übers. von Andreas L. Hofbauer. München 2009, S. 46.

568 Anne Kristin Tietenberg: *Der Dandy als Grenzgänger der Moderne. Selbststilisierungen in Literatur und Popkultur*. Berlin 2013, S. 21.

569 Vgl. Vera Nünning: »An immoral book?« Verhandlungen gegen Oscar Wilde, oder: *The Picture of Dorian Gray* als Paradigma für den Wandel der Sympathielenkung im englischen Roman zwischen Viktorianismus und Moderne. In: *Fin de Siècle*. Hrsg. von Monika Fludernik, Ariane Huml. Trier 2002, S. 277–300, hier S. 287.

notierter Schönheit und Unmoral im Figurenmodell des Dandys ist literaturgeschichtlich typischerweise mit dem begehrenswerten jungen Mann assoziiert:

> ‚Der Teufel ist ein schöner junger Mann', hat Julien Green in einem Interview geäußert, und das weist auf eine andere Tradition der Darstellung männlicher Schönheit [sic.]. Denn die Gestalt des schönen jungen Mannes [...] wird häufig zur trügerischen Maske des Bösen. Nicht nur Oscar Wilde in *The Picture of Dorian Gray* (1890) oder Marie Corelli in *The Sorrows of Satan* (1895) bestätigen Green. [...] Die Delinquenz schöner junger Männer ermöglicht unterschiedliche Lektüren. Der schlechte Charakter und seine Bestrafung sind lesbar als Restitution der Ordnung, bei der der Mörder durch die äußere Abnormität als eine Art spiegelverkehrtes Scheusal gezeichnet wird; die feminine Schönheit ist am Mann monströs, weil sie ein für die männlich-heterosexuelle Begehrensökonomie perverses Begehrensobjekt schafft. [...] Eine vor allem homosexuelle Ikonographie greift diesen Reiz auf, wie die schönen Delinquenten bei Jean Genet oder in den Photographien von Pierre & Gilles zeigen.[570]

Während Darstellung der körperlichen Schönheit junger Männer in der traditionell heteronormativen Lesart als erotisches Lockmittel mit dem Bösen verknüpft ist, ist die Schönheit des alten Körpers laut Göckenjan traditionell mit dem positiven Figurenmodell der Großmutter assoziiert und damit weiblich konnotiert.[571] Es gibt jedoch auch die „moralische Schönheit des Alters", die „geschlechtsunspezifisch" sei und einen „Grundtopos des Altersbildes"[572] darstelle. Dieser Ansicht widerspricht Schlaffers Essay. Sie geht davon aus, dass Altersschönheit – körperlich wie geistig – ein Privileg des Greises sei:

> Während so die Frau, in Bewegung stets und voller Grazie gedacht, schnell ihre Anmut verliert, gewinnt der Mann an Würde, je mehr er erstarrt. Man setze dem hochbetagten Haupt nur einen Goldhelm auf, und schon verwandeln sich alle Runzeln in tausend Strahlen männlicher Altersschönheit. Eine solche Anstrengung, das Bild des schönen alten Mannes zu schaffen [...] hat die Malerei, von ein paar guten Mütterchen abgesehen, die rühren sollen, für Frauen nie unternommen. Vielmehr weist der Mann in der alternden Frau das Schreckbild seines eigenen Alters ab.[573]

Darstellungen des schönen Greises finden sich vorwiegend in der Malerei. So etwa in Peter Paul Rubens' Studienblatt zu Paulus Pontius. Die Komposition der neun Studienköpfe ist so gestaltet, dass sie die Ehrwürdigkeit und patriarchalische Machtfülle herausstellt, „deren Exponent ein idealisiert wiedergegebener,

---

570 Wilhelm Trapp: *Der schöne Mann. Zur Ästhetik eines unmöglichen Körpers.* Berlin 2003, S. 13.

571 Göckenjan, Das Alter würdigen, S. 201.

572 Ebd., S. 201f.

573 Schlaffer, Das Alter, S. 16.

schöner Greis ist" („beau vieillard").[574] Anleihen an diese Tradition macht in der bildenden Kunst Hugo von Hofmannsthal mit seinem Dramenfragment *Der Tod des Tizian* (1892). Darin ist „[n]icht nur der Alte selbst [.] schön, auch alles, was er erblickt, verklärt sich in Schönheit. Noch dazu inspiriert Tizians Altersschönheit die Jugend, in der er ewig weiterlebt".[575] Roberta Maierhofer sieht im Figurenmodell des „schönen Greises" einen Ausdruck des westlichen Sexismus, „[d]a die männlich dominierte Gesellschaft vom Mann nicht Frische, Sanftheit und Anmut der körperlichen Erscheinung verlange". Aus diesem Grund „kann ein Aussehen, das durch weiße Haare und Falten geprägt ist, durchaus die Eigenschaften von Stärke und Intelligenz ausdrücken und steht somit nicht im Widerspruch zum männlichen Ideal, sondern betont sogar dessen körperferne Implikationen".[576]

Diese geschlechtsspezifischen Alterserwartungscodes unterläuft und resignifiziert der Protagonist aus *Vanitas* allerdings in jedweder Hinsicht. Hofstätter repräsentiert das hybride Figurenmodell eines alten Dandys: Er ist ein äußerlich schöner Alter, der moralisch vollkommen indifferent ist und bis zu ihrem Tod von seiner übermächtigen Ehefrau Olga beherrscht wird (vgl. V 179). Seines ›Begehrenswertes‹ versichert sich Hofstätter bei gesellschaftlichen Anlässen durch die Aufmerksamkeit einer Gruppe Erbadliger. Deren erotische Ausstrahlung liegt für ihn nicht in ihrer Erscheinung, sondern ausschließlich in ihren Titeln (vgl. V 23f., 129).

Die leidenschaftliche Ästhetisierung seiner Umgebung und Mitmenschen durch Kunstvergleiche ist Hofstätters herausstechende Figureneigenschaft. Hofstätter ist die für den Dandy typische „ästhetizistische Sicht des absoluten Primats

574 Thomas Döring: Bilder von alten Menschen – Anmerkungen zu Themen, Funktionen, Ästhetik. In: *Bilder vom alten Menschen in der niederländischen und deutschen Kunst 1550–1750: Ausstellung im Herzog Anton Ulrich-Museum Braunschweig[sic.], 14. Dezember 1993 bis 20. Februar 1994.* Hrsg. vom Herzog Anton Ulrich-Museum Braunschweig. Braunschweig 1993, S. 17–36, hier S. 19. Vgl. Maierhofer, Salty Old Women, S. 38.

575 Schlaffer, Das Alter, S. 19.

576 Maierhofer, Salty Old Women, S. 38f. Maierhofer irrt allerdings in der Annahme, dass es „keinen entsprechenden Begriff für alte Frauen" (38) gäbe. So kontrastiert Menninghaus den klassizistischen Altersekel mit dem Modell der schönen Greise „beyderley Geschlechts" (148) und Göckenjan geht ausführlich auf das Figurenmodell der ›schönen Alten‹ ein. In beiden Fällen ist die Schönheit der Alten allerdings weniger auf ihre körperlichen als auf ihre moralischen Vorzüge zurückzuführen. Vgl. Menninghaus, Ekel, S. 148f.; Göckenjan, Das Alter würdigen, S. 201f.

der Kunst gegenüber der Wirklichkeit und die daraus abgeleitete Programmatik einer Ästhetisierung des Lebens"[577] eingeschrieben:

> Schon als er noch Kunstgeschichte studierte, hatte er sich angewöhnt, den Alltag durch die Kunst zu ästhetisieren. Wenn ihm eine Entsprechung des Alltäglichen in der Kunst gelang, hatte er das angenehme, wenn auch flüchtige Gefühl der Genugtuung eines Puzzle-Legers, der ein entsprechendes Teilchen für ein rätselhaftes Bild gefunden hatte, eine Empfindung, die sein Dasein augenblickshaft zu rechtfertigen schien. (V 10)

Gemäß seiner literarischen Vorlage, Oscar Wildes *Dorian Gray*, ist die Ekphrasis im engeren Sinne einer literarischen Beschreibung von Bildkunstwerken eines der wichtigsten Gestaltungsmittel in *Vanitas*. Das Drogenkoma seines Sohnes vergleicht Hofstätter etwa mit Girodet-Triosons Gemälde *Der Schlaf des Endymion* (vgl. V 10f.). Eine im Park sitzende Gruppe ungepflegter Obdachloser und ihre Hunde setzt er sarkastisch in Beziehung zu Manets *Frühstück im Grünen* (vgl. V 177). In der Lage der von medizinischen Geräten umgebenen, moribunden Freundin seiner Ehefrau sieht er Duchamps *ready-mades* (vgl. V 33) oder Munchs *Schrei* (vgl. V 33). Ähnlich wie der schöne Alte Tizian ästhetisiert auch Hofstätter alle Regungen seines sozialen Umfeldes. Während Tizian aber noch während seines beispielhaften Sterbens seine jugendlichen Schüler durch sein künstlerisches Schaffen inspiriert, lässt sich Hofstätter umgekehrt vom gewaltsamen Tod des jungen Edgars und dem gleichzeitigen Ende Olgas zu Kunstassoziationen inspirieren (vgl. V 180f.). Tizian gibt im Sterben seine Kunst weiter, Hofstätter bezieht nicht zuletzt aus dem Sterben der anderen eine Befriedigung seiner ästhetischen Gelüste. Die Beziehung zwischen dem Bild und seinem Betrachter erscheint als Umkehrung der Ekphrasis in *The Picture of Dorian Gray*: Das Bild wird nicht von seinem narzisstischen Betrachter zum Leben erweckt, sondern der Blick des narzisstischen Betrachters Hofstätter tötet das lebendige Objekt in das Kunstwerk hinein. Dieses Motiv markiert die für Grills Werk typische Liaison von Tod und Kunst, der das jeweilige Modell zum Opfer fällt.[578]

Die Strategie des Ästhetisierens wird innerhalb der *histoire* in dem beziehungsreichen Kernmotiv des Romans aufgenommen: Eingeführt wird die titelgebende Vanitas in Form eines Gemäldes, das im Salon des Anwesens von Olga und Hofstätter hängt. Es handelt sich dabei um die „schauerlich Große Vanitas von Stoß-

---

577 Manfred Pfister: *Oscar Wilde: 'The Picture of Dorian Gray'*. München 1986, S. 82. Vgl. auch Nünning, An immoral book, S. 288, Tietenberg, Der Dandy, S. 498.

578 Vgl. Sara Alexandra Zarzutzki: *Literarischer Muttertod. Erinnerungsverhalten und Identitätskonstruktion in der deutschsprachigen Gegenwartsprosa*. Würzburg 2014, S. 157.

kopf", die Hofstätter nach dem Willen von Olga in Wort und Bild „tagtäglich die Eitelkeit allen Tuns vor Augen" (V 11) führen soll:

> Kunst, Reichtum, Macht und Kühnheit stirbet
> Die Welt und all ihr Tun verdirbet:
> Ein Ewiges kommt nach dieser Zeit
> Ihr Thoren, flieht die Eitelkeit (V 11)

Die Warnung der Stoßkopf-Vanitas verhallt für den Atheisten Hofstätter (vgl. V 78, 99) ebenso wirkungslos wie die Mahnungen des tugendhaften Malers Basil Hallward gegenüber Dorian Gray.[579] Dem Zeitgeist des 21. Jahrhunderts entsprechend sorgt sich Hofstätter offenkundig nicht um eine mögliche Schuld, die er mit seinen moralischen Fehltritten auf seine unsterbliche Seele lädt. Das Verschwinden des Glaubens an die unsterbliche Seele ist eine Entwicklung, die nach Pfeiffer bereits mit der Literatur der Moderne einsetzt.[580] Im 21. Jahrhundert hat sich die christliche Vorstellung eines ›ewigen Lebens‹, vor dem es sich für das endliche Leben zu rechtfertigen gilt, weitestgehend überlebt. Dementsprechend quält den Atheisten Hofstätter (vgl. V 78) auch nicht die Sorge um sein Seelenheil, sondern der profane Grund dafür, dass gerade dieses Bild im Salon hängt: Die *Große Vanitas* ist der Ersatz für Hofstätters Lieblingsgemälde *Der Schlaf des Endymion*. Letzteres hatte Olga „zur Begleichung seiner Spielschulden" im traditionsreichen Auktionshaus Sothebys versteigern lassen. Die *Große Vanitas* soll Hofstätter nach Olgas Willen „auf subtilpädagogische Weise an die Folgen seiner Spielleidenschaft" (V 150) erinnern. Doch nicht das Stoßkopf-Gemälde fesselt Hofstätters Blick, sondern die „schmutzigen Ränder auf der weißen Tapete", die „ihn den Verlust nicht vergessen" (V 11) lassen.

Das Motiv des Spiegelblicks in ›Vanitas‹

Das Kernmotiv der Vanitas verbindet Evelyn Grill mit dem Motiv des Spiegelblicks. Die Ähnlichkeit des 60- bis 70-jährigen Hofstätter und sein nicht nur sexuell gemeinter Verschmelzungswunsch mit den jüngeren Männern im Roman stehen im Zentrum eines Spiegel-Arrangements, dass die Handlungsstruktur bestimmt. Ungewöhnlich für die Präsentation einer alternden homosexuellen Männerfigur ist, dass sich Alois Hofstätter trotz seines fortgeschrittenen Lebensalters vor allen Dingen seiner körperlichen Schönheit und eleganten Erscheinung rühmt:

---

579 Vgl. Nünning, An immoral book, S. 288.

580 Vgl. Joachim Pfeiffer: *Tod und Erzählen. Wege der literarischen Moderne um 1900.* Tübingen 1997, S. 41, 8.

> Vor dem Spiegel er selbst. Wie gerne sähe er sich mehrfach gespiegelt, die Gestalt im Spiegel sich im Unendlichen verlieren. Und an die eigene Unsterblichkeit und Auferstehung glauben. Sein Anzug saß perfekt. Er stellte es wieder fest, seine Figur war makellos. Sie entsprach den Vorstellungen der Frauen wie der Männer. Sie entsprach jedem Ideal. Er war nicht eitel. Er hielt nur ein Faktum fest. (V 59)

Hofstätters Ästhetizismus schließt seinen eigenen Körper mit ein. Typische Alterszeichen wie Falten, fehlende Zähne oder graues, spärliches Haar finden sich in Bezug auf seine Figur nicht ein einziges Mal im Roman. Hofstätters Spiegelblick evoziert keinen brutalen „Erkenntnisschock“, denn er dient dem alternden Beau immer noch zur narzisstischen „Selbstversicherung“.[581] Ähnlich wie Dorian Gray scheint Hofstätter zwar chronologisch, nicht aber körperlich zu altern. Hofstätter begnügt sich nicht damit, sich eine Figur zu attestieren, die „jedem Ideal“ (V 59) entspricht, er stellt explizit einen Bezug zum jungen Erwachsenenalter her, das er mit körperlicher Schönheit assoziiert. Dabei wird augenfällig, dass die korrekte Vermittlung der Botschaft seines Eigenlobs nur durch den Verweis auf seinen schönen Sohn, der tatsächlich 30 Jahre alt ist, garantiert wird. Der Körper eines 30-Jährigen wird zwar in den westlichen Industrienationen typischerweise eher mit Schönheit assoziiert als der eines etwa 70-Jährigen, faktisch besteht aber kein kausaler Zusammenhang zwischen Jugendlichkeit und Attraktivität. Hier setzt die Erzählinstanz auf den Wiedererkennungswert des Konzepts der jugendlichen Schönheit.

Auffällig ist, dass Hofstätters Aussehen in dieser wie in allen weiteren Spiegelszenen niemals konkretisiert wird. Ebenso wie der mythische Adonis, dem „keine besondere Fähigkeit, keine ihn auszeichnende Tat, ja, nicht einmal ein besonderer Vorzug seines Aussehens nachgesagt“ wird, ist auch Hofstätter „abstrakt schön – und sonst nichts“.[582] Wie der Halbgott wird Hofstätters Erscheinung „stets nur indirekt durch ihre Wirkung auf andere“ dargestellt. Adonis' „reine Jugendschönheit“[583] ist so merkmalslos, wie sie vollkommen ist. Diese Merkmalslosigkeit wird auch an der auktorialen Beschreibung Hofstätters deutlich:

> Er duschte, schlüpfte in ein weißes T-Shirt, zog sein leichtes, zitronengelbes Versace-Jackett über und probte vor dem Spiegel elegante Gesten, die seine Figur vorteilhaft unterstrichen. Er war mit seinem Aussehen zufrieden, ja, er fand sich hinreißend, und seine innere Beschwingtheit spiegelte sich auf seinem Gesicht. (V 156)

Der narzisstische Hofstätter wird in dem Maße durch sein Spiegelbild charakterisiert, dass sein Gesicht metaphorisch zum Spiegel seiner Psyche wird. In den zahl-

581 Freiburg, Altern als Trauma, S. 191.
582 Vgl. Menninghaus, Das Versprechen, S. 15.
583 Vgl. Menninghaus, Das Versprechen, S. 16.

reichen Spiegelblickszenen (vgl. V 12, 59, 176 und häufiger) des Romans erscheint die von ihren titelgebenden Begierden gesteuerte Figur wie im Kaleidoskop. So wie die fantastische Beziehung zwischen Porträt und Porträtiertem in *Dorian Gray* „die Identitätskrise des Protagonisten" spiegelt und „auf auf eine brüchige innere Einheit des Individuums"[584] verweist, ist das Selbst der Figur Hofstätter hinter seinen unendlichen Selbstbespiegelungen nicht mehr identifizierbar.

›Femme fatale‹ und Weibersklave

Als unbeschreiblich anziehend charakterisiert Hofstätter nicht nur sich selbst, sondern auch die in der Erzählvergangenheit des Romans etwa 45-jährige Olga. So wie schon bei ihrem verstorbenen ersten Mann (vgl. V 18–22) gelingt der Witwe eines reichen Kunsthändlers die Verführung des homosexuellen Hofstätter, indem sie mit seinem klischeehaft dargestellten Ödipuskomplex spielt. Sie „bezauberte" Hofstätter „mit den Worten, die sie für seine Mutter gefunden hatte" (V 20) und mit der gemeinsamen, kultischen Verehrung des einzigen Porträts, das er von der Verstorbenen besitzt (vgl. ebd.). Aus Hofstätters Perspektive wird die Mittvierzigerin Olga als hypersexualisierte *femme fatale* charakterisiert, die „seine Verführung strategisch geplant hatte" (V 21) und ihn in der Erzählgegenwart des Romans mit ihren Niederschriften darüber demütigt:

> Wenn er heute an seinen damaligen Zustand dachte, so konnte er ihn nur als einen Zustand der Verhexung bezeichnen. Sie hat mich verhext, ich war nicht mehr bei mir selbst, erzählte er später Salvator. Es waren ihre Augen, in ihnen liegt etwas Dämonisches, ihr Blick verschlingt einen, wenn man sich ihm aussetzt, er hat einen Sog in den Abgrund, versuchte er Salvator später seinen Sündenfall zu erklären und entschuldigen. (V 20)

Die Verführung Hofstätters und die sich daraus ergebende Rolle in der Figurenkonstellation Olga / Hofstätter evoziert das Motiv des Weibersklaven. Dabei handelt es sich um eine Version des verliebten, aber nicht notwendigerweise alten Mannes. Frenzel subsumiert unter dem Motiv Simson und Herakles. Als Bezwinger der Philister lässt sich Simson von seiner Leidenschaft für die schöne Philisterin Delia blenden und von ihr überlisten. Dagegen wird der für den Tempelraub von Zeus bestrafte Griechenheld Herakles als Sklave der Lyderkönigin Omphale zum Transvestiten, als er Löwenfell und Streitkeule gegen Frauenkleidung und Spinnrocken eintauscht.[585]

---

584 Renate Brosch: Das Bildnis des Dorian Gray/ The Picture of Dorian Gray. In: *Englische Literatur. 19. Jahrhundert. Kindler Kompakt.* Hrsg. von Vera Nünning, Ansgar Nünning. Stuttgart 2015, S. 157–159, hier S. 158.

585 Vgl. Frenzel, verliebte Alte, S. 6.

Mit einer Charakterisierung des Weibersklaven als altem Mann wird die Fallhöhe des Protagonisten noch gesteigert: Bei dieser Variante wird ein altersweiser Mann von seiner plötzlich aufflammenden Leidenschaft für eine junge, häufig standesniedere Frau überwältigt. Die Begehrte erkennt ihre Macht über den Alten und benutzt sie zum Schaden für das Ansehen des Mannes. Im *Lai d'Aristote* (Anfang 13. Jahrhundert) bringt eine schöne Dienerin den verliebten Aristoteles dazu, dass er sich von ihr einen Sattel und Zaumzeug anlegen lässt. Nackt und auf allen Vieren lässt Aristoteles die schöne Verführerin im Palastgarten auf sich reiten. Die sadomasochistische Erotik ist in eine Lehre für den jungen Alexander, den späteren Alexander den Großen, eingebettet, der dieser Szene ansichtig wird. Am lebenden Beispiel seines erniedrigten Lehrers Aristoteles soll er im *Lai* die vermeintliche Gefahr der Tücke schöner Frauen erkennen.[586]

Evelyn Grill variiert das Motiv des Weibersklaven in *Vanitas*, indem sie die Verführerin Olga als reife Frau charakterisiert, der es durch psychologische Raffinesse gelingt, einen schönen, jungen und homosexuellen Mann zur Heirat zu verführen. Hofstätters Ausbruch aus Olgas Machtbereich durch die Arbeit in seiner profitablen Anwaltskanzlei und seine *Amour fou* mit Salvator sind nur von kurzer Dauer: Nachdem sich der Spielsüchtige von Olga hat entschulden lassen, zwingt sie ihn nicht nur, seine Kanzlei abzugeben, sondern auch ihre tägliche Körperpflege zu übernehmen und sie dabei sexuell zu befriedigen.

Das abgründig Verführerische ist eine stabile Figureneigenschaft Olgas, der auch Hermione von Witzleben, Olgas ergebene Freundin und Hofstätters Leidensgefährtin (vgl. V 50f.) schon früh verfallen ist. Olga Diotima wird als „Zauberin" und „Circe" (V 25) charakterisiert, deren Blick nicht nur alles verheißt, was ihre Betrachter sich heimlich wünschen, sondern sogar das, was sie sich wünschen sollen (vgl. V ebd.). Ihre Augen versprechen „allen alles" und es sind namenlose „Glücksverheißungen, die in Olgas Blick" (V 50f.) liegen. Die Zuschreibung des Dämonischen und Hexenhaften ist metaphorisch zu verstehen, denn magische Elemente[587] gibt es in der erzählten Welt nicht. Die Figur Olga verfügt also nicht

586 Vgl. ebd.

587 Magisches Denken wird im Roman nur metaphorisch in den Analepsen, die Hofstätters Abhängigkeit von Olga nachträglich motivieren, gebraucht. Als Spieler glaubt Hofstätter an die „Existenz einer unsichtbaren Mathematik" (V 74). An eine Art von Magie und zwar die „Magie des Spiels", aber seine Selbstcharakterisierung als „Magier" (V 74) ist nur ein Ausweis für den Grad seiner Unzurechnungsfähigkeit. Wegen seiner enormen Spielschulden, die genaue Summe ist eine Leerstelle im Roman (vgl. V 18), gerät Hofstätter in Olgas ›Leibeigenschaft‹ (vgl. V 58, 78), weil Magie in der erzählten Welt eben nicht existiert.

über magische Fähigkeiten, sondern über ein hohes Einfühlungsvermögen, das sie psychologisch geschickt zu ihrem Vorteil einzusetzen weiß. Sie fungiert als lebendiges Idol, indem sie die Sehnsüchte ihrer VerehrerInnen zu erraten scheint und deren Erfüllbarkeit suggeriert.

Der angenommene Name der ehemaligen Schauspielerin ist eine ironische Anspielung auf die Philosophie der Erotik, welche die Figur der gebildeten Griechin Diotima in Platons *Symposion* vertritt. In den Analepsen über die Entstehung der Ehe wird die 40-jährige Olga aber nicht als Hexe, sondern als klassische *femme fatale* charakterisiert. Ihre geblendeten VerehrerInnen gefährdet Olga einerseits aktiv mit ihren sadistischen Machtspielen (vgl. V 57f.) und andererseits passiv als figurales Zentrum einer schicksalhaften Verkettung tragischer Umstände. Zwar philosophiert auch Olga Diotima meist über Erotik,[588] doch im Gegensatz zu Platons Diotima, die den Eros als *daimon* darstellt, der – ebenso wie die von ihm ergriffenen Menschen – nach dem Schönen und Guten (Kalokagathia) strebt, trennt Olga ihr erotisches Philosophieren von ihrer durch Machtausübung erzielten sexuellen Befriedigung.[589] Erst die Erwiderung ihrer Leidenschaft für den jungen Edgar wird der 80-jährigen Olga am Ende des Romans zum Verhängnis.

Die narzisstischen Eltern – Altersangst und Kindstod

Die Handlung des Romans *Vanitas oder Hofstätters Begierden* setzt *medias in res* mit dem drogenbedingten Zusammenbruch von Mario, dem ungewollten Sohn Hofstätters, ein. Aufgrund eines toxischen Schocks liegt der bewusstlose Mario im Salon unter der *Großen Vanitas* von Stoßkopf. Anders als die Mutter Olga motiviert das vergiftete Kind den Vater nicht einmal ansatzweise zu Rettungsversuchen, sondern regt ihn zu erotischen Kunst- und Markenschwärmereien an (vgl. V 11).

Das Motiv des Vater-Sohn-Konfliktes wird dabei von Grill auf ungewöhnliche Weise behandelt: Während in der neueren Literatur der zur Selbstständigkeit herangereifte Sohn sich gegen die Gehorsamspflicht gegenüber seinem Vater auflehnt und dessen Machtposition übernehmen will,[590] will Hofstätter Mario schon als Neugeborenen am liebsten „zum Schweigen [bringen], ein für alle Mal“ (V 39), weil ihn das Kind ständig an die ›Peinlichkeit seiner Zeugung‹ erinnert (vgl. V 40). Den archaischen Infantizid durch den Vater behandelt

588 Vgl. Sier, Die Rede der Diotima, S. 91f.
589 Vgl. ebd.
590 Vgl. Frenzel, Vater-Sohn-Konflikt, S. 714.

Frenzel im Zusammenhang mit der Theogonie nach Hesiod, worin der Titan Chronos seinen Nachwuchs verschlingt, um dem Rivalitätsproblem vorzubeugen.[591] Der Dandy Hofstätter fürchtet aber angesichts des Sohnes weniger um seinen Machterhalt als um seine Freiheit. Wie in allen Lebensbereichen ist auch Hofstätters Haltung gegenüber dem Sohn ambivalent. Während der Spiegelblick in *Vanitas* die Narration räumlicher Entgrenzungsfantasien strukturiert, dient die Genealogie des Vater-Sohn-Konfliktes als Hilfskonstrukt der chronologischen Entgrenzungsfantasien:

> Louis A. Hofstätter hatte einen Nachfolger bekommen, der hatte die Tür zur Unendlichkeit für ihn aufgestoßen; am Tage seines Ablebens würde der Sohn im Namen seines Vaters, des Spermendonators, weiterleben; das, Hofstätter, mußte es zugeben, war ihm nicht gleichgültig. (V 9)

Wie der Titel bereits vermuten lässt, erfüllen sich Hofstätters Fantasien nicht. Wenige Jahre nach Marios Geburt begegnet Hofstätter seiner Jugendliebe Salvator wieder: „Als Salvator, den er seit seiner Relegation aus dem Internat in Gmunden nicht mehr gesehen, von ihm auch nichts mehr gehört hatte, plötzlich erschienen war, empfand er die Ehe mehr denn je als eine Fessel, er bereute es, geheiratet zu haben, und er erwog die Scheidung". (V 40) Das Glück der ehebrecherischen Beziehung währt nur wenige Jahre und endet für Hofstätter im finanziellen Desaster, für Salvator im Suizid. Die Themenverbindung Inzest, Selbstverwirklichung und Todeskonzeptionen, die im Ödipuskomplex ihren wohl prominentesten Ausdruck gefunden hat,[592] variiert Grill innerhalb des Motivs Vater-Sohn-Konflikt durch eine homosexuelle Ausprägung. Auch das Motiv des Narzissmus[593] wird in seiner tiefenpsychologischen Erweiterung mit Hofstätters Fixierung auf das Sterben und den Tod seiner Mutter[594] in Verbindung gebracht.

Zwar hat der Dandy Hofstätter mit seiner Entschuldung durch Olga seine Freiheit und vor allem seine Spielleidenschaft aufgegeben, seinen sexuellen Vorlieben kann er aber ungehindert innerhalb der engen Grenzen des Familienlebens frönen. Der weitgehend empathielose Narzisst entdeckt die Schönheit seines Sohnes und missbraucht ihn als Ersatz für den toten Liebhaber Salvator. Die

---

591 Vgl. ebd., S. 716.

592 Daemmrich, Daemmrich, Ödipus, S. 271–272, hier S. 271; Frenzel, Vater-Sohn-Konflikt, S. 728f.

593 Vgl. Horst Daemmrich, Ingrid Daemmrich: Narziß. In: Dies.: *Motive und Themen in der Literatur. Ein Handbuch.* 2. überarb. u. erw. Aufl. Tübingen, Basel 1995, S. 263–264, S. 264.

594 Vgl. Zarzutki, Muttertod, S. 158.

Inzest-Thematik ist zwar nicht im ursprünglichen Mythos angelegt, aber in der literarischen Tradition sind Narzissmus und Inzest eng miteinander verflochten.[595]

Eine Phimose des Kindes nimmt Hofstätter zum Anlass, um sich sexuell und ästhetisch an dessen Körper zu befriedigen (vgl. V 42, 54). Ähnlich wie bei Dorian Gray, der das Kind einer Prostituierten missbraucht, toleriert auch die Mutter in *Vanitas* diesen Kindesmissbrauch. Die schmerzhaften Übergriffe des Vaters, die Duldung der Mutter und die Komplizenschaft seiner Ärzte mit dem Vater ruinieren Marios psychische Gesundheit vollends. Er reagiert als junger Erwachsener, indem er sich regelmäßig mit Alkohol und Psychopharmaka vergiftet, um in Anwesenheit seines Vaters eine Ohnmacht herbeizuführen. Diese Ersatzhandlung führt ihn regelmäßig in die Psychiatrie (vgl. V 50ff.). Das Motiv der „Eugenik des Schönen",[596] der ›glücklichen Zeugung‹ eines idealschönen Kindes, wird durch die im Hauptmotiv angelegte Dekadenzthematik im Verhalten der Protagonisten ironisch kontrastiert. Hofstätter liebt den schönen Körper seines Kindes, aber nicht seinen Sohn selbst, dessen geistige und körperliche Verfassung ihn weniger interessiert als dessen formschöne Designerhose (vgl. V 11). Im Verhältnis Hofstätters zu seinem Sohn Mario ist ein Konglomerat dekadenter Zivilisationserscheinungen in hyperbolischer Darstellung in die Erzählung eingeflochten:

> Marios Gucci-Hose war ein Meisterstück. [...] Gucci ist doch der Michelangelo unter den Designern, dachte Hofstätter. Olga war noch am Telefon. In ihrer Stimme lag etwas Dringliches, und das nicht ohne Grund, denn hier wartete der durch eine Alkohol- oder Medikamentenvergiftung ohne Besinnung daliegende junge Mann auf ärztlichen Beistand. Hofstätter kniete sich vor das Sofa. Er beugte sich über die Samthose seines Sohnes. (V 11)

Nach Fiedler wird das Thema Inzest häufig durch das Motiv der Altersangst strukturiert. Die archetypischen Nachstellungen des alten Mannes gegenüber einem Knaben oder Mädchen repräsentieren nicht nur das inzestuöse Begehren der eigenen Nachkommen, sondern eine Umkehrung des Ödipuskomplexes:

> On a deeper and darker level, it stands for a kind of narcissism once removed, since what the Senex yearns to embrace is the image of his own youth reincarnated as flesh of his flesh and bone of his bone. Like all narcissism, therefore, it implies finally a desire to embrace death: the desperate dream of forever delivering oneself (even at the cost of life) from the lifelong fear of extinction for which ordinary orgasms provide a temporary relief.[597]

---

595 Vgl. Daemmrich, Daemmrich, Narziß, S. 264. Vgl. auch Menninghaus, Das Versprechen, S. 16.

596 Menninghaus, Ekel, S. 81.

597 Fiedler, More Images of Eros and Old Age, S. 38.

Der Narzissmus, der (nicht nur) in Hofstätters Selbstbespiegelungen zum Ausdruck kommt, geht mit einer Empathielosigkeit und moralischen Enthemmung einher, die den sexuellen Missbrauch seines Ebenbildes Mario motivieren. Die wiederkehrenden Vergleiche zwischen Hofstätter und seinem Sohn Mario verweisen auf das Doppelgänger-Motiv:

> Das Motiv eignet sich dazu, aus dem Spiegel tretende Doppelgängerfiguren in die Handlung einzuführen [...] Es kann jedoch in besonders wirkungsvoller Wiederholung zur Grundlage wiederholter Spiegelungen werden, die die unterschiedlichen Wünsche und widersprüchlichen Zielsetzungen der Figuren vor Augen führen.[598]

Das Doppelgänger- und das Narziss-Motiv, die innerhalb des *Queer Criticism* als Verweise auf den erotischen Subtext und die unterdrückte Homosexualität im *Dorian Gray* betrachtet werden,[599] finden sich in abgewandelter Form auch in *Vanitas*. So erklärt die heterodiegetische Erzählinstanz: „Vater und Sohn würden zum Abendessen im gleichen Anzug erscheinen. Olga liebte es, ihre Männer wie Zwillinge zu kleiden" (V 61). Die Ähnlichkeit von Vater und Sohn, die sich nicht nur in ihrer äußeren Erscheinung, sondern auch in ihrer Kunstmanie niederschlägt, wird durch ihre identischen Anzüge betont: „Als er seinen Sohn kommen hörte, drehte er sich um, ging ihm entgegen und wollte ihn umarmen. Zwei blonde, aprikosenfarbige Männer. Eine Idee deiner Mutter, murmelte Hofstätter, womit er ihre Kostümierung meinte" (V 65). Die Metapher des Zwillings ist eng verwandt mit dem Doppelgänger-Motiv. Ähnlich wie beim Spiegelblick ist die Reflexionsproblematik in der romantischen Tradition des Doppelgänger-Motivs zentral:

> Der Doppelgänger erinnert an die Vermitteltheit (und d. h. die Gefährdung) einer Identität, die auf Reflexion (Spiegelung) beruht und nichts Ursprüngliches und Unvermitteltes ist. Nur durch Reflexion wird sich das Ich seiner selbst inne – das heißt aber, es ist nicht unmittelbar bei sich. Identität ist etwas Künstliches, etwas durch Selbstobjektivierung Geschaffenes.[600]

Da „seit der Narzissus-Erzählung [.] jede Spiegelfläche, sei sie aus Wasser, Metall oder Glas, dem Betrachter Wunschbilder vorspiegeln"[601] kann, wird Hofstätters Begehren als autoerotisches gekennzeichnet. Während das Motiv des Spiegelblicks üblicherweise eine Auseinandersetzung der Figuren mit ihrem chronologischen

598 Daemmrich, Daemmrich, Spiegel, S. 325–326, hier S. 326.

599 Vgl. Brosch, Das Bildnis des Dorian Gray, S. 159.

600 Vgl. Monika Schmitz-Emans: *Einführung in die Literatur der Romantik*. 3. Aufl. Darmstadt 2009, S. 67.

601 Vgl. Daemmrich, Daemmrich, Spiegel, S. 326.

Alter motiviert, zeigen Fenster- und Spiegelglas dem Protagonisten in *Vanitas* unterschiedslos ein zeitlos schönes Selbstbild. Auch der eigene Sohn dient Hofstätter als Projektionsfläche.

Den ständigen Vergleich mit dem eigenen Kind als Maßstab für Jugendlichkeit interpretieren Stefan Neuhaus und der Medienkritiker Neil Postmann als Ausdruck einer Gesellschaft, in der Marken[602], Images und Bilder „den orientierungslos gewordenen Individuen neue, bequem adaptierbare Zielvorstellungen bieten können".[603] Die den Kapitalismus fördernden Eigenschaften „Genusssucht und Erlebnishunger, seine radikale Ich-Bezogenheit, die Fetischisierung von Jugend und Körperlichkeit wie auch die Lust an schönen Dingen"[604] teilt Hofstätter mit seinem literarischen Vorgänger Dorian Gray. Auch die Begeisterung des Atheisten Hofstätter für den katholischen Ritus (vgl. V 74f., 78), seine Leidenschaft für teure Modemarken und Kunstwerke stehen in der Tradition von Wildes poetologischer Umsetzung des Einflusses „des industriellen Kapitalismus, der eine zunehmende, der christlich-puritanischen Ethik widersprechende Konsumhaltung hervorrief".[605] Das gesellschaftliche Ideal einer nie endenden Jugend lässt für Neil Postmann die Lebensphase der Kindheit in der Bedeutungslosigkeit verschwinden. Er veranschaulicht das mit einem Beispiel aus der Werbung für ein sogenanntes Anti-Aging-Produkt:

> Es gibt einen häufig gesendeten Werbespot für Ivory-Seife, in dem zwei Frauen auftreten, die uns als Mutter und Tochter vorgestellt werden. Der Zuschauer soll nun raten, wer die Mutter und wer die Tochter ist – beide sehen aus wie Ende zwanzig und sind mehr oder weniger austauschbar.[606]

Der Werbefilm zeigt, wie in der „Jugendlichkeitsgesellschaft"[607] „die Unterschiede zwischen Erwachsenen und Kindern"[608] langsam verloren gehen. Das Gefahren-

---

602 Neuhaus bezieht sich in diesem Zusammenhang auf Bret Easton Ellis' Skandalroman *American Psycho*, in dem die Identitätslosigkeit, der Narzissmus und Markenfetischismus des Protagonisten abgründige Mord(fantasien) motivieren. Vgl. Neuhaus, Die jungen Alten und die alten Jungen, S. 41. In *Vanitas* beschränkt sich die Markentreue des Protagonisten auf die Label teurer Designerkleidung (vgl. V 114f.).

603 Neuhaus, Die jungen Alten und die alten Jungen, S. 41.

604 Brosch, Das Bildnis des Dorian Gray, S. 159.

605 Ebd.

606 Neil Postman: *Das Verschwinden der Kindheit*. Übers. von Reinhard Kaiser. Zürich 1985, S. 115.

607 Bernhard Schlink zitiert nach Dieter Stolte: Jugendwahn und Altersängste. In: *Die Welt Online* am 4.10.2003 ‹http://www.welt.de/print-welt/article263953/Jugendwahn-und-Altersaengste.html›. [Zugriff: 12.9.2013].

608 Vgl. Postmann, Das Verschwinden der Kindheit, S. 115.

potenzial, das sich für die Kinder aus dieser Entwicklung ergibt, wird in *Vanitas* durch eine weitere Themenkonstellation verschärft: Die Überanpassung an Bilder und der medial vermittelte Markenfetischismus fördern den Narzissmus des Individuums, reduzieren seine Empathiefähigkeit und begünstigen sogar die Anwendung von Gewalt zum Erlangen des Gewünschten.[609]

Dementsprechend bleibt der Sohn Mario sein kurzes Leben lang ein Opfer seines Vater (vgl. V 63, 65), bis er im Alter von 30 Jahren einen grotesken Erstickungstod unter den Augen seiner Eltern stirbt, die sein Ende nicht abwenden (können) (vgl. V 70–72). Nach Morganroth Gullette sind die Eltern sterbender Kinder im Roman – unabhängig von der Todesursache – niemals vollkommen unschuldig am Tod ihres Kindes.[610] Gegenwartsromane, in deren Handlungsgeschehen Kinder zu Tode kommen, thematisieren nach Morganroth Gullette grundsätzlich das Altern: „Aging is what characters do in narrative, whatever else they do".[611] Das Motiv des Kindstodes sieht Morganroth Gullette motiviert durch die latente Angst der erwachsenen Figuren im späten, mittleren Lebensalter vor dem hohen Alter. Nicht das Kind selbst wird zum Angstauslöser, sondern sein Aufwachsen, welches das Vergehen von Lebenszeit anschaulich macht. Verbunden mit dem Kindstod ist die uneingestandene Hoffnung auf das Zurückdrehen der eigenen ›biologischen Uhr‹. Hierin kann das Gegenstück zur Motivik ›genealogischer Unsterblichkeit‹ bzw. des im Kinde verlängerten Lebens der Eltern[612] gesehen werden. Im Gegensatz zu den Protagonisten der von Morganroth Gullette untersuchten postrealistischen Romane macht Hofstätter keinen Hehl daraus, dass er sich seit über 30 Jahren nach der Freiheit von seiner unerwünschten Familie sehnt (vgl. V 87). Tatsächlich wird diese Hoffnung zum Ende des Romans erfüllt und so leitet der Tod seines missbrauchten Sohnes die Handlungsereignisse ein, die zur Vernichtung von Hofstätters Gegenspielern führen und ihn in die langersehnte Freiheit entlassen.

Die verwandten Motive ›unerwartete Krankheit‹ oder der ›plötzliche Tod eines Kindes‹ haben aber noch eine weitere Funktion. Nach Daemmrich und Daemmrich gehen sie üblicherweise mit Schuldgefühlen der betroffenen Figuren einher. In der Unterhaltungsliteratur des 19. Jahrhunderts wurden sie häufig zur szenischen Darstellung widersprüchlicher Empfindungen solcher Figuren eingesetzt,

609 Vgl. Neuhaus, Die jungen und die alten Alten, S. 41.

610 Margaret Morganroth Gullette: Perilous Parenting: The Deaths of Children and the Construction of Aging in Contemporary American Fiction. In: *Michigan Quarterly Review* 31 (1992) 1, S. 56–72, hier S. 58.

611 Morganroth Gullette, Perilous Parenting, S. 58.

612 Vgl. Frenzel, Vater-Sohn-Konflikt. In: Motive der Weltliteratur, S. 714–731, S. 722.

„die sich entweder aus den Fesseln der Ehe befreien wollen oder in heißer Liebe zu bereits verheirateten Menschen entbrannt sind".[613] Üblicherweise hat das Motiv eine Signalfunktion und wird als Omen oder Warnung des Schicksals gedeutet. Die erwachsenen Figuren „erfahren Angst und Scham, denken an die Sünde, bereuen das Vorhaben und werden durch die Erfahrung zur sittlichen Lebenshaltung bekehrt. Die unmißverständliche pädagogische Absicht verdrängt dann die Konkretisierung tragischer Verwicklungen".[614] Ähnlich wie beim Hauptmotiv der Vanitas spielt Evelyn Grill auch mit der Nicht-Erfüllung der LeserInnenerwartung hinsichtlich der Funktion der Motive Erkrankung eines Kindes bzw. plötzlicher Kindstod. Der Protagonist ist weit davon entfernt, Reue oder Trauer über den Tod seines Sohnes zu empfinden, der für ihn vorwiegend ein ästhetisches Problem darstellt. Hofstätters Trauer und sein Mitleid gelten ausschließlich sich selbst, da ihn der Tod vorzeitig um die Möglichkeit bringt, sein inzestuöses Begehren an seinem schönen Sohn zu befriedigen (vgl. V 86f.). Hofstätter besticht einen Wachmann und lässt sich von ihm Marios Körper in der Leichenhalle zeigen und dabei tastet er

> nach dem Geschlecht, das inmitten des rotblonden Gekräusels wächsern und anmutig ruhte. Er erschrak über die Eiseskälte, die doch zu erwarten gewesen war. Wie lange dauerte sein verzweifeltes Manipulieren? Die Vitalität, die er für eine Sekunde dem Toten aufzupropfen hoffte, packte und schüttelte nur ihn. Nie war ihm der Körper seines Sohnes schöner und verlockender vorgekommen als jetzt, da er tot war. Kein Künstler, dachte Hofstätter kam an die Meisterschaft des Todes heran. (V 86)

Die hyperbolische Darstellung von Päderastie, Inzest und Nekrophilie als dreifachem Tabubruch dieser Szene im Leichenschauhaus ist aus der Perspektive Hofstätters nichts als das einsame Selbstgespräch des narzisstischen Autoerotikers. An Hofstätter, der seinen Sohn noch auf dem Obduktionstisch missbraucht, stellt Grill die Asozialität des *l'art pour l'art* und der Schönheit um der Schönheit willen aus.

Während Hofstätters Handlungen dem Figurenmodell des Lustgreises entsprechen, ist seine selbst attestierte, körperliche Schönheit atypisch dafür. Evelyn Grill kombiniert in *Vanitas* lediglich Züge der Einzelmotive Vater-Sohn-Konflikt und Lustgreis. Mario stirbt nicht vor seinen Eltern, obwohl er die jüngste Figur im Roman ist, sondern weil er das ist. Die Verknüpfung des Lustgreis-Motivs

613 Horst S. Daemmrich, Ingrid G. Daemmrich: Kind, plötzliche Erkrankung oder Tod. In: *Themen und Motive in der Literatur. Ein Handbuch*. Hrsg. von dens. Tübingen 1987, S. 197–198, hier S. 197f.

614 Daemmrich, Daemmrich, Kind, plötzliche Erkrankung oder Tod, S. 198.

mit inzestuösem Begehren in *Vanitas* variiert das Motiv des Kindstodes: Die Dekadenz der Eltern wird durch den Tod des einzigen Sohnes keineswegs bestraft, sondern das tote Kind wird von beiden Eltern funktionalisiert: Während Olga vergleichsweise moderat ihre Lust an dramatischen Inszenierungen während der Beerdigungsvorbereitung auslebt, schreckt Hofstätter selbst vor Leichenschändung nicht zurück. Den Tod des einzigen Sohnes erlebt der alte Dandy nicht als Tragödie, sondern als Verheißung: „Marios Geburt hat meinen Niedergang eingeleitet, vielleicht daß mir sein Untergang noch einen Aufstieg ermöglicht, hoffte er". (V 87) Nach fast 30 Jahren katastrophalen Familienlebens stellt der Kindstod in *Vanitas* den Auftakt zu einem Totentanz dar, in den sich nach und nach alle handlungsrelevanten Figuren einreihen – mit Ausnahme des Protagonisten.

Die Erotik der (hässlichen) Alten: Olga als Vetula, Hofstätter als verliebter Alter

Zwar keimt nach dem Tod des gemeinsamen Sohnes die Hoffnung auf die Freiheit von seiner Familie in Hofstätter, in der Erzählgegenwart ist er jedoch nach wie vor der Leibeigene seiner Ehefrau. Während die 45-jährige Olga im Figurenmotiv der *femme fatale* allein durch ihre erotische Attraktivität fesselt und den Betörten zugrunde richtet, entspricht sie in der Erzählgegenwart dem Figurenmodell der *vetula*.[615] Die *vetula* ist durch die Attribute lächerlich, verschlagen, neidisch, bitter, unmoralisch, trunksüchtig und regelmäßig im Begriff, junge, unerfahrene Männer zu verführen, charakterisiert.[616] Aus Hofstätters Perspektive wird die Hässlichkeit des alten weiblichen Körpers detailliert beschrieben: „Schon hatte er Olgas Gesicht ganz nah vor sich, ihre dunkel glänzenden Augen und darunter die schrumpeligen Tränensäcke, ihre, wie er fand, ganze greisenhafte Häßlichkeit". (V 11) Die „wenig schmeichelhafte realistische Darstellung des körperlichen Verfalls" von Olga aus der Fokalisierung ihres Ehemannes Hofstätter ist dabei verbunden mit „Allegorien der Vergänglichkeit, der Lust und des Todes".[617]

---

615 Vgl. Franziska Schößler: »Die Frau von funfzig Jahren«. Zu Thomas Manns Erzählung *Die Betrogene*. In: *Sprachkunst* 31 (2000) 2. Halbbd., S. 289–306, hier S. 293ff., S. 299f.

616 Vgl. Lucie Doležalová: »Nemini vetula placet?« In Search of Positive Representation of Old Women in the Middle Ages. In: *Alterskulturen des Mittelalters und der frühen Neuzeit*. Hrsg. von Elisabeth Vavra. Wien 2008, S. 175–182, hier S. 176f.

617 Heike Hartung: Zwischen Verfalls- und Erfolgsgeschichte. Zwiespältige Wahrnehmungen des Alter(n)s. In: *Alter und Geschlecht: Repräsentationen, Geschichten, und Theorien des Alter(n)s*. Hrsg. von ders. Bielefeld 2005, S. 7–18, hier S. 10.

Während Hofstätter widerwillig die stark sexualisierten Rituale der Körperpflege an Olga vornimmt, ekelt er sich vor dem „Fett ihrer Schenkel", „ihren mächtigen Brüsten und den kinderhandtellergroßen dunkelbraun pigmentierten Warzenhöfen", der „herunterhängenden Wamme" (V 14) und ihrem altersbedingten Haarausfall (vgl. V 58). Die erotischen Handlungen sind Bestandteil der Gegenleistungen, die Hofstätter für seine Entschuldung widerwillig erbringt. Diese pflegerischen Tätigkeiten werden im Verlauf der Handlung erweitert, als Olga einen Brandunfall – ausgelöst durch brennende Wachskerzen – erleidet. Die Kerze ist doppelt konnotiert: Als brennendes bzw. verlöschendes Licht fungiert sie als klassisches Vanitas-Symbol und unterstreicht so das Kernmotiv des Romans. Nicht angezündet dient die Kerze – insbesondere der als lüstern und für Männer körperlich abstoßenden *vetula* – als phallisches Erotikon bzw. als Dildo (vgl. V 155).[618]

Aufgrund der schweren Verbrennungen muss Hofstätter Olga rund um die Uhr als Pfleger zur Verfügung stehen und er nimmt sie nur noch als eine „nach Desinfektionsmitteln und Urin stinkende[.] Alte[.]" (V 162) wahr. In ihrer körperlichen Verfassung sieht Hofstätter zudem die Ursache für das Ausbleiben der Einladungen zu gesellschaftlichen Anlässen: „Von Baden-Baden kamen keine Einladungen mehr. Dort wußten sie, wie es um Olga stand, sie zerfiel, sie stank, und Hofstätter mußte feststellen, daß er, behaftet mit einer Dahinsiechenden, nicht mehr gesellschaftsfähig war" (V 174). Gestank und Ekel zählen kulturhistorisch zu den traditionellen Attributen der *vetula*,[619] die nach Menninghaus das Ekelerregende schlechthin verkörpert.[620] In der Tradition der antiken *vetula*-Skoptik[621] wird Olga nicht nur als überaus hässliche alte Frau dargestellt, die männlich-dominante Perspektive Hofstätters wird auch generalisiert: Vom lebenden Abbild seiner „angebeteten Tizianmadonna" (V 19) hat sich Olga aufgrund des Alterungsprozesses in eine *vetula* verwandelt, ihr Brandunfall entstellt ihren Körper zusätzlich. Das entspricht einer Entwicklung vom Ästhetischen schlechthin zum absolut Ekelhaften. In Hofstätters Leidenschaft, für alles Umgebende Entsprechungen in der bildenden Kunst zu finden, lässt sich die Bemühung um die „berühmte Unendlichkeit des Ästhetischen" erkennen, die

618 Vgl. John Atkins: 13: Dildo. In: Ders.: *Sex in Literature*. Bd. 1: *The Erotic Impulse in Literature*. Bd. 1. London 1970, S. 389–400, hier S. 396f., 398.

619 Vgl. Herwig, Alter im *Tod in Venedig*, S. 352.

620 Vgl. Therese Fuhrer: Alter und Sexualität. Die Stimme der alternden Frau in der horazischen Lyrik. In: *Alterstopoi. Das Wissen von den Lebensaltern in Literatur, Kunst und Theologie*. Hrsg. von Dorothee Elm u. a. Berlin 2009, S. 49–70.

621 Vgl. Menninghaus, Ekel, S. 135–143.

nach Menningshaus als „ein Anti-Vomitiv“[622] gegen den ›Weltekel‹ (vgl. V 58) des Superästheten fungiert.

Die sozialdisziplinierende Funktion der *vetula*-Topik, die einerseits die Lächerlichkeit des sexuellen Begehrens alter Frauen ausstellt, zum anderen aber die jüngeren Männer verurteilt, die sich an eine *vetula* verkauft haben, erfüllt *Vanitas* nicht.[623] Denn die „angemessene Empörung über das amoralische Verhalten ihres Protagonisten liefert die Autorin nicht mit“.[624] Diese Empörung wird erst im Rezipienten ausgelöst. Es sind aber nicht allein seine Schulden und ihre Machtlust, die Hofstätters und Olgas ›Missehe‹ zusammenhalten. Die Figuren sind einander in einer wechselseitigen Hassliebe verbunden. Dass sie zarterer Gefühle zueinander durchaus fähig sind, zeigt sich nach dem grotesken Erstickungstod ihres betrunkenen Sohnes Mario:

> Sie standen Arm in Arm. Es waren die Stunden, in denen die Straßenbeleuchtung abgeschaltet war. Ich bin ja, sagte er, als echter Österreicher der geborene *Pomfineberer*[625]. Plötzlich waren sie Verschworene und hätten sich vor Einigkeit sogar umarmen können. Das bewirkte auch die Schwärze der Nacht, die sie der Grenzen ihrer Körper beraubte und das Wissen um Nähe und Ferne. (V 77)

Zwar verfliegt diese Einigkeit mit dem kommenden Morgen, doch das Ehepaar begräbt mit seinem Sohn vorübergehend auch die Waffen in ihrem Nervenkrieg. Das nächste morbide Schauerstück folgt Olgas Beschluss, die beiden Pflegerinnen ihrer moribunden Freundin Hermione von Witzleben durch eine Versetzung zu trennen. Hofstätter, der die Botschaft überbringt, delektiert sich an den ungeahnten Leidenschaften der älteren Pflegerin für die jüngere: „Er fühlte mit der Albanerin, er versetzte sich in ihre Lage und beneidete sie um ihre Liebe, die, wie er zu fühlen glaubte, absolut war. Einmal noch so empfinden zu dürfen und dann untergehen, dachte er. Einmal noch lieben, in einem Sturm, einer Raserei zugrundegehen“ (V 107).

Die Dekadenz des Ehepaares motiviert eine Verkettung tragischer Ereignisse, die dem hier angelegten Rahmenmotiv des ekstatischen Liebestodes eine überraschende Gestalt geben. Als Hermione infolge des Suizides der älteren Pflegerin

---

622 Ebd., S. 15.

623 Vgl. ebd., S. 136f.; Seidler, Figurenmodelle des Alters, S. 154.

624 Aus dem Klappentext von *Vanitas*.

625 Als Pomfineberer oder Pompfüneberer [von franz. *pompes funèbres* = Leichengepränge] bezeichnet man in einigen österreichischen Dialekten Sargträger oder Bedienstete in der Leichenbestattung. Vgl. Robert Sedlaczek, Melita Sedlaczek: Pompfüneberer. In: Dies.: *Wörterbuch des Wienerischen*. Innsbruck, Wien 2011, S. 201.

stirbt, erhalten Olga und Hofstätter Besuch von einem jungen Engländer: Edgar Harloff, Hermiones Neffe. Der junge Mann arbeitet daran, plastinierten Leichen feinmechanisch zu lebensechter Beweglichkeit per Fernsteuerung zu verhelfen (vgl. V 136f.). Zarzutzki betrachtet dieses in Grills Romanen wiederkehrende Motiv der „konservierten und präparierten, wieder in Bewegung gesetzten Leichen" als „eine anachronistische Variante des künstlichen Menschen",[626] die durch ihre Anspielung auf Gunther von Hagens Ausstellung *Körperwelten* einen zeitgenössischen Bezug herstelle.[627]

An der Ähnlichkeit Edgars mit dem verstorbenen Mario und Hofstätters totem Geliebten Salvator entzündet sich die erotische Leidenschaft des alten Ehepaares für den jungen Engländer (vgl. V 110). Die Eheleute werden darüber zu Rivalen und nehmen ihren Machtkampf wieder auf. Der seiner eigenen Attraktivität und seines verführerischen Geschicks allzu sichere Hofstätter wird aufgrund der besonderen Figurenpsychologie des jungen Mannes in einer grotesken Volte von seiner Ehefrau übertrumpft und als verliebter Alter düpiert. Denn es ist Olga, die binnen Kurzem die Oberhand in dem erotischen Wettstreit (vgl. V 116) um Edgar gewinnt:

> Olga zeigte sich begeistert von der Zielstrebigkeit und Effizienz des jungen Mannes, wobei sie offenbar den Sinn seines Vorhabens vergessen hatte, heftete ihren Blick wie Saugnäpfe auf ihn, diese Schlampe, dachte Hofstätter und zitterte am ganzen Körper vor Erbitterung, dann umarmte und preßte sie zum Abschied den jungen Mann an ihren gepanzerten Busen. Daß er dabei mit einem blöden Lächeln errötete, bemerkte Hofstätter mit Irritation. (V 141)

Aufgrund ihrer Leidenschaft für den jungen Edgar verursacht Olga mit Kerzen einen Brand in ihrem Boudoir, bei dem sie selbst schwer verletzt wird. Aus Hofstätters Perspektive befindet sich die bewegungsunfähig in ihrem Krankenbett Liegende im Übergangsstadium von der *vetula* zur Leiche. Während die Ähnlichkeit mit einer Leiche der Auslöser für Hofstätters Ekel ist, entzündet sich die Leidenschaft des jungen Präparators an eben diesem Umstand. Schon bei seinem zweiten Besuch hat Edgar dem Ehepaar gestanden,

> er habe sich nie für Lebendiges interessiert, es erschreckte ihn sogar. Vor Menschenansammlungen mit ihrer bedrängenden Vitalität befalle ihn ein unüberwindlicher Ekel. Ja, er leide wahrscheinlich an einer Humanophobie, das heißt, korrigierte er sich, er leide

---

626 Vgl. Zarzutzki, Literarischer Muttertod, S. 158.

627 Vgl. ebd. Zarzutzki sieht den künstlichen Menschen als Motiv mit Bezug zur romantischen Tradition dabei außerdem in Grills Romanen *Schöne Künste* (2007) und *Der Sammler* (2010).

> nicht daran, sie gehöre zu seinem Wesen. [...] Ebenso leide er unter der Unberechenbarkeit kindlicher Bewegungen. Angenehm hingegen sei ihm die Gesellschaft alter, ans Bett gefesselter Menschen, die ihn nicht mehr mit unkalkulierbaren Bewegungen überraschen konnten. (V 134f.)

Die Ekelvermeidungsstrategien[628] sind innerhalb der Figurenkonstellation Alois Hofstätter / Edgar Harloff chiastisch konzipiert. Während Hofstätter dem Ekel vor dem körperlichen Verfall die Vitalität des schönen Jünglings entgegensetzt, setzt Edgar dem Ekel vor menschlicher Vitalität die Ästhetik der plastinierten und feinmechanisch präparierten Leiche entgegen. Im Gegensatz zu Hofstätters tiefer „Abscheu" (vgl. V 119) vor der Greisin Olga, deren „Frauenleib in seinem Verfall eine irritierende Geräumigkeit ausgebildet" (V 14) hat, reagiert Edgar mit den typischen Zeichen erotischen Begehrens. Sehr zu Hofstätters Missfallen verbringt der junge Mann jeden Tag genau eine Stunde mit der bettlägerigen Olga. Edgar errötet in Olgas Umarmungen mit einem „blöden Lächeln" (V 141). An ihrem Bett sitzend (vgl. V 161) lässt er sich von ihr berühren und er selbst küsst sie auf die Stirn (vgl. V 161). Hofstätter weigert sich anfangs, Edgars Interesse an Olga als erotisches zu erkennen, und wird später von den beiden im Wortsinn ausgeschlossen (vgl. V 171). Dennoch kommt er nicht umhin, die unwillkürliche Semiotik der Körpersprache Edgars als Reaktion auf Olgas Avancen zu bemerken.

Die Erzählung der Begegnungen zwischen Olga und Edgar erfolgt aus Hofstätters Perspektive. Gemäß dem Erzählprinzip der *Amour fou*-Narration ist Edgars Perspektive im Roman weitestgehend ausgespart. Die Erzählinstanz erzählt auch nur einmal aus der Fokalisierung Olgas (vgl. V 141–150), aber immerhin durchbricht ihre direkte Figurenrede regelmäßig die dominierende Perspektive Hofstätters. Edgars Rede hingegen wird ausschließlich aus Hofstätters Perspektive wiedergegeben. Der Leser erfährt also nie, wie die Figur Edgar Harloff ist, sondern nur wie sie von dem alten Ehepaar gesehen wird. Hofstätter hält Dankbarkeit für den Grund der Treue, mit der Edgar täglich am Bett der „nach Desinfektionsmitteln und Urin stinkenden Alten" (V 162) erscheint.

Die Sehnsucht, sich mit einem jungen Mann, nicht nur im sexuellen Sinne, zu vereinigen, lebt Hofstätter nicht nur an Mario aus, sondern auch an seinem „Wiedergänger" (V 172) Edgar:

> So sehr meinte Hofstätter sich durch den erschnupperten Duft und die abgeschaute Körperhaltung in den jungen Mann verwandelt, daß durch die Doppelung seines Ichs das Verlangen wuchs, sich mit dem auf seiner Netzhaut gespiegelten zweiten Selbst zu vereinigen. Er berauschte sich an seinem beharrlich imaginierten Gegenüber, in dem er

628 Vgl. Menninghaus, Ekel, S. 16.

> sich selbst zu erkennen glaubte, daß er unversehens, ohne die Stellung seines Körpers zu ändern, in einer Art Ekstase geriet. (V 113)

Nach dieser Begegnung erwartet Hofstätter Edgar Tag für Tag an der (spiegelnden) Fensterscheibe seines Salons. Er sieht „ihn schon vor seinem inneren Auge kommen" und fragt sich, ob er „auch verrückt" geworden sein könnte (V 172). In ihm bildet sich das falsche Bewusstsein, Edgar könnte sein Begehren erwidern (vgl. V 152, 160). Im Gegensatz zu seinem literarischen Vorgänger Dorian Gray ist Hofstätter derjenige, der ohne Aussicht auf Erwiderung schöne, junge Männer wie Mario und Edgar begehrt. Doch die Umarmungen und Küsse, von denen Hofstätter hofft, dass sie ihm einen „Vorsprung" (V 152) bei der Annäherung an den jungen Mann vor Olga verschaffen, werden von Edgar nicht erwidert (vgl. V 152).

Auch Olga gibt sich der fehlgeleiteten Vorstellung hin, Edgar von seinen „sinistren Vorlieben" (V 149) heilen zu können: „Sie war entschlossen, Edgar für das Leben und die Liebe zu retten" (V 146). Nach ihrem Brandunfall glaubt sie, Edgar habe die Arbeit an den Leichen inzwischen aufgegeben. Er erscheint ihr als „Marios Wiedergänger" (V 172) und seine täglichen Besuche machen sie glauben, er liebe nur noch sie in ihrer „Unbeweglichkeit" (V 163). Olga inszeniert sich Hofstätter gegenüber als Edgars „Anima", ohne die er „nur ein halber Mensch" sei (vgl. V 119).

Greisin und Leiche – Ambivalente Körper

Hofstätter verliert den Wettstreit um Edgar also nicht trotz, sondern gerade wegen Olgas chronologischem Alter und ihrer körperlichen Verfassung. Winfried Menninghaus sieht den Ekel vor der *vetula* in direkter Beziehung zum Ekel vor der Leiche. Im Gegensatz zu den „kanonischen Plastiken Apollos und Aphrodites", in deren Schönheit Hofstätter sein Ebenbild verehrt, sieht Menninghaus eine „schon in der Antike traditionsmäßige Chiffre; diejenige der ekelhaften alten Frau. Sie ist der Inbegriff alles Tabuisierten: abstoßender Haut- und Formdefekte, ekelhafter Ausscheidungen und sogar sexueller Praktiken, ein obszöner, verwesender Leichnam schon zu Lebzeiten".[629] Durch den Brandunfall der 80-jährigen Olga, der sie in Kombination mit ihrer Leibesfülle nahezu bewegungsunfähig macht, wird die Ähnlichkeit mit einer Leiche noch verstärkt (vgl. V 162f.).

Nach Menninghaus können Liebe und Begehren als asymmetrische Gegenstücke zur Theorie des Ekels gesehen werden, da sie auf Überbrückung einer Distanz und die Herstellung von Vereinigung abzielen. Der Ekel hingegen sei der Aus-

---

629 Menninghaus, Ekel, S. 16.

druck des „heftig gesuchte[n] Ausweg[es] aus einer ›falschen Umarmung‹",[630] die Flucht vor einem Kontakt, der keinesfalls gewollt sei. Während sowohl Hofstätter als auch Olga körperliche Intimität mit dem jungen Präparator ersehnen, kann der Ekel, den Hofstätter gegenüber Olga empfindet, erst durch die Umkehr der Machtverhältnisse aufgrund des Brandunfalls in ihrem Boudoir getilgt werden: „das Bett, auf dem sich Olgas unsäglicher Körper ausgebreitet und den seinen gedemütigt hatte, war unwiderruflich zerstört. Der Brandgeruch würde aus der Matratze nie mehr zu tilgen sein" (V 155).

Tatsächlich hat Edgar bereits eine Leiche erfolgreich mit künstlichen Gelenken und einem Motor ausgestattet, sodass sie sich per Fernsteuerung bewegen lässt (vgl. V 152f., 166). Er bittet Hofstätter, der ihm die erste Leiche illegal beschafft hat, um „neues Material [...], vorzugsweise einen männlichen *Corps* [sic.]" (V 166). Durch diesen Wunsch wird Hofstätter zu erotischen Suizidfantasien angeregt, in denen er sich als schöne Leiche in den Händen des jungen Präparators imaginiert. Die genuin romantischen Motive des Liebestodes und der schönen Leiche werden in Hofstätters Todesfantasien miteinander verbunden. In der traditionell männlich dominierten Kulturarbeit ist die schöne Leiche im 19. und 20. Jahrhundert überwiegend weiblich konnotiert.[631] Dagegen wird in *Vanitas* die Ästhetik des männlichen Leichnams durch den markierten intertextuellen Verweis auf die perfekt konservierte Leiche des jungen Bräutigams in Hebels *Unverhofftem Wiedersehen* betont (vgl. V 147). Auch ein Bezug auf die von Aphrodite in Lattich gebettete, schöne Leiche des Adonis wird implizit hergestellt.[632]

Einerseits stellt der „Tod als Gegenbild des idealschönen Zustandes der *ewigen Jugend* und des *Frühlings des Lebens,* [...] den perhorreszierten Fluchtpunkt, die letzte Station der Ekel-Serie Falten, Runzeln, Öffnungen, Auswüchse und Zerstückelungen dar".[633] Andererseits ist der ›süße Tod‹ der Bewahrer jugendlicher Schönheit. Die mythische Verbindung von Eros und Thanatos, von Jugend und Schönheit ist bereits in der Rivalität der beiden Ziehmütter des Adonis, Aphrodite und Persephone, angelegt.[634] Sie wird tradiert in dem erhöhten Todesrisiko für die Schönen in der Literatur. Die Protagonisten antiker Schönheitsmythen sterben meist gewaltsam und in sehr jungen Jahren – also lange vor dem Einsetzen des körperlichen Verfalls. So wird die ›sterbliche Gottheit‹ Adonis – Inbegriff

630 Ebd., S. 7f.

631 Vgl. Elisabeth Bronfen: *Nur über ihre Leiche. Tod, Weiblichkeit und Ästhetik*. München 1994.

632 Winfried Menninghaus: *Das Versprechen der Schönheit*. Frankfurt a. M. 2003, S. 50.

633 Menninghaus, Ekel, S. 127.

634 Vgl. Menningshaus, Das Versprechen, S. 64.

männlicher Schönheit – aufgrund göttlicher Rachsucht von einem wilden Eber getötet.[635]

Ähnlich wie Adonis sterben die jungen Männer, an deren Schönheit Hofstätter sich delektiert hat, zwar sämtlich jung und entgehen den altersbedingten körperlichen Veränderungen, ironischerweise enden sie aber als besonders ekelerregende Leichen. Der „aufgedunsene Leichnam seines Geliebten" (V 78) Salvator ist auf den Tod durch Ertrinken zurückzuführen. Die ehemals blasse Schönheit von Marios Gesicht ist im Todeskampf des Erstickens irreversibel zu einer unkenntlichen, schwärzlichen Grimasse erstarrt, während sein „unversehrte[r] Jünglingskörper von innen grünlich zu leuchten" scheint (V 81). Edgars Körper wird von zwei Hunden zerrissen, sodass von der jugendlichen Schönheit des Präparators nur die Einzelteile seines grotesk „zerstückelte[n] Leibe[s]" (V 181) zurückbleiben.

Die lebendige Schönheit dieser jungen Männer bleibt jeweils nur in der Erinnerung des Superästheten Hofstätter zurück, an dem ihre Tode nahezu spurlos vorübergehen. Hofstätter fehlt das symbolische Bildnis seines Vorgängers Dorian Gray, seinen Körper konserviert allein die Erotomanie. Dem Tod wird in *Vanitas oder Hofstätters Begierden* kein *Amor vincit omnia* entgegengesetzt, sondern der Tod wird zum Ästhetischen schlechthin erklärt. Hofstätter hält den Tod für einen Meister, der das letzte, endgültige Kunstwerk schafft: „Kein Künstler, dachte Hofstätter, kam an die Meisterschaft des Todes heran" (V 86). Typischerweise ist in dieser Verbindung der Themen Augenlust, Schönheit und Tod"[636] die schauende Figur derjenige, der seine Lust mit dem Leben bezahlt.

> Zwar ist der mit den Augen Liebende durch die absolute Schönheit – hinter der der Geliebte quasi verschwindet – schicksalhaft dem Tod anheimgegeben, aber er bebt zugleich vor diesem Tod in der Lust des Anschauens der Schönheit, für die er in Kauf nimmt, daß er reale Liebe nur als ewig währenden Schmerz erfährt.[637]

Als Hofstätter nach Olgas Krankenhausentlassung die täglichen Besuche Edgars zum Höhepunkt seines Tages erklärt, wartet er tagein, tagaus aus dem Fenster schauend auf das Erscheinen des jungen Mannes (vgl. V 172). Hofstätter kann sein Begehren aufgrund der Zurückweisung durch den jungen Mann nur in Form der ›Augenlust‹ ausleben. Mit wiederholten, markierten intertextuellen Referenzen auf die letzte Strophe von Stefan Georges Gedicht *Seelied* wird Hofstätters sehnsüchtiges Warten in erlebter Rede als Form der ›Schaulust‹ in die

635 Vgl. ebd., S. 10.
636 Wolfgang Popp: *Männerliebe : Homosexualität und Literatur*. Stuttgart 1992, S. 64.
637 Ebd., S. 64.

traditionelle Erzählweise tragischer, weil einseitiger homoerotischer Liebe eingebunden.[638] Die Erfüllung des unerfüllbaren Begehrens wird dann im Tod gesucht. Als autoerotische Reminiszenz an das Sterben seiner Mutter, seines Sohnes und seines Geliebten Salvator imaginiert Hofstätter den eigenen Tod als Suizid durch Erhängen. Hofstätters imaginierter Suizid ist wortwörtlicher ein ›letzter Akt‹, der – mehrfach gespiegelt – sowohl der Lust des Sterbenden dient als auch den begehrten Edgar zum voyeuristischen Genuss einlädt:

> An manchen Tagen dachte Hofstätter, es wäre soweit, heute sei der Tag für die *ultima ratio* angebrochen: Er würde einen festen Haken oberhalb des Fensters in der Bibliothek einschlagen, sich den dreibeinigen Hocker zurechtstellen, den Strick aufhängen und die Schlinge knüpfen. Er hätte schon ein Bad genommen, seinen Körper mit Versace L'homme eingerieben, seine Fingernägel gefeilt und seine Zehen pedikürt, seine Haare geföhnt und sich rasiert, denn er kannte den sittlichen Wert des duftenden, des peinlich sorgsam gepflegten Leibes. Nackt würde er auf den fragilen Schemel steigen […] und seinen Kopf in die Schlinge legen. Er würde auf Edgar warten, und seine Sinne würden sich, dank seiner lebhaften Vorstellungen in Aufruhr befinden. […] Vor dem Ersticken würde er noch einen letzten Orgasmus erleben, so jedenfalls wurde in medizinischen Lehrbüchern berichtet. Hofstätter würde mit dem Hals in der Schlinge warten, bis er den Ersehnten zwischen den Bäumen auftauchen sähe, er würde seinen Körper und sein prachtvoll aufgerichtetes Glied im klassizistischen Wandspiegel betrachten, er wäre bereit. (V 176)

Vervollständigt wird Hofstätters fantasierter Freitod durch die an seinem Körper angebrachte Botschaft „Ich bin dein Plastinat B" (V 176). Innerhalb der Dramaturgie dieser erotisierten Todesinszenierung wird in besonderer Weise Hofstätters Narzissmus durch eine Kommunikationsstruktur begünstigt, in der die Gesetze von Angebot und Nachfrage herrschen.[639] Die Suizid-Inszenierung ist keineswegs nur der Ausdruck einer Klimax von Hofstätters vergeblichem Werben um Edgar. Sie zeigt vielmehr pointiert, dass Hofstätter keineswegs an der Eroberung eines Geliebten für eine Partnerschaft, sondern an der Eroberung eines attraktiven Bewunderers gelegen ist. Der Dandy bemüht sich auf die Nachfrage einzuwirken – innerhalb der Figurenkonstellation Hofstätter/Edgar ist das die Nachfrage des Präparators nach einer männlichen Leiche –, um sich so das ersehnte Begehren des anderen

---

638 „So sitz ich • wart ich auf dem strand
Die schläfe pocht in meiner hand:
Was hat mein ganzer tag gefrommt
Wenn heut das blonde kind nicht kommt".
Stefan George: Seelied. In: Ders.: *Werke: Ausgabe in zwei Bänden*. Bd. 1. Hrsg. von Georg Peter Landmann. 4. Aufl. Stuttgart 1984, S. 464.

639 Vgl. Zima, Komparatistik, S. 115.

zu sichern.[640] „Der Dandy ist ein Narziss, er will sich in bewundernden Augen spiegeln",[641] erklärt Jullian. Im Mythos weist der schöne Jüngling Narziss die Liebe der Nymphe Echo zurück, er selbst ist seinem eigenen Spiegelbild verfallen. Beide sterben aus unerfüllter Liebessehnsucht. In der Metamorphose wird die Leiche des Narziss zur Blume, die tote Nymphe zum akustischen Effekt.[642]

In Wildes Bearbeitung des Stoffes gibt der Narziss Dorian Gray seine Seele dafür hin,[643] dass – gemäß dem antiken Kalokagathia-Konzept – seine moralischen Verfehlungen sich nicht an seinem Körper, sondern nur an seinem Porträt zeigen. Die Liebe der standesniederen Sybil Vane zu dem schönen Dorian treibt sie schließlich in den Suizid. In Grills Bearbeitung wird die Amoralität des Protagonisten nicht psychologisch begründet, seine klassische Schönheit ist ganz banal das Produkt lebenslanger, penibler Körperpflege. Im Gegensatz zu Dorian ist zwar meist Hofstätter der hoffnungslos Verführte, dennoch sterben die schönen jungen Männer groteske und ihre Leichen entstellende Tode. Daemmrich und Daemmrich führen die Selbstbespiegelungen und die inzestuösen Neigungen in der Literatur des 20. Jahrhunderts auf die scheiternde Identitätssuche der Protagonisten und ihre „Unfähigkeit [.] sinnvolle zwischenmenschliche Beziehungen herzustellen" zurück:

> Die Deutung, daß die völlige Vereinigung mit dem Spiegelbild zu einer unerhörten Ausweitung des Ich-Bewußtseins und schließlich zu einem Augenblick kosmischer All-Einheit führt, klingt auch in der Literatur des 20. Jh. wiederholt an […] Die Figuren beziehen alle Ereignisse auf sich, suchen in der Liebe ein Objekt der Selbstbespiegelung, sprechen in Monologen und verbergen ihr innerstes Wesen vor anderen.[644]

Das Nebenmotive des Narziss und die Thematik der Selbstverherrlichung erscheinen als Gegenpol zur romantischen Liebe, die gemäß Schlegel zu Selbstliebe, -erkenntnis und der Perfektion der Menschheit führen soll.[645]

Altenpflege und Machtkampf

Die Figureneigenschaften des vollkommenen Narzissmus und des rein funktionalen Interesses am Gegenüber erzeugen in *Vanitas* einen Schauplatz des wechselseitigen Missbrauchs, auf dem Olga und Hofstätter als Vertreter des dritten bzw. vierten

---

640 Vgl. ebd.

641 Vgl. Philippe Jullian: *Robert de Montesquieu, un Prince: 1900–1930.* Paris 1965, S. 64.

642 Vgl. Elisabeth Frenzel: Narziss. In: Dies.: Stoffe der Weltliteratur, S. 658–665.

643 Vgl. ebd., S. 664.

644 Vgl. Daemmrich, Daemmrich, Narziß, S. 264.

645 Vgl. Horst S. Daemmrich, Ingrid Daemmrich: Narcissim. In: Themes & Motifs, S. 193–194, hier S. 194.

Lebensalters gegeneinander antreten. Während Hofstätters Interesse an seinen Mitmenschen rein ästhetischer Natur ist, sieht Olga in ihm das Mittel zur Befriedigung ihrer körperlichen und sozialen Bedürfnisse. Besonders augenfällig wird das nach Olgas Brandunfall. Hofstätters tägliche Besuche auf der Intensivstation sind ausdrücklich nicht durch Empathie oder Liebe zu seiner Frau motiviert (vgl. V 171):

> Er betrachtete seine Frau durch das Glas, und er wußte die Installation der Schläuche vom ästhetischen Standpunkt aus zu würdigen, obwohl ihm eine Entsprechung in der bildenden Kunst nicht einfallen wollte. So sah er in der Wiederbelebten ein Kunstwerk per se, und er gab sich seinen Visionen hin. (V 159)

Hofstätter genießt es, gegenüber dem Krankenhauspersonal die Rolle des sorgenden Ehemannes beim täglichen Krankenbesuch zu spielen, während er sich tatsächlich wie ein Museumsbesucher verhält und Olgas Zustand als Installation betrachtet. Olgas zerfallender Körper wird für den Ästheten „zur ›Muse‹ einer *art pour l'art*“[646]. Der körperliche Verfall der Frau, der Hofstätter einst verfallen ist, wird zur Metapher für die Vergänglichkeit allen Begehrens. Nach ihrer Entlassung benutzt Olga aufgrund ihres körperlichen Zustandes Hofstätter im direkten Sinne als ›Leib-eigenen‹:

> Sie lag in ihrem Himmelbett unter dem Füssli – die Stoßkopf-Vanitas mußte ins Depot – und keifte ihre Befehle. Alois, die Leibschüssel! Alois, massier meine Stirn mit Klosterfrau Melissengeist (er haßte diesen ordinären Geruch)! Ich habe Durst. Sie bekam auch Infusionen. Sie hing am Tropf. Sie hing an ihm. Sie hatte ihn überlistet, die Ärzte bezwungen. […] Und er Tag um Tag um sie. Präsenzdienst bei Nacht. Auf ein Klingelzeichen stürzte er herbei. Als Krankenpfleger bist du unübertrefflich, lächelte sie. Ich bin glücklich, sagte sie. (V 171)

Fühlt sich Hofstätter anfänglich noch von der bettlägerigen Olga schlimmer benutzt und ausgebeutet als je zuvor, entdeckt er mit seiner ersten Verweigerung ihr gegenüber, dass Olga ihm nichts mehr befehlen kann (vgl. V 172). Hofstätter kann seine vermeintlich überlegene Position gegenüber der geistig regen Olga aber nicht längerfristig behaupten. Sein Aufstand wird im Keim dadurch erstickt, dass Olga fortan nur noch mit ihrem Arzt und dem treuen Besucher Edgar spricht.

Hofstätter erfüllt zwar weiterhin und überaus gewissenhaft seine Rolle als Krankenpfleger, weil er sich von Olgas Arzt überwacht fühlt und „obwohl ihn der Ekel vor den Ausscheidungen zu überwältigen droht[.]“ (V 173). Während er aber früher einen Ausgleich für die „körperlichen und seelischen Zumutungen

---

646 Sabine Schülting: »Les émotions po-hêtiques«: Auto(r)erotik in Gustave Flauberts *Reise in den Orient*. In: *Auto(r)erotik: gegenstandslose Liebe als literarisches Projekt*. Berlin 1994, S. 20–37, hier S. 30.

der welkenden Gefährtin“[647] in dem Körper seines schönes Sohnes hatte, fürchtet er nun, über sein unerfülltes Begehren für den jungen Präparator den Verstand zu verlieren (vgl. V 172). Befremdet von Olgas beharrlichem Schweigen und gedemütigt durch Edgars „Nichtbeachtung“ (V 174), verliert Hofstätter eines Tages die Fassung: Er „herrschte sie an, er beschimpfte sie, wenn er nicht den Arzt und Edgar zu fürchten gehabt hätte, mit denen sie sprach, soviel erlauschte er an der Tür, hätte er sie geschlagen“ (V 174). Olga reagiert darauf mit Schweigen und, indem sie ohne Hofstätters Wissen eine Krankenpflegerin einstellt. So sehr sich Hofstätter vor Olgas Pflege geekelt hat, so sehr ist er von dieser Maßnahme getroffen: „Alois fühlte sich nicht entlastet, sondern entlassen. Was blieb ihm noch, als am Fenster zu stehen und zu warten?“ (V 174) Getreu dem Sprichwort „Hüte dich vor deinen Wünschen, sie könnten sich erfüllen“ hat Hofstätter mit Marios Tod und Olgas Pflege jeglichen Lebensinhalt verloren.

Die schöne Leiche

In *Vanitas* ermöglichen die plastinierte schöne Leiche und insbesondere ihr Betrachter, dem unerträglichen Gedanken des eigenen Todes zu entkommen. Die fantasierte Mehrfachspiegelung seines schönen Leichnams in den Wandspiegeln und den Augen seines Betrachters Edgar verheißt Hofstätter erneut den Glauben an seine „Unendlichkeit“ (vgl. V 59). Vordem hatte er Hofstätter „die Tür zur Unendlichkeit“ (V 9) in der Geburt seines ungeliebten Sohnes gesehen. Mit dessen Tod ist aber auch die Hoffnung auf Hofstätters genealogisches Überdauern gestorben. Wenn auch mit Hofstätter die genealogische Tradition stirbt, so verbürgen die Spiegelungen den „metaphysischen Trost der rituellen Adonis-Klage, daß seine Leiche so schön ist wie sein lebender Körper. In der weichen melancholischen Schönheit dieser Klage kehrt ihr verlorenes Objekt als Effekt ihres eigenen Mediums wieder“.[648] Die Verehrung der schönen Leiche des Adonis ist die Verehrung der Vergänglichkeit der Schönheit. Die „Verbindung von Augenlust, Schönheit und Tod“[649], die in Hofstätters Suizidfantasie evoziert wird, ist nach Popp eine klassische Themenkombination homosexueller Liebesgeschichten in (latent) homophoben Kulturkreisen. Anders als in der Lyrik August von Platens oder in Thomas Manns Novelle *Der Tod in Venedig* stirbt in *Vanitas* nicht der nur „mit den Augen liebende […] gealterte Homosexuelle“[650], sondern der begehrte junge Mann.

647 Aus dem Klappentext von *Vanitas*.
648 Menningshaus, Das Versprechen, S. 63.
649 Popp, Männerliebe, S. 64.
650 Ebd.

Kurz vor Edgars und Olgas mittelbar von Hofstätter verschuldetem Tod am Ende des Romans wird die Stoßkopf-Vanitas abgehängt und ins Depot gebracht (vgl. V 171). Die Entfernung der Stoßkopf-Vanitas wird zum Symbol der ironischen Ankündigung ihres Todes. Es ist auch als Vorausdeutung auf das Ende von Olgas Herrschaft über Hofstätter zu lesen. In satirischer Umkehrung der Rollenverteilung innerhalb der Motive Spiegelblick, Doppelgänger und verliebter Alter stirbt nicht Hofstätter, sondern Edgar. Hofstätter ist nicht nur der faszinierte Beobachter der grotesken Sterbeszene unter seinem Salonfenster, er scheint auch mittelbar schuldig: Edgar wird an eben der Stelle von zwei Kampfhunden angefallen und zerrissen, an der Hofstätter heimlich die Hündinnen einer Gruppe Obdachloser vor seinem Haus vergiftet und deren Kadaver an Edgar hat verkaufen lassen. Hofstätter ist völlig gebannt von der Szene, die er fasziniert mit der Darstellung *Tod des Aktaion* auf einer griechischen Urne vergleicht (vgl. V 180). Er schiebt sogar die bewegungsunfähige Olga ans Fenster, damit sie das Spektakel ansehen kann. Ihr Entsetzen über Edgars schrecklichen Tod beschwört einen neuerlichen Kunstvergleich herauf: Die schreiende Olga ihn ihrem Himmelbett erinnert Hofstätter an Bacons Gemälde *Schreiender Papst* (vgl. V 181).

Der Schock plausibilisiert Olgas plötzlichen Tod und lässt sich als grotesk verzerrte Referenz auf den romantischen Liebestod lesen. Während Edgar Hofstätter gemieden hatte, verbrachte er seine Zeit mit der invaliden Olga. In Verbindung mit seiner selbst attestierten Neigung zu alten, bewegungsunfähigen Menschen legt dieses Handlungselement eine erotisch konnotierte Beziehung zwischen den beiden nahe, die Hofstätter nicht als solche erkannt hat. Hier liegt eine überraschende Wendung hinsichtlich des Motivs der dekadenten Alterserotik vor: Nicht der verliebte Alte Hofstätter wird von seinem erotischen Begehren in den Abgrund gezogen. Stattdessen stirbt seine moribunde Ehefrau (vgl. V 179) und Konkurrentin Olga in dem von Hofstätter ersehnten Liebestod (vgl. V 180). Allerdings lässt sich die Figur Olga nur aus Hofstätters eingeschränkter Perspektive mit dem Situationsmotiv der verliebten Alten bzw. der *vetula* in Verbindung bringen. Die wenigen Informationen, die aus der Fokalisierung Hofstätters zu dieser Figurenkonstellation von Olga und Edgar erzählt werden, legen eine wechselseitige erotische Attraktion nahe.

Das von Hofstätter beneidete altersungleiche Paar erfüllt und verweigert damit zugleich seine geheimen Wünsche: Einerseits gibt Olgas Tod Hofstätter endlich seine lang ersehnte Freiheit zurück, andererseits vereinigt sie sich im Tod bzw. im Grab mit dem von Hofstätter begehrten jungen Mann. Im Motiv des gleichzeitigen Todes der verabscheuten *vetula* und des von Hofstätter begehrten Schönen entpuppt sich die Leidenschaft des Dandys als autoerotische. Nach Julia Kristeva findet der Autoerotiker zwar begehrenswerte Objekte außerhalb seiner selbst, doch es sind stets

> Haßobjekte. Doch richtet sich in diesen Momenten, die keineswegs begnadet sind und in denen das Subjekt der Permanenz entbehrt, der Haß, den er angesichts eines Objektes empfindet, eigentlich noch stärker auf ihn selbst, da es ihn mit Zersetzung oder Versteinerung bedroht.[651]

Das Rahmenmotiv der Vanitas wird in Grills Roman mit Variationen des Spiegelblick-Motivs verbunden: „Vor dem Spiegel er selbst. Wie gerne sähe er sich mehrfach gespiegelt, die Gestalt im Spiegel sich im Unendlichen verlieren. Und an die eigene Unsterblichkeit und Auferstehung glauben" (V 59). Die indirekte Gedankenrede weist die Passage als Selbstcharakterisierung aus. Der paradoxe Glaube an Unsterblichkeit und Auferstehung kann als fantastische Überwindung nicht nur des Alter(n)s, sondern auch des Todes und der Verwesung gelesen werden. Der Betrachter kann zwar die Endlichkeit seines Selbst nicht überwinden, durch die mehrfache Spiegelung kann er sich aber zumindest räumlich „im Unendlichen verlieren" (ebd.).

In einer Welt, in der alles vergänglich ist, zählt nur das barocke *Carpe Diem*, das Hofstätter einzig als Befriedigung seiner titelgebenden Begierden auffasst. Moralische Rücksichten und ethische Bedenken erscheinen sinnlos in der erzählten Welt von *Vanitas*, wo der Tod endgültig ist, Empathie und höhere moralische Instanzen fehlen. Gerade für den, wenn auch nur chronologisch, alternden Hofstätter, der schon viel zu lange auf die Freiheit von seiner ungeliebten Familie gewartet hat, ist Empathie keine Option. Aufgrund seiner kleineren und größeren Vergehen erhält Hofstätter mittelbar und langfristig schließlich das, was er sich seit dem Beginn seines ›unheiligen Bundes‹ mit Olga wünscht (vgl. V 87). Anders als das Ende des *Dorian Gray*, das mit dem Tod des Protagonisten „die behauptete Autonomie der Kunst zu dementieren"[652] scheint, triumphiert dieses Motto zusammen mit dem ›Superästheten‹ Hofstätter am Ende des Romans: „Aber als ihn die Polizei als Zeuge zu vernehmen wünschte, rief er, aus dem Fenster auf den zerfetzten Körper zeigend: Hier sehen Sie, meine Herren, die Studie zu einer Kreuzigung, den Mittelteil aus dem Triptychon von Francis Bacon" (V 181).

Spurloses Alter(n) und liebloses Begehren

Die Aspekte Schönheit bei moralischer Indifferenz, Adel, körperlicher Verfall und nicht zuletzt der Titel *Vanitas oder Hofstätters Begierden* sind als deutliche Anklänge an die Dekadenzströmung des 19. Jahrhunderts zu lesen. Die literarische Gestaltung des Themas Dekadenz ist eng verknüpft mit Themen und Motiven

---

651 Julia Kristeva: *Geschichten von der Liebe*. Übers. von Dieter Hornig u. Wolfram Bayer. Frankfurt a. M. 1989, S. 39f.

652 Brosch, Das Bildnis des Dorian Gray, S. 159.

wie dem Illusionscharakter der Wirklichkeit, Ästhetizismus, Erotik, Exotik, Ennui",[653] die sich sämtlich als Nebenmotive in Grills Roman finden. Die Darstellung erotischer Erlebnisse involviert meist Figurenmodelle, welche die ihnen verfallenen Menschen ins Unglück stürzen, ihnen dafür aber auch rauschähnliche Erfahrungen am Rande des Abgrunds ermöglichen und durch die „müde[.] Geste der Todesbezogenheit"[654] auffallen. Wie Wildes Roman lebt auch Grills Adaption von der nicht wertenden Darstellung ethisch verwerflicher und krimineller Handlungen, denen die amoralischen Protagonisten selbst weitgehend leidenschaftslos gegenüberstehen. Zu den wichtigsten Stilmitteln der Gestaltung dieses schwarzhumorigen Schauerstücks über zwei gleichermaßen dekadente Alte gehören neben dem Pathos Hyperbeln, vor allem die Ironie, Zynismus, Sarkasmus und Sardonismus.

In *Vanitas* erzählt Grill eine dekadente Erfolgsgeschichte des spurlosen Alterns eines moralfreien Dandys. *Vanitas* kann als ein ›Anti-Reifungsroman‹ betrachtet werden, dessen amoralischer Protagonist sich von seinen Begierden treiben lässt und am Ende dadurch triumphiert, dass kein Widersacher den Erzählprozess überlebt. Dass der oder die ProtagonistIn die/der einzige Überlebende des Figurenensembles ist, ist ebenso charakteristisch für Grills Romane wie der pervertierte Ästhetizismus, der durch den intermedialen Bezug auf Werke der bildenden Kunst dargestellt wird.[655] Die Entwicklung Hofstätters vom mittellosen ›Weibersklaven‹ wider Willen zum entscheidenden Rädchen in einer grotesken Todesmaschinerie ist indes nicht durch die Entfaltung seines Charakters motiviert, sondern durch seinen Hedonismus.

In *Vanitas* triumphiert damit nicht nur der reine Ästhetizismus des *l'art pour l'art*,[656] sondern in Form des Protagonisten auch eine hybride Figurenkonzeption. Mit Loius A. Hofstätter resignifiziert die Autorin Evelyn Grill satirisch die Figurenmodelle des schönen Alten, des Dandys und auch des *homme fatal*. Als schöner Alter ist Hofstätter völlig amoralisch, als alter Dandy stellt er die modelltypische Eigenschaft der Jugend infrage. Als einstiger ›Weibersklave‹ triumphiert Hofstätter zwar über die von der *femme fatale* zum ekelerregenden Pflegefall gewordene Olga. Das geschieht aber um den Preis, dass sie und nicht er den ersehnten Tod

---

653 Daemmrich, Daemmrich, Dekadenz, S. 84.

654 Ebd., S. 87.

655 Vgl. Zarzutki, Literarischer Muttertod, S. 157f.

656 Diese Kunstauffassung wird durch die Referenz auf den Symbolisten Stefan George in Form wiederholter Zitate aus dem Gedicht *Seelied* unterstrichen (vgl. V 25f., 172 und häufiger). Vgl. Gregor Streim: *Das ›Leben‹ in der Kunst: Untersuchungen zur Ästhetik des frühen Hofmannsthal*. Würzburg 1996, S. 29.

im rauschhaften, wenn auch grotesken Liebestod findet. In *Vanitas* stirbt nicht der Lustgreis einen dramatischen Tod, sondern der junge Mann, dem er vergeblich nachgestellt hat. Für die Figur Hofstätter fungieren erst der eigene Sohn und später der junge Edgar wie das Bildnis für Dorian Gray: Während er selbst vor dem Spiegel als alters- und makellos erscheint, sterben alle Figuren um ihn herum.

2.2 Wilhelm Genazino: ›Die Liebesblödigkeit‹ (2005) – Alter(n) in Mehrfachbeziehungen

Eine an das Konsumverhalten in der Erlebnisgesellschaft[657] des 21. Jahrhunderts angepasste Beziehungskonzeption für das höhere Alter verfolgt der Protagonist in Wilhelm Genazinos Roman *Die Liebesblödigkeit*.[658] Der namenlose Protagonist und Ich-Erzähler verdient seinen Lebensunterhalt als freischaffender ›Apokalyptiker‹ mit Seminaren über die Apokalypse in drittklassigen Kurhotels. Typisch für Genazinos schwarzhumorige Romane hadert der Apokalyptiker mit der eher profanen Frage, welche seiner beiden Lebensgefährtinnen er aus Altersgründen verlassen sollte. Genazinos Protagonist ist „Angehöriger einer Art ewiger Nachkriegsgeneration“[659] und entspricht dem Figurenmodell des hypersensiblen Flaneurs. Dieses Modell beschreibt Neumann folgendermaßen:

> Die Trias aus Gehen, Notieren und dem skeptischen Blick auf alle fragwürdigen Begleiterscheinungen des gesellschaftlichen und ökonomischen Fortschritts ist in dieser Figur vereint und erstmalig mit einer Berufsbezeichnung versehen worden. Der Berufsapokalyptiker verkörpert den Typus des Genazinoschen Helden schlechthin.[660]

Vergleichbar Martin Walsers poetologischem Programm scheinen auch Genazinos Protagonisten in ein nicht enden wollendes Selbstgespräch verwickelt

---

657 Vgl. Gerhard Schulze: *Die Erlebnisgesellschaft: Kultursoziologie der Gegenwart*. Studienausgabe 2000 (1992), S. 54. Als ›Erlebnisgesellschaft‹ beschreibt Schulze eine auf Eudämonismus (Glückseligkeit als oberstes Lebensziel) und Genuss ausgerichtete gegenwartsorientierte Konsumgesellschaft, die auf hedonistische Werte baut und dabei traditionelle Tugenden wie Solidarität, Anstrengung, Geduld und Askese hintanstellt. In der Erlebnisgesellschaft handelt das Individuum aus egoistischen Motiven, um möglichst viel Genuss zu erreichen.

658 Wilhelm Genazino: *Die Liebesblödigkeit. Roman*. München, Wien 2005. Im Folgenden zitiert mit der Sigle LB im Fließtext.

659 Pontzen, Banalität und Empfindsamkeit, S. 232.

660 Heiko Neumann: »Der letzte Strich des Flaneurs«: schwierige Fußgänger in Wilhelm Genazinos Romanen *Ein Regenschirm für diesen Tag* und *Die Liebesblödigkeit*. In: *Verstehensanfänge. Das literarische Werk Wilhelm Genazinos*. Hrsg. von Andrea Bartl, Friedhelm Marx. Göttingen 2011, S. 148–164, hier. S. 162.

zu sein. So seltsam die Berufe und Liebesbeziehungen dieser Figuren auch anmuten, „[a]lle Versuche, den Sonderling, der sich dauernd dabei ertappt, wieder »mit sich selbst zu sprechen« zum Therapiefall zu degradieren und seine seltsamen Neigungen damit möglichst weit von sich zu weisen, fallen auf den Leser selbst zurück".[661] Nach Hirsch sind es nicht so sehr die Inhalte dieser Selbstgespräche, sondern die ungefilterte erzählerische Darstellung des „ständig im Kopf herumschwirrende[n] Gedankenüberschuss[es], dem nicht rational beizukommen ist".[662]

Eine weitere Gemeinsamkeit zwischen *Angstblüte* und *Die Liebesblödigkeit* ist die eigenwillige Sexualmoral und das sich daraus ergebende erotische Doppelleben, welches die beiden Protagonisten gegenüber ihren jeweiligen Lebensgefährtinnen verheimlichen.[663] Eine weitere Gemeinsamkeit der Figuren besteht darin, dass sie weder soziologisch noch psychologisch besonders realitätsnah konzipiert sind. In Genazinos Texten ist

> die ‚Freistellung' der Protagonisten von bürgerlichen Berufen [...] keine Mimesis einer veränderten soziografischen Struktur und Arbeitswelt, sondern eine erzähltechnische Zurichtung, die aus potenziellen Handlungsträgern Wahrnehmungsdispositive macht. Der erwerbsfreie Alltag der Hauptfiguren ist in Genazinos Romanen meist durch Wahrnehmungen, Empfindungen und Reflexionen über die eigene Person und den Zustand der Welt ausgefüllt.[664]

Sind demnach auch die ungewöhnlichen Liebesbeziehungen dieser Einzelgänger nicht als Erneuerung der traditionellen Beziehungskonzeption – zwei PartnerInnen in Liebe vereint – als ›Wahrnehmungsdispositive‹ zu interpretieren? Sowohl Walser als auch Genazino widmen sich in ihren Romanen dem Sujet der Dreiecksbeziehung.[665] Mit *Angstblüte* und *Die Liebesblödigkeit* liegen also zwei Prosatexte vor, in denen das Paradigma der Monogamie in romantischen Intimbeziehungen – zumindest vordergründig – infrage gestellt wird. Beide Protagonisten sind heterosexuell orientiert und gehen ausschließlich heterosexuelle Liebesbeziehungen ein.[666] Sie werden insbesondere durch die Zurschaustellung

---

661 Anja Hirsch: »*Schwebeglück der Literatur*«. *Der Erzähler Wilhelm Genazino*. Heidelberg 2006, S. 56.

662 Ebd.

663 Pontzen, Banalität und Empfindsamkeit, S. 234.

664 Ebd.

665 Vgl. Kirsten Esser: *Inszenierung und Diskursivierung von Sexualität im deutschen Roman nach 1945*. Stuttgart 2010, S. 163.

666 „Today, sexual orientation is almost universally understood to signify whether a person is attracted to members of the same sex, the opposite sex or both sexes". Ann

der sekundären Geschlechtsmerkmale des weiblichen Körpers sexuell erregt (vgl. A 203, LB 42).

Das handlungsauslösende Moment in Genazinos Roman ist die Überzeugung des Protagonisten, eine seiner beiden Partnerinnen verlassen zu müssen, weil er meint, dass er aufgrund des einsetzenden Alternsprozesses bald keine Kraft mehr „für eine Polygamie in drei Wohnungen" (LB 24) haben werde. Im Gegensatz dazu fantasiert der Protagonist in *Angstblüte* lediglich an zwei Stellen (vgl. A 267f., 469) über eine Öffnung seiner Ehe mit Helen zugunsten seiner Affäre mit Joni Jetter. Experimentelle Liebesbeziehungen wie die *Ménage-à-trois* kennt die Literatur zur Genüge.[667] Insofern ist Genazinos Roman kein Ausnahmefall. Besonders wird der Protagonist in Bezug auf das Sujet jedoch durch sein chronologisches Alter: Der Apokalyptiker ist eindeutig kein junger Erwachsener auf der Suche nach Selbsterfahrung, Liebe und/oder Abenteuer, sondern jenseits der fünfzig, in zwei langjährigen Beziehungen und kann auf eine bescheidene berufliche Karriere zurückblicken.[668] Zeichnet sich in Genazinos Roman ein Trend zu erotischer Experimentierfreudigkeit im Alter ab? Oder wird in *Die Liebesblödigkeit* lediglich die ganz normale Problematik gewöhnlicher Männer erzählt, die sich mit Hilfe (jüngerer) Frauen der Angst vor dem Alter(n) entziehen wollen?

Polygamie oder Polyamory? Mehrfachbeziehungen im 21. Jahrhundert

Der Ich-Erzähler aus Genazinos Roman ist „zweiundfünfzig" (LB 11) Jahre alt und lebt mit seinen Partnerinnen seit mindestens einem Jahrzehnt (vgl. LB 23) in zwei unabhängigen eheähnlichen Gemeinschaften ohne gemeinsamen Haushalt.[669] Die

E. Tweedy: Polyamory as Sexual Orientation. In: *University of Cincinnati Law Review* (2011) 79, S. 1461–1515, hier S. 1463.

667 Vgl. Gislinde Seybert: Vorwort. In: *Das literarische Paar. Intertextualität der Geschlechterdiskurse*. Hrsg. von ders. Bielefeld 2003, S. 13–28, hier S. 16; Gerhard Neumann: Eros auf der Schwelle zum 21. Jahrhundert. In: *Liebe in der deutschsprachigen Literatur nach 1945. Festschrift für Ingrid Haag*. Hrsg. von Karl Heinz Götze, Katja Wimmer. Frankfurt a. M. 2010, S. 17–32, hier S. 20f., 26; Hiltrud Gnüg: *Der erotische Roman. Von der Renaissance bis zur Gegenwart*. Stuttgart 2002, S. 253ff.

668 Vgl. Kathrin Tittel: »Die postmoderne Welt im Narrenkostüm« – Genazinos Roman *Die Liebesblödigkeit* in der karnevalesken Romantradition. In: *Humor. Grenzüberschreitende Spielarten eines kulturellen Phänomens*. Hrsg. von Tina Hoffmann u. a. Göttingen 2008, S. 157–170, hier S. 157f.

669 Rüdiger Peuckert: »Getrenntes Zusammenleben«: Beziehungsideal oder Notlösung? In: Ders.: *Familienformen im Wandel*. 7., vollst. überarb. Aufl. Wiesbaden 2008, S. 78–83, hier S. 78.

Ehe als rechtliche und soziale Gemeinschaft lehnt er nach den schlechten Erfahrungen mit seiner seit langer Zeit geschiedenen ersten Ehe ab (vgl. LB 140). Diese Form des getrennten Zusammenlebens wird nach Schmitz-Köster von verheirateten und unverheirateten Paaren praktiziert, die sich selbst als Paar verstehen, aber keine gemeinsame Wohn- und Wirtschaftsgemeinschaft unterhalten.[670] Im Falle des Apokalyptikers ist die Beziehung ohne gemeinsamen Haushalt „als Ausdruck *eines auf Unabhängigkeit ausgerichteten Beziehungsideals*“[671] zu verstehen.

Um Polygamie im engeren Sinne handelt es sich in *Die Liebesblödigkeit* nicht, denn das griechische Lehnwort für „Mehrehe“ bezeichnet die heterosexuelle und legale Ehe zwischen mindestens drei PartnerInnen.[672] Gegen die Bezeichnung der Beziehungskonzeption des Apokalyptikers als eine sogenannte Mehrehe spricht an erster Stelle, dass er seine beiden Partnerinnen nicht über die jeweils andere Beziehung informiert. Wenn es sich bei dieser Beziehungsform nicht um Polygamie handelt, trägt dann der weiter gefasste Begriff der Polyamory? Laut Klesse handelt es sich bei Polyamory um ein Beziehungskonzept, das legimite, (rein) sexuelle und/oder gleichberechtigte Liebesbeziehungen mit mehreren PartnerInnen parallel vorsieht. Der Begriff stammt aus dem englischen Sprachraum und ist ein Neologismus, der das griechische Indefinitum *poly* (dt. viele) mit dem lateinischen Wortstamm von *amare* (dt. lieben) kombiniert. Polyamory bedeutet so viel wie ›mehr als eine Liebe‹ oder ›viele Lieben‹. Der Begriff wird seit den 1970er-Jahren verwendet, ist aber erst in den letzten beiden Jahrzehnten – insbesondere durch die Organisation der Szene über das Internet – populär geworden.[673] Wissenschaftliche Publikationen zu polyamoren Lebensstilen in der westlichen Welt gibt es bisher nur wenige.[674]

Im weitesten Sinne beschreibt Polyamory „ein Prinzip, eine Beziehungsphilosophie oder eine sexuelle Ethik“.[675] Eine genauere Definition ist kaum möglich. Das liegt zum einen an der unzureichenden Forschungslage und zum anderen an der uneinheitlichen Begriffsdefinition innerhalb der Polyamory-

---

670 Vgl. Dorothee Schmitz-Köster: *Liebe auf Distanz. Getrennt zusammen leben.* Reinbek 1990, S. 363.

671 Vgl. Peuckert, Familienformen im Wandel, S. 79.

672 Katrin Berndt: Polygamie. In: *Metzler Lexikon Gender Studies. Ansätze – Personen – Grundbegriffe.* Hrsg. von Renate Kroll. Stuttgart u. a. 2002, S. 309. Vgl. auch Liz Wilson: Marriage. In: *Encyclopedia of Sex and Gender*. Bd. 3. Hrsg. von Fedwa Malti-Douglas. Detroit 2007, S. 947–954, hier S. 948f.

673 Klesse, Polyamory, S. 317.

674 Vgl. ebd., S. 327ff.

675 Ebd.

Bewegung. In ihrem Selbstverständnis grenzt sich die polyamouröse Bewegung deutlich vom offiziellen Bekenntnis der Leitkultur zu (serieller) Monogamie und ihrer institutionalisierten Praxis der Untreue ab.[676] Ihren Ausgang nahm die Bewegung in der feministischen Kritik am Zwang zu monogamen Ehe und der Doppelmoral, die männliche Untreue toleriert, weibliche jedoch sanktioniert.[677] Ihre Wurzeln hat sie in den Experimenten der 1960er-Jahre mit nicht monogamen Lebensformen in verschiedenen Subkulturen.[678] Ein zentrales Kriterium der Bewegung besteht darin, dass alle Beteiligten den nicht monogamen Charakter der Beziehung kennen und befürworten: „Offenheit, Kommunikation und Konsensfindung sind zentrale Werte dieser Beziehungsphilosophie und begründen ihren ethischen Anspruch".[679] Das Thema Eifersucht innerhalb der Polyamory-Bewegung ist für Aktivisten und Forscher gleichermaßen von großer Bedeutung. Je nachdem, ob Eifersucht als ›natürliches Gefühl‹ oder psychisches Defizit betrachtet wird, wird die Lebbarkeit solcher Beziehungsmodelle infrage gestellt.[680]

Vor dem Hintergrund dieses Credos von Ehrlichkeit und Konsens lassen sich die Beziehungen, die Genazinos Protagonist führt, schwerlich als polyamor bezeichnen, denn der Apokalyptiker verschweigt seinen Partnerinnen jeweils die Existenz der anderen. Es bietet sich deshalb an, von seinem Wunsch nach einer polyamoren Beziehung zu sprechen. In der Praxis ist er dagegen lediglich ›untreu‹, weil er beiden Partnerinnen eine monogame Beziehung suggeriert. Allerdings bedient sich der Apokalyptiker in einer längeren Rechtfertigung seines Beziehungskonzeptes der Rhetorik bzw. der Argumentationsstruktur der polyamourösen Bewegung:

> Ich kann die dauerhafte Liebe zu zwei Frauen nur empfehlen. Sie wirkt wie eine wunderbare Doppelverankerung in der Welt. Man wird mit Liebe gemästet, und das ist genau das, was ich brauche. Die Liebe zu zwei Frauen ist weder obszön noch gemein

---

676 Vgl. P. Mint: The Power Dynamics of Cheating: Effects of Polyamory and Bisexuality. In: *Plural Loves. Designs for Bi and Poly Living*. Hrsg. von Serena Anderlini-D'Onofrio, Fritz Klein. Binghamptom, New York 2004, S. 55–74, hier S. 60.

677 Vgl. Wilson, Marriage, S. 948.

678 Vgl. Ingrid Bauer: 1968 und die *sex(ual) & gender revolution*. Transformations- und Konfliktzone: Geschlechterverhältnisse. In: *Das Jahr 1968 – Ereignis, Symbol, Chiffre*. Hrsg. von Oliver Rathkolb, Friedrich Stadler. Wien 2010, S. 163–208, hier S. 170ff.; GLF Manifesto. In: *No bath but plenty of bubbles. An oral history of the gay liberation front 1970–1973*. Hrsg. von Lisa Power. London 1995 [1971], S. 316–330, hier S. 327f.

679 Klesse, Polyamory, S. 316.

680 Vgl. Stearns, Jealousy in Western History, S. 20.

> noch besonders triebhaft oder lüstern. Sie ist im Gegenteil völlig normal (und normalisierend). Sie ist eine bedeutsame Vertiefung aller Lebensbelange. Ich vergleiche sie oft mit der Elternliebe. Niemand hat je gefordert, daß wir nur die Mutter oder nur den Vater lieben dürfen. Im Gegenteil, alle Welt verlangt von uns, daß wir die Mutter und den Vater lieben, und zwar gleichzeitig und stets heftig und ein Leben lang oder sogar länger. Wehe, wenn wir in der Liebe zum einen oder anderen nachlassen! Immer wieder frage ich mich, warum uns in dem einen Fall eine Doppelliebe möglich sein soll, während sie in dem anderen Fall untersagt ist. Mir jedenfalls ist das Bewußtsein dafür, daß mein Liebesleben polygam genannt wird und nach den herrschenden Auffassungen niederträchtig ist, im Laufe der Jahre abhanden gekommen. (LB 23)

Insbesondere der Vergleich seiner beiden Liebesbeziehungen mit der Kindesliebe durchzieht die gesamte (Ratgeber-)Literatur zum Thema Polyamory. Das Argument der Möglichkeit von parallelen und gleichwertigen Liebesbeziehungen innerhalb der Familie wird auch vorgebracht in Bezug auf die idealerweise bedingungslose und präferenzfreie elterliche Liebe[681] zum eigenen Nachwuchs.[682] Die Verteidigung gegenüber dem Vorwurf der Triebhaftigkeit mit der Betonung der emotionalen Verbundenheit als moralische Rechtfertigung nicht monogamer Lebensweisen gehört ebenfalls zum Repertoire der Argumente für einen polyamourösen Lebensstil.

Die erotische Dreiecksbeziehung ist nach Esser ein literarisches Sujet mit dem Potenzial, den Leserblick „auf die Bruchstellen" im Sexualdiskurs des 21. Jahrhunderts zu lenken, der libertäre Sexualität „im unmittelbaren gesellschaftlichen Umfeld allen Enttabuisierungstendenzen zum Trotz kaum toleriert".[683] Der Protagonist in *Die Liebesblödigkeit* ordnet seinen Anspruch auf Selbstverwirklichung dem Paradigma der Monogamie über und scheint dadurch eine subversive Position innerhalb des Diskurses einzunehmen: „Ich wünsche allen Männern zwei Frauen und allen Frauen zwei Männer, wenigstens phasenweise, denn zwei Frauen und zwei Männer sind die Mindestüppigkeit, mit der wir im Kampf gegen unser armseliges Leben antreten können, ohne uns gleich dem Gesetz der Kargheit auszuliefern". (LB 45) Die Konstruiertheit und Lebensferne des Szenarios einer jahrzehntelangen, heimlichen Dreiecksbeziehung mit zwei Frauen in der gleichen Stadt entlarvt die vermeintliche erotische Subversivität des Protagonisten als absurde, aber systemkonforme Scharade. Wie alle Überzeugungen des Apokalypti-

681 May, Love, S. 252f.

682 Vgl. Dossie Easton; Janet W. Hardy: *The Ethical Slut. A Roadmap for Relationship Pioneers*. 2. Aufl. Berkeley, Calif 2009, S. 26.

683 Esser, Inszenierung und Diskursivierung, S. 164

kers wird auch sein wortreiches Bekenntnis zur ›Polygamie‹ durch sein Handeln widerlegt.[684] Während der Apokalyptiker die Kritik am Paradigma monogamer Beziehungen auf eine neue Ebene führt, indem er zwei LiebhaberInnen für jede/n predigt, enthält er seinen Partnerinnen eben dies durch die Suggestion einer monogamen Beziehung vor. Zum Verständnis des Beziehungsverhaltens des Apokalyptikers ließe sich die soziologische Analyse zum Beziehungsverhalten von Ernst heranziehen:

> Die sich als Alternative gerierende Promiskuität ist nichts als die abstrakte Negation der bürgerlichen 2er-Beziehung. Negiert wird von einem subjektiven Zentrum aus, dem Ego. Dieses Ego läßt in der 2er-Beziehung eine 2 als Person mit sich verschmelzen, die 2 hat sich dem Ego anzuähneln; im Don Giovanismus hält das Ego alle Personen (2,3,4,…n) von sich fern, um dadurch den Sexus von allen tauschen zu können. Im ersten Fall [der 2er-Beziehung, Anm. MD] wird die 2 auf Kosten der Drittheit geliebt, im zweiten wird dem Schein von Drittheit zuliebe niemand geliebt, aber alle werden sexuell gebraucht. […] In der Beziehungswelt der Menschen kann die 1 prinzipiell von allen beansprucht werden. Die Frage ist nur, welches Ego, sich gegenüber anderen durchsetzt. Dabei wird häufig ein Wechsel vorgenommen. In der 2er-Beziehung z. B. kann die 1 vom Mann auf die Frau übergehen, oder aber beide beanspruchen diese Position.[685]

Im Hinblick auf den von Ernst beschriebenen Beziehungstyp des „Don Giovanismus" erfüllt die Figur des Apokalyptikers lediglich die notwendigen, nicht aber die hinreichenden Bedingungen. Er hat zwar mehr als eine Partnerin, ist diesen beiden jedoch durch langjährige Beziehungen verbunden. Seine heimliche Doppelbeziehung ist keine Alternative zur bürgerlichen Zweierbeziehung, sondern vielmehr eine Mimikry derselben mit zwei Frauen in drei Wohnungen. Denn das Zusammenleben und Beziehungsverhalten des Apokalyptikers entspricht aus der Sicht seiner Partnerinnen einer Zweierbeziehung, und in diesem Glauben lässt er beide Frauen. Da Sandra und Judith zwar in derselben Stadt leben, aber in unterschiedlichen sozialen Sphären verkehren und nicht „zu Mißtrauen oder Argwohn" (LB 20f.) neigen, funktioniert das Versteckspiel des Apokalyptikers seit Jahren reibungslos. Als Sandra ihn dennoch zufällig zusammen mit Judith sieht, belügt er Erstere über sein romantisches Verhältnis zu Letzterer und macht ihr glaubhaft, dass er zu Judith eine rein geschäftliche Beziehung unterhalte (vgl. LB 186ff.).

---

684 Vgl. ebd.

685 Werner W. Ernst: Liebe, Sexus und System. In: *Rationalität, Gefühl und Liebe im Geschlechterverhältnis*. Hrsg. von Ursula Marianne Ernst, Charlotte Annerl, Werner W. Ernst. Pfaffenweiler 1995, S. 9–23, hier S. 14.

Narrative Gestaltung (anti-)bürgerlicher Liebesordnungen

Das soziale Klima, dem fast alle Genazino'schen Antihelden entstammen, ist die geistige Enge der kleinbürgerlichen Verhältnisse der 1950er-Jahre mit ihren „sorgfältig gepflegten Neurosen und tief verinnerlichten Schuldgefühlen".[686] Das Gefühlsleben der männlichen Hauptfiguren ist geprägt durch ein Gefühl der Scham, das insbesondere die persönlichen Beziehungen zu anderen Figuren beeinflusst.[687] Der Roman *Die Liebesblödigkeit* kreist „um den Protagonisten, um seine Gedanken, Beobachtungen und den banalen Alltag der Menschen im Allgemeinen und um eine Wirklichkeit, die viel zu unglaublich, wenn nicht sogar unmöglich erscheint".[688] Das handlungsauslösende Moment des Romans ist die selbst gestellte Aufgabe des Apokalyptikers, „Ordnung" in seinem Leben zu schaffen, und zwar mithilfe der Konstante „eine Frau, eine Liebe, eine Wohnung, eine Klarheit" (DL 129).[689]

Der Wunsch des Apokalyptikers nach einer neuen Lebens- und Liebesordnung ist aus seiner Befürchtung heraus entstanden, mit zunehmendem Alter die Energie für sein nervenaufreibendes Doppelleben zu verlieren:

> Daß ich mit meiner Dreieckskonstellation dennoch hadere, hat einen äußerlichen und deprimierenden Grund. Ich muß mir darüber klar werden, daß ich früher oder später nicht mehr die Wendigkeit, die Lust und vermutlich auch nicht mehr die Kraft zu einer Polygamie in drei Wohnungen haben werde. Ich muß seit einiger Zeit an den Niederschlägen und den Schwachheiten des Alterns teilnehmen. Das bedeutet, daß ich mich für eine Frau entscheiden werde müssen, mit der ich dann auch zusammenziehen will. (LB 24)

An dieser Stelle verwirft Genazinos Protagonist seine Beziehungskonzeption als nicht praktikabel für das höhere Lebensalter. Er strebt aus rational-egoistischen Motiven und nicht aus moralischen Gründen nach einer bürgerlichen Beziehung mit einer Frau, in einer Wohnung. Über die möglichen Gefühle und Bedürfnisse seiner Partnerinnen hinsichtlich einer Trennung macht sich der Protagonist, der über die möglichen Emotionen eines Kleinkindes unter einem Regenverdeck ausgiebig reflektiert (vgl. LB 201), zu keinem Zeitpunkt im Handlungsgeschehen Gedanken. Seine Reflexionen über das Ende seiner heimlichen Polygamie sind

686 Tanja van Hoorn: Wilhelm Genazino: Das erzählerische Werk. In: *Kindlers Literatur Lexikon Online*. [Zugriff: 25.1.2012].

687 Vgl. ebd.

688 Tittel, Genazinos Roman, S. 159.

689 Dies ist als intratextueller Verweis auf den 2003 erschienen Roman *Eine Frau, eine Wohnung, ein Roman* von Wilhelm Genazino zu lesen.

immer eng verknüpft mit der Angst vor dem Nachlassen seiner sexuellen Performanz.

Sein mangelndes Vermögen, Konsequenzen zu ziehen, das ihn mutmaßlich erst in seine heimliche Dreiecksbeziehung gebracht hat,[690] verhindert aber, dass dieser Ordnungszustand erreicht wird. Typisch für Genazinos groteske Erzählungen[691] ist die Andeutung eines narrativen Spannungsbogens, der eine LeserInnenerwartung erzeugt. Diese kann darin bestehen, dass eine Entscheidung für eine der beiden Frauen fällt, oder dass es zur Entdeckung der Doppelbeziehung kommt. Durch Genazinos Abwendung von der konventionellen Erzähltradition des Sujets wird eine solche LeserInnenerwartung enttäuscht:[692] „Es zeichnet sich ab, meine Konfliktwoche wird vorübergehen und ich werde die Frauenfrage nur ein bißchen herumgetragen haben" (LB 144, außerdem LB 159).

Ironie wird im Roman nicht nur auf der Ebene der *histoire* erzeugt, sondern auch auf der Ebene des *discours*, da es sich beim Apokalyptiker um einen höchst unzuverlässigen Ich-Erzähler handelt, der dieses Problem auf einer metafiktionalen Ebene reflektiert. Einerseits ist er oftmals so gefangen in überdeterminierten Alltagsbeobachtungen, dass die Erzählung der Haupthandlung darüber außer Acht gerät. Andererseits gibt er Beobachtungen ganz bewusst verfälscht wieder:

> [...] es ist nicht wahr, daß die Kinder eine der Sandalen des auf der Bank liegenden Mannes weggekickt haben. Im Gegenteil, die Kinder haben *beide* Sandalen ordentlich zur Bank getragen und sind erst dann weggegangen. Warum fälsche ich zuweilen etwas ab, was ich doch richtig beobachtet habe? Ich frage mich, ob ich mir über meine Einstellung Sorgen machen muß oder ob es normal ist, wenn man sich nach innen als Wirklichkeitsveränderer betätigt. Aber solange ich nur für mich entstelle, werden diese Vorgänge als gewöhnlich bezeichnet werden können, hoffe ich. Aufpassen muss ich nur, wenn ich anfange, anderen Menschen gegenüber Korrekturen als wahrhaftig darzustellen. (LB 54)

Für Miriam Haller führt die Ich-Erzählsituation mit einem unzuverlässigen Erzähler zu einer zunehmenden Verunsicherung des Lesers, die durch den *tropos*

---

690 Wie genau die Dreiecksbeziehung mit zwei Frauen entstanden ist, wird im Roman nicht erzählt. Es wird lediglich die Vergangenheit mit Sandra zusammenfassend dargestellt. Wann, wie oder wo die Beziehung mit Judith begann, erfahren die LeserInnen nicht.

691 Ausführlich hierzu: Tittel, Genazinos Roman, S. 159ff.

692 Vgl. Oliver Jahraus: Deemphase als Apokalypse. Genazinos Beitrag zur Subjektkritik. Am Beispiel des Romans *Die Liebesblödigkeit*. In: *Verstehensanfänge. Das literarische Werk Wilhelm Genazinos*. Hrsg. von Andrea Bartl, Friedhelm Marx. Göttingen 2011, S. 99–114, hier S. 110.

der Ironie als Form des uneigentlichen Sprechens noch verstärkt wird.[693] Laut Tittel hat das Komische in Genazinos Werk „nie ein Publikum, sondern alles wird im Inneren erlebt und belacht".[694] Seine Protagonisten sind von sich selbst beobachtete Beobachter des Alltags[695] und stets „auf der Suche nach kleinen, alltäglichen Unstimmigkeiten".[696] Anders als beim Witz gibt es in Genazinos Komik keine Pointen. Sie entsteht gewissermaßen „wie von selbst, ohne dass eine Absicht dahinter erkennbar wäre".[697] Für Genazino ist das „Komische [.] die nicht entdeckte, aber stets auf einen Entdecker wartende Lächerlichkeit, an der der Entdecker selbst teilhat".[698] Diese Komik entsteht laut Hirsch aus der Zwangslage eines von vornherein zum Scheitern verurteilten Subjekts,[699] das sich dennoch gegen sein Schicksal auflehnt. Im Alter(n)sdiskurs dient das Stilmittel der Ironie meist der Kritik traditioneller Konzepte des Alter(n)s. Die Ironie hat nach Warning „ihren historischen Ort in Übergangszeiten zwischen einem abgeschiedenen Alten und einem noch nicht absehbaren Neuen".[700] Das frühe 21. Jahrhundert sieht Haller als Zeit der „Infragestellung traditioneller Altersbilder und des herrschenden politischen Diskurses über die Notwendigkeit der Etablierung neuer Altersbilder".[701] Die ironische Relativierung traditioneller Konzepte des Alter(n)s dient demnach der subversiven Neubesetzung (Resignifikation). Die beiden wichtigsten Themen in Genazinos Roman – Alter und erotische Liebe – werden im literarischen Diskurs traditionell in den Figurenmotiven des Lustgreises und des verliebten Alten kombiniert. Anders als im traditionellen Gebrauch dieser Schwankmotive wird in *Die Liebesblödigkeit* jedoch nicht der männliche Protagonist zum Hahnrei, der permanente Betrug seiner nichts ahnenden Partnerinnen wird trotz seiner mangelhaften Geheimhaltungspraxis absurderweise nicht entdeckt. Auch seine Potenzprobleme lassen seine beiden Partnerinnen rücksichtsvoll unkommentiert

---

693 Vgl. Haller, Die Neuen Alten, S. 241.

694 Tittel, Die postmoderne Welt, S. 161.

695 Marit Hofmann: »Als könnte ich meinem eigenen Blick zuschauen«. Beobachtete Beobachter in Wilhelm Genazinos Romanen. In: *Wilhelm Genazino. Text + Kritik. Zeitschrift für Literatur* 16 (2004), S. 55–64, hier S. 55.

696 Samuel Moser: Isola Insula. Aspekte der Individuation bei Wilhelm Genazino. In: *Wilhelm Genazino. Text + Kritik. Zeitschrift für Literatur* 162 (2004), S. 36–45, hier S. 39.

697 Hirsch, Schwebeglück der Literatur, S. 151.

698 Genazino, Der gedehnte Blick, S. 149.

699 Vgl. Hirsch, Schwebeglück der Literatur, S. 152.

700 Rainer Warning: *Die Phantasie des Realisten*. München 1999, S. 163f.

701 Haller, Die Neuen Alten, S. 241.

oder sie bemühen sich um technische Lösungen zu seiner Unterstützung (vgl. LB 69, 127f.).

Während der Apokalyptiker sein gesamtes Körpererleben als symptomatisch für eine rasch fortschreitende Vergreisung interpretiert, befindet er sich mit seinem chronologischen Alter von 52 Jahren aus medizinischer Perspektive jedoch durchaus noch im späten Erwerbsalter.[702] Auf diese Spannung zwischen der Selbstinszenierung als altem Mann und seinem sozialen Alter erwächst ein Gutteil des komischen Potenzials des Romans, das sich insbesondere in dieser Passage niederschlägt:

> Ich koche nicht, jedenfalls nicht für mich allein. Schon seit Monaten liegt die Telefonnummer von Essen-auf-Rädern auf meinem Schreibtisch. Aber ich traue mich nicht anzurufen. Vermutlich gibt es Bedingungen, die ich nicht oder noch nicht erfülle. Man wird wenigstens sechzig sein oder sonstwie krank sein müssen. Und dann kommt ein Amtmann in die Wohnung und prüft, ob man nicht gelogen habe. Ich fürchte mich davor, alterskindisch oder altersblöd zu werden, was vermutlich dasselbe ist. (LB 29)

Schon in der Figureneinführung des Apokalyptikers wird deutlich, dass der Fokus der Erzählung auf solchen Absurditäten des als banal empfundenen Alltags liegt und nicht auf dem Konfliktpotenzial seiner Beziehungssituation. Genazinos Roman ist die Satire des überzeichneten Alltags eines gescheiterten Intellektuellen. Die Unwahrscheinlichkeit der Geheimhaltung seiner Beziehungen, der Wechsel von Hyperbel und Understatement, die Hypochondrie des hypersensiblen Flaneurs und das detaillierte Erzählen nebensächlicher Alltagsbeobachtungen im Vergleich zu üblicherweise *plot*-relevanten Elementen der Haupthandlung (z. B. die Entstehung der Liebesbeziehung) machen das deutlich.

Alterskonzeptionen in ›Die Liebesblödigkeit‹

Es verwundert nicht, dass der Rezensent Helmut Böttiger zu dem Schluss kommt: *Die Liebesblödigkeit* sei „ein Buch über das Altern. Und da ist die Apokalypse nicht weit".[703] Die zu erwartenden Alterserscheinungen bezeichnet der Ich-Erzähler als auslösendes Moment seiner Krise in Bezug auf eine Entscheidunng für eine seiner beiden Partnerinnen (vgl. LB 24). Dass der Apokalyptiker sich im Alter von 52 Jahren verstärkt Gedanken um seine zu erwartende Rente (vgl. LB 108, 123) und den Verlust seiner Libido (vgl. LB 100) macht, entspricht zwar dem Alters-

---

702 Vgl. Motel-Klingebiel, Wurm, Tesch-Römer: Die zweite Lebenshälfte, S. 284.

703 Helmut Böttiger: Die Apokalypse trägt Stützstrümpfe. *Die Liebesblödigkeit*: Der neue Roman des genialen Schwarzmalers und Büchner-Preisträgers Wilhelm Genazino. In: *Die Zeit* am 24.2.2005.

erwartungscode, doch sein Nachdenken über „Essen-auf-Rädern" (vgl. LB 29) leitet eine immer grotesker werdende Fahrt durch den alternden Körper[704] ein. Dabei wird die Hyperbel als Technik der Ironie zu einer der wichtigsten rhetorischen Figuren in *Die Liebesblödigkeit*. Jede körperliche Veränderung deutet der Ich-Erzähler als Symptom eines bald und rasch einsetzenden körperlichen Verfalls, seiner unmittelbar bevorstehenden Vergreisung oder seines unaufhaltsamen Dahinsiechens, an dessen Ende ein unwürdiger Tod steht:[705]

> [Ich] habe dieses nervöse Zittern im rechten Augenlid. Das Kribbeln überfällt mich in Abständen von drei bis vier Wochen und löst jedesmal eine Flut von finalen Vorstellungen aus. Ich habe schon öfter Menschen gesehen, denen ein Lid tot über einem Auge hing wie ein kaputter Rolladen. Kriege ich jetzt auch ein solches Auge? [...] Ich glaube, daß ich an Krebs erkrankt bin (letztes Stadium natürlich) und den nächsten Winter nicht mehr überstehen werde. Schon als Kind habe ich gewußt, daß der Tod eine ferne Beschmutzung ist, die man sich auch noch selbst zufügen muß. Es hat nicht genutzt, daß du dich ein Leben lang gewaschen hast! Die nächsten Stationen werden sein: Darmspiegelung, Darmverschluß, Darmoperation, Darmkatheder. (LB 46f.)

Tittel konstatiert diesbezüglich, dass der groteske Körper vom Ich-Erzähler vollständig ausgemalt wird und der befürchtete Zustand der Organe den durch seine Lebensumstände bedrückten Seelenzustand des Protagonisten spiegelt. Dabei nehme der Apokalyptiker „das Altern mit einer Gelassenheit hin, die zwischen Gleichgültigkeit und völliger Körperentfremdung"[706] schwanke. Tittels Annahme, dass der Protagonist keine Angst vor dem Tode habe,[707] ist jedoch eine Fehleinschätzung. Denn die Todesangst ist der Zielpunkt aller Hypochondrie und erst am Ende des Romans gelingt es dem Apokalyptiker, „die Todesangst vom bloßen Todesangsttheater zu trennen" (LB 201). Dass er den Alternsprozess und den Tod immer wieder in Lächerliche zieht, ist eine Strategie, mit der die Todesangst ironisiert und „(wie auch jede andere Angst) vom Lachen besiegt"[708] werden kann.

Abgesehen von seinen Krampfadern, deren effektive Therapie er paradoxerweise verweigert (vgl. LB 136), und einem Ekzem ist der Apokalyptiker im Roman lediglich ein eingebildeter Kranker. Als Hypochonder dramatisiert er sein Leiden

---

704 Vgl. Tittel, Genazinos Roman, S. 165.

705 Vgl. Mechthilde Vahsen: Sei, was du bist. Erstbegegnungen mit dem Altern in der zeitgenössischen Literatur. In: *Altern ist anders: Gelebte Träume – Facetten einer neuen Alter(n)skultur*. Hrsg. von Eckhard Krauß. Hamburg 2007, S. 322–341, S. 334f.

706 Tittel, Genazinos Roman, S. 165.

707 Ebd., S. 166.

708 Ebd. Vgl. Michail Bachtin: *Rabelais und seine Welt. Volkskultur als Gegenkultur*. Hrsg. von Renate Lachmann. Frankfurt a. M. 1995, S. 378.

unter eingebildeten „Altersgebrechen“[709] und überführt sich dabei selbstironisch als einen ›eingebildeten Alten‹. Aus seiner falschen ›Altersidentität‹ entsteht die groteske Komik des Romans. Anders als in *Angstblüte* kommt der Altersdiskurs in *Die Liebesblödigkeit* nicht über die eingestreuten, einzelnen Sentenzen und Anekdoten zum Alter(n) hinaus. Genazinos Roman ist demnach kein Roman über das Alter(n), sondern über die Angst eines alternden Mannes davor. Dies ist die Basis, auf der sich der Apokalyptiker für eine seiner beiden Lebensgefährtinnen entscheiden will, die ihm in dieser Phase dann als Pflegerin und Krankenschwester beistehen soll.

Alter(n), Liebe und Erotik in ›Die Liebesblödigkeit‹

Das Motiv der Körperscham, das insbesondere in Bezug auf sexuelle oder sexualisierte Handlungen zum Tragen kommt, dominiert den Roman:

> Das Leitmotiv der Scham beeinflusst die Prosa Genazinos auf narratologischer und inhaltlicher Ebene. Durch die Einnahme verschiedener Beobachterpositionen gelingt die erzählerische Annäherung an ein komplexes Phänomen, aus dem wiederum viele andere Grundmotive hervorgehen. Dazu gehören u. a. die scheiternden Beischlafszenen und andere gestörte Beziehungen, aber auch der in alle Texte beharrliche eindringende Verlust von Dingen, der, auch wenn er ästhetisch geglättet ist, frühe Verlassenheitsängste spiegelt.[710]

Nach Bachtin sind der Beischlaf, die Agonie (Röcheln und Ersticken) und der immer währende Zyklus von Geburt, Altern und Tod die Grundakte des Lebens und der Zielpunkt alles Grotesk-Komischen.[711] Der Katalog der Krankheiten, an denen der Apokalyptiker zumindest zeitweise zu leiden glaubt, kippt immer wieder ins Komische. Scham und Peinlichkeit dienen in Genazinos Romanen als Movens des Erzählens.[712] Der Bereich des Sexuellen ist davon besonders betroffen, denn Genazino wendet sich gegen die Idee von der Erhabenheit des Erotischen.[713] Laut Jahraus wird man wohl „[s]chwerlich […] einen Roman finden, der schrecklichere und peinlichere Liebesszenen enthält als *Die Liebesblödigkeit*“.[714] Diesem Urteil muss man sich zwar nicht anschließen, es zeigt jedoch, dass Sexualität und Erotik

709 Böttiger, Die Apokalypse trägt Stützstrümpfe.
710 Jahraus, Deemphase, S. 211f.
711 Vgl. Michail Bachtin: Die groteske Gestalt des Leibes. In: *Literatur und Karneval. Zur Romantheorie und Lachkultur*. Hrsg. von dems. Wien 1985, S. 15–23, hier S. 17.
712 Vgl. Pontzen, Banalität und Empfindsamkeit, S. 240.
713 Vgl. ebd, S. 242.
714 Jahraus, Deemphase, S. 101f.

in Genazinos Roman recht weit auseinanderliegen. Was die Sexepisoden in *Die Liebesblödigkeit* auszeichnet, ist der sardonische Humor des Apokalyptikers, der, im Präsenz erzählend, die Peinlichkeit im Moment ihrer Entstehung beobachtet:

> Genazinos Beobachter beobachten ihre Umgebung – sie beobachten vor allem aber sich selbst – auch und gerade beim Intimsten, so wie der Erzähler des Romans *Die Liebesblödigkeit* (2005), dem noch der in freier Natur genossene (besser: *verrichtete*, denn Verrichtungen sind die Sexualakte in Genazinos Texten allemal) Geschlechtsverkehr Anlass zu nachstehendem Gedankengang wird: ‚In den Augenblicken des Samenabgangs schwirrt ein Dutzend Sperlinge aus der Hecke. Es entzückt mich, daß die Vögel geordnet auffliegen und ebenso geordnet in eine andere Hecke einfallen.' (LB 45)[715]

Der Roman thematisiert auf diese Weise an mehreren Stellen (vgl. LB 14f., 44f., 127f., 132, 156ff., 165, 169f.) komische Sexakte des Apokalyptikers mit gegenwärtigen und ehemaligen Partnerinnen.

Dabei greifen die Themen Alter(n), Liebe und Erotik in *Die Liebesblödigkeit* eng ineinander. Grotesk ist nicht nur der erotische Körper, sondern nach Bachtin insbesondere der alternde Körper.[716] Der Geschlechtsakt steigert die Groteske des alternden Körpers. In der Tradition des Schwanks werden die komischen Effekte des Alterns männlicher und weiblicher Körper an geschlechterstereotypisierten Schwächen festgemacht: Gefallsucht und Impotenz. So erfährt der Leser zu Beginn des Romans, dass der Protagonist die hohe sexuelle Aktivität seiner Partnerin Sandra ihrer Angst vor dem Verlust ihrer Attraktivität aus Altersgründen zuschreibt:

> Wir sind in einem Alter, in dem man manchmal vögelt, um hinterher schnell einschlafen zu können. Vergleichsweise häufig sind wir zusammen, um Sandras Ängstlichkeiten zu zerstreuen. Sie fürchtet, nicht mehr begehrenswert zu sein. Aus diesem Grund ist sie fast immer beischlafwillig. (LB 14)

Als der Protagonist diesen Beischlaf wegen eines Muskelkrampfes im Bein schon nach einer Minute abbrechen muss, sieht er darin einen Vorboten für das altersbedingte Ende seines Sexlebens (vgl. LB 14).

Genazino arbeitet hier offensiv mit Geschlechterklischees: Während Sandra das erotische Begehren des Mannes als Mittel zur Bestätigung ihrer sexuellen Attraktivität braucht, fürchtet der Apokalyptiker sich vor dem Nachlassen bzw. vor dem Versagen seiner sexuellen Performanz (vgl. LB 100), da seine Attrak-

---

715 Norbert Otto Eke: Epiphanische Augen-Blicke bei Genazino und Krauß. In: *Alltag als Genre.* Hrsg. von Heinz-Peter Preusser, Anthonya Visser, Heidelberg 2009, S. 177–190, hier S. 181f.

716 Vgl. Bachtin, Rabelais, S. 102; Tittel, Genazinos Roman, S. 164.

tivität dadurch bedroht wird.[717] Für Frauen bedeutet Altern laut Susan Sontag einen erniedrigenden Prozess gradueller sexueller Disqualifizierung: Frauen erscheinen in ihrer frühen Jugend als am geeignetsten, danach sinkt ihr sexueller Wert beständig ab.[718] Doch auch der alternde Mann steht laut Fiedler unter permanentem Druck: Spätestens seit dem Ende des 20. Jahrhunderts müssen alte Männer in der offiziellen Rhetorik ihre sexuelle Gesundheit durch eine lang anhaltende Erektionsfähigkeit beweisen, um nicht dem Verdacht der ‚sexuellen Senilität'[719] ausgesetzt zu sein. Während das Ausbleiben des sexuellen Begehrens nach der christlichen Glaubensvorstellung lange Zeit als erstrebenswert galt, ist der altersbedingte Libidoverlust des Mannes heute die Geschäftsgrundlage – und eine beträchtliche Einnahmequelle der Pharmaindustrie.[720] Der Apokalyptiker beklagt sich zwar wiederkehrend über seinen vorzeitigen Samenerguss (vgl. LB 101) und seine „Beinahe-Impotenz" (LB 163), die er für den Vorboten seiner (selbst erfundenen) „Enderektion" (LB 144) hält. Als „Fortschrittsrevisionist, [.] Besinnungskonservativer" (LB 25) und Konsumgegner (vgl. LB 125) zieht er aber Gegenmaßnahmen wie medizinische Hilfsmittel oder Medikamente gegen erektile Dysfunktion zu keinem Zeitpunkt in Betracht. Auch eine Verjüngung oder zumindest die Stagnation der befürchteten Alterszeichen durch zeitgenössische ›Jungbrunnen‹ wie Nahrungsergänzungsmittel, sogenannte Anti-Aging-Präparate, Sport oder kosmetische Chirurgie werden im Roman nicht thematisiert. Der körperliche Verfall wird im Gegensatz zu *Angstblüte* als ›naturgegeben‹ und als unaufhaltsam hingenommen, was den Apokalyptiker – berufsgemäß – jedoch nicht daran hindert, genau diese Situation zu beklagen:

> Denn genaugenommen ist Altern ein Zustand, der zu mir paßt. Altern ist nur ein anderes Wort für Unwilligkeit, und unwillig war ich schon als Kind. Im Grunde habe ich von Kindheit auf das Altern gewartet, es ist mir ähnlich. Warum mache ich mir diese Auffassung nicht zu eigen? (LB 144)

Seine beiden Lebensgefährtinnen stehen für verschiedene Modelle im Umgang mit altersbedingten Sexproblemen. Während die 43-jährige Sandra sich mit einfallsreichen Hilfsmitteln und durch ärztliche Unterstützung um das Fortbestehen des gemeinsamen Sexlebens bemüht (vgl. LB 60), glaubt der Apokalyptiker, dass

---

717 Vgl. Tanja Stelzer: Die neuen Nackten. In: *Zeit Online* am 29. März 2012. [Zugriff: 18.02.2014].

718 Vgl. Sontag, The Double Standard, S. 287.

719 Vgl. Fiedler, Eros and Old Age, S. 40.

720 Vgl. ebd., S. 39f.

Judith die „Sexualverlöschung" (LB 41) mit einem Schulterzucken hinnehmen würde:

> Ich habe bis jetzt nur einmal mit Judith über dieses Thema gesprochen. Sie sagte nur: Ich wundere mich, daß überhaupt noch etwas los ist; ich hätte es nie für möglich gehalten, daß ich noch mit einundfünfzig mit einem Mann ins Bett gehe. Nach dieser Bemerkung war das Thema beendet. Insofern ist Judith die für das Problem der Sexualverlöschung wahrscheinlich geeignetere Frau. (LB 41).

In dem Sujet der Dreiecksbeziehung sind die Motive der heimlichen Liebesbeziehung[721] und des Mannes zwischen zwei Frauen angelegt. Frenzel definiert Letzteres als die Situation des Schwankens eines Mannes, die ausgelöst wird durch seine „gleichzeitige und gleich starke Neigung zu zwei Frauen".[722] Er kann und will keines der „beiden meist gegensätzlichen oder doch unterschiedlichen Objekte seines Begehrens" aufgeben und möchte sie „am liebsten in einer Person vereint sehen".[723] Letzteres ist in *Die Liebesblödigkeit* nicht der Fall, da der Apokalyptiker Verlassenheitsanfälle erleidet, wenn er längere Zeit nur mit einer seiner beiden Frauen Kontakt hat (vgl. LB 23f.), und zwei PartnerInnen als „Mindestüppigkeit" (LB 45) gegen die alltägliche Kargheit des Lebens empfiehlt. Die jüngere, bodenständige und etwas einfältige Sekretärin Sandra (vgl. LB 9) und die intellektuelle, etwa gleichaltrige gescheiterte Konzertpianistin Judith (vgl. LB 18f.) entsprechen aber den Typenfunktionen innerhalb der Figurenkonstellation des Motivs. Die Gegensätzlichkeit der beiden Frauen interpretiert der Apokalyptiker als komplementär und nicht als Manko: „Judith ist mir genauso unverzichtbar wie Sandra, obwohl sie in vielerlei Hinsicht das vollkommene Gegenteil von Sandra ist" (LB 18).

Die Handlungsführung entspricht nach Frenzel der inneren Dialektik des Motivs: Die dem Mann jeweils gegenwärtige Frauenfigur verdrängt seine Neigung zu der jeweils abwesenden. Wenn Judith beispielsweise über ihre Empfindsamkeit reflektiert, glaubt der Apokalytiker, sich ohne Zögern für sie entscheiden zu können (vgl. LB 42). Wohingegen er sich für Sandra entscheiden will, weil sie die „Alterssicherung" (LB 60) ihrer Sexualität durch kleine Hilfsmittel bewerkstelligt (vgl. LB 69, 127f.). Genazinos Protagonist vergleicht immer wieder die Vor- und Nachteile seiner beiden Partnerinnen miteinander, um zu einer Entscheidung zu gelangen, was er zwar geschmacklos, aber unterhaltsam findet (vgl. LB 22f., 29).

---

721 Vgl. Frenzel, Die heimliche Liebesbeziehung, S. 442–456.

722 Vgl. Elisabeth Frenzel: Mann zwischen zwei Frauen. In: Motive der Weltliteratur, S. 489–500, hier S. 489.

723 Vgl. ebd.

Das Motiv des Mannes zwischen zwei Frauen kann ähnlich dem Motiv des Ehebruchs eine tragische oder eine komische Wendung nehmen. Laut Frenzel führt meist erst eine Konfrontation des Mannes mit beiden Frauen gleichzeitig eine (spontane) Entscheidung oder eine Katastrophe herbei. In der tragischen Variante verwandelt sich das Dreieck durch Verzicht, Selbstauslöschung oder gewaltsame Verdrängung einer der beteiligten Figuren in eine Zweierbeziehung.[724] Konsolidiert sich die dem Motiv inhärente Dreieckssituation jedoch durch die permanente Unentschiedenheit des Mannes, ist die Lösung des Konflikts „fast immer komisch und der Mann der Hauptexponent der Komik".[725] Das ist auch der Fall in *Die Liebesblödigkeit*:

Traditionell ist das Motiv des Mannes zwischen zwei Frauen dem Komplex der Nebenbuhlerschaft zugeordnet. Dabei steht aber in der Regel der Zug der weiblichen Eifersucht im Vordergrund, da der Mann historisch gesehen kaum oder gar keine juristischen oder sozialen Konsequenzen für seine sexuelle Freizügigkeit zu befürchten hatte.[726] Diese Grundkonstellation hat sich im 21. Jahrhundert im Hinblick auf sexuelle Freizügigkeit, serielle Monogamie und Ehescheidungen ohne Schuldgrundsatz weitgehend überholt. Eifersucht ist in der Gegenwart ein individualpsychologischer Zug, der das Spannungsfeld zwischen erotischer Verfügbarkeit einerseits und dem Wunsch nach Sicherheit in monogamen Beziehungen andererseits illustriert. Sandras Eifersucht wird zwar am Ende des Romans dadurch geweckt, dass sie ihren Partner zusammen mit Judith sieht, doch sie glaubt seiner Erklärung, dass Judith bei ihm Privatunterricht zum Verständnis der Offenbarung im Johannesevangelium nehme (vgl. LB 186ff.). Damit bleibt die Entdeckung seiner heimlichen Liebesbeziehung, eine Entscheidung oder eine Katastrophe aus. Der Apokalyptiker reflektiert die Unzeitgemäßheit seiner Liebesverwirrung im Roman aus der unterstellten Perspektive einer dritten Figur:

> Dr. Blaul ist eigentlich Geisteswissenschaftler (sein Spezialgebiet: Die Glücksrhetorik in den Eheanzeigen der Aufklärung), aber weil er als Geisteswissenschaftler nicht den Schatten einer Stelle hat finden können, wandte er sich den Problemen des modernen Menschen zu. Mich findet Dr. Blaul zum Glück nicht interessant, weil ich für ihn ein Mensch mit veralteten Problemen bin (zwei Frauen, kein Ausweg). Für ihn bin ich jemand, der mit abgestandenen Resten einer vergangenen Epoche in die Moderne hineinragt und nur noch musealen Reiz hat. (LB 33)

724 Vgl. ebd., S. 489f.

725 Frenzel, Mann zwischen zwei Frauen, S. 489.

726 Vgl. ebd..

Mit dem Motiv des Mannes zwischen zwei Frauen geht häufig das Motiv der heimlichen Liebesbeziehung einher. Das ist insbesondere dann der Fall, wenn der Mann mit einer der beiden Frauenfiguren verheiratet ist. In *Die Liebesblödigkeit* ist dies nur schwach angedeutet: Die Liebesbeziehung zu Sandra war zeitweise eine heimliche, weil sie noch mit einem Elektrotechniker, dem Vater ihres Sohnes, verheiratet war (vgl. LB 10). Sandra gegenüber verschweigt der Apokalyptiker die Beziehung zu Judith, die er noch nicht so lange kennt wie Sandra (vgl. LB 18f.). Seinen Bekannten gegenüber, die zumindest Judith zu kennen scheinen, macht der Apokalyptiker jedoch keinen Hehl aus seinem Liebesleben (vgl. LB 17, 19, 33). Um Geheimhaltung ist es ihm so wenig zu tun, dass er überlegt, einen Hautarzt, der mögliche Stressquellen im Leben des Apokalyptikers identifizieren möchte, über seinen Liebeskonflikt aufzuklären (vgl. LB 96f.).

Dieser Konflikt wird in Genazinos Roman durch Sandras Angebot verschärft, den Apokalyptiker zu heiraten. Ihr Angebot ist nicht ›romantisch‹ motiviert, sondern explizit als altruistische Geste zur Sicherung seiner Rentenansprüche gedacht (vgl. LB 107f.). Damit werden die Geschlechterklischees, die in Form der ironischen Darstellung des „zielstrebig" um erotische Aufmerksamkeit bemühten „Weibchens" (LB 69) und des impotenten Mannes (vgl. LB 100) daherkommen, unterminiert:

> Ich habe bisher immer geglaubt, daß die Frauen von Männern gerettet werden. In meinem Fall ist es umgekehrt. Ich kann, wenn ich will, von einer Frau gerettet oder zumindest aufgefangen werden. Vermutlich ist es dieser Umsturz des Denkens, der mich nicht losläßt. (LB 109)

Auf der Ebene des *discours* motiviert Sandras Angebot ironisch-pathetische Reflexionen des Ich-Erzählers über die neuerlichen moralischen Verwerfungen, die eine vor Judith verheimlichte Heirat bedeuten würde. Mit dem Motiv der heimlichen Liebesbeziehung einher geht häufig das Motiv der heimlichen Heirat. Dieses Motiv dient nach Frenzel „der moralischen Entlastung der sich heimlich treffenden Liebenden, indem es ihnen erlaubt, ohne Verletzung der Schicklichkeit ihrer Liebe voll nachzugehen".[727] Die Beziehungen des Apokalyptikers basieren jedoch auf freier Liebe und der vermeintliche Ausweg einer Ehe mit Sandra erscheint ihm moralisch nur unter der Bedingung der Beendigung des Verhältnisses zu Judith vertretbar:

> Wenn Sandra oder Judith eines Tages entdeckt, daß es die je andere Frau gibt, werde ich als gewöhnlicher triebhafter Mann dastehen. Diese Enthüllung werde ich vielleicht gerade noch hinnehmen können. Wenn aber dann auch noch herauskommt, daß ich

727 Frenzel, Die heimliche Liebesbeziehung, S. 444.

> die eine (oder andere) heimlich geheiratet habe, werde ich ein krummer Hund sein, ein niedriger Frauenbetrüger, den man von morgens bis abends beschimpfen kann. Ein solcher Mann will ich keineswegs werden. Das heißt, ich darf keine von beiden heiraten. (LB 124)

Der Liebeskonflikt des Apokalyptikers wird durch das Heiratsangebot aber nur scheinbar verschärft. Wie alle seine Konflikte verliert sich auch hier das Spannungspotenzial in der Untätigkeit und dem Schweigen der Protagonisten. Der Apokalyptiker bezieht gar keine Position zu dem Heiratsangebot. Er ist froh, dass Sandra sein Schweigen zu verstehen scheint und ebenfalls nicht mehr vom Heiraten spricht (vgl. LB 201).

Der narrativen Vermittlung der erotischen Spannung und der dramatischen Dimension, die traditionell mit den Motiven heimliche Liebesbeziehung und Mann zwischen zwei Frauen verbunden sind, läuft die Handlungsführung in Genazinos Roman vollständig zuwider. Wie zu erwarten, sieht sich der Apokalyptiker außerstande, auf eine seiner beiden Partnerinnen zu verzichten. In Genazinos Roman strukturiert das Motiv jedoch keinen tragischen Stoff, sein Spannungspotenzial verläuft sich darin, dass der seelische Konflikt des Protagonisten weder durch eine Katastrophe noch durch eine glückliche Wendung gelöst wird, sondern lediglich vor dem Hintergrund seiner Sterblichkeit als irrelevant definiert wird (vgl. LB 202):

> Um ein großes Liebesunrecht (entweder an Sandra oder Judith) zu vermeiden, nehme ich laufend kleine Verstöße gegen die Ethik (die Untreue) stillschweigend in Kauf. Es beglückt mich, daß ich zu dieser Überlegung fähig bin. Sie läßt mich zitternd, aber zufrieden als Überlebenden der Liebe zurück. Es ergreift mich eine gehobene Trauer, die durch ihre Leichtigkeit in ihr Gegenteil übergeht. (LB 202)

2.3 ›Vanitas‹ und ›Die Liebesblödigkeit‹: Liebeskonzeptionen egozentrischer Alter in langjährigen Paarbeziehungen

In der christlichen Tradition setzt das Gebot „Liebe Deinen Nächsten wie Dich selbst“ (Lev 19,18; Lk 10,27; Gal 5,14) die Selbstliebe als natürlich voraus und sie soll der Nächstenliebe gleichwertig sein. Die erotisch konnotierten Liebeskonzeptionen in den hier untersuchten Erzählungen von Martin Walser und Helen Meier beziehungsweise Evelyn Grill und Wilhelm Genazino brechen mit diesem Gebot: Während die wahnsinnige Liebe zu einer jüngeren Frau in den *Amour fou*-Erzählungen *Angstblüte* und *Schlafwandel* zulasten der Selbstliebe der alten Liebenden geht, geht die übersteigerte Eigenliebe der männlichen Protagonisten in *Vanitas* und *Die Liebesblödigkeit* auf Kosten der jeweiligen Geliebten. Bei den Paarbeziehungen des schönen, aber unmoralischen Alten in *Vanitas* und des alternden Flaneurs in

Die Liebesblödigkeit steht nicht der Wunsch nach partnerschaftlicher Zweisamkeit im Vordergrund, sondern die Erfüllung der eigenen emotionalen und erotischen Bedürfnisse. Die PartnerInnen sind dabei nur insofern von Interesse für Hofstätter und den Apokalyptiker, als sie die Befriedigung dieser Bedürfnisse verhindern oder erfüllen können. Narrativ wird das durch die Ich-Erzählsituation (*Die Liebesblödigkeit*) und die überwiegende Fokalisierung auf Hofstätter (*Vanitas*) umgesetzt.

Die Sexualität der Protagonisten ist zwar in beiden Romanen ein zentrales Thema, wird jedoch zu keinem Zeitpunkt als erotisch dargestellt. Anders als in Walsers und Meiers Romanen liegt das nicht an einem im Vergleich mit den jüngeren PartnerInnen als defizitär wahrgenommenen Körper – im Gegenteil: In *Die Liebesblödigkeit* ist es die jüngere Sandra, die sich über das sexuelle Begehren die Bestätigung ihrer ungebrochenen Attraktivität von dem alternden Apokalyptiker holt. Aus der Perspektive Hofstätters entspricht die Figur des 62-jährigen Hofstätter „jedem Ideal" (V 59) und er glaubt deshalb, um das etwa 30-jährige Objekt seines Begehrens freien zu können. Während die *Amour fou*-Narrationen des Textkorpus einvernehmliche Sexualität zwischen altersdifferenten Figuren (bemüht) erotisch darstellen, werden Sexualität und Erotik in *Vanitas* und *Die Liebesblödigkeit* durch unterschiedliche Erzählstrategien voneinander entkoppelt. Die sexuellen Interessen von Grills altem Dandy wirken nicht aufgrund seines körperlichen Zustands, sondern aufgrund der vielfachen Tabubrüche in hohem Maße abstoßend: In der Erzählvergangenheit hat er mit dem Missbrauch seines Sohnes Mario nicht nur das Sexualtabu der Pädophilie, sondern auch das Tabu des Inzests verletzt. In der Erzählgegenwart werden diese Tabubrüche durch nekrophile Handlungen hyperbolisch gesteigert. Der verhältnismäßig kleine Verstoß gegen das Gesetz der Einvernehmlichkeit erotischer Aktivitäten gegenüber Edgar wirkt als Peripetie vor dem finalen Showdown: Von seiner Ehefrau gedemütigt und von seinem Angebeteten verschmäht, führt Hofstätter durch kleinere Intrigen indirekt das gleichzeitige und grotesk-grausame Sterben dieser beiden Figuren herbei. Zwar ist Hofstätter damit von seiner Leibeigenschaft befreit, doch zugleich hat er seiner todkranken Konkurrentin (vgl. V 179) um die Gunst des jungen Edgar genau den „starken Abgang" (V 78) verschafft, den er für sich selbst erträumt hatte. In entfernter Anlehnung an den gleichzeitigen Liebestod von Philemon und Baucis scheiden die als *vetula* charakterisierte Olga und ihr junger Kavalier gleichzeitig aus der Welt. Hofstätter weidet sich ein letztes Mal an der Meisterschaft des Todes, bleibt aber als einziger Überlebender der Tragödie allein zurück.

Während der schöne, aber unmoralische Alte Hofstätter von dem begehrten Edgar immer wieder zugunsten von Olga abgewiesen wird, hat der namenlose Protagonist in Genazinos Roman das umgekehrte Problem: Seine verschwiegene Furcht vor der „Enderektion" (LB 144) führt ihn in Pornokinos und Striptease-Shows, ohne ihm die Angst vor den sexuellen Ansprüchen seiner beiden Partnerinnen zu nehmen. Sexualität wird nicht wie in *Vanitas* als groteskes Schauerstück, sondern als bodenlose Peinlichkeit dargestellt. Dazu greift Genazino einige Aspekte des Modells des verliebten Alten zur Strukturierung des Themas Altersliebe auf. Anders als die traditionelle Schwankfigur ist der Apokalyptiker jedoch nicht der Begehrende, sondern der von gleich zwei jüngeren Partnerinnen Begehrte. Dennoch entlarvt er sich in seinen Selbstbeobachtungen als lächerlich, indem er in seinen Selbstgesprächen nicht auf das den Geschlechtsakten vorausgehende Moment der Erregung fokussiert, sondern seine Ängste, Abneigungen, Missgeschicke und Pannen im Augenblick ihrer Entstehung analysiert. Für die emphatische LeserInnenidentifikation bieten Themen wie erotische Erlebnisse, sexuelle Erfüllung, Liebeserfahrungen und Glückverheißungen, die das Handeln des Helden leiten und ihm seine eigene Subjektivität erfahrbar und intersubjektiv vermittelbar werden lassen, seit dem 18. Jahrhundert ein besonderes Potenzial.[728] Zwar werden dem Apokalyptiker diese Erfahrungen zuteil, sie lassen ihn jedoch weder als Subjekt seiner Geschichte hervortreten noch ermöglichen sie eine emphatische Leseridentifikation, da sie immer ins Komische kippen. Ein neuer Trend zur erotischen Experimentierfreudigkeit im Alter wird in *Die Liebesblödigkeit* zugunsten der Problematik eines alternden Mannes erzählt, der sich mithilfe der *Ménage-à-trois* von seiner Angst vor dem eigenen Altern ablenkt. Es sind die Auswirkungen des Alterns auf das Liebesleben, gegen die der Apokalyptiker sich zeitweise auflehnt, um schließlich und mithilfe seines Panikberaters zu erkennen, dass gegenüber dem Leben und der Liebe allein selbstironische Resignation geboten ist.

Auffällig ist jedoch, dass die Sexualität als zentrales Thema beider Romane in der Gegenwartsliteratur zwar offen thematisiert, aber in *Vanitas* durch das Aufrufen von Ekelmotiven sofort deren Verwerflichkeit betont wird. Wie in der älteren Literatur wird das sexuelle Erlebnis der als *vetula* gezeichneten Figur Olga aus Hofstätters Perspektive abgewertet, um die ästhetische Überlegenheit seiner körperlichen Verfassung zu betonen. Genazinos Protagonist wirkt auf den ersten Blick an die alten Verlachfiguren im Bereich der Komödie angelehnt, deren Werben um eine oder einen Jüngeren als für ihr Alter unangemessen und damit als peinlich erscheint. Doch jeder Versuch, die seltsamen Neigungen des Apokalyptikers möglichst weit von sich zu weisen, fällt auf die LeserInnen selbst zurück.[729]

Wilhelm Genazino und Evelyn Grill entwerfen in ihren Romanen Konzeptionen von Liebe und Alter, welche die Ängste ihrer Protagonisten ironisch infragestel-

---

728 Vgl. Jahraus, Deemphase, S. 101.

729 Hirsch, Schwebeglück der Literatur, S. 56.

len und grotesk überzeichnen. Wie in Walsers und Meiers Romanen gibt es auch in *Die Liebesblödigkeit* und in *Vanitas* kein eindeutiges Konzept von Altersliebe. Stattdessen wird das Figurenmodell des verliebten Alten durch die Neugestaltung der Konfrontation der Protagonisten mit ihren jüngeren Geliebten resignifiziert. Genazinos und Grills verliebten Alten gelingt es nicht, ein eigenes Alterskonzept in Abgrenzung von der Lebensphase Jugend zu entwickeln. Sie benutzen ihre jüngeren Partnerinnen lediglich, um ihre Bedürfnisse und Wünsche zu befriedigen, was der traditionellen Erzählweise des Figurenmodells entspricht. Die LeserInnen identifizieren sich nicht oder nur teilweise mit den alten Figuren und lehnen ihre Ängste und Sorgen als unmoralisch ab. Im Gegensatz zum traditionellen verliebten Alten überlebt Grills Protagonist jedoch seine Kontrahentin und Konkurrentin, während der Apokalyptiker seine misstrauische Freundin Sandra erfolgreich über sein Verhältnis zu Judith belügt. Der pädagogische Effekt des ursprünglichen Motivs ist in diesen Erzählungen allenfalls implizit vorhanden und setzt eine Verstehensleistung der Leserschaft voraus.

Dazu statten Grill und Genazino ihre Protagonisten zwar mit den jeweils typischen Attributen der Figurenmodelle des schönen Alten und des Flaneurs aus, ergänzen diese jedoch um das Merkmal der – unterschiedlich ausgeprägten – moralischen Indifferenz. Während Hofstätter seinen Kitzel in morbiden Kunstassoziationen findet, faznieren den Apokalyptiker Alltagsbeobachtungen. Beide lassen sich von einer Sensation zur nächsten treiben, ohne sich für die Konsequenzen ihres Handelns für andere zu interessieren. Diese nonchalante Ich-Bezüglichkeit der männlichen Protagonisten hat Auswirkungen auf das Erzählprogramm von Grill und Genazino: Wird die Perspektive der jüngeren PartnerIn in der *Amour fou*-Narration durch den Liebeswahn des/der älteren ProtagonistIn verschleiert, so wird sie in *Vanitas* und *Die Liebesblödigkeit* durch das Kaleidoskop der ungehemmten Selbstdarstellungen bzw. -reflexionen der charismatischen Hauptfiguren verzerrt. Die romantisch inspirierte, erotisch konnotierte Paarliebe erscheint in diesen Romanen als Anachronismus. Eine/n andere/n zu lieben, bedeutet in das Wohlergehen des jeweiligen Liebesobjektes zu investieren[730] und manchmal auch, die eigenen Bedürfnisse denen des/der Geliebten unterzuordnen.[731] Die alternden Protagonisten beziehen sich zwar immer wieder auf diese Liebeskonzeption, sie praktizieren sie jedoch nicht, weil sie den Bedürfnissen des egozentrischen Individuums in der Erlebnisgesellschaft nicht gerecht wird.

730 Vgl. Kevin E. Hegi, Rayment M. Bergner: What is Love? An Empirically-based Essentialist Account. In: *Journal of Social and Personal Relationships* 27 (2010), S. 520–636, hier S. 632f.

731 Vgl. Halwani, Philosophy of Love, S. 7f.

3 Liebesbriefe – Erfüllte Altersliebe im Briefroman

Die bisher analysierten Erzählungen vermitteln Konzeptionen von der Liebe im Alter, die sie als ›unmöglich‹ (*Amour fou*-Narration) bis ›schwierig‹ darstellen. In diesem Kapitel werden am Beispiel der Romane *Am Ende ein Anfang* (2006) und *Tanzstraße* (2010) zweier wenig bekannter bundesdeutscher Autorinnen Erzählungen einer gelingenden Liebe im Alter untersucht. Während Bronnens Roman die Beziehungskonzeption altersähnlicher Figuren darstellt, geht es in Weingartners Erzählung um den Emanzipationsprozess eines altersdifferenten Liebespaares angesichts internalisierter und externer Altersdiskriminierungen.

3.1 Die Liebe im Briefroman zwischen Tradition und Gegenwart

Formal sind beide Texte der Gattung des Briefromans zuzuordnen. Briefromane definieren Stiening und Vellusig als Romane, die eine Geschichte als Folge und innerhalb eines Briefwechsels darstellen. Briefromane schließen damit insofern an die ältere Kulturpraxis des mündlichen Erzählens an, als sie eine Gattung darstellen,[732]

> in der sich die poetische Literatur der Artikulations- und Gestaltungsmöglichkeiten bewusst wird, die ihr das Schreiben eröffnet. Diese Neuerfindung der Poesie als dezidiert ›schriftlicher Literatur‹ besteht im Versuch, Artikulationsformen für die mimisch-gestische, leiblich-sinnenhafte Dimension des Erzählens zu finden, die beim Aufschreiben der wieder- und weitererzählbaren Geschichten verloren geht.[733]

Konstitutiv für das Genre ist der Wechsel fiktiver Briefe eines oder mehrerer KorrespondentInnen, die häufig durch autobiografische Zeugnisse (z. B. Tagebuchauszüge) oder Kommentare eines fiktiven Herausgebers ergänzt werden. Die Abgrenzung des Genres von benachbarten Gattungen wie den Memoiren oder

---

732 Gideon Stiening, Robert Vellusig: Einleitung. In: *Poetik des Briefromans: wissens- und mediengeschichtliche Studien*. Hrsg. von dens. Berlin u. a. 2012, S. 3–18, hier, S. 7; Wilhelm Voßkamp: Dialogische Vergegenwärtigung beim Schreiben und Lesen: Zur Poetik des Briefromans im 18. Jahrhundert. In: *Deutsche Vierteljahrsschrift für Literaturwissenschaft und Geistesgeschichte* 45 (1971), S. 80–116, hier S. 82f.

733 Stiening, Vellusig, Einleitung, S. 12f.

dem Tagebuch erfolgt nach Moravetz auf der Basis des konstituierenden Mediums und seiner Bedeutung für die Erzählebenen:

> Wenn [.] der einzelne Brief nicht mehr nur Medium zur Vermittlung einer Aktion ist, sondern selbst bereits diese Aktion darstellt, indem er einen ‚performativen Sprechakt' ausführt, dann wird hier eine Interdependenz von *histoire* und *discours* deutlich, die – zumindest für die Literaturproduktion des 18. Jahrhunderts einzigartig ist. [...] Erst über die intentionale Anordnung der Einzelbriefe entsteht [...] jene ‚episch-kompositorische Ganzheit', die es erlaubt, den Briefroman als ein narratives Subgenre zu beschreiben.[734]

Seine Blütezeit erlebte das Genre in der Epoche der Empfindsamkeit, nachdem der Brief im Europa des 18. Jahrhunderts zum Medium der modernen Konversationskultur der gebildeten Stände geworden war.[735] Auf dem Höhepunkt der medialen Revolution[736] wurde der Briefroman für das neue Lesepublikum zum faszinierenden Medium der Gefühlserkundung, -verfeinerung und -mitteilung,[737] nicht zuletzt aufgrund der „auffallende[n] Dominanz erotischer Thematik[en]".[738] Den Auftakt zum Höhepunkt des Genres markieren Samuel Richardsons Romane *Pamela* (1740) und *Clarissa* (1748) und seine Nachfolger reichen von Rousseau (*Nouvelle Héloise*, 1761) über Laclos (*Gefährliche Liebschaften*, 1783), Sophie von LaRoche (*Fräulein von Sternheim*, 1771) bis zu Goethe (*Die Leiden des jungen Werthers*, 1774).[739]

Das dominierende Motiv von Verführer und Verführter, das die Handlung um Intrigen, Liebesverrat und -tod strukturiert, rückt den fingierten Liebesbrief ins Zentrum des Interesses. Campe und Geitner haben am Liebesbrief gezeigt,

---

734 Vgl. Monika Moravetz: *Formen der Rezeptionslenkung im Briefroman des 18. Jahrhunderts. Richardsons ›Clarissa‹, Rousseaus ›Nouvelle Héloise‹ und Laclos' ›Liaisons Dangereuses‹*. Tübingen 1990, S. 29f. Moravetz zitiert hier: Hans Rudolf Picard: *Die Illusion der Wirklichkeit im Briefroman des achtzehnten Jahrhunderts*. Heidelberg 1971, S. 29.

735 Vgl. Moravetz, Briefroman, S. 4; Robert Vellusig: Aufklärung und Briefkultur. Wie das Herz sprechen lernt, wenn es zu schreiben beginnt. In: *Das 18. Jahrhundert* 35 (2011) 2, S. 154–171.

736 Dazu zählen der Buchdruck, die zunehmende Alphabetisierung, die Ausweitung des Zeitungs- und Postwesens und damit die Zunahme der Privatkorrespondenz. Vgl. Ulrike Vedder: *Geschickte Liebe: zur Mediengeschichte des Liebesdiskurses im Briefroman ›Les liaisons dangereuses‹ und in der Gegenwartsliteratur*. Köln 2002, S. 13–17.

737 Vgl. Moravetz, Briefroman, S. 4; Arata Takeda: *Die Erfindung des Anderen: zur Genese des fiktionalen Herausgebers im Briefroman des 18. Jahrhunderts*. Würzburg 2008, S. 12f.

738 Voßkamp, Dialogische Vergegenwärtigung, S. 86.

739 Ausführlicher dazu: Takeda, Die Erfindung des Anderen.

wie sich die aufklärerische Suche nach Wahrheit, Eigentlichkeit und einer autonomen Ästhetik vom höfischen Verhaltenskodex mit seiner Rhetorik der Verstellungskunst abgrenzt:[740] „Innerlichkeit bzw. Verinnerlichung, Natürlichkeit bzw. Naturalisierung sowie Einzigartigkeit bzw. Individualisierung“[741] werden im Brief zum Abgrenzungsmerkmal der modernen bürgerlichen von der ständischen Gesellschaft. Dabei wird die Sphäre der ›Privatheit‹ aufgewertet, was den Erfolg der neuen Konzeption der Liebesehe als lebenslanges „Heilmittel gegen die Einsamkeit und Hoffnung auf Beistand“[742] anstößt.

Die formale Neuerung des Erzählens in diesen Romanen ist der Wechsel zwischen variabler und multipler interner Fokalisierung. Die autodiegetische Erzählsituation bindet das Erzählen an die schreibenden Figuren und erhöht damit die Leseridentifikation im Vergleich zum heterodiegetischen Erzählen.[743] Die Psychologisierung des Handlungsgeschehens erzeugt die Fiktion der Möglichkeit einer distanzlosen Anteilnahme der LeserInnen am Geschehen,[744] das insbesondere die Facetten der *amour passion* und deren Folgen darstellt. Als Höhepunkt der Gattung gilt Goethes *Werther*, in dem die Einzelperspektive derart radikalisiert ist, dass Briefform und erzählendes Ich auseinanderfallen. Die fixierte interne Fokalisierung wird zudem mit einer Herausgeberfiktion verknüpft, die den Rahmen des Erzählgeschehens vorgibt.[745] Durch das Aufkommen des szenischen Erzählens und insbesondere des inneren Monologs wurde die Briefform im Roman des 19. Jahrhunderts fast vollständig verdrängt. Doch zum Ende des 20. Jahrhunderts erfuhr der Briefroman mit dem Medienwechsel von Papier zu virtuellem Medium eine Aktualisierung und Fortführung in dem relativ jungen Genre des E-Mail-

---

740 Vgl. Rüdiger Campe: Affekt und Ausdruck. Zur Umwandlung der literarischen Rede im 17. und 18. Jahrhundert. Tübingen 1990; Ursula Geitner: *Die Sprache der Verstellung. Studien zum rhetorischen und anthropologischen Wissen im 17. und 18. Jahrhundert.* Tübingen 1992; Ursula Geitner: ›Die Beredsamkeit des Leibes‹. Zur Unterscheidung von Bewußtsein und Kommunikation im 18. Jahrhundert (Neuerscheinungen und Desiderate). In: *Die Aufklärung und ihr Körper. Beiträge zur Leibesgeschichte im 18. Jahrhundert.* (Das 18. Jahrhundert. Mitteilungen der Deutschen Gesellschaft für die Erforschung des achtzehnten Jahrhunderts 14 (1990) 2). Wolfenbüttel 1990, S. 181–195, hier S. 184.

741 Vedder, Geschickte Liebe, S. 7.

742 Marie-Odile Métral: *Die Ehe. Analyse einer Institution.* Mit einem Vorwort von Philippe Ariès. Frankfurt a. M. 1981, S. 209.

743 Vgl. Stiening, Vellusig, Einleitung, S. 7.

744 Vgl. Karl Mandelkow: Der deutsche Briefroman. Zum Problem der Polyperspektive im Epischen. In: *Neophilologus* 44 (1960) 1, S. 200–208, hier S. 201.

745 Stiening, Vellusig, Einleitung, S. 16.

Romans.[746] In Bezug auf Weingartners *Tanzstraße* ist die „Interdependenz von *histoire* und *discours*",[747] die das Medium des (elektronischen) Briefs erzeugt, von besonderem Interesse. Dagegen ist Barbara Bronnens *Am Ende ein Anfang* dialogisch und als klassischer Liebesbriefroman.

Die Romane *Tanzstraße* und *Am Ende ein Anfang* überführen das in die Gegenwartsliteratur, was Voßkamp 1971 für den (Liebes-)Briefroman konstatiert hat:

> [Z]eigt schon der Roman für lange Zeit eine deutliche Affinität zur Liebesgeschichte, ist die durch literarische Vorformen bedingte Nähe des Briefromans zum Liebesbriefroman von besonderer Relevanz; der Brief und damit auch der Briefroman scheinen diesem Thema in ganz besonderer Weise adäquat zu sein […][748]

In der Gegenwart hat die auf *instant messenger apps* basierende Bildkommunikation mit sogenannten *Selfies* und *Emoticons* den Brief und auch die E-Mail im Privatbereich in Bezug auf Nutzungshäufigkeit und Verbreitung längst überholt.[749] Der Liebesbrief erscheint als eine den bildungsbürgerlichen ProtagonistInnen im fortgeschrittenen Lebensalter angemessene Kommunikationsform. Diese ermöglicht eine komplexe Selbst- und Fremdcharakterisierung der liebenden Alten und zudem die Konzeption einer auf Gegenseitigkeit beruhenden Altersliebe aus der Fokalisierung beider Figuren. Wie wird dies in den Briefromanen von Bronnen und Weingartner narrativ gestaltet?

3.2 Barbara Bronnen: ›Am Ende ein Anfang‹ (2006) – Erotisch konnotierte Liebe zwischen altersähnlichen Figuren

Mit *Am Ende ein Anfang* schreibt sich die promovierte Germanistin Barbara Bronnen in die lange Tradition der Gattung des Briefromans ein.[750] Im Hinblick auf

---

746 Vgl. Mikko Keskinen: E-pistolarity and E-loquence: Sylvia Brownrigg's *The Metaphysical Touch* as a Novel of Letters and Voices in the Age of E-Mail Communication. In: *Critique: Studies in Contemporary Fiction* 45 (2004) 4, S. 383–404; Jeanne Marie Rose: 'B Seeing U' in unfamiliar places: ESL writers, email epistolaries, and critical computer literacy. In: *Computers and Composition* 21 (2004), S. 237–249. Im deutschsprachigen Raum wurden z. B. Daniel Glattauers *Gut gegen Nordwind* oder Andrea Israels und Nancy Garfinkels Roman *Johannisbeersommer* populäre Vertreter des Genres.

747 Moravetz, Briefroman, S. 29.

748 Voßkamp, Dialogische Vergegenwärtigung, S. 89.

749 Vgl. Andrea J. Baker: *Double Click. Romance and Commitment among Online Couples*. Hampton Press 2005, S. 158.

750 Vgl. Barbara Bronnen: *Am Ende ein Anfang*. Roman. München, Zürich 2006. Im Folgenden zitiert mit der Sigle AE in Klammern im Fließtext.

die Untersuchung von realen, aber auch fiktiven Liebesbriefwechseln geben Stauf, Simonis und Paulus zu bedenken, dass „Briefwechsel im Allgemeinen und Liebesbriefwechsel im Besonderen als integrale Interaktion der Geschlechter betrachtet werden müssen und nicht – wie häufig durch die Editionslage nahegelegt – auf den männlichen Part reduziert werden dürfen".[751] Als klassisch-dialogischer Briefroman spiegelt *Am Ende ein Anfang* das Geschlechterverhältnis der fiktionalen SchreiberInnen in einem ausgewogenen Verhältnis der Briefe wieder. Diesem polyphonen Typ des Briefromans attestiert die Forschung eine gewisse Nähe zum Drama,[752] die in Bronnens Roman durch den konsequenten Verzicht auf jeglichen Kommentar durch eine Erzählinstanz oder einen fiktiven Herausgeber[753] verstärkt wird.

Bei dem Korrespondenzpaar in *Am Ende ein Anfang* handelt es sich um die bildungsbürgerlichen Protagonisten Johannes und Charlotte. Johannes war ein passionierter und gegen seinen Willen frühpensionierter Verleger (vgl. AE 65), der in der Erzählgegenwart 73 Jahre alt ist (vgl. AE 67). Die 69-jährige Charlotte ist eine freischaffende Fotografin und befindet sich zu Beginn des Romans in einer Schaffenskrise (vgl. AE 47ff.). 30 Jahre zuvor waren die beiden ein Paar, bis Charlotte sich für ein bürgerliches Leben an der Seite ihres mittlerweile verstorbenen Mannes Julian entschieden hat. Sie ist alleinstehend und freut sich auf den anstehenden Besuch ihrer erwachsenen Tochter Stella, die mit ihrer Familie in Australien lebt. Johannes ist nach jahrelanger serieller Monogamie unverheiratet und kinderlos geblieben, obwohl er in der etwa 40-jährigen Renate zeitweilig seine letzte Liebe gefunden zu haben glaubte.

Trotz ihrer unterschiedlichen Lebenswege leiden beide unter einer angenommenen negativen Korrelation ihres chronologischen Alters mit ihrer Arbeits- und Liebesfähigkeit. Am Beginn von Bronnens Roman steht der genretypische Wendepunkt, der das weitere Handlungsgeschehen determiniert:[754] Die beiden Figuren haben sich in der Erzählvergangenheit des Jahres 2005 zufällig beim Umsteigen auf einem Bahnhof getroffen. Daraufhin schreibt Johannes seiner einstigen Jugendliebe den ersten Brief des Romans und es entwickelt sich ein zunehmend intensiverer Briefwechsel.

751 Renate Stauf, Annette Simonis, Jörg Paulus: Liebesbriefkultur als Phänomen. In: *Der Liebesbrief: The Love Letter: Schriftkultur und Medienwechsel vom 18. Jahrhundert bis zur Gegenwart*. Hrsg. von dens. Berlin, New York 2008, S. 1–23, hier S. 6.

752 Moravetz, Briefroman, S. 31.

753 Vgl. Takeda, Die Erfindung des Anderen, S. 14f.

754 Vgl. Norbert Miller: *Der empfindsame Erzähler: Untersuchungen an Romananfängen des 18. Jahrhunderts*. München 1968, S. 173.

Jugenderinnerungen und Alterseinsamkeit im Briefroman

Der besondere Reiz des Liebesbriefromans lässt sich auf das „Spiel mit der Zeit“[755] von Erzählen und Erzählten zurückführen:

> Im Briefroman wird jene charakteristische Spannung zwischen ›Schreibergegenwart‹ und ›Erzählvergangenheit‹ thematisch, die letztlich jeden Einzelbrief konstituiert. Der Briefschreiber kann nämlich entweder seine jeweilige Gegenwartssituation schildern oder aber weiter zurückliegende Ereignisse referieren, die dann ihrerseits im Akt des Niederschreibens aktualisiert werden und somit für die Schreibergegenwart von unmittelbarer Relevanz sind. Genaugenommen wird aber im Vollzug des Schreibens nicht nur diese Zwei-, sondern sogar eine Dreidimensionalität dialogisch vergegenwärtigt. Denn mit der aktualisierten Vergangenheit wird gleichzeitig auch eine noch offenstehende Zukunft intentional entworfen, auf welche sich das Interesse des Lesers – und damit die Spannung – konzentriert.[756]

Das für die Liebeshandlung ungewöhnlich hohe Alter der Hauptfiguren erweist sich (nicht nur) aus narratologischer Perspektive für Romane, die ein alltagsrealistisches Handlungsgeschehen darstellen, als vorteilhaft für den Spannungsbogen. Im Rahmen des eher auf detaillierte Innenschau, Intrigen und die jeweils aktuelle Liebeshandlung ausgerichteten Genres ermöglicht das höhere Lebensalter mittels der Memoiren der Briefeschreiber ein stärkeres Eingehen auf äußere Handlungsereignisse in der erzählten Welt. Je länger die Erzählvergangenheit ist, welche die schreibende Erzählinstanz übersehen kann, desto mehr hat sie (tendenziell) zu erzählen.[757]

Am Ende ein Anfang beginnt *medias in res* und gibt ausschließlich den Briefwechsel der beiden Protagonisten wieder, die als autodiegetische Erzähler fungieren. Im ersten Brief skizziert Johannes sein Leben nach der Trennung von Charlotte, indem er diese Trennung und seine Frühpensionierung mit 59 Jahren „aus Altersgründen“ (AE 10) als seine schmerzlichsten Lebenserfahrungen bezeichnet (vgl. AE 7–13). Ein weiterer Tiefschlag war die spannungsgeladene

755 Genette, Die Erzählung, S. 110.

756 Vgl. Moravetz, Briefroman, S. 27. Moravetz bezieht sich in ihren Ausführungen zur Dreidimensionalität des Einzelbriefs auf Voßkamp, Dialogische Vergegenwärtigung, S. 97–105.

757 Natürlich ist dieses Verhältnis von Lebensalter und Erlebtem nicht als Gleichung zu verstehen. Auf der Ebene der *histoire* erscheinen die Memoiren eines 5-jährigen Bürgerkriegsflüchtlings sicher spannender als die eines 80-jährigen Postbeamten. Für die Normalbiografien westlicher Bildungsbürger, die zu den häufigsten Figurenmerkmalen innerhalb des Textkorpus gehören, bedeutet das höhere Lebensalter aber in der Regel auch mehr Bewegung und damit tendenziell mehr Spannung.

Beziehung zu der deutlich jüngeren Renate, die ihn zwei Jahre zuvor verlassen hat (vgl. AE 14). Er beschreibt sein nachberufliches Leben als von Alterseinsamkeit und Sinnleere bedrohten Zustand, aus dem er keinen Ausweg sieht.

Auch für die vier Jahre jüngere Charlotte ist ihr Liebes- und Arbeitsleben scheinbar vom Alter ruiniert. Ihre kreative „Abdankung" (AE 19) beschreibt sie als eine Situation, in der sie eine junge Schriftstellerin fotografieren wollte. Dabei fühlte sie sich plötzlich zu alt, um das für ihr Schaffen charakteristische Bild zu machen, das die „Geschichte eines Menschen in den Linien seines Gesichts" (AE 25) einfängt. Sie vergleicht ihre Erfahrungen mit denen von Johannes und definiert die Arbeitslosigkeit aus Altersgründen als Zustand der „Unerfülltheit und [.] ruhelose[s] Suchen nach einer Kontinuität, die uns schützt" (AE 23). Im Gegensatz zu Johannes ist es ihr zwar gelungen, mit dem 16 Jahre älteren Julian eine langjährige Ehe zu führen. Doch als der vordem „anregende[.], geistsprühende[.] Mann" (AE 21) aufgrund einer Demenz zum Pflegefall geworden war, fühlte sie sich enttäuscht, überfordert, hilflos und distanzierte sich soweit als möglich von ihm. In der Erzählgegenwart fühlt sie sich deswegen schuldig: „Ich scheue mich, daran zu denken, und ich kann den Gedanken nicht mehr auslöschen, wie engherzig ich mich verhielt. Und das alles nur aus Rücksicht auf ein erbärmliches Zerrbild der Wirklichkeit" (AE 22f.).

Bei geteilter Freude über das zufällige Wiedersehen formulieren die Briefeschreiber unterschiedliche Erwartungen hinsichtlich der Art und Zukunft ihrer Beziehung. Der optimistische Johannes hofft, mit Charlotte „Vergangenes wiedererwecken" (AE 14) zu können. Er gesteht ihr, dass er „dieses schöne Bild" der gemeinsamen Vergangenheit und möglichen Zukunft als altem Liebespaar „an [s]ich ziehen, umarmen" (AE 8) möchte. Zwar fühlt sich Charlotte von den Avancen des Mannes geschmeichelt, der nach eigener Aussage wie „kein anderer der Prinz [ihrer] späten Jahre werden könnte" (vgl. AE 27). Im Gegensatz zu Johannes fürchtet sie sich aber davor, neue Hoffnung auf ein spätes Liebesglück zu schöpfen, das sie sich ursprünglich an der Seite ihres Mannes Julian erträumt hatte. Johannes' Auftauchen unterbricht Charlotte bei dem Versuch, sich in der Rolle der einsamen Alten,[758] also einem Leben ohne Liebhaber, einzurichten und sich an ihre „unheimliche Einsamkeit" (AE 15) zu gewöhnen:

> Besteht die mindeste Hoffnung, daß du begreifst, wie sehr Du mir mit Deinem Auftauchen mein neugefaßtes Lebenskonzept verhagelst? Wenn man einen geliebten Menschen zu Grabe getragen hat, [...] wird es immer schwerer zu glauben, daß noch einer kommt, den man lieben könnte, unmöglich, körperliche Liebe auch nur zu erwägen.

758 Vgl. Seidler, Figurenmodelle des Alters, S. 101f., S. 254.

> [...] Man glaubt zum Beispiel an das Folgende: Es ist besser, allein zu bleiben. Nicht nur, weil sich in der Regel ohnedies im Alter niemand mehr zeigt, sondern weil man weiß, daß man doch allein von dieser Erde gehen muß. (AE 50)

Die Protagonisten haben sich im Alter also nicht freiwillig von ihrem Arbeits-, Liebes- und Sozialleben zurückgezogen oder ganz verabschiedet. Der Rückzug aus diesen Lebensbereichen wird als ein durch internalisierte, äußere Faktoren erzwungenes Erlebnis dargestellt. Ein solcher Faktor ist Charlottes Gefühl, ›zu alt‹ für die Liebe oder das Fotografieren zu sein (vgl. AE 19f.). Der Titel des Romans verweist auf die spannungserzeugende Hoffnung, dass die Begegnung der ehemaligen Liebhaber zum Ausweg aus der Einsamkeit durch ein spätes Liebesglück werden könnte.

Schöne, neue Alte – Figurenmodelle in ›Am Ende ein Anfang‹

Verschiedene Figurenmodelle und Motive des Alters lassen sich auf die Protagonisten von *Am Ende ein Anfang* beziehen. Mit wachsender Intensität seiner Beziehung zu Charlotte gibt es zunehmend mehr Übereinstimmungen zwischen Johannes und der Altersrepräsentation des modernen, gut situierten Rentners. In der Selbstdarstellung seiner Beziehung zu einer deutlich jüngeren Frau nimmt er zwar Züge des verliebten Alten an, als er diese Beziehung aus freiem Entschluss beendet, wird das Situationsmotiv des verliebten Alten zunehmend durch das Modell des ›**schönen Alten**‹[759] verdrängt. Als bester Beweis seiner persistenten „Vaghezza“[760] (AE 118) kann der dringende Rückkehrwunsch seiner jüngeren Ex-Geliebten und deren erotische Konkurrenz mit Charlotte interpretiert werden. Mit dem Figurenmodell des ›fidelen Greises‹[761] verbindet Johannes zwar seine mit der Liebesbeziehung wachsende Lebenslust, er ist jedoch keine rührende oder niedliche Figur.

Deutliche Parallelen bestehen zwischen der Figur Charlotte und dem Figurenmodell der ›Neuen alten Frau‹. Miriam Seidler sieht dieses Modell als

---

759 Vgl. Döring, Bilder von alten Menschen, S. 19; Schlaffer, Das Alter, S. 19.

760 Das italienische Wort *vaghezza* wird mit zwei unterschiedlichen Bedeutungskontexten übersetzt. Zum einen kann *vaghezza* so viel wie Verschwommenheit oder Unbestimmtheit bedeuten, zum anderen so viel wie Lieblichkeit, Verlangen, Vergnügen oder Lust. Vgl. *Langenscheidt Handwörterbuch. Italienisch – Deutsch*. Berlin, München 1965, S. 431; *Wörterbuch Italienisch – Deutsch. Studienausgabe*. Stuttgart 2010, S. 873; *Dizionario: Italiano – Tedesco /Tedesco – Italiano*. Turin 1981, S. 595. In Bronnens Roman wird ›vaghezza‹ im Sinne von erotischer, männlicher Ausstrahlung (*sex appeal*) gebraucht.

761 Vgl. Seidler, Figurenmodelle, S. 435.

Hybriden aus den medial konzipierten Modellen der sogenannten **neuen Frau**[762] am Anfang des 20. Jahrhunderts und den **neuen Alten**,[763] die in der Soziologie zum Ende des Jahrhunderts entwickelt wurden.[764] Ähnlich wie das ältere Figurenmodell der ›unwürdigen Greisin‹[765] zeichnet sich die Neue alte Frau durch ein lebensnahes Verhältnis von positiven und negativen Figureneigenschaften aus. Wenn sie bei der Lebensrückschau im Zuge der Vergangenheitsbewältigungen mit unangenehmen Wahrheiten über sich selbst konfrontiert wird, so verhindert eine tendenziell „positive Lebenseinstellung ein Abgleiten in Depression oder Melancholie".[766]

Neben ihrer körperlichen, aber vor allem kognitiven Leistungsfähigkeit sind der Freiheitswille oder die tatsächliche Unabhängigkeit der alten Frau kennzeichnend.[767] Anders als die unwürdige Greisin ist die ›Neue alte Frau‹ finanziell unabhängig und nicht mehr moralisch dazu verpflichtet, ihren Lebensabend in den Dienst von Familienangehörigen zu stellen. Allerdings engagiert sie sich häufig bewusst und freiwillig sozial für Familienmitglieder, Nachbarn oder Verwandte, indem sie Kinder hütet, ihre Lebenserfahrung weitergibt oder finanzielle Unterstützung leistet. Anders als die Figur der Hausfrau und Mutter, die durch patriarchalische Strukturen zu solchen Tätigkeiten direkt oder indirekt gezwungen ist, kann die ›Neue alte Frau‹ für ihr Engagement Dankbarkeit erwarten und investiert damit in ihr soziales Kapital. „Sie ist eingebunden in ein soziales Netz, das nicht nur aus Verwandten, sondern auch aus verschiedenen Freundinnen

762 Vgl. Gesa Kennemeier: *Sportlich, sachlich, männlich: das Bild der ›Neuen Frau‹ in den Zwanziger Jahren. Zur Konstruktion geschlechtsspezifischer Körperbilder in der Mode der Jahre 1920 bis 1929*. Dortmund 2000, S. 18–25.

763 Vgl. Kirsten Aner, Fred Karl (Hrsg.): *Die ›neuen Alten‹ – revisited. Kaffeefahrten und freiwilliges Engagement – neue Alterskultur – intergenerative Projekte*. Kassel 2003; Neuhaus, Die jungen Alten, S. 38–52.

764 Vgl. Seidler, Figurenmodelle des Alters, S. 266f.

765 Der Name dieses Figurenmodells leitet sich von Hannelore Schlaffers Essay über Bertolt Brechts gleichnamige Kurzgeschichte aus dem Jahr 1939 ab (Vgl. Schlaffer, Das Alter, S. 102–105). Darin führt eine 72-Jährige zur Empörung eines ihrer Söhne nach dem Tod des Mannes erstmals ein selbstbestimmtes Leben, in dem sie nicht nur – damals anrüchig – Kinos und Gasthöfe besucht, sondern sich auch mit sozial eher randständigen Figuren befreundet. Vgl. Bertolt Brecht: Die unwürdige Greisin. In: Ders.: *Kalendergeschichten*. Mit einem Nachwort von Jan Knopf. Frankfurt a. M. 2001 [1949], S. 111–117.

766 Vgl. Seidler, Figurenmodelle des Alters, S. 274.

767 Vgl. Seidler, Jungsein im Altwerden, S. 255 sowie Seidler, Figurenmodelle des Alters, S. 435.

und Bekannten besteht“,[768] sodass die Gefahr der Einsamkeit im Alter gebannt scheint. Doch „der Kampf um das Recht auf Liebe im Alter erinnert noch an das ältere Figurenmodell“.[769]

Während das Unabhängigkeitsstreben sich beim Figurenmodell der ›unwürdigen Greisin‹ insbesondere auf Verstöße gegen die positiv besetzte Altersfigur der Großmutter äußert,[770] kann die ›Neue alte Frau‹ in Bronnens Roman beides miteinander vereinbaren: Charlottes Briefe über die Zeit mit ihrer Enkelin Lea erinnern zwar an die idealisierten Kunstkinder der Romantik und romantisieren auch die Generationenbeziehung, als einzigen Lebensinhalt sieht Charlotte die Großmutterrolle aber nicht.

Die junge Charlotte wird als Feministin charakterisiert, die den relativ konventionellen Lebensweg mit Kind und Ehe wählt, ohne ihren Beruf aufzugeben. Seit dem Tod ihres Mannes und der Auswanderung ihrer erwachsenen Tochter nach Australien fühlt sich Charlotte zunehmend einsam. Nach Heilbrun kommt dem Nexus weiblichen Alters ein besonderer Stellenwert in der Narration weiblicher Biografien zu:

> Biographers often find little overtly triumphant in the late years of a subject's life, once she has moved beyond the categories our available narratives have provided for women. Neither rocking on a porch, nor automatically offering her services as cook and housekeeper and child watcher, nor awaiting another chapter in the heterosexual plot, the old woman must be glimpsed through all her disguises which seem to preclude her right to be called woman. She may well for the first time be woman herself.[771]

Darin, dass der alten Frau aufgrund ihrer doppelten Diskriminierung der determinierende ›Geschlechtscharakter‹ abgesprochen wird, erkennt Heilbrun auch das Potenzial einer Befreiung und die Chance zu individueller Selbstverwirklichung jenseits sozialer Standards.[772] Allerdings ist Bronnens Roman vor dem kulturellen Hintergrund der ersten Dekade des 21. Jahrhunderts in Deutschland angesiedelt. Damit ist die körperlich völlig gesunde Charlotte mit ihren 69 Jahren für den Schaukelstuhl zu jung. Außerdem lebt ihre Tochter auf einem anderen Kontinent, sodass Charlotte die Großelternrolle nur sporadisch ausleben kann. Obwohl sie nach einer erotischen Ernüchterung mit einem jüngeren Mann eigentlich der Liebe entsagen wollte, sieht sie sich durch die Begegnung mit

768 Vgl. ebd., S. 272.
769 Ebd., S. 275.
770 Vgl. ebd., S. 74f.
771 Carolyn G. Heilbrun: *Writing a Woman's Life*. New York 1988, S. 131.
772 Vgl. auch Maierhofer, Salty Old Women, S. 44.

Johannes mit der Möglichkeit eines ›neuen Kapitels im heterosexuellen Handlungsgeschehen‹[773] konfrontiert.

Trotz ihres fortgeschrittenen Alters trägt Charlotte auch Züge der ›Frau im gefährlichen Alter‹, die typischerweise Ende 40 ist:[774] Sie leidet anfänglich unter einer produktiven Sinnkrise und verliebt sich im Alter erneut leidenschaftlich. Charlotte wünscht sich zwar ein erfülltes Berufs- und Liebesleben jenseits des Klimakteriums, sie zweifelt jedoch an der Erfüllbarkeit dieser Wünsche aufgrund ihres fortgeschrittenen Alters. Sie zweifelt an ihrer körperlichen Attraktivität für heterosexuelle Männer, denen sie eine Fixierung auf ein jugendliches weibliches Schönheitsideal unterstellt (vgl. AE 98). Die Briefeschreiberin transponiert Sontags „Double Standard of Ageing"-Theorie, indem sie implizit die Ablehnung heterosexueller Männer von alten Liebhaberinnen als letzte, aber unüberwindliche Barriere der Binarität von Geschlecht und Alter darstellt:

> Ich glaube, daß die Art, wie Mann und Frau ihr Alter erleben, völlig verschieden ist. Wir alternden Frauen können heute alles leben, außer der körperlichen Liebe – über das Alter werden wir nie triumphieren. Es sei denn, wir pflegen eine wohlbedachte Liebe, die nicht auf Leidenschaft gegründet ist. Warum verträgt die Liebe die Zeit so schlecht, oder die Zeit so schlecht die Liebe? (AE 68)

Die soziale Koppelung von körperlicher Schönheit und sexueller Attraktivität an Jugend wird aus Charlottes Perspektive narrativ inszeniert. Sie leidet unter der Vorstellung, dass mit ihrer Jugend auch diese zentralen Bestandteile ihrer Identität vergangen sein sollen. Sie sehnt sich weiterhin nach „Eleganz" in ihrer äußeren Erscheinung. Auf diese Weise grenzt sie sich vom negativ konnotierten Massengeschmack älterer Frauen ab, die mit dem Alter gegenüber ihrer Kleidung ›achtlos‹ geworden seien:

> Irgendwie gehört man als ältere Frau mit Sehnsucht nach Eleganz fast schon zu einer ethnischen Minderheit. Doch was Kleidung betrifft, bin ich noch nicht bereit, mich dem achtlosen Alter zu überlassen. Immer noch gibt es eine liebevolle Beziehung zu meinen Kleidern, und ich kann am Essen sparen, um mir ein neues Kleid zu kaufen – das Aussuchen ist für mich ein subtiles Vergnügen. Von anderen Frauen höre ich das Gegenteil: Von einem bestimmten Alter an sind sie gleichgültig gegenüber ihrer Kleidung geworden. Sie verbergen und offenbaren sich damit zugleich. (AE 42)

In der folgenden Passage wird in einer Aufzählung ihrer favorisierten Kleidungsstücke deutlich, deren metaphorischer Charakter durch ihren Ort und die Bedeutung innerhalb von Charlottes Lebensgeschichte anschaulich (vgl. AE 42ff.)

773 Vgl. Heilbrun, Writing a Woman's Life, S. 131.

774 Vgl. Seidler, Figurenmodelle, S. 435.

Dabei fällt insbesondere das Attribut der Zeitlosigkeit auf, mit dem sie nahezu alle ihre Lieblingsstücke belegt. Anders als die Figur Charlotte altert ihre liebevoll gepflegte Garderobe kaum wahrnehmbar, weil ihre Schönheit nicht an kurzlebigen Modetrends gemessen wird, sondern an der Vorstellung eines klassischen, überzeitlichen Schönheitsideals, für das der Begriff der Eleganz steht (vgl. AE 43). Die zeitlose Eleganz von Charlottes Kleidungsstücken kann als Metapher gelesen werden, welche die Figur Charlotte indirekt als begehrenswert charakterisiert. Sie ist jedoch erst zum Ende des Romans bereit, diese Perspektive einzunehmen.

Obwohl das Thema ›körperliche Attraktivität im Alter‹ Charlotte und Johannes gleichermaßen beschäftigt, spart der Roman das Motiv des Spiegelblicks vollständig aus. Die im Spiegelblick lediglich imaginierte Perspektive eines Dritten wird im Roman durch den jeweiligen Briefpartner eingenommen: „Die auf solche Weise zu beobachtende wechselseitige Charakterisierung in der Korrespondenz stellt ein wichtiges Mittel der individuellen Charakterzeichnung dar“.[775]

Die Rollen innerhalb des brieflichen Diskurses über die Attraktivität im Alter sind sehr klar auf die beiden Protagonisten zugeschnitten. Charlottes Maßstab für ihre Attraktivität besteht in ihrer ehemaligen jugendlichen Schönheit oder der aktuellen – junger Frauen. Deshalb gibt es zu Beginn des Romans aus ihrer Sicht für (heterosexuelle) Frauen keine andere Alternative zum Ideal des jugendlichen Körpers, das den Platz der Frau innerhalb der westlichen Gesellschaft konstituiert, als das Zölibat. Mit der Figur Charlotte wird die Problematik der alternden Frau in der westlichen Gesellschaft, die Attraktivität und Schönheit mit Jugend und Weiblichkeit gleichsetzt,[776] dargestellt. Schwindet eine Komponente dieser Gleichung, ist die soziale Stellung der Frau gefährdet, weil sie ›unsichtbar‹ wird.[777] Charlotte charakterisiert sich selbst mit dem „Blick des ‚anderen', der das Fremde, die ‚Frau', betrachtet“.[778] Die Leistung, welche die alternde Frau – laut Maierhofer – in der westlichen Gesellschaft erbringen muss, ist „eine kritische Auseinandersetzung mit Geschlechtlichkeit, mit dem Frausein in unserer Gesellschaft“.[779] Die alternde Frau werde darin „zu einer Bestimmung des Selbst in Opposition zum Idealmaß der Jugend“[780] gezwungen.

775 Voßkamp, Dialogische Vergegenwärtigung, S. 84.

776 Vgl. Ebba D. Drolshagen: „Plötzlich siehst du ganz schön alt aus“. In: *When I'm Forty-Four. Kursbuch Älterwerden*. Hrsg. Susanne Eversmann, Antje Kunstmann. München 1993, S. 82.

777 Vgl. King, Discourses of Ageing, S. 161f.

778 Vgl. Maierhofer, Salty, Old Women, S. 255.

779 Ebd.

780 Ebd.

In Bronnens Roman muss die Protagonistin diese Leistung nicht eigenständig erbringen, da der unwesentlich ältere Protagonist Johannes als Rat- und Stichwortgeber fungiert. Weil Charlotte mit den körperlichen Spuren des Alter(n)s in Bezug auf ihre erotische Attraktivität hadert und Johannes' erotisches Begehren infrage stellt (vgl. AE 50), besteht ihr ehemaliger Liebhaber auf der Authentizität dieses Begehrens von Charlotte in ihrer aktuellen körperlichen Verfassung. Johannes zieht eine durchweg positive Bilanz ihres körperlichen Altersprozesses, indem er nur das wechselseitige Begehren zum Maßstab körperlicher Attraktivität erhebt:

> Natürlich haben wir beide uns mit den Jahren verändert, aber immer noch hast Du, so wie Du auftrittst, nicht an Spannkraft und Farbe verloren. Immer noch schwebt ein Marlene-Dietrich-Geheimnis um Deine, zugegeben, müderen Augen. Dein Haar ist etwas heller, unter dem Goldton vermutlich das Weiß. Deine neue Gereiftheit gibt Dir etwas wie Würde, eine eigentümliche Mischung aus Anziehung und Abwehr. [...] Trotz unausweichlichen Verfalls meinerseits ein positives Zeichen – Du hast mich gleich wiedererkannt! (AE 45)

Johannes bemüht sich immer wieder, Charlottes Angst, dass er in einer Idealisierung der Vergangenheit verhaftet sei und eigentlich die junge Charlotte begehre, zu zerstreuen. So schreibt er ihr: „Natürlich habe ich realisiert, daß Du neunundsechzig bist, und fahre dennoch unbeirrt fort, dich zu begehren" (AE 83). Insbesondere die Notwendigkeit von jugendlicher Schönheit als Voraussetzung für eine erotische Beziehung stellt er im Hinblick auf sein eigenes chronologisches Alter infrage.

In Bronnens Roman wird damit der altersdiskriminierenden Sicht auf den weiblichen Körper die Perspektive des männlichen Liebenden entgegengestellt. Im brieflichen Liebesdiskurs wird die gesellschaftliche Negativkonnotation des alternden weiblichen Körpers durch Blick des liebenden anderen aufgehoben und die alternde Frau in ihrer Einzigartigkeit dargestellt. Der alternde Körper steht der erotisch konnotierten Liebe nicht nur nicht im Wege, sondern er wird besonders in sexueller Hinsicht zum Zentrum einer idealisierten Altersliebe. Die Darstellung der Figur Charlotte als ›Neue alte Frau‹ wird durch die Fremdcharakterisierungen ihres Liebhabers Johannes um die Facette einer nicht nur im moralischen Sinne ›schönen Alten‹ bereichert. Dass die alte Charlotte in erotischer Hinsicht sogar einer deutlich jüngeren Frau vorgezogen wird, verstärkt die Authentizität der Altersrepräsentation der Attraktivität einer Frau Anfang 70 noch.

Die altersdifferente Liebesbeziehung in ›Am Ende ein Anfang‹

Johannes ist ebenso wie Charlotte die Erfahrung des Scheiterns einer intergenerationalen erotischen Beziehung eingeschrieben. Als Nebenhandlung ist die Geschichte um die unglückliche Beziehung zwischen dem 73-jährigen Johannes und der 40-jährigen Langzeitstudentin Renate (vgl. AE 60), die ihn zwei Jahre zuvor verlassen hat, eingebunden. Innerhalb dieser Figurenkonstellation kommt das Motiv des verliebten Alten zum Tragen. Johannes wird von der jüngeren Frau nicht nur in Taten seine mit dem Alter verlorene Attraktivität vor Augen geführt, sondern ausdrücklich auch in Worten. Renate beschwert sich während der Beziehung explizit über den großen Altersunterschied. Als Zeichen des Alters werden Erektionsprobleme, das Nachlassen des körperlichen und geistigen Reaktionsvermögens, der Mittagsschlaf, die Altersflecken und das Koketterien mit dem Tod aufgeführt (vgl. AE 129). In der Erzählvergangenheit hat Renate Johannes für eine neue Liebesbeziehung verlassen. ›Der‹ Nebenbuhler in Bronnens Roman ist jedoch kein junger Mann, sondern eine andere Frau (vgl. AE 61), was Johannes verstört:

> Renate gab mir durch diesen Überraschungscoup leider keine Möglichkeit, die Uneigennützigkeit des alternden Liebhabers zu beweisen, der in edler Bescheidung zurücktritt angesichts eines Jünglings mit roten Wangen. Dafür gab sie mir die Gelegenheit, bis auf den Grund eines mir fremden Gefühls, der Eifersucht, hinabzusteigen und mich für eine Weile dort einzurichten. (AE 65)

Darüber hinaus unterstellt Johannes seiner ehemaligen Partnerin, seine Eifersucht gezielt zu schüren, indem sie ihm ausführlich über ihr gesteigertes Lustempfinden berichtet. Er fühlt sich dadurch ›kastriert‹ (vgl. AE 65) und ist unfähig, das Ende der Beziehung zu verarbeiten. Johannes schließt aus seinen Erfahrungen mit Renate, dass eine große Differenz der chronologischen Lebensalter zweier Partner der Würde des Älteren abträglich ist:

> Nun, heute glaube ich, daß das Verhältnis alter Mann – junge Frau ohnedies mit fortschreitendem Alter immer mehr an Absurdität zunimmt. Erst ist die zwanzig Jahre Jüngere zwanzig, dann dreißig, vierzig, schließlich fünfzig – ein Alter, in dem das Wort »jüngere Frau« schon etwas Komisches hat. Es geschieht mir also ganz recht, wenn ich dann verhöhnt werde. Zu meiner Rechtfertigung: Ich habe mich manchmal durchaus unwohl gefühlt und empfand das Mißverhältnis als Qual – ein stummer Kampf zwischen Skepsis und Verlockung. [...] Die Gnade, im letzten Lebensfünftel noch eine junge Geliebte zu besitzen, endete längst in unterdrückter Aggressivität. (AE 66)

Er wertet die Verbindung zwischen altem Mann und jüngerer Frau als mit den Jahren zunehmende Absurdität ab und hält es für gerechtfertigt, dafür „verhöhnt" (vgl. AE 66) zu werden. Die Beichte seines Liebesunglücks motiviert eine Reflexion über die ethische Vertretbarkeit erotischer Beziehungen mit einem großen Altersunterschied zwischen den Briefpartnern.

In Bezug auf Charlotte findet das Motiv der verliebten Alten Anwendung, als sie Johannes von ihrer erotischen Beziehung zu einem namenlosen 49-jährigen

Mann und ihrer daraus resultierenden Lächerlichkeit erzählt. Zwar war Charlotte selbst mit dem 16 Jahre älteren Julian verheiratet, dennoch verurteilt sie intergenerationale Beziehungen mit einem erotischen Fokus als ›gemein‹, ›unpassend‹ und ›ihr nicht gemäß‹ (vgl. AE 68). Seit einem Hexenschuss beim Koitus mit dem jüngeren Mann zweifelt die sexuell als eher freizügig charakterisierte Charlotte jedoch nicht nur an ihrer sexuellen Leistungsfähigkeit (vgl. AE 67f.). In der Schilderung ihrer vergangenen Beziehung zu dem jungen Mann betont Charlotte den rein sexuellen Charakter dieser Beziehung und grenzt sich damit von der verliebten Alten ab. Zwar bewertet sie den Gebrauch eines jüngeren Mannes zur sexuellen Befriedigung alter Frauen kritisch, das Motiv der lüsternen Alten ist jedoch durch das falsche Bewusstsein der Figur und ihr vergebliches Begehren eines jüngeren Mannes gekennzeichnet. Das Begehren beruhte in diesem Fall jedoch auf Gegenseitigkeit und es ist Charlotte, die den jungen Mann schließlich aus gekränkter Eitelkeit verlässt.

Eifersucht, Intrigen und Liebe – Tradition und Neuerung im Briefroman

Was den Roman interessant macht, ist das Spiel mit der klassischen Motivtradition von erotisch konnotierter Liebe im Alter. Zwar inszeniert sich Johannes in einem Brief an Charlotte als verliebter Alter, der sich von den Reizen der deutlich jüngeren Renate hat betören lassen. Im nächsten Brief korrigiert er seine Selbstdarstellung jedoch dahingehend, dass er Renate stets im Unklaren über seine Gefühle für sie gelassen hat (vgl. AE 106f.). Nach dem Ende der Beziehung wirft Renate ihm vor, dass er sie immer weniger geliebt habe als umgekehrt (vgl. AE 60).

Das Motiv des verliebten Alten wird damit im Handlungsverlauf durch das Motiv der Rache der verschmähten Frau[781] abgelöst. Johannes' Offenbarung, dass er seine schwangere Ex-Geliebte *nolens volens* wieder in seine Wohnung einziehen lässt, setzt die Abfolge des Lektüreschemas in Gang (vgl. AE 96f.). Mit der Rückkehr Renates wird auch das Motiv des Mannes zwischen zwei Frauen angedeutet. Allerdings behauptet Johannes, keine „gleichzeitige und gleich starke Neigung zu zwei Frauen"[782] zu empfinden, sondern nur mit Charlotte zusammen sein zu wollen. Charlotte misstraut Johannes' wiederholten Beteuerungen, dass er die erotische Dreierkonstellation von Anfang an zugunsten einer monogamen Beziehung zu ihr abweist (vgl. AE 106). Charlotte empfindet es als „demütigend, daß eine

781 Ausführlicher dazu: Elisabeth Frenzel: Frau, die verschmähte. In: Dies.: Motive der Weltliteratur, S. 157–181.

782 Vgl. Frenzel, Mann zwischen zwei Frauen, S. 489f.

abgelegte Geliebte [s]ein Leben beherrscht“ (AE 101). Zwar gelingt es Johannes, um Charlottes Verständnis für seine Verantwortung gegenüber der schwangeren Renate zu werben, doch schon im nächsten Brief, muss er ihr ›beichten‹, dass er tatsächlich selbst der Vater des Ungeborenen ist. Auf der Ebene des *discours* fungiert dieses Ereignis als Peripetie in der allzu idyllischen Briefromanze zwischen Johannes und Charlotte. Die neue Problemkonstellation ist ein Kunstgriff, der dem Handlungsbogen neue Spannung verleiht.

Auf der Ebene des *discours* evoziert die Volte das Lektüreschema des Briefromans: Seit der Epoche der Empfindsamkeit gehört „die Ergründung des Herzens des geliebten anderen, d. h. das gegenseitige Verstehen, die exklusive Kommunikation, optimiert in der vollkommenen Übereinstimmung der Liebenden“[783], zum Konzept der idealen Liebeskonstellation. In der Selbstoffenbarung über das Medium des Briefs wird das Ideal der Transparenz des liebenden Herzens verstärkt:[784] „Das Genre des Liebesbriefs wirft [...] in besonderer Weise die Frage nach seiner Wahrheit auf. Das Problem der ‚wahren‘ Liebe wird im 18. Jahrhundert zum Problem des ‚wahren‘ Ausdrucks, d. h. einer nicht rhetorischen Sprache und Schrift der Liebe“.[785] Dieser Anspruch findet in der Konstruktion des Briefes als unverstelltem Spiegel der Seele sein Bild und provoziert die Frage: „Sind Liebesbriefe zu fingieren oder nicht? Die Polyperspektivität ist ein Konstituens des Briefromans ebenso wie multiple Lektüren, denn jede Lektüre der Briefe „ist immer schon eine wiederholte, emphatische Lektüre“.[786] Das Lektüreschema des Briefromans folgt der Struktur der Abfolge von *confessio*, also das Geständnis bzw. die Beichte, die [.] in besonderer Weise die Wahrheit zu lesen geben soll“, und *conversio*, also die Implikation einer zweiten Lektüre, die „Verblendungen und Fehlinterpretationen korrigiert, zurechtrückt, Abweichungen und Verdrehungen lesbar macht“.[787]

Während die Romane *The Humbling* von Philip Roth und *Slow Man* Coetzee das späte Leiden ihrer Protagonisten an ihrer ungewollten Kinderlosigkeit darstellen,[788] experimentiert Barbara Bronnen mit dem umgekehrten Fall, nämlich

783 Vgl. Vedder, Geschickte Liebe, S. 9.

784 Vgl. ebd., S. 11.

785 Ebd., S. 33.

786 Claudia Liebrand: Briefromane und ihre ›Lektüreanweisungen‹. Richardsons *Clarissa*, Goethes *Die Leiden des jungen Werthers*, Laclos' *Les Liaisons dangereuses*. In: *Arcadia* (1997) 32, S. 342–364, hier S. 343.

787 Vinken, Unentrinnbare Neugierde, S. 181.

788 Vgl. Meike Dackweiler: Zu den Grenzen von Gender und Begehren in Philip Roths *The Humbling*. In: *Allegorien des Liebens: Liebe – Literatur – Lesen*. Hrsg. von Karin Peters, Caroline Sauter. Würzburg 2015, S. 243–263, hier S. 256.

der ungewollten Vaterschaft im höheren Alter: In der Erzählvergangenheit vor Johannes' Wiedersehen mit Charlotte ist es Renate gelungen, sich in der „»endgültige[n]«Abschiedsnacht" (AE 102) von Johannes schwängern zu lassen. Dieser Handlungsumschwung vom sich anbahnenden Liebesglück zwischen Charlotte und Johannes wird dadurch motiviert, dass Renate „sich das Kind »angeschafft«" hat, als „die Beziehung zu ihrer Freundin zu Ende" ging, um Johannes „damit zurückzugewinnen" (AE 103).

Das Geständnis der Vaterschaft wird zum Moment der vermeintlichen ›Enttäuschung‹, indem Charlotte Johannes' doppeltes Spiel zu erkennen glaubt: „Nun, mittlerweile ist es ja fast ein schöner Brauch geworden, daß der majestätische Greis sich mit einer jungen Frau entschädigt. Frauen steht dies bekanntlich weniger zu. [...] Du hast mich nur begehrt, weil du begehrtest zu begehren" (AE 98f.). Sie beneidet Johannes auch um die „späte Wiedergeburt" in seinem Kind und um sein „altes, wildes Männerleben" (AE 108). Als Angehörige eines biologisch „benachteiligte[n] Geschlecht[s]" (AE 108) fühlt sie sich von Johannes' und Renates Fruchtbarkeit ins körperliche Abseits gedrängt. Dagegen leidet Johannes an der Spannung zwischen seiner Angst, Charlotte zu verlieren, und seiner allmählichen Freude auf die Geburt seines Kindes (vgl. AE 132).

Der Traum von der mythischen Verjüngung durch das eigene Kind geht für Johannes so weit in Erfüllung, dass sein Kind nach ihm benannt wird (vgl. AE 140). Johannes' Brief über die Geburt seines Sohnes folgt die ungenügend motivierte Lösung[789] des Konflikts mit Charlotte:

> Der kleine Johannes wird dich vom Ende zum Anfang bringen, wird dein Alter begraben. Jede Geburt ist ein unglaubliches Ereignis, zu dem im Vergleich alle anderen Leistungen und Errungenschaften winzig sind. [...] In deinem Leben nimmt Renate nun einmal einen wichtigen Platz ein, und daß sie ihren Sohn nach Dir benennt, ist wunderschön. (AE 146)

Die intergenerationalen Liebesbeziehungen der ProtagonistInnen mit jüngeren PartnerInnen scheitern in *Am Ende ein Anfang* zwar, doch die (unbeabsichtigte) Verjüngung durch einen Sohn gelingt dem Protagonisten ebenso wie die Wiederaufnahme der generationalen Beziehung zu seiner wahren Liebe Charlotte. Wie der Alltag in einer ›Patchworkfamilie‹ mit einer arbeitslosen 40-jährigen Kindsmutter, dem 73-jährigen Kindsvater und seiner 69-jährigen Partnerin aussieht, lässt Barbara Bronnens Roman jedoch offen. Nach der schwach motivierten

789 Vgl. Edelgard Abendstein: Längst vergangenes Begehren. Briefroman von Barbara Bronnen. In: *dradio.de* am 4.8.2006. ‹http://www.dradio.de/dkultur/sendungen/kritik/528494/›. [Zugriff: 4.8.2009].

Verschwisterung Renates mit Johannes' neuer Partnerin Charlotte (vgl. AE 162) wird der Umzug Charlottes in seine Wohnung beschlossen. Der Roman endet mit ihrem letzten Brief von einer Autobahnraststätte während ihrer Fahrt nach Hamburg.

Im Hinblick auf das Motiv des verliebten Alten lässt sich geltend machen, was Sandra Linden in Bezug auf den Topos der verliebten Alten im Minnesang herausgefunden hat: Das Motiv funktioniert zwar über eine Wiederholungsstruktur tradierter Einzelkomponenten wie die begehrte, jüngere Frau und die Eifersucht des alten Mannes (vgl. AE 65), aber „nicht die Wiederholung hält" es „am Leben und sichert seine poetische Attraktivität, sondern die Variation".[790] In *Am Ende ein Anfang* wird das Motiv des verliebten Alten durch das Geschlecht der Nebenbuhlerin variiert. Das Motiv des Mannes zwischen zwei Frauen individualisiert Bronnen durch die späte Kindszeugung und die Umkehr der Verhältnisse: Während beide Frauen anfänglich ihre Eifersucht auf die jeweils andere gegenüber Jonannes bekunden (vgl. AE 103, 106), wird die Dreieckskonstellation durch die Entscheidung des Mannes für die ältere Frau gelöst und schließlich durch den Zug der Verschwesterung sogar in ein ›Happyend‹ überführt (vgl. AE 162). Damit erweist es sich nicht als komisch oder tragisch, sondern als kitschig.

Die altersähnliche Liebesbeziehung in ›Am Ende ein Anfang‹

Die Beziehung des gealterten Paares wird im Vergleich zu ihrer stürmischen und durch wechselseitige Rücksichtslosigkeit geprägten Jugendliebe stark aufgewertet:

> Über ein Jahr lang verbrachten wir jede freie Stunde, tags wie nachts, in Deinem Bett, bis Julian auftauchte und jene schändliche Phase der banalen ménage à trois eintrat, begleitet von Milvas herzzerreißendem Chanson unter dem legeren Motto: Ich liebe euch beide. Doch meist war es nur das Einleitungsstück zum neuerlichen Gedankenkarussell: Wen? Julian oder Johannes? Was könnte dieser, jener für ein gemeinsames Leben bedeuten? Könnte die Liebe mit einem von beiden Lebensinhalt sein? Ich wollte mir darüber klarwerden und habe mich doch immer wieder im Bett betäubt.
> Eine ausschweifende, unmoralisch-amouröse Zeit, in der sich Julian mit seinem Verständnis für Dich überforderte, während Du nach wie vor draufgängerisch den flotten Lover mimtest. Eine Zeit ruheloser Gefühle und wenig plüschiger Lust, entsetzlicher Sentimentalitäten und himmelhochjauchzender Skrupellosigkeit. Eine Zeit voller Gefahren. [...] Ich habe mich schwer von Dir gelöst. Aber nachdem ich wußte, daß es

790 Sandra Linden: Die liebeslustige Alte. Ein Topos und seine Narrativierung im Minnesang. In: *Alterstopoi. Das Wissen von den Lebensaltern in Literatur, Kunst und Theologie*. Hrsg. von Dorothee Elm u. a. Berlin 2009, S. 137–164, hier S. 164.

> Julian sein würde, mit dem ich leben wollte, weigerte ich mich, alles noch komplizierter zu machen, und habe mich brüsk von Dir getrennt.
> Ich kann brutal sein. (AE 50f.)

In dieser Passage wird zum einen ein Liebeskonzept entworfen, das die monosexuelle Liebesbeziehung als „Lebensinhalt" definiert und mit einem Liebesstil kontrastiert, den Lee als Ludus bezeichnet.[791] Bei Ludus handelt es sich nach Lee um eines der ältesten Liebeskonzepte in der Literatur, das sich mindestens bis zur *Ars amatoria* zurückverfolgen lässt. Als *amor ludens*, das heißt als spielerische Liebe, beschreibt Ovid, was Lee mit dem Terminus Ludus bezeichnet. Ovids Erotodidaxe kontrastiert das elegische Konzept der Liebe mit einem ›moderneren‹ Ethos der Liebesbeziehung, die durchaus auch höhere Werte mit einschließen kann, aber eben nicht muss. Bei Ovid

> lässt sich zeigen, dass Erotik […] Gegenstand eines literarischen Spiels ist, das der geistreichen Unterhaltung und der Erheiterung der mit den Spielregeln gut vertrauten Zeitgenossen diente. Unter der Erotik, mit der in der Ars literarisch gespielt wird, ist nun jedoch nicht die »reale« Erotik alltäglicher Erfahrung, sondern eine allein in einer fiktiven Welt existierende Erotik zu verstehen: die elegische Liebe. Ihr Wesen ist es, dass sie denjenigen, der sie empfindet, mehr leiden lässt als beglückt, weshalb er ständig elegisch klagt (also in dem Sinne, in dem der Begriff noch heute verwendet wird).[792]

Dagegen präsentiert Ovid laut Holzberg in seinen erotischen Lehrgedichten eine Methodenlehre, die es erlaubt, durch planmäßiges Vorgehen auch im Bereich der erotischen Liebe zum Erfolg zu gelangen. Die Liebenden sollen ihr emotionales Engagement in den Dienst eines Spiels der Geschlechter stellen. Ihr Spiel erfolgt nach bestimmten Regeln und Rollenkonventionen. Die durch kaiserliche Gesetzgebung geregelte Institution der Ehe oder die Idee einer einzigartigen und ewigen Liebe sind dabei nicht das Spielziel, sondern eine Bindung auf Zeit zum wechselseitigen Vergnügen.[793]

Laut Lee ist die modernisierte Version, Ludus, wie jeder Wettbewerb und jedes Spiel selbst für den/die Liebende/n produktiv, der/die nicht ›siegt‹, weil es seine/ihre Fähigkeiten erhöht, eine Vielzahl intimer Probleme anzugehen.[794] Moralisten und romantisch Liebende können in Ludus allerdings gar keine Form von Liebe erkennen, sondern nur eine erotische Scharade oder eine subtile

---

791 Vgl. Lee, The Colors of Love, S. 40.

792 Niklas Holzberg: Einleitung. In: *Ovid. Liebeskunst / Ars amatoria*. Überarbeitete Neuausgabe der Übersetzung von Niklas Holzberg. Lateinisch-Deutsch. Berlin 2011, S. 7–34, hier S. 15f.

793 Ebd., S. 14f.

794 Vgl. Lee, Colors of Love, S. 42.

Form der Verführung. Dagegen argumentiert Lee, dass der spielerische Charakter dieser Liebe nicht notwendigerweise deren Wert reduziert, solange beide Partner um den Charakter ihrer Beziehung wissen.[795] Johannes, der in seinem zweiten Brief bekennt, Charlotte geheiratet haben zu wollen (vgl. AE 26), hat diesen Liebesstil hinsichtlich Charlottes Nachfolgerinnen gepflegt: „Habe mit Halbbegehrten geliebäugelt und Opfer gesammelt. Führte schöne Frauen an unsere Plätze, in unsere Restaurants, in unser Bett. Doch meistens war es mit meiner Lust bald wieder zu Ende: Ich liebte als Verräter" (AE 8). Die Figur markiert ihr früheres Beziehungskonzept explizit als moralischen Fehler. Im Wissen, eine andere Frau zu begehren, hat er als Verführer seine Partnerinnen über den Charakter seines Liebesbegehrens getäuscht und sie auf diese Weise um das vermeintlich von ihnen gewünschte Konzept einer durch wechselseitige Affektion gekennzeichneten Liebe betrogen.

Die junge Charlotte hat Johannes und ihren späteren Ehemann Julian in ihrer Eigenschaft als potenzielle Lebensgefährten miteinander verglichen. Sie hat die unterschiedlichen Möglichkeiten, die ihr diese hinsichtlich ihrer Selbstverwirklichung bieten konnten, gegeneinander abgewogen. Ihre Wahl fiel schließlich auf den sexuell weniger attraktiven, aber gefestigteren Julian, mit dem sie ihren Wunsch nach einer Familie verwirklichen konnte (vgl. AE 51). Die Figurenkonstellation Johannes und Charlotte wird erst durch die Information über Julians Tod mit der Möglichkeit einer langfristigen Bindung versehen.

Die wieder aufgenommene Beziehung erinnert immer weniger an ihren ehemaligen Kampf der Geschlechter um ein befriedigendes Beziehungsmodell als an eine empathische und liebevolle Partnerschaft. Innerhalb der Beziehung der gealterten Figuren entwickeln sich langsam die Fähigkeiten zur Rücksichtnahme und Geduld, die sie von der Rauschhaftigkeit, der Hast und Egozentrik in der Beziehung zwischen dem jungen Johannes und seiner Geliebten Charlotte abgrenzen. Die Altersliebe profitiert von dem Vergleich und wird eindeutig positiv konnotiert. Für das Konzept romantischer Liebe im Alter in Bronnens Roman lässt sich geltend machen, was Miriam Seidler bereits in Bezug auf die *Gunnar-Lennefsen-Expedition* erkannt hat:

> Der Roman vollzieht damit [.] nicht den im gegenwärtigen Altersdiskurs zu beobachtenden „Wandel von der normverordneten Asexualität zur Erfüllung angeblich medizinisch indizierter Koitus-Quoten" als Garant für ein gesundes Alter, sondern stellt körperliche Nähe und Erotik in den Mittelpunkt.[796]

795 Vgl. ebd., S. 41f.
796 Vgl. Seidler, Jungsein im Älterwerden, S. 247.

Johannes und insbesondere Charlotte finden nach einem enttäuschenden Rendezvous im brieflichen Dialog über ihre enttäuschten Erwartungen, Verletzungen und Ängste in der kommunikativen Annäherung nicht nur wieder zueinander, der briefliche Austausch ermöglicht darüber hinaus eine emotionale Annäherung, die schließlich auch zu einer körperlichen Wiederannäherung führt.

Sexualität und Erotik in ›Am Ende ein Anfang‹

In *Am Ende ein Anfang* wird „die Vorstellung, dass die Lebensphase Altern durch ein Nachlassen der sinnlichen Begierden gekennzeichnet“[797] sei, narrativ widerlegt. Durch die dialogische Struktur des Briefromans kann Bronnen darstellen, dass sich die Protagonisten nicht weniger nach „körperliche Nähe und Sexualität“ sehnen als in ihrem frühen Erwachsenenalter. Dieser Aspekt stellt „eine wesentliche Komponente von Lebensqualität“ im Alter dar.[798] Eine Rezensentin kommentiert das Thema von Bronnens Romans folgendermaßen:

> Erstaunlich, dass es so lange gedauert hat, bis sich die Literatur auf ein Thema besonnen hat, das sich seit einer Weile auf die Ratgeberseiten der Frauenzeitschriften durchgekämpft hat: Sex im Alter. Das meint nicht die übliche Konstellation: alter Professor, junge Studentin, auch nicht die von der Erfolgsunternehmerin, die einen metrosexuellen Mittzwanziger an ihrer Seite führt. Es meint eine frische Liebe zwischen Gleichaltrigen jenseits der Pensionsgrenze.[799]

Anders als in Kathrin Schmidts Roman *Die Gunnar-Lennefsen-Expedition*[800] wird das lustvolle Ausleben dieses sexuellen Begehrens nicht von dritten Figuren kritisiert. Die gesellschaftliche Ablehnung oder Skepsis gegenüber gelebter Sexualität im Alter ist der Figur Charlotte eingeschrieben:

> Nichts als Widersprüche, und auch wenn mein Bett immer größer und breiter wird, sind meine Gefühle und meine Leidenschaften nach wie vor die der jüngeren Charlotte, doch mit einem müde und welk gewordenen Körper braucht es Mut und Draufgängertum. Für mich allein hätte ich mich an all das gewöhnt. Aber wenn ich daran denke, wie das für Dich ist – etwas, das man gut kennt, so geschmälert zu sehen –, multipliziert sich der Makel und verlängert den Schatten, den die Jahre werfen. Armer Johannes! (AE 75)

Das Thema ›Sexualität im Alter‹ wird von den Motiven der/des verliebten Alten und des/der Lustgreises/in strukturiert: Charlotte befürchtet, in den Augen ihres ehemaligen Liebhabers Johannes, der auf die Erfüllung seines sexuellen Begeh-

---

797 Vgl. ebd., S. 244.

798 Ebd.

799 Abenstein, Längst vergangenes Begehren.

800 Vgl. Kathrin Schmidt: *Die Gunnar-Lennefsen-Expedition*. Roman. München 2000.

rens durch sie pocht, lächerlich, weil unzeitgemäß zu erscheinen. Im Wissen um ihre hohe körperliche Attraktivität hat sie seit dem frühen Erwachsenenalter die aktive Auslebung ihres sexuellen Begehrens als emanzipatorischen Akt und als Ausdruck einer historisch neuen sexuellen Freiheit zelebriert (vgl. AE 42, 54).

Die generationale Beziehung und das Erfahrungswissen etwa Gleichaltriger um die nachlassende körperliche Leistungsfähigkeit im höheren Alter erscheint Johannes als Lösung des scheinbaren Konfliktes von Eros und Alter. Doch nachdem er sich mit Charlotte zu einer gemeinsamen Nacht getroffen hat, sieht sie in seinen Erektionsproblemen den Beweis für die Unattraktivität ihres gealterten Körpers: „Eine Frau, die Dich nicht mehr zur Liebesraserei bringen kann. Man muß für alles bezahlen, erst recht, wenn man alt ist" (AE 56). Sie zieht sich verletzt und abrupt von Johannes zurück (vgl. AE 58). Johannes reagiert verständnisvoll, wirft Charlotte aber ihre Ungeduld vor und wirbt weiter um sie und ihr Verständnis für seine Situation (vgl. AE 57f.).

Im brieflichen Dialog gelingt es dem alternden Liebespaar jedoch schließlich, sich von normativen Vorstellungen guter Sexualität zu lösen und sich gegenüber den internalisierten sozialen Vorurteilen gegenüber der Alterssexualität zu behaupten. Dabei entdecken sie, dass ihre Sexualität zwar nicht an den normativen Standards junger Menschen gemessen wird, dass sie im Rahmen ihrer Liebesbeziehung jedoch zu einer neuen Form befriedigender Sexualität finden können (vgl. auch AE 158f.):[801]

> Dahinter lag trotz junger Erregung die klare Planung und Zielstrebigkeit eines scharfsinnigen, skeptischen und einfühlsamen Mannes, im Takt der Lust bewandert, der herausgefunden hat, daß die Liebe einer Alternden Zeit braucht und Behutsamkeit. Keinen Zweikampf, in dem die Gegner einander übertrumpfen wollen. Früher sind wir immer übereinander hergestürzt und haben uns eilig und grob unsere Lust geraubt, jetzt spüre ich einen feinen Atem, eine schmerzliche Verbindung von kalkulierender Männlichkeit und Sensibilität für meine geheimen Sehnsüchte. (AE 155f.)

Ihre Sexualität im Alter bewertet Charlotte sogar als höherwertig gegenüber dem gemeinsamen Sex vor 30 Jahren. In vielen Briefen und wenigen Treffen gelingt es den Protagonisten, ein Konzept erotisch konnotierter Liebe zu entwickeln, das an ihre (geringen) körperlichen Einschränkungen und die im Lebenslauf erworbenen seelischen Verletzungen angepasst ist. Wie der Titel des Romans bereits andeutet, erzählt *Am Ende ein Anfang* also lediglich die Wiederannäherungsphase des ehemaligen Paares und endet, bevor der Beziehungsalltag beginnt. Der Roman endet während Charlottes Umzug von München nach Hamburg in

---

801 Vgl. Seidler, Jungsein im Alter, S. 247.

Johannes' Wohnung (vgl. AE 167ff.). Den letzten Brief des Romans schreibt sie auf einer Autobahnraststätte, wo sie einen Zwischenstopp eingelegt hat. Damit bleibt es beim Wagnis. Ob die Wiederaufnahme der früheren Liebesbeziehung im Alter auf Dauer Bestand hat, bleibt so offen wie das Ende des Romans.

3.3 Gabriele Weingartner: ›Tanzstraße‹ (2010) – Die altersungleiche Liebesbeziehung

Im Gegensatz zum verliebten alten Mann taucht der „umgekehrte Fall der Liebe einer älteren Frau zu einem jungen Mann [.] bis heute nur selten in der Literatur auf".[802] Typischerweise wird das Liebesbegehren der verliebten alten Frau vom Objekt ihrer Begierde nicht erwidert. Das motiviert meist ein Erzählschema mit komischem, tragischem oder tragikomischem Ausgang. Die verliebte Alte hat mit dem Alter ihren optischen Reiz verloren und entbehrt in der älteren Literatur meist sowohl den sozialen Rang des alten Mannes als auch seine finanzielle Überlegenheit. Ihre Lächerlichkeit besteht in ihrem falschen Bewusstsein, für einen jüngeren Mann immer noch sexuelle Anziehungskraft zu besitzen.[803]

Von der tanzlustigen Alten über Thomas Manns Erzählung *Die Betrogene* bis zu der Witwe Meldorf in Marc Wortmanns Roman *Der Witwentröster*[804] wird die ältere Frau von ihrem sozialen Umfeld wesentlich früher und deutlicher auf die Unschicklichkeit ihrer (gewünschten) erotischen Beziehung zu einem jüngeren Mann hingewiesen als *der* verliebte Alte.[805] Im Figurenmodell der *vetula* werden die misogynen und sexualfeindlichen Anteile noch gesteigert: Sie ist durch die Attribute lächerlich, verschlagen, neidisch, bitter, unmoralisch, trunksüchtig und regelmäßig im Begriff, unerfahrene junge Männer zu verführen, charakterisiert.[806]

Mit seinem 2001 erschienenen Roman *Der Lebenslauf der Liebe* hat Martin Walser mit dieser Konstante des Motivs gebrochen und es in Form der rund 70-jährigen Protagonistin Susi Gern aktualisiert. Obwohl sich Susi auch nach der Hochzeit mit ihrem geliebten Khalil Algat noch fragt, „warum der Neunundzwanzigjährige behauptete, er liebe sie" (A 409), ist dem Paar ein ›Happyend‹ vergönnt. Der Roman zeichnet „die Suchbewegung" der alternden Protagonis-

---

802 Vgl. Haller, Ageing Trouble, S. 187.

803 Sandra Linden: Die liebeslustige Alte. Ein Topos und seine Narrativierung. In: *Alterstopoi. Das Wissen von den Lebensaltern in Literatur, Kunst und Theologie*. Hrsg. von Dorothee Elm u. a. Berlin u. a. 2009, S. 137–174, hier S. 140f.

804 Vgl. Marc Wortmann: *Der Witwentröster*. Roman. Köln 2002.

805 Vgl. Seidler, Figurenmodelle des Alterns, S. 367–371.

806 Vgl. Doležalová, »Nemini vetula placet?«, S. 176f.

tin nach,[807] die sich durch ihren 40 Jahre jüngeren Ehemann einerseits verjüngt, andererseits aber auch auf ihren alternden und damit als defizitär erlebten Körper zurückgeworfen fühlt.[808]

Neun Jahre nach dem Erscheinen von Walsers Roman spielt auch die Autorin Gabriele Weingartner in ihrem viertem Roman *Tanzstraße* diese neue Variante des Motivs der verliebten Alten durch:[809] In der Erzählvergangenheit von *Tanzstraße* führt die Hauptfigur Lilian seit sieben Monaten eine Beziehung mit dem rund 25 Jahre jüngeren Onkologen Martin Schubert in ihrem gemeinsamen Wohnort Berlin. Ebenso wie bei Charlotte aus *Am Ende ein Anfang* und Nora in *Schlafwandel* ist Martins körperliche Attraktion zu der deutlich älteren Lilian authentisch und ein entscheidendes Kriterium der Liebeskonzeption. Die Figur Lilian weist deutliche Überschneidungen mit dem eingangs vorgestellten Figurenmodell der ›**Neuen alten Frau**‹ auf: Als Übersetzerin lateinischer Handschriften (Ts 23) ist sie ist aufgrund ihres anspruchsvollen Berufs nicht nur finanziell unabhängig, sondern auch in ihrer Lebensführung. Sie ist dem Arzt Martin aufgrund der Hartnäckigkeit aufgefallen, mit der sie am Krankenbett ihrer Freundin dem arroganten Kollegen eine allgemein verständliche Formulierung der Diagnose abgerungen hat (vgl. Ts 15). Aus der Perspektive ihres jüngeren Liebhabers wird Lilian als eine auf den zweiten Blick für ihn äußerst attraktive Frau charakterisiert:

> Martin aber konnte an diesem Nachmittag nur konstatieren, dass diese extrem zierliche, im Übrigen nicht etwa grauhaarige Frau völlig frei von Koketterie war – im Unterschied zu ihrer nervigen Freundin – und ihm dies am besten an ihr gefiel. Ja gut, sie litt zweifellos an Osteoporose, aber dies schien ihm eine nachrangige Feststellung.
> Ihre Anmut, ja ihre Grazie, was in Martins Augen nicht ganz dasselbe war, entdeckte er erst abends, am zwischen Bushaltestelle und Parkplatz gelegenen Kebabstand, den er automatisch ansteuerte, wenn er wusste, dass sein Kühlschrank leer war. (Ts 16f.)

Üblicherweise wird körperliche Schönheit im Alter mit dem Figurenmodell der Großmutter assoziiert und damit weiblich konnotiert: „Die Großmutter ist die schöne Alte. Spuren der Schönheit bleiben der Frau bis ins hohe Alter […] Wenn eine hübsche alte Frau beschrieben wird, die hellfreundlich mit jugendfrischen Augen und liebevoll die Welt ansieht, dann handelt es sich vermutlich um eine Großmutter“.[810] Nach Göckenjan ist „[d]ie moralische Schönheit des Alters [.] ge-

807 Vgl. Seidler, Figurenmodelle des Alters, S. 221.

808 Ebd., S. 220.

809 Gabriele Weingartner: *Tanzstraße. Roman*. Hohenems 2010. Im Folgenden mit der Sigle Ts im Fließtext.

810 Göckenjan, Das Alter würdigen, S. 201.

schlechtsunspezifisch" und „ein Grundtopos des Altersbildes"[811]. Da Lilian keine Familie gegründet hat, kommt sie für die Rolle der Großmutter nicht infrage. Zwar ist sie im Gegensatz zu Hofstätter moralisch keineswegs indifferent, doch sie erscheint als ambivalente[812] Figur und damit fern der moralischen Schönheit[813] der ›schönen Alten‹.

Aus der Zufallsbegegnung mit Martin entwickelt sich rasch eine leidenschaftliche erotische Liebesbeziehung. Lilian verbringt viel Zeit mit Martin und sie führen eine Paarbeziehung mit getrennten Wohnsitzen. Während Lilian als hochgradig kulturaffin dargestellt wird (vgl. Ts 48), verkörpert Martin den technikbegeisterten, praktisch denkenden Arzt (vgl. Ts 50). Der große Altersunterschied und die unterschiedlichen Temperamente – Martin wird als Choleriker (vgl. Ts 43, 134) und Lilian als Melancholikerin charakterisiert – gefährden die Liebesbeziehung schon nach wenigen Monaten.

Alte Frau und junger Mann: Die altersdifferente Liebesbeziehung in ›Tanzstraße‹

Ebenso wie in den Romanen *Schlafwandel* und *Vanitas* ist die chronologische Altersangabe der Protagonistin eine Leerstelle in Weingartners Erzählung. Aus Lilians Briefen lassen sich zwar Rückschlüsse auf ihr chronologisches Alter ziehen, doch sie sind widersprüchlich. Lilian muss mindestens 56 Jahre alt (vgl. Ts 184) sein und Martin wäre aufgrund des Altersunterschiedes von rund 25 Jahren Anfang 30 (vgl. Ts 210). In einem ihrer Briefe schreibt Lilian allerdings, dass die Lachfältchen um Martins Augen ihr zeigen würden, dass er „auch keine dreißig mehr" (Ts 21) sei. Dieser Kommentar wirkt in Bezug auf einen Mann Anfang 30 unangemessen.

Während das genaue Alter der beiden Protagonisten unklar bleibt, ist der Altersunterschied mit 25 Jahren genau beziffert. Dies ist für Lilian ein „Dauerthema" (Ts 210) und das ungelöste Problem der Beziehung: „Äonen liegen zwischen deiner und meiner Kindheit, viel mehr als nur ein Vierteljahrhundert! Ein Abgrund trennt uns. Hier, in E., stoße ich zwangsläufig immer wieder auf unser Dauerthema, tut mir leid!" (Ts 210) In ironisch-pathetischer Manier wird der Altersunterschied in ihren Briefen hyperbolisch dargestellt. Der Generationenunterschied manifestiert sich nicht allein am chronologischen Alter, sondern

811 Ebd., S. 201f.

812 Lilians Memoiren in Briefform enthalten laut ihrer alten Bekannten, der Ärztin Margret, mehr Dichtung als Wahrheit (vgl. Ts 248f.).

813 Vgl. Wilhelm Grosse: Kalokagathia. In: *Historisches Wörterbuch der Philosophie*. Bd. 4. Basel 1976, S. 682.

insbesondere in der Bereitschaft zur Nutzung elektronischer Kommunikationsmittel. Martin kann nicht verstehen, warum sich Lilian weigert, die Geräte, die er ihr geschenkt hat, auch zu nutzen (vgl. Ts 13). Dementsprechend erhalten die Alltagsgegenstände Handy und Laptop im Roman eine besondere Bedeutung für die Überwindung der Kluft zwischen den Generationen.

Nachdem Martin Lilian in einem schweren Streit (vgl. Ts 15) Gefühlskälte vorgeworfen hat (vgl. Ts 7), reist sie aus ihrer Wahlheimat Berlin in ihre rheinland-pfälzische Geburtsstadt „E".,[814] um „die Ursache ihrer Kälte" (Ts 20) zu finden. Der Streit wird zum handlungsauslösenden Moment einer Lebensrückschau, die hauptsächlich auf Lilians Kindheit in der Nachkriegszeit und Jugend während der Wirtschaftswunderjahre fokussiert. Wichtige Lebensstationen wie das Studium, um dessentwillen sie immerhin eine Abtreibung hat vornehmen lassen, ihre in der Erzählgegenwart bereits geschiedene Ehe und die möglicherweise lesbische Beziehung zu der erkrankten Freundin werden nur aus Martins Perspektive angedeutet. Anders als Walsers Hauptfigur Susi Gern setzt sich Weingartners Protagonistin intensiv mit der nationalsozialistischen Vergangenheit ihrer Heimatstadt E. auseinander (vgl. Ts 94, 126 und häufiger). Diese Auseinandersetzung beginnt mit ihren ungewöhnlichen Vornamen: Den verdankt sie ihrem Vater, der sie „noch kurz vor dem Kriegsende" nach dem „blonden, ziemlich wesenlosen, schrill singenden Nazi-Filmstar" Lilian Harvey benannt hat, „nachdem ihm alle germanischen Vornamen nicht gefielen" (Ts 192).

Wenige Tage nach ihrer Ankunft in E. erleidet Lilian einen aus Unachtsamkeit von ihr verursachten Autounfall und wird daraufhin in ein künstliches Koma versetzt (vgl. Ts 10). Martin, der, über den Unfall informiert, nach E. gereist ist, wacht tagelang an Lilians Bett im Krankenhaus. Abends findet er im Hotel auf ihrem MacBook einige Dokumente, die mit dem Titel „Briefe 1–10" betitelt sind, aber lediglich einige isolierte Wortgruppen enthalten.

Struktur und Genrezugehörigkeit von ›Tanzstraße‹

Die Briefpassagen in *Tanzstraße* entsprechen dem Typ des monologischen Briefromans. Dieser weist eine enge Verwandtschaft mit dem Memoirenroman und dem literarischen Tagebuch auf.[815] Anders als in *Am Ende ein Anfang* wird in

814 Das Kürzel „E". stellt eine Nähe zu Edenkoben her, der rheinland-pfälzischen Geburtsstadt der 61-jährigen Autorin Gabriele Weingartner. Vgl. Dorothea Dieckmann: Erinnerung als erlebte Gegenwart. In: *dradio.de* am 17.6.2013 ‹http://www.dradio.de/dlf/sendungen/buechermarkt/1205599/›. [Zugriff: 23.4.2013].

815 Moravetz, Briefroman, S. 31.

Tanzstraße eine zweite Ebene der Fiktion[816] eingezogen. Das geschieht durch die Passagen, in denen der Geliebte Martin als Reflexionsmedium fungiert, indem er Lilians Ich-Erzählung kritisch kommentiert. Die Erzählinstanz wechselt zwischen dramatischem Erzählen aus der internen Fokalisierung der Figur Martin und Briefpassagen mit Lilian als autodiegetischer Erzählerin (vgl. Ts 7). Der Wechsel der Zeitebenen, Erzählperspektiven und -formen (dramatisches vs. narratives Erzählen) kann als ästhetische Ausgestaltung einer altersdifferenten Liebeskommunikation interpretiert werden.

Aufgrund der Variabilität der internen Fokalisierung lässt sich Weingartners Roman nicht ohne Weiteres einem der altersspezifischen Genres des Romans zuordnen. Allerdings weisen Lilians Ich-Erzählungen in den ›Brief‹passagen eine deutliche Nähe zum Genre der *midlife progess novel* auf: Die Entwicklung der alternden weiblichen Hauptfigur, die mit der Aufarbeitung ihrer Vergangenheit auch ihre inneren Widerstände und internalisierten Vorurteile gegenüber nonkonformen Liebesbeziehungen überwindet, erfüllt nicht nur Morganroth Gullettes Minimalbedingung für die Genrezugehörigkeit: „Progress narrative at minimum describes a self that overrides obstacles".[817] Typisch für die Protagonisten der *midlife progress novel* ist Lilian deutlich über 40 Jahre alt und befindet sich damit im späteren mittleren Lebensalter.[818] Darüberhinaus wird sie durch eine genretypische Sehnsucht angetrieben: Sie möchte ihre traumatische Nachkriegskindheit und -jugend in der bigotten und extrem körperfeindlichen Atmosphäre einer Kleinstadt durch die Konfrontation mit ihrem Heimatort emotional aufarbeiten. Die Komplikationen, die das erotische Begehren einer deutlich jüngeren Figur bedeuten, leiten bei der Figur Lillian einen inneren Bruch mit dem bis dahin als zufriedenstellend empfundenen zurückgezogenen Lebensstil als alternder Single und einen Prozess der Lebensrückschau ein. Lilians letzter Brief, der dem offenen Ende des Romans vorausgeht, zeigt die genretypische Figurenentwicklung, die in eine positive Grundhaltung der Protagonistin im Hinblick auf die Zukunft mündet.[819] Gegen die Einordnung des Romans in das Genre der *midlife progress novel* oder des Entwicklungsromans des mittleren Lebensalters scheinen die aus Martins Perspektive erzählten Passagen zu sprechen. Umfang und Häufigkeit dieser Passagen zeigen jedoch, dass sie lediglich in Lilians Ich-Erzählung in den Briefen eingeschoben sind: Von insgesamt 244 Seiten wird aus Martins Fokalisierung nur auf 44 Seiten erzählt. Auch die Biografie der männ-

---

816 Vgl. ebd., S. 30f.

817 Morganroth Gullette, Our Best, S. 34.

818 Vgl. Morganroth Gullette, Safe at Last, S. 164.

819 Vgl. ebd., S. xx.

lichen Hauptfigur ist nur sehr rudimentär skizziert. Hinzu kommt, dass sich der Inhalt der transponierten Gedankenrede Martins fast ausschließlich um Lilian, ihre Selbstdarstellung, Heilungsaussichten und seine Hoffnung auf eine gemeinsame Zukunft als Liebespaar dreht.

Die E-Mail im Briefroman

Lilians Ich-Erzählung evoziert die genretypischen Problemstellungen des Briefromans beginnend beim Problem der Zustellung.[820] Der Adressat der Schreiben findet diese nur zufällig nach einer unruhigen Nacht im Hotel und zwar in Form eines Stapels handgeschriebener Texte auf der Rückseite alter Korrekturfahnen. Als nächstes wird das Problem der Medialität evoziert: Das narrative Schreiben als „schriftliche Steigerungsform des mündlichen Erzählens", das „eine Geschichte nicht zu ›erzählen‹, sondern als Imaginationsfolge zu vergegenwärtigen"[821] sucht, will die Medialität des Briefes im Ideal „einer Restitution einfacher und natürlicher Kommunikationsverhältnisse"[822] vergessen machen. Was Martin von Lilian erwartet hatte und was die Anrede an ihn als individualisierten Adressaten suggeriert, sind offenkundig Liebesbriefe (vgl. Ts 134). Stattdessen erhält er Memoiren über Lilians Kindheit und Jugend (vgl. Ts 135). Der Medienbruch wird auf der Ebene der *histoire* als Affront erlebt, auf der Ebene des *discours* verweist er auf die Ähnlichkeiten der intimen Genres Liebesbrief, Tagebuch und autobiografisches Zeugnis:[823]

> Natürlich merkte er, dass es – trotz des fortlaufenden Datums, der Anreden und der Schluss-Grüße – längst keine Briefe mehr waren, die er da las. Nur am Anfang, auf den ersten zwanzig, dreißig Seiten, war noch zu spüren gewesen, dass Lilian selbst dann an ihn gedacht hatte, wenn sie ihn nicht direkt anredete. Da war sie noch auf Kommunikation aus, wollte sich ihm nicht nur darstellen. (Ts 133)

Eng verknüpft mit dem Problem der Medialität ist in *Tanzstraße* das Problem der Materialität der Schreiben, denn Lilians ›Briefe‹ waren offenbar dazu bestimmt, in die leeren, elektronischen Dokumente auf dem Notebook getippt zu werden. Auf einem ihrer Schmierzettel behauptet Lilian etwa Folgendes:

> Brief5
> 26. April, 17.30 Uhr
> Tippe im Bett. Kissen im Nacken, notebook auf den Knien. Neben mir eine Packung mit Tabletten gegen Seekrankheit. (Ts 142)

---

820 Vgl. Vedder, Geschickte Liebe, S. 12, 149f., 182f.

821 Stiening, Vellusig, Einleitung, S. 13.

822 Vgl. Geitner, Die Beredsamkeit des Leibes, S. 182.

823 Vgl. Vedder, Geschickte Liebe, S. 12.

Die im Briefroman typische Herausgeberfiktion wird auf der Ebene des *discours* durch die Medienfiktion ersetzt und in der Materialität der Schreiben ironisch gebrochen. Mit Lilians Medienstrategie wird in *Tanzstraße* auf der Ebene des *discours* eine Umkehrung dessen, was Luhmann als ›*re-entry*‹[824] bezeichnet hat, vollzogen. Der Begriff meint die Wiederkehr einer Form in einer anderen Form, in diesem Fall die „Rückkehr der älteren Briefform ins neue digitale Medium".[825] Die E-Mail-Kommunikation macht nicht nur in Form von Begriffen wie Mailbox Anleihen an die Briefpost, sondern auch durch das Angebot an kalligrafischen Schrifttypen und Briefpapier-Designs.[826] Simonis bezeichnet die E-Mail deshalb als „Synthese aus älterer Schriftkommunikation und medialen Neuerungen".[827]

Lilian wird bereits über ihre Medienstrategie implizit als unzuverlässige Erzählerin erkennbar. Durch die indirekte Gedankenrede der Figur Martin wird diese Figureninformation verstärkt und bestätigt (vgl. auch Ts 7f., 12, und häufiger). Er kritisiert, dass sich die Schreiberin „jede Menge dichterische Freiheiten" herausnimmt und es „mit der Wahrheit [...] wirklich nicht so genau" nimmt (vgl. Ts 50). Während der Lektüre fragt er sich, ob die Briefe als fiktionalisierte Memoiren oder als Roman zu verstehen sind: „Vielleicht hat sie sich alles nur ausgedacht. Vielleicht wollte sie einen Roman schreiben auf ihre alten Tage". (Ts 248) Das Lesen der Briefe wird für ihn zum „schmerzhafte[n], desillusionierende[n] Prozess, inmitten der piepsenden, glucksenden und surenden Automaten" (Ts 134) um Lilians Krankenbett.

Martin wird als wenig kulturaffin (Ts 137, 244) und als ungeübter Leser charakterisiert (vgl. Ts 39f., 50). Auf der Ebene des *discours* wird die Figur dadurch mit dem Konzept des Modell-Lesers[828] kontrastiert. Im Gegensatz zu der Figur Martin ist der Modell-Leser in der Lage, die in der Tradition des Briefromans typischen Übergänge zu benachbarten Genres, das Spiel mit der Zuverlässigkeit der Erzählinstanz und insbesondere die komplexen Strategien der Leserlenkung als solche zu rezipieren. Die Ununterscheidbarkeit „der Bereiche von Erzähl-

824 Vgl. Niklas Luhmann: *Die Kunst der Gesellschaft*, Frankfurt a. M. 1992, S. 19.

825 Annette Simonis: Liebesbrief-Kommunikation in der Gegenwart zwischen alt und neu: Schrifttradition, SMS, MMS und Internet. In: *Der Liebesbrief: The Love Letter: Schriftkultur und Medienwechsel vom 18. Jahrhundert bis zur Gegenwart*. Hrsg. von Renate Stauf, Annette Simonis, Jörg Paulus. Berlin, New York 2008, S. 425–449, S. 425.

826 Vgl. ebd., S. 425f.

827 Ebd., S. 425.

828 Vgl. Jannidis, Figur und Person, S. 136f., 254.

welt und biographischer Realität“[829] ist genretypisch: „Daß die Grenzen zwischen Wirklichkeit und Erfindung in der Briefliteratur nicht streng gezogen werden können, ist eine der Quellen für das Fiktionsspiel vieler Briefromane“.[830] In diesem Zusammenhang schreibt Takeda über die Hochzeit des Briefromans im 18. Jahrhundert:

> Die Autoren entwickeln dabei Erzählstrategien, die durch die Stratifizierung der Schreibinstanzen ihre Aufrichtigkeit ins Spielerische überführen, während die Leser sich in ein dichtes Netz von Identifikationsangeboten verstricken, die ihre Rezeptionsfähigkeit herausfordern. Die Folge davon ist eine Komplizierung der Kommunikationsstruktur und eine Vervielfältigung der Bewusstseine sowohl aufseiten der Autoren als auch aufseiten der Leser.[831]

Diese Komplexität der Kommunikation ergibt sich in *Tanzstraße* daraus, dass sie Martin sowohl medial als auch inhaltlich verwirrt und nicht befriedigt: Zum einen bleibt Martins Wunsch nach E-Mail-Kommunikation unerfüllt (vgl. Ts 40f.) und zum anderen wünscht sich Martin Liebesbriefe oder zumindest Erklärungen zu Lilians unangekündigter Reise nach E. (vgl. Ts 134). Auf der Ebene der *histoire* zeigt Martins Perspektive, dass Lilians Bereitschaft, sich den Kommunikationsstil ihres technophilen Liebhabers zu eigen zu machen, offenbar wesentlich größer ist als ihre Fähigkeit dazu:

> …»mein Liebster« stand in Sütterlinschrift, so als ob sie fest damit rechnete, dass er sie ohnehin nicht lesen konnte. Es war ein Wunder, wie umsichtig sie ihre Täuschung betrieb, wie sehr sie es sich wünschte, ihm kundig und modern zu erscheinen, was für Geschütze sie auffuhr, um ihn zu beeindrucken. Ob sie einige Figuren nur für ihn erfunden hatte? (Ts 136)

Beim Lesen weichen Martins anfängliche Wut und Enttäuschung über die Scharade zunehmend seiner Rührung über Lilians Wunsch, ihm zu gefallen. Die Materialität des Mediums ermöglicht den LeserInnen und Martin (neue) Einsichten in das Wesen der Schreiberin. Dass Lilian sogenanntes „*Schmutzpapier*“ (Ts 45) benutzt und in Sütterlinschrift schreibt (vgl. Ts 136), charakterisiert sie als Angehörige einer Generation, die sparsame Ressourcennutzung nicht aus ökologischen, sondern aus ökonomischen Gründen gelernt hat. Noch vor der Lektüre des Inhalts vermitteln Martins grafologische Beobachtungen die widersprüchlichen Aspekte in Lilians Wesen:

829 Natascha Würzbach: *Die Struktur des Briefromans*. München 1984, S. 207f.

830 Voßkamp, Dialogische Vergegenwärtigung, S. 86.

831 Takeda, Die Erfindung des Anderen, S. 9.

> Lilians Handschrift irritierte ihn [.], er hatte seine Freundin ja so gut wie nie schreiben sehen, wusste nur, dass sie Linkshänderin war, ein seltener Umstand bei Leute ihres Alters, die man meist noch gezwungen hatte, die „gute Hand" zu nehmen. Zumindest ein anderes Schriftbild hätte er von ihr erwartet, kompakt, klein, schmalbrüstig, so wie sie selbst war, und nicht so groß und rund, mit so viel sinnloser, zu nichts führender Dynamik. Der von Seite zu Seite sich ändernde Links- oder Rechtsdrall erschien ihm anarchisch; für die Expertin mittelalterlicher Handschriften, für eine wissenschaftlich arbeitende Frau war er geradezu ein Witz. Und ausgesprochen merkwürdig erschien ihm auch der Umstand, dass sie – bisweilen mitten im Satz – das Schreibgerät wechselte, mal mit Bleistift, mal mit billigem Kugelschreiber schrieb, dessen Tintenklekse sie dann mit dem Handballen übers ganze Blatt verteilte. Linkshänder haben es schwer, das wusste Martin [...] Aber es erfüllte ich ihn auch mit Rührung, dass Lilian keinen Füllfederhalter besaß, und er spürte, wie sich ein Stimmungsumschwung anbahnte, der seinen Wutanfällen zu folgen pflegte. Es passte zu ihr, dass sie für Dinge, die sie als Luxus empfand, kein Geld ausgab, genauso wie die Tatsache, dass sie ihre Briefe auf die Rückseite der Korrekturfahnen eines schon lange erschienenen Aufsatzes geschrieben hatte. *Schmutzpapier*, wie sie es nannte [...] (Ts 44f.)

Die leitmotivische (Gefühls-)Kälte bzw. Herzlosigkeit (vgl. Ts 50, 135, 144, 209, 235 und häufiger) der Protagonistin wird durch den Zug des ungeordneten Schriftbildes hinterfragt und stellt den inneren Aufruhr der Figur dar. Die „Sauklaue, in der sie schrieb, als ob drei Teufel hinter ihr her wären" (Ts 132), die Abkürzungen und Auslassungen bereiten den Leser Martin darauf vor, dass Lilian keineswegs die disziplinierte Frau ist, als die er sie kennengelernt hat. Simonis bewertet die handschriftliche Kommunikation als der virtuellen in dieser Hinsicht überlegen: „Während die Hand-Schrift als *pars pro toto* oder Sinnbild des abwesenden Liebenden fungieren kann, ist diese Möglichkeit im digitalen Textdokument schwer zu ersetzen".[832]

Das Tippen auf dem silberfarbenen Notebook wird in Lilians Briefen zum freien, gegenständlichen Nebenmotiv, welches das Thema ›Altersliebe‹ strukturiert. Sie assoziiert das Gerät mit der Jugend ihres Partners und mit einer bestimmten sozialen Schicht. Denn das MacBook ist ein Geschenk Martins und war als Hilfsmittel für sie als „unpraktische[.] Intellektuelle[.]" (Ts 13) gedacht. Ob mangelnder Ehrgeiz, den Martin ihr in Bezug auf Kommunikationstechnik unterstellt, oder ein kognitives Unvermögen die Ursache sind, ihr Umgang mit dem Notebook reduziert das Gerät zu einem Accessoire und Statussymbol. Es verkörpert für Lilian Jugend, Intellektualität und einen gehobenen Lebensstil. Auf der Ebene des *discours* symbolisiert es die Sehnsucht und die Schwierigkeiten

832 Simonis, Liebesbrief-Kommunikation, S. 429.

der beiden Liebenden nach einer gemeinsamen Sprache der Liebe und einem Medium dafür.

Als Kind der 1970er-Jahre ist Martin in den Umgang mit den neuen Medien hineingewachsen und kommuniziert damit ganz selbstverständlich. Lilian hingegen empfindet schon das Handy als eine Zumutung. Martins aggressive Bemühungen, ihr den Umgang mit dem Laptop beizubringen, scheitern, weil sie – wie er ihr unterstellt – „nicht nur ihre Abwehrhaltung kultivierte, sondern sich doch auch sehr ungeschickt anstellte und geradezu absichtlich die falschen Tasten drückte" (Ts 13). Im Verlauf der Erzählung entwickeln Martin und Lilian zunehmend Akzeptanz für den Kommunikationsstil des jeweils anderen. Martin erwägt nach der Entdeckung von Lilians Briefen den Kauf eines teuren Montblanc-Füllers mit spezieller Spitze für Linkshänder als Geschenk für Lilian (vgl. Ts 44f.). Obwohl Lilian durch ihre Manuskripte den von Martin gewünschten elektronischen Kommunikationsstil faktisch unterläuft, formuliert sie in ihren Briefen immer wieder die Absicht, diesen zu übernehmen:

> Angesichts der elektronischen Kommunikation erscheint mir der Unterschied zwischen Nähe und Ferne immer mehr zu verschwinden. Oder kommt es darauf gar nicht an? Verschwinden Entfernungen ohnehin nie?
> Übrigens: Ich habe mein Handy angestellt, vielleicht kannst du es spüren. (Ts 216)

Der Brief ist damit nicht nur Element des *discours*, der *Tanzstraße* als Gattungshybriden zwischen Briefroman und dem eher konventionellen, also durch interne Fokalisierung erzählten, Liebesroman markiert. Als gegenständliches Motiv strukturiert er die Themen altersdifferente Liebe und Lebensrückschau. Anders als in Helen Meiers *Schlafwandel* ermöglicht die Schreibtherapie der Protagonistin eine Annäherung zwischen den Liebenden aus verschiedenen Generationen. Lilian signalisiert durch das Tragen des roten Rocks und den fiktiven Gebrauch des Laptops ihre Bereitschaft zur Überwindung der Kluft zwischen den Generationen. Martin ist zwar ein äußerst kritischer Leser, doch liest er ihre Memoiren nicht nur bis zum Schluss, sondern versucht auch, über Lilians Bekannte Margret das Verhältnis von ›Dichtung und Wahrheit‹ in den Briefen zu ergründen (vgl. Ts 248).

Alte Frau und junger Mann – Ein Wagnis?

Eines der beiden Hauptprobleme der altersdifferenten Beziehung in *Tanzstraße* ist die unterschiedliche Lebenserfahrung, die Lilian als trennend erlebt. Nach ihrer Ankunft in E. schreibt sie: „Du merkst schon, warum ich dich verlassen muss, mein Liebster. Meine Erinnerungen führen dich in eine andere Zeit, mitten in ein anderes Jahrhundert hinein". (Ts 28) Dieses Problem ist jedoch nicht altersspezifisch, denn auch ein unterschiedlicher Lebensstil oder verschiedene kulturelle Hintergründe bei gleichaltrigen Partnern führen zu unterschiedlicher Lebenserfahrung.

Zwar fühlt sie sich durch die Avancen des jungen Arztes geschmeichelt und aus ihrer Einsamkeit befreit. Doch in ihren Briefen stilisiert sie ihren jüngeren Partner explizit als ›jungen Mann‹ (vgl. Ts 10, 211, 235 und häufiger). Dass Martin seinem chronologischen Alter nach ihr Sohn sein könnte (vgl. Ts 22, 36, 210), gibt Lilian das Gefühl, dass ihre Beziehung zu ihm keine soziale Akzeptanz erfahren kann. Als eigentliche Ursache seines Interesses an ihr als älterer Frau unterstellt Lilian Martin einen Mutterkomplex. Die Konstellation einer altersungleichen Beziehung zwischen einer älteren Frau und einem jüngeren Mann gilt als unüblicher und ist daher noch vorurteilsbehafteter als in der umgekehrten Geschlechterverteilung.[833] Jeannette King führt die soziale Ächtung heterosexueller Paarbeziehungen mit einem Altersgefälle von der Frau zum Mann darauf zurück, dass damit implizit die Machtverhältnisse in patriarchalischen Gesellschaften infrage gestellt werden:

> Relationships between older women and younger men subvert patriarchal power relations between the sexes, in which the male's greater age reinforces his position of dominance. To neutralize such threats, the older woman must be ridiculed, or demonised, and the relationship must prove a failure.[834]

In *Tanzstraße* empfindet aber nicht nur Lilian die Altersdiskriminierung, sondern auch ihr jüngerer Partner. Martin ist nicht bereit ist, die gesellschaftliche Ächtung des Konzepts ›alte Frau mit jungem Mann‹ zu akzeptieren (vgl. Ts 49) und sieht sich selbst als Opfer von Altersdiskriminierung: „Kinderlose Frauen ab einem gewissen Alter konnten sich offenbar nur noch als Therapeutinnen verstehen, vor gleichberechtigten Beziehungen kapitulierten sie". (Ts 245) Sein Zorn ist nicht nur durch die wiederholten Klischees und Ängste in Lilians ersten Briefen motiviert, sondern auch durch die wiederholten Problematisierungen des Altersunterschiedes in der Beziehung vonseiten der beiden wichtigsten Nebenfiguren. Margret, eine Gynäkologin und ehemalige Mitschülerin Lilians (vgl. Ts 155f., 201f., 245), und Martins Arbeitskollege Kai fungieren als Antagonisten der Liebeshandlung.

Aus der Fokalisierung Martins wird erzählt, dass Kai sich fortlaufend nach Martins Beziehung zu Lilian erkundigt. Das Motiv der verliebten Alten spielt in diesem Zusammenhang eine wichtige Rolle: Kai bezeichnet Lilian gegenüber Martin ausschließlich als „Claire Zachanassian" (Ts 48). Die Referenz auf die Pro-

833 Vgl. Brigitte Brandstötter: *Wo die Liebe hinfällt. Das neue Rollenbild ungleicher Paare – Frauen mit jüngerem Partner*. Wiesbaden 2009, S. 11ff.

834 King, Discourses of Ageing, S. 147.

tagonistin aus dem *Besuch der alten Dame* unterstreicht Kais Empfehlung, sich von Lilian frei zu machen, weil Martin „sonst in Teufels Küche käme" (Ts 48). Der intertextuelle Verweis auf Dürrenmatts Tragikomödie geht insofern über die Abwertung Lilians durch den Titel hinaus, als damit auf das Motiv ›Verführer und Verführter‹ verwiesen wird.

Als die erotische Verführung im Verlauf des 20. Jahrhunderts in der westlichen Welt zunehmend zu einer straflosen Privatangelegenheit wurde, wurde das Motiv zunehmend vom Liebesverrat bestimmt. Mit dem Verweis auf Dürrenmatts *Besuch der alten Dame* (1956)[835] wird auf die tödliche Rache einer von ihrem ehemaligen Liebhaber betrogenen alten Frau angespielt. In *Tanzstraße* bleibt dieses Motiv allerdings blind.[836] Lilian besucht ihre Geburtsstadt E., um sich dort ihrem Jugendtrauma zu stellen. Doch in ihren Briefen rechnet Lilian zwar mit den als prototypisch skizzierten Kleinstädtern ab, indem sie deren „halbfiktive oder auch gänzlich wahre Biografien erbarmungslos" (Ts 199) ausbreitet. An einer direkten Konfrontation mit ihrem ersten Liebhaber, der sie geschwängert und verlassen hat, ist sie aber nicht interessiert.

Kais zweite Warnung lautet, dass Martin nicht am Krankenbett Lilians wachen solle, denn „wer weiß, welche Ansprüche die alte Dame daraus ableitet" (Ts 197). Der Zug der unerhörten Warnung verweist hier auf das Motiv der verschmähten Frau und dessen enge Verwandtschaft mit dem Motiv der verliebten Alten:

> Häufiges Situationsmotiv war die ältere Frau, die unter dem Zwang abnehmender Lebenserwartung sowie aus überschätzter Lebenserfahrung um einen jungen Mann wirbt und nach einer Abweisung weniger als andere davor zurückschreckt, mit tödlicher Feindschaft ihre Niederlage zu vergelten und den Schmerz des gekränkten Selbstbewusstseins zu lindern.[837]

Allerdings wird der Zug der Warnung durch die Charakterisierung Kais aus der internen Fokalisierung Martins stark geschwächt. Denn Kais „Klischees über die Machtgier der Frauen waren so grauenvoll, dass Martin schon lange nicht mehr

---

835 Vgl. Elisabeth Frenzel: Verführer und Verführte. In: Dies.: Motive der Weltliteratur, S. 743–760, S. 759.

836 Ausführlich zum umstrittenen Begriff des blinden Motivs s.: Horst S. Daemmrich, Ingrid Daemmrich: Blind Motif. In: Dies.: *Themes & Motifs*, S. 49; Frenzel, Stoff-, Motiv- und Symbolforschung, S. 33; Friedrich Panzer: *Hilde-Gudrun: Eine sagen- und literargeschichtliche Untersuchung*. Tübingen 1978 (1901), S. 387; Robert Petsch: *Wesen und Form der Erzählkunst*. Halle 1934, S. 85; von Wilpert, Sachwörterbuch der Literatur, S. 534.

837 Frenzel, Frau, die verschmähte, S. 158.

darauf einging" (Ts 197). Dass Kai mit dem Figurenmotiv des ›Weiberfeindes‹[838] in Zusammenhang gebracht wird, reduziert die Glaubwürdigkeit der Warnung. Anders als in den *Amour fou*-Narrationen verweist der Zug in *Tanzstraße* nicht auf ein kommendes Unglück, sondern markiert die geringe Akzeptanzbereitschaft gegenüber altersdifferenter Liebesbeziehungen in einem altersdiskriminierenden und auch sexistischen Umfeld.

Kais Chauvinismus bedroht auch in einem anderen Kontext die Liebesbeziehung: Lilian soll nie erfahren, dass Martins Interesse an ihr im Zuge einer chauvinistischen Wette (vgl. Ts 197) mit seinem Kollegen Kai erwacht ist. Dass es sich nicht um eine Liebe auf den ersten Blick handelt, wiegt für Martin so schwer, dass er sogar dazu bereit ist, die Freundschaft zu Kai aufzugeben, um das Geheimnis zu bewahren (vgl. Ts 200). Die Figur Martin repräsentiert damit ein erotisch konnotiertes Liebeskonzept, für das nicht nur die Authentizität des Liebesbegehrens konstitutiv ist. (Durch die Wette könnte Martins Glaubwürdigkeit aber infrage gestellt werden.) Auch der Ausdruck des authentischen Begehrens ist für das Konzept von großer Bedeutung. In indirekter Gedankenrede und direkter Rede wird Martins unerfüllter Wunsch nach einem Liebesbekenntnis von Lilian dargestellt:

> Die Verhältnisse lagen praktisch umgekehrt. Martin quälte die Frage, warum Lilian ihn nicht so liebte wie er sie. Warum sie sich weigerte, das L-Wort auszusprechen, selbst dann, wenn er es ihr gleichsam auf die Zunge legte. Lieber das Thema wechselte, ihn des Kitsches verdächtigte, seinen Bekenntnis-Drang lächerlich und ihn selbst – jedenfalls im Vergleich zu ihr – viel zu alt für derart romantische Wallungen fand. „Wir befinden uns in keinem Roman, weißt du", sagte sie dann streng zu ihm, „wir spielen in keinem Film mit", obwohl sie doch wusste, dass er gar keine Romane las und selten ins Kino ging. „Wir leben in der Realität. Träume sind schädlich". (Ts 49)

Martins Reflexion über das verweigerte Liebesbekenntnis verweist auf eine Umkehr des üblichen Geschlechterverhältnisses in der Beziehungsarbeit. Lena Gunnarsson geht in ihrer Arbeit zur Ontologie der Liebe ausdrücklich von einer asymmetrischen Rollenverteilung in heterosexuellen Liebesbeziehungen aus, die zu einer latenten Ausbeutung weiblicher Liebesfähigkeit durch Männer innerhalb patriarchalischer Strukturen führt. Innerhalb dieser Beziehungen erhalten die Frauen deutlich weniger Aufmerksamkeit, Zärtlichkeit und Liebesbekenntnisse als ihre männlichen Lebensgefährten, welche die einseitige

838 Den Weiberfeind betrachtet Frenzel als eine – meist komische – Variante des Sonderlings. Vgl. Elisabeth Frenzel: Sonderling. In: Dies.: Motive der Weltliteratur, S. 631–644, hier S. 632f., 641, 643.

Beziehungsarbeit ihrer Partnerinnen unreflektiert als natürliches und selbstverständliches weibliches Verhalten wahrnehmen.[839] In *Tanzstraße* erscheint dieses Verhältnis umgekehrt: Während Martin sich intensiv mit Lilians Persönlichkeit, ihren Bedürfnissen und Dingen, die ihr Freude bereiten könnten, auseinandersetzt, steht Lilian selbst im Fokus ihrer Briefe. Martin fungiert für sie vorranging als stummer Adressat.

Die postromantische Liebeserklärung

Lilian weist die symbolische Äußerung erotisch konnotierter Liebe als irrationale Mimikry weit von sich. Den Topos der unsagbar gewordenen Liebeserklärung verwendet schon Rousseau[840] und zweihundert Jahre später konstatiert Umberto Eco, dass in der Gegenwart die Liebeserklärung nur noch als ironisches Zitat gemacht werden könne.[841] Zitation, Hybris, Selbstreferentialität und Ironie, als „Modus im Zeichensystem der Verführung",[842] finden sich allerdings auch schon in Laclos' berühmtem Briefroman *Gefährliche Liebschaften*. Die Sprache vermag in der Liebesformel nichts von dem zu artikulieren, was sie zu sagen behauptet – jedenfalls nach Rousseau".[843] Der medientechnische Fortschritt hat laut Schneider nicht zu einer Erneuerung der Liebessprache geführt, sondern das „Recycling" populärer Topoi und Redefiguren lediglich beschleunigt.[844] Lilians Distanzierung von dem epigonalen und als kitschig empfundenen Liebesbekenntnis geht soweit, dass sie es nicht einmal ironisch oder im Zitat gegenüber ihrem wenig belesenen jüngeren Liebhaber äußern will.

Auf der Ebene des *discours* wird die Verbindung zwischen dem verwehrten Liebesbekenntnis und dem identifikatorischem Roman- bzw. Spielfilmkonsum durch die Binnengeschichte über den Romankonsum von Lilians Mutter motiviert. Die unglücklich liebende Mutter wird aus der Perspektive der Tochter als ›lesewütiges

839 Vgl. Lena Gunnarsson: *On the Ontology of Love, Sexuality and Power. Towards a Feminist-Realist Depth Approach*. Örebro University 2013, S. 13, 151.

840 Vgl. Jean Jacques Rousseau: Brief an d'Alembert über das Schauspiel. In: Ders.: *Schriften*. Hrsg. von Henning Ritter. Frankfurt a. M. 1988 (1978). Bd. 1, S. 333–474, hier S. 441.

841 Vgl. Umberto Eco: Postmodernismus, Ironie und Vergnügen. In: Ders.: *Nachschrift zum ›Namen der Rose‹*. München, Wien 1984. S. 76–83, hier S. 78f.

842 Vedder, Geschickte Liebe, S. 4f.

843 Vgl. ebd., S. 5.

844 Vgl. Manfred Schneider: *Liebe und Betrug. Die Sprache des Verlangens*. München, Wien 1992, S. 12.

Frauenzimmer‹[845] charakterisiert. Zum Ausgleich für die ständigen Demütigungen durch den zwar gutaussehenden, aber finanzschwachen und später untreuen Ehemann liest die Mutter einen Roman nach dem anderen (vgl. Ts 149f.). Lilian kann sich der Dominanz des literaturhistorischen Diskurses, in dem die erotisch liebende alte Frau ein Objekt des Spottes ist, nur schwer entziehen.[846] Zwar belehrt sie den auf ein Liebesbekenntnis wartenden Martin, dass man sich in „keinem Roman" und „keinem Film" (Ts 49) befände, doch die konfligierenden Diskurse über das Altern und die weibliche Sexualität holen sie beim Schreiben ihrer eigenen Memoiren wieder ein. Nach Jahraus ist der Unsagbarkeits-Topos ein literarisch generiertes Phänomen, das sich in der Gegenwartsliteratur derart niederschlägt, dass die Liebe „als das schlechterdings Inkommunikable kommuniziert [wird]. [...] Weil Liebeskommunikation zur literarischen Affäre geworden ist, hat sie sich realiter desavouiert".[847]

Dass die Liebe im Roman dennoch kommuniziert wird, führt Jahraus auf das Medium Brief als „eine doppelte Gelenkstelle"[848] zurück. Während die physische Disposition in *Tanzstraße* dadurch überbrückt wird, dass Martin Lilian nachreist, erfolgt die narrative „Überbrückung des Unüberbrückbaren, nämlich die psychische Disposition"[849] der beiden Hauptfiguren sogar über Zeit und Raum hinweg durch Lilians Briefe. Die Unsagbarkeit der Liebe, bei der die eine Figur die Liebesformel nicht aussprechen möchte und die andere die Liebe deshalb nicht (sicher) wissen kann, ist eine aporetische Situation für die fiktionale Liebeskommunikation und ihre narrative Darstellung. Überbrückt werden kann die Kluft des Schweigens zwischen den Liebenden durch das Medium Brief.[850] Auf der Ebene des *discours* verbindet der Brief die Liebesgeschichte mit der Literatur:

> Der Brief ist ein Medium der Liebe und er kann ein Medium der Literatur sein, mit ganz bestimmten historischen Konjunkturen, aber bis heute fortdauernd. Dass der Brief jedoch im 18. Jahrhundert eine solche Konjunktur in der Literatur erlebte und mit zur Konjunktur der Literatur beitrug, ist auf die wechselseitige Indienstnahme zurückzuführen. [...] Der Brief wird [.] um 1800 zu einem medientheoretischen Modellfall

---

845 Ausführlicher zur ›Lesewut‹: Ortwin Beisbart, Klaus Maiwald: Von der Lesewut zur Wut über das verlorene Lesen: historische und aktuelle Aspekte der Nutzung des Mediums Buch. In: *Lust am Lesen*. Hrsg. von Klaus Maiwald. Bielefeld 2001, S. 99–129.

846 Vgl. King, Discourses on Ageing, S. 157.

847 Jahraus, Liebe als Medienrealität, S. 27.

848 Ebd., S. 32.

849 Ebd.

850 Vgl. Jahraus, Liebe als Medienrealität, S. 33.

> von Literatur schlechthin, weil das Medium der Literatur, das Buch, nun selbst in der Lage ist, durch Einheit einer Differenz von Sozialem und Psychischem, von Intimität und Objektivität, von Emotionalität und Publizität eine Medienrealität herzustellen.[851]

Ähnlich wie in *Am Ende ein Anfang* wird die Medienrealität der Liebesgeschichte auch in *Tanzstraße* über die Abfolge von *confessio* und *conversio* strukturiert. Lilians Aufarbeitung ihrer Kindheit und Jugend in E. gerät zur „Beichte", die dem jüngeren Liebhaber „in besonderer Weise die Wahrheit zu lesen geben soll".[852] In *Tanzstraße* bezieht sich der Wahrhaftigkeitsanspruch nicht in erster Linie auf das Liebesbekenntnis. Für Lilian wird die einleitende Frage nach dem „Ursprung ihrer Kälte" (Ts 7) zum Ausgangspunkt für eine psychologische Erzählung, die den Schrecken der ersten Liebe vor dem Hintergrund der Nachkriegszeit im kleinstädtischen Milieu erzählt. In der *conversio*, also der zweiten Lektüre durch Martin, werden die „Verblendungen und Fehlinterpretationen korrigiert, zurecht[ge]rückt, Abweichungen und Verdrehungen lesbar [ge]macht".[853]

Liebesleben – Beziehungsformen im Briefroman

Lilians Liebesleben wirkt wie eine Diashow zu den vielfältigen Beziehungsmöglichkeiten von der Nachkriegszeit bis in die bundesdeutsche Gegenwart: Lilian ist einmal geschieden, über ihren Ehemann ist jedoch nichts bekannt. Sie praktiziert serielle Monogamie und fühlt sich vermutlich unabhängig vom biologischen Geschlecht zu anderen hingezogen (vgl. Ts 157). Vermutlich hat sie in einer lesbischen Beziehung gelebt (vgl. Ts 18), die sie für die Beziehung mit Martin aufgegeben hat. Während ihre Liebesbeziehungen im Erwachsenenalter – mit Ausnahme der zu Martin – erzählerisch nicht ausgestaltet werden, wird ihre kurze und unglückliche Beziehung zu dem aus Schlesien vertriebenen Geschwisterpaar Uli und Ursula von Simmern[854] detailreich erzählt.

Lilian wird bereits bei ihrem ersten Geschlechtsverkehr mit 16 Jahren von ihrer protestantischen Jugendliebe Uli schwanger. Trotz ihrer katholischen Erziehung lässt sie auf Drängen ihrer Mutter eine Abtreibung vornehmen (vgl. Ts 217ff.). Anders als Claire Zachanassian wird Lilian durch diese ›Sünde‹ und – nach damaliger Rechtsprechung – Straftat nicht zum ›gefallenen Mädchen‹, sondern kann

---

851 Ebd.

852 Ebd.

853 Vinken, Unentrinnbare Neugierde, S. 181.

854 Der markierte intertextuelle Verweis auf eine der Figuren aus Erich Kästners Jugendroman *Das Fliegende Klassenzimmer* unterstreicht die Fiktivität von Lilians Memoiren.

später zum Studieren nach Berlin ziehen (vgl. Ts 214). Beim Besuch ihrer Geburtsstadt rechnet Lilian nicht mit ihrem ehemaligen Liebhaber ab, der – wie sie selbst – E. längst verlassen hat, sondern mit den „verklemmten und verkommenen Menschen, diese[n] fanatischen, revanchistischen und promiskuitiven Männer[n] und Frauen, diese[n] Männer- und Frauenhasser[n], diese[n] Besserwisser[n] und Unverbesserlichen" (Ts 199). Einem Umfeld also, das nicht nur die Freundschaft oder die Liebe zwischen Angehörigen verschiedener Konfessionen aus falschem Rechtsgefühl verhindert, sondern unter dessen rechtschaffener Oberfläche Sexismus, Homophobie, Rassismus und alle Schattenseiten der Sexualität noch lange nach 1945 gepflegt wurden.

In Lilians Notizen wird die Geburtsstadt E. als ›un-heimlicher‹ Ort dargestellt, aus dem sie nach dem Abitur nach Berlin geflohen ist, ohne aber die Schrecken des dort Erlebten überwunden zu haben (vgl. Ts 135). In der Fremdcharakterisierung durch die Figur der in E. lebenden Ärztin Margret wird die fiktive Stadt personifiziert und mit Lilian verglichen:

> Vielleicht wird E. dann auch seine Verlorenheit abhanden kommen, diese rätselhafte Melancholie, diese innere Verkommenheit, die sich ja auch äußerlich bemerkbar machte. [...] Auch Lilian besaß diese Verlorenheit, diesen bodenlosen Ausdruck in den Augen, diese resignative Aura, als käme sie nie richtig vom Fleck. Diese seltsame Rückständigkeit. (Ts 247)

Melancholie und Verlorenheit äußern sich auch in dem assoziativen, ausschweifenden aber literarischen Erzählstil, mit dem sich Lilian ihrem Jugendtrauma annähert. Die Erzählung über die Abtreibung ist so langsam wie der Erinnerungsprozess, der die Protagonistin zurück in die eigene Vergangenheit führt. Er nötigt dem zu cholerischen Ausfällen neigenden Martin die Geduld gegenüber der Lebensgeschichte seiner Geliebten ab, die er im Beziehungsalltag mit ihr vermissen lässt (vgl. Ts 133).

Zwar findet Martins erotische Vergangenheit im Roman gar keine Erwähnung, doch – anders als in den *Amour fou*-Narrationen altersungleicher Beziehungen – kommentiert, hinterfragt und korrigiert er als Leserfigur immer wieder die Erzählung seiner älteren Partnerin. Martins Liebesbegehren wird durch verschiedene Passagen, die über den gesamten Roman verteilt sind, plausibel motiviert. Lilians chronologisches Alter wird dabei zunehmend relativiert. So hofft Martin, dass mit Lilian das „junge Mädchen, [.] das sie in seinen Augen geblieben war", (Ts 200) aus dem Koma wieder aufwacht. Die Beziehungskonzeption des altersungleichen Paars ist in *Tanzstraße* mit einem heteronormativen Werbungsverhalten assoziiert: Martin schenkt Lilian zu Beginn der Beziehung farbenfrohe Kleidung, die im Kontrast zu ihrem konsequent grauen Kleidungsstil steht (vgl. Ts 16) und teure

Elektronikartikel wie ein Handy und das MacBook (vgl. Ts 13). Lilian reagiert auf diese Geschenke allerdings nicht mit kindlicher Begeisterung, sondern

> mit jener tiefen Falte oberhalb der Nasenwurzel, die zuverlässig zeigte, wenn ihr etwas missfiel, auch wenn sie nicht darüber sprach. Wer weiß, was sie mit den Sachen tat, die er ihr geschenkt und die sie durch die Falte diskreditiert hatte. Dem Rucksack mit dem integrierten Handy-Etui, den T-shirts aus New York, den Büchern, die er lustig fand, sie dagegen völlig überflüssig. (Ts 39)

Mit den Geschenken ist jedoch nicht die Absicht verknüpft, die weibliche Hauptfigur zu feminisieren, sondern eine Angleichung der unterschiedlichen Lebensstile zu erreichen. Lilian empfindet ihre Lebensweise gegenüber Martins Technikbegeisterung und Farbenfreude als anachronistisch und fühlt sich davon immer wieder unangenehm an ihr chronologisches Alter erinnert. So gerät der Kauf eines von Martin bewunderten Sommerrocks, den sie bezeichnenderweise bei ihrem Unfall trägt, zur Auseinandersetzung mit der schuldhaften Verstrickung ihrer Familie in die Geschehnisse des Zweiten Weltkriegs:

> Er hatte sie [.] dazu überreden müssen, weil Lilian fand, dass die Farbe Rot nicht mehr zu ihrem Alter passe und die karierten Rüschen am Rocksaum der Gipfel der Geschmacklosigkeit seien. Außerdem sei der Fummel viel zu kurz, sowohl ihre knochigen Knie kämen dadurch zum Vorschein als auch die hässliche Narbe an ihrer linken Wade. Als Baby war sie ihrem Kindermädchen aus den nassen Händen gefallen [...] (Ts 39).

Weil das Kindermädchen sich auf Lilians Vater, einen notorischen Schürzenjäger, einlässt, wird die junge Frau offenbar von Lilians herrischer Mutter weggeschickt, obwohl das bedeutet, dass sie nach Polen deportiert wird. Tatsächlich wird sie dort als Flakhelferin getötet (vgl. Ts 39). Die Narbe wird zum Symbol für die zerstörerische Macht der Leidenschaft und für Schuld, die der untreue Vater und die eifersüchtige Mutter mit ihren Rollen in dieser Dreiecksbeziehung auf sich geladen haben.

Dadurch, dass Lilian sich weigert, Martin einen Liebesschwur zu leisten, kann sie ihre internalisierten und externalisierten Ansprüche mit einem Hilfskonstrukt befriedigen: Durch ihre Beziehung zu Martin widerlegt sie performativ ihre Maxime der Altersgleichheit innerhalb von Liebesbeziehungen. Mit ihrer Weigerung durch den Liebesschwur die Beziehung zu Martin als Liebesbeziehung zu definieren, lässt sie die Art ihrer Intimbeziehung offen. Diese Leerstelle in der Definition einer erotisch konnotierten, altersdifferenten Beziehung bleibt durch das offene Ende des Romans unausgefüllt: Martin spielt zwar verschiedene Möglichkeiten des Fortgangs seiner Beziehung zu Lilian nach ihrem potenziellen Erwachen aus dem Koma in Gedanken durch, doch der Roman endet damit, dass ihre Ärzte Lilian aus dem Koma aufwachen lassen wollen.

Die Figurenkonstellation Lilian und Martin führt das Fehlen positiv konnotierter Liebeskonzepte für intergenerationale Liebesbeziehungen vor Augen. Die Spannung zwischen den leeren Dokumenten auf Lilians Notebook und ihren handschriftlichen ›E-Mails‹ fungiert als Metapher für die Kluft zwischen den Generationen, die sie überwinden müssen, wenn die intergenerationale Liebesbeziehung Bestand haben soll.

Die von Martin so sehr ersehnte Liebeserklärung erfolgt, wenn auch verhalten, in Lilians letztem Brief am Ende des Romans:

> Ja, Martin, ja, du bist das Beste, was mir in den letzten dreißig Jahren widerfahren ist. Ich liebe deine Ohren, wenn die Sonne durchscheint. Deinen Mund und deine Zähne, auch den schiefen Eckzahn rechts, den du dir richten lassen willst. (Lass ihn nicht richten!) Den Geruch deiner Hände, an den nie vergehenden Hauch von Desinfektionsmitteln habe ich mich fast gewöhnt, so wie du dich vielleicht ja auch an den Aktenstaub in meinen Haaren. Ich liebe die kleinen und auch die großen Leberflecke auf deinem Rücken, weil sie wie Sternbilder aussehen. Deine schnelle Art zu reden und dein wieherndes Lachen. Selbst deinen unbegreiflich schlimmen Zorn – weil er so authentisch wirkt. Und dennoch schwanke ich, ob ich mich nicht wieder in mein Kloster zurückziehen soll. Für mich müssen Dinge beherrschbar sein, verstehst du? Aber wie willst du das verstehen, der du dich nicht beherrschen kannst? (Ts 236f.)

Martin wird in diesen Zeilen direkt adressiert und nicht mehr in seiner Rolle als „junger Mann“ (vgl. Ts 10), sondern als geliebtes Gegenüber angesprochen. Ihre Liebeserklärung kommt ohne jeglichen Altersbezug aus und sie folgt dem Individualitätsgebot romantischer Liebe. So werden explizit Figureneigenschaften, die tendenziell eher unattraktiv sind – etwa Martins schiefer Eckzahn, der Desinfektionsmittelgeruch seiner Hände, sein wieherndes Lachen und seine cholerischen Anfälle – als individuelle Merkmale in die Liebeserklärung einbezogen.

Dass die Formel ›Ich liebe dich‹ in Lilians Liebeserklärung ausgespart bleibt, kann man als Merkmal der Aktualisierung der Liebesthematik im Briefroman interpretieren. Denn die „Literatur hat jener Formel zur Konjunktur verholfen, die als das Zeichen der Liebe gilt: Ich liebe dich. Noch immer will sie jeder vom anderen hören, ihr Aussprechen gilt als Garant der Liebessicherheit, ihr Niederschreiben als Signatur eines Liebesbriefs“.[855] Motiviert durch die ›Lesewut‹ der Mutter und deren traumatische Liebesinszenierungen wird die Liebeserklärung, die an Lilians biografische Erzählung anschließt, individualisiert und ›entrhetorisiert‹[856]. Damit folgt Weingartners Roman im Kleinen der programma-

855 Meike Feßmann: Poetik der Nähe. Zur Topologie des Intimen in der Gegenwartsliteratur. In: *Sinn und Form* (2004) 1, S. 58–76, hier S. 68.

856 Geitner, Die Beredsamkeit des Leibes, S. 184.

tischen Distanzierung der Briefkultur, die sich von der höfischen Rhetorik und ihrer formelhaften Sprache der Liebe absetzt und nach der Wahrhaftigkeit im Ausdruck der Liebe sucht.[857]

Aufschlussreich ist der Vergleich mit der Liebeserklärung, die Martin kurz vor Ende des Romans der abwesenden Lilian macht:

> Vergeblich versuchte Martin, sich Lilians Stimme ins Gedächtnis zurückzurufen, jene versprengte, geheim gehaltene pfälzische Melodie, die ihm erst in der Pfalz aufgefallen war. Es war auch nicht hilfreich, sich – im Vergleich zu Margrets fröhlicher Plumpheit – ihren fragilen Körper vorzustellen, weil dabei die Angst zurückkam, ihr beim Beischlaf das Rückgrat zu brechen. Und doch liebte er gerade ihre Zartheit. Ganz abgesehen von ihrer Diskretion, ihrer Nachsicht, ihrer Strenge. Das Lächeln, das manchmal zwischen ihnen stand, ohne dass sie wussten, wer es ausgesandt hatte, war einzigartig. Natürlich flößte ihm Lilian nicht weniger Furcht ein als Margret. Aber sie versuchte wenigstens, ihre Dominanz zu verbergen und ging nicht so rabiat damit um. (Ts 245)

Bereits die Modi des Erzählens unterscheiden sich stark: Während Lilian als Ich-Erzählerin ihre Liebeserklärung ausdrücklich an den Leser Martin richtet, werden Martins Gedanken in erlebter Rede durch eine heterodiegetische Erzählinstanz vermittelt. Lilian charakterisiert Martin durch den Verweis auf seinen cholerischen Charakter (vgl. Ts 134) zugleich als ungezügeltes Kind im Manne und dominant-furchteinflößenden Mann (vgl. Ts 85). Aus der Perspektive Martins wird aber Lilians Selbstcharakterisierung bestätigt (Ts 43, 134).

Das Motiv des Spiegelblicks in ›Tanzstraße‹

Ähnlich wie in Doris Lessings Roman *Love, Again* (1996) sind Körper- und Liebesdiskurs in *Tanzstraße* eng miteinander verflochten. Wie Lessings etwa 60-jährige Protagonistin Sarah ist auch Lilian trotz ihrer inneren Stärke, ihres Selbstbewusstseins und ihres beruflichen Erfolgs durch die kulturelle Abwertung des alternden weiblichen Körpers verwundbar.[858] Die „Ächtung des gealterten Körpers, insbesondere desjenigen der Frau, […] hängt mit den ‚Verschiebungen der normativen Orientierung der Gesellschaft' zusammen, die für das Subjekt mit Veränderungen ‚der Selbstwahrnehmung und der Selbstkontrolle' verbunden sind".[859] Der normative Moraldiskurs zur Alterssexualität ist von hegemonialen Körperbildern und normativen Vorstellungen menschlicher Sexualität geprägt.

857 Vgl. Vedder, Geschickte Liebe, S. 7f., S. 33.

858 Vgl. King, Discourses of Ageing, S. 156f.

859 Herwig, Altersliebe, Krankheit und Tod, S. 356. Herwig zitiert Martin Rudolph: Alter und Körper. In: *Die alternde Gesellschaft. Problemfelder gesellschaftlichen Um-*

Im Gegensatz dazu steht die Figur Lilian: Zwar spricht sie den jüngeren Arzt bei dem zufälligen Wiedersehen an, doch es ist der jüngere Mann, der die ältere Frau später mit Liebesbekundungen aller Art umwirbt. Trotz ihrer Rendezvous und seiner Geschenke weigert sich Lilian zu glauben, dass Martin tatsächlich erotisch konnotierte Liebe für sie empfindet. Ihre Zweifel werden durch den Vergleich mit dem greisenhaften Körper ihrer alten Mutter motiviert. Dieser Vergleich evoziert die Pathologisierung der Attraktion des jüngeren Mannes zur Protagonistin als älterer Frau: Einerseits wird Martin dadurch als gerontophil charakterisiert, andererseits möchte Lilian „verhindern", dass er „eine Frau liebt, die [s]eine Mutter sein könnte". (Ts 22) Der Ödipuskomplex als Motivierung der Figur des jüngeren Mannes zur erotischen Liebe für eine deutlich ältere Frau findet sich auch in Evelyn Grills Roman *Vanitas* und ist nach King eine Konstante in der Darstellung dieser Figurenkonstellation: "As Sontag points out, such is the distaste that is generally felt for the older female body that the only way to explain such 'toyboy' scenarios is to assume the man is victim of a neurotic Oedipal fixation, seeking a mother."[860] Doch Martin lässt sich „nicht davon überzeugen, dass alte Frauen jungen Männern nicht gut tun" (Ts 147). Denn in seiner Perspektive figuriert Lilian nicht als Mutterersatz, sondern – konträr zu der sozialen Rolle, die ihr chronologisches Alter als angemessen suggeriert – als „junge[s] Mädchen" (Ts 200).

Martins Perspektive und Lilians Internalisierung der historischen Ächtung des alten weiblichen Körpers motivieren den Liebeskonflikt auf der Ebene der *histoire*. Diese Konträrpositionen treffen in *Tanzstraße* im Motiv des Spiegelblicks aufeinander. Spiegelblickszenen zeigen die Altersangst der Figur auf ihrem Höhepunkt, weil sie auf der Spannung zwischen dem Imaginären und Symbolischen basieren: „the image and the words that interpret that image".[861] In der Spiegelblickszene in *Tanzstraße* kulminieren Körper-, Liebes- und Altersdiskurs. Lilians internalisierte Abneigung gegen den alternden Frauenkörper wird durch den wenig schmeichelhaften genealogischen Vergleich motiviert. Die elliptische Analepse deutet auf ein schweres Trauma hin, das ihr Körperbild altersunabhängig problematisiert:

---

gangs mit Altern und Alter. Hrsg. von Karl Lenz u. a. Weinheim, München 1999, S. 195–208, hier S. 199.

860 King, Discourses of Ageing, S. 161. King argumentiert Segal folgend, dass die Wurzeln der Abneigung gegen die aktive Sexualität alter und daher unfruchtbarer Frauen in der Verknüpfung von Sexualität und Reproduktion liegen. Vgl. Segal, Forever Young, S. 49.

861 King, Discourses on Ageing, S. 159. King stützt sich hier auf: Kay Heath: In the Eye of the Beholder Victorian Age Construction and the Specular Self. In: *Victorian Literature and Culture* 34 (2006), S. 27–45, hier S. 29.

> Mein Jammer, mein Entsetzen, mein plötzliches Weinen hinderten mich nicht daran, mir Blicke im Spiegel zuzuwerfen, als ich aus der Dusche stieg. Blicke aus den Augen, die ich niemals richtig öffnen konnte, wie Bernd, dieser Schwachkopf, richtig bemerkt hatte. Auch mein Vater hatte diesen vermeintlich schläfrigen Blick, der die – zumindest in meinem Fall – falsche Botschaft aussandte, erotisch immer präsent zu sein. Aber trotzdem sah ich natürlich, was ich wissen musste, mein Alter, meine faltige Haut an den Oberschenkeln, diesen flachen, unschönen Bauch mit dem grauen Gestrüpp oberhalb meiner Schenkel, aus dem man damals… (Ts 158)

Die Formulierung „sah ich […] mein Alter" (Ts 158) verweist auf einen Topos des Spiegelblick-Motivs: Alter ist eine Differenzkategorie, die nur im Vergleich zu einem anderen sichtbar wird. In diesem Kontext ist der Spiegel weit mehr als ein Stück Glas mit Silberpapier dahinter:

> Is the obsession with mirrors a symptom of this "stage" in life – old age – or is this state triggered by one's mirrored image, by the reflections of others, that is, by the values held up to us by our society? Although knowledge of old age certainly can come to us from our infirmities (our own bodies can speak to us of old age), I want to insist again that old age is in great part constructed by any given society as a social category, as is, for example, adolescence. The mirror our culture holds up to the elderly contains the feared image of death.[862]

Der Spiegel repräsentiert hier das Auge einer Gesellschaft, der eine nackte alte Frau als Inbegriff des Unattraktiven[863] gilt. In der narrativen Ausgestaltung des Motivs werden Erotik (Lilians ›Schlafzimmerblick‹) und Altersklage verbunden.

Das Spiegelbild als Todesimago bezieht sich in *Tanzstraße* indes nicht auf Lilians eigenen Tod, sondern auf ihren als traumatisch dargestellten Schwangerschaftsabbruch im Teenageralter. Der Abbruch ihrer ungewollten Schwangerschaft geschieht maßgeblich auf Drängen ihrer Mutter, der die Erzählerin Lilian in Hassliebe verbunden ist. Gegenüber der 16-jährigen Lilian argumentiert die Mutter, dass sie mit einem unehelichen Kind nicht das ersehnte Studium aufnehmen könne. In der Erzählgegenwart unterstellt Lilian als eigentliches Motiv aber die Scham über die „Schande [.], als Tochter einer angesehenen Familie (Gott weiß wo) herumgehurt zu haben" (Ts 214). Die *interruptio* – nach den Begriffen des katholischen Umfeldes eine schwere Sünde –, die auf dem Esstisch im Elternhaus stattfindet, wird in einem Akt kollektiven Vergessens aus dem Familiengedächtnis verbannt: „Gemeinsames Vergessen ist besonders wirkungsvoll, gemeinsames Vergessen garantiert doppeltes Vergessen, darin sind

---

862 Kathleen M. Woodward: *Aging and Its Discontents: Freud and Other Fictions*. Bloomington, Indianapolis 1991, S. 66.

863 Vgl. Menninghaus, Ekel, S. 135.

wir Deutschen geschickt". (Ts 218) Die Verdrängung der Abtreibung vergleicht die gealterte Erzählerin in ihrer Lebensrückschau mit dem Schweigen über die Schuld der Deutschen an den Verbrechen im Dritten Reich. Die Ablehnung des eigenen Aussehens wird in *Tanzstraße* nicht erst durch den Spiegelblick im Alter evoziert, sondern durch die für Lilian traumatischen Jugendjahre motiviert: „Ich weiß ja kaum, wie ich damals aussah, es war eine Zeit, in der ich es vermied, mich auf Fotografien zu zeigen, ich fand mich unansehnlich, unausstehlich, zu klein, zu groß, zu dick, zu dünn. Ich war mir so fremd, dass ich mich nirgends sehen wollte (Ts 220).

Erotik in ›Tanzstraße‹

Anders als in den *Amour fou*-Narrationen bleibt Lilians Selbstcharakterisierung nicht für sich stehen, sondern wird aus der Perspektive ihres jüngeren Liebhabers Martin kommentiert. Sein Blick ist ausdrücklich der eines Begehrenden, der die alternde Lilian nicht trotz, sondern wegen der Begleiterscheinungen ihrer 50 bis 60 Lebensjahre liebt. Als jüngerer Mann muss Martin die Authentizität seines Wunsches, der Partner einer älteren Intellektuellen zu sein, gegenüber dieser aufgrund ihrer internalisierten Vorurteile gegenüber weiblicher Attraktivität im fortgeschrittenen Alter immer wieder unter Beweis stellen. Ein ähnliches Figurenkonzept kommt auch in Monika Marons Roman *Endmoränen*[864] vor. Die Überzeugungskraft der Figur des russischen Galeristen Igor basiert laut Seidler auf dem emanzipatorischen Alterskonzept, das er vertritt:[865]

> Bald, so ist er überzeugt, werden „die Vorstellungen von Schönheit nicht mehr allein durch sexuelles Begehren geprägt werden, sondern auch von allen anderen Begehrlichkeiten" (E 236). Dann, so prophezeit er Johanna, „wird die Zeit der reifen, intelligenten, gutverdienenden Frauen anbrechen" (E 236).[866]

Anders als in *Endmoränen* ist die Attraktion, die Lilian als ältere Frau auf den jungen Arzt ausübt, nicht von ihrem Status oder beruflichen Erfolg abhängig. Martin fühlt sich ausdrücklich von Lilians alterndem Körper angezogen:

> Aber nicht in Elisabeth habe ich mich verliebt, hast du mir geantwortet, sondern in dich. In dein vergrübeltes Gesicht, deine zerfurchte Stirn, deinen verhärmten Mund, in all die Bitternis in dir. Und du musst nicht meinen, dass ich das nicht ernst meine. Du kannst aber auch annehmen, dass ich dich verarsche. Ganz wie du willst. […]

---

864 Monika Maron: *Endmoränen*. Roman. Frankfurt a. M. 2004.

865 Vgl. Seidler, Figurenmodelle des Alters, S. 145–147.

866 Ebd., S. 146.

> Was bist du prüde! Warum lässt du dich nicht betrachten? Wie kannst du behaupten, dass deine Haut aus Rauten besteht, wenn ich das niemals überprüfen darf? Meinen Händen kommt sie jedenfalls entgegen, deine zarte, nachgiebige Epidermis, sie ist nicht prall, sie stößt mich nicht ab. (Ts 84f.)

Die sichtbare Hautalterung ist hier kein Zeichen des Verfalls, im Sinne zunehmender körperlicher Desorganisation, sondern wird in mehrfacher Vermittlung der Figurenrede mit der Metapher der Raute als streng geometrischer Form einerseits und Schmuckelement andererseits dargestellt. Die Nachgiebigkeit der älteren Haut, die im Gegensatz zur prallen jugendlichen Haut den jüngeren Liebhaber nicht abstößt, sondern ihm entgegenkommt, wird hier als positiv bewertet. Aus der Perspektive des jüngeren Mannes wird Kings Formulierung des Doppelstandards von der Attraktivität im Alter hinterfragt: "The standard of beauty for older women is simply how well they simulate the appearance of youth."[867] Während die narrative Darstellung des Körpers aus Lilians Perspektive ausgehend vom chronologischen Alter auf den Verfall fokussiert, verwischt Martins Perspektive die Altersgrenzen und evoziert dadurch den Verweis auf ein Figurenmodell von besonderer Erotik. Der Liebhaber charakterisiert Lilian als schmalbrüstig, „zart und klein" und philosophiert über ihre weichen, glatten, schmalen Finger und die ebenso beschaffenen Handgelenke (Ts 44, 136). Seine Geliebte scheint ihm so fragil, dass er fürchtet, ihr beim Geschlechtsverkehr die Wirbelsäule zu brechen (vgl. Ts 245).

Diese Fremdcharakterisierung aus der internen Fokalisierung Martins evoziert das auf die *Decadénce*-Literatur zurückgehende Figurenmodell der *femme fragile*. Ariane Thomalla beschreibt dieses Figurenmodell[868] als

> ein zerbrechliches, schönes Geschöpft [sic.] ‚mit todestraurigen und wundersam tiefen Augen'[869], von ‚heller wehrloser Anmut'[870] und mit schmalen Schultern, auf die ‚eine unsichtbare und ungeheure Schwermut wie eine allzu gewichtige Bürde gelegt'[871] scheint. Es ist eine kindlich junge Frau, perlblaß und fast durchsichtig, die müde und ange-

867 King, Discourses of Ageing, S. 165.

868 Thomalla gebraucht allerdings dafür den älteren Begriff des ›Figurentypus‹. Vgl. Ariane Thomalla: *Die ›femme fragile‹. Ein literarischer Frauentypus der Jahrhundertwende.* Düsseldorf 1972, S. 13.

869 Josef Hofmiller: Maeterlinck. In: Ders.: *Schriften*. Bd. 1.Karlsruhe 1946 (1901), S. 128–164, hier S. 153.

870 Ebd., S. 150.

871 Wolfdietrich Rasch: Gerhart Hauptmanns Drama *Und Pippa tanzt!* In: *Zur deutschen Literatur seit der Jahrhundertwende.* Hrsg. von dems. Stuttgart 1967, S. 96–123, hier S. 112.

> strengt schaut und eine große Sehnsucht im Herzen trägt ‚nach stillem, leisegleitenden Leben'[872]. In empfindsamen Novellen ruht sie als überfeinertes Wesen aristokratischer Herkunft in verdunkelten Salons alter Schlösser und mondäner Sanatorien, erschreckend hinfällig und todesnah; als schlanke, kleine Prinzessin von süßester Kindlichkeit erweckt sie in dunklen Märchendramen, aus denen ‚die ganze Melancholie des Jahrhundertendes duftet', ‚sehnsüchtige Erinnerungen an geliebte Bilder'[873]. […] Ihre ätherische Seelenschönheit, anämische Kränklichkeit und unterentwickelte Weiblichkeit sind nicht weniger morbide und dekadent als die perverse Grausamkeit der *femme fatale*.[874]

Kindlichkeit bedeutet bei diesem Figurenmodell nicht (nur) Jugend, sondern darüber hinaus erhöhte Verletzlichkeit und die Gefährdung des Lebens. Dementsprechend motiviert auch Lilians zerbrechliche Statur den lebensbedrohlichen Flug „durch die Luft" (Ts 7) bei ihrem Autounfall. Aufgrund des Komas erscheint sie zu Beginn des Romans dem Tod näher als dem Leben. Erst zum Ende des Romans hin wird deutlich, dass ihre körperlichen Verletzungen nicht lebensbedrohlich sind. Zwar beginnen die Ärzte damit, sie aus dem künstlichen Koma aufwachen zu lassen, allerdings bleibt offen, ob sie neurologische Schäden davontragen wird (vgl. Ts 199).

Die Eigenschaft der Kindlichkeit, die im Figurenmotiv *femme fragile* häufig angelegt ist, wird trotz Lilians chronologischem Alter dargestellt: „Das Kindliche an ihr bestand darin, dass sie nicht verbergen konnte, wenn sie etwas hasste. Und ihr Trotz war es vor allem, der ihn immer wieder bezauberte" (Ts 48). In der Erzählung der Paarbeziehung motiviert die körperliche Fragilität der Frau im Vergleich zur Robustheit des Mannes Intimität: „Er würde ihr mitteilen, dass er sie manchmal die Treppe hinaufgetragen hatte, wenn sie – verzagt und einsam – im Hausflur seines Hochhauses auf ihn gewartet hatte" (Ts 200) .

Während Lilian ihre Herkunft eindeutig als kleinstädtisch-bürgerlich darstellt, stellt sie sich selbst als erotisch unnahbar dar: „Nur die Kälte ließ ich neben mich, verzeih' mir das Pathos bei der Umschreibung meines spartanischen Lebens" (Ts 235). Zugleich senden ihre – aufgrund genetischer Ursachen – halb geschlossenen Augenlider (vgl. Ts 44) die falsche Botschaft aus, „erotisch immer präsent zu sein" (Ts 158). Auch die *femme fatale* ist durch „extrem kindliche Passivität, Schwachheit und Wehrlosigkeit" sowie durch „ihre dämmrige Unbestimmtheit, ihre ätherische Asexualität"[875] gekennzeichnet. In der Erzählgegenwart gibt es insofern Parallelen zwischen diesen Merkmalen der *femme fragile*, als Lilian im

872 Ebd.

873 Hofmiller, Maeterlinck, S. 150.

874 Thomalla, Die *femme fragile*, S. 13.

875 Ebd., S. 60.

künstlichen Koma, angeschlossen an Maschinen, liegt. Thomalla deutet die *femme fragile* mit Mario Praz psychologisierend als Ausdruck „sexuellen Infantilismus“[876] und Symptom der Verdrängung des Sexuellen aufgrund der restriktiven Sexualmoral des 19. Jahrhunderts. Das trifft für einen Gegenwartsroman wie *Tanzstraße* nicht zu. Aus Martins Perspektive erscheinen Lilians Fragilität und ihre Verschlossenheit als sexuell erregend (vgl. Ts 85, 200) und er wird polyperspektivisch als „guter Liebhaber“ (Ts 134) charakterisiert. So begeistert Martin sich für die „Lustschreie[.], die er ihr entlockt und die sie immer abgestritten hatte, weil sie, die Übersetzerin mittelalterlicher Handschriften, sich zu so etwas wie Lust partout nicht bekennen wollte“ (Ts 200).

In *Tanzstraße* wird das traditionelle Figurenmodell der *femme fragile* einer Aktualisierung unterzogen: Die sexuelle Attraktivität der Frauenfigur ist nicht mehr an das chronologische Alter geknüpft. Die Schutzbedürftigkeit als weiteres Merkmal der *femme fragile* geht über die schwache, körperliche Konstitution hinaus und schließt ökonomische und soziale Unterstützung durch einen Mann an ihrer Seite ein. Demgegenüber ist Lilian in *Tanzstraße* als Figur charakterisiert, die ihr gesamtes Erwachsenenleben selbstständig war und durch ihren Beruf finanziell unabhängig geblieben ist. Die Darstellung ihrer Körperlichkeit, die das Motiv der *femme fragile* evoziert, kontrastiert mit Lilians selbstbestimmter und selbstbewusster Lebenseinstellung. Zudem hebt Martin hervor, dass Lilian körperlich wesentlich ausdauernder ist als er (vgl. Ts 200).

Happy Ending? – Das offene Ende im Briefroman

Die Überwindung von Lilians Kindheitstrauma wird in *Tanzstraße* mit dem gleichen Mittel bewältigt wie in Helen Meiers *Schlafwandel*: mit einer Schreibtherapie. Lilians Schreiben ist für das Handlungsgeschehen allerdings deutlich zentraler als in *Schlafwandel*. Ihre Briefe haben einen konkreten Adressaten, nämlich ihren Liebhaber Martin. Sie dienen nicht (nur) der Bewältigung eines Trennungsschmerzes, sondern der Aussöhnung mit der metaphorischen „Kälte“ (Ts 20), die für die wiederholte Enttäuschung ihres Wunsches, geliebt zu werden, steht. Mit der Schreibtherapie überwindet Lilian nicht nur die Denk- und Redeverbote bezüglich der Abtreibung, sondern erzählt auch am Mikrokosmos ihres direkten sozialen Umfeldes die verschwiegene Verstrickung der Kleinstadt E. in den Nationalsozialismus (vgl. Ts 247). Sie befreit sich nach und nach von der normativen und „heuchlerischen“ (Ts 214) Sexualmoral der Nachkriegsjahre. Ihren letzten

876 Mario Praz: *Liebe, Tod und Teufel – Die schwarze Romantik*. Übers. von Lisa Rüdiger. München 1963 (1948), S. 102.

Brief beschließt sie aber nicht mit der ersehnten Liebeserklärung für Martin (vgl. Ts 236), sondern mit ihrer Skepsis bezüglich der Stabilität dieser Liebesbeziehung: „Manchmal möchte ich ein Kind sein, ein Kind, das denken darf: es wird alles wieder gut. Aber es ist halt nie gut gewesen. Eine Umarmung von Lilian" (Ts 237). Für die Liebesgeschichte erweisen sich die Briefe als Bindeglied zwischen den verschiedenen Ebenen der erzählten Zeit. Die erzählte Lebensrückschau ermöglicht es, die Kluft zwischen den Generationen zu überwinden, indem Lilian Martin an den Erfahrungen ihrer erinnerten Vergangenheit im Nachkriegsdeutschland teilhaben lässt (vgl. Ts 61). Schreibend und in der Halbfiktion gelingt es Lilian zwar nicht, die Zeitspanne zwischen Martins und ihrer Kindheit zu eliminieren (vgl. Ts 222), aber sie kann sie als Tatsache anerkennen.

Martin wird durch seine Vorlieben für Unterhaltungsliteratur und sogenannte *Hit-and-Run*-Computerspiele als Kind einer weitgehend unbelasteten Generation dargestellt, die in die Spaßgesellschaft hineingewachsen ist. Das gilt sowohl für die Sexualität im Besonderen, als auch für seine Erziehung im Allgemeinen. Zwar musste er als Kind für einige Wochen ein Gipskorsett tragen, doch diente diese medizinische Maßnahme dazu, seinen Schiefhals zu korrigieren (vgl. Ts 134, 146f.). Als Mittelpunkt einer Familie liebevoller Eltern und Großeltern hat Martin nie die durch doppelmoralische Strenge kaschierte Kälte erfahren, die Lilian in ihrem sozialen Umfeld erlebt hat. Martin reagiert mit einer ähnlichen Ignoranz auf Lilians Kindheitserlebnisse wie die jüngere Geliebte in *Schlafwandel*: „Dabei könnte dann das junge Mädchen wiederauferstehen, das sie in seinen Augen geblieben war. Sofern sie ihre Schultern nicht hängen ließ und nichts von katholischen und evangelischen Pissrinnen faselte" (Ts 200). Einerseits wünscht sich Martin, dass die ältere Frau Lilian als ein geschichts- und altersloses ‚Mädchen' (ebd.) aus ihrem künstlichen Koma wieder erwacht. Andererseits liest er ihre Memoiren nicht nur vollständig, während er an ihrem Krankenbett sitzt, er lässt sie schließlich auch binden. Damit schätzt er ihre Aufzeichnungen wert.

Bedroht ist die Beziehung nicht nur durch die unterschiedlichen Temperamente der Protagonisten, die generationalen Unterschiede wie Medienkompetenz und unterschiedliche soziale Prägung. Sie wird außerdem durch das soziale Umfeld, das dem Liebespaar eine lebenswerte, gemeinsame Zukunft aufgrund der Altersdifferenz abspricht, beeinträchtigt. Eine verhalten positive Zukunft für das Liebespaar stellt die ärztliche Diagnose dar, derzufolge Lilian „voraussichtlich keine bleibenden Schäden davontragen" (Ts 195) wird. Der Roman endet, bevor Lillian aus dem künstlichen Koma erwacht ist. Das letzte Kapitel fokussiert auf Martin, der seine Entscheidung zu einem Ausflug mit Margret bereut, weil er sich damit „den magischen Moment ihrer Bewusstwerdung [hat] rauben lassen" (vgl. Ts 242).

Die altersdifferente Liebe wird in *Tanzstraße* zum Testfall des sozialen Gebots der Altersähnlichkeit. Die Konstellation ältere Frau – jüngerer Mann stellt zudem Sontags Diktum vom *Double Standard of Ageing* infrage. Während die erotisch konnotierte Liebe beider Hauptfiguren als authentisch markiert wird, bleibt mit dem Ende des Romans offen, ob die Liebesbeziehung wieder aufgenommen wird: Martin „besaß weder die Kraft noch die Fantasie, sich auszudenken, was geschähe, wenn Lilian in den nächsten Tagen aufwachte. Ob er sie füttern müsste in Zukunft und ihren Rollstuhl schieben. Oder sie dann doch verließe" (Ts 201).

Lilian stellt in ihren fiktionalisierten Memoiren über das Aufwachsen in einer westdeutschen Kleinstadt die Ausgrenzung aufgrund von Ethnie, Religion, Herkunft oder Sexualverhalten in den Mittelpunkt. Erzählt werden die Mechanismen dieser Ausgrenzung anhand der Figuren des schlesischen Geschwisterpaars Uli und Ursula (vgl. Ts 161–165, 230f.) sowie des dunkelhäutigen ›Besatzerkindes‹ Margret (vgl. Ts 237). Was Lilian ihrem jüngeren Liebhaber Martin mit ihren Memoiren zeigt, ist, wie hart die Freiheit des Denkens und Liebens von ihrer Generation und insbesondere der zweiten Frauengeneration vor diesem soziokulturellen Hintergrund erarbeitet worden ist. Dass auch das Stigma der Altersdifferenz in Liebesbeziehungen überwunden werden kann, fällt Lilian dennoch schwer zu glauben.

3.4 Konzeptionen von Altersliebe im Briefroman

Das heimliche Zentrum der beiden Liebesgeschichten in Bronnens und Weingartners Romanen ist der Brief als Medium von Liebes- und Lebensgeschichten. Einerseits kann der Brief über große Distanzen hinweg menschliche Nähe vermitteln, andererseits wird er als ein im virtuellen Zeitalter hoffnungslos überholtes Medium dargestellt. Im Gegensatz zur Gruppe der Jüngeren, d. h. Kindern, Jugendlichen und Erwachsene in der ersten Lebenshälfte, die aufgrund ihres sozialen Umfeldes oder ihres Berufes dem Zwang zur Nutzung neuer Medien unterliegen, haben die alten ProtagonistInnen – bis zu einem gewissen Grad – die Wahl. In beiden Romanen entscheiden sich die Älteren für für das ältere Medium Brief. Nach Vedder markieren das Zusammenfallen der „Sprache der Liebe und die Reflexion mediengeschichtlicher Phänomene" jeweils Beginn und Ende der „postalischen Epoche",[877] ein Begriff, den Vedder bei Derrida[878] entlehnt. In einer Zeit der medialen Informationsflut, in der Liebesbotschaften[879]

877 Vedder, Geschickte Liebe, S. 352.

878 Vgl. Jacques Derrida: *Die Postkarte. Von Sokrates bis Freud und jenseits. 1. Lieferung.* 2. Aufl. Berlin 1989.

879 Simonis, Liebesbrief-Kommunikation in der Gegenwart, S. 436–439.

als Text und Bild in Echtzeit rund um den Globus gesendet werden können, zeugen Analogfotografie (*Am Ende ein Anfang*) und handgeschriebene Briefe von einem selbstbewussten Bekenntnis zu Entschleunigung und Innerlichkeit. Gerade die Distanz des Erzählens erweist sich für die leidenschaftliche Liebe als vorteilhaft: Zwar führen Konflikte in beiden Romanen zu harschen Auseinandersetzungen zwischen den Liebenden, doch die zeitliche und räumliche Distanz ermöglicht den Schreibenden im Streitfall die Reflexion des Geschehens und die Rückbesinnung auf den Wert ihrer Liebesbeziehung. Dadurch wird die Kompromissbereitschaft auf beiden Seiten erhöht und das Beziehungsende verhindert.

Während die Distanz des Erzählens in Bronnens Briefroman über den Zusammenfall von „Erzähl-Ich und Erzählte[m] Ich“[880] auf ein Minimum reduziert wird, charakterisieren die Kommentare aus der Fokalisierung Martins die Briefschreiberin Lilian als eine unzuverlässige Erzählerin und evozieren dadurch eine kritische Rezeptionshaltung.

In der *Amour fou*-Narration wechselt die Erzählinstanz zwischen Nullfokalisierung und fixierter interner Fokalisierung. In den untersuchten Briefromanen variiert die Erzählperspektive zwischen variabler und multipler interner Fokalisierung. Besonders deutlich wird diese Variation in der ersten Sexszene im Alter zwischen Johannes und Charlotte und in den Streitepisoden zwischen Martin und Lilian. Die Bereitschaft, aufeinander einzugehen, wird als Erfolgsmodell für Beziehungen (im höheren Lebensalter) präsentiert und durch die Fokalisierung narrativ gestaltet.

Ähnlich wie in Walsers *Lebenslauf der Liebe* wird das Figurenmodell der ›Neuen alten Frau‹ in beiden Briefromanen mit einer erfüllten Liebesbeziehung kombiniert. Diese Frauenfiguren sind jenseits des Klimakteriums nicht mehr nur zu einseitigen Passionen für jüngere Figuren verurteilt. Sie erfahren im fortgeschrittenen oder späten mittleren Erwachsenenalter eine leidenschaftliche Liebe, die auf Gegenseitigkeit beruht. Anders als in der *Amour fou*-Narration, worin die alten Liebenden körperlich oder seelisch in eine lebensgefährliche Situation mit ungewissem Ausgang geraten, erweisen sich diese Liebesbeziehungen der ›Neuen alten Frauen‹ als zukunftsträchtig und lebenswert.

Auf der Ebene des *discours* markieren die Romane von Bronnen und Weingartner den Übergang zwischen Tradition und Modernisierung der Genres. Über die Ebene der *histoire* wird der Wandel der literaturhistorischen Darstellung der Altersliebe zu einer aktuellen Konzeption von Altersliebe in der Gegenwartsliteratur vollzogen.

880 Mandelkow, Der deutsche Briefroman, S. 201.

Teil III: Schlussbetrachtung

1 Alte Liebende und Konzeptionen von Altersliebe in der jüngeren deutschsprachigen Gegenwartsliteratur

1.1 Alte Liebende im Roman – Ein Überblick über Figurenmodelle und -motive

Am Beginn dieser Arbeit stand die Frage, ob und wenn ja, inwiefern, die Polarisierung von Liebe im Alter in fiktionaler Literatur heute noch Bestand hat. Tatsächlich wird der sehr enge Rahmen „stereotypisierter Vorstellungen (jung, schön, heterosexuell)“[881] in der jüngeren Gegenwartsliteratur (2005–2010) aufgebrochen: Die ProtagonistInnen in den untersuchten Romanen sind alle nicht als ›jung‹ charakterisiert, zum Teil aber als ›schön‹. Dabei müssen sie aber nicht dem sozial akzeptierten jugendlichen Schönheitsideal entsprechen. Zwar sind die heterosexuell begehrenden Figuren in diesem Textkorpus in der Überzahl, doch dieses Merkmal entscheidet nicht mehr darüber, ob eine Figur ProtagonistIn einer Geschichte sein kann oder nicht. Dadurch wird der auf primär heterosexuelle Partnerschaften ausgerichtete Komplex der erotisch konnotierten Liebe in der Altersliebe aufgebrochen. Insofern hat sowohl das Figurenmodell *des* verliebten Alten als auch das *der* historisch negativer bewerteten verliebten Alten eine deutliche Resignifikation erfahren. Kommt aber eine größere Altersdifferenz der beiden Liebenden hinzu, so führt der dreifache Tabubruch einer alten, nicht-heterosexuell und eine jüngere Figur begehrenden Figur zu einem Scheitern der Altersliebe mit zum Teil tragischen Folgen für die ältere Figur. Am Beginn des 21. Jahrhunderts enthüllt der literarische Altersliebesdiskurs die Wechselwirkungen der ineinander verflochtenen Normen von Alters- und Geschlechterrollenerwartungen als fatal für diejenigen, die gegen sie verstoßen.

Zwar schließen sich Alter und Liebe heute in vielen Prosatexten durchaus nicht mehr gegenseitig aus, doch der traditionelle Fokus auf ein ›ent-erotisiertes Alter‹ wirkt auch in der Literatur der Gegenwart nach. Die ProtagonistInnen der Romane, die erotisch konnotierte Liebe im Alter als erzählauslösendes und textbestimmendes Motiv verwenden, müssen sich aufgrund ihrer Liebesbeziehung sowohl gegen internalisierte Normen als auch gegen Altersdiskriminierungen von anderen behaupten. Das gilt insbesondere für das Figurenmodell

881 Metz, Die Narratologie der Liebe, S. 59f.

der liebenden alten Frau und wird noch einmal verstärkt, wenn es sich um eine Beziehung mit größerem Altersunterschied handelt. Die am Beispiel der Liebesbeziehungen ausgestaltete Alters- und Geschlechterdiskriminierung der ProtagonistInnen wird – entgegen der Erwartung – in keinem der Romane an eines der Kinder rückgebunden. Viele ältere Figuren werden zwar als (Groß-)Eltern von erwachsenen Kindern und Enkeln gezeichnet, deren Perspektive auf die (neuen) Liebesbeziehungen oder Liebschaften der (Groß-)Eltern bleibt aber in allen untersuchten Texten eine Leerstelle. Wird eine außereheliche Liebesbeziehung gestaltet, ist die Perspektive der EhepartnerInnen der liebenden Alten dagegen leicht akzentuiert, um die Attraktivität der alten ProtagonistInnen herauszustellen: Erstere reagieren mit Eifersucht (Hofstätter in *Vanitas*), Beziehungsabbruch (Helen in *Angstblüte*) oder Konkurrenzverhalten (Olga und Hofstätter in *Vanitas*) auf die neuen (Wunsch)partnerInnen ihrer GattInnen. In *Schlafwandel* reagieren die beiden Liebenden in unterschiedlichen Phasen der Beziehung mit Eifersucht auf ehemalige oder potenzielle neue PartnerInnen. Dadurch wird zwar die Attraktivität der älteren PartnerInnen betont, ein Wechsel des Paradigmas der monogamen Paarbeziehung mit institutionalisierter Untreue wird in den untersuchten Romanen aber nicht ernsthaft in Erwägung gezogen. In den Romanen *Die Liebesblödigkeit* und *Angstblüte* wird das – auch für junge Figuren selten positiv akzentuierte – polyamore Beziehungskonzept zumindest thematisiert. Als am fortschrittlichsten erweist sich das Beziehungskonzept in Barbara Bronnens Roman *Am Ende ein Anfang*: Das alte Liebespaar überwindet das Problem der Eifersucht, integriert das Kind aus der vorigen Beziehung des alten Mannes zu einer Jahrzehnte jüngeren Frau in ihre Beziehung und gründet damit eine intergenerationale Patchworkfamilie.

Diese Liebenden im fortgeschrittenen Alter erproben nach der Abkehr von überkommenen Alterskonzepten neue Möglichkeiten der Sexualität und der Partnerschaft. Erotisch konnotierte Altersliebe erscheint als Emanzipationssymbol für die älteren Liebenden.[882] Sexualität kann zwar als Metapher des Reifungsweges der Gesamtperson[883] fungieren (*Tanzstraße*, *Am Ende ein Anfang*), sie kann jedoch auch als banale Peinlichkeit (*Die Liebesblödigkeit*) oder als bloße Selbsttäuschung mit desaströsen Folgen für die (Alters-)Identität der alten Liebenden (*Schlafwandel*, *Angstblüte*) konzipiert werden. Dieses narrative Spektrum von Sexualität im

882 Vgl. Miriam Seidler: Silver Sex?! Liebe und Sexualität in Altersrepräsentationen der Gegenwart. In: *Merkwürdige Alte. Zu einer literarischen und bildlichen Kultur des Alter(n)s*. Hrsg. von Henriette Herwig. Bielefeld 2014, S. 127–152, hier S. 147f.

883 Vgl. Leopold Rosmayer: Eros und Liebe im Alter. In: *Produktives Leben im Alter*. Hrsg. von Margret M. Baltes. Frankfurt a. M. 1996, S. 258–289, hier S. 278.

Alter verweist nicht notwendigerweise auf die reale Erfahrung alter Menschen, sondern zeigt die zunehmende Diversifikation des einstigen Tabus als spezifische Leistung der literarischen Darstellung. Literatur fungiert hier als Experimentierfeld sozialer Entwicklung, denn im literarischen Text werden Konzeptionen von Liebe und Alter als soziokulturelle Konstrukte erfassbar. Der Roman modelliert, differenziert und problematisiert Konzeptionen von Altersliebe. Dieser literarische Altersliebesdiskurs wird in religiösen, mythischen, natur- und sozialwissenschaftlichen und/oder juristischen Diskursen aufgegriffen und so können literarische Altersliebeskonzeptionen ihre außerliterarische Wirkung entfalten. Insbesondere im Roman werden bewusste und unbewusste Vorstellungen von Liebe, von Geschlechter- und Altersdifferenzen „suggestiv und mehrschichtig abgebildet, diskutiert, in Fiktionen erprobt, widerrufen und neugestaltet".[884] Der Soziologe Ulrich Beck definiert Liebe sogar als *„angewandte Romanlektüre"*[885]. D. h., die Romane bieten den LeserInnen neue Ideen für Beziehungsmodelle und animieren zur Nachahmung. Die narrative Darstellung von Liebesbeziehungen alter(nder) Figuren zeigt, dass Sexualität als Merkmal von Lebensqualität in jeder Phase des Erwachsenenlebens von Bedeutung ist. Wer frei von normativen Altersstereotypen lieben und sich verlieben kann, erfährt das Alter(n) nicht mehr als notwendigen Hinderungsgrund persönlichen Glücks. Dadurch wirken sich die auf diese Weise modellierten Konzepte als kulturelle Dispositive auf die Wahrnehmung und Gestaltung der Lebenswelt aus – und umgekehrt. Analog zur Liebesheirat, die im Roman des 18. Jahrhunderts modelliert und vorbereitet wurde,[886] könnte auch die Darstellung von Altersliebe zur gesellschaftlichen Akzeptanz von Liebe im höheren Erwachsenenalter beitragen.

Was Romane leisten können, ist, dass sie anhand einzelner Liebesgeschichten zeigen, welche Auswirkungen zentrale Veränderungen der Lebensumstände in der postmodernen Gesellschaft auf die private zwischenmenschliche Beziehung haben können. So lässt sich an ihnen u. a. ablesen, dass auf dem Feld der Geschlechterrollenbilder essenzielle Fragen noch unbeantwortet sind. Dazu zählt die – augenscheinlich nicht nur in der fiktionalen Welt – virulente Überzeugung, dass Frauen durch das Alter ihre physische Attraktivität verlieren und sich deshalb von der Hoffnung auf erotisch konnotierte (Liebes-)Beziehungen verabschieden

---

884 Gerhard Neumann, Ina Schabert: Geschlechterdifferenz und Literatur. In: *Stellungsspiele: Geschlechterkonzeptionen in der zeitgenössischen erotischen Prosa Spaniens (1978–1995)*. Hrsg. von Janett Reinstädler. Berlin 1996, S. 5.

885 Ulrich Beck, Elisabeth Beck-Gernsheim: *Das ganz normale Chaos der Liebe*. Berlin 1990, S. 250. Kursiv im Original.

886 Vgl. Luhmann, Liebe als Passion, S. 163–183.

sollten. Das gilt insbesondere für ältere Frauen in einer Beziehung mit großem Altersunterschied. Diese Frauen zeigen sich in ihrem eigenen Rollenverständnis als von Widersprüchen geprägt, wenn es um die Frage geht, wie sie leben wollen: Möchten sie sich auf die sozial akzeptierte Rolle der weisen, aber einsamen Alten zurückziehen oder wollen sie einem erfüllten Liebesleben im fortgeschrittenen Alter eine Chance geben? Solange diese Frage unbeantwortet ist, wirkt ihre Geschichte wie ein Drahtseilakt zwischen widersprüchlichen Bedürfnislagen: Auf der einen Seite möchten sie überkommenen Altersrollenbildern wie der weisen Alten oder der schönen, alten Großmutter genügen, die erotisch konnotierte Liebe ausklammern. Auf der anderen Seite sehnen sie sich nach der Befriedigung der menschlichen Grundbedürfnisse, erotisch zu lieben und geliebt zu werden.

Die einzige weibliche Figur, die nicht von altersbedingtem Selbstekel beeinträchtigt wird, ist die aus der internen Fokalisierung des männlichen Protagonisten durch das satirische Aufrufen von Ekelmotiven als *vetula* charakterisierte Figur Olga in *Vanitas*: Olga gewinnt den Wettstreit um den jungen schönen Edgar gerade aufgrund ihres (nicht nur) vom Alter gezeichneten Körpers gegen den idealschönen Dandy Hofstätter. Evelyn Grill verknüpft den Altersdiskurs durch diese makrabre Pointe mit dem Liebesdiskurs. Aufgrund ihrer moralischen Indifferenz ist Olga jedoch kaum als Vorbildfigur anzusehen. Auch die Tatsache, dass nur wenige Passagen aus Olgas Fokalisierung erzählt werden, ist der LeserInnenidentifikation abträglich.

Altersdiskriminierung wird auch von den männlichen Figuren erlebt und provoziert starke Verunsicherung im Hinblick auf ihre körperliche Erscheinung, insbesondere in altersdifferenten Beziehungen: In Martin Walsers Roman *Angstblüte* nimmt der alternde Protagonist seinen Körper im Vergleich mit dem der jüngeren Partnerin als hochgradig defizitär wahr. Dabei gelingt es ihm nicht, gesellschaftliche Schönheitsnormen zu hinterfragen, und so scheitert die Herausbildung einer lebenswerten Altersidentität. Zwar hat Karl von Kahn als männlicher weißer Angehöriger der Oberschicht das Privileg eines hohen sozialen Status, die Bindung der jungen Joni Jetter kann er dadurch jedoch nicht erreichen. Anders ergeht es den weiblichen Figuren in *Schlafwandel*, *Tanzstraße* und *Am Ende ein Anfang*: Sie sind weder reich noch mächtig und halten sich anfangs für unfähig, jenseits der sechzig noch sexuell attraktiv auf potenzielle PartnerInnen zu wirken. Alle drei ändern ihre Haltung – nicht zuletzt wegen des insistierenden Werbeverhaltens der jeweiligen PartnerInnen – und sind schließlich bereit, das Wagnis einer erotisch konnotierten Liebesbeziehung im fortgeschrittenen Alter einzugehen. Die Darstellung der Frauenfiguren jenseits der sechzig als intellektuell und physisch attraktiv erfolgt überwiegend aus der Fremdcharakterisierung. Durch diese Gestaltung ist der Stellenwert der Frau aus der Außenperspektive zwar nicht mehr auf ihre Körperlichkeit und ihren Beziehungsstatus reduziert, aus der Perspektive der weiblichen Protagonistinnen wirkt die Körperbefindlichkeit aber immer noch als ein primäres identitätsstiftendes Merkmal von Weiblichkeit.

Trotz des Risikos, das mit der Altersliebe verbunden ist, wird die besondere Ausformung des Singledaseins im Alter in diesem Textkorpus weniger als Alternative bzw. mögliches Lebensmodell dargestellt, sondern als Zustand, in den die Protagonisten unfreiwillig hineingeraten sind, oder sogar als Unglück mit katastrophalen Folgen. Insbesondere die Witwe Charlotte in *Am Ende ein Anfang* leidet unter dem Verlust ihres Status als Ehefrau und befürchtet auch im 21. Jahrhundert noch, als Paria angesehen zu werden. Während Charlotte nach einer langen und harten Trauerzeit mit einem neuen und – vor allem – altersähnlichen Partner in ein ›Happyend‹ entlassen wird, beginnt der Roman *Schlafwandel*, nachdem Noras langjähriger Partner verstorben ist, und er endet, als ihre junge Geliebte sie verlässt. Die als alt und alleinstehend konzipierten Figurenmodelle der Witwe bzw. des Witwers, des ›ewigen Junggesellen‹ bzw. der ›alten Jungfer‹ und – in neuerer Zeit – der spät Geschiedenen sind nach wie vor mit dem Nimbus gesellschaftlicher Randständigkeit assoziiert. Zwar wird das Singledasein in der Gegenwartsliteratur nicht nur im Feuilleton, sondern auch in der Forschung spätestens seit den 1990er-Jahren intensiv diskutiert. In der Regel geht es dabei aber weniger um das unfreiwillige Singledasein durch Verwitwung oder Scheidung im fortgeschrittenen Lebensalter als um die Bindungsunwilligkeit jüngerer Männer.[887] In Bezug auf das Singledasein im sogenannten ›jungen Alter‹ und darüber hinaus gibt es jedoch einen Bedarf an Forschung.

Die vorliegende Arbeit hat gezeigt, dass sich im Themenkomplex Altersliebe verschiedene aktuell diskutierte, kulturrelevante Themen wie in einem Brennglas bündeln lassen. Dabei treffen die Rollenbilder und Topoi des Alters auf die Mechanismen der Geschlechterkonstruktion. Beide Bereiche sind durch die Identität(ssuche) verbunden: Während der Erfolg in der Partnerschaft und/oder bei der PartnerInnensuche traditionell einen festen Bestandteil der Entwicklung von Figuren im jungen bis mittleren Erwachsenenalter darstellte, schienen die Optionen für den Beziehungsstatus älterer Figuren auf geschieden, verheiratet, verwitwet und alleinstehend beschränkt zu sein. Auch in den sechs von mir analysierten Texten ist keine der Beziehungsanbahnungen auf eine Form aktiver PartnerInnensuche – wie z. B. Online- oder Speeddating, Flirten in verschiedenen sozialen Situationen, Annoncen o. Ä. – zurückzuführen. Die älteren Liebenden sind bereits verwitwet / verheiratet und lernen unerwartet eine/n potenzielle/n PartnerIn kennen, deren/

---

887 Vgl. Claus, Kein Leben zu zweit, S. 13–15.

dessen Reizen sie nicht widerstehen können (*Angstblüte, Schlafwandel, Vanitas*):[888] In *Tanzstraße* ist es der jüngere Mann, der die geschiedene ältere Frau umwirbt. In *Am Ende ein Anfang* wird – ebenfalls auf Betreiben des Mannes – die vor Jahren beendete Liebesbeziehung mit der inzwischen verwitweten Frau wiederaufgenommen. Alle liebenden Alten – den Apokalyptiker ausgenommen – zeigen sich mehr oder weniger überrascht davon, dass sie sich ›in ihrem Alter‹ noch einmal verlieben. Dies lässt noch einen deutlichen Spielraum erkennen, was den positiven emanzipatorischen Prozess der alten (Frauen)Figuren und ihren Beitrag zur Ausgestaltung einer großen Vielfalt an neuen Lebensentwürfen angeht.[889]

1.2 Zentrale Konzeptionen erotisch konnotierter Liebe im jungen Alter

Die Konzeptionen erotisch konnotierter Liebe im Alter zeichnen sich dadurch aus, dass die Narrationen einerseits der literarischen Tradition Rechnung tragen, andererseits aber die überlieferten Modelle durch die Annäherung an gesellschaftliche Entwicklungen und die heutige Lebensweise realer ›junger Alter‹ weiterentwickelt werden. An diesen veränderten und neuen Konzeptionen erotisch konnotierter Liebe im Alter lassen sich die Spuren des sozialen Wandels ablesen. Damit wird die am Ende des theoretischen Kapitels aufgestellte These bestätigt, dass traditionelle narrative Strukturen in Figurenmodellen und -motiven aufgegriffen, variiert und erweitert werden. Folgende Narrative der erotisch konnotierten Altersliebe[890] wurden im Rahmen der Textanalyse herausgearbeitet:

- die wahnsinnig verliebten Alten in altersungleichen Beziehungen
- die Egozentriker in langjährigen Paarbeziehungen mit altersgleichen und -ungleichen PartnerInnen
- die Altersliebe im Briefroman zwischen altersähnlichen und altersdifferenten PartnerInnen.

---

888 *Die Liebesblödigkeit* bildet diesbezüglich eine Ausnahme: Zum einen wegen der heimlichen Doppelbeziehung mit getrennten Wohnsitzen, zum anderen, weil diese Doppelbeziehung des Protagonisten seit Jahren besteht, ohne dass die Entstehungsgeschichte erzählt würde.

889 Vgl. Seidler, Silver Sex, S. 148.

890 Der Begriff ›Altersliebe‹ dient nicht als Bezeichnung eines neuen Genres – wie z. B. die *Grey Chick Lit*, sondern ist dem Fokus dieser Arbeit geschuldet. Als Themenkomplex ist Altersliebe in den ausgewählten Romanen zwar dominant, dennoch lassen sich die Texte in bereits existierende Subgattungen wie den Altersroman, den Brief- oder Alltagsroman einordnen.

Als Liebeskonzeption mit einem starken Gefälle zwischen Selbst- und Partnerliebe hat die Untersuchung der *Amour fou*-Narrationen gezeigt, dass der/die wahnsinnig verliebte Alte als Figur ein durchaus positiv konnotiertes Alterskonzept entwickeln kann. Figurenmodell und -motiv bedingen sich zwar gegenseitig, dennoch können sie in verschiedenen Texten mit unterschiedlichen Wertungen versehen sein: Während die *Amour fou*-Narration durch die Fixierung des/der wahnsinnig Liebenden auf sein/ihr Liebesobjekt nicht mehr in den Rahmen sozial akzeptabler Beziehungskonzeptionen passt, ist es in den Romanen *Die Liebesblödigkeit* und *Vanitas* die übersteigerte Ich-Bezogenheit der ProtagonistInnen, die das Ideal der partnerschaftlichen Liebesbeziehung infrage stellt. Die Romane von Genazino und Grill können als Beziehungssatiren in einer hochgradig individualisierten Gesellschaft gelesen werden, die das Ideal einer partnerschaftlichen Bindung auf der Basis erotisch konnotierter Liebe als kitschiges Konsumgut ohne Wirklichkeitsbezug darstellen. Diese Narrationen über Egozentriker in langjährigen Paarbeziehungen entsprechen dem zweiten Schema. Beide Schemata fungieren im Kontext dieser Arbeit als „negative[e] Dispositiv[e]“[891] einer erotisch konnotierten Liebesbeziehung im Alter. Beim dritten Schema handelt es sich um die späte, (potenziell) gelingende erotisch konnotierte Liebe im Alter: Während das offene Ende von *Tanzstraße* das Gelingen der Liebesbeziehung mit großem Altersunterschied offenlässt, gelingt den altersgleichen Liebenden in *Am Ende ein Anfang* der titelgebende Neuanfang im fortgeschrittenen Alter. Dies ist der einzige Roman des Korpus, der, wenn auch auf kitschig-verklärte Weise, die Vereinbarkeit von Liebe und Sexualität im Alter darstellt und dabei auch die physischen Probleme der Alterssexualität als Entwicklungsaufgabe für die Liebesbeziehung thematisiert. Diese drei Schemata werden durch die konkrete Ausgestaltung der Altersliebeskonzeptionen innerhalb der einzelnen Romane unterschiedlich akzentuiert. Die eingangs aufgestellte These, dass sich innerhalb des Textkorpus drei Schemata in Bezug auf die Konzeption erotisch konnotierter Liebe und entsprechender Paarbeziehungen im Alter nachweisen lassen, hat sich damit bestätigt.

Ein Vergleich der recht unterschiedlichen Texte hat gezeigt, dass dem Themenkomplex der Altersliebe folgende Elemente eigen sind, die in den Texten auf verschiedene Wiese variiert oder kombiniert werden: Am Beginn des Plots steht die Erkenntnis der eigenen Empfindungen als Verliebtheit, gefolgt von der zeitweisen Abwehr dieser Gefühle durch Pseudo-Rationalisierungen (›Ich bin zu alt für die Liebe.‹). Diese werden entweder durch das mehr oder weniger beharrliche

891 Jahraus, Amour fou, S. 21.

Werbeverhalten des/der künftigen PartnerIn überwunden oder durch die hohe Anziehungskraft der begehrten Figur. Dies zieht eine Phase der Hingabe nach sich, die in drei mögliche Endszenarien überführt wird: Das kann erstens das als traumatisch erlebte Ende der Beziehung sein (*Angstblüte*). Zweitens kann es zu einem für belletristische Literatur typischen *Happy End* kommen (*Am Ende ein Anfang*). Drittens kann auf das Ende der Liebesbeziehung eine Form kathartischer Befreiung folgen (*Die Liebesblödigkeit*, *Vanitas*), die zu einem neuen Alters- und Geschlechterrollenverständnis (*Schlafwandel*) führen kann. Die narrative Darstellung einer Liebesgeschichte bewegt sich damit in einem Spannungsfeld von genretypischen Plot-Elementen und individuellen Charakteristika.

Traditionell entspricht die Grobstruktur des romantischen Plots dem von Hogan formulierten Schema: Zwei Menschen verlieben sich. Ihre Beziehung wird aber von Repräsentaten der Gesellschaft, typischerweise einem Elternteil, beeinträchtigt. In der Langversion werden die Liebenden getrennt, manchmal wird der Tod suggeriert, doch schließlich finden sie zusammen.[892] Die von mir analysierten Erzählungen weichen von diesem Schema schon aufgrund des Alters der liebenden ProtagonistInnen ab: In diesen Narrationen sind es nicht die Eltern der Liebenden, sondern in der Regel die liebenden Alten selbst bzw. die von ihnen verinnerlichten, zum Teil widersprüchlichen Rollenerwartungen, die ein mögliches Liebesglück im Alter (anfänglich) verhindern.

Das Ziel der Textanalysen in der vorliegenden Arbeit bestand darin, anhand der Untersuchung von Konzeptionen von Liebe im Alter, deren zentralen Figurenmodellen und -motiven die ihnen zugrunde liegenden Handlungsmuster und Darstellungselemente aufzuzeigen. Als relevantes Untersuchungsergebnis ist festzuhalten, dass das historisch entwickelte Beschreibungsinventar für erotisch konnotierte Liebe im Alter in der Gegenwartsliteratur weiterhin angewendet wird. Dieses Ergebnis spricht dafür, dass es sich auch bei dem Bedürfnis nach körperlicher Liebe im Alter um eine anthropologische Konstante handelt. Das zentrale Movens der literarischen Darstellung von erotisch konnotierter Liebe im Alter besteht darin, diese Form der Liebe ins Bewusstsein zu rufen und für ihre Akzeptanz zu werben. Damit sind die liebenden ›jungen Alten‹ mehr als „Stellvertreter, anhand derer aufgezeigt wird, wie eine Emanzipation von überkommenen Altersvorstellungen aussehen kann".[893]

Grundgedanke der vorliegenden Untersuchung war, dass die traditionelle Motivik der Altersliebe in der Gegenwartsliteratur durch neue narratologische

892 Hogan, Characters and Their Plots, S. 135.

893 Seidler, Silver Sex, S. 148.

Darstellungsmittel und Erzählverfahren erweitert wird. Dadurch werden nicht nur bestehende Alterskonzepte erneuert, sondern es wird auch das Nachwirken der romantischen Liebe in der erotisch konnotierten Liebeskonzeption der Gegenwart problematisiert. Die Verbindung traditioneller und innovativer Charakteristika hat sich als typisch für die Darstellung alter Figuren erwiesen, die sowohl die „Tradition als auch den gesellschaftlichen Fortschritt verkörpern".[894] Die ausgewählten Prosatexte haben den LeserInnen nicht die „Bilder von Alterssexualität"[895] erspart und sind weit mehr als ein „Plädoyer für das Lebens- und Liebesrecht alter Menschen".[896] Durch das Distinktionsmerkmal ›Alter‹ schreiben sie sich nicht nur in den gegenwärtigen Diskurs über den demografischen Wandel ein, sondern fügen dem immer aktuellen Liebesdiskurs eine bislang vernachlässigte Facette hinzu: die Altersliebe.

894 Vgl. Seidler, Figurenmodelle des Alters, S. 78.

895 Herwig, Alte und junge Paare, S. 245.

896 Beatrice Eichmann-Leutenegger: Schneeglück. In: *Neue Zürcher Zeitung* am 28.8.2002, S. 38.

Siglenverzeichnis

A	Martin Walser: *Angstblüte*. Roman. Reinbek b. H. 2006.
AE	Barbara Bronnen: *Am Ende ein Anfang*. Roman. München, Zürich 2006.
LB	Wilhelm Genazino: *Die Liebesblödigkeit*. Roman. München, Wien 2005.
S	Helen Meier: *Schlafwandel*. Eine Erzählung. Zürich 2006.
Ts	Gabriele Weingartner: *Tanzstraße*. Roman. Hohenems 2010.
V	Evelyn Grill: *Vanitas oder Hofstätters Begierden*. Roman. St. Pölten 2005.

Literaturverzeichnis

Primärliteratur

Alighieri, Dante: 5. Gesang, Die Hölle. In: Ders.: *Die göttliche Komödie.* In Prosa übers. von Walter Naumann. Darmstadt 2004, S. 30–34.

Bachmann, Ingeborg: Undine geht. In: Dies.: *Das dreißigste Jahr. Erzählungen.* 24.-28. Tsd. München 1962, S. 231–244.

Bronnen, Barbara: *Am Ende ein Anfang.* Roman. München, Zürich 2006.

Brecht, Bertold: Die unwürdige Greisin. In: Ders.: *Kalendergeschichten.* Mit einem Nachwort von Jan Knopf. Frankfurt a. M. 2001 [1949], S. 111–117.

Frisch, Max: *Montauk. Eine Erzählung.* 28. Aufl. Frankfurt a. M. 1975.

George, Stefan: Seelied. In: Ders.: *Werke: Ausgabe in zwei Bänden.* Bd. 1. Hrsg. von Georg Peter Landmann. 4. Aufl. Stuttgart 1984.

Goethe, Johann Wolfgang von: Der Fischer. Ballade (1779) In: Ders.: *Goethes Gedichte in zeitlicher Folge.* Hrsg. von Heinz Nicolai. Frankfurt a. M. 1990, S. 223f.

Goethe, Johann Wolfgang von: Der Mann von funfzig Jahren. In: Ders.: *Wilhelm Meisters Lehrjahre.* Zweites Buch, 3. Kapitel In: Hamburger Ausgabe in 14 Bänden. Bd. 8. Hrsg. von Erich Trunz. 11. Aufl. München 1982, S. 167–224.

Genazino, Wilhelm: *Die Liebesblödigkeit.* Roman. München, Wien 2005.

Grill, Evelyn: *Vanitas oder Hofstätters Begierden.* Roman. St. Pölten 2005.

Hoffmann, E. T. A.: Die Brautwahl. In: Ders.: *Poetische Werke in sechs Bänden.* Bd. 4. Berlin 1963, S. 28–115.

Hoffmann, E. T. A.: Datura fastuosa. In: Ders.: *Poetische Werke in sechs Bänden.* Bd. 6. Berlin 1963, S. 551–615.

Hofmannsthal, Hugo von: *Der Rosenkavalier. Komödie für Musik.* Nach der Orig.-Ausg. Berlin (EA) 1911. Hrsg. von Joseph Kiermeier-Debre. München 2004.

Horsley, Sebastian: *Dandy in der Unterwelt. Eine unautorisierte AutoBiografie.* Übers. von Andreas L. Hofbauer. München 2009.

Maron, Monika: *Endmoränen.* Roman. Frankfurt a. M. 2004.

Márquez, Gabriel García: *Die Liebe in den Zeiten der Cholera.* Roman. Köln 1987.

Meier, Helen: *Schlafwandel.* Eine Erzählung. Zürich 2006.

Ovidius Naso, Publius: Philemon und Baucis. In: Ders.: *Metamorphosen. Das Buch der Mythen und Verwandlungen.* Hrsg. von Gerhard Fink. Düsseldorf, Zürich 2001, S. 242–247.

Paz, Octavio: *Die doppelte Flamme. Liebe und Erotik.* Frankfurt a. M. 1997 [1993].

Roth, Philip: *The Dying Animal.* London 2001.

Schmidt, Kathrin: *Die Gunnar-Lennefsen-Expedition.* Roman. München 2000.

Schubiger, Jürg: *Haller und Helen.* Roman. 2. Aufl. Innsbruck 2003 [2002].

Walser, Martin: *Angstblüte.* Roman. Reinbek b. H. 2006.

Walser, Martin: *Ein liebender Mann.* Roman. Reinbek b. H. 2008.

Weingartner, Gabriele: *Tanzstraße.* Roman. Hohenems 2010.

Wolfe, Tom: *The Bonfire of the Vanities.* 11. Aufl. New York 1988 [1987].

Wortmann, Marc: *Der Witwentröster.* Roman. Köln 2002.

Sekundärliteratur

A

Abenstein, Edelgard: Längst vergangenes Begehren. Briefroman von Barbara Bronnen. In: *dradio.de* am 4.8.2006. ‹http://www.dradio.de/dkultur/sendungen/kritik/528494/›. [Zugriff: 18.5.2013].

Anderegg, Johannes: Zum Problem der Alltagsfiktion. In: *Funktionen des Fiktiven. Poetik und Hermeneutik X.* Hrsg. von Dieter Henrich und Wolfgang Iser. München 1983, S. 377–386.

Aner, Kirsten; Karl, Fred (Hrsg.): *Die ›Neuen Alten‹ – revisited. Kaffeefahrten und freiwilliges Engagement – neue Alterskultur – intergenerative Projekte.* Kassel 2003.

Anz, Thomas: Kap. 4.5.: Ereignis, Handlung, Stoff, Motiv. In: Ders.: *Handbuch Literaturwissenschaft.* Bd. 1. Stuttgart 2007, S. 127–130.

Aristoteles: *Poetik.* Griechisch/Deutsch. Übers. u. hrsg. von Manfred Fuhrmann. Stuttgart 2005.

Assmann, Aleida: *Die Legitimität der Fiktion: ein Beitrag zur Geschichte der literarischen Kommunikation.* München 1980.

Assmann, Heinz-Dieter; Kuschel, Karl-Josef: Martin Walser: *Angstblüte* (2006). In: *Börsen, Banken, Spekulanten: Spiegelungen in der Literatur – Konsequenzen für Ethos, Wirtschaft und Recht.* Hrsg. von dens.. Gütersloh 2011, S. 248–274.

Atkins, John: *Sex in Literature.* Bd. 1: *The Erotic Impulse in Literature.* London 1970.

Atkins, John: *Sex in Literature.* Bd. 2: *The Classical Experience of the Sexual Impulse.* London 1973.

B

Baar, Fabian: »Liebe ist nur ein Wort«: Vier Blickwinkel auf die geschlechtliche Paarbeziehung. In: *Beziehungskulturen.* Hrsg. von Werner Faulstich. München 2007, S. 11–27.

Bach, Doris: Die Tabuisierung von Intimität und Sexualität im Alter. In: *Intimität, Sexualität, Tabuisierung im Alter*. Hrsg. von Doris Bach, Franz Böhmer. Wien u. a. 2011, S. 159–172.

Bachmaier, Helmut: Späte Jahre. Das Alter in der Literatur. In: *Entwürfe. Zeitschrift für Literatur* (2008), S. 63–72.

Bachmann, Ingeborg: *Wir müssen wahre Sätze finden. Gespräche und Interviews*. Hrsg. von Christine Koschel, Inge von Weidenbaum. Zürich, München 1983.

Baker, Andrea J.: *Double Click. Romance and Commitment among Online Couples*. Hampton Press 2005.

Backes, Gertrud M.: Von der (Un-)Freiheit körperlichen Alter(n)s in der modernen Gesellschaft und der Notwendigkeit einer kritisch-gerontologischen Perspektive auf den Körper. In: *Zeitschrift für Gerontologie und Geriatrie* 41 (2008) 3, S. 188–194.

Bal, Mieke: *Narratology: Introduction to the Theory of Narrative*. Toronto 1985.

Bamler, Vera: Szenen Wechsel: Heterosexualität alter Frauen und Männer. In: *Sexualitäten: Diskurse und Handlungsmuster im Wandel*. Hrsg. von Karl Lenz, Heide Funk. München 2005, S. 253–274.

Barner, Wilfried: Selbstgespräche? Über frühe Erzählprosa Martin Walsers. In: *Text und Kritik. Zeitschrift für Literatur* VII (2000) 41/42: Martin Walser. 3. Aufl. Neufassung, S. 79–90.

Banita, Georgiana: Philip Roth's Fictions of Intimacy and the Aging of America. In: *Narratives of Life – Mediating Age*. Hrsg. von Roberta Maierhofer, Heike Hartung. Berlin 2009, S. 91–122.

Bardill Arn, Sina: *Welche Rolle spielt die Liebe? Individuelle Liebesvorstellungen und Wandel der Geschlechterverhältnisse*. Glarus, Chur 2011.

Barthes, Roland: *Fragmente einer Sprache der Liebe*. Frankfurt a. M. 1984.

Bauer, Ingrid: 1968 und die *sex(ual) & gender revolution*. Transformations- und Konfliktzone: Geschlechterverhältnisse. In: *Das Jahr 1968 – Ereignis, Symbol, Chiffre*. Hrsg. von Oliver Rathkolb, Friedrich Stadler. Wien 2010, S. 163–208.

Bauschke, Ricarda: *Die ›Reinmar-Lieder‹ Walthers von der Vogelweide. Literarische Kommunikation als Form der Selbstinszenierung*. Heidelberg 1999.

Beall, Anne; Sternberg, Robert J.: The Social Construction of Love. In: *Journal of Social and Personal Relationships* 9 (1995), S. 417–438.

Becker, Horst: *Die Älteren. Zur Lebenssituation der 55- bis 70-Jährigen*. Bonn 1991.

Becker-Cantarino, Barbara: »Die wärmste Liebe zu unsrer litterarischen Ehe«: Friedrich Schlegels *Lucinde* und Dorothea Veits *Florentin*. In: *Bi-Textualität*.

Inszenierungen des Paares. Hrsg von Annegret Heitmann u. a. Berlin 2001, S. 131–142.

Beck, Ulrich; Beck-Gernsheim, Elisabeth: *Das ganz normale Chaos der Liebe*. Berlin 1990.

Beisbart, Ortwin; Maiwald, Klaus: Von der Lesewut zur Wut über das verlorene Lesen: historische und aktuelle Aspekte der Nutzung des Mediums Buch. In: *Lust am Lesen*. Hrsg. von Klaus Maiwald. Bielefeld 2001, S. 99–129.

Belsey, Catherine: *Desire. Love Stories in Western Culture*. Oxford 1994.

Beauvoir, Simone de: *Das Alter [La Viellesse]. Essay*. Übers. von Anjuta Aigner-Düngerwald, Ruth Henry. Reinbek b. H. 1972 [1970].

Bennent-Vahle, Heidemarie: Philosophie des Alters. In: *Alter in Gesellschaft. Ageing – Diversity – Inclusion*. Hrsg. von Ursula Pasareo, Gertrud M. Backes, Klaus R. Schroeter. Wiesbaden 2007, S. 11–14.

Berndt, Katrin: Polygamie. In: *Metzler Lexikon Gender Studies. Ansätze – Personen – Grundbegriffe*. Hrsg. von Renate Kroll. Stuttgart u. a. 2002.

Bobsin, Julia: *Von der ›Werther‹-Krise zur ›Lucinde‹-Liebe. Studien zur Liebessemantik in der deutschen Erzählliteratur 1770–1800*. Tübingen 1994.

Boesenberg, Eva: Männlichkeit als Kapital: Geld und Geschlecht in der US-amerikanischen Kultur. In: *Geld und Geschlecht. Tabus, Paradoxien, Ideologien*. Hrsg. von Birgitta Wrede. Opladen 2003, S. 32–45.

Borchmeyer, Dieter: Schwankung des Herzens und Liebe im Triangel. Goethe und die Erotik der Empfindsamkeit. In: *Codierungen von Liebe in der Kunstperiode*. Hrsg. von Walter Hinderer. Würzburg 1997, S. 63–84.

Bornemann, Katrin: *Carneval der Affekte. Eine Genretheorie des ›amour fou‹-Films*. Marburg 2009.

Brandstötter, Brigitte: *Wo die Liebe hinfällt. Das neue Rollenbild ungleicher Paare – Frauen mit jüngerem Partner*. Wiesbaden 2009.

Brähler, Elmar; Unger, U.: Sexuelle Aktivität im höheren Lebensalter im Kontext von Geschlecht, Familienstand und Persönlichkeitsaspekten – Ergebnisse einer repräsentativen Befragung. In: *Zeitschrift für Gerontologie* 27 (1994), S. 110–115.

Breton, André: *L'Amour fou*. Übers. von Friedhelm Kemp. München 1970 (EA 1937).

Bronfen, Elisabeth: *Nur über ihre Leiche. Tod, Weiblichkeit und Ästhetik*. München 1994.

Brosch, Renate: Das Bildnis des Dorian Gray/ The Picture of Dorian Gray. In: *Englische Literatur. 19. Jahrhundert. Kindler Kompakt*. Hrsg. von Vera Nünning, Ansgar Nünning. Stuttgart 2015, S. 157–159.

Bucher, Thomas: *Sexualität und Partnerschaft in der zweiten Lebenshälfte: ein kausalanalytisches Strukturgleichungsmodell zum Einfluss von Beziehungsfaktoren auf das sexuelle Interesse, die sexuelle Aktivität und Zufriedenheit bei heterosexuellen Menschen ab 45 Jahren*. Zürich 2002.

C

Calasanti, Toni; King, Neal: Firming the Floppy Penis: Age, Class, and Gender Relations in the Lives of Old Men. In: *Men and Masculinities* (2005) 8, S. 3–23.

Campe, Rüdiger: Affekt und Ausdruck. Zur Umwandlung der literarischen Rede im 17. und 18. Jahrhundert. Tübingen 1990.

Cherolis, Stephanie: Philip Roth's Pornographic Elegy: *The Dying Animal* as a Contemporary Mediation on Loss. In: *Philip Roth Studies* 2.1 (2006), S. 13–24.

Chivers, Sally: *From Old Woman to Older Women: Contemporary Culture and Women's Narratives*. Chicago 2003.

Claus, Britta: *Kein Leben zu zweit: Darstellungen des weiblichen Singledaseins in deutschsprachigen Romanen der Jahrtausendwende (1996–2006)*. Würzburg 2012.

Conelly, Julie: The CEO's Second Wife. In: *Fortune Magazine* am 28. August 1989. ‹http://money.cnn.com/magazines/fortune/fortune_archive/1989/08/28/72407/›. [Zugriff: 27.12.2013].

D

Dackweiler, Meike: Zu den Grenzen von Gender und Begehren in Philip Roths *The Humbling*. In: *Allegorien des Liebens: Liebe – Literatur – Lesen*. Hrsg. von Karin Peters, Caroline Sauter. Würzburg 2015, S. 243–263.

Davis, Murray S.: *Smut. Erotic Reality/Obscene Ideology*. Chicago 1983.

Daemmrich, Horst S.; Daemmrich, Ingrid G.: *Themen und Motive in der Literatur. Ein Handbuch*. 2., überarb. u. erw. Aufl. Tübingen, Basel 1995.

Daemmrich, Horst S.; Daemmrich, Ingrid G.: Blind Motif. In: Dies.: *Themes & Motifs in Western Literature: A Handbook*. Tübingen 1987.

Dane, Gesa: *Die heilsame Toilette. Kosmetik und Bildung in Goethes ‚Der Mann von funfzig Jahren'*. Göttingen 1994.

Degele, Nina: *Sich schön machen. Zur Soziologie von Geschlecht und Schönheitshandeln*. Wiesbaden 2004.

Derrida, Jacques: *Die Postkarte. Von Sokrates bis Freud und jenseits. 1. Lieferung*. 2. Aufl. Berlin 1989.

Dieckmann, Dorothea: Erinnerung als erlebte Gegenwart. In: *dradio.de* am 17.6.2013. ‹http://www.dradio.de/dlf/sendungen/buechermarkt/1205599/›. [Zugriff: 23.4.2013].

Doležalová, Lucie: »Nemini vetula placet?« In Search of Positive Representation of Old Women in the Middle Ages. In: *Alterskulturen des Mittelalters und der frühen Neuzeit*. Hrsg. von Elisabeth Vavra. Wien 2008, S. 175–182.

Döring, Thomas: Bilder von alten Menschen – Anmerkungen zu Themen, Funktionen, Ästhetik. In: *Bilder vom alten Menschen in der niederländischen und deutschen Kunst 1550–1750: Ausstellung im Herzog Anton Ulrich-Museum Braunschweig, 14. Dezember 1993 bis 20. Februar 1994*. Hrsg. vom Herzog Anton Ulrich-Museum Braunschweig. Braunschweig 1993, S. 17–36.

Doering, Sabine: Liebe? Aber nur mit Zunge. Straff geht's los, dann wird's gewagt: Helen Meiers Frauenroman In: *Frankfurter Allgemeine Zeitung* vom 14. 7.2006, S. 32.

Drolshagen, Ebba D.: »Plötzlich siehst du ganz schön alt aus.« In: *When I'm Forty-Four. Kursbuch Älterwerden*. Hrsg. Susanne Eversmann, Antje Kunstmann. München 1993, S. 82.

Dyserinck, Hugo: *Komparatistik. Eine Einführung*. 3., durchges. u. erw. Aufl. Bonn 1991.

E

Easton, Dossie; Hardy, Janet W.: *The Ethical Slut. A Roadmap for Relationship Pioneers*. 2. Aufl. Berkeley, Calif 2009.

Eco, Umberto: Postmodernismus, Ironie und Vergnügen. In: Ders.: *Nachschrift zum ›Namen der Rose‹*. München, Wien 1984. S. 76–83.

Eder, Franz X.: Von „Sodomiten" und „Konträrsexualen". Die Konstruktion des „homosexuellen" Subjekts im deutschsprachigen Wissenschaftsdiskurs des 18. und 19. Jahrhunderts. In: *Que(e)rdenken: Weibliche/männliche Homosexualität und Wissenschaft*. Hrsg. von Barbara Hey, Rolland Pallier, Roswitha Roth. Innsbruck, Wien 1997, S. 15–39.

Eder, Jens; Jannidis, Fotis; Schneider, Ralf: Characters in Fictional Worlds: An Introduction. In: *Characters in Fictional Worlds: Understanding Imaginary Beings in Literature, Film and Other Media*. Hrsg. von dens. Berlin u. a. 2010, S. 3–64.

Eichel, Christine: »Nie wieder ekelhafte Altmännerliteratur!« Interview mit Elke Heidenreich. In: *Cicero*. ‹http://www.cicero.de/97.php?ress_id=7&item=1807›. [Zugriff: 25.8.2010].

Eichner, Hans: Einleitung. In: *Kritische Friedrich-Schlegel-Ausgabe 5., 1. Abteilung: Dichtungen*. München, Paderborn, Wien 1962 [1799], S. V–XVI.

Eichmann-Leutenegger, Beatrice: Schneeglück. In: *Neue Zürcher Zeitung* am 28.8. 2002, S. 38.

Eideneier, Alexis: *Die Aufhebung des Körpers im Werk. Das Thema Alter(n) bei Arno Schmidt*. Bielefeld 2010.

Eke, Otto: Epiphanische Augen-Blicke bei Genazino und Krauß. In: *Alltag als Genre*. Hrsg. von Heinz-Peter Preusser, Anthonya Visser, Heidelberg 2009, S. 177–190.

Elm, Dorothee; u. a.: Einleitung. In: *Alterstopoi. Das Wissen von den Lebensaltern in Literatur, Kunst und Theologie*. Hrsg. von dens. Berlin 2009, S. 1–18.

Emmerich, Wolfgang: Liebe als Passion? Nein, danke! Vom Schwinden des Begehrens im Spiegel der Popliteratur. In: *Alltag als Genre*. Hrsg. von Heinz-Peter Preusser, Anthonya Visser. Heidelberg 2009, S. 133–148.

Ernst, Werner W.: Liebe, Sexus und System. In: *Rationalität, Gefühl und Liebe im Geschlechterverhältnis*. Hrsg. von Ursulua Marianne Ernst, Charlotte Annerl, Werner W. Ernst. Pfaffenweiler 1995, S. 9–23.

Esser, Kirsten: *Inszenierung und Diskursivierung von Sexualität im deutschen Roman nach 1945*. Stuttgart 2010.

F

Faulstich, Werner: Die Entstehung von ‚Liebe' als Kulturmedium im 18. Jahrhundert. In: *Liebe als Kulturmedium*. Hrsg. von Werner Faulstich, Jörn Glasenapp. München 2002, S. 23–56.

Faulstich, Werner; Glasenapp, Jörn: Einleitung. Zur Begrifflichkeit, Problemlage und zum Stand der Forschung. In: *Liebe als Kulturmedium*. Hrsg. von dens. München 2002, S. 7–22.

Featherstone, Mike; Hepworth, Mike: Images of Ageing. In: *Encyclopedia of Gerontology*. Bd. 1. Hrsg. von James E. Birren. 2. Aufl. Amsterdam u. a. 2007 (1996), S. 735–742.

Featherstone, Mike; Hepworth, Mike: The Mask of Ageing and the Postmodern Life Course. In: *The Body: Social Process and Cultural Theory*. Hrsg. von Mike Featherstone, Brian S. Turner. London 1991, S. 371–389.

Femers, Susanne: *Die ergrauende Werbung. Altersbilder und werbesprachliche Inszenierungen von Alter und Altern*. Wiesbaden 2007.

Feßmann, Meike: Poetik der Nähe. Zur Topologie des Intimen in der Gegenwartsliteratur. In: *Sinn und Form* (2004) 1, S. 58–76.

Fiedler, Leslie A.: Eros and Thanatos, or, the Mythic Aetiology of the Dirty Old Man. In: *Salmagundi: A Quarterly of the Humanities and Social Sciences* (1977) 3, S. 3–19.

Fiedler, Leslie A.: More Images of Eros and Old Age: The Damnation of Faust and the Fountain of Youth. In: *Memory and Desire: Aging-Literature-Psychoanalysis*. Hrsg. von Kathleen Woodward, Murray M. Schwarz. Bloomington 1986, S. 37–50.

Foucault, Michel: *Archäologie des Wissens*. Frankfurt a. M. 1981.

Foucault, Michel: *Wahnsinn und Gesellschaft. Eine Geschichte des Wahns im Zeitalter der Vernunft.* Frankfurt a. M. 1969.

Freiburg, Rudolf: »Old age isn't a battle, old age is a massacre«. Altern als Trauma bei Philip Roth. In: *Alter(n) in Literatur und Kultur der Gegenwart.* Hrsg. von dems., Dirk Kretzschmar. Würzburg 2012, S. 185–218.

Frenzel, Elisabeth: *Motive der Weltliteratur. Ein Lexikon dichtungsgeschichtlicher Längsschnitte.* 6., überarb. u. erg. Aufl. Stuttgart 2008.

Fuhrer, Therese: Alter und Sexualität. Die Stimme der alternden Frau in der horazischen Lyrik. In: *Alterstopoi. Das Wissen von den Lebensaltern in Literatur, Kunst und Theologie.* Hrsg. von Dorothee Elm u. a. Berlin 2009, S. 49–70.

G

Gagnon, John H.; Michael, Robert T.; Michaels, Stuart: *The Social Organization of Sexuality: Sexual Practices in the United States.* 2. Aufl. Chicago, London 2000 (1994).

Geitner, Ursula: ›Die Beredsamkeit des Leibes‹. Zur Unterscheidung von Bewußtsein und Kommunikation im 18. Jahrhundert (Neuerscheinungen und Desiderate). In: *Die Aufklärung und ihr Körper. Beiträge zur Leibesgeschichte im 18. Jahrhundert.* (Das 18. Jahrhundert. Mitteilungen der Deutschen Gesellschaft für die Erforschung des achtzehnten Jahrhunderts 14 (1990) 2). Wolfenbüttel 1990, S. 181–195.

Geitner, Ursula: *Die Sprache der Verstellung. Studien zum rhetorischen und anthropologischen Wissen im 17. und 18. Jahrhundert.* Tübingen 1992.

Gellner, Torsten: Landschaftlich schön gelegene Brüste. Entscheidungsschwach und eitel. Martin Walsers neuer Roman *Angstblüte.* In: *Die Berliner Literaturkritik* am 29.8.2006. ‹http://www.berlinerliteraturkritik.de/index.p‹hp?id=26&tx_ttnews[tt_news]=12689&cHash=033dadc23f›. [Zugriff: 20.7.2012].

Genette, Gérard: *Die Erzählung.* 3., überarb. u. korr. Aufl. München 2010.

Gersdorff, Dagmar von: *Goethes späte Liebe. Die Geschichte der Ulrike von Levetzow.* Frankfurt a. M., Leipzig 2005.

Gesterkamp, Thomas: Vielfalt der Geschlechterrollen. In: *APuZ. Aus Politik und Zeitgeschichte* 41 (2009), S. 7–12.

Gilleard, Chriss; Higgs, Paul: *Cultures of Ageing, Self, Citizen, and the Body.* Harlow 2000.

GLF Manifesto. In: *No bath but plenty of bubbles. An oral history of the gay liberation front 1970–1973.* Hrsg. von Lisa Power. London 1995 [1971], S. 316–330.

Gnilka, Christian: Altersklage und Jenseitssehnsucht. In: *Jahrbuch für Antike und Christentum* 14 (1971), S. 5–23.

Gnüg, Hiltrud: *Der erotische Roman. Von der Renaissance bis zur Gegenwart.* Stuttgart 2002.

Göckenjan, Gerd: *Das Alter würdigen. Altersbilder und Bedeutungswandel des Alters.* Frankfurt a. M. 2000.

Gooß, Ulrich: Bisexualität: Jenseits der Monosexualitäten – oder dazwischen? In: *Geschlecht zwischen Zwang und Spiel.* Hrsg. von Hertha Richter-Appelt, Andreas Hill. Gießen 2004, S. 131–142.

Graefe, Stefanie; Dyk, Silke van; Lessenich, Stefan: Altsein ist später. Alter(n)snormen und Selbstkonzepte in der zweiten Lebenshälfte. In: *Unfallchirurg* 8 (2012), S. 694–699.

Grahlmann, Katja; Linden, Michael: Bibliotherapie. In: *Verhaltenstherapie. Praxis, Forschung, Perspektiven* 15 (2005), S. 88–93.

Grosse, Wilhelm: Kalokagathia. In: *Historisches Wörterbuch der Philosophie.* Bd. 4. Basel 1976, S. 682.

Gunnarsson, Lena: *On the Ontology of Love, Sexuality and Power. Towards a Feminist-Realist Depth Approach.* Örebro University 2013.

Guth, Doris; Hammer, Heide: Love me or leave me. Eine Einleitung. In: *Love me or leave me. Liebeskonzepte in der Populärkultur.* Hrsg. von dens. Opladen 2009, S. 7–14.

Gymnich, Marion: The Gender(ing) of Fictional Characters. In: *Characters in Fictional Worlds: Understanding Imaginary Beings in Literature, Film, and Other Media.* Hrsg. von Jens Eder, Fotis Jannidis, Ralf Schneider. Berlin, New York 2010, S. 506–524.

H

Haberl, Tobias: Freiheit als Schicksal. Männer haben Angst, sich zu binden, Frauen haben Angst, allein zu bleiben. In: *Süddeutsche Zeitung Magazin* 40 (2011). ‹http://sz-magazin.sueddeutsche.de/texte/anzeigen/36368/2/1›. [Zugriff: 10.10.2013].

Haller, Miriam: ‚Ageing trouble'. Literatische Stereotype des Alter(n)s und Strategien ihrer performativen Neueinschreibung. In: *Altern ist anders.* Hrsg. vom InitiavForum Generationenvertrag. Münster 2004, S. 170–188.

Haller, Miriam: Altern erzählen. ‚Rite de passage' als narratives Muster im zeitgenössischen Roman. In: *Soziokulturelle Konstruktionen des Alters. Transdisziplinäre Perspektiven.* Hrsg. von Dieter Ferring u. a. Würzburg 2008, S. 95–118.

Haller, Miriam: Die ‚Neuen Alten'? Performative Resignifikation der Alterstopik im zeitgenössischen Reifungsroman. In: *Alterstopoi. Das Wissen von den Lebensaltern in Literatur, Kunst und Theologie.* Hrsg. von Dorothee Elm u. a. Berlin u. a. 2009, S. 229–247.

Haller, Miriam: Unwürdige Greisinnen. ‚Ageing trouble' im literarischen Text. In: *Alter und Geschlecht. Repräsentationen, Geschichten und Theorien des Alter(n)s*. Hrsg. von Heike Hartung. Bielefeld 2005, S. 45–63.

Halwani, Raja: *Philosophy of Love, Sex and Marriage. An Introduction*. New York 2010.

Haritaworn, Jin; Lin, Chin-ju, Klesse, Christian: Polylogue. Poly/logue: A Critical Introduction to Polyarmory. In: *Sexualities. Special Issue on Polyarmory* 9 (2006) 5, S. 515–526.

Hartner, Marcus: *Perspektivische Interaktion im Roman: Kognition, Rezeption, Interpretation*. Berlin, Boston 2012.

Hartung, Heike: Zwischen Verfalls- und Erfolgsgeschichte. Zwiespältige Wahrnehmungen des Alter(n)s. In: *Alter und Geschlecht: Repräsentationen, Geschichten, und Theorien des Alter(n)s*. Hrsg. von ders. Bielefeld 2005, S. 7–18.

Haslett, Adam: *Union Atlantic*. New York 2009.

Heath, Kay: In the Eye of the Beholder Victorian Age Construction and the Specular Self. In: *Victorian Literature and Culture* 34 (2006), S. 27–45.

Heilbrun, Carolyn G.: *Writing a Woman's Life*. New York 1988.

Hegi, Kevin E.; Bergner, Rayment M.: What is Love? An Empirically-based Essentialist Account. In: *Journal of Social and Personal Relationships* 27 (2010), S. 520–636.

Hellström, Martin: Der alte Liebhaber und die Kunst. Zu Martin Walsers *Angstblüte* und *Ein liebender Mann*. In: *Alter und Altern. Zur Darstellung von Zeitgeschichte in deutschsprachiger Gegenwartsliteratur*. Hrsg. von dems., Edgar Platen. München 2010, S. 53–69.

Hensher, Philip: *The Humbling*, By Philip Roth. In: *The Independent* am 15. November 2009. ‹http://www.independent.co.uk/arts-entertainment/books/reviews/the-humbling-by-philip-roth-1818807.html›. [Zugriff: 27.12.2013].

Henss, Ronald: Zusammenhänge zwischen Geschlecht, Alter und physischer Attraktivität. Der Niveauaspekt. In: *„Spieglein, Spieglein an der Wand…" Geschlecht, Alter und physische Attraktivität*. Hrsg. von dems. Weinheim 1992, S. 288–295.

Henrich, Dieter; Iser, Wolfgang: Entfaltung der Problemlage. In: *Funktionen des Fiktiven (Poetik und Hermeneutik X)*. Hrsg. von dens. München 1983, S. 9–15.

Herwig, Henriette: Alter(n) und Geschlecht in ausgewählter Prosa Theodor Fontanes. In: *Zum Sterben schön: Alter, Totentanz und Sterbekunst von 1500 bis heute*. [Ausstellungskatalog]. Hrsg. von Andrea von Hülsen-Esch. Köln 2006, S. 52–64.

Herwig, Henriette: Altersliebe, Krankheit und Tod in Thomas Manns Novellen *Die Betrogene* und *Der Tod in Venedig*. In: *Jahrbuch der Heinrich-Heine-Universität Düsseldorf* 2008/ 2009. Hrsg. von Michael Piper. Düsseldorf 2009, S. 345–359.

Herwig, Henriette: Alte und junge Paare im Pflegeheimroman der Gegenwart: Annette Pehnts *Haus der Schildkröten* und Jürg Schubigers *Haller und Helen*. In: *Merkwürdige Alte. Zu einer literarischen und bildlichen Kultur des Alter(n)s*. Hrsg. von ders. Bielefeld 2014, S. 229–250.

Herwig, Henriette: AMOR vs. FAMA. Goethes *Römische Elegien*. In: *Von der Liebe und anderen schrecklichen Dingen. Festschrift für Hans-Georg Pott*. Hrsg. von Yvonne-Patricia Alefeld. Bielefeld 2007, S. 145–162.

Herwig, Henriette: *Der Mann von funfzig Jahren*: »Doppelte Ungleichheit des Alters und Rivalität zwischen Vater und Sohn. In: Dies.: *›Wilhelm Meisters Wanderjahre‹: Geschlechterdifferenz, sozialer Wandel, historische Anthropologie*. 2., durchges. Aufl. Tübingen 2002, S. 197–221.

Herwig, Henriette: »Ende und Anfang – man könnte sie verwechseln«. Thomas Manns letzte Novelle *Die Betrogene* im Vergleich zu *Der Tod in Venedig*. In: *Alterskonzepte in Literatur, bildender Kunst, Film und Medizin*. Hrsg. von ders. Freiburg i. Br. 2009, S. 169–194.

Herwig, Henriette: »Es gibt das Paradies: Zwei für einander. Es gibt die Hölle: Einer fehlt.«: Martin Walsers *Ein liebender Mann*. In: *Wörter für die Katz? Martin Walser im Kontext der Literatur nach 1945*. Hrsg. von Miriam Seidler. Frankfurt a. M. 2012, S. 139–155.

Herwig, Henriette: Liebe, Krankheit und Tod in Christa Wolfs später Erzählung *Leibhaftig*. In: *Merkwürdige Alte. Zu einer literarischen und bildlichen Kultur des Alter(n)s*. Hrsg. von ders. Bielefeld 2014, S. 325–344.

Herwig, Henriette; Seidler, Miriam: Von der romantischen Liebe zur virtuell gestützten Liebespragmatik? In: *Nach der Utopie der Liebe? Beziehungsmodelle nach der romantischen Liebe*. Hrsg. von dens. Würzburg 2014, S. 7–42.

Higgs, Paul: *Cultures of Ageing, Self, Citizen, and the Body*. Harlow 2000.

Hirsch, Anja: *»Schwebeglück der Literatur«. Der Erzähler Wilhelm Genazino*. Heidelberg 2006.

Hofmiller, Josef: Maeterlinck. In: Ders.: *Schriften*. Bd. 1. Karlsruhe 1946 (1901), S. 128–164.

Hogan, Patrick Colm: Characters and Their Plots. In: *Characters in Fictional Worlds: Understanding Imaginary Beings in Literature, Film, and Other Media*. Hrsg. von Jens Eder, Fotis Jannidis, Ralf Schneider. Berlin, New York 2010, S. 134–156.

Hogan, Patrick Colm: *The Mind and Its Stories: Narrative Universals and Human Emotion*. Cambridge 2003.

Holzberg, Niklas: Einleitung. In: *Ovid. Liebeskunst / Ars amatoria*. Überarbeitete Neuausgabe der Übersetzung von Niklas Holzberg. Lateinisch – Deutsch. Berlin 2011, S. 7–34.

Hoorn, Tanja van: Wilhelm Genazino: Das erzählerische Werk. In: *Kindlers Literatur Lexikon Online*. [Zugriff: 25.1.2012].

I

Illouz, Eva: *Der Konsum der Romantik. Liebe und die kulturellen Widersprüche des Kapitalismus*. Frankfurt a. M. 2007.

Illouz, Eva: *Warum Liebe weh tut. Eine soziologische Erklärung*. Berlin 2011.

Iser, Wolfgang: Akte des Fingierens. Oder: Was ist das Fiktive im fiktionalen Text? In: *Funktionen des Fiktiven (Poetik und Hermeneutik X)*. Hrsg. von Dieter Henrich und Wolfgang Iser. München 1983, S. 121–153.

Iser, Wolfgang: *Das Fiktive und das Imaginäre. Perspektive literarischer Anthropologie*. Frankfurt a. M. 1993.

Iser, Wolfgang: *Der Akt des Lesens. Theorie ästhetischer Wirkung*. 4. Aufl. München 1994.

J

Jahraus, Oliver: *Amour fou: die Erzählung der Amour fou in Literatur, Oper, Film. Zum Verhältnis von Liebe, Diskurs und Gesellschaft im Zeichen ihrer sexuellen Infragestellung*. Tübingen u. a. 2004.

Jahraus, Oliver: Deemphase als Apokalypse. Genazinos Beitrag zur Subjektkritik. Am Beispiel des Romans *Die Liebesblödigkeit*. In: *Verstehensanfänge. Das literarische Werk Wilhelm Genazinos*. Hrsg. von Andrea Bartl, Friedhelm Marx. Göttingen 2011, S. 99–114.

Jahraus, Oliver: Liebe als Medienrealität. In: *Figurationen der Liebe in Geschichte und Gegenwart, Kultur und Gesellschaft*. Hrsg. von Stefan Neuhaus, Elisabeth Beck-Gernsheim. Würzburg 2012, S. 21–33.

Jamieson, Lynn: Intimität im Wandel? Eine kritische Betrachtung der ›reinen Beziehung‹. In: *Frauen und Männer. Zur Geschlechtstypik persönlicher Beziehungen*. Hrsg. von Karl Lenz. Weinheim 2003, S. 279–297.

Janecke, Christian: Einleitung. In: *Gesichter auftragen. Argumente zum Schminken*. Hrsg. von dems. Marburg 2006, S. 9–44.

Jannidis, Fotis: *Figur und Person. Beitrag zu einer historischen Narratologie*. Berlin, New York 2004.

Jauß, Hans Robert: Literaturgeschichte als Provokation der Literaturwissenschaft. In: *Texte zur Literaturtheorie der Gegenwart*. Hrsg. von Dorothee

Kimminich, Rolf Günther Renner, Bernd Stiegler. Durchges. u. aktual. Ausg. Stuttgart 2003, S. 41–55.

Julian, Philippe: *Robert de Montesquieu. Un Prince 1900–1930.* Paris 1965.

Jung, Werner: »No drugs, no rock'n'roll but …« Erotik und Sexualität in literarischen Altersdarstellungen. In: *Eros und Literatur. Liebe in den Texten von der Antike bis zum Cyberspace. Festschrift für Gert Sautermeister.* Hrsg. von Christiane Solte-Gresser, Wolfgang Emmerich, Hans Wolf Jäger. Bremen 2005, S. 261–272.

K

Kennemeier, Gesa: *Sportlich, sachlich, männlich: das Bild der ›Neuen Frau‹ in den Zwanziger Jahren. Zur Konstruktion geschlechtsspezifischer Körperbilder in der Mode der Jahre 1920 bis 1929.* Dortmund 2000.

Keskinen, Mikko: E-pistolarity and E-loquence: Sylvia Brownrigg's *The Metaphysical Touch* as a Novel of Letters and Voices in the Age of E-Mail Communication. In: *Critique: Studies in Contemporary Fiction* 45 (2004) 4, S. 383–404.

Kimminich, Eva: Literatur, Wirklichkeit und Wissenschaft. Prolegomena eines neuen Literaturbewußtseins. In: *Erfundene Wirklichkeiten. Literarische und wissenschaftliche Weltentwürfe – zwei Wege, ein Ziel?* Hrsg. von ders. Berlin 1998, S. 1–20.

King, Jeannette: *Discourses of Ageing in Fiction and Feminism: The Invisible Woman.* New York 2013, S. 146–171.

Kirchner, Christian: Aktienquote im Alter: Je oller, je doller. In: *Spiegel Online* am 13.10.2013. ‹http://www.spiegel.de/wirtschaft/unternehmen/aktien-antizyklische-vorgehensweise-zahlt-sich-langfristig-aus-a-926094.html›. [Zugriff: 13.10.2013].

Klingenböck, Ursula: »[F]riedlich und heiter ist dann das Alter« (Hölderlin, *Abendphantasie*). Literarische Konstruktionen des Alter(n)s. In: *Alter(n) hat Zukunft. Alterskonzepte.* Hrsg. von ders., Meta Niederkorn-Bruck, Martin Scheutz. Innsbruck 2009, S. 141–183.

Kluckhohn, Paul: *Die Auffassung der Liebe in der Literatur des 18. Jahrhunderts und in der deutschen Romantik.* 3. Aufl. Tübingen 1966.

Klüger, Ruth: *»Ein alter Mann ist stets ein König Lear«. Alte Menschen in der Dichtung.* Mit einem Vorwort von Hubert Christian Ehalt. Wien 2004.

Klug, Anne u. a.: Sexualität suizidaler Älterer. In: *Zeitschrift für Gerontologische Geriatrie* 41 (2008), S. 22–28.

Kohli, Martin: Der Alters-Survey als Instrument. In: *Die zweite Lebenshälfte. Gesellschaftliche Lage und Partizipation im Spiegel des Alters-Survey.* Hrsg. von Martin Kohli. Opladen 2000, S. 10–32.

Kohli, Martin: Die Institutionalisierung des Lebenslaufs. Historische Befunde und theoretische Argumente. In: *Kölner Zeitschrift für Soziologie und Sozialpsychologie* 37 (1985) 1, S. 1–29.

Koschorke, Albrecht: *Wahrheit und Erfindung. Grundzüge einer Allgemeinen Erzähltheorie.* 3. Aufl. Frankfurt a. M. 2013.

Kraß, Andreas: *Meerjungfrauen. Geschichten einer unmöglichen Liebe.* Frankfurt a. M. 2010.

Kristeva, Julia: *Geschichten von der Liebe.* Übers. von Dieter Hornig u. Wolfram Bayer. Frankfurt a. M. 1989.

Kuch, Marlene: Die Zukunft gehört den Rebellinnen. Die neuen alten Frauen bei Noëlle Châtelet, Claude Pujade-Renaud und Teresa Pàmies. In: *Alter und Geschlecht: Repräsentationen, Geschichten und Theorien des Alter(n)s.* Hrsg. von Heike Hartung, Bielefeld 2005, S. 211–236.

Kuhn, Helmut: *Liebe. Geschichte eines Begriffs.* München 1975.

L

Liebrand, Claudia: Briefromane und ihre ›Lektüreanweisungen‹. Richardsons *Clarissa*, Goethes *Die Leiden des jungen Werthers*, Laclos' *Les Liaisons dangereuses.* In: *Arcadia* (1997) 32, S. 342–364.

Linden, Sandra: Die liebeslustige Alte. Ein Topos und seine Narrativierung im Minnesang. In: *Alterstopoi. Das Wissen von den Lebensaltern in Literatur, Kunst und Theologie.* Hrsg. von Dorothee Elm u. a. Berlin 2009, S. 137–164.

Lautmann, Rüdiger: *Soziologie der Sexualität. Erotischer Körper, intimes Handeln und Sexualkultur.* Weinheim, München 2002.

Lee, John Alan: *The Colors of Love: An Exploration of the Ways of Loving.* Don Mills, Ontario 1976.

Lehnert, Gertrud: *Wir werden immer schöner. Lesbische Inszenierungen.* Berlin 2002.

Lenz, Karl; Funk, Heide: Entgrenzung und soziale Problemfelder. Eine Einführung. In: *Sexualitäten: Diskurse und Handlungsmuster im Wandel.* Hrsg. von dens. Weinheim u. a. 2005, S. 7–54.

Lenz, Karl: Romantische Liebe – Ende eines Beziehungsideals? In: *Liebe am Ende des 20. Jahrhunderts. Studien zur Soziologie intimer Beziehungen.* Hrsg. von Kornelia Hahn, Günter Burkart. Opladen 1998, S. 65–85.

Lewandowski, Sven: *Sexualität in den Zeiten funktionaler Differenzierung. Eine systemtheoretische Analyse.* Bielefeld 2004.

Linden, Sandra: ›Die liebeslustige Alte‹. Ein Topos und seine Narrativierung im Minnesang. In: *Alterstopoi. Das Wissen von den Lebensaltern in Literatur, Kunst und Theologie.* Hrsg. von Dorothee Elm u. a. Berlin 2009, S. 137–164.

Luserke-Jaqui, Mathias: »Lust und Liebe«. Ein romantisches Modell. In: *Kleine Literaturgeschichte der großen Liebe.* Hrsg. von dems. Darmstadt 2011, S. 111–132.

Luserke-Jaqui, Matias: *Kleine Literaturgeschichte der großen Liebe.* Darmstadt 2011.

Luhmann, Niklas: *Liebe als Passion. Zur Codierung von Intimität.* Frankfurt a. M. 1994 [1982].

Luhmann, Niklas: *Die Kunst der Gesellschaft.* Frankfurt a. M. 1992.

M

Margolin, Uri: The What, the When, and the How of Being a Character in Literary Narratives. In: *Style* 24 (1990) H. 3, S. 453–468.

Maierhofer, Roberta: Selbst-Bewusst-Werden: Körper und Sexualität. In: Dies.: *Salty Old Women. Eine anokritische Untersuchung zu Frauen, Altern und Identität in der amerikanischen Literatur.* Essen 2003, S. 249–286.

Mandelkow, Karl: Der deutsche Briefroman. Zum Problem der Polyperspektive im Epischen. In: *Neophilologus* 44 (1960) 1, S. 200–208.

Mathes, Bettina: Kapitel V. Contra Naturam: Die Fruchtbarkeit des Geldes. In: Dies.: *Under Cover: Das Geschlecht in den Medien.* Bielefeld 2006, S. 85–116.

Matt, Peter von: *Liebesverrat. Die Treulosen in der Literatur.* München 1991.

May, Simon: *Love. A History.* New Haven, London 2012.

Mehigan, Timothy J.: *Slow Man* (2005). In: *A Companion to the Works of J.M. Coetzee.* Hrsg. von dems. Rochester u. a. 2011, S. 192–207.

Meijder, Maaike: Lesen als Lesbe: neue Wege für eine lesbische Literaturgeschichte. In: *Forum Homosexualität und Literatur* (1991) 13, S. 29–50.

Menninghaus, Winfried: *Das Versprechen der Schönheit.* Frankfurt a. M. 2003.

Menninghaus, Winfried: *Ekel: Theorie und Geschichte einer starken Empfindung.* Frankfurt a. M. 1999.

Métral, Marie-Odile: *Die Ehe. Analyse einer Institution.* Mit einem Vorwort von Philippe Ariès. Frankfurt a. M. 1981.

Metz, Christian: *Die Narratologie der Liebe: Achim von Arnims ›Gräfin Dolores‹.* Berlin, Boston 2012.

Meyer, Uwe: »My libido […] has always been quite normal«: Love and Sexuality among the Elderly in the Works of Alan Isler. In: *Old Age and Ageing in British and American Culture and Literature.* Hrsg. von Christa Jahnson. München 2004, S. 197–211.

Miller, Norbert: *Der empfindsame Erzähler: Untersuchungen an Romananfängen des 18. Jahrhunderts.* München 1968.

Mint, P.: The Power Dynamics of Cheating: Effects of Polyamory and Bisexuality. In: *Plural Loves. Designs for Bi and Poly Living*. Hrsg. von Serena Anderlini-D'Onofrio/ Fritz Klein. Binghamptom, New York 2004, S. 55–74.

Mitchell, B. A.: Marriage and Divorce. In: *Encyclopedia of Gerontology: Age, Aging and the Aged*. Bd. 2. [L – Z, Index]. Hrsg. von James Birren. 2. Aufl. Amsterdam u. a. 2007, S. 124–130.

Moravetz, Monika: *Formen der Rezeptionslenkung im Briefroman des 18. Jahrhunderts. Richardsons ›Clarissa‹, Rousseaus ›Nouvelle Héloise‹ und Laclos' ›Liaisons Dangereuses‹*. Tübingen 1990.

Morganroth Gullette, Margaret: *Aged by Culture*. London 2004.

Morganroth Gullette, Margaret: *Agewise: Fighting the New Ageism in America*. Chicago, London 2011, S. 133–144.

Morganroth Gullette, Margaret: Passion is contagious. In: *Silver Century Foundation. Shaping the Aging Globe.* am 9. 10. 2013. ‹http://www.silvercentury.org/polBlogs.cfm?doctype_code=Blog&doc_id=828&Keyword_Desc=›. [Zugriff: 30.12.13].

Morganroth Gullette, Margaret: Perilous Parenting: The Deaths of Children and the Construction of Aging in Contemporary American Fiction. In: *Michigan Quarterly Review* 31 (1992) 1, S. 56–72.

Morganroth Gullette, Margaret: *Safe at Last in the Middle Years. The Invention of the Midlife progress novel: Saul Bellow, Margaret Drabble, Anne Tyler and John Updike*. Berkeley, Los Angeles 1988.

Moser, Samuel: Schöner lieben. *Schlafwandel* – Helen Meiers Erzählung über Alter und Liebe. In: *NZZ* vom 11. April 2006.

Motel-Klingebiel, Andreas; Wurm, Susanne; Tesch-Römer, Clemens: Die zweite Lebenshälfte – Befunde des Deutschen Alterssurveys und ihre Bedeutung für Politik und Gesellschaft. In: *Altern im Wandel. Befunde des Deutschen Alterssurveys (DEAS)*. Hrsg. von dens. Stuttgart 2010, S. 284–302.

Müller-Kampel, Beatrix: Thema, Stoff, Motiv. Eine Propädeutik zur Begrifflichkeit komparatistischer und germanistischer Thematologie. In: *Mainzer Hefte: Kompass für Allgemeine und Vergleichende Literaturwissenschaft* 4 (2001), S. 1–20.

N

Nebrig, Alexander: Intergenerische Relationen. In: *Komparatistik*. Hrsg. von Evi Zemanek, Alexander Nebrig. Berlin 2012, S. 83–98.

Neill, Michael: Unproper Beds: Race, Adultery, and Hideous in *Othello*. In: *Shakespeare Quarterly* 40 (1989) 4, S. 383–412, hier S. 406; Martin Orkin: *Othello* and the 'Plain Face' of Racism. In: *Shakespeare Quarterly (SQ)* 38 (1987) 2, S. 166–188.

Neuhaus, Stefan: Die jungen Alten und die alten Jungen: Von der Relativität des Alter(n)s in der deutschen Gegenwartsliteratur. In: *Alter und Altern. Zur Darstellung von Zeitgeschichte in deutschsprachiger Gegenwartsliteratur*. Hrsg. von Martin Hellström, Edgar Platen. München 2010, S. 38–52.

Neuhaus, Stefan (Hrsg.): *Figurationen der Liebe in Geschichte und Gegenwart, Kultur und Gesellschaft*. Würzburg 2012.

Neumann, Heiko: »Der letzte Strich des Flaneurs«: schwierige Fußgänger in Wilhelm Genazinos Romanen *Ein Regenschirm für diesen Tag* und *Die Liebesblödigkeit*. In: *Verstehensanfänge. Das literarische Werk Wilhelm Genazinos*. Hrsg. von Andrea Bartl, Friedhelm Marx. Göttingen 2011, S. 148–164.

Neumann, Gerhard: Eros auf der Schwelle zum 21. Jahrhundert. In: *Liebe in der deutschsprachigen Literatur nach 1945. Festschrift für Ingrid Haag*. Hrsg. von Karl Heinz Götze, Katja Wimmer. Frankfurt a. M. 2010, S. 17–32.

Gerhard Neumann, Ina Schabert: Geschlechterdifferenz und Literatur. In: *Stellungsspiele: Geschlechterkonzeptionen in der zeitgenössischen erotischen Prosa Spaniens (1978–1995)*. Hrsg. von Janett Reinstädler. Berlin 1996, S. 5.

Nünning, Ansgar: On the Perspective Structure of Narrative Texts: Steps toward a Constructivist Narratology. In: *New Perspectives on Narrative Perspective*. Hrsg. von Willie van Peer, Seymour Chatman. Albany 2001, S. 207–224.

Nünning, Ansgar: *Grundzüge eines kommunikationstheoretischen Modells der erzählerischen Vermittlung: Die Funktion der Erzählinstanz in den Romanen George Elliots*. Trier 1989.

Nünning, Vera: 'An immoral book?' Verhandlungen gegen Oscar Wilde, oder: *The Picture of Dorian Gray* als Paradigma für den Wandel der Sympathielenkung im englischen Roman zwischen Viktorianismus und Moderne. In: *Fin de Siècle*. Hrsg. von Monika Fludernik und Ariane Huml. Trier 2002, S. 277–300.

O

O'Connell Baur, Christine: *Dante's Hermeneutics of Salvation: Passages to Freedom in the Divine Comedy*. Toronto, Buffalo, London 2007, S. 87–90.

Oelinger-Platz, Wiltrud: *Emanzipationsziele in Unterhaltungsliteratur? Bestsellerromane von Frauen für Frauen: Eine exemplarische Diskurs- und Schemaanalyse*. Münster 2000.

Oikkonen, Venla: *Gender, Sexuality and Reproduction in Evolutionary Narratives*. London, New York 2013.

Opaschowski, Horst W.; Neubauer, Ursula: *Freizeit im Ruhestand. Erwartungen und Wirklichkeit von Pensionären*. Hamburg 1984.

Opaschowski, Horst W.; Reinhardt, Ulrich: *Altersträume. Illusion und Wirklichkeit*. Darmstadt 2007.

Opolka, Uwe: Gesichter des Alters. Ein historischer Text- und Bilderbogen. In: *Einführungsbrief Funkkolleg Altern*. Tübingen 1996, S. 60–102.

Opitz, Michael; Opitz, Carola: Tendenzen in der deutschsprachigen Gegenwartsliteratur seit 1989. In: *Deutsche Literaturgeschichte. Von den Anfängen bis zur Gegenwart*. 6., verb. u. erw. Aufl. Stuttgart, Weimar 2001, S. 660–702.

P

Panzer, Friedrich: *Hilde-Gudrun: Eine sagen- und literargeschichtliche Untersuchung*. Tübingen 1978 (1901).

Park, Inwon: *Paradoxie des Begehrens: Liebesdiskurse in deutschsprachigen und koreanischen Prosatexten*. Köln u. a. 2010.

Petriconi, Hellmuth: *Die verführte Unschuld. Betrachtungen über ein literarisches Thema*. Hamburg 1953.

Petsch, Robert: *Wesen und Form der Erzählkunst*. Halle 1934.

Peuckert, Rüdiger: *Familien im sozialen Wandel*. 7., vollst. Überarb. Aufl. Wiesbaden 2008.

Peuckert, Rüdiger: ›Getrenntes Zusammenleben‹: Beziehungsideal oder Notlösung? In: Ders.: *Familienformen im Wandel*. 7., vollst. überarb. Aufl. Wiesbaden 2008, S. 78–83.

Pfeiffer, Joachim: *Tod und Erzählen. Wege der literarischen Moderne um 1900*. Tübingen 1997.

Pfister, Manfred: *Oscar Wilde: ›The Picture of Dorian Gray‹*. München 1986.

Pfister, Manfred: *Studien zum Wandel der Perspektivenstruktur in elisabethanischen und jakobäischen Komödien*. München 1974, S. 18–27.

Picard, Hans Rudolf: *Die Illusion der Wirklichkeit im Briefroman des achtzehnten Jahrhunderts*. Heidelberg 1971.

Pichler, Barbara: Aktuelle Altersbilder: ›junge Alter‹ und ›alte Alte‹. In: *Handbuch soziale Arbeit und Alter*. Hrsg. von Kirsten Aner, Ute Karl. Wiesbaden 2010, S. 415–425.

Plöschberger, Doris: Autorin Evelyn Grill: Schöner Wohnen auf Halde. In: *Spiegel Online* am 17.5.2006. ‹http://www.spiegel.de/kultur/literatur/autorin-evelyn-grill-schoener-wohnen-auf-halde-a-416649.html›. [Zugriff: 12.9.2013].

Pontzen, Alexandra: Banalität und Empfindsamkeit. Wilhelm Genazinos Poetik alltäglicher Gefühle. In: *Alltag als Genre*. Hrsg. von Heinz-Peter Preusser, Anthonya Visser. Heidelberg 2009, S. 231–244.

Popp, Wolfgang: *Männerliebe: Homosexualität und Literatur*. Stuttgart 1992.

Postman, Neil: *Das Verschwinden der Kindheit*. Übers. von Reinhard Kaiser. Zürich 1985.

Pott, Hans-Georg: *Eigensinn des Alters: literarische Erkundungen*. München u. a. 2008.

Praz, Mario: *Liebe, Tod und Teufel – Die schwarze Romantik*. Übers. von Lisa Rüdiger. München 1963 (1948).

R

Radke, Gyburg: Sokrates' große Liebe. Der philosophische Eros in den Dialogen Platons. In: *LiLi. Zeitschrift für Literaturwissenschaft und Linguistik* (2004) 135, S. 9–40.

Radvan, Florian: »... Mit der Verjudung des deutschen Theaters ist es nicht so schlimm!« Ein kritischer Rückblick auf die Karriere der Literaturwissenschaftlerin Elisabeth Frenzel. In: *German Life and Letters* 54 (2001) 1, S. 25–44.

Ramsdell, Kristian: Gay, Lesbian, Bisexual and Transgendered Romance. (The GLBT Romance). In: *Romance Fiction: A Guide to the Genre*. 2. Aufl. Santa Barbara 2012, S. 367–389.

Rapp Buri, Anna: *Der Jungbrunnen in Literatur und bildender Kunst des Mittelalters*. Zürich 1976.

Rasch, Wolfdietrich: Gerhart Hauptmanns Drama *Und Pippa tanzt!* In: *Zur deutschen Literatur seit der Jahrhundertwende*. Hrsg. von dems. Stuttgart 1967, S. 96–123.

Reinacher, Pia: *Liebe, Lüge, Libertinage. Eine Expedition zu den Leidenschaften in der zeitgenössischen Literatur*. Berlin 2008.

Reinhardt-Becker, Elke: *Seelenbund oder Partnerschaft? Liebessemantiken in der Literatur der Romantik und der Neuen Sachlichkeit*. Frankfurt a. M. 2005.

Richter, Jörg Thomas: Gerontopoetik: Vermerke zu Lebenslauf und Kohärenz am Beispiel von Paul Hardings „Tinkers" (2009). In: *Geschlecht – Generation – Alter(n). Geistes- und sozialwissenschaftliche Perspektiven*. Hrsg. von Hella Ehlers, Marieke Bohne. Berlin 2011, S. 81–102.

Rose, Jeanne Marie: 'B Seeing U' in unfamiliar places: ESL writers, email epistolaries, and critical computer literacy. In: *Computers and Composition* 21 (2004), S. 237–249.

Rosmayer, Leopold: Eros und Liebe im Alter. In: *Produktives Leben im Alter*. Hrsg. von Margret M. Baltes. Frankfurt a. M. 1996, S. 258–289.

Rousseau, Jean Jacques: Brief an d'Alembert über das Schauspiel. In: Ders.: *Schriften*. Hrsg. von Henning Ritter. Frankfurt a. M. 1988 (1978). Bd. 1, S. 333–474.

Rudolph, Martin: Alter und Körper. In: *Die alternde Gesellschaft. Problemfelder gesellschaftlichen Umgangs mit Altern und Alter*. Hrsg. von Karl Lenz u. a. Weinheim, München 1999, S. 195–208.

S

Safer, Elaine B.: *Mocking the Age. The Later Novels of Philip Roth*. New York 2006.

Safire, William: On Language; Trophy Wife. In: *The New York Tines* vom 1. Mai 1994. ‹http://www.nytimes.com/1994/05/01/magazine/on-language-trophy-wife.html›. [Zugriff: 27.12.2013].

Schäfer, Daniel: *Alter und Krankheit in der Frühen Neuzeit. Der ärztliche Blick auf die letzte Lebensphase*. Frankfurt a. M. 2004.

Schenk, Herrad: *Freie Liebe – wilde Ehe. Über die allmähliche Auflösung der Ehe durch die Liebe*. München 1987.

Schlaffer, Hannelore: *Das Alter. Ein Traum von Jugend*. Frankfurt a. M. 2003.

Schlegel, Karl Wilhelm Friedrich von: *Lucinde* (1799). In: *Dichtungen*. Abt. I, Bd. 5 der Kritischen Friedrich-Schlegel-Ausgabe. Kritische Neuausgabe. Hrsg. von Hans Eichner. München, Paderborn, Wien 1962, S. 1–83.

Schülting, Sabine: »Les émotions po-hêtiques«: Auto(r)erotik in Gustave Flauberts *Reise in den Orient*. In: *Auto(r)erotik: gegenstandslose Liebe als literarisches Projekt*. Berlin 1994, S. 20–37.

Schmitz-Emans, Monika: *Einführung in die Literatur der Romantik*. 3. Aufl. Darmstadt 2009.

Schmitz-Köster, Dorothee: *Liebe auf Distanz. Getrennt zusammen leben*. Reinbek 1990.

Schnell, Rüdiger: Ekel und Emotionsforschung. Mediävistische Überlegungen zur Aisthetik des Hässlichen. In: *Deutsche Vierteljahresschrift für Literaturwissenschaft und Geistesgeschichte* 79 (2005) H. 3, S. 359–432.

Schneider, Manfred: *Liebe und Betrug. Die Sprache des Verlangens*. München, Wien 1992.

Schneider, Ralf: Toward a Cognitive Theory of Literary Character: The Dynamics of Mental-Model Construction. In: *Style* 35/4 (2001), S. 607–640.

Schößler, Franziska: Martin Walser: *Angstblüte*. In: *Kindlers Literaturlexikon Online*. [Zugriff: 25.1.2012].

Schößler, Franziska: »Die Frau von funfzig Jahren«. Zu Thomas Manns Erzählung *Die Betrogene*. In: *Sprachkunst* 31 (2000) 2. Halbbd., S. 289–306.

Schößler, Franziska: Versteckspiele: jüdische Ökonomie und Kultur in Martin Walsers Roman *Angstblüte*. In: *Text + Kritik. Zeitschrift für Literatur* 180 (2008): Juden – Bilder, S 47–60.

Schmidt, Gunter: Beziehungsbiografien im Wandel. Von der sexuellen zur familiären Revolution. In: *Geschlecht zwischen Zwang und Spiel*. Hrsg. von Hertha Richter-Appelt, Andreas Hill. Gießen 2004, S. 275–294.

Schmid-Bortenschlager, Sigrid: Varianten und Variationen des Topos ›Alter Mann – Junge Frau‹. In: *Schwierige Verhältnisse. Liebe und Sexualität in der Frauenliteratur um 1900*. Hrsg. von Theresia, Klugsberger, Christa Gürtler, Sigrid Schmid-Bortenschlager. Stuttgart 1992, S. 5–18.

Schmid, Wolf: *Elemente der Narratologie*. Berlin 2005.

Schmidt, Gunter: *Das neue Der Die Das. Über die Modernisierung des Sexuellen*. 2., korr. Aufl. Gießen 2005 (2004).

Schmiedt, Helmut: Die beschwerliche Gemeinschaft. Ehe, Liebe und Ehebruch in deutscher Erzählprosa. In: *Die beschwerliche Ehe. Eine Lebensform in Literatur und Film*. Hrsg. von Arnulf Krause, Regina Claussen. Bonn 1996, S. 107–121.

Schmitz-Emans, Monika: *Spiegelt sich Literatur in der Wirklichkeit? Überlegungen und Thesen zu einer Poetik der Vorahnung*. Göttingen 1994.

Schulze, Gerhard: *Die Erlebnisgesellschaft: Kultursoziologie der Gegenwart*. Studienausgabe 2000 (1992).

Sedlaczek, Robert; Sedlaczek, Melita: Pompfüneberer. In: Dies.: *Wörterbuch des Wienerischen*. Innsbruck, Wien 2011, S. 201.

Segal, Lynne: Forever Young: Medusa's Curse and the Discourse of Ageing. In: *Women: A Cultural Review* 18 (2007), S. 41–56.

Seidler, Miriam: *Figurenmodelle des Alters in der deutschsprachigen Gegenwartsliteratur*. Tübingen 2010.

Seidler, Miriam: »Jungsein im Älterwerden«. Die ›Neue alte Frau‹ in Kathrin Schmidts Roman *Die Gunnar-Lennefsen-Expedition*. In: *Altern ist anders: Gelebte Träume – Facetten einer neuen Alter(n)skultur*. Hamburg 2007, S. 235–256.

Seidler, Miriam: Silver Sex?! Liebe und Sexualität in Altersrepräsentationen der Gegenwart. In: *Merkwürdige Alte. Zu einer literarischen und bildlichen Kultur des Alter(n)s*. Hrsg. von Henriette Herwig. Bielefeld 2014, S. 127–152.

Seybert, Gislinde: Vorwort. In: *Das literarische Paar. Intertextualität der Geschlechterdiskurse*. Hrsg. von ders. Bielefeld 2003, S. 13–28.

Sier, Kurt: *Die Rede der Diotima: Untersuchungen zum platonischen Symposion*. Stuttgart, Leipzig 1997.

Sigusch, Volkmar: *Karl Heinrich Ulrichs. Der erste Schwule der Weltgeschichte*. Berlin 2000.

Simmel, Georg: *Philosophie des Geldes*. Hrsg. von David P. Frisby, Klaus Christian Köhnke. Frankfurt a. M. 1989.

Simonis, Annette: Liebesbrief-Kommunikation in der Gegenwart zwischen alt und neu: Schrifttradition, SMS, MMS und Internet. In: *Der Liebesbrief: The*

Love Letter: Schriftkultur und Medienwechsel vom 18. Jahrhundert bis zur Gegenwart. Hrsg. von Renate Stauf, Annette Simonis, Jörg Paulus. Berlin, New York 2008, S. 425–449.

Skidelsky, William: *The Humbling* by Philip Roth. Philip Roth's Latest Flight of Sexual Fantasy is an Embarrassing Failure. In: *The Observer* am 25.10.2009. ‹http://www.theguardian.com/books/2009/oct/25/the-humbling-philip-roth-skidelsky›. [Zugriff: 27.12.2013].

Snape, Sam: Ageism Popular Culture. In: *Old Age and Ageing in British and American Culture and Literature*. Hrsg. von Christa Jahnson. München 2004.

Sontag, Susan: The Double Standard of Aging (1972). In: *Readings in Adult Psychology*. Hrsg. von Lawrence R. Allmann, Dennis T. Jaffe. New York 1977, S. 285–294.

Stauf, Renate; Simonis, Annette; Paulus, Jörg: Liebesbriefkultur als Phänomen. In: *Der Liebesbrief: The Love Letter: Schriftkultur und Medienwechsel vom 18. Jahrhundert bis zur Gegenwart*. Hrsg. von dens. Berlin, New York 2008, S. 1–23.

Stearnes, Peter N.: Jealousy in Western History: From Past toward Present. In: *Handbook of Jealousy: Theory, Research, and Multidisciplinary Approaches*. Hrsg. von Sybil L. Hart, Maria Legerstee. Chichester 2010, S. 7–26.

Stelzer, Tanja: Die neuen Nackten. In: *Zeit Online* am 29. März 2012. [Zugriff: 18.2.2014].

Stiening, Gideon; Vellusig, Robert: Einleitung. In: *Poetik des Briefromans : wissens- und mediengeschichtliche Studien*. Hrsg. von dens. Berlin u. a. 2012, S. 3–18.

Stolte, Dieter: Jugendwahn und Altersängste. In: *Die Welt Online* am 4.10.2003 ‹http://www.welt.de/print-welt/article263953/Jugendwahn-und-Altersaengste.html› [Zugriff: 12.9.2013].

Stone, Oliver: *Wall Street*. Twentieth Century Fox Film Corporation 1987.

Strauss, Richard: *Der Rosenkavalier: Opernführer*. Hrsg. von Kurt Pahlen. München 1980.

Streim, Gregor: *Das ›Leben‹ in der Kunst: Untersuchungen zur Ästhetik des frühen Hofmannsthal*. Würzburg 1996.

Suhrkamp, Carola: *Die Perspektivenstruktur narrativer Texte: Zu ihrer Theorie und Geschichte im englischen Roman zwischen Viktorianismus und Moderne*. Trier 2003.

Swidler, Ann: *Love and Adulthood in American Culture*. Cambridge, Mass. 1980.

Sydow, Kirsten von: *Lebenslust. Weibliche Sexualität von der frühen Kindheit bis ins hohe Alter*. Bern u. a. 1993.

Sydow, Kirsten von: Weibliche Sexualität im mittleren und höheren Erwachsenenalter: Übersicht über vorliegende Forschungsarbeiten. In: *Zeitschrift für Gerontologie und Geriatrie* 25, S. 113–127.

T

Taberner, Stuart: *Aging and Old-Age Style in Gunter Grass, Ruth Kluger, Christa Wolf, and Martin Walser: The Mannerism of a Late Period*. Rochester, New York 2013.

Takeda, Arata: *Die Erfindung des Anderen: zur Genese des fiktionalen Herausgebers im Briefroman des 18. Jahrhunderts*. Würzburg 2008.

Tebben, Karin: *Von der Unsterblichkeit des Eros und den Wirklichkeiten der Liebe. Geschlechterbeziehungen, Realismus, Erzählkunst*. Heidelberg 2011.

Thane, Pat: Das 20. Jahrhundert. Grenzen und Perspektiven. In: *Das Alter. Eine Kulturgeschichte*. Übers. von Dirk Oetzmann und Horst M. Langer. Hrsg. von ders. Darmstadt 2005, S. 263–300.

Thomalla, Ariane: *Die ›femme fragile‹. Ein literarischer Frauentypus der Jahrhundertwende*. Düsseldorf 1972.

Tietenberg, Anne Kristin: *Der Dandy als Grenzgänger der Moderne. Selbststilisierungen in Literatur und Popkultur*. Berlin 2013.

Tittel, Kathrin: »Die postmoderne Welt im Narrenkostüm« – Genazinos Roman *Die Liebesblödigkeit* in der karnevalesken Romantradition. In: *Humor. Grenzüberschreitende Spielarten eines kulturellen Phänomens*. Hrsg. von Tina Hoffmann u. a. Göttingen 2008, S. 157–170.

Toerien, Merran; Wilkinson, Sue; Choi, Precilla Y. L.: Body Hair Removal: The Mundane Production of Normative Femininity. In: *Sex Roles* 52 (2005) 5/6, S. 399–406

Trapp, Wilhelm: *Der schöne Mann. Zur Ästhetik eines unmöglichen Körpers*. Berlin 2003.

Tweedy, Ann E.: Polyamory as Sexual Orientation. In: *University of Cincinnati Law Review* (2011) 79, S. 1461–1515.

Tyrell, Hartmann: Ehe und Familie – Institutionalisierung und Deinstitutionalisierung. In: *Die ›postmoderne‹ Familie*. Hrsg. von Kurt Lüscher, Franz Schultheis, Michael Wehrspaun. Konstanz 1988, S. 145–156.

Tyrell, Hartmann: Romantische Liebe: Überlegungen zu ihrer „quantitativen Bestimmtheit". In: *Theorie als Passion. Niklas Luhmann zum 60. Geburtstag*. Hrsg. von Dirk Baecker u. a. Frankfurt a. M. 1987, S. 570–599.

U

Ulrich, Dronske: Der Schneemann ist müd: Anmerkungen zu Arthur Schnitzlers *Casanovas Heimfahrt* und Ödön von Horváths *Don Juan kommt aus dem Krieg*. In: *Geboren in Fiume. Ödön von Horváth 1901–1938: Lebensbilder eines Humanisten. Ein Ödön-von-Horváth-Buch mit komplettem Werkverzeichnis im Anhang*. Hrsg. von Ute Karlavaris-Bremer. Wien 2001, S. 111–120.

V

Vedder, Ulrike; Willer, Stefan: Alter und Literatur. Einleitung. In: *Zeitschrift für Germanistik* (ZfGerm) 22 (2012) 2, S. 255–258.

Vedder, Ulrike: *Geschickte Liebe: zur Mediengeschichte des Liebesdiskurses im Briefroman ›Les liaisons dangereuses‹ und in der Gegenwartsliteratur*. Köln 2002.

Vellusig, Robert: Aufklärung und Briefkultur. Wie das Herz sprechen lernt, wenn es zu schreiben beginnt. In: *Das 18. Jahrhundert* 35 (2011) 2, S. 154–171.

Vogt, Michael: *Partnerschaft im Alter als neues Arbeitsfeld psychosozialer Beratung. Neue Aufgabenprofile der Ehe-, Familien- und Lebensberatungsstellen*. Freiburg i. Br. 2001.

Voßkamp, Wilhelm: Dialogische Vergegenwärtigung beim Schreiben und Lesen: Zur Poetik des Briefromans im 18. Jahrhundert. In: *Deutsche Vierteljahrsschrift für Literaturwissenschaft und Geistesgeschichte* 45 (1971), S. 80–116.

W

Walser, Martin: Über das Selbstgespräch. Ein flagranter Versuch. In: *Die Zeit* vom 13. 1.2000.

Waxman, Barbara Frey: *From the Hearth to the Open Road: A Feminist Study of Aging in Contemporary Literature*. Westport, CT 1990.

Weeks, Jeffrey: *Invented Moralities. Sexual Values in the Age of Uncertainty*. 3. Aufl. Cambridge 2007 (1995).

Weeks, Jeffrey; Heaphy, Brian; Donovan, Catherine: *Same Sex Intimacies. Families of Choice and Other Life Experiences*. London 2001.

Wende, Waltraud: Ehe. In: *Geschlechterforschung. Ansätze – Personen – Grundbegriffe*. Hrsg. von Renate Kroll. Stuttgart, Weimar 2002.

Wenzel, Manfred: *Goethe und die Medizin*. Frankfurt a. M., Leipzig 1992.

Werber, Niels: *Liebe als Roman. Zur Koevolution intimer und literarischer Kommunikation*. München 2003.

Westervelt, Linda A.: *Beyond Innocence or the Altersroman in Modern Fiction*. Columbia 1997.

Whelehan, Imelda: *Overloaded. Popular Culture and the Future of Feminism*. London 2000.

Wild, Reiner: »Ich ließ mich Fremder verführen«: Goethes *Römische Elegien* und *Venezianische Epigramme*. In: *Sexualität im Gedicht*. Hrsg. von Theo Stemmler, Stefan Horlacher. Tübingen 2000, S. 195–210.

Wilpert, Gero von: *Sachwörterbuch der Literatur*. 8., verb. u. erw. Aufl. Stuttgart 2001.

Wilson, Liz: Marriage. In: *Encyclopedia of Sex and Gender*. Bd. 3. Hrsg. von Fedwa Malti-Douglas. Detroit 2007, S. 947–954.

Witte, Bernd: Casanovas Tochter, Werthers Mutter: Über die Liebe und Literatur im achtzehnten Jahrhundert. In: *Eros – Liebe – Leidenschaft*. Hrsg. von H. Kaspar Spinner, Frank-Rutger Hausmann. Bonn 1988, S. 93–113.

Woodward, Kathleen M.: *Aging and Its Discontents: Freud and Other Fictions*. Bloomington, Indianapolis 1991.

Wünsch, Marianne: Konzeptionen der ›Person‹ und ihrer ›Psyche‹ in der Literatur der ›Goethezeit‹ bis zum ›Frühen Realismus‹. In: *Realismus. (1850–1890). Zugänge zu einer literarischen Epoche*. Hrsg. von Marianne Wünsch, Jan-Oliver Decker. Kiel 2007, S. 121–151.

Würzbach, Natascha: *Die Struktur des Briefromans*. München 1984.

Z

Zarzutzki, Sara Alexandra: *Literarischer Muttertod. Erinnerungsverhalten und Identitätskonstruktion in der deutschsprachigen Gegenwartsprosa*. Würzburg 2014.

Zima, Peter V.: *Vergleichende Literaturwissenschaft. Eine Einführung in die Geschichte, die Methoden und Probleme der Komparatistik*. (*La littérature comparée*). 2., überarb. u. erg. Aufl. Tübingen 2011.

Ästhetische Signaturen
Autoren und Werke im historischen Kontext

Herausgegeben von Miriam Seidler

Band 1 Miriam Seidler (Hrsg.): Wörter für die Katz? Martin Walser im Kontext der Literatur nach 1945. 2012.

Band 2 Miriam Seidler / Mara Stuhlfauth (Hrsg.): Ich will keinem Mann nachtreten. Sophie von La Roche und Bettine von Arnim. 2013.

Band 3 Miriam Seidler (Hrsg.): Die Grazie tanzt. Schreibweisen Christoph Martin Wielands. 2013.

Band 4 Miriam Seidler / Johannes Waßmer (Hrsg.): Narrative des Ersten Weltkriegs. 2015.

Band 5 Meike Dackweiler: Altersliebe in der deutschen Gegenwartsliteratur. Konzeptionen von erotisch konnotierter Liebe im jungen Alter (2005–2010). 2019.

www.peterlang.com

www.ingramcontent.com/pod-product-compliance
Lightning Source LLC
Chambersburg PA
CBHW060757310726
48980CB00002B/130

* 9 7 8 3 6 3 1 7 8 0 8 3 1 *